KB077694

더 클래식
The Classic

더 클래식(The Classic)

| 지은이_조수현 | 초판 1쇄 찍은 날_2015년 7월 24일 | 초판 1쇄 펴낸 날_2015년 8월 3일 | 발행처_도서출판 청어람 | 펴낸이_서경석 | 편집책임_조윤희 | 편집_이은주, 주은영 | 디자인_신현아 | 경기도 부천시 원미구 부일로 483번길 40 서경B/D 3F (우) 420-822 | 등록_1999년 5월 31일(제387-1999-000006호) | 전화_032-656-4452 | 팩스_032-656-4453 | http://www.chungeoram.com | E-mail_chungeorambook@daum.net | 어람번호_제8-0046호 | 파본은 구입하신 서점에서 교환하여 드립니다. 저자와 협의하여 인지를 붙이지 않습니다. 책값은 뒤에 있습니다. 이 책은 도서출판 청어람과 저작자의 계약에 의해 출판된 것이므로, 무단 전재 및 유포·공유를 금합니다.

ISBN 979-11-04-90318-2   03810

도서출판 청어람

조수현 장편 소설

더 클래식

The Classic

Contents

Prologue

더 클래식

잘은 기억나지 않아도 햇살 좋던 오후에 문득 불어오던 얼굴을 간질이는 기분 좋은 바람처럼 사랑은 누구에게나 설렘 가득한 감정으로 남아 있을 테죠. 그래서 그 사랑을 떠올릴 때면 바보같이 미소 짓다가도 가슴 한편이 먹먹해지며 괜히 우울해지기도 할 겁니다.

저에게도 사랑하는 사람이 있었습니다. 그 사랑 때문에 행복했고 또 슬퍼하던 시절이 분명 존재했습니다. 그리고 그 사랑은 언젠가부터 내 추억 속에서만 존재했고, 20년 가까운 세월 동안 꺼내서는 안 될 비밀의 상자처럼 내 가슴속에 묻고 열어보지 못했습니다.

그렇습니다. 야구만 해오던 나에게 다가온 내 생애 처음이자 마지막인 사랑은 슬픔입니다. 그리고 그리움입니다. 또 아픔입니다.

그 아리고 애틋한 감정은 20년 가까이 나를 지배하며 언제나 내 곁에 머물고 있습니다. 그래서 나는 바보처럼 그 사랑이 떠나가고 두 번 다시 사랑을 해보지 못했습니다. 내 나이 서른아홉인데도 말이죠.

사람들이 물어보곤 합니다. 당신에게 있어 사랑이란 무엇이냐고.

그때마다 나는 제대로 대답하지 못한 것 같습니다. 왜냐하면 빛나던 10대 시절과 치열하던 20대, 그리고 좌절만 하던 30대, 그 오랜 시간 동안 나는 같은 사랑을 각각 다르게 인지했기 때문입니다.

그러는 사이 먹을 것이 없어 사라져 간 공룡의 슬픈 전설처럼 나는 사랑을 잃어버렸고, 다시는 누군가를 사랑하지 못했습니다.

첫사랑 그녀가 떠나간 지 20년. 갑자기 심장이 두근거리고 자꾸 가슴이 아파옵니다. 생각해 보면 20년 전 그녀를 만났을 때도 그랬던 것 같습니다.

지금 또다시 누군가를 사랑하면 안 되는데……. 더구나 그 아이를 사랑해선 더욱 안 되는데…….

그 옛날, 그녀는 클래식을 좋아했죠. 그리고 클래식이 아닌 것도 좋아했죠.

잠시나마 행복하던 시절을 떠올리고 싶을 땐 크라이슬러의 〈아름다운 로즈마린〉, 서러워 울고 싶을 땐 비탈리의 〈샤콘느〉, 그래도 희망의 끈을 놓고 싶지 않을 땐 엔리꼬 모리꼬네의 〈가브리엘 오보에(넬라판타지아)〉, 그리고 사무치게 그리울 땐 그녀가 가장 좋아하는 엘가의 〈사랑의 인사〉.

또한 존 레논의 〈러브(Love)〉란 노래를 좋아했죠. 우리는 종종 워크맨에 이어폰을 나눠 끼고 함께 짜장면을 나눠 먹으며 그 노래를 들었습니다.

당시엔 감미롭기만 하던 요절한 천재의 이 노래가 왜 지금에 와선 이리도 아리고 슬픈지 어렴풋이 알 것도 같습니다.

세월이 많이 흘렀습니다. 이제 누군가가 사랑에 대해 나에게 묻는다면 이렇게 대답할 것입니다. 사랑은 클래식이라고.

클래식……

고전, 혹은 고전음악, 때로는 올드한 느낌의 옛것을 통칭하는 말이기도 합니다.

지나온 사랑은 추억 속에서만 존재하기에, 추억은 결국 과거의 기억이기에 우리 모두의 첫사랑과 옛사랑은 클래식입니다. 아무리 유니크나 모던 같은 세련된 단어를 갖다 붙여도 지난 사랑은 언제나 클래식입니다.

20년 전 우리의 데이트는 워크맨을 나눠 끼고 짜장면을 먹는 것이었죠. 세월이 흘러 어른이 되고난 후 짜장면을 먹을 때면 그 위에 매운 고춧가루를 뿌리는 습관이 생겼습니다. 그리고 소주를 시키죠.

단무지를 베어 문 후 볼이 터져라 짜장면을 입에 넣고 대충 씹다 꿀꺽 삼킵니다. 그리고 마시는 투명한 소주 한 잔.

소주는 방금 전 먹은 짜장면의 흔적을 씻어내며 입안에서 식도를 타고 심장까지 흘러갑니다. 무언가 울컥하는 뜨거운 감정은 단지 쓰디쓴 소주 때문이라고 해두죠.

살짝 취기가 돌면 미칠 듯이 그녀가 보고 싶습니다. 할 수만 있다면 20년 전으로 돌아가 그녀 옆에서 살고 싶습니다. 그녀의 눈을 보고, 이마를 맞대고, 입을 맞추고, 우리의 아주 소소한 이야기를 끊임없이 속삭이고 싶습니다.

사랑은 클래식입니다. 지금에 와서 하는 고백이지만, 요즘은 짜장면에 소주를 먹을 때면 무슨 이유에선지 클래시컬하게도 자꾸 눈물이 납니다.

그리고 그녀가 보고 싶어요.

by 이선우(전직 메이저리거)

1.

히말라야에서 온 소녀

K팝의 미래를 찾는다는 슬로건을 내걸고 대국민 오디션을 진행 중인 한 방송사의 프로그램에 설리가 응모한 건 우연에 가까운 일이었다. 설리가 살던 나라에선 예선을 볼 수 없어 노래하는 모습을 동영상으로 찍어 방송사 홈페이지에 올렸을 뿐인데 예선을 통과하고 이렇게 본선 무대인 공개홀에 많은 참가자들과 함께 서 있다는 것 또한 놀라운 일이라고 설리는 생각했다.

"384번 참가자, 스텐바이 해주세요!"

FD가 무전기로 무대 쪽과 연락을 주고받으며 한 무리의 참가자들을 향해 소리쳤다. 앞 참가자가 심사위원들에게 엄청난 독설을 듣는 바람에 대기 공간에 모여 있던 참가자들은 잔뜩 긴장해 있었다.

"384번! 384번 없어요?"

설리는 아직 한국어로 부르는 숫자에 익숙하지 않았다. 자신의 가슴에 붙어 있는 숫자를 확인해 보았다. 384번이다.

"앗! 저예요. 여기 있어요!"

설리는 자신의 차례임을 알고 깜짝 놀라 뛰어나가다 계단에 발을 헛디디며 넘어질 듯 몸이 휘청거렸다. 뛰어난 반사 신경으로 겨우 중심을 잡고 자세를 잡자 주변에 있던 다른 참가자들이 다들 쳐다본다.

"훗!"

약간 우쭐해진 설리는 입술을 오므려 바람을 불었다. 앞 머리카락이 그 바람에 나풀거렸다. 일찍이 사막에서 낙타를 타고 내리며 익힌 평형감각에 사람들이 놀랐을 거라 생각했겠지만, 그녀는 어느 오디션 프로에나 있을 법한 어리바리한 참가자일 뿐이었다.

보나마나 올라가서 허둥대다 독설을 듣고 울음보나 터뜨리겠지. 황당한 모습의 설리를 보며 모두들 비슷한 생각을 했다.

본선 첫 순서는 3분간의 솔로 곡. 첫 방송부터 이례적으로 방청객 평가가 곁들여진 공개녹화였다.

몇 시간을 기다려 차례가 되자 설리는 무대 앞으로 걸어 나가 세 명의 심사위원과 수백 명의 방청객 앞에 섰다.

티베트에서 태어나 아빠를 따라 히말라야 일대에서만 살아온 열여덟 소녀는 지금 이 상황이 자못 떨리고 긴장되었지만, 이내 입술을 질끈 깨물었다.

마음을 진정시키기 위해 설리는 눈을 감았다. 그녀의 빨려들 것 같은 검은 눈동자가 눈꺼풀에 가려지며 긴 속눈썹이 하얀 피부 위에 내려앉았다.

눈을 감으니 후욱 하고 바람이 분다. 바람은 볼 수도, 만질 수도 없는 존재이지만 그녀는 알 수 있었다. 바람에서는 냄새가 난다. 아련하게 그리운, 포근하고 편안한……. 그래서 눈을 뜨지 않아도 그녀는 그 바람을 느낄 수 있었다.

그래, 바람이 분다. 바람이 불면 그녀는 아빠를 느낄 수 있었다. 아빠는 언제나 바람 같았다. 아빠는 바람처럼 살며 히말라야를 떠돌았으니까.

할 수 있어. 설리는 작은 손을 꼭 쥐고 몇 번이고 다짐했다.

티베트의 초원 위에서, 몽골의 고비사막에서, 안나푸르나의 설원 속에서 몇 번이나 부르던 노래 아닌가.

"안녕하세요? 열여덟 살 강설리입니다."

설리가 꾸벅 90도로 인사하자 그녀의 긴 머리가 앞으로 쏟아져 내려 흐트러졌다. 설리는 아무렇지도 않게 대충 손으로 머리카락을 쓸어 넘겼다.

스포트라이트가 설리를 비추자, 사람들의 시선이 모두 설리에게로 집중되었다.

무대 위 소녀의 키는 약 160㎝. 눈부시게 투명하고 하얀 피부는 얼음처럼 차갑게 느껴졌고, 쌍꺼풀이 진 눈은 신비롭게 반짝였다.

"음, 지원서를 보니 해외에서 동영상 응모로 예선을 통과했군요. 우리 프로가 시즌제로 계속되면서 세계 각국에서 참가했지만 이쪽은 처음 아닌가요? 정확히 어디에서 왔죠?"

심사위원 중 안경을 낀 한 사람이 지원서를 들고 물었다.

"네, 저는 히말라야에서 왔습니다."

심사위원들이 서로 무언가 말을 주고받으며 속닥거렸다. 방청객에서는 웅성거림이 일었다.

"히말라야라……. 신들의 산이라 불리는 그곳 말이죠? 히말라야가 어디에 있더라?"

"히말라야……. 여기 있어요."

설리가 손바닥으로 자신의 가슴을 두 번 쳤다. 히말라야는 내 가슴에……. 진심이었는데 사람들의 반응은 뜨뜻미지근했다.

"그럼 어디서 살았죠?"

안경을 낀 심사위원은 질문을 살짝 바꾸었다.

"제가 태어난 곳은 티베트고요, 네팔, 파키스탄, 인도, 몽골에서도 살았습니다."

설리의 대답에 또 한 번 술렁임이 있었다. 많이 알려지지 않은 희한한 나라에 대한 호기심이 일었는지 선글라스를 낀 심사위원이 질문을 이었다.

"히말라야 쪽은 교민도 별로 없을 텐데 교육이나 생계는 어떻게 했죠?"

"한국 사람은…… 별로 없어요. 교육은…… 인도와 포카라에서는 외국인 학교도 좀 다니고 티베트에선 저기…… 그러니까, 부족들이 있는 마을이 있는데…… 거기 촌장님도 가르쳐 주시고…….."

예상치 못한 질문에 당황했는지 설리는 약간 말을 더듬었다.

촌장님이라는 단어가 나오자 심사위원석과 객석에서 동시에 웃음이 터져 나왔다. 설리의 얼굴이 빨개졌다.

"그리고 저…… 죄송하지만, 생계? 무슨 뜻인지 모르겠어요."

설리는 울 것 같은 표정이다. 시작부터 일이 꼬였다.

"생계는 먹고사는 일인데 단어가 좀 어려웠나 봅니다. 교육 환경도 열악한 것 같고. 그래도 용케 노래 연습을 해왔다는 것에 의미를 둬봅니다."

네팔이나 파키스탄은 한국인들에게 전형적인 못사는 나라의 이미지를 가지고 있다. 중국의 자치구인 티베트와 몽골은 말할 것도 없고 인도는 고행의 땅으로 여긴다.

"기타도 치나 봐요?"

설리가 멘 기타를 보며 심사위원 중 한 명이 무심히 물었다. 약간의 업신여김과 동정심이 묻어나온다.

기타를 가르쳐 준 아빠는 20년 전 한국에서 데뷔 음반을 내고 순위 프로 1위까지 올랐다가 홀연히 사라진 전설의 가수. 설리는 한때 유명 가수였던 아빠에 대해 말할까 하다가 이내 그만두었다.

"멀리서 참가하느라 고생했네요. 그럼 노래부터 들어볼까요?"

미리 준비된 의자에 앉아 설리는 기타를 세팅하고 마이크 위치를 조정했다. 그리고 오른손으로 왼손 약지에 끼워진 별 모양 반지를 만지작거렸다.

특이하게도 다른 사람들과 반대로 오른손으로 코드를 잡고 왼손으로 기타를 친다. 왼쪽 하얀 손가락이 기타 줄을 가볍게 튕기며 흘러나오는 전주. 오로지 기타 반주에만 의지해 드디어 그녀의 노래가 시작되었다.

첫 마디부터 듣는 이를 깜짝 놀라게 할 만한 청아한 음색에 흠칫 반응하는 심사위원들의 표정이 카메라에 잡혔다. 객석의 수많은 사람들은 초집중해서 무대 위의 작은 소녀에게서 눈을 떼지 못했다.

여느 해외에서 온 참가자들과 달리 완벽한 한국어 발음과 듣는 이를 미소 짓게 만드는 순수한 음색. 마치 히말라야의 때 묻지 않은 만년설처럼 그녀의 목소리는 맑고 깨끗했으며, 고음부에서 폭발적으로 치고 나가는 가창력은 어떤 카타르시스마저 느껴졌다.

방금 전까지 그녀를 무시하던 심사위원들의 눈에 놀라움이 가득 찼다. 객석이 술렁이기 시작했다.

노래를 마친 설리가 자리에서 일어나 처음처럼 90도로 꾸벅 인사하자 윤기 나는 긴 생머리가 흐트러졌다.

그제야 터져 나오는 엄청난 박수 소리. 방청객 중 몇몇은 아예 기립해서 환호했고, 누군가는 손가락을 입술에 대고 휘파람을 불어댔다. 세 명의 심사위원은 만족스러운 표정으로 서로 귓속말을 주고받았다.

"아! 대단합니다. 요즘 소울풀한 허스키가 대세이긴 한데 설리 양의 깨끗한 음색은 또 다른 매력이 있네요. 뭐랄까, 영혼이 맑아지는 느낌? 왼손으로 기타를 치는 특이한 폼인데요, 기타 연주도 열여덟 살 소녀 같지 않게 프로급입니다. 청량감 있는 목소리에 고음도 좋고……. 천재의 탄생인가요?"

"그렇습니다. 흔히들 소울이 묻어나오는 목소리 좋아하시죠? 저런 맑은 톤에서 감성을 자극하는 소울이 짙게 배어 나온다는 건 상상도 못해본 일이에요. 이런 청아한 음색은 순수하게 보일 순 있지만 아무래도 깊이 있는 표현력에선 떨어질 수밖에 없거든요. 그런데도 설리 양의 목소리는 감동을 주네요."

"저는 왜 이렇게 먹먹할까요? 노래를 듣는 내내 가슴속 한구석에서 뭔가 뜨거운 것이 울컥 올라오는데 눈물을 참느라 혼났습니다. 그래요. 좋은 노래란 이런 겁니다. 음정, 박자, 코드 다 필요 없어요. 진심이 담긴 노래는 목소리의 떨림이나 숨소리 하나로도 감동을 줄 수 있다고 열여덟 살짜리 소녀가 가르쳐 주고 있네요."

심사위원들의 극찬이 쏟아지자 설리의 얼굴에 비로소 미소가 피어올랐다. 분명 같은 사람인데 아까와 달라 보였다. 모두들 그녀를 다시 한 번 꼼꼼히 살펴보았다.

눈처럼 하얀 피부는 눈이 부실 듯 빛났고, 새카만 눈동자와 그리 높지도 낮지도 않지만 반듯한 코, 작고 붉은 입술이 오밀조밀하게 잘 배합된 귀엽고 예쁜 얼굴이다. 엄청났던 노래와 기타 연주는 물론 외모마저 사랑스러운 완벽한 스타감이었다.

"혹시 자작곡이 있나요?"

심사위원들은 아무래도 그녀의 노래를 더 듣고 싶은 모양이었다.

"자작곡?"

"I mean, a song that you have written yourself(당신이 직접 만든 곡 말이에요)."

영어에 능통한 심사위원 한 명이 심드렁하던 아까와는 달리 한국 어가 익숙하지 않은 설리를 위해 영어로 설명해 주었다.

"아! 그거요? 제가 작곡한 건 아닌데요, I do have a song which my dad made the melody, and I added the lyrics to it(아빠가 만든 멜 로디에 제가 가사를 쓴 건 있어요)."

"Really? Could we please hear it(그래요? 들어볼 수 있을까요)?"

"Okay. I'll try(알겠어요. 한번 불러볼게요)."

"Are you nervous because this is not a familiar place(익숙하지 않 은 곳이라 긴장되나요)? If so, take a deep breath, and imagine this is Himalaya and sing like you used to(그렇다면 숨을 크게 들이마신 후 이 곳이 히말라야라고 상상하고 평소대로 불러보세요)."

친절해도 너무 친절해졌다. 그래도 그의 말대로 설리는 눈을 감고 히말라야를 상상했다. 흰 눈과 초원, 사막이 공존하는 그녀의 고향.

에베레스트나 K2, 칸첸중가, 로체, 마칼루, 마나슬루, 안나푸르 나……. 이른바 14좌에 있는 마을은 너무나 정겹고 예뻤다. 친절한 주민들과 맛있는 음식, 광활한 대자연……. 설리는 정말 마음이 편 안해졌다.

이곳은 히말라야다. 설리가 다시 의자에 앉아 기타 코드를 잡았 다. 잔잔히 출발했다가 현란해지는 스트로크. 틈을 주지 않고 그녀 는 작고 붉은 입술을 벌려 노래하기 시작했다.

말하듯이 담담한, 그러면서도 먹먹한……. 그녀의 노래는 바람이 되고 별이 되어 무대를, 아니, 히말라야를 수놓았다.

My name is Sulli, I came from Himalaya.
내 이름은 설리, 히말라야에서 왔죠.
세상의 끝 히말라야는 너무나 신비롭고 경이로운 신들의 마을.
특히나 나는 안나푸르나에 걸린 석양을 좋아했죠.

My name, Sulli. has a meaning of village of snow.
내 이름은 설리, 엄마 아빠가 지어줬죠.
내가 태어난 히말라야는 고대 산스크리트어로 눈의 마을이란 뜻.
눈 설 자에 마을 리 자, 설리는 눈의 마을이죠.

My mother became a star, and my father became the wind.
엄마는 내 곁을 떠났지만 약속대로 히말라야의 별이 되었죠.
하늘에서 언제나 내 곁을 지켜주고 있어요.
아빠는 바람처럼 살았지만 눈 감으면 어느 때고 느낄 수 있어요.
엄마별이 흔들리면 아빠를 만나고 있는 거죠.

처음 와본 한국은 모든 게 신기해요.
사람도 많고 차도 많고, 그래서 가끔은 외로워요.

그래도 설리는 씩씩하죠.
엄마의 별이, 아빠의 바람이 여전히 느껴지니까요.

My name is Sulli, I came from Himalaya.
내 이름은 설리, 히말라야에서 왔죠.
그 땅은 너무나 성스럽고 경이롭고 또 그리워요.

난 티베트의 초원에서 태어나 사막에서 노래를 불러요.
바람을 타고 히말라야를 떠돌며 기타 치고 노래해요.
그리고 나는 에베레스트에 쌓인 흰 눈을 사랑했죠.
설리는 그런 히말라야에서 왔어요.

Himalaya is the end of all lands.
I love the meadows, deserts, and permanent snow of
Himalaya.
히말라야는 세상의 끝, 안나푸르나에 해가 져야 세상이 잠
들죠.
난 초원과 사막과 만년설이 함께 있는 히말라야에서 온 소
녀.

　감성을 자극하는 가사와 귀에 쏙쏙 들려오는 멜로디. 후크성이 다
분한 영어 랩 파트. 이렇게 〈히말라야에서 온 소녀〉는 세상에 처음
공개되었다. 그 반응은 실로 놀라웠다.
　미지의 세계에서 온 신비로운 소녀가 만들어내는 엄청난 에너지.
기타 하나로 듣는 이의 마음을 움직였고, 마성이 깃들었다고밖에 달

리 표현할 길이 없는 천상의 목소리로 사람들을 매료시켰다.

청중평가단뿐 아니라 심사위원들도 그녀의 재능에 감탄사를 연발하며 최상의 찬사를 보냈다. 첫 라운드의 가장 큰 이슈는 바로 설리의 등장이었다.

본 방송이 나가자 시청자들의 반응 역시 뜨거웠다. 관련 기사마다 수천 개의 댓글이 달리고 설리가 노래하는 장면이 담긴 동영상은 유튜브에서 단번에 200만 뷰를 돌파하며 세간의 이목을 집중시켰다.

방송사 측은 발 빠르게 음원을 출시했다. 그것은 작은 기적이었다. 설리가 부른 두 곡의 노래가 완전히 뜬 것이다. 특히 〈히말라야에서 온 소녀〉는 발표되자마자 주요 음악 사이트 1위에 오르며 돌풍을 일으켰다.

설리는 문득 엄마가 보고 싶었다. 아빠 생각도 났다.

하지만 이미 엄마는 돌아가셨고, 언제나처럼 아빠는 방랑길에 올라 히말라야 어딘가를 바람처럼 지나다니고 있을 것이다.

전화를 건다 하여도 하늘에 있는 엄마도, 바람이 된 아빠도 그녀와는 통화가 되지 않을 터. 다른 참가자들은 가족의 격려나 축하를 받으며 용기를 얻었다. 하지만 설리 옆엔 아무도 없었다. 철저히 혼자인 설리는 그래서 잠시 우울해졌다.

*　　*　　*

다음 심사를 위해 다시 방송국으로 갔다. 벌써 절반 이상이 탈락했지만 여전히 많은 참가자들이 대기실에서 최상의 컨디션을 위해 목을 풀며 연습에 한창이었다.

힙합 스타일의 코디를 한 깜찍한 10대들과 트랜디하고 세련된 옷차림의 멋진 20대 참가자들.

설리는 자신의 차림새를 훑어보았다. 오디션에 참가한다고 아빠가 인도에서는 가장 서구화된 도시인 뱅갈로에서 사준 라운드 티셔츠에 블랙 진, 신발은 파키스탄의 수도인 이슬라마바드의 어느 작은 시장에서 산 낙타 타기용 갈색 부츠, 목걸이는 티베트의 정신적 지도자인 달라이라마께서 생일날 선물해 주신 것, 네팔에 살 때 관광도시인 포카라 레이크사이드 상점 거리에서 아르바이트하고 얻은 팔찌, 그녀의 어깨부터 종아리 부근까지 두툼하게 감싸고 있는 코트는 국경을 넘나들며 1인 무역상을 하는 아빠가 히말라야 어느 부족이 만든 수제품을 구해온 것이다.

그리고 반지. 결혼하는 엄마에게 아무것도 해준 것이 없다는 아빠의 유일한 선물. 엄마의 유품으로 이제는 언제나 설리의 왼쪽 네 번째 손가락에 끼워져 있다. 가운데에 엄마가 좋아하는 별 모양 보석이 박힌 이 반지를 보고 있으면 설리는 왠지 힘이 났다.

머리부터 발끝까지 명품은커녕 지극히 투박하고 컨트리틱한 옷과 액세서리들. 다른 참가자들과 비교해 보면 창피할 정도로 촌스럽다고 설리는 생각했다.

하지만 그녀는 모르고 있었다. 심사위원들이 설리에게 호감을 느낀 건 단지 노래만 잘 불러서가 아니라는 걸. 〈히말라야에서 온 소녀〉가 히트한 배경에는 그녀의 차림새도 단단히 한몫했다는 걸.

한류의 근원인 K팝의 눈부신 성장 이면에는 비슷한 얼굴과 비슷한 차림새로 같은 패턴의 춤과 노래를 하는 아이돌 그룹에 대한 절반의 반감이 숨어 있었다. 반복되는 식상함에 서서히 지겨움이 싹틀 무렵, 갑자기 대중 앞에 나타난 예쁘고, 귀엽고, 청순하고, 사랑스러운 한 소녀.

달랑 기타 하나 들고 혼자서 무대에 선 소녀는 상대적으로 쓸쓸하고도 당차 보였고, 요즘 다른 아이들에게서는 볼 수 없는 신비한 이미지는 신선하고 충격적이었다.

그녀는 아직 깨닫지 못하고 있었다. 그 촌스러움이, 그 외로움이, 그 순수함이 바로 지금 한국인들을 열광케 하고 있다는 것을. 히말라야에서 왔다는 어린 소녀가 지금 한국인들의 마음을 뒤흔들고 있다는 것을. 그것은 가히 촌스러움의 미학이었다.

설리가 나타나자 이미 방송을 본 참가자들이 호기심 어린 눈으로 그녀를 쳐다보았다. 약간의 경계심과 약간의 경외감. 설리는 살짝 부담스러워져 황급히 대기실을 빠져나갔다.

아직은 겨울. 히터가 가동된다지만 방송국 로비의 공기는 냉랭했다. 춥고 목이 마른 설리는 뭔가 따뜻한 게 마시고 싶어 음료수 자판기 앞에 섰다.

한동안 여러 종류의 자판기를 훑어보던 설리. 이 기계의 정체가 돈을 넣으면 음료수를 뽑아 먹을 수 있는 시스템이란 걸 짐작할 수는 있었지만 사용 방법을 몰랐다. 이리저리 자판기를 살펴보며 사용법을 알아내려고 애를 썼다.

그녀가 살던 히말라야엔 자동판매기가 없었다. 티베트에서는 낙타에 물을 달고 다녔고, 히말라야에서는 산양의 젖으로 목을 축였다. 혹은 주변을 둘러보면 강이나 호수가 있어 목마르면 그 물을 두 손 가득 떠서 마시면 되었다.

뉴델리나 카트만두 같은 대도시에서도 자판기는 본 적이 없었다. 아이러니하게도 무더운 히말라야 주변국 도시에서 물이나 음료는 기계보다 사람이 파는 게 더 이득인 까닭이었다.

잘 간직하고 있던 지갑을 꺼냈다. 히말라야에선 값싸고 흔하게 볼 수 있는 뱀가죽 지갑. 설리는 지갑에서 주섬주섬 지폐를 꺼냈다. 한국에 오기 전 아빠가 주신 얼마의 돈을 한화로 환전해 둔 것이 있었다.

설리는 서두르지 않고 또다시 자판기를 유심히 살펴보다 드디어 실행에 들어갔다. 음료수 선택 버튼을 먼저 눌렀다가 돈을 넣어보고, 또 그 반대로 해보고…… 몇 번의 실패 끝에 드디어 자판기에 불이 들어왔다.

"오, 예!"

설리는 너무나 기쁜 나머지 주먹을 흔들며 환호성을 질렀다. 떨리는 마음으로 버튼을 누르자 '덜컹'하고 세계적으로 유명한 빨간색 음료 캔이 밑으로 떨어졌다. 원래는 따뜻한 커피 종류를 택하고 싶었는데 정말 나올까 싶어 테스트 삼아 누른 것이 차가운 콜라였다.

캔 뚜껑을 따려고 한참을 실랑이한 끝에 겨우 한 모금 마셨다. 탄산 특유의 톡 쏘는 맛에 코끝이 아릿하게 저렸다. 괜히 찔끔 눈물이 났다.

이렇듯 설리가 한국에서 시작하는 작은 일 하나하나가 도전이었다.

설리는 콜라 캔을 소중히 품에 안고 방송국 밖으로 나왔다. 매서운 밤공기에 그녀의 하얀 볼이 발그레해졌다. 만져보지 않아도 얼음처럼 차가워진 살결이 조금은 애처로워 보였다.

얼마나 더 버틸 수 있을까? 그녀는 고개를 들어 하늘을 봤다. 히말라야처럼 밤하늘이 맑지 않았다. 그래도 눈을 크게 뜨고 엄마별을 찾아보았다. 서울의 밤은 춥고 쓸쓸했다.

다시 콜라 한 모금을 마셨다. 여지없이 코끝이 저리는 강력한 탄산. 눈물이 핑 돌았다. 설리의 반짝이는 눈동자에 금세 투명한 눈물이 가득 차올랐다. 설리는 문득 슬퍼서 우는 게 아니라 우니까 슬프다던 엄마가 가르쳐 주신 명언이 생각났다.

그래, 지금 눈물이 나는 건 톡 쏘는 콜라 때문이야. 설리는 짐짓 씩씩하게 옷소매로 눈가를 닦았다.

나, 잘해낼 수 있을까?

밤하늘의 별이 된 엄마도, 떠도는 바람이 된 아빠도 대답해 주지 않았다.

"아차!"

설리는 주먹을 불끈 쥐고 조그만 입술을 앙다물며 부리나케 방송국 로비를 향해 뛰어갔다. 자판기에서 음료를 뽑고 나선 거스름돈 버튼을 눌러 잔돈을 가져가야 한다는 사실이 이제 막 생각났기 때문이다.

✳   ✳   ✳

간밤에 내린 눈으로 교정이 온통 새하얗다. 단 한 벌뿐인 히말라야산 두툼한 외투를 걸쳤지만 에베레스트의 만년설처럼 눈부시게 흰 설리의 얼굴은 추위 때문인지 두 뺨이 발갛게 물들었다.

뽀득뽀득.

한 30㎝는 쌓였을 법한 눈밭을 걸을 때마다 부츠는 재밌는 소리와 함께 선명한 발자국을 남겼다.

서울 잠실 쪽에 위치한 소라고등학교. ㄷ 자로 배치된 콘크리트 3층 건물과 축구 골대가 있는 운동장. 한쪽의 농구코트와 도서관으로 보이는 건물. 보통의 고등학교와 별다를 것 없는 풍경이지만 또 하나의 운동장이 학교 뒤에 배치되어 있다는 게 다른 점이다.

야구 명문고답게 제법 큰 규모에 외야까지 갖춘 야구장. 큰 눈이 내린 다음 날 누가 연습하랴 싶었지만 웬걸, 유니폼을 입은 두 남자가 러닝에 매진하고 있다.

이미 눈을 치워내고 트랙을 만든 땅은 속살을 드러내어 두 사람이 달릴 때마다 흙먼지를 일으켰고, 그들의 입에서는 거친 숨소리와 함께 거짓말처럼 하얀 입김이 뿜어져 나왔다.

설리는 한쪽에 쪼그리고 앉아 두 손으로 턱을 괴고 한참을 그들을 바라보았다. 그녀가 서 있는 곳은 바로 고교 시절 엄마가 섰던 바로 그 장소.

엄마는 여기서 바이올린을 켰다고 했다. 특히나 〈사랑의 인사〉라는 에드워드 엘가의 유명한 클래식을 매일 하굣길에 연주한다고 해서 엄청나게 화제가 됐다고. 그리고 엄마가 말하길, 아빠 친구가 이 학교 에이스 투수 출신이라고, 어느 날 한국에서 최고로 빠른 공을 던지는 선수가 되었다고 했다.

이름이 뭐래더라? 그래, 이.선.우.

함께 러닝을 하며 야구장을 돌던 두 남자가 점점 설리 근처로 다가왔다. 한 명은 젊고 또 한 명은 아저씨다. 젊은 쪽은 한 스무 살? 아저씨 쪽은 30대 초반? 두 사람 다 운동선수답게 체격이 건장하고 얼굴도 잘생겼다.

어린 쪽이 설리와 눈이 마주치자 찡긋 한쪽 눈을 감으며 윙크를 한다. 그렇지만 설리는 윙크를 좋아하지 않았다. 한 눈이 안 보이는 아빠 때문에.

아빠는 젊은 날, 불의의 사고로 오른쪽 눈과 왼손 중지, 그리고 목소리를 잃었다. 아빠는 히말라야를 떠돌다 때때로 팔짱을 끼고 한쪽 눈으로만 그윽하게 먼 곳을 바라보곤 했다. 설리는 그게 엄마가 그리워서 하는 행동이란 걸 진작 알고 있었지만 한 번도 내색해 본 일은 없었다.

다만 언젠가부터 한쪽 눈이 보이지 않는 아빠 때문에 윙크가 싫어졌으며, 왼쪽 가운뎃손가락이 없는 아빠를 위해 오른손으로 기타 코드를 잡았으며, 목소리를 잃은 아빠 대신 노래를 불렀다.

설리의 앞을 지나쳐 가자 이내 두 남자의 뒷모습이 보인다. 윙크를 하던 어린 쪽은 21번 번호를 달고 있고 그 위에 최시우라는 이름도 적혀 있다. 그런데 아저씨 쪽은 번호뿐이다. 이름이 안 적혀 있다. 그러고 보니 둘 다 하얀색이지만 유니폼 모양도 다르다.

그들이 두 번째로 설리 앞으로 다가오자 궁금한 건 못 참는 성격인 그녀는 두 손을 모아 입 주변에 대고 크게 외쳤다.

"아저씬 왜 이름이 없어요?"

의외로 여자애가 먼저 말을 걸어오자 21번 번호를 단 시우의 얼굴에 웃음이 번졌다.

"원래 아마추어 유니폼엔 번호만 넣는 거야. 현재 소속팀이 없어서 소라고 유니폼을 빌려 입으셨거든. 난 프로라서 이름이 있는 거고!"

프로라는 단어에 유난히 악센트를 주며 시우가 의기양양하게 말했다.

"아하! 그런 거였구나. 그런데 왜 유니폼이 다른 두 사람이 같이 훈련해요?"

설리의 질문이 이어지자 시우가 재빠르게 답해주었다.

"난 부상 중이라 여기서 몸 만들고 있는 거고, 이분은 재기하기 위해 나랑 개인 훈련 하시는 거야."

그리고 그들이 두 번째로 멀어져 갔다. 설리는 이름이 없는 유니폼을 입은 남자의 뒷모습이 왠지 쓸쓸해 보였다. 그래서 그들이 세 번째로 다가왔을 때 설리는 이렇게 말했다.

"Hey, nameless guy(이름 없는 아저씨)! What's your name(이름이 뭐에요)? I'll call your name for you(제가 불러줄게요)!"

그제야 선우는 멈춰 서서 몸집에 비해 큰 외투를 입고 어쩐지 촌스러운 털 달린 귀마개를 한 채 쪼그리고 앉아 있는 소녀를 바라보았다. 긴 생머리에 많은 것을 담고 있는 듯 신비한 광채를 내는 검은 눈동자. 눈처럼 흰 피부 때문에 입술은 더 붉게 도드라져 보였다.

그래, 내가 그녀의 이름을 불러주었고, 그녀가 내 이름을 불러주던 그런 시절이 있었지. 그래, 그런 과거가 있었지. 시합 때 누구보다 크게 내 이름을 외치던 그녀는 언젠가부터 옆에서 늘 내 이름을 부르며 작은 새처럼 쫑알거렸지. 그리고 어느 날 작은 새는 거짓말처럼 이 세상 끝으로 날아갔다. 이후 그녀는 더 이상 내 이름을 불러주지 않았다.

20년이 지나 다시 내 이름을 불러주겠다는 이 아이. 쓸쓸한 눈빛과 알 수 없는 표정, 축 처진 어깨와 보호본능을 자극하는 여린 모습.

왠지 그녀 소라와 많이 닮았다. 그리고 그 애가 서 있는 그 자리는 그 옛날 소라가 〈사랑의 인사〉를 연주하던 곳.

눈이 시리게 하얀 눈으로 덮인 야구장. 어디선가 당장이라도 〈사랑의 인사〉 바이올린 연주가 들려올 것만 같다.

보고 싶다…… 괜히 눈물이 찔끔 나온다. 선우는 소녀에게 그런 모습을 보이고 싶지 않아 급히 모자를 눌러쓰며 눈을 가렸다.

"코치님 이름은 이선우야. 한때 전설의 메이저리그 투수였지."

같이 멈춰 선 어린 선수 시우의 말에 설리는 흠칫 놀랐다. 이 사람이 아빠랑 엄마의 친구? 설리는 이제부터 시작될 운명을 직감이라도 하듯이 동그랗고 새까만 눈동자로 선우를 한참이나 쳐다보고 또 쳐다보았다.

185㎝는 될 법한 키에 운동선수답지 않게 잘빠진 체형. 막 러닝을 중단해서인지 야구 모자를 눌러쓴 그의 머리카락은 땀으로 흠뻑 젖어 있었고, 얼굴은 부모님 친구라는 사실이 무색하게 아직 젊고 스마트했다.

"넌 여기에서 뭐하니?"

선우의 질문에 설리가 일어서며 대답했다.

"여기는 부모님이 다니던 학교래요. 한 번도 와본 적이 없는데 오늘 마침 시간이 비어 겨우겨우 찾아온 거예요."

"그래? 그럼 나랑 같은 소라고 출신이네? 부모님은 어디 계신데?"

"이 땅의 끝."

"이 땅의 끝?"

"네, 이 땅의 끝에 계시죠. 우리가 살던 곳을 두 분은 종종 이 땅의 끝이라 말씀하셨거든요."

설리의 알쏭달쏭한 대답에 선우는 갑자기 그녀가 궁금해졌다. 허리를 낮춰 설리와 눈을 맞추고 다시 물었다.

"넌 어디에서 왔니?"

눈앞에 야구 모자를 눌러쓴 남자가 호기심 가득한 표정으로 설리를 바라보자 설리는 왠지 가슴이 콩닥콩닥 뛰었다. 처음 보는 사람이지만 이미 아빠, 엄마의 친구라는 사실을 알게 되어서 그런지 설리는 남자가 낯설지 않게 느껴졌다.

"전…… 히말라야에서 왔어요."

내내 옆에서 듣고 있던 시우가 뜻밖의 대답에 놀라서 입을 다물지 못했다. 선우도 적잖이 놀란 눈치였는지 어색하게 뒤통수를 긁적였다.

"히말라야? 높은 산과 눈으로 뒤덮인 그 히말라야?"

"히말라야라고 산과 눈만 있는 건 아닌데. 도시도 있고, 초원도 있고, 사막도 있는데요."

"어쨌거나 그 유명한 산악인들이 목숨 걸고 오르는 진짜 그 히말라야?"

선우는 믿기지가 않는지 자꾸 되물었다. 이 조그맣고 어린 아이가 히말라야에서 왔다니⋯⋯.

"넌 이름이 뭔데?"

20년 전 그날처럼 남자는 여자의 이름을 불러주고 싶었다.

"설리예요."

"설리? 무슨 이름이 그래? 연예인 이름 같기도 하고."

"설리는요, '히말라야'라는 뜻이에요. 히말라야는 고대 산스크리트어로 눈의 마을이란 뜻이거든요. 그래서 부모님은 눈 설(雪) 자에 마을 리(里) 자를 붙여 제 이름을 지으셨대요."

"부모님은 뭐하시는 분인데?"

"전 본 적 없지만 아빠는 가수였고, 엄마는 바이올린을 켰대요."

설리의 익숙한 쫑알거림에 선우의 심장이 빠르게 콩닥거렸다. 무언가 생각에 잠겼다가 그는 겨우 입을 열었다.

"그럼⋯⋯ 혹시 넌 강 씨니?"

히말라야에서 온 소녀가 환하게 웃는다. 눈보다 더 하얀 치아가 가지런히 드러났다.

"역시 아저씨가 우리 아빠, 엄마 친구 맞구나? 맞아요, 강설리. 아빠는 강민, 엄마는 신소라."

선우는 무언가 뒤통수를 친 것 같은 충격에 허리를 일으켜 세웠다. 약 20년 전, 스무 살 시절의 일들이 영화 필름처럼 눈앞을 빠르게 스쳐 지나갔다.

'민아, 그리고 소라야……. 아무래도 우리 인연은 아직 끝나지 않았나 보다. 그래서 너희의 딸이 지금 이렇게 내 앞에 나타났나 봐.'

선우는 아련한 통증으로 가슴이 아파왔다. 그토록 많은 시간이 흘렀는데 아픔은 여전히 사라지지 않았다.

이 땅의 끝 히말라야에서 왔다는 소녀.

히말라야의 의미를 담은 이름을 가졌고, 피부는 에베레스트의 만년설처럼 하얀 아이.

소녀는 첫사랑과 쏙 빼닮았다. 뚫어져라 나만을 바라보는 그 새까만 눈동자. 수줍은 미소와 하얀 치아, 청량한 목소리마저도.

20년 전 그의 전부였으며, 이후 20년 동안 그를 아프게 한 그 얼굴. 잊고 싶었지만 잊을 수 없었고, 지우고 싶었지만 지울 수 없던 그 상처들.

그녀가 좋았다. 그녀도 내가 좋다 하였다. 나만을 위해 바로 그 자리에서 매일같이 〈사랑의 인사〉를 들려주었다. 쓰러질 것 같이 힘들다가도 그녀를 보면, 그 바이올린을 들으면 난 오뚝이처럼 몇 번이고 다시 일어설 수 있었다.

많이 그립다. 내 처음이자 마지막 사랑. 세상 끝으로 꺼져 버리란 내 말 한마디에 넌 정말 히말라야로 사라진 거니?

그 기나긴 세월 동안 난 단 하루도 잊은 적이 없었다. 아니, 잊을 수가 없던 걸 수도. 그래서 방황했다. 어깨가 부서지고, 그래서 야구도 못 하고 매일같이 술만 마셨다. 술에 취한 밤이면 더욱 괴로웠다. 더욱 또렷하게 생각나는 너의 얼굴, 너의 목소리, 그리고 어느 날 내 얼굴 위로 후드득 쏟아내던 너의 눈물방울까지도.

그녀는 나의 마음을 빼앗고, 내 눈과 귀를 멀게 만들고, 내 입을 막아버리고, 내 두 손과 두 팔을 묶고 세상 끝으로 사라져 버렸다. 그리고 지금 그녀를 꼭 닮은 내 첫사랑의 딸이자 내 친구의 딸이 갑자기 내 앞에 나타났다.

이 세상에 태어나 해본 단 한 번의 사랑. 달콤함은 잠시였지만 아픔은 20년 가까운 것이어서 새로운 사랑은 시도도 못해봤다. 그때나 지금이나 내 사랑은 하나뿐인 것 같았다. 그래서 사랑은…… 아프다.

생각해 보면 그 사람은 늘 아픔이었다. 2년간 같은 반이었는데 언제나 외톨이던 소녀. 축 처진 그 어깨, 파리한 안색. 그 밤의 아무도 없는 운동장에서 나를 위해 울어주던 아이. 바보 같은 내 고백에 기꺼이 여자 친구가 되겠다고 소리치던 그녀.

짧은 만남과 긴 이별 뒤에 남은 건 절대 고독과 나아지지 않는 아릿한 아픔이었다.

그래서 사랑은…… 많이 아프다.

이선우. 바로 이 학교 출신인 전설의 에이스. 20년 전 한국 야구 공식 경기 최고 구속 신기록을 세우며 소라고를 개교 이래 전국대회 첫 우승으로 이끈 남자.

이제 그의 나이 서른아홉. 그 세월 속에 굴곡 많은 그의 야구 인생과 단 한 번의 사랑, 가슴 아픈 이별이 고스란히 봉인되어 있다.

현역 은퇴가 얼마 남지 않은 나이임에도 불구하고 재기를 꿈꾸며 모교 운동장을 달리는 이 남자. 트레이드마크이던 160km를 넘나들던 강속구는 아직도 유효한 건지, 마음먹은 대로 포수 미트에 공을 꽂아 넣을 수 있는 정교한 컨트롤은 살아 있는 건지, 프로야구 마운드에서 선발로 공을 던질 수 있는 체력은 남아 있는 건지…….

서른아홉이라는 나이임에도 불구하고 선우는 여전히 혼돈 속에서 살고 있었다. 그런데 갑자기 나타난 히말라야에서 온 소녀가 그의 혼돈에 혼란까지 더해주었다.

선우는 고개를 들어 하늘을 봤다. 큰 눈이 내린 다음 날 아침이라 겨울 하늘은 시리도록 파란 것이 마치 그의 마음처럼 시리기만 했다.

"〈사랑의 인사〉는 영국의 작곡가 에드워드 엘가가 아내를 위해 만든 피아노곡이지만 지금은 바이올린으로 편곡되어 많이 알려 졌어. 이 사랑의 세레나데를 난 이제부터 너만을 위해 연주할 거 야."

고교 시절 소라는 소녀가 있는 바로 그 자리에서 그렇게 〈사랑의 인사〉를 연주했지. 엄격하던 감독님조차도 그녀의 연주를 막지 않 았어. 뛰고 또 뛰면서 턱까지 숨이 차올라 주저앉고 싶을 때면 그녀 가 들려주는 〈사랑의 인사〉가 나에겐 힘이 되어준, 세상에서 단 하 나뿐인 응원가였지.

다시 눈앞의 맑은 눈의 소녀를 보았다. 그녀의 얼굴이 오버랩 된 다.

그녀 소라, 그리고 내 친구 민이……

남자는 소녀를 보며 세상에서 가장 슬픈 이야기를 생각해 냈다. 그는 이제 20년 전의 기억을 하나둘씩 떠올렸다. 그런 그의 곁에서 설리는 마냥 신기한 듯 두 손으로 턱을 괴고 그를 바라보고 있다.

2.
나도 당신이 좋습니다

여기 이 여자 신소라. 적당한 키에 적당한 성적, 더불어 조용한 성격에 부끄러움을 많이 타 어릴 적부터 남 앞에 나서는 걸 그다지 좋아하지 않았다. 그래서 사람들 눈에 띄지 않았다. 아니, 어쩌면 가정 환경 탓인지도 모른다. 여덟 살 때 사고로 부모를 여의고 큰아버지 집에서 살았다. 그 가족은 좋은 사람들이었고, 외톨이가 된 조카를 친자식처럼 대해주었다. 그렇지만 소라 스스로 매사에 의기소침해지고 주변의 눈치를 보는 게 습관화되는 건 어쩔 수 없는 일이었다.

고등학교에 입학해서는 말수가 더 줄어들었다. 왕따까지는 아니지만 부모가 없는 아이라는 게 알려지면서 그녀는 더욱 움츠러들었다. 그렇게 소라는 점점 주변 사람들에게 존재감 없는 아이로 각인되어 가고 있었다.

공부도, 운동도 뭐 하나 특출한 게 없는 데다 어깨를 축 늘어뜨리고 있는 듯 없는 듯 지내는 그녀 곁엔 하나둘씩 친구들이 사라지고,

어느 날 소라는 완벽히 혼자가 되었다. 며칠이고 그 누구와도 말 한마디 안 하고 지내던 나날……. 늘 혼자인 조카를 안쓰러워하던 큰아버지의 권유로 시작한 바이올린만이 그녀의 유일한 친구였다.

방과 후 소라는 해 저물녘까지 음악연습실에서 혼자 바이올린을 켰다. 집에 와서도 방에 틀어박혀 바이올린을 켜고 또 켰다. 그 누구와도 단절된 혼자만의 세계에서 소라는 바이올린을 켤 때만 한없는 행복을 느꼈다.

잠시나마 행복하던 시절을 떠올리고 싶을 땐 크라이슬러의 〈아름다운 로즈마린〉, 서러워 울고 싶을 땐 비탈리의 〈샤콘느〉, 그래도 희망의 끈을 놓고 싶지 않을 땐 엔리꼬 모리꼬네의 〈가브리엘 오보에(넬라판타지아)〉, 그리고 사무치게 그리울 땐 그녀가 가장 좋아하는 엘가의 〈사랑의 인사〉.

2학년이 되어 새 학기가 시작된 지 얼마 안 되었을 때, 그렇게 바이올린에 푹 빠져 있는 그녀에게 누군가 먼저 말을 걸어준 것은…….

그날도 방과 후 음악연습실에서 바이올린을 켜고 있는데 불쑥 그 남자가 나타났다. 야구 모자를 뒤로 쓰고 땀범벅이 된 그가 햇살처럼 미소를 지으며 말했다.

"신소라, 바이올린 소리 죽이는데? 제목이 뭐야?"

누군가가 이름을 불러주었다. 소라는 깜짝 놀랐다.

"음, 난 음악은 잘 모르는데 이 노랜 되게 좋네. 뭐랄까, 심금을 울린다고 해야 하나? 하하."

그가 웃는다. 자기가 말해놓고도 쑥스러운지 뒤통수를 긁적이며 멋쩍게 웃는다.

"뭐라고? 지금 뭐라 그랬니?"

"노래 좋다고. 아, 클래식이라 노래라고 하면 안 되나? 미안. 운동만 했더니 좀 무식해서 말이지."

"내 이름 알아?"

소라의 질문에 하얀 야구 유니폼을 입은 남자는 열려 있는 연습실로 들어왔다. 그가 걸을 때마다 야구화 스파이크가 바닥에 닿으며 절그럭 소리를 냈다.

남자가 그녀의 코앞까지 오더니 얼굴을 맞대었다. 두 사람의 눈이 마주쳤다.

"내가 좋아하는 소라잖아."

그녀의 심장이 뛴다. 소라는 두근거리는 심장 소리를 들킬까 봐 헛기침을 했다.

좋아한다고? 날 좋아한다고? 소라는 어쩐지 얼굴이 빨갛게 달아올랐다.

"나 소라 좋아하거든. 소라숙회도 좋고 소라초무침도 좋고."

"아…… 나도 그거 좋아해."

소라가 고개를 푹 숙였다. 괜한 기대, 괜한 설렘, 괜한 오해…….

"신소라, 그러는 너는 내 이름 몰라?"

남자가 손가락으로 소라의 떨군 얼굴을 들어 올리며 물었다. 애써 태연한 척 소라가 한 손으로 남자를 밀쳤다. 그녀의 목소리가 약간 떨리고 있다.

"두 사람 이름 모르면 우리 학교 학생 아닐걸. 강민이랑 이선우. 그중에서 넌 이선우. 야구부 스타잖아. 2년간 나랑 같은 반이기도 하고……."

"바보야, 그러니까 나도 네 이름 알지. 2년간 같은 반이라며?"

아무렇지 않은 듯 툭 말을 던지며 선우는 뒤돌아서서 연습실을 나갔다. 그리고 손을 흔들며 이렇게 말했다.

"난 공 찾으러 이 앞에 왔다가 바이올린 소리에 여기까지 왔다네, 2년 연속 같은 반인 소라고 2학년 10반 신소라 양. 다음엔 꼭 그 바이올린 곡 이름도 알려줘."

누군가 이름을 불러준다는 게 기뻐서였을까, 아니면 그 사람이 이선우이기 때문일까? 소라는 무언가 벅차오르는 듯한 낯선 감정에 숨쉬기조차 힘들 지경이었다.

"그 연주곡은……."

소라가 기어들어 가는 목소리로 겨우 말했지만 선우는 이미 사라진 후였다.

그 후로도 오랫동안 그녀의 이름을 불러주는 사람은 거의 없었다. 선우와 연습실에서 잠깐 만나 얘기를 나눈 지도 일 년이라는 시간이 지났고, 여전히 열심히 바이올린을 켰고, 더불어 그녀의 키가 조금 더 컸고, 머리카락은 길게 자라 윤기 나게 찰랑거렸고, 여전히 누구도 기본적으로 필요할 때 이외에는 이름을 불러주지 않았고, 그렇게 3학년이 되었고, 두 사람은 반이 갈라졌다.

*　*　*

대통령배 결승 경기가 선우의 사구사건과 민의 폭력사태로 얼룩지며 어이없는 몰수 패로 끝나자 남은 건 허탈함 뿐. 정밀검진을 위해 하루 입원한 선우는 퇴원하자마자 학교부터 찾았다.

분했다. 그저 분했다. 아무도 없는 학교 야구장에서 몇 시간을 혼자 러닝하고, 네트에 공을 던지고, 배트를 휘둘러댔다. 비 오듯 땀이 흐르고 숨이 차올랐다. 선우는 짐승처럼 숨을 헐떡거리며 운동장에 벌렁 드러누웠다. 이미 해가 진 하늘엔 별이 촘촘하게 박혀 있었다.

그동안 해온 모든 노력이 물거품이 된 듯싶었다. 더구나 여러 명이 다쳤고, 그 일로 인해 누군가는 학교를 떠나야 했다. 괜한 눈물이 흐르려고 해서 모자 창을 아래로 내려 눈을 가렸다.

후드득. 무언가가 머리에 떨어지는 것 같았다.

빗물인가? 분명 하늘엔 별이 많았는데…….

슬쩍 모자 창을 들어 올려다보니 한 아이가 보인다. 투명하게 맑은 피부, 검은 눈동자, 그리고 주룩주룩 뺨을 타고 흐르는 눈물.

신소라.

그녀가 울고 있었다. 눈물이 그녀의 볼을 타고 누워 있는 선우의 얼굴로 방울방울 떨어졌다.

"왜…… 우는 건데?"

"몰라."

유달리 붉고 도톰한 입술이 달싹이며 청아한 목소리로 그렇게 답했다.

선우의 가슴이 뛰기 시작했다. 처음 시속 150km의 속구를 포수 미트에 꽂아 넣었을 때의 그 느낌. 문득 이 여자애가 몹시 예쁘다고 생각되었다. 처음 같은 반이 된 1학년 때도 그랬다. 유난히 눈길이 가는 여자애. 수업 시간 내내 졸다가도 그녀를 보면 왠지 흐뭇하다는 느낌이 들었다. 그땐 몰랐다. 그 감정이 어떤 것인지를.

"무슨 일 있었어?"

눈앞의 소녀는 말없이 그저 고개만 가로저었다. 연신 보석 같은 눈물방울이 눈부시게 빛나며 어둑해진 운동장을 수놓고 있다.

"혹시…… 나 때문에 우는 거니?"

선우는 허리를 세워 일어나서는 손을 뻗어 소라의 촉촉이 젖은 눈가를 엄지손가락으로 닦아주었다.

"울지 마, 바보야."

소라는 그제야 억지웃음을 지어 보였다. 눈은 웃고 있는데 눈물이 계속 흐르고 있다. 그 미소에 선우는 이상하게 왼쪽 가슴이 아파왔다. 결승전 8회 말에 빈볼을 맞았을 때보다 훨씬 더 격렬한 통증이 심장 가득 전해왔다.

사랑 따위 아무것도 아니라고 그렇게 매일매일 되뇌었다. 사랑보다 재밌는 게 야구라고, 프로에 가기 전까지는 누군가를 사랑하지 않겠다고 다짐하고 다짐한 선우였다. 그런데 이 눈물이 아프다. 떨어지는 물방울이 아프고, 슬픔 가득한 그 눈망울이 아프다. 눈물이 채 마르지 않은 채 억지로 웃는 어색한 미소에 가슴이 아프고, 유난히 하얗고 투명한 피부에 눈이 아프다.

풍문으로 그녀는 고아이고, 부모형제 아무도 없이 친척집에 얹혀사는 아이라고 들어서인지는 몰라도 그녀에게서 느껴지는 이미지는 쓸쓸함과 애절함이었다. 이런 감정이 사랑은 아니라고 생각했는데. 그저 그녀가 불쌍하다고 생각했고, 값싼 동정으로 비춰질까 봐 쉽사리 다가가지 못했는데 연민이 아니라 사랑이었다.

사랑이란 건 원래 아픈 걸까?

선우의 첫사랑의 시작은 아픔으로 기억되었다. 그마저도 좋았다. 사랑의 아픔이란 사실은 기쁨의 또 다른 이름이기에.

선우가 다시 소라의 눈가를 닦아주자 눈물이 샘솟듯 흘러넘친다.

선우의 손끝에 전해지는 따스한 온기. 문득 그녀를 안아주고 싶었다. 그런데 용기가 없다.

"바보야, 울지 말라니까. 눈 퉁퉁 붓는다."

"그래, 그런데…… 눈물이 멈추질 않아."

또 한 번 두근두근 심장이 뛴다.

선우는 자기도 모르게 팔을 뻗어 소라를 품에 안았다. 용기 따위는 필요 없었다. 그저 심장이 시키는 대로 했다. 그의 급작스러운 포옹에 소라는 얼어붙은 듯 정지 상태이다. 그렇게 한참이나 둘은 그 자세로 운동장에 서 있었다. 이윽고 선우가 그녀의 귀에 나지막이 속삭였다.

"울보야, 그렇게 높은 데서 눈물 같은 걸 떨구면 내 얼굴이 아프잖아. 이젠 울지 마."

낯간지러운 유치한 대사에 자기가 말해놓고도 창피했는지 선우의 얼굴이 새빨개졌다. 그런데 품 안에 있던 그녀가 목 놓아 운다. 엉엉 우는 그녀에게 선우는 더 이상 해줄 말이 생각나지 않았다.

"공도 맞고…… 게임도 지고…… 1년 만에 겨우 나간 대회인데 많이 분했니? 혼자 기를 쓰고 운동장을 뛰고 있더라? 그래서 너를 보면 눈물이 나."

선우가 그녀의 어깨를 잡고 얼굴을 마주했다. 빨려들어 갈 것만 같은, 흑요석같이 빛나는 검은 눈동자를 바라보고 있으니 역시 그랬다. 제가 느끼는 이 감정은 심장이 시킨 것이었다.

평생 하지 못할 줄 알았던 말.

"나…… 소라 좋아해."

"그래, 알아. 소라숙회, 소라초무침……."

"그것도 좋지만 나…… 신소라를 좋아해."

소라의 퉁퉁 부은 두 눈이 놀라움에 한껏 커졌다. 누군가가 이름을 불러주었고, 그리고 좋아한다고 말해준 것은 부모님이 돌아가시고 나서 처음 있는 일이다. 게다가 이 남자가 누군가. 수많은 여학생 팬을 거느린 고교 야구의 영웅이 아닌가.

"놀리지 마. 그리고 좀 창피하니까 이 팔 좀 풀어."

선우가 깜짝 놀라 그녀의 어깨에서 스르륵 팔을 내리자 어색한 침묵이 감돌았다.

"저기…… 갑자기 이런 말하면 어떻게 생각할지 모르지만, 나는…… 이런 경험도 없고, 그래서 어떻게 말해야 할지 잘 모르지만…… 나는 원래 야구에 미친 놈인데……."

제 마음을 표현하지 못해 더듬거리던 선우가 말을 제대로 끝내지 못하고 머리를 긁적였다. 소라는 그런 선우의 모습을 빤히 쳐다보고 있다. 그런 그녀를 가만히 바라보고 있자니 소라의 눈동자에 자신의 모습이 비쳤다. 선우는 그것이 참 기뻤다. 그녀의 눈 안에 자신이 들어가 있는 것 같아서. 그래서 언제까지고 그녀의 눈동자에 각인되고 싶다는 생각을 했다.

"재작년 1학년 3반 17번, 작년 2학년 10반 34번 신소라 양, 나는 내 번호도 모르는 바보인데 이상하게 당신 번호는 알고 있습니다. 올해는 처음으로 반이 갈려서 참 서운했습니다. 처음엔 아니라고 생각했는데 이제 확실히 알 것 같습니다. 저는 옛날부터 당신을 좋아한 것 같습니다. 야구 외에는 아무것도 모르고 여자에 대해서는 더욱 모르는 바보 같은 남자지만…… 제 여자 친구가 되어주십시오!"

말해 버렸다.

아무도 없는 깜깜한 운동장에서 유니폼을 입은 채 땀 냄새 풀풀 풍기며 언제까지고 하지 못할 줄 알고 있던 사랑 고백을 했다. 그리곤 주체 못할 쑥스러움을 감추려고 크게 웃고 말았다.

"우하하! 이거 되게 창피하네! 우하하하!"

선우의 바보 같은 웃음소리가 미처 사라지기도 전에 소라가 크게 외쳤다.

"나 신소라!"

갑자기 터져 나온 맑고 깨끗한 그녀의 외침에 선우가 웃느라 숙이고 있던 고개를 들었다. 눈이 마주치자 소라의 목소리가 떨리며 말끝이 흐려졌다.

"나······ 신소라······."

이 남자, 진심이다. 몇 반인 건 그렇다 쳐도 정확히 번호까지 알고 있다. 그것이 어떤 의미인지를 알아챈 소라는 이내 두 눈을 질끈 감고 작은 주먹을 꽉 쥐며 크게 소리쳤다.

"나 신소라! 나도 당신이 좋습니다! 솔직하게 말하자면 누구라도 좋았을지 모르겠습니다. 주위엔 아무도 없었으니까요. 하지만 당신이라서 더 좋습니다. 제 부모님은 사고로 돌아가셔서 큰아버지 댁에서 살고 있습니다. 바이올린밖에 모르고 친구도 없는 바보 같은 여자지만 괜찮다면 기꺼이 이선우 군의 여자 친구가 되겠습니다!"

두 눈을 꼭 감고 한참을 서 있던 소라는 그에게서 반응이 없자 살며시 눈을 떴다. 그녀의 눈앞에서 선우가 허공에 주먹을 내지르며 온몸으로 기쁨을 표현하고 있다.

"그리고 그때 그 연주곡은 〈사랑의 인사〉입니다."

소라가 수줍게 말했다. 선우는 그런 그녀가 한없이 사랑스럽고 귀여웠다.

"다음에 또 들려줄래? 〈사랑의 인사〉."

소라가 고개를 끄덕였다.

고교 3학년 18세의 늦은 봄, 해 저문 학교 운동장에서 두 사람의 사랑은 그렇게 시작되었다.

아프지만 유치하게, 또한 감미롭게.

✻　✻　✻

1990년대 소라고등학교에는 두 명의 전설이 있었다. 한 명은 강력한 직구를 뿌려대는 야구부의 에이스 이선우였고, 또 한 명은 강력한 주먹을 뿌려대는 싸움 짱 강민이었다.

선우가 야구만 잘하고 싸움은 못하느냐 하면 그건 아니었다. 이미 중학 시절 잠실 일대에선 민과 호각을 이루던 또 다른 싸움꾼이 야구부에 행패를 부리자 한 방에 녹다운시킨 전력이 있으며, 고등학교에 입학해서도 시비를 걸던 동네 건달과 1대 4로 싸워 모조리 병원으로 보낸 일도 있기 때문이다.

선수 신분이었기 때문에 1년간 경기 출전을 못 하는 징계 처분을 받았지만, 실은 그것도 선우의 재능을 아까워한 대한야구협회의 입김으로 완화된 것이라는 소문이 파다했다. 어찌 됐건 선우는 1년간 푹 쉬면서 오히려 어깨는 더욱 싱싱해져 고3 때 그의 속구는 시속 150㎞를 넘나들며 약체 소라고가 일약 우승후보로 발돋움하는 계기가 되었다.

민 또한 싸움만 잘하고 다른 재능이 없었느냐 하면 그건 아니었다. 독학으로 익힌 기타는 이미 프로급이었고, 직접 곡을 쓰며 노래하는 싱어송라이터로 서울 시내 고등학교 축제에 단골로 초청되는 스타였으며, 공부에는 별로 취미가 없었지만 졸업장만 따면 바로 가수의 길을 걷겠다고 선언하기도 했다.

이선우. 키 185㎝, 몸무게 78㎏. 큰 키와 스마트한 체형에 서글서글한 인상의 호남형 마스크.

강민. 키 173㎝, 몸무게 67㎏. 약간 작은 체구지만 영화배우 같은 전형적인 꽃미남 스타일.

일대의 여고생들에게 절대적인 인기를 구가하고 있던 소라고의 두 전설은 중학생 때부터 서로에 대해 인지하면서도 실제로는 단 한 번도 대화를 해본 적이 없는 희한한 사이이기도 했다. 하늘의 태양이 두 개일 수 없듯이 서로의 존재감은 인정했지만 적당히 거리를 두며 지내왔다.

1년간의 출장 정지 징계가 끝나고 선우가 3학년이 된 4월의 어느 봄날, 그 해의 고교야구 전국대회 시즌 첫 대회가 열렸다. 바로 대통령배 고교야구선수권 대회였다.

야구부 역사가 길지 않은 신생팀이던 소라고등학교로서는 초고교급 투수인 선우가 졸업하기 전 반드시 좋은 성적을 내야 하는 중요한 한 해의 첫 대회였다. 선우 또한 일 년을 통째로 쉬어버렸기에 겨울 프로야구 신인 드래프트에서 지명 받기 위해서는 스카우터의 눈에 들 만한 실적이 필요했다.

서울 예선을 가볍게 통과하고 시작된 본선 토너먼트에서 소라고는 에이스 선우의 기록적인 4경기 연속 완투승에 힘입어 준결승에 진출한다. 연투에 지친 에이스를 보호하고 결승 진출에 대비해 4강에서는 우익수 4번 타자로 출전했지만 6회 역전 위기에 몰리자 선우는 또다시 자원 등판해 45구를 던지고 세이브를 기록했다.

하루의 짧은 휴식 다음 날 열린 대망의 결승전. 소라고는 개교 이래 첫 우승을 노리는 야구부를 응원하기 위해 전교생이 2교시 수업만 마치고 동대문야구장으로 향했고, 민도 심드렁하니 친구들을 따라나섰다.

4월의 어느 봄날. 공중파 TV로도 중계되는 대통령배 전국고교야구 선수권대회 결승. 하늘은 물감을 칠해놓은 듯 파란색을 띠었고,

그 위에 뭉게구름 몇 조각이 걸려 있는 청명한 날이었다.

경기 시작 전부터 노 감독은 고심했다. 아무리 학생 야구가 투수 놀음이라지만 매 경기 선수 하나에만 의존할 수는 없었다. 자칫 부상이라도 당하면 어린 선수의 투수 생명을 갉아먹는 결과를 낳을 것이고, 승부에만 집착하는 지도자로 비난받을 것이 자명했다.

그런데도 선우는 선발투수로 출전하겠다며 고집을 피우고 있었다.

"녀석아, 넌 이제 열아홉이야. 아직 던질 날이 깨알처럼 많다."

"열아홉 인생에 처음 맞는 우승 찬스입니다. 제가 던지고 싶어요, 감독님."

"안 된다. 넌 오늘 타자로서의 임무에만 충실해라. 준석이가 대기 중이야."

노 감독이 자신을 호명하자 준석의 눈빛이 흔들렸다. 선우가 그런 그의 두 어깨를 잡았다.

"준석아, 너도 3년간 열심히 운동한 거 알아. 하지만 오늘이 마지막 경기야. 내가 무너지면 뒤를 부탁해. 꼭 우승하자."

소라고 나인(nine)이 하얀 유니폼을 입고 운동장으로 모여 어깨동무를 한 채 원을 그렸다. 허리를 숙여 파이팅을 외친 후 1루 쪽 응원석 앞에서 인사를 하자 큰 박수가 터져 나왔다. 민은 다리를 꼰 채여전히 무관심한 표정으로 멀뚱히 쳐다볼 뿐이었다.

"플레이볼!"

주심이 우렁찬 목소리로 경기 개시를 알렸다. 마운드에는 역시나 소라고 간판 이선우가 서 있다. 이번 대회 4승 1세이브, 방어율 0.44, 탈삼진 67개. 일 년의 공백이 무색하게 압도적인 기록이었다.

주 무기는 시속 150㎞를 넘는 포심 패스트볼과 낙차 큰 파워 커브. 다양한 구종을 구사하진 못해도 제구력이 동반된 두 구종만으로도 상대 타자들을 제압하기에는 충분했다.

노 감독은 선우가 여러 가지 변화구를 익히지 못하게 가르쳤다. 고교 선수는 직구 외에는 커브, 또는 슬라이더 중에서 하나만 던져야 한다고 했다. 변화구는 구속을 갉아먹고 팔꿈치를 손상시킨다는 이유였다.

사실 '직구'라는 단어는 '패스트볼'이라는 영어가 일본어로 변형되고 다시 한국어로 바뀌면서 만들어진 잘못된 말이지만 직구는 직구였다.

당시 유행처럼 번진 고교 유망주들의 메이저리그 행 러시에 동참하든 한국 프로야구팀에 입단하든, 아니면 정석대로 대학에 가든 변화구는 완전한 성인이 된 후에 추가하도록 단단히 못 박아둔 터였다. 대신 무조건 많이 뛸 것을 주문했다. 튼실한 하체에서 강력한 공이 탄생한다는 게 노 감독의 지론이었다.

그래서 선우의 직구는 또래에 비해서 위력이 엄청났다. 단순히 스피드만 빠른 게 아니라 돌덩이처럼 묵직했으며 악력이 좋아 회전수도 많았다. 커브 또한 일품이었다. 포심 패스트볼을 던질 때와 같은 폼에서 나오지만 위에서 아래로 뚝 떨어지는 파워커브에 타자들의 방망이는 춤추며 헛돌기 일쑤였다.

이번 대회 최고 투수로 손색없는 선우를 상대하는 조선상고는 의외의 작전을 들고 나왔다. 1회 초부터 전 선수 투수 앞 번트. 연투로 피로한 상대 투수를 괴롭혀서 최대한 체력을 고갈시킨 후 후반에 승부를 걸겠다는 심산이었다.

실제 선우는 전력투구 후 번트 타구를 잡기 위해 마운드에서 뛰어내려 오는 수비 동작을 매회 반복해야 했다. 아웃카운트가 늘어날수록 체력은 방전되었고, 무엇보다 투구 밸런스 유지가 미묘하게 신경 쓰이는 일이었다.

끈질긴 번트 공세를 차분히 처리하며 노 히트 행진을 이어갔지만, 소라고의 타선도 좀처럼 주자를 내보내지 못했다. 0대 0으로 팽팽히 맞서던 8회, 결국 번트 타구를 잡다 넘어지며 첫 주자를 내보냈다. 그리고 강공 전환 후 안타를 맞고 노아웃 주자 1, 3루의 위기.

"충분히 잘 던졌다. 이제 좀 쉬어라."

투수 교체를 위해 올라온 노 감독이 상기된 표정으로 숨을 몰아쉬는 선우의 손에서 공을 건네받았다. 선우는 분한 표정으로 씩씩대며 포수 미트를 한참 동안 노려보았다.

다음 투수는 역시나 기교파 언더핸드 투수 준석이었다. 구속보다는 수 싸움으로 맞춰 잡는 스타일.

"솔직히 너보다 잘 던질 자신은 없어. 하지만 최대한 쉴 수 있게는 해줄게."

선우는 타자로서도 발군이었기에 완전히 엔트리에서 빠지지 않고 우익수와 교체되어 외야로 나갔다. 허리를 숙인 채 두 손으로 무릎을 짚고 숨을 골랐다. 붉게 충혈된 눈만은 여전히 멀리서나마 포수 미트를 뚫어져라 노려보았다. 마치 일격을 준비하는 배고픈 한 마리 짐승처럼.

마운드를 이어받은 준석은 최대한 인코스로 공을 붙였다. 지친 에이스가 잠시라도 쉴 수 있도록 하기 위함이었다.

준석은 8회 위기를 용케 1실점으로 막고, 9회에도 주자를 내보냈지만 무실점으로 버텼다. 드디어 9회 말 소라고의 마지막 공격만 남아 있다.

9번 타자부터 시작된 공격은 볼넷과 희생번트, 삼진, 내야안타로 이어지며 투아웃 주자 1, 3루. 안타 하나면 동점, 장타면 역전도 가능한 상황에서 가장 믿음직한 4번 타자 선우가 등장했다. 선우는 타자로서도 이번 대회 5할이 넘는 타율에 홈런 일곱 개를 치며 활약하고 있었다. 영웅이 되기에 최적의 밑그림은 그려진 셈이다.

선우는 타석에 들어서기 전 배트를 몇 번 스윙해 봤다. 괜찮다. 외야에서 숨을 고른 덕분에 강한 타구를 날릴 힘은 충분히 돌아왔다.

모두의 이목이 집중된 초구부터 날카롭게 배트가 돌았다. 좋은 느낌!

알루미늄 배트는 경쾌한 파열음을 냈다.

그의 타구는 쭉 뻗어 멀리 날아갔다.

선우는 이런 순간이 좋았다. 초등학교 때 키가 크다는 이유로 야구부에 들어간 뒤로 늘 이런 순간이 좋았다.

마운드에서 힘차게 공을 던지면 팡 하고 포수 미트에 꽂히는 소리, 공이 배트에 정통으로 맞았을 때 손바닥에 전해지는 기분 좋은 울림과 뻗어 나가는 바람 소리, 굵은 땀방울이 모공 사이사이로 솟아날 때의 묘한 쾌감, 그리고 승부처마다 심장에 전해지는 긴장된 공기의 흐름…….

또래의 친구들이 나이트클럽에 놀러 가고, 담배를 피우고, 여자 친구를 만나도 하나도 외롭지 않은 이유였다. 야구는 그에게 친구였고 애인이었으며 종교였다.

투수의 힘은 하체에서 나오고 강인한 하체는 러닝으로 만들어진다는 노 감독의 명에 따라 매일 50바퀴씩 운동장을 돌았다. 공의 회전수를 올리기 위해 수업 시간에도 악력기를 손에서 떼지 않았고, 공의 실밥이 너덜너덜해질 때까지 그립을 쥐고 또 쥐었다.

선우가 회심의 일격을 날린 타구는 크게 뻗어 나갔지만 살짝 좌측

펜스를 벗어났다. 아쉽게도 대형 파울 홈런. 상대 투수가 다행이라는 듯이 가슴을 쓸어내렸다.

조선상고의 작전타임. 혹시 고의 사구로 거르지는 않을까? 그러면 투아웃이지만 주자 만루. 다음 타석은 찬스에 강하고 책임감도 있는 광현이니까 단타 하나에 끝내기 역전도 가능했다.

선우의 머릿속에 다음 상황이 빠르게 그려질 때 경기가 속행되며 빠른 공이 위협적으로 머리를 향해 날아왔다. 순간 허리를 젖혀 피했고, 다행인지 불행인지 공이 포수 뒤로 빠지지는 않았다.

그다음 공도 또다시 머리를 향해 날아왔다. 이번엔 피할 새도 없이 헬멧에 정통으로 맞았다. 충격으로 선우의 몸이 휘청거렸다. 야구장에 순간 정적이 감돌았다.

어느새 노 감독이 뛰어나와 투수의 멱살을 잡는 게 보였다. 빈볼에 이어 헤드 샷이 나오자 주심이 바로 퇴장 콜을 내렸다.

동료 몇이 놀란 얼굴로 쓰러진 선우에게로 달려나왔다. 선우가 아무렇지도 않다는 듯 헬멧을 툭툭 치며 일어났다.

"에이, 쪽팔리게……."

선우가 중얼거리며 1루로 걸어 나갔다. 아니, 걸어 나가려고 했다. 몇 걸음 뗀 그의 몸이 또다시 휘청거리며 바닥에 주저앉았다. 일어나 보려 하지만 겨우 한쪽 무릎만 세웠을 뿐이다.

선우는 두 손으로 바닥을 짚었다. 저기 눈앞에 1루 베이스가 보인다.

어떻게든 저기까지 가야 해. 이를 악물고 기어가기 시작했다.

우스꽝스럽게 1루를 향해 엉금엉금 기어가는 한 선수. 선우의 이름을 연호하던 소라고 응원단 여학생들은 어느새 눈물바다를 이루었다. 하지만 선우는 바닥에 완전히 엎드려서 일어나지를 못했다.

노 감독과 동료들이 모여들었다.

어느 봄날, 9회 말 투아웃. 이선우, 나이 열아홉 살. 하늘은 파랗고 뭉게구름이 걸린 날이었다.

관중석이 동요와 걱정으로 술렁일 때 민은 무심히 모든 상황을 지켜보고 있었다. 그라운드가 항의와 항변으로 난장판이 되었을 때, 민은 조용히 일어나 아래로 걸어 내려갔다. 그가 1루 펜스를 넘어 운동장 안으로 들어서도 아무도 눈치 채지 못했다. 모두의 시선은 쓰러진 선우 주변으로 쏠려있었다.

3루 더그아웃으로 들어간 민이 퇴장당한 투수를 발견하곤 서서히 다가갔다.

"왜 그랬어?"

민의 물음에 투수가 벌떡 일어났다.

"이 자식은 또 뭐야?"

민이 발로 정강이를 차자 투수가 주저앉았다. 민이 왼손으로 투수의 목덜미를 누르며 주먹을 들었다.

"왜 그랬냐고!"

투수의 동료 중 하나가 배트를 들고 뒤에서 달려왔다. 민이 살짝 몸을 틀어 팔꿈치로 얼굴을 찍었다. 붉은 피가 사방으로 후드득 날렸다.

다시 투수의 얼굴에 주먹을 날리자 턱이 돌아갔다. 민은 그것으로 그치지 않고 여전히 목덜미를 누르고 있는 빈볼을 던진 투수에게 펀치를 먹였다. 쓰러지지도 못하게 제압당한 채 투수는 대여섯 방의 강력한 주먹을 맞고 얼굴이 심하게 일그러졌다.

사태를 파악한 다른 동료들이 달려오자 민은 떨어진 배트를 주위들고 붕붕 휘둘러 댔다.

"다 이리 와. 전부 보내 버린다."

강민.

소라고의 전설적인 싸움 짱.

중학생 때도 고등학교 다니는 형들에게 지지 않았다. 빠른 스피드와 날렵한 발차기, 대담한 배짱. 무수한 실전에서 단 한 번도 져본 일이 없다는 그 독종이 배트까지 손에 들었다. 더그아웃에 있는 십여 명의 선수들을 혼자서 상대하려면 그 방법밖에 없다고 생각했다. 그리고 각오했다. 머리가 깨지고 팔 하나쯤은 부러질 것이라고. 그래도 이래야만 한다고 배트를 휘두르면서 스스로에게 주문을 걸었다.

선우는 병원으로 긴급 후송된 후 이런저런 검사를 받았다. 머리쪽에 강한 충격을 받아 일시적인 뇌진탕 증세를 보였을 뿐 별다른 이상 소견은 나오지 않았다.

민의 난동으로 심판은 소라고의 몰수 패를 선언했다. 결국 선우의 소망인 전국대회 우승은 이루어지지 못했다.

상대편 선수가 여러 명 병원으로 실려 가는 참사 속에 민은 급히 달려온 청원경찰에게 체포되어 경찰서로 끌려갔다. 미성년자였지만 부상자가 여러 명 발생했고 배트를 휘두른 점이 불리하게 작용해 구치소에서 재판을 기다리다 주변의 노력으로 피해자와 겨우 합의에 이를 수 있었다.

소라고 학생들이 구명운동을 벌이고 탄원서를 제출해 집행유예로 풀려날 수 있었지만 퇴학 결정은 어쩔 수 없는 수순이었다. 그렇게 민의 질풍노도 같은 고교 생활은 막을 내리려 했다.

사람들은 물었다.

"왜 그랬어?"

열두 번도 더 들은 말이다. 조서를 꾸미던 담당 형사도, 부모님도, 소라고 야구부 감독님과 교장선생님도, 주변 친구들도, 심지어 상대편 피해자들까지 모두들 한결같은 질문을 했다.

글쎄, 왜 그랬을까?

민은 저도 모르게 씁쓸한 웃음을 지었다. 부모님의 간절한 소망대로 어떻게든 고등학교 졸업은 하려고 했는데. 대학가요제 참가 자격이 사라진다는 것 외엔 대학 입학에는 아무 미련도 없는데.

짜인 각본대로 하려면 오늘은 자퇴서를 내야 한다. 아직은 학생이고, 기한이 얼마 남지 않은 미성년자의 특권으로 전과자가 되지 않는 대신에 사회가 민에게 준 암묵적인 형벌이었다. 그래도 퇴학 처분보다는 낫지 않느냐고 담임도, 부모님도 겨우 설득해 만들어진 결과였다.

절차는 생각보다 간단했다. 자퇴 신청서에 '일신상의 이유로 자퇴를 신청합니다'라고 쓰고 날짜와 이름을 기입한 후 제출하면 끝나는 것이었다. 민은 차라리 이렇게 된 것이 홀가분하다고 생각했다.

사실 대통령배 고교야구 결승에서 민이 벌인 소동은 신문의 스포츠 면과 사회면에서도 다룰 만큼 이슈가 되었기에 그가 자퇴서를 제출한 날 소라고의 학생들의 이목이 집중되었다. 그는 자퇴서가 접수되고 간단한 교장 선생님과의 면담이 있은 후 교무실에서 빠져나왔다.

"강민! 강민! 강민!"

민이 몇 가지 사물을 챙겨 아무도 없는 운동장으로 걸어 나오자 수업 시간 중임에도 전교생이 창문을 열고 그를 연호하기 시작했다. 어쨌거나 모두들 사정을 알고 있었기에 각 반의 교사들도 차마 제지하지 못했다.

늘 불량스런 아이였지만 노래 하난 끝내주게 잘 부르던 친구. 게다가 싸움도 잘해서 다른 학교와 분쟁이 일어날 때면 언제나 든든한 버팀목이 되어주던 의리 있는 친구가 바로 민이었다.

물론 밸런타인데이나 크리스마스이브면 압도적으로 여학생들의 선물 공세 1위를 할 만큼 우월한 외모는 평범한 남학생들에겐 피해 의식과 자괴감을 만들어주기도 했다. 그래도 교내에선 스타이던 친구였기에 민의 마지막 하교는 소라고 학생들에게 복잡 미묘한 감정을 불러일으켰다.

그날 경기 내내 줄기차게 번트를 대던 상대편은 너무나 얄미웠다. 그리고 9회 말 투아웃 역전 찬스에서 의도적으로 던진 비열한 헤드샷은 모두의 공분을 사기에 충분했다. 모두가 뛰쳐나가 보복하고 싶었지만 차마 그러지 못했는데 단 한 명, 강민만이 자신의 감정에 솔직하게 분노를 표현했다.

어쩌면 애써 울분을 삼키고 있는 소라고를 대표해 벤치에 난입했고, 외롭게 혼자 싸웠고, 그 결과 학교를 떠나게 되었다. 그래서 저 남자는 오래오래 소라고의 전설로 남을 거라고 다들 믿어 의심치 않았다.

그런 민의 모습을 보게 된 선우는 급하게 교실을 빠져나와 운동장으로 달려갔다. 그리고 가쁜 숨을 헐떡이며 민 앞에 섰다. 민은 아직 교복을 입고 있지만 학생의 신분을 벗어났다고 생각했는지 당당하게 담배를 꺼내 입에 물고 불을 붙였다. 창가에 매달린 학생들이 그런 민의 반항아적인 모습에 열광적인 환호를 보냈다.

"한 번쯤 학교에서 대놓고 피우고 싶었지. 이제 학생이 아니라는 거…… 의외로 좋네."

민이 무심하게 말하며 담배 연기를 내뿜었다. 하얀 연기가 허무하게 공기 중으로 흩어졌다.

"고마웠다, 강민."

선우는 그 말밖에 할 수 없었다. 중학교 시절부터 서로의 존재를 잘 알고 있던 두 사람이지만 마주 보고 대화하는 건 처음이다.

"왜 나왔어, 쪽팔리게?"

"그냥. 교문까지라도 같이 가주려고."

선우는 다른 사람들처럼 왜 그랬냐고 묻지 않았다. 그저 고마웠다고만 했다.

"우린 친구냐?"

뜬금없는 민의 질문에 선우가 움찔했다. 몇 년을 알고 지냈으면서도 애써 외면한 녀석, 운동만 한 자신에겐 없는 그 무엇이 있는 녀석. 언제나 그것이 궁금했지만 차마 물어보지 못했다.

"이제부터 친구하자."

겨우 선우가 내린 결론이었다. 그가 부러울 때도 많았지만, 결코 친구라고 생각하진 않았다. 그러나 자신을 위해 누군가를 위협하고 때리고, 결국 스스로는 퇴학당하고. 그것이 정의라 부를 순 없다 하여도 적어도 친구라고 부를 순 있다고 선우는 생각했다.

"친구가 뭔데?"

꽁초만 남은 담배를 손가락으로 휙 튕겨 운동장으로 날려 버리면서 또 민이 물었다. 이 어려운 질문에 선우는 난감했다.

"친구라는 건…… 야구로 치면 같은 편이랄까? 이제부터 난 네 편이다."

"그럼 같은 편에겐 뭐든지 양보할 수 있냐? 네가 좋아하는 야구에 비유하자면 희생번트 같은 거…… 할 수 있냐?"

비교적 쉬운 질문이다. 자신이 돌보여야 하는 스포츠에서 남을 위해 희생하는 룰은 오직 야구에만 있었다.

"할 수 있어. 희생번트."

타수에 기록되지 않으며 자신의 기록을 깎아먹지 않는 것으로 희생플라이도 있지만 둘은 엄연히 달랐다. 희생번트는 처음부터 자신이 죽는 대신 주자를 진루시키기 위한 목적이다. 성공하면 타수를 깎먹지 않지만 실패하면 그냥 범타 처리라 타율이 깎인다.

반면 희생플라이는 적극적인 타격이 가능했다. 가령 홈런을 노리다 실패해도 운 좋게 얻을 수 있는 기록이 있었다. 안타를 치면 더 좋고, 플라이만 날려도 타수를 깎먹지 않고 타점까지 얻는다. 그래서 희생번트는 거룩한 기록이었다.

"너 신소라랑 사귀지? 걔, 내가 오래전부터 찍어둔 애야. 나한테 희생해서 양보할래? 친구라며."

순간, 선우가 걸음을 멈추고 얼어붙었다. 생각지도 못한 전개였다. 갑자기 머릿속이 하얘져서 어떤 대답도 할 수가 없었다.

"내가 알기로 넌 희생번트 따윈 한 번도 안 해봤지, 아마?"

그렇다. 선우는 투수였지만 야구하는 내내 강타자로도 이름 날렸기에 그의 타순은 언제나 4번. 어떤 찬스가 와도 희생번트는 대본 적 없는 선우였다.

난처한 상황에서 나오는 선우의 버릇대로 아무런 말도 못 하고 연신 뒤통수를 긁적였다. 민이 크게 웃었다.

"아하하! 농담이야, 인마! 잘해봐라. 난 이제 간다."

교문 밖에는 50대는 족히 넘을 듯한 바이크가 굉음을 내며 대기하고 있었다. 폭주족들이 민을 기다리고 있었는지 그가 나오자 일제히 클랙슨을 울려댔다. 그것에 화답이라도 하듯 민이 회색 교복 재킷을 벗어 교문 쪽으로 힘껏 던졌다. 교복이 펄럭거리며 하늘을 날더니 학교 정문 앞에 툭 떨어졌다.

"지겨운 이 학교도, 이 교복도 이젠 안녕이다. 이선우, 퇴학당하고 나서야 얘기하네. 진작부터 너랑은 친구 하고 싶었다."

민은 시원섭섭하다는 듯, 아니, 후련하다는 듯 웃어 보였다. 그 웃음을 본 선우는 '그래, 진작 친구였으면 좋았을 것을, 그랬으면 좀 더 많은 추억을, 좀 더 많은 얘깃거리를 만들 수 있었을 텐데'라고 생각하며 아쉬워했다.

3.

바람만이 알고 있기를

민이 풀 페이스 헬멧을 쓰더니 바이크에 올라탔다. 액셀러레이터를 당기자 요란한 굉음에 천지가 진동했다. 선우는 금세라도 그가 떠나갈까 봐 민에게 달려갔다.

"강민, 나 묻고 싶은 게 있다."

"뭔데?"

시니컬한 표정으로 헬멧의 페이스 실드를 열어 보인 그의 얼굴에 어쩔 수 없는 쓸쓸함이 묻어났다.

"왜 신소라냐?"

"……."

"솔직히 너 좋다는 여자 많잖아. 난 연애 경험도 없지만 그냥 그 애가 보이는 쓸쓸함이 좋았어. 그래서 항상 걔를 신경 쓰며 바라본 것 같아. 근데 걔 존재감 없잖아. 눈에 띄는 스타일 아니잖아. 특별히 얼굴이 예쁘거나 확 끌린다거나 하는 그런 애 아니잖아."

"그래?"

"그래. 솔직히 신소라 좋아하는 사람 별로 없잖아. 근데 인기도 많고 따르는 여자도 많은 네가 왜?"

"너 바보구나?"

"어?"

"잘 들어, 연애 경험 없는 바보 같은 친구야. 걔, 눈에 띄는 스타일이야. 수많은 여자를 만나다 보면 숨은 보석을 찾는 감각이 생기는 법이지. 걔, 존재감 죽여. 누가 먼저 발견하느냐의 차이야. 아마 신소라 졸업하면 남자가 줄을 설걸. 그리고 특별히 얼굴이 예쁘고 화끈린다. 됐냐?"

"설마?"

"나 정도 되는 프로는 금방 알아챌 수 있는데 방심하고 아껴두다 너한테 뺏긴 거야. 숙맥 같은 네가 소라 잡았다고 해서 좀 의외였다. 너, 여자 좀 볼 줄 아는 거야. 그리고 그거 아냐?"

"뭐?"

민의 질문에 선우가 귀를 쫑긋 세웠다. 민이 뜸을 들이다 큰 인심을 쓴다는 듯 알려주었다.

"신소라, 가슴도 되게 클걸."

예상치 못한 말에 선우가 멍해 있는 사이 민이 미리 준비해 둔 바이크를 타고 내달렸다. 그의 뒤로 수십 대의 바이크가 따라붙었다. 그렇게 민이 바람처럼 떠나가자 선우는 갑자기 미치도록 소라가 보고 싶어졌다.

"야, 강민! 노래 계속할 거지? 난 야구 계속할 거야! 꼭 다시 만나자!"

선우는 외침이 바람이 되어 흩어지는 그 공허함에 잠시 우울해졌다. 어느새 민은 바람이 되어 눈 깜짝할 새 시야에서 사라졌다. 혼자 남겨진 선우는 그가 달려간 곳을 한참이나 쳐다보았다.

이제야 겨우 친구가 된 그가 그에게 던진 말, 어디까지가 농담이고 어디까지가 진심인지 도통 알 수는 없었지만 선우는 '희생'이란 단어가 내내 가슴 한구석에 남았다.

"자, 가자! 오늘은 자퇴 기념 주행이다!"

잠실을 출발한 바이크 부대는 테헤란로를 지나 삼성동에서 우회전, 청담동을 넘어 압구정동에서 동호대교를 건넜다. 여기서 혜화동 대학로까지……. 전국연합 10대 폭주족들의 리더인 민의 마지막 질주였다.

바이크 오른쪽 핸들 손잡이를 당기면 우렁차게 울리는 배기 음, 체중을 이용해 회전할 때의 스릴감, 속도를 높이면 온몸에 전해지는 바람의 감촉. 그 바람이 좋았다. 언제까지고 민은 그 바람을 맞고 싶었고, 때로는 바람이 되고 싶었다. 그러나 오늘로 바람 타기를 멈춘다. 이제부터 당분간은 기타 치고 노래하며 살겠다고 민은 바람 앞에 맹세했다.

바람은 알고 있을 것이다. 장난처럼 던진 그 말이 농담이 아님을. 민도 소라를 좋아했다. 입학식 때 그녀를 본 이후로 계속.

수많은 여학생들이 그에게 환호했지만 그의 눈엔 소라만 들어왔다. 작은 바람에도 쓰러질 것만 같아 보이는 아이. 그래서 늘 곁에 두며 지켜주고 싶은 아이. 그도 선우처럼 그 애의 쓸쓸함이 한없이 좋았다.

언젠간 고백하고 싶었는데 선수를 빼앗겼고, 라이벌은 친구가 되어버렸다.

민은 눈을 부릅뜨고 바이크를 몰며 빌었다. 시작도 못한 그 사랑, 아무도 모르기를, 오로지 바람만이 알고 있기를……

바람이 부네요.
그 바람에 머리카락 흩날리죠.
머리를 쓸어 올리는 대신 그녀를 생각해요.

가녀린 어깨에 쓸쓸한 눈빛.
그녀가 웃으면 나도 따라 웃었죠.
그러나 한 번도 좋아한다 말하지 못했네요.

바람이 없네요.
그 바람을 내가 대신 만들어요.
바이크를 타고 달리면 바람이 속삭여요.

언제나 혼자인 외톨이 그녀.
그녀 곁에서 같이 걷고 싶었죠.
그리고 둘이 함께 바람처럼 살고 싶었는데.
쓸쓸함이 무엇인지 그녀에게 묻고 싶었는데.

바람이 말을 겁니다.
떠나라고, 웃으며 떠나라고 속삭입니다.

바람이 노래합니다.
그런 거라고, 사랑은 그런 거라고 말해줍니다.

바람이 되고 싶던 남자의 바람처럼
바람의 노래가 이 세상에 바람처럼 남겨집니다.

그 노래는 바람만이 알고 있기를.
아무도 모르게 오직 바람만이 알고 있기를.

전국연합과의 마지막 질주를 마치고 민은 〈바람의 노래〉를 만들었다. 언젠가 가수로 데뷔하게 되면 꼭 앨범에 수록하겠다고 마음먹었다. 그것이 이 남자의 수줍은 사랑 고백이었다.

*　*　*

여름이 왔다. 소라고 야구부는 응원단 학생의 상대팀 벤치 난입 폭행이라는 사상 초유의 사태로 두 번의 전국대회 출전 정지 징계를 받았다.

8월에 벌어진 청룡기배 고교야구 선수권대회는 약 4개월 만의 공식 경기였다. 이미 올해 첫 전국대회에서 준우승을 차지한 소라고는 일약 우승 후보로 부상하며 매스컴의 관심을 끌었다. 더구나 대통령배에서 안타깝게 우승을 놓치는 바람에 대회 최우수 선수 MVP는 놓쳤다 하더라도 투타에서 발군의 활약을 한 선우는 소라고 태풍의 눈으로 조명 받았다.

학교를 떠난 민의 모습은 더 이상 찾아볼 수 없었다. 소라고는 물론 잠실 일대를 떠들썩하게 만들었던 소동이 자퇴와 함께 마무리되고 점점 그는 사람들의 기억 속에서 잊혀갔다.

"그래도 나한텐 가끔 전화가 와."

예정된 연습을 마치고 학교를 나오면서 선우는 소라에게 한마디 툭 던졌다.

"정말 친구 됐나 보네."

"그래, 같은 편."

자신을 위해 싸워주고 학교를 떠난 아이. 선우는 고마우면서도 한편으론 걱정이 되었다. 그 일만 아니었으면 무사히 졸업했을 것이고, 그랬다면 영원히 고교 중퇴라는 학벌을 가지지 않아도 됐을 것이라는 약간의 책임감이 항상 가슴을 떠나지 않았다.

소라와 사귀기 시작하면서 선우는 더욱 야구에 전념했다. 여자가 생겨 실력이 줄었다거나 운동을 게을리 한다는 말은 결코 듣고 싶지 않았다. 무엇보다 소라에게 첫 우승의 영광을 안겨주고 싶었다. 그녀 역시 소라고 재학생이었으니까.

선우에게 여자 친구가 생겼고, 그것이 소라라는 사실은 아직도 주변 사람들에겐 비밀이었다. 자신은 세상에 드러내고 외치고 싶었지만, 소라가 부담스러워했다.

"안 그래도 왕따에 가까운데 사실이 밝혀지면 아마 여학생들 등쌀에 나도 학교 못 다니지 싶어."

그런 이유로 그들의 데이트는 늘 밤 9시 이후였다. 선우의 야간 훈련이 끝나는 시간에 맞춰 이달 말 음악발표회 준비에 한창인 소라도 연습실을 나왔다. 자율학습이 끝나는 소라고의 하교 시간인 이때가 두 사람이 스치듯 살짝 말을 주고받는 공식 데이트 시간이기도 했다.

8월의 마지막 주에 드디어 청룡기배 대회가 시작되었다. 고교야구 투수 랭킹 1위로 평가받는 선우는 여지없이 괴물 같은 활약을 이어갔고, 소라고는 연전연승하며 토너먼트에서 상대 팀을 차례로 격파했다.

어김없는 연투에도 여름 내내 러닝으로 하체를 단련한 덕분에 쉽사리 지치지 않을 수 있었던 선우는 결승전에서 150km을 훌쩍 넘는 공을 뿌려대더니 2회 초 156km 직구가 스피드건에 찍히며 모두를 깜짝 놀라게 했다. 이후에도 체력이 남아 있어 5회까지 세 번이나 더 시속 156km를 기록하며 관중석을 흥분의 도가니로 몰아넣었다.

현장에 나와 있던 메이저리그 극동담당 스카우터와 국내 프로야구단 전력 분석원들의 움직임이 분주해졌고, 매스컴은 속보로 이 소식을 타전하기 시작했다.

그도 그럴 것이, 선우가 던진 156km는 당시 프로야구를 통틀어 한국 최고 기록이었다. 열아홉 고교생이 한국에서 제일 빠른 볼을 던졌다는 사실은 전국을 떠들썩하게 할 만한 일대 사건임이 분명했다.

청룡기배 결승전은 당연한 듯이 소라고의 압승으로 끝이 났다. 하지만 경기 스코어보다 더 화제를 모은 것은 선우의 국내 최고 구속 돌파였다. 경기가 끝나고 바로 이어진 시상식에서 대회 최우수선수를 포함해 4관왕에 오른 선우의 멋진 코멘트를 기대하는 기자들의 바람과는 달리 그는 서둘러 장비를 챙겨 야구부 버스에 올랐다.

"지금 급히 가야 할 곳이 있어서요. 죄송합니다."

결승전이 벌어진 오늘은 소라고등학교 음악발표회 날이기도 했다. 하지만 전교생이 오후 3시에 벌어지는 야구부 결승 경기에 단체 응원을 왔기에 음악부는 자칫 관객 없는 발표회가 될 수도 있어 오후 5시로 예정된 시간을 저녁 7시로 바꾸었다. 하지만 토요일 러시아워에 동대문에서 잠실까지 얼마나 걸릴지는 알 수 없는 일이었다.

응원을 온 학생들은 지하철 등 대중교통 편으로 학교로 이동하고, 시상식과 장비 정리까지 하느라 야구단 버스는 뒤늦게 출발했다. 영문을 모르는 기자들은 신기록의 사나이를 취재하기 위해 부랴부랴 따라나섰다.

꽉 막힌 올림픽대로를 기다시피 해서 겨우 야구부를 태운 버스가 소라고에 도착했을 땐 이미 해가 진 후였다. 1시간 가까이 지나 음악발표회는 어느덧 마지막 순서만을 남기고 있어 소라의 바이올린 독주 〈사랑의 인사〉 순서는 이미 지나가 버렸다. 무대 위의 소라를 꼭 보고 싶었는데 선우는 아쉽기 그지없었다.

유니폼도 갈아입지 못하고 다른 부원들과 함께 발표회 장소인 대강당으로 갔다. 미리 준비한 꽃다발은 약간 시들어 있었다. 뒤쪽 빈자리에 야구부원들이 조용히 앉았다. 사회를 맡은 음악선생님이 마지막 순서를 설명하다 그들을 발견하곤 애드리브를 했다.

"오늘 우리 학교 개교 이래 첫 전국대회 우승을 이뤄낸 야구부가 지금 막 도착했네요. 특히 이선우 군은 최고 구속 한국 신기록을 경신했다고 들었습니다. 경기를 끝내고 곧바로 이 자리를 찾아준 소라고 야구부를 위해서 힘찬 박수 부탁드립니다."

강당에 자리한 모든 사람들이 뒤를 돌아보았다. 하얀 야구 유니폼을 입은 그들을 쉽게 알아볼 수 있었다. 우레와 같은 박수와 환호성이 터져 나왔다. 선우를 비롯한 부원들이 일제히 자리에서 일어나 꾸벅 인사를 했다. 뒤를 따라온 기자들의 카메라 세례가 이어졌다.

"그럼 소라고등학교 음악발표회 마지막 순서를 소개하겠습니다. 음악부 전원이 함께 만드는 합주인데요, 아마 국내에선 처음 시도하는 걸 겁니다. 해외에서 주목받는 기법으로 올 초 파리에 연수 갔다가 우리도 해보면 좋을 것 같아 학생들에게 가르치게 되었습니다. 곡명은…… 들어보면 아실 거예요."

순간 암전이 되었다. 깜깜한 강당에 한동안 정적이 감돌았다.

갑자기 '팟'하고 터지는 스포트라이트. 그 불빛 아래 누군가 피아노를 치고 있다. 영롱하고 맑은 소리. 잠시 후 한 여학생이 바이올린을 들고 피아노 옆에 서는 것이 보였다. 소라였다. 가슴을 후비는 바이올린 특유의 애절한 소리가 피아노와 합쳐졌다. 귀에 익숙한 멜로디가 대강당에 울려 퍼졌다. 바로 〈아리랑〉이었다.

이때 다른 부원 두 명이 후다닥 뛰어와서 소라 옆에 준비된 의자에 앉더니 첼로를 켜며 합류했다. 다음 멜로디에선 기타가, 그다음엔 하모니카가, 그다음엔 트럼펫이, 마지막엔 10여 명의 합창단이 등장해 풍성한 선율과 아름다운 하모니를 이루며 장관을 이뤘다.

수십 명의 학생이 다양한 악기와 목소리로 만들어내는 아리랑. 모두가 따라 부르며 감동적인 장면을 만들어냈다.

누군가가 대형 태극기를 들고 무대에 올라가 흔들어대자 분위기는 최고조에 달했다. 학생들은 교복 넥타이를 풀어 흔들어대기도 하고 야구부원들은 교기를 들고 올라갔다.

그 장면에 선우는 진심으로 울컥했다. 무대에 함께 올라간 부원들과 어깨동무를 하고 아리랑을 목청껏 불렀다. 가슴이 터질 것만 같았다.

합주가 끝나자 사회자가 오늘의 히어로인 선우에게 마이크를 넘겼다. 기자들도 모인 만큼 선우의 소감을 듣고자 한 것이다. 아직도 감동에서 헤어 나오지 못한 선우는 목이 메었다. 마이크를 입으로 가져간 선우는 순간 바이올리니스트 여학생을 손가락으로 가리키며 자랑스럽다는 듯 외쳤다.

"저 바이올리니스트! 제 여자 친구입니다!"

가만히 서 있던 소라는 깜짝 놀라 눈이 동그래졌다. 일순 대강당은 정적에 빠졌다. 여기저기서의 웅성거리는 소리가 들려오는 가운데 서둘러 커튼콜을 마친 주최 측이 사람들을 내보냈다.

세상에서 가장 슬픈 곳은 돈 없는 아버지의 가슴과 연극이 끝난 후의 불 꺼진 분장실이라 그랬던가. 사람들이 빠져나간 대강당의 대기실도 약간은 그러했다.

"뭐야, 갑자기? 미리 준비한 거야?"

둘만 남게 되자 소라가 선우를 향해 눈을 흘겼다. 그도 그럴 것이, 156㎞ 직구를 던지며 화려하게 우승컵을 거머쥔 에이스가 그 많은 사람들 앞에서 당당하게 여자 친구를 공개했으니 말이다.

선우는 머리를 긁적였다. 쑥스럽거나 당황했을 때 나오는 버릇이다.

"그게…… 준비한 게 아니라…… 나도 모르게 그만……. 미안."

어쩔 줄 몰라 하다 사과를 하는 선우를 보며 소라는 맑은 웃음을 터뜨렸다. 그녀의 새하얗고 가지런한 치아가 눈부시다.

"운동만 해서 그러나. 넌 참 아기 같아. 어쩜 거기서 여자 친구 공개할 생각을 다 하니? 기자들도 있던데. 야구 실력은 어른인데 생각하는 건 완전 아기야, 아기."

"죽을래? 시속 156㎞ 공 던지는 아기 봤냐?"

"바보야, 그만큼 순수하단 뜻이지."

"허참, 나 알고 보면 발랑 까졌는데 별소리를 다 듣네."

"너 솔직히 연애 경험 없잖아. 여자랑 얘기해 본 것도 드물잖아. 다 알아."

"아냐. 나 안 순진해. 우리 부원들이랑 포르노 비디오도 본 적 있고, 음담패설도 많이 한다, 뭐."

"그럼 어디 한 번 해봐. 야한 얘기."

소라가 두 손으로 턱을 괴고 눈을 빛내며 빤히 바라보았다. 선우는 그 맑은 눈을 마주 보고 있자니 '옛날에 어떤 남자가 있었는데 매일 알몸에 코트만 걸치고 어느 여고에 나타나서'로 시작하는 친구에게 들은 '슬픈 바바리맨의 전설'을 말해줄 자신이 없었다.

"관두자, 관둬. 너 같은 꼬맹이한테 할 얘기가 따로 있지."

선우가 최대한 어른스럽게 소라의 어깨를 두드렸다. 소라는 선우의 그런 점이 좋았다. 약간은 순수하고 왠지 듬직해 보이는 모습. 키도 크고 덩치도 있어서 그런지 때로는 자상한 막내 오빠처럼 생각되기도 했다.

"그래도 넌 어쩔 땐 기사 같아."

"기사? 난 운전도 못 하는데?"

"그 기사 말고, 왜 있잖아. 투구 쓰고 갑옷 입고 번쩍번쩍 빛나는 칼을 든 기사."

말을 마친 소라가 황홀한 표정으로 선우의 어깨에 살짝 기대었다. 향긋한 샴푸 냄새가 풍기자 선우는 숨이 멎을 것만 같았다. 강력한 직구만큼이나 센 그의 콧바람에 소라의 머리카락이 나풀거렸다. 그 모습에 놀란 선우는 급작스레 숨을 참느라 호흡을 멈췄다. 동공이 커지며 피가 쏠려 얼굴이 새빨개졌다.

"내가 바바리맨이냐? 어쩔 때는 아기 같고 어쩔 때는 기사 같다니, 그건 완전 변태잖아."

숨이 가빠진 선우의 투정에 소라가 그의 어깨를 툭툭 치며 말했다.

"이보세요, 156㎞ 공 던지는 이선우 군. 내 말은 아기처럼 순수하고 기사처럼 늠름하단 얘기죠."

소라가 선우를 빤히 쳐다보았다. 그녀의 눈동자에 자신의 모습이 비치자 선우는 기뻤다. 그녀의 눈동자에서 영원히 지워지지 않았으면…… 언제까지고 그녀의 눈 속에서 살고 싶다고 그는 소망했다.

울긋불긋해진 선우의 얼굴을 본 그녀가 물었다.

"어? 선우야, 나한테 화났어?"

선우는 가만히 고개를 가로저었다.

이런 너에게 누가 화를 낼 수 있겠니? 너에게 화내는 남자는 분명 좋은 사람이 아닐 거야.

"네 딴엔 용기 내어 사람들 앞에서 나 소개한 건데 네 맘 몰라줘서 내가 미운 거지? 그런 거지?"

아무도 미워하지 않아. 더구나 어떻게 널 미워할 수 있겠니? 한 번쯤은 네가 미웠으면 좋겠다. 네가 화낼 때, 네가 투정 부릴 때, 네가 토라질 때 조금은 네가 미워졌으면 좋겠어. 하지만 밉지가 않아. 너의 쓸쓸한 미소도, 너의 아픈 과거도, 너의 까닭 모를 눈물까지도 난 전부 사랑한단다.

"화 풀어. 안 그러면 나 울 거다."

울지 마, 나의 공주님. 너의 기사는 아직 어려서 네 눈물을 감당하지 못해. 한 방울의 눈물은 산이 되고, 바다가 되고, 강이 되고, 바위가 되어 아직 어린 너의 기사는 매일 무거워한단다. 내 작은 공주님, 어린 기사가 자라 어른이 될 때까지만, 내가 졸업해 프로가 될 때까지만 울지 마.

"소라야."

"응?"

그녀가 순진무구한 표정으로 선우를 바라보았다. 선우는 마주 보고 서서 그녀의 어깨 위에 두 손을 얹었다.

"소라야……."

소라야, 소라야. 그녀 이름을 자꾸 부르면 바다 냄새가 났다. 귀 기울이지 않아도 늘 파도 소리가 들렸다. 후익후익, 어릴 적 잘 불어 지지 않던 휘파람 소리도 났다.

순수한 아기처럼, 늠름한 기사처럼 선우가 그녀의 입술에 자신의 입술을 포개었다. 소라는 얼어붙은 채 두 눈을 질끈 감았다. 9회 말 투아웃 만루의 상황처럼 극도의 긴장으로 선우의 입술은 메말라 있었다. 긴장하기는 소라도 마찬가지였지만 두 사람의 풋풋한 입맞춤 으로 선우의 입술이 조금씩 촉촉하게 젖어들었다.

발표회가 끝나고 아무도 없는 대강당 대기실.

선우와 소라의 첫 키스.

선우가 첫 우승을 하며 한국에서 가장 **빠른** 156㎞ 직구를 던진 날의 일이었다.

* * *

여름의 끝자락에 있던 프로야구 신인 드래프트에서 선우의 진가 는 제대로 드러났다. 연고권이 있는 서울의 두 개 구단 중 우선 선택 권이 있는 드래건즈에서 1차 지명을 한 것이다.

그 시절 서울을 연고지로 한 드래건즈와 메츠는 주사위 던지기로 우선권을 정했다. 결과는 드래건즈의 승. 어느 팀이 먼저 지명하든 고교야구 투수 랭킹 1위인 선우의 1차 지명이 확실한 가운데 그 해 에도 역시 드래건즈가 주사위 던지기에서 이기며 마치 한국시리즈 우승이나 한 듯 환호하는 촌극이 벌어졌다.

당해 고교와 대학 졸업 예정자 전체 1순위로 서울 드래건즈의 지명을 받은 선우는 대학을 가거나 해외 진출을 하지 않는 이상 한국에서 프로야구 선수로 활동하려면 무조건 드래건즈에서 뛰어야만 한다는 뜻이었다. 뿐만 아니라 바로 프로로 직행하지 않는다 해도 대학을 졸업하거나 해외에서 복귀할 때 드래건즈 외에는 입단 교섭권이 없는 제도로 훗날 이에 반발한 선수들과의 법정 분쟁이 일어나는 계기가 되었다.

어쨌거나 드래건즈의 팬들은 기대감에 부풀었다. 그도 그럴 것이, 드래건즈는 타력은 괜찮았지만 늘 선발투수진이 붕괴되면서 최근 몇 년간 포스트 시즌에 못 나갔기에 선우의 1차 지명은 당연한 결과였다.

—대한민국에서 가장 빠른 공을 던지는 사나이.

매스컴에서 붙여준 별명대로 탄탄한 몸과 특별한 부상 경력이 없으면서 불같은 강속구를 뿌려대는 젊은 영건은 야구팬의 로망이었다. 그러나 가을이 다 지나도록 팬들이 기다리는 선우와 드래건즈의 입단 계약 발표는 나오지 않았다. 2차 지명 선수와 테스트를 거친 신고선수까지도 빠른 계약을 체결하고 동계훈련 캠프 준비에 들어가는 동안 선우는 묵묵히 학교에서만 훈련을 이어갔다.

몇 해 전부터 메이저리그에서 국내의 고교 유망주들을 다수 스카우트하는 분위기여서 선우도 해외 진출에 뜻을 품고 있는 건 아닌지 모두가 궁금해 했다. 그도 아니라면 이미 야구 명문에서 거액의 스카우트 비용과 전액 장학금을 걸고 접촉한 것이 알려진 바, 대학 진학을 염두에 두고 있는지도 모르는 일이었다.

음악발표회에서의 공개 선언 이후 선우와 소라는 더 이상 주변의 눈치를 보지 않고 만날 수 있었다. 선우는 바람대로 방과 후 야구장에선 소라의 〈사랑의 인사〉 바이올린 연주를 매일 들을 수 있었다. 노 감독도 애제자의 여자 친구에 대해서만큼은 무척이나 관대했다.

"난 딱히 클래식을 좋아하는 건 아닌데 이 곡은 정말 맘에 든단 말이야. 세상 그 어떤 응원가보다 나에겐 힘이 된다."

소라도 그런 선우의 요청이 싫지 않았다. 앙코르까지 하루에 두 번 정도 〈사랑의 인사〉를 연주하는 것쯤이야 그를 위해 얼마든지 해줄 수 있는 소소한 일이었다.

"근데 넌 아직 진로 결정 못 했니?"

남자의 일생이 걸린 문제라 선우의 계약에 대해선 그동안 묻지 않던 소라이다. 그러나 벌써 11월이다. 소라도 며칠 후면 수능을 봐야 한다.

"나 바보 아냐. 벌써 생각해 두고 있지. 결정만 못 했을 뿐이야."

"그래? 난 또 갈팡질팡하는 줄 알고 혼자 고민했잖아."

"우후훗! 나도 다 생각이 있다, 뭐."

선우의 이상한 웃음소리에 소라도 피식 따라 웃었다.

소라는 이 남자의 해맑은 웃음을 보면 기분이 좋아졌다. 늘 침울하던 자신과는 달리 언제나 밝고 긍정적인 아이. 그와 함께 있으면 알 수 없는 자신감이 생겨 처진 어깨를 펴곤 했다.

"자! 이제 네 생각을 말해봐."

"음, 좀 부끄러운데……."

"어허! 남자가 쑥스러워하면 쓰나! 어깨 펴고 자신감을 가져야지. 아자! 아자! 파이팅! 할 수 있다! 이선우!"

소라가 팔을 휘두르며 짐짓 씩씩하게 말했다. 그건 스스로에게 걸던 주문이기도 했다.

"나는 일단 수능 결과를 보고 결정하려고 해."

"뭔 소리야? 네가 수능하고 뭔 상관이 있다고. 프로에 갈 거 아냐? 돈 벌고 싶다며?"

"……."

"알았다. 너, 대학생 되고 싶구나? 이보세요, 우리나라에서 가장 빠른 공을 던지는 사나이 이선우 선수. 당신은 수능하고 상관없이 맘먹으면 원하는 대학 갈 수 있으세요. 모르셨어요?"

"넌 아니잖아."

왠지 선우의 목소리에 쓸쓸함이 묻어났다. 바람이 불었다. 11월의 바람은 스산했다. 소라가 으스스 몸을 떨었다.

"넌 음대 간다며? 그러면 수능도 봐야 하고 실기시험도 봐야 하잖아. 성적도 어중간, 내신도 어중간……. 합격한다는 보장이 없잖아."

"공부 못해서 참 미안합니다요."

소라가 혀를 쏙 내밀었다. 선우는 사뭇 진지해 보였다. 다시 그에게 물었다.

"그래서?"

"네가 만약 합격한다면 그 대학 야구부에 들어가려고. 4년간 같이 대학생활하려고. 캠퍼스 커플 해보는 게 꿈이었어."

"너 미쳤구나? 만약 떨어지면? 나란히 재수할래?"

"그땐 같이 미국 가자. 난 메이저리그 계약하고 넌 유학 가고. 난 운동하고 넌 바이올린 공부하고."

"야, 바보야!"

"아마 마이너리그부터 시작하게 될 거야. 몇 년은 죽도록 고생해야 할지도 몰라. 그래도 너와 함께라면 난 미국 갈 자신 있다."

"이 바보야!"

"나 바보 아니다, 뭐. 네가 대학 붙으면 우린 같은 학교 대학생이 되고, 떨어지면 같이 미국 가고. 얼마나 고민해서 생각해 낸 건데 바보라고 놀리면 섭섭하지."

"넌 나를 우선으로 진로를 결정할 거니? 남들은 대한민국에서 가장 빠른 공을 던지는 사나이니 뭐니 하며 잔뜩 기대하고 있는데 넌 여자 때문에 어디와 계약할지 아직 못 정했다는 거니?"

소라의 호통에 선우가 괜히 죄지은 사람처럼 고개를 숙이며 뒤통수를 긁적였다.

"뭐, 어디서든 야구는 할 수 있지만, 너랑 같이 있는 것도 중요하니까."

"솔직히 말해봐. 나 때문에 어쩌고 하지 말고 야구선수 이선우로서 넌 어쩌고 싶은데?"

"난……."

선우가 물끄러미 소라를 바라보았다. 밝은 회색 교복 재킷에 붉은 넥타이, 남색 스커트. 바지를 입었다는 것만 빼면 같은 옷차림이다. 이제 같은 교복을 입을 수 있는 날도 얼마 남지 않았다는 생각에 문득 서글퍼졌다.

"난…… 드래건즈에도 가고 싶고 대학도 가보고 싶지만…… 그래도 메이저리그잖아. 세계 최고의 선수들이 뛰는 꿈의 무대."

소라는 선우가 메이저리그에 대한 꿈이 있는 것을 보고 조금 안도했다. 꿈을 잃은 남자만큼 보기 싫은 것도 없으니까.

"역시 그렇구나. LA에 있는 팀에서 오퍼도 들어왔다며? 그럼 계약하면 되잖아."

"난 너랑 함께 아니면 안 가. 여기서 하는 야구도 야구야."

"이런 바보멍청이!"

소라가 선우의 볼을 꼬집으며 흔들어댔다. 큰 키에 커다란 체구의 남자가 비명을 지르며 엄살을 피웠다.

소라의 큰아버지는 그녀가 대학을 간다면 어떻게든 학비는 대주겠다고 했지만 10년을 키워주신 분에게 더 이상 부담을 안겨 드릴 수는 없었다. 바이올린은 꽤 돈이 들어가는 공부다. 대학부터는 아르바이트를 해서라도 혼자 힘으로 해볼 작정이다. 엄살은 피웠지만 실기 점수가 40%나 차지하니 바이올린만은 누구보다 잘하는 소라는 마음에 둔 대학에 합격할 자신이 있었다.

그런데 바보 같은 이 남자, 야구선수라면 누구나 꿈꾸는 메이저리그 진출을 포기하려 한다. 소라는 결코 좋아하는 사람의 발목을 잡는 어리석은 여자는 되고 싶지 않았다.

수능이 끝나고 얼마 후, 1지망 대학의 실기시험이 있었다. 지정곡과 자유곡 총 두 곡의 연주로 수년간의 노력을 평가받는 날이다. 소라는 복잡한 마음으로 실기시험장까지 갔지만 차마 들어갈 수가 없었다.

큰아버지께 전화를 걸었다. 용서를 빌어야 했다.

"큰아버지, 죄송해요. 저 실기시험 못 볼 거 같아요. 어렵게 여기까지 공부시켜 주셨는데 정말 죄송합니다. 대학은…… 안 가려고 해요."

그리고 페치카가 있는 카페에서 선우를 만났다. 이미 겨울이 시작되고 있었다.

소라는 뜨거운 커피에 설탕 한 스푼을 넣었다. 설탕을 녹일 때에는 언제나 스푼으로 별 모양을 그렸다. 별을 좋아하는 그녀의 습관이다. 운동을 하는 아직 어린 남자 친구는 커피를 마시지 못했다. 언제나처럼 우유 한 잔.

"우리 여친 미친 거 아님? 실기시험을 포기했다고?"

입가에 하얀 우유를 잔뜩 묻힌 채 선우가 큰 소리를 냈다. 소라가 말없이 티슈로 입가의 우유를 닦아주었다.

"너 미국 가야지."

"아 놔, 같은 대학도 가고 싶다고. 진심으로."

"이보세요, 대한민국에서 가장 빠른 공을 던지는 이선우 선수. 메이저리그는 가고 싶다고 아무 때나 갈 수 있는 곳이 아니랍니다. 세계 최고 수준의 선수들만 가는 꿈의 무대란 말이에요."

소라는 익히 봐서 알고 있었다. 이 남자의 고집이 어떠한지를. 만약 자신이 대학에 붙으면 무조건 따라올 남자라는 걸. 그래서 시험을 포기했다는 걸 이 남자는 아는지 모르는지.

선우가 갑자기 진지해졌다. 소라의 손을 꽉 잡았다. 선우의 큰 손으로 작고 하얀 소라의 손이 쏙 들어갔다.

"그럼…… 같이 가자. 미국에, 꿈의 무대에!"

목을 감싸는 노란색 니트를 입은 그녀가 고개를 가로저었다. 선우의 가슴이 철렁 내려앉았다. 그는 애써 마음을 감추기 위해 일부러 크게 웃었다.

"우하하! 우리 소라, 부끄러워 그러는구나? 나랑 미국 가면 둘 다 아는 사람도 없고, 영어도 못하고……. 우후후, 좋든 싫든 한 집에서 살아야 되고…… 미국도 밤은 올 거고……. 히히, 밤엔 뭘할까나?"

말을 하고 나니 선우도 갑자기 창피해졌다. 귀까지 빨개져서 애꿎은 우유를 한 번에 들이켜고는 장난처럼 말을 돌렸다.

"밤엔 역시 고스톱이지. 밤일낮장······ 비가 제일 높지?"

"됐고, 일단 너 먼저 가서 열심히 훈련해. 난 큰아버지랑 상의도 해야 하고 돈도 좀 모아야 하고, 상황 봐서 가든 말든 결정할게."

"아, 혹시 몰라서 하는 말인데, 돈이라면 걱정 마. 피닉스에서 계약금 100만 불 준댔어. 사이닝보너스도 있으니까 그걸로 세금 퉁치고, 어디서든 계약금 받으면 부모님 절반 드리기로 약속했으니까 드리고 나도 50만 불이면 둘이서 충분히 살 수 있어."

"바보야, 그 얘기가 아니잖아."

"아, 그리고 우리 부모님은 걱정 마. 너에 대해서는 이미 충분히 설명 드렸어. 우리 집은 내 고집 알기 때문에 내가 하는 일이라면 절대 반대 안 해. 나 한 고집 하거든."

"······."

"우리 아버지는 그러시더라. 운동하는 남자는 여자 문제도 빨리 결정하는 게 좋대. 결혼도 빨리 하고. 가정이 안정되어야 야구에만 집중할 수 있다며 나만 좋다면 누구든 오케이래."

"나······ 고아인 것도 아서?"

소라의 눈이 점점 슬픔에 젖어든다. 선우는 가슴이 아려왔다.

"우하하! 아직 그건 얘기 못 했네. 괜찮아. 내가 잘 말씀드릴게. 바보야, 그 얘기가 아니잖아."

선우는 소라의 말투를 흉내 내며 과장되게 크게 웃으며 말했다.

"내 말대로 해. 부탁이야. 메이저리그 팀과 계약하고 미국 가서 1년만 버텨. 나 큰아버지 댁에 해드린 게 아무것도 없어. 지금까지 키워주셨는데 남자랑 훌쩍 미국 가면 심정이 어떠시겠니? 1년 동안 효도하고 아르바이트도 하고, 미국에서 만나자. 그럴 수 있지?"

"너, 내 여자야? 그럼 1년 뒤에 내 여자가 되어줄 거야?"

"이런 바보……."

"그럼 나 딱 1년만 참으면 되는 거야? 1년 후엔 우리 같이 밥 먹고, 같이 청소하고, 같이 장 보고 그럴 거야?"

"바보야."

"무슨 말인지 알아? 일 년 뒤엔 내 여자 될 거야? 나랑 결혼할 거야?"

"바보야, 그거 혹시 프러포즈니?"

"정식 프러포즈는 나중에 더 멋지게 할게."

"고마워."

"응?"

"나 같은 여자 좋다고 해줘서. 바보 같은 나를 사랑해 줘서. 난 바보라서 바보 같은 남자를 사랑하나 봐."

통기타 연주가 있고, 빨간 페치카가 있던 그 카페.

우유를 시킨 남자와 커피를 시킨 여자는 서로를 너무도 그윽하게 바라보았다. 우유를 마시면 언제나 입가에 흔적을 남기는 남자, 커피를 저을 때면 스푼으로 별을 그리는 여자. 바보라서 행복한 두 사람은 이 순간이 영원하길 빌고 또 빌었다.

4.

좋은 사람

　[작년 청룡기배 고교야구 선수권 대회에서 공식 경기 한국 신기록인 시속 156㎞를 기록하며 팀을 우승으로 이끈 소라고등학교 이선우 선수의 행선지가 드디어 결정되었습니다. 오늘 서울 하얏트호텔 그랜드볼룸에서 기자회견을 가진 이선우 선수는 미국 프로야구단 LA 피닉스와 사이닝보너스 20만 불 포함, 총액 120만 불에 메이저리그 계약을 체결했다고 밝혔습니다.

　이날 기자회견에는 이례적으로 피닉스의 단장과 극동아시아 담당 스카우터가 참석했는데요, 이선우 선수는 이달 중 미국으로 건너가 정식 입단식을 갖고 팀원들과 첫 만남을 가질 예정입니다. 피닉스에서는 한국의 젊고 우수한 투수를 영입한 것에 대해 만족감을 표시하며 빠른 시일 내에 이선우 군이 선발 로테이션에 합류하길 기대한다고 공식 의견을 발표했습니다.

　100년 역사를 자랑하는 메이저리그에서 월드시리즈 우승 3회, 내셔널리그 우승 7회에 빛나는 명문 구단 피닉스는 특히 한국 교민이 많이 있는 로스앤젤레스를 연고로 하고 있어 관중 증가와 TV 중계권료 확대 및 아시아권 마케팅 효과라는 부수익을 얻을 것으로 분석됩니다.

한편 이선우 선수의 국내 1차 지명권을 보유한 서울 드래건즈는 일단 젊은 유망주의 메이저리그 도전에 대승적 차원의 축하를 보내며 한국 야구의 위상을 세계에 보여줄 것을 당부했습니다.]

이제 고교 졸업을 앞둔 열아홉 소년의 메이저리그 진출 소식은 전국을 강타하며 국민들을 들뜨게 했다. 1982년, 이 땅에 프로야구가 태동하고 이제 10여 년. 100년 역사의 미국 프로야구는 범접할 수 없는 신세계였다.

인터넷 통신이 막 태동하던 그 시절 메이저리그는 야구만을 전문적으로 다루는 주간지나 주한 미군방송인 AFKN에서나 볼 수 있던 특별한 리그였다. 불세출의 투수 최동원이 롯데 자이언츠에 입단하기 전인 80년대 초에 토론토 블루제이스에서 입단 제의를 받았으나 병역 문제로 무산된 이래 90년대 들어서야 한국 선수들의 메이저리그 입단이 종종 뉴스에 올랐다. 그러나 대부분 메이저리그 산하 마이너리그 계약이어서 계약 소식 후 몇 년이 흘러도 그들의 활동은 좀처럼 알려지지 않았다.

자국 선수 외에 세계 각국의 우수한 선수들을 발굴하던 스카우터들은 쿠바를 비롯한 캐나다, 베네수엘라, 푸에르토리코, 멕시코 출신의 선수들이 성공적으로 메이저리그에 적응하는 모습을 보며 이제 막 아시아 지역으로까지 손길을 뻗는 중이었다.

그들의 타깃은 일본과 한국. 게다가 선우는 마이너리그 계약이 아닌 메이저리그였다.

더욱이 1년 중 특정 일수를 40인 로스터 안에 머무른다는 조항이 계약서에 있었기에 올 시즌 어떤 형식으로든 메이저리그 무대에 등장할 것이라고 전문가들은 의견을 피력했다. 단장의 선발투수 운운하는 코멘트는 립 서비스라고 치더라도 승패가 결정 난 게임에서 중간계투로 첫선을 보이지 않겠냐는 것이 그들의 전망이었다.

사실 그것만 해도 엄청난 대사건이었다. 세계 최고의 무대에서 야구 불모지로 여겨지던 한국인 투수가 데뷔 첫해 마운드를 밟는다는 건 상상도 못해본 일이었기 때문이다.

1월. 졸업을 한 달여 남기고 선우의 미국행 날짜가 잡혔다. 소라고등학교는 이 영광스러운 학생을 위해 미리 졸업장을 수여했고, 학교를 빛냈다며 거창한 타이틀의 기념패까지 전달했다. 어디 그뿐인가. 현직 대통령이 출국 전 청와대 오찬에 초청해 한국인의 긍지를 가지고 조국을 대표해 좋은 성적을 거둬달라며 격려하는 장면이 뉴스에 방송되었고, 광화문 한복판에는 역투하는 선우의 대형 패널이 세워져 시민들의 격려 메시지가 빼곡히 적혔다.

제도권 은행에서는 메이저리그 출전 경기 수나 승리 등에 포인트를 주는 이선우 특별 예금이 만들어져 호응을 얻었고, 방송국에서는 각 프로그램마다 출연 경쟁이 벌어졌다.

그야말로 전 국민적인 이선우 신드롬이 불었다. 그를 알게 된 지 3년, 그와 사귄 지 채 1년도 안 된 소라의 입장에서는 모든 일이 꿈처럼 여겨졌다. 자신이 선우의 여자 친구라는 사실이 자랑스러운 한편, 알 수 없는 어떤 불안감이 들기도 했다.

자고 일어나면 그는 날아가 버릴 것만 같았다. 아니, 그와 만났다는 사실 자체가 어쩌면 꿈일지도 모른다는 생각이 들었다. 그런데

이 바보 같은 남자는 방송국의 한 토크쇼에 출연해서 이렇게 말했다.

"저기…… 혹시 여자 친구 있느냐, 뭐 이런 질문은 안 하시나요?"

오히려 MC가 더 당황해했다. 보통의 경우라면 이런 질문은 하지 말아달라고 사전에 제작진에게 언질을 주거나 급작스러운 돌발 질문이 나오더라도 언급을 피하기 마련이다.

그래서 사회자는 예기치 못한 역공세에 어쩔 수 없이 물어보았다.

"이제 막 고등학교를 졸업하는데다 운동만 해서 당연히 여자 친구는 없을 거라고 생각했죠. 그럼 묻겠습니다. 이선우 선수, 지금 여자 친구가 있습니까?"

선우는 기다렸다는 듯 특유의 해맑은 미소를 듬뿍 지으며 큰 소리로 말했다.

"네, 여자 친구 있습니다! 제 여자 친구의 이름은 신소라입니다!"

저 바보. 소라는 TV를 보다 민망함에 얼굴이 화끈거렸다.

선우는 한술 더 떠 주섬주섬 지갑을 뒤지더니 둘이 찍은 사진을 꺼내 카메라에 들이댔다.

"신소라 양은 이렇게 생겼습니다. 우하하!"

그 사건으로 인해 소라의 이름과 얼굴이 방송을 타고 전국에 알려졌다. 작년 카메라에 담겼다 공개되지 않은 음악발표회 영상도 어느 프로그램에서 방송되었다. 순식간에 소라는 젊은 히어로의 여자 친구로 세상의 관심과 시기와 질투를 한 몸에 받게 되었다.

어쩌면 그는 알고 있었는지도 모른다. 자신의 작고 어린 여자 친구는 늘 외로워하고 있었다는 걸, 또 불안해하고 있다는 걸.

그래서 자신이 할 수 있는 최선은 이렇게 자랑스럽게 그녀를 모두에게 알리는 것이라고 생각했을 것이다.

그 뒤로도 누군가 선우에게 여자 친구는 어떤 사람이냐고 물어보면 그의 대답은 항상 이랬다.

"우리 신소라 양은요…… 착하고, 바이올린도 잘 켜고, 얼굴은 하얗고, 또…… 무지무지 좋은 사람입니다. 하하하!"

그가 미국행 비행기에 오르는 날, 수많은 취재진과 그의 출국을 보려는 시민들이 몰려 공항은 인산인해를 이루었다. 소라는 미리 작별 인사를 하고 공항엔 나가지 않으려고 했다. 부끄럽기도 했고 워낙 많은 사람이 모일 것이기 때문에 얼굴 보기도 쉽지 않을 것 같아서였다.

"애인이 무려 미국씩이나 가시는데 배웅도 안 하겠다고? 맞고 싶냐?"

"TV에 나와선 온갖 폼 다 잡고 할 말 못 할 말 가리지 않더니 실제 성격은 이래요. 어디 때려봐."

"그래도 이제 당분간 얼굴 못 볼 텐데 공항에는 나와야지."

"그 사람 많은 데서 얼굴이나 볼 수 있겠어? 그냥 여기서 인사할래."

"무슨 소리야? 나하고 같이 출발할 건데. 차량은 피닉스 측에서 엄청 큰 리무진으로 준비해 준댔어. 혼자 타면 너무 넓단 말이야."

이런 이유로 소라는 생전 처음 리무진을 타게 되었다. 물론 선우도 마찬가지다.

선우가 미국으로 떠나는 1월 중순의 서울은 많은 눈이 내리고 있었다. 올 겨울은 유난히 춥지 않아 제대로 된 큰 눈이 내리지 않았다. 진눈깨비만 살짝 내리고 그치길 몇 번, 그러다가 드디어 때늦은 첫눈이 몰아치듯 크게 내려 공항으로 가는 길은 평일임에도 심하게 정체되었다.

피닉스 구단 측에서 소속 선수의 이미지 관리를 위해 렌트해 준 차는 링컨 타운 리무진. 압도적인 길이와 최고급 인테리어로 무장되어 있어 세계 각국에서 대통령 등 국빈들의 의전용 차로 애용되는 차다.

리무진 뒷자리에 선우와 소라가 나란히 앉았고, 미국까지 동행할 피닉스 구단 측의 한국인 통역이자 선우의 개인 매니저를 맡게 될 케빈 킴은 조수석에 앉아 카폰으로 누군가와 통화하고 있었다. 차가 워낙 길다 보니 앞좌석까지의 거리가 까마득하게 멀어 보인다.

선우는 안락하고 호화로운 차량 실내에 부착된 미니 냉장고를 열어보았다. 맥주와 와인 등 간단한 주류와 각종 음료수로 가득 차 있다.

"이거 먹어도 되나요?"

정복을 차려입은 운전기사가 뒤돌아보더니 손가락으로 동그라미를 만들었다. 오케이 사인을 확인한 선우가 스파클링 와인을 땄다.

"글라스는 옆에 있는 콘솔 박스에 있습니다."

기사의 친절한 설명에 선우가 와인 잔 두 개를 꺼냈다. 그리고는 천천히 와인을 잔에 따랐다. 황금빛 액체가 기포와 함께 차올랐다.

"야, 술 마시려고?"

"우리도 이제 스무 살이야. 이거 먹어본 적 있어. 샴페인 같은 거야. 하나도 안 독해."

"그래도 공항에 내리면 취재진도 많을 텐데…… 비행기도 열 시간 넘게 타야 하고."

소라가 걱정스러운 얼굴로 주저하자 조수석에 있던 케빈 킴이 거들었다.

"괜찮을 것 같은데요. 약간의 알코올은 긴장을 해소시켜 주니까요. 그 스파클링 와인은 축하주로도 많이 쓰이니 의미도 있고요."

케빈 킴은 차창 밖으로 하늘과 도로를 번갈아 살폈다.

"눈이 그칠 기미가 안 보여요. 아무래도 시간이 좀 걸릴 것 같네요. 이런 날씨엔 비행기도 뜨기 힘드니 걱정 말고 천천히 마셔요. 치어스(Cheers)!"

그러고 보니 잿빛 하늘에서는 아직도 펑펑 하얀 눈이 내리고 있었다. 피닉스 구단의 요구대로 말쑥하게 슈트를 차려입은 선우는 다리를 꼬고 앉아 잔뜩 거만하게 와인 잔을 들었다.

"오늘은 내 인생의 새로운 출발이야. 기분 좀 낼게. 건배할까?"

투명한 크리스털 글라스가 부딪치자 맑은 소리를 냈다. 와인에선 희미하게 꽃향기가 났다.

"소라야, 아직 남았네?"

선우가 소라의 손톱을 가리켰다. 잔을 쥔 그녀의 매끄러운 손톱 끝부분에 봉숭아물 들인 자국이 남아 있었다. 눈처럼 하얀 피부 때문인지 주황색이 더욱 선명해 보였다.

"그러게. 분홍색 꽃잎만으로 들였을 땐 얼마 못 갔는데 백반을 섞고 파란 잎사귀를 더하면 봉숭아물이 더 짙고 오래 간다더니 정말 1월까지 살아남았네."

"누가 그래?"

"돌아가신 우리 엄마가. 어릴 때 자주 봉숭아물 들여주셨거든."

"자상한 분이셨네."

갑자기 엄마 생각이 났는지 그녀가 희미하게 웃었다. 그 모습이 슬퍼 보여 선우는 꼭 안아주고 싶었다.

"그리고 이런 말씀도 하셨지. 첫눈이 올 때까지 손톱에 봉숭아물이 남아 있으면 첫사랑이 이루어진다고."

"음, 로맨틱한 말이네. 그러고 보니 서울에 본격적인 눈은 오늘이 처음 아냐? 아싸! 첫사랑이 이루어진댔지?"

"피! 누가 첫사랑이래? 내 첫사랑은 따로 있거든."

선우는 혀를 내밀며 놀리는 소라가 한없이 사랑스러웠다. 살며시 그녀의 어깨에 팔을 둘렀다. 소라가 크고 넓은 그의 가슴에 살짝 기댔다.

"소라야."

"응?"

"우리 내년 이맘때 꼭 미국에서 다시 만나자. 나 그동안 열심히 운동하며 기다릴게."

소라가 고개를 끄덕였다. 알코올이 들어간 탓인지 다른 이유에선지 그녀의 얼굴도 봉숭아빛으로 물들어 있었다.

"소라야, 약속할게. 나 너 오기 전까지 꼭 메이저리그 마운드에 오를게. 금발에 파란 눈을 가진 쭉쭉빵빵 미녀가 유혹해도 눈길 안 줄게. 내가 첫 공은 뭐 던질 것 같아? 엄청 빠른 직구 던질 거야. 그리고 인터뷰하게 되면 영어로 너 사랑한다 말할 거야."

"나도 약속할게. 절대 다른 남자 만나지 않을게. 열심히 아르바이트해서 내 돈으로 비행기 티켓 살 거야. 나도 공부해서 LA공항에서 너 만나면 영어로 사랑한다 말해줄게."

두 사람은 새끼손가락을 걸었다. 아직 그녀의 손톱 끝에는 핑크빛 봉숭아물이 순결하게 남아 있었다.

이윽고 도착한 공항.

인천공항이 막 착공에 들어간 그 시절, 모든 노선을 커버하던 김포국제공항이었다. 검은색 리무진이 출국장 입구에 들어서자 수많은 취재진이 몰려들었다. 케빈 킴이 먼저 내려 익숙한 동작으로 뒷문을 열어주었다. 선우의 모습이 드러나자 기자들은 물론 구경 나온 사람들까지 환호성으로 공항이 들썩거렸다.

선우가 차 안으로 손을 내밀자 빨간색 코트를 입은 소라가 그의 손을 잡고 차에서 내렸다. ENG 카메라가 그들의 일거수일투족을 촬영하고 사진기자들의 플래시 세례가 빗발쳤다.

큰 눈에도 공항까지 나온 기자들을 위해 선우의 간단한 인터뷰가 있었고, 공항 측의 배려로 패스트 부스를 통해 빠른 출국 절차가 이루어졌다.

이제는 헤어져야 할 시간이 되었다. 정말 선우가 미국 땅으로 날아간다.

잘 가, 내 사랑. 소라는 군중들 틈에서 그를 향해 조용히 손을 흔들었다. 선우는 바로 들어가지 못하고 주위를 두리번거리더니 겨우 소라를 발견하곤 그녀 앞으로 뚜벅뚜벅 걸어왔다.

"소라야."

언제나 그녀 이름을 부르면 가슴이 시렸다. 이름만 불러도 눈물이 날 것 같은 사람. 선우는 소라의 두툼한 목도리를 세심하게 다시 여며줬다.

"나 보고 싶어도 울면 안 돼. 알았지? 밥은 꼬박꼬박 챙겨먹고. 좀 적응하면 자주 전화할게. 시간 날 땐 친구도 좀 만들고, 그래도 외로우면 나한테 편지 써. 내년에 꼭 다시 만나자."

왈칵 눈물이 쏟아지려는 걸 소라는 겨우 참았다.

늘 무언가 먹으면 입가에 묻히는 칠칠치 못한 남자, 여자 친구 이름을 동네방네 떠들고 다니는 철부지, 덩치는 산만 해서는 가끔씩 애교도 부리고 귀여움도 떠는 야구 소년.

그는 자신의 여자 친구를 소개하며 늘 말했다. 그저 좋은 사람이라고.

"너야말로…… 참 좋은 사람이야."

"우하하! 이제 알았냐?"

선우가 특유의 햇살 같은 웃음을 터뜨렸다. 그 웃음을 소라는 언제까지나 기억하고 싶다.

좋은 사람이 큰 꿈을 향해 저 멀리 날아가는 날 첫눈이 내렸고, 손톱 끝에 아직 봉숭아물이 남아 있어 다행이라고 소라는 생각했다. 어쩌면 엄마의 말씀대로 첫사랑이 이루어질 수도 있으니까. 그리고 그 상대가 저 남자여서 행복한 그녀였다.

✷　✷　✷

학교를 떠난 민은 부모님의 바람대로 살지는 않았다. 검정고시 시험을 통해 고졸 타이틀이라도 얻길 바라셨지만 그건 자신의 인생에서 무의미한 선택이라고 생각했기 때문이다.

초등학교에 입학해서 처음으로 장래 희망이라는 것에 대해서 진지하게 생각해 봤다. 말 그대로 어른이 되면 하고 싶은 일을 적어내는 것. 곰곰이 고민하던 민은 〈가수〉라고 연필을 꾹꾹 눌러가며 정성스럽게 썼다.

그랬다. 어려서부터 동네에서 노래 잘하는 예쁘장한 꼬맹이로 소문나면서 사람들은 모였다 하면 노래를 시켰다.

〈로보트 태권브이〉, 〈들장미 소녀 캔디〉, 또는 〈은하철도 999〉 같은 만화영화 주제가나 기껏해야 이미자의 트로트를 부르던 또래와는 차원이 달랐다. 조용필의 〈단발머리〉나 〈고추잠자리〉를 기가 막히게 불러댔고, 전영록의 〈종이학〉을 부르면 여고생 누나들은 자지러졌다. 그 대가로 사탕이나 과자를 받아오던 민은 진작부터 프로였다. 가수는 운명이었고 그의 모든 것이었다.

같은 반 아이들의 장래 희망이 학년이 높아지면서 대통령에서 국회의원으로 바뀌다 결국엔 샐러리맨이 되었지만, 강민만은 자퇴를 하기 직전 고3까지 12년간 바뀌지 않고 한결같이 가수였다.

공부엔 재능도 관심도 없어 대학은 진작부터 포기했다. 그래도 그에게는 언젠가 수많은 대중 앞에서 자신이 쓴 곡을 노래하겠다는 거창한 꿈이 있었다. 그래서 남들이 수학 공식을 외울 때 기타 코드를 익혔고, 과외 학원을 다닐 때 피아노 학원을 다녔다.

고등학생이 되면서 본격적으로 자작곡을 만들었는데 완성도를 떠나 벌써 100곡 이상이 축적되었다. 자신이 만든 곡을 직접 노래하는 싱어송라이터. 그것이 민의 삶의 목표였다.

타고난 미성과 어떤 여자도 반할 만한 눈부신 외모에 반해 외골수 기질이 있어 툭하면 시비에 말려들었고, 지는 것을 죽기보다 싫어해 어느덧 일대의 싸움꾼으로 통했지만, 누가 뭐래도 그는 가수가 꿈인 소년이었다.

학교를 자퇴한 민은 무작정 음반사들을 찾아다녔다. 요즘이야 재능과 소질만 있다면 방송국이나 기획사 오디션으로 기회를 얻는 게 쉬웠지만 당시는 서울음반이나 대성음반, 라인음향 같은 대형 음반사가 매니지먼트를 겸하고 있었고, 소규모 기획사들이 난립하던 시절이었다.

양현석이 버젓이 현역이던 그 시절. 서태지와 아이들이 은퇴를 선언하기 직전 대형 트레일러 위에서 공연했고, 박진영은 갓 데뷔해 비닐 옷을 입고 춤추던 시절이었으므로 당연히 YG도 JYP도 존재하지 않았다.

가수 출신이지만 별밤지기 등을 하며 MC나 DJ로 더 잘 알려진 이수만이 SM이라는 기획사를 만들어 전국의 춤꾼 다섯 명을 모아 데뷔 준비 중이던 그 무렵, 민이 할 수 있는 일은 많지 않았다. 자작곡을 담은 녹음테이프를 음반사와 기획사에 돌리고 몇 군데는 직접 찾아갔다. 하지만 고교를 중퇴한 19세 소년에게 관심을 가지는 곳은 없었다.

하는 일도 없고, 할 일도 없고, 할 수 있는 일도 없던 민은 잠시 좌절했다. 그러다 누군가의 권유로 버스킹(Busking)에 나섰다.

버스킹은 지나가는 사람들에게 돈을 얻기 위해 노래나 연주를 하는 유럽 악사들로부터 유래된 것으로 지금은 자신을 어필하기 위한 거리공연으로 통용되는 말이다.

장소는 대학로 마로니에공원으로 정했다. 주말이면 차 없는 거리로 지정되어 혜화동의 대학로 일대는 일탈을 꿈꾸는 젊은이들로 붐볐다. 민은 기타를 둘러메고 바이크를 몰아 그곳으로 갔다.

처음엔 아무도 그의 노래를 듣지 않았다. 흘깃 쳐다만 보고 이내 가던 길을 계속 가는 사람들 앞에서 노래하기란 쉬운 일이 아니었다. 때로는 듣는 이 없는 텅 빈 공원에서 혼자 노래를 불러야 했다.

하지만 그것도 이력이 붙는지 이내 요령이 생겼다. 잘 알려진 곡으로 사람들의 이목을 끈 다음, 어느 정도 인원이 모이면 자작곡을 불렀다. 주말에는 따르던 패거리를 불러 바람잡이 역할을 시켰다.

소극장 공연 홍보 전단을 나눠주는 패거리와 시비가 붙은 적도 있었다. 민의 싸움 실력을 모른 채 곱상한 외모만 보고 덤벼들었던 그들이 주먹 몇 방에 나가떨어지면서 마로니에공원, 지금의 아르코 예술극장 앞은 어느덧 민의 지정 자리가 되었고, 매일 밤 찾아와 주는 한 무리의 소녀 팬도 생겼다.

그러던 어느 날, 선우가 찾아왔다. 선우는 민의 공연을 한참이나 지켜보았다.

"어쩐 일이래, 예비 메이저리거?"

공연을 접고 공원 벤치에 나란히 앉아 민은 담배를 빼어 물었다.

"집에 전화해도 붙어 있기를 하나, 삐삐가 있나. 대학로에서 거리 공연한대서 물어물어 찾아왔지."

"좀 쪽팔린데, 이거. 네 앞이라 더 초라해지는 것 같다."

요즘 선우의 메이저리그 행이 국민적인 관심이라 민은 자신이 한 없이 작게만 느껴졌다.

"그보다 넌 가수 되겠다는 놈이 아직도 담배 피우냐? 아무래도 노래하는 데 안 좋을 거 아냐."

"내 목소리는 변성기가 지났는데도 너무 가늘거든. 좀 거친 소리 만들고 싶어서 일부러 피우는 거야...... 는 핑계고, 의지가 약해서 그래."

영화 〈영웅본색〉은 수많은 홍콩 느와르 마니아를 만들어냈다. 또한 수많은 학생을 흡연의 세계로 이끈 기념비적인 영화였다. 주윤발, 장국영, 유덕화....... 모두가 그들을 흉내 내며 말보로를 피워대던 시절이었다.

"이게 그렇게 맛있냐?"

선우가 민의 손에 걸려 있는 담배를 가리켰다. 절반은 이미 연기가 되어 사라지고 없었다.

"피워볼래?"

선우가 고개를 끄덕이자 민은 피우던 담배를 건넸다. 엄지와 검지로 필터를 잡고 선우가 한 모금 힘차게 빨아본다. 들숨과 함께 담배 끝부분이 새빨갛게 달아올랐다. 입안 가득 들어온 연기를 들이마신다는 게 그만 꿀꺽 삼키고 말았다. 바로 기침과 함께 눈물까지 나온다.

"아하하! 이런, 쉽지 않네."

웃음과 함께 눈물을 훔쳐 낸 선우가 어렵게 다시 말을 꺼냈다.

"나 내일 미국 간다."

"소식은 들었다. 넌 정말 멋져. 부러울 뿐이야. 내일 가면 짐도 싸고 이것저것 할 일도 많을 텐데 여기까지 왜 왔어?"

"부탁할 게 있어서."

"부탁?"

"그래. 소라 말이야. 이번에 같이 데리고 갈랬더니 굳이 1년 뒤에 오겠다고 하네. 걔 알잖아. 부모도 없고 친구도 없어. 그래서 네가 좀 챙겨달라고."

민이 선우의 목덜미를 한 대 내려쳤다. 이어 팔로 목을 감고 잡아당겨 헤드록을 걸었다.

"뭐 이런 뻔뻔한 놈이 다 있어? 너 때문에 학교도 잘려, 찜해둔 여자도 뺏겨, 거리공연이나 하는 춥고 배고픈 가수 지망생한테 대스타께서 그게 할 소리냐?"

민의 팔 안에서 캑캑대며 버둥거리던 선우가 말했다.

"치, 친구잖아."

먼 길 떠나면서 자신의 여자 친구를 부탁하는 이 순진한 녀석 때문에 민은 한숨부터 나왔다. 아직까지 친구의 여자를 여전히 좋아하고 있는 자신의 모습에 서글펐다. 이승철의 〈친구의 친구를 사랑했네〉를 들으면 괜스레 뜨끔한 민이었다.

"하아! 이거 골치 아픈 녀석을 친구로 뒀네."

막상 미국으로 떠날 날이 다가오자 선우는 못내 소라가 걱정되었다. 그녀 주변엔 아무도 없는데 자신까지 사라져 버리면 더욱 외로워질 그녀를 생각하면 가슴이 미어졌다. 그래서 미안한 일이지만 민에게 그녀를 보살펴 달라고 부탁한 것이다.

"시간 나면 영화도 같이 보고 밥도 같이 먹어줘. 껄떡거리는 놈은 없나 감시도 좀 해줘. 걔한테 무슨 일이 생기면 제일 먼저 도와줘."

민은 그런 선우의 마음을 모르는 건 아니지만 괜한 숙제를 떠안았다 싶었다. 세상에서 가장 곤혹스러운 일이 좋아하던 사람을 떠나보내지 못하고 지켜봐야 한다는 것을 이 미련한 곰탱이는 알까?

그러한 이유로 선우가 미국으로 간 뒤 민은 가끔 소라에게 연락하여 안부를 물었다. 그녀는 영원히 모를 속마음을 감추고 선우의 부탁대로 한 번씩 영화도 보고 밥도 같이 먹었다.

주말 오후에는 소라가 마로니에공원으로 찾아와서 몇 시간씩 민의 거리공연을 지켜보았다. 이제는 친구의 여자인데 소라 앞에서 노래 부르는 것에 행복을 느끼는 자신이 참으로 한심했다. 더불어 미국에 있는 친구에게 미안한 감정이 드는 것도 사실이다.

그러던 그 겨울의 어느 날, 민에게 새로운 기회가 찾아왔다. 그의 거리공연을 구경하는 대부분의 사람들이 10대와 20대인데 일주일간 매일 노래를 듣고 가던 50대의 남자는 눈에 띄기 마련이었다.

"나 장선혁이라고 하네."

남자가 명함을 내밀었다. 여의도에 주소지가 있는 월드뮤직이라는 회사의 대표로 되어 있었다.

"여기 혹시 기획사?"

"허허, 일단은 그렇다네. 직원은 아직 없지만 말일세."

장선혁이라는 남자의 말은 이랬다. 자신은 80년대 연예 프로덕션을 운영하며 가수를 키웠는데 내놓는 앨범마다 실패해서 부도를 맞왔다고. 무일푼으로 도미해서 10여 년을 고생하며 살다가 생활이 어느 정도 안정되자 다시 꿈을 찾아왔다고 했다.

"못다 이룬 꿈을 실현시켜 줄 신인을 찾아서 지난 몇 개월간 안 다녀본 곳이 없네. 지난주 자네를 발견하고는 뛸 듯이 기뻤지. 지금은 조그마한 오피스텔에서 직원도 없이 혼자 다니고 있고, 사실 운영자금도 넉넉지는 않다네. 그래도 누구보다 열심히 자네를 서포트해 줄 테니 함께 일해보지 않겠나?"

민이 내심 기대하던 대형 기획사는 아니었지만 그래도 자신을 알아봐 주는 사람이 있다는 것에 희열을 느꼈다. 그래서 그는 현재는 1인 기획사 월드뮤직의 최초 소속 가수로 정식 계약을 맺었다.

계약금이라고 해봐야 푼돈 얼마. 그래도 꿈을 향해 조금은 전진한 것 같아 마음이 뿌듯했다.

계약 후 민은 집을 나와 여의도 증권가 빌딩 숲 어딘가에 있는 사무실 겸 숙소에 짐을 풀었다. 이곳에서 민은 노래를 연습하고 피아노와 기타를 쳤다. 틈틈이 새로운 곡을 쓰고 그동안 만들어두었던 자작곡들을 다듬었다.

장 대표는 민의 콘셉트를 싱어송라이터로 잡아놓았기에 따로 곡을 얻으러 다니는 수고를 덜었다. 대신 100여 곡 중에서 압축, 선별하는 작업을 했다. 앨범에는 총 12곡을 넣을 예정이다.

그사이 사무실 업무를 도와줄 여직원이 들어왔고, 운전과 잡무를 맡아줄 로드 매니저가 들어왔다. 그렇게 민에게도 봄이 훌쩍 찾아왔다.

＊　＊　＊

소라는 아르바이트를 시작했다. 처음엔 카페에서 서빙을 했는데 선우가 국제전화로 길길이 날뛰는 바람에 그나마 시급이 좋은 주유소에서 일했다. 추운 날씨에 밖에서 기름 넣는 일은 이제 갓 스무 살이 된 여자아이에겐 버거운 일이었지만 주급이 차곡차곡 쌓일 때마다 보람을 느꼈다.

일주일에 하루 있는 쉬는 날이면 지하철을 타고 여의도로 갔다. KBS, MBC를 비롯해 새로 생긴 민영방송 SBS가 있는 곳. 공개방송이라도 있는 날이면 여의도로 가는 지하철엔 교복 입은 여학생들로 가득했다.

민은 툭하면 여의도 광장으로 소라를 데려갔다. 빌딩 숲 한가운데 묘한 이질감을 주는 드넓은 공간엔 자전거를 타거나 롤러스케이트를 타는 학생들이 꽤 많았다.

"준비는 잘돼가니?"

두 사람은 여의도 광장에서 가락국수를 한 그릇씩 먹고 자판기 커피를 마시는 중이다.

"나야 뭐 늘 하던 대로 곡 쓰고, 기타 치고, 노래하고, 똑같은 생활이지. 바깥일은 장 대표님이 알아서 하시니까. 좀 외롭긴 해."

한창 유행하는 오리털 파카와 청바지를 입고 유명 농구화를 신은 민의 모습을 소라는 오랫동안 바라보았다.

선우와 민.

자신의 이름과 같은 고등학교에 들어가서 알게 된 전설적인 두 남자. 평생 그들과 어울리는 일은 없을 거라고 생각했는데 이렇게 친해졌다. 한 남자의 애인이 되고 또 한 남자의 친구가 되는, 자신이 겪고 있지만 믿을 수 없는 일이 벌어졌다.

"여자 친구라도 만들지? 아, 회사에서 싫어하려나? 데뷔하려면 이

미지 관리를 해야 하니까."

"홋! 아직까지 그런 얘기는 없었어. 아직까지 나 좋다는 여자가 남아 있는지도 모르겠고. 왕년엔 여자애들이 줄을 섰는데 말이야."

"그거 아니?"

겨울바람을 맞아 더 하얘진 듯 청초한 모습의 소라가 민에게 물었다. 광장에서 모이를 쪼던 비둘기 몇 마리가 후드득 하늘 위로 날아갔다.

"이건 비밀인데…… 줄을 선 여자애들 중에 나도 있었다는 거. 나, 밸런타인데이 때 네 사물함 위에 초콜릿도 갖다 놨다. 몰랐지? 그럴 거야. 초콜릿 박스만 수백 개는 되더라고."

민이 희미하게 웃어 보였다. 사실은 나도 네가 좋았다고 말할 수 없기에, 지금은 친구의 여자라서 더욱 밝힐 수 없기에 그 웃음은 더없이 슬퍼 보였다.

아니, 어쩌면 그를 거쳐 간 수많은 여자들보다 더욱 소라가 특별한 건 소유하지 못했기 때문일 수도. 마음에 든 여자를 가지지 못한 적이 한 번도 없는 그로서는 그래서 그녀가 더욱 간절하고 애달픈 건지도 모른다는 생각을 했다.

소라의 긴 생머리가 차가운 바람에 날릴 때마다 민은 눈이 부셨다. 그녀의 얼굴을 마주하고 그 새까맣게 빛나는 눈동자를 쳐다볼 때마다 민은 가슴이 떨렸다. 그녀의 하얀 살결을 쓰다듬고 그녀의 붉은 입술에 키스하고 싶었다. 그럴 때마다 민은 괴로웠다.

그동안은 어떤 사랑을 했을까? 사랑이란 걸 해보기는 한 걸까? 지금 이 감정을 사랑이라 말할 수 있는 걸까?

답이 없는 질문을 던지고 또 던지는 민이다.

"민아, 여의도는 봄에 벚꽃으로 유명한 곳이지? 그때 나 좀 꼭 데려와 줄래? 벚꽃 구경이란 거…… 꼭 해보고 싶어."

　봄이 오고 벚꽃이 필 때까지 숨길 수 있을까? 숨긴다 해도 벚꽃 날리는 거리를 과연 아무렇지도 않게 함께 걸을 수 있을까?

　아직 자신이 없는 민이었다. 그사이 하늘로 날아갔던 비둘기가 광장으로 다시 내려앉았다.

5.

운명적 만남

　그 겨울의 교정에서 엄마, 아빠의 옛 친구를 우연히 만났다는 사실이 설리는 믿기지가 않았다. 큰 눈이 내리고 난 뒤의 예고 없는 만남은 얼마나 운명적인가.

　한국에 아는 사람이라고는 할아버지, 할머니뿐이다. 설리의 부모님이 급작스럽게 한국을 떠난 뒤 20년 가까이 연락도 없이 살았기에 그들의 관계는 단절된 지 오래였다. 그나마 아빠의 부탁으로 오디션에 참가하는 동안 숙식을 허락 받았다.

　키가 크고 듬직한 그 남자는 자기편이 되어줄 것만 같다고 설리는 생각했다. 어쩐지 슬픔이 가득한 그 눈이 설리는 잊히지가 않았다. 언젠가 다시 만나면 과거 이야기를 듣고 싶었다. 엄마와 아빠와 그 키 큰 아저씨와의 숨겨진 비밀은 왠지 재미있을 것 같았다.

　소라고등학교를 가본 뒤로 세 사람의 20년 전 이야기를 상상하면 가슴이 두근거렸다. 자기는 태어나지도 않은 시절의 일. 궁금한 것이 너무나 많은 설리였다.

학교를 나온 설리는 택시를 타기로 했다. 오디션을 보고 있는 방송국 집합 시간이 얼마 남지 않은 데다 오전에 버스를 타고 물어물어 소라고등학교를 찾아오느라 너무나 고생한 탓이다.

"택시!"

길가에 서서 손을 흔들자 금세 택시 한 대가 그녀 앞에 섰다. 한국은 참 편리한 나라였다. 거미줄처럼 잘 짜인 지하철이 서울 시내뿐 아니라 수도권 일대를 커버하고, 노선이 좀 복잡해서 그렇지 버스도 굉장히 자주 다녔다. 택시도 무척 많아 보인다.

히말라야 인근의 오지는 제외하더라도 설리가 지금껏 살아본 도시와는 천지 차이였다. 도로에 차량이 넘쳐나는 건 서울이 더하지만 그건 다른 의미의 복잡함이다. 이곳은 소도 다니지 않고 오토바이도 별로 없으며 사람들은 차도로 내려오지 않았다.

설리가 택시를 세우고 승차하지 않자 기사가 조수석 쪽 창문을 내렸다.

"안 타요, 학생?"

"저 학생 아닌데요. 학교 안 다녀요."

설리는 사실을 말했을 뿐인데 운전기사는 어이가 없는 표정이다.

"알았어요. 학교 안 다니는 학생, 어디까지 가요?"

"여의도 TBS 방송국까지 얼마예요?"

"얼마라니? 그건 미터기 꺾고 가봐야 알지."

"에이, 저도 다 알아요. 얼마에 가실래요?"

"아니, 이 학교 안 다니는 학생이 바쁜 사람 잡고 장난치나? 안 탈 거예요?"

"그러니까 얼마냐고요. 가격을 알려주셔야 타죠."

뉴델리와 네팔, 카트만두에서 이미 택시는 타본 적이 있는 설리이다. 그곳에서는 택시 역할을 하는 승용차나 미터택시나 모두 목적지를 말하고 가격흥정을 해야 했다. 아빠는 바가지가 심하니까 무조건 깎아야 한다고 하셨다.

"허참, 잠실에서 여의도까지 거리가 좀 있긴 하지만 그리 막히는 시간은 아니니 3만 원 정도 나올 거예요."

"3만 원이면…… 가만 보자. 30달러 정도인가?"

손가락을 꼽아가며 셈을 해보는 설리. 기사는 별 미친년을 다 봤다는 듯이 구시렁거리고 있다. 계산을 해보던 설리가 인도 뉴델리에서 택시를 잡던 엄마를 흉내 내며 외쳤다.

"멋쟁이 기사 양반! 10달러에 여의도까지! 오케이?"

택시가 저만치 사라져 간다. 내심 15달러까지 부를 생각이 있었는데 가운뎃손가락을 들어 퍽큐(Fuckyou) 사인을 보내며 달아나는지 도무지 알 길이 없는 설리였다.

잠시 후 또 다른 택시가 섰다.

"헤이! 핸섬 맨~ 여의도 15달러! 오케이?"

큰맘 먹고 처음부터 15달러를 불렀다. 시간이 없었다. 40대 기사가 설리에게 화를 냈다.

"감자나 먹어라!"

감자는 설리가 좋아하는 음식이다. 그렇지만 왜 주먹을 흔들며 감자를 먹으라고 하는 건지 역시 알 수 없었다.

결국 어느 마음씨 착한 할아버지 택시기사를 만나 20달러에 여의도까지 가기로 합의를 봤지만 길에서 한 시간을 협상한 결과로 지각을 면할 수는 없었다. 방송국에는 모든 참가자가 다음 과제를 받고 각자 연습 중이었다.

"저기…… 미션이 뭐예요?"

여기저기 물어봤지만 자기 일에 열중하느라 설리는 좀처럼 자세한 대답을 듣지 못했다. 다들 삼삼오오 모여 열띤 토론을 벌일 뿐 누구 하나 나서지 않자 보다 못한 막내작가가 알려주었다.

"콜라보레이션(Collaboration)이에요. 다음 과제."

콜라보레이션은 '모두 일하는', 혹은 '모두 협력하는'이라는 뜻이다. 오디션에서는 두 명 이상의 참가자가 함께 꾸미는 무대를 말한다.

"설리 양은 지각을 해서 팀 조합에서 빠진 거예요."

"그럼 어떡하죠? 저는 자동 탈락인가요?"

설리는 울상이 되었다. 이럴 줄 알았으면 처음부터 20달러 정도 부를 것을 괜히 택시비 깎다 망했다며 자책했다.

"그게 팀 조합 때 빠진 참가자가 한 명 더 있긴 해요."

"와! 럭키! 그럼 그 사람하고 팀 만들면 되겠네요."

"그게……."

남아 있는 한 명은 열 살짜리 꼬마 여자아이였다. 예선부터 쉼 없이 진행되어 온 빡빡한 오디션 일정에다 극도의 긴장감이 탈진을 불러일으켜 급히 병원으로 갔다고 했다.

걱정이다. 그렇지 않아도 콜라보레이션은 생소했다. 가수 출신이지만 노래를 부를 수 없는 아빠 밑에서 큰 설리이다. 늘 혼자 노래부르는 것에 익숙했다. 누구와 함께 노래를 불러본 적이 단 한 번도 없었다.

게다가 파트너는 아직 어린 꼬맹이. 탈이 나서 병원으로 가는 바람에 연습은커녕 만나보지도 못했다.

"참! 아까 제작부장님이 찾으시던데?"

친절한 막내작가가 설리에게 말했다.

"누가 찾는다고요?"

"우리 프로그램 PD님은 알죠?"

"네, 조광문 프로듀서님."

"그분 위에 책임 프로듀서, 즉 CP가 계시고, 또 그 위에 EP가 계시거든요. 그게 천 부장님이세요."

"와! 되게 높은 분이시네요?"

"그렇죠. 우리 작가들은 거의 대부분이 프리랜서이고, 나 같은 막내는 평소 얼굴 뵙기도 힘든 분이죠. 마침 파트너가 없어 곡 선정도 못할 테니 찾아가 봐요."

찾아가 보라고 하지만 막상 어디로 갈지 모르는 설리였다. 언제나 뭔가 모자란 듯한 설리를 보며 막내작가는 약간 불쌍한 생각이 들었다.

"방송국 17층에 예능국이 있으니까 거기로 가봐요."

"17층……. 엘리 타고 가야겠네요?"

"헬기? 헬기는 안 타도 돼요."

17층은 아직 미지의 세계. 설리가 가장 높이 올라간 층은 포카라 레이크사이드 백화점 5층이었다. 그곳에서 엘리베이터를 처음 타봤다. 그들은 엘리베이터를 줄여서 '엘리'라고 불렀다.

"잘 찾아갈 수 있겠어요?"

막내작가는 어리바리하고 촌스러운 설리를 보며 걱정스러운 듯 물었다. 그러나 그녀는 씩씩했다.

"그럼요! 고작 17층이잖아요. 전 안나푸르나도 올라가 본 걸요."

물론 8,091M 정상까지는 아니고 4,130M 베이스캠프 트래킹이었지만 그것만도 대단한 일이긴 했다.

무사히 엘리베이터를 타고 17층에 도착하자 예능국 사람들이 설리를 알아봤다.

"히말라야 소녀네? 무슨 일?"

"천 부장님 찾아왔어요. 여기로 가보라고 하던데요."

"아, 천 부장님? 저쪽이에요."

부장실이 따로 있었다. 천 부장은 책상에 앉아 노트북을 들여다보고 있다가 설리가 들어서자 반색하며 반겨주었다.

"어이구, 히말라야 소녀 설리 양!"

"안녕하세요? 절 찾으셨다고……."

"좀 앉지. 커피…… 마시나?"

"없어서 못 마셔요."

유난히 커피를 좋아하던 엄마. 유년의 기억 속 엄마는 회상에 잠겨 바이올린을 켜거나 먼 하늘을 보며 커피를 마시곤 했다. 그래서 설리는 커피를 보면 엄마가 떠올랐다.

"믹스? 아메리카노?"

"아뇨. 커피요."

"그러니까 믹스로, 아니면 아메리카노로?"

"아뇨. 커피가 좋아요."

천 부장이 웃으며 에스프레소 머신에서 아메리카노를 따라 물에 희석했다.

"설탕 넣나?"

"제가 직접 넣을게요."

설리는 네모난 각설탕 세 개를 커피에 퐁당 빠뜨리고는 스푼으로 저었다. 예전 엄마처럼 별 모양을 그리며. 별 세 개가 커피 잔 속에 새겨졌다.

"희한하게 젓는군. 뭘 쓰는 건가? 히말라야 미신 같은 거?"

"별을 그리는 거예요."

"별?"

"이렇게 별을 그리면 엄마가 생각나거든요. 설탕은 그냥 저어도 녹고 별을 그리며 저어도 녹죠. 이렇게 하면 엄마를 한 번 더 떠올릴 수 있으니까요."

"그렇군. 확실히 특이해. 요즘 젊은 친구들은 살찔까 봐 설탕은 거의 넣지 않거든. 세 개나 넣는 아가씨는 처음 봐."

"피곤할 때는 단 게 최고거든요. 우울할 때도요."

"오디션이 육체적, 정신적으로 피곤하긴 할 거야. 우울하기도 한가? 지금 콜라보레이션일 텐데."

"열 살짜리 여자애랑 같은 팀이 됐는데 병원에 갔다고 하네요. 그래서 좀 우울해요."

"중요할 땐데 파트너가 사라졌군. 같이 연습할 시간이 모자라니 우울한가 보군."

"아뇨. 다 큰 저도 이렇게 힘든데 꼬맹이가 얼마나 지쳤으면 쓰러졌을까……. 그래서 우울해요."

설리가 커피를 입으로 가져갔다. 작고 붉은 입술이 설탕 세 개가 들어간 아메리카노로 적셔졌다.

"한국 커피는 맛이 없네요. 너무 연해요. 진한 게 좋은데. 커피는 히말라야 높은 산에 올라가서 주석 잔에 따라 마시는 달고 뜨겁고 진한 게 최고예요."

설리가 눈을 감았다. 긴 속눈썹이 하얀 눈두덩 위에 내려앉았다. 보통의 또래 여자애와는 너무나 다른 분위기. 방송에서는 긴 생머리였는데 포니테일로 묶은 머리도 청순하고 귀여웠다.

천 부장은 그녀를 흘깃 쳐다보며 꿀꺽 마른침을 삼켰다. 무심한 척 서서 자신도 커피를 한 모금 마셨다. 확실히 연하긴 하다. 요즘 커피.

"그거 아나? 방송은 결국 쇼라는 거."

설리가 고개를 갸우뚱거렸다.

"내가 방송 생활 30년이네. 87년도였나? 공채로 들어와서 예능국 CP 자리까지 오르는 동안 수많은 스타 지망생들을 봐왔지. 자네도 스타가 되고 싶나?"

스타(Star)⋯⋯. 별⋯⋯. 별이 되면 별이 된 엄마랑 가까워질까? 설리는 더욱 엄마가 그리워졌다.

"별이 되고 싶어요."

엄마는 말했지. 보고 싶은 마음을 오래 참으면 별이 된다고. 히말라야 밤하늘에 무수히 떠 있는 그 별들은 모두 누군가를 보고 싶어 하는 마음이라고.

"이 나이에 자랑 같지만 나는 파워가 있지. 설리 양을 스타로 만들어줄 수 있는 위치에 있다네."

천 부장이 설리를 아래위로 훑으며 의미심장하게 말했다.

"내 말 한마디에 자네는 주인공이 될 수도 있단 얘기지. 내 얘기 알아듣겠나?"

사람은 호의에 감사할 줄 알아야 한다는 엄마의 말씀을 기억해 낸 설리는 벌떡 일어났다. 그리고는 천 부장을 향해 씩씩하게 허리를 굽혀 인사했다.

"감사합니다!"

아직 무슨 일이 일어날지 전혀 사태 파악이 안 되는 그녀. 히말라야산 청정소녀, 그녀의 이름은 설리. 눈 설(雪) 자에 마을 리(里) 자.

고대 산스크리트어로 히말라야는 눈의 마을이라는 뜻. 설리라는 이름은 그런 뜻.

공중파 방송국 TBS의 예능국 EP 천 부장, 그가 설리에게 은밀한 제의를 해왔다.

"설리 양, 생방송에 들어가면 대국민 투표와 심사위원 점수로 당락이 결정된다네. 그전에 탑 텐에 선정되는 게 우선이겠지? 내 보장하지. 탑 텐까지 말일세."

설리가 다시 한 번 허리를 숙여 깍듯하게 인사했다.

"정말 감사합니다."

"그러나!"

말을 마침과 동시에 천 부장이 홀짝거리던 커피 잔을 테이블에 내려놨다. 제법 힘이 들어가서 탕 하는 소리가 부장실을 울렸다.

"인생은!"

천 부장이 딱딱 끊는 말투로 강조하듯 외쳤다.

"기브 앤드 테이크(Give and Take)!"

"주고받기!"

바보 같은 설리가 천 부장의 말투를 흉내 내며 똑같이 커피 잔으로 테이블을 내려쳤다. 그녀는 한국어, 영어, 아랍어, 힌디어, 네팔어, 티베트어를 구사할 줄 알았다.

"그렇지. 가는 게 있으면 오는 게 있는 걸세."

"이해해요."

"생각보다는 말이 잘 통하는군. 그래서 자네는 나한테 뭘 줄 텐가?"

설리가 자리에서 일어나 천 부장에게 다가갔다. 눈처럼 하얀 피부와 순수한 눈빛, 그리고 코트에 가려져 있지만 제법 볼륨감 있는 몸매.

고작 열여덟 살 소녀이지만 천 부장은 순간 심장이 두근거리며 주체 못할 욕정을 느꼈다. 방송국에서 숱하게 만날 수 있는 연예인이나 텐프로 아가씨에게선 볼 수 없는 특별함이 그녀에겐 존재했다.

"여기서?"

"네, 여기서."

"음, 좀 곤란한데⋯⋯."

"부끄러워하지 마세요."

코앞까지 설리가 다가오자 풍기는 기분 좋은 향기. 재스민이나 일랑일랑 같은 꽃 냄새. 천 부장은 자칫 정신이 혼미해져 자세가 흐트러질 뻔했다. 설리가 두 손으로 자신의 귀를 잡더니 혀를 날름 내밀었다. 천 부장이 깜짝 놀라 한 발 뒷걸음질 쳤다.

"뭐, 뭐 하는 건가?"

"가까이서 이렇게 하는 게 티베트에서는 최고의 인사예요. 부장님도 한번 해보세요. 재밌어요."

정말이었다. 설리가 나고 자란 티베트에서는 귀를 잡고 혀를 내밀며 친근감을 표시하고 반가움과 감사의 뜻을 표했다. 설리의 스승이기도 한 티베트의 정신적 지도자 달라이라마를 만났을 때에도 서로 이렇게 인사했다.

티베트에서 이러한 인사법이 생긴 것은 역사적 이유가 있었다. 9세기경의 국왕 랑마르다는 사원을 파괴하고 승려를 백정으로 만드는 등 불교를 극심하게 탄압했다. 도깨비라는 뜻을 가진 랑마르다 국왕은 머리에 뿔이 나고 혀가 없었다. 당시 티베트 사람들은 랑마르다 국왕이 악마의 자식이라고 믿었다. 그래서 모자를 벗거나 귀를 잡아당기며 혀를 내미는 것은 자신이 악마가 아니라고 밝히는 데서 유래

되었다고 한다.

이러한 괴상망측한 인사법을 처음 본 천 부장은 놀란 가슴을 진정시키며 식은 커피를 한 번에 들이켰다. 등에서 식은땀이 났다.

"그런 인사는 티베트에서나 하고……. 아무튼 오늘 저녁은 시간 비워두게. 사람들 시선도 있으니 조용히 빠져나올 것. 장소는 여의도 안에 있는 콘래드 서울이라는 호텔. 택시 타면 기본요금일 걸세."

"호텔? 저, 잘 곳 있는데요?"

"호텔은 잠만 자는 곳이 아니네. 험험!"

천 부장이 헛기침을 했다. 설리는 골똘히 뭔가를 생각하다 엄지와 검지로 동그라미를 만들어 내밀었다.

"오케이!"

아빠와 호텔이란 곳을 몇 번 가본 적이 있는 설리이다. 분명 레스토랑도 있고 수영장, 바도 있었다.

"리셉션에 내 이름으로 룸 예약해 두겠네. 선글라스 끼는 거 잊지 않도록."

"밤에 선글라스는 왜요? 그리고 선글라스도 없는데요?"

"사람들이 알아보지 않도록 얼굴 가리란 얘길세."

설리는 부장실을 나오며 천 부장이 딱딱해 보이는 외모와는 달리 참 배려가 많은 사람이라고 생각했다. 방송이 나간 건 딱 두 번인데 사람들이 알아보면 귀찮을까 봐 힌트를 준다고 믿었다.

오디션이 진행 중인 메인 스튜디오 부근은 팀별로 콜라보레이션을 준비하느라 몹시 분주했다. 여기저기서 들려오는 여러 악기와 노랫소리로 시끌벅적했다. 본선 2라운드를 거치며 살아남은 지원자는 약 오십여 명. 다음 심사에 절반이 추려질 거라고 했다.

파트너가 없어 아무런 연습을 할 수 없던 설리는 해가 질 때까지 여기저기 기웃거리고 다녔다. 모두들 꿈을 안고 오디션에 지원한 터라 토론과 연습조차도 사뭇 진지했다.

로비 한쪽에 공중전화가 보였다. 설리는 아직 핸드폰이 없었다. 새로 개통해 보려 했지만 국내 거주자가 아닌데다 자동이체를 할 통장이 없다는 이유로 퇴짜를 맞았다.

지갑에서 아까 메모한 전화번호가 적힌 쪽지를 꺼냈다. 선우의 번호이다. 설리는 한참을 전화번호를 들여다보았다.

이 낯선 땅에서 전화를 걸 누군가가 있다는 것이 뿌듯했다. 그것이 키가 큰 아저씨여서 더 좋았다. 오늘 처음 본 사이지만 쪼그리고 앉아 있는 자신을 위해 무릎을 굽혀 눈높이를 맞춰줄 때 그가 좋은 사람이라는 것을 직감했다.

이름이 없는 유니폼을 입고 운동장을 달리던 남자. 이름을 불러주자 묘하게 애틋하던 그 눈동자, 싫지 않던 땀 내음, 잠깐 내비치곤 쑥스러워 얼른 모자로 가리던 약간의 눈물.

우연히 만난 아빠와 엄마의 친구. 운명이 있다면 이런 게 아닐까? 설리는 전화번호를 보면서 그 남자를 떠올렸다. 괜히 알 수 없는 설렘에 가슴이 콩닥거렸다. 전화를 걸었지만 받지 않는다. 아직 운동이 끝나지 않았나 싶어 다시 한 번 해봐도 마찬가지였다. 할 수 없이 음성 메시지를 남겼다.

"아저씨, 안녕? 나는 히말라야에서 온 설리예요. 오늘은 아저씨를 만나 참 반가웠어요. 사실은 조금 외로웠는데 뭐랄까, 좀 든든했어요. 자랑할 일이 생겨 전화를 걸었는데 받지 않네요. 그래서 이렇게 메시지를 남겨요. 방송국에서 엄청 높은 사람과 친해졌어요. PD, 또는 프로듀서님보다 훨씬 높은 분이래요. 그분이 저 스타로 만들어준다고 했어요. 오늘 그 사람과 여의도 무슨 호텔에서 만나요. 기브 앤드 테이크래요. 나는 줄 게 없는데……. 그래서 뭘 주면 좋을지 아저씨랑 의논하고 싶었는데……. 앗! 돈이 다 됐나봐…….”

메시지가 중간에 끊겼다. 할 말은 다 한 듯싶어 그렇게 시간을 보낸 후 저녁이 되자 설리는 조용히 방송국을 빠져나갔다. 기본요금만 나온다는 정보를 미리 들었기에 이번에는 협상 없이 택시를 타고 천 부장이 알려준 호텔로 갔다.

털모자를 푹 눌러쓰고 목도리로 얼굴 절반을 가린 다음 리셉션에서 천 부장 이름을 대니 호텔 직원이 카드 키를 하나 줬다. 설리는 소중히 받아 들고 룸으로 찾아갔다.

안에 사람이 있을까? 아무리 찾아봐도 벨이 보이지 않았다. 두 손에 꼭 쥔 카드 키로 여기저기 넣을 곳을 찾아보았지만 역시 보이지 않았다. 그러다 센서에 카드를 갖다 대자 파란 불이 들어왔다. 손잡이를 내리니 덜컹 문이 열렸다.

제법 넓은 방에는 커다란 베드가 있고 천 부장은 티 테이블에서 캔 맥주를 마시고 있었다. 막 샤워를 마친 듯 머리카락이 젖어 있고 베이지색 욕실 가운을 걸친 채였다.

“잘 찾아왔나?”

부장실과 호텔 룸. 똑같은 밀폐된 공간인데 공기가 다르다. 몇 시간 전에는 양복 차림이었는데 욕실 가운을 걸친 남자를 보면서 설리는 묘한 이질감을 느꼈다.

“샤워부터 하지.”

설리가 양팔을 차례로 들어 코를 갖다 댔다.

“냄새…… 안 나는데요?”

“그게 호텔 에티켓이라네. 일단 샤워부터 하도록.”

히말라야와 달리 이곳은 따지는 게 많았다. 호텔에서 사람을 만나면 샤워부터 해야 한다니⋯⋯. 하긴 티베트의 혀를 내미는 인사처럼 이슬람 여성들은 외출할 때 반드시 눈을 제외한 얼굴 전체를 가리는 히잡을 착용해야 하고 마사이족은 얼굴에 침까지 뱉는다고 했다.

설리는 낙타 타기용 부츠를 벗고 방으로 들어갔다. 두툼한 코트는 옷걸이에 걸치고 욕실로 갔다. 천 부장이 조금 전에 샤워를 마친 듯 욕실 거울엔 뿌옇게 김이 서려 있었다. 손을 내밀어 거울을 닦자 머리카락을 질끈 묶은 촌스러운 여자가 서 있다.

옷을 벗고 설리는 샤워를 했다. 한국은 참 편리한 나라다. 온수기 없이도 수도꼭지만 틀면 언제든 펑펑 나오는 온수. 찬바람을 맞아 얼어 있던 온몸에 따뜻한 물이 분사되자 나른함이 퍼져왔다.

그때, 갑자기 들려오는 거칠게 문을 두드리는 소리. 샤워기가 틀어져 있는 욕실에서도 똑똑히 들릴 만큼 큰 소리였다. 설리는 흠칫 몸을 떨었다. 그녀의 뽀얀 살결 위로 살짝 닭살이 돋았다.

"누구요?"

천 부장이 물어봤지만 대답이 없다. 대신에 문을 두드리는 소리는 더욱 커졌다.

"누구냐니깐!"

신경질적으로 소리치며 천 부장이 문을 열었다. 얼마나 달려왔는지 숨을 거칠게 몰아쉬며 선우가 서 있다.

"당신 누구야? 누군데 이렇게 소란을 떨어?"

천 부장의 호통에도 선우는 말이 없었다. 성난 짐승처럼 거친 숨소리를 내며 천 부장을 노려볼 뿐이다. 그사이 서둘러 샤워를 마친 설리가 욕실에서 다시 옷을 입고 나왔다. 채 마르지 않은 긴 머리에서 물이 뚝뚝 떨어졌다.

"어? 아저씨?"

설리는 놀라움과 반가움에 귀를 잡고 혀를 내밀까 하다가 분위기가 험악한 걸 느끼고는 시무룩해졌다. 젖은 머리카락이 목덜미에 닿아 서늘했다.

"그만 가자."

선우는 천 부장을 밀치고 들어가 설리의 손을 잡았다. 막 샤워를 하고 물기를 닦아냈을 하얀 손. 선우는 또 20년 전의 소라를 생각해내곤 표현할 수 없는 감정이 가슴속 깊은 곳에서 솟구쳐 올랐다. 선우의 커다란 손 안으로 쏙 들어가던 그 하얗고 예쁜 소라의 손과 너무나 닮은 설리의 손. 선우의 심장이 격하게 요동쳤다.

"당신, 덩치만 믿고 이러나 본데, 내가 누군지 알아?"

천 부장이 선우의 등 뒤에서 어깨에 손을 얹으며 말했다. 선우가 가만히 그 손을 잡아 힘을 주며 꺾었다.

"나 많이 참고 있는 거야. 자꾸 건드리지 마."

"다, 당신 누구야? 경찰 부른다."

선우가 씁쓸하게 웃었다.

"경찰? 불러서 어쩌게? 방송국 간부가 오디션에 참가한 어린 여자애를 호텔로 불러서 재미 좀 보려고 했는데 누가 방해한다고 하시게?"

"이, 이런……. 난 그저 프로그램을 위해 출연자 상담 차……."

천 부장이 말을 더듬었다. 선우가 설리의 손을 놓고 거세게 천 부장의 멱살을 잡아 벽으로 밀어붙였다. 그가 입고 있던 욕실 가운의 허리띠를 확 잡아당기자 매듭이 풀어지며 알몸이 드러났다. 설리가 얼굴을 붉히며 고개를 돌렸다.

"이봐, 쓰레기. 호텔 방에서 이런 알몸으로 무슨 상담? 아무것도 모르는 이 아이는 왜 샤워를 하고 있었지?"

천 부장의 얼굴이 굳어졌다. 선우는 오른손으로 그의 멱살을 잡은 채 바닥으로 내동댕이쳤다. 천 부장이 티 테이블에 걸려 우당탕 넘어졌다. 천 부장이 뿌드득 이를 갈며 선우를 노려봤다.

"이, 이런 수모가……. 빌어먹을! 이 싸움, 네놈이 이긴 것 같지? 누군지 몰라도 너, 가만 안 둔다."

선우가 운동화를 신은 채 천 부장에게로 걸어갔다. 그의 목에 한 발을 올리고 힘을 주니 천 부장이 신음 소리를 냈다.

"이, 이 자식이…… 무식하게 힘으로……. 도대체 너 누구야?"

선우가 처연하게 말했다.

"나? 이선우."

"이선우?"

"그래, 이선우. 소라고등학교 싸움 짱이던 이 애 아빠의 친구."

선우가 눈빛으로 설리를 가리켰다. 이제야 대충 상황을 눈치 챈 설리는 구석에서 떨고 있었다. 그리고 차마 하지 못한 말. 나는 이 아이 엄마의 첫사랑……. 선우는 그 말을 꿀꺽 삼켰다.

"이…… 선우? 그 이선우?"

"그래, 이선우. 전직 메이저리거, 현직 실업자."

선우는 천 부장의 목을 발로 누른 채 주머니에서 핸드폰을 꺼냈다. 알몸이 다 드러난 천 부장을 몇 장 찍었다. 천 부장이 체념하며 눈을 감았다.

호텔에서 설리를 데리고 나온 선우는 말없이 차를 몰았다. 원효대교 남단에서 올림픽대로에 진입해 동호대교를 지날 때까지 선우와 설리는 한마디도 하지 않았다. 까만 밤, 왼쪽으로 한강이 보인다. 차창 밖으로 서울의 야경이 슬프도록 아름답게 스쳐 지나갔다.

"서울은……."

설리가 무심히 창밖 풍경을 바라보다 말을 꺼냈다. 고개는 돌리지 않은 채였다.

"참 예쁜 도시네요."

선우는 여전히 침묵했다. 해줄 말이 없었다.

"그런데……."

설리의 목소리가 가늘게 떨리고 있다.

"사람들은 그렇지 않은가 봐요."

선우가 흘깃 그녀를 쳐다봤다. 오른쪽으로 고개를 돌리고 있지만 왼쪽 뺨으로 흐르는 눈물이 보였다. 하얀 볼을 타고 흘러내리는 투명한 눈물이 오렌지 빛 가로등 불에 반사되어 보석처럼 빛났다.

"난 참 바보 같은 아이죠? 한국에 오니 갑자기 바보가 되어버렸어요."

설리가 잘하는 것들. 높은 산 타기, 산양 젖 짜기, 별자리로 방향 찾기, 낙타 타고 사막 건너기, 야크에게 여물 주기, 약초와 독초 구별하기, 보리와 밀 가꾸기, 호수에서 헤엄치기…….

한국에 오니 설리가 그동안 배워온 것들은 아무 쓸모가 없었다. 택시를 타는 법부터 자판기를 사용하는 법, 사람을 상대하는 법 등등 모두 모르는 것투성이다. 그렇다고 가르쳐 주는 사람도 없었다.

"네 엄마도……."

이윽고 선우가 입을 열었다. 설리를 보면 소라가 생각난다. 그래서 여전히 가슴이 저릿저릿 아리고 또 아리다.

"바보 같은 사람이었으니까."

그 시절, 선우와 소라는 언제나 서로를 바보라고 놀려댔다. 그리고 바보는 바보를 사랑했다. 하지만 설리에게 그런 이야기를 해줄 수는 없었다.

"바보 엄마에게 바보 딸이 태어나는 게 당연하지."

"……."

"그러니까 울지 마. 바보니까 모르는 게 당연한 거야. 네 엄마나 너나 바보에다 울보에다……."

바보 같은 소라가, 울보 같은 소라가 갑자기 생각나 울컥해진 선우가 잠시 말을 끊었다. 20년이나 지났어도 소라는 여전히 그의 마음 안에서 스무 살의 모습으로 살고 있었다.

"엄마랑 똑같구나. 그렇게 슬펐니? 눈물이 날 만큼?"

"슬퍼서 우는 게 아니에요."

"……."

"우니까 슬픈 거예요."

"제임스—랑게."

선우의 대답에 설리가 깜짝 놀라 고개를 돌려 그를 쳐다보았다. 선우도 힐끗 설리를 쳐다보았다. 그녀의 두 뺨에는 아직 눈물 자국이 남아 있었다. 젖은 속눈썹조차 사랑스런 아이였다.

"어떻게 아세요?"

"심리학자 제임스와 랑게의 학설. 슬퍼서 우는 게 아니라 우니까 슬픈 것이고."

설리가 그다음 말을 받았다.

"무서워서 떠는 게 아니라 떠니까 무서운 것이며."

다시 선우가 설리의 말을 이었다.

"우스워서 웃는 게 아니라 웃으니까 우스운 것이다."

선우가 왼손으로 핸들을 잡고 오른손을 내밀었다. 설리도 손을 뻗어 하이파이브를 했다. 두 사람의 손바닥이 맞닿으며 짝 하는 소리가 경쾌하게 울렸다.

"울보에다가 겁쟁이였지만 언제나 잘 웃던 네 엄마가 자주 하던 말이지."

"엄마……."

베이지색 가죽 시트에 몸을 기대고 설리는 가만히 눈을 감았다. 티베트와 뉴델리, 카트만두와 포카라. 히말라야 일대를 떠돌아다니다 결국은 별이 된 엄마. 보고 싶다.

설리의 음성 메시지를 듣고 잠실에서 여의도까지 미친 듯이 차를 몰던 선우는 오디션 담당 PD와 연락이 닿아 천 부장이 갔을 만한 호텔을 찾아내었다. 다행히 봉변은 면했지만 한국 물정을, 아니, 세상물정을 전혀 모르는 이 아이를 언제까지 지켜줄 수 있을지 자신이 없었다.

혹시 몰라 현장 사진을 증거 삼아 찍어두긴 했는데 부장이라는 작자가 또 어떤 보복을 해올지 모를 일이었다. 히말라야의 청정 만년설처럼 깨끗하고 순수한 설리가 상처받는 일만은 없어야 했다. 그렇게 며칠이 지나고 선우는 방송국으로 찾아가서 오디션 담당 프로듀서를 만났다. 조광문 PD라고 자신을 소개한 그는 단번에 선우를 알아보았다.

선우는 천 부장이 설리에게 무슨 짓을 했고, 어떻게 빠져 나왔는지 요약해서 설명해 주었다. 조 PD는 얼굴이 벌겋게 달아올라 분개했다.

"그 사람, 예능국 내에서도 말이 많아요. 예전부터 신인 연기자나 여자 스태프에게 집적거린다는 추문이 끊이질 않았는데 설마 오디션에 참가한 일반인한테까지 그럴 줄은 상상도 못했네요. 담당 PD

로서 깊이 사죄드리겠습니다. 이 건은 책임 프로듀서를 통해서 윗선에 보고하겠습니다."

방송국 내 커피숍에서 조 PD가 정중하게 고개를 숙이며 사죄했다.

"그런데 이선우 선수와 강설리 양은 무슨 관계죠?"

조 PD의 질문에 선우는 잠시 망설였다. 그저 설리의 부모와 고교 동창이라고 말하기에는 세상에 알려진 일이 너무나 많았다. 더구나 방송 계통에서 일하는 사람이라면 언젠가는 알게 될 일이기도 했다. 그렇다고 모든 사실을 밝히자니 재기를 앞두고 자신의 사생활이 낱낱이 까발려지는 일이라 고민되었다.

"강민이라고…… 기억하십니까?"

선우가 밀크티를 마시다 잔을 내려놓고 겨우 민의 이름을 꺼냈다. 기억 속에서 지워 버리자고 수백 번도 더 다짐한 이름이다.

"가수 강민 말씀이시죠? 알다마다요. 저도 이선우 선수와 비슷한 또래입니다. 이 선수가 메이저리그에 진출한 즈음이니까 20년 가까이 되었나? 확실히 그때인 것 같네요. 정말 대단했죠. 데뷔와 동시에 1위에 오르며 김건모, 룰라와 경합해서 결국 그 해 가수왕까지 됐잖아요. 아마 〈바람의 노래〉였죠?"

"강민은 저와 같은 고등학교를 나온 친구입니다."

"아! 기사 본 것 같네요. 기억나요. 소라고등학교였죠? 동갑내기 두 친구가 한 명은 메이저리거, 또 한 명은 가수왕. 전국이 떠들썩했죠."

"설리는 강민의 딸입니다."

조 PD가 놀라서 입을 다물지 못했다.

"분명 강민은 데뷔 앨범이 대히트를 치고 흔적도 없이 사라졌죠.

데뷔와 함께 은퇴한 셈이지요. 그래서 여러 가지 루머가 많이 떠돌았고……."

곰곰이 생각하던 조 PD가 갑자기 벌떡 자리에서 일어났다.

"그럼 히말라야에 있었던 겁니까? 20년이나?"

선우가 고개를 끄덕였다. 그리고는 입술을 지그시 깨물며 나직하게 말했다.

"저도 그 사건이 있고부터 연락이 안 됩니다. 설리가 그곳에서 왔으니 아마 히말라야 어딘가에 있겠죠. 그 아이에겐 묻지 못했어요. 말하기 곤란한 여러 가지 사정이 있어서요."

설리를 만나고 선우는 몇 번이나 묻고 싶었는지 모른다.

아빠는, 내 친구 민이는 잘 있는 거니? 여전히 오토바이를 타고 바람 속을 달리니? 가슴을 후벼 파던 그 노래와 기타 실력은 여전한 거니?

엄마는, 내 첫사랑 그녀는 잘 지내니? 요즘도 가끔 〈사랑의 인사〉 바이올린을 켜니? 비 오거나 첫눈 오는 날 혹시 내 생각은 하니?

조 PD가 파카 주머니에서 담배를 꺼냈다. 불을 붙이고 깊게 담배 연기를 빨아들이며 생각에 잠겨 혼자 중얼거렸다.

"황금의 오른팔이라 불리던 남자와 천상의 목소리라 불리던 남자. 두 사람은 동기동창. 두 친구의 엄청난 성공. 그리고 홀연히 자취를 감춘 가수왕. 돈 문제? 여자 문제? 아니면 아무도 모르는 어떤 비밀이?"

조 PD는 선우를 몇 번이고 쳐다봤다. 담배꽁초를 재떨이에 몇 번이고 비벼 끄더니 이윽고 비장한 표정으로 물었다.

"도대체, 도대체 무슨 일이 있었던 겁니까, 20년 전 두 사람 사이에는?"

대답 대신 선우는 조 PD의 담배 곽을 가리켰다.

"한 대 피워도 됩니까?"

선우가 담배를 한 모금 빨았다. 이내 터져 나오는 기침.

"후. 담배는 여전히 어렵네요. 너무 힘들고 외로울 땐 한 대 피우고 싶기도 한데 기침이 나오고 눈물만 납니다. 마치 민이란 녀석처럼요. 담배를 보면 그래서 그 녀석이 생각나죠."

생각해 보면 선우에게 처음 담배를 준 것도 민이었다. 선우는 피우다 만 담배를 끄고 팔짱을 꼈다. 그리고는 긴 회상에 잠겼다.

6.

너에게 닿기를

오랫동안 봉인된 비밀이 담겨 있는 20년 전 그 시절. LA 피닉스에 입단한 선우는 매니저 겸 통역 역할을 하던 재미교포 케빈 킴의 도움으로 피닉스타디움 근처의 조용한 주택가에 숙소를 구했다. 구장과 다운타운까지 모두 차로 10분 정도면 갈 수 있는 최적의 위치였다.

입단이 늦어져 2월이 다 되어서야 팀에 합류한 선우는 메디컬 테스트 후 본격적으로 몸만들기에 들어갔다. 메이저리그를 포함한 대부분의 프로야구선수는 시즌이 끝나도 쉬지 않았다. 10월과 11월에는 마무리 훈련을 하고 1월에는 스프링 캠프를 차려 다음 시즌을 준비했다.

선우의 경우 마지막 대회가 끝나고 소라고등학교에서 합동훈련을 했다지만 프로팀의 체계적인 시스템과는 엄청난 질적 차이가 있었다. 피닉스와의 계약 소식이 발표된 후로는 인터뷰와 방송 출연,

이런저런 행사에 초청되어 개인 훈련도 거의 못한 상황이다.

국내외 야구 전문가들은 그런 점을 우려해 차라리 마이너리그에서 2, 3년 트레이닝을 받고 메이저리그에 올라가는 것이 장래를 위해서도 좋다는 의견을 보였다. 2월 팀 합류 후 3월 시범경기를 치르고 4월 초 페넌트레이스를 치른다는 것은 사실상 불가능한 일이었다. 그래서 아무리 메이저리그 계약이라지만 40인 로스터 등록 후실제 경기에서 선우의 등판을 예상하는 사람은 거의 없었다.

그런데 기적 같은 일이 일어났다. 내셔널리그 서부지구에 속한 LA 피닉스는 애리조나에서의 개막 2연전을 마치고 홈으로 돌아왔다. 피닉스는 하루 휴식 후 벌이는 샌프란시스코 씨브리즈와의 홈경기 개막 3연전 선발투수를 발표했다. 여기에 거짓말처럼 선우의 이름이 올라 있었다. 세 번째 경기 선발투수로 예고된 것이다.

4월 10일 목요일이었다. 선우의 메이저리그 선발 등판으로 대한민국은 발칵 뒤집혔다. MLB 독점 중계권을 가지고 있는 TBS 방송국은 화면을 받아서 현장과 국내 스튜디오를 이원 연결해 생중계했다. 온 국민의 염원을 담은 한국인 유일의 메이저리거 투수 이선우의 공식 선발 등판은 그렇게 시작되었다.

선우는 라커룸에서 부모님에게 한 통, 그리고 소라에게도 국제전화를 걸었다. 그의 목소리가 약간 흥분되어 있다.

"소라야, 설마 자는 거 아니지? 내 경기 볼 거지?"

"그럼, 당연하지. 나뿐만 아니라 여기는 지금 난리야. 지금 한국은 오전 9시가 다 되어가는데 회사고 학교고 모두 네 경기 틀어놓고 있댔어. 마치 월드컵 축구 한국 국가대표팀 경기하는 날 같아."

LA와 한국의 시차는 17시간. 선우의 메이저리그 선발 등판은 온 국민의 이슈였기에 중계방송 시청은 상상을 초월할 정도의 관심을 끌었다.

"정말 그 정도야? 살짝 부담되네."

"어때? 컨디션은 괜찮아? 신문 보니까 훈련량이 부족할 거라고 하던데."

"아냐. 그래도 요즘 집하고 구장 연습장만 다니면서 두 달 빡세게 운동했어. 컨디션 최고야."

"휴~ 그렇담 안심이네."

"소라야, 너 내가 출국하는 날 했던 말 기억나? 첫 공은 무조건 빠른 직구야. 너한테만 미리 알려주는 거야. 우하하!"

선우는 소라 앞에서는 언제나 밝고 쾌활했다. 아니, 밝고 쾌활해 보이려고 노력했다.

미국에서 뉴욕 다음으로 큰 도시 로스앤젤레스.

1962년에 개장한 아름다운 구장 피닉스타디움.

1회 초 샌프란시스코 씨브리즈의 공격.

마운드에 당당히 서 있는 이 남자. 아직 앳된 얼굴의 갓 스무 살이된 한국인 메이저리거. 넘버 61. 하얀색 유니폼에 영어로 S. W. LEE라고 새겨져 있다.

LA 근방에 거주하는 한국 교민이 공식 집계로 십만 명에 육박하고, 통계에 잡히지 않은 숫자까지 합하면 오십만 명 이상이라고 했다. 오만 육천 명을 수용하는 피닉스타디움에 오천 명 정도의 한국 교민이 선우를 응원하러 모여 있었다.

이는 애당초 비어 있던 5선발 자리에 이례적으로 선우를 포함시킨 구단 마케팅 전략의 원천이기도 하였다. 사천만 한국인은 물론미국 전체에 백오십만 명으로 추산되는 한국 교민들은 지역에 상관없이 LA 피닉스의 열성적인 팬이 될 것임을 구단은 알고 있었다.

현지 시각으로 오후 2시에 시작하는 낮 경기. 한낮의 태양이 이글거리는 가운데 몇 번의 연습 투구를 마친 선우가 드디어 첫 타자를 맞았다. 허리를 숙인 채 손을 뒤로 숨기고 포수의 사인을 읽던 선우는 몇 번 도리질을 하더니 크게 와인드업 했다.

대망의 첫 구는 소라에게 약속한 대로 포심 패스트볼. 선우의 주무기인 빠른 직구였다. 그러나 바로 타자에게 통타당하며 하늘 높이 새카맣게 날아가는 타구. 선두타자 초구 홈런이었다.

선우는 넋이 나간 듯 한참을 타구가 날아간 외야 관중석을 바라보았다. LA 피닉스 더그아웃과 홈팬들은 물론이고 새벽을 밝힌 한국의 각 가정에서도, 구장을 찾은 재미교포 응원석에서도, 두 손을 모으고 기도하며 지켜보는 소라의 입에서도 아쉬운 탄성이 새어 나왔다.

포수가 마스크를 벗고 혹독한 데뷔전을 치르는 어린 투수를 진정시키기 위해 마운드로 달려갔다. LA 피닉스타디움을 내려쬐는 강렬한 햇빛이 눈부신 4월 10일 목요일 오후 2시 1분이었다.

1과 1/3 이닝 5안타 3사사구 4실점 패전 투수. 선우의 메이저리그 데뷔전 기록이다. 쉽게 말해서 2회 원아웃에 강판되었고, 아웃카운트 네 개 잡을 동안 4점을 줬다는 무참한 패배였다. 선발투수 데뷔전 초구 홈런 또한 20년 만에 나온 기록이라고 했다.

경기가 끝난 후 LA 주재 특파원들과의 인터뷰가 있었다. 선우는 너무 창피해서 인터뷰고 뭐고 얼른 도망가고 싶었지만 공식 인터뷰 거부는 계약서상에 명시된 구단 징계 사항 중 하나였다.

"아무리 갑작스러운 선발 출전이라지만 너무 쉽게 난타를 당했는데요, 특별히 컨디션이 안 좋다거나 몸에 이상이 있던 건 아닙니까?"

"아닙니다. 최선을 다했지만 제 실력이 부족해서 얻어맞은 것뿐입니다."

"들뜬 마음으로 TV 앞에서 응원한 국민들의 실망이 큽니다. 국민들에게 한마디 해주시죠."

"아하하! 죄송합니다. 다음엔 더 잘 던지도록 노력하겠습니다."

선우가 땀을 삘삘 흘리며 연방 뒤통수를 긁어댔다. 쑥스럽거나 무안할 때 나오는 특유의 버릇.

"이선우 군의 트레이드마크는 뭐니 뭐니 해도 시속 150㎞를 넘는 강력한 직구 아닙니까? 오늘 구장 스피드건에 찍힌 최고 구속은 146㎞입니다. 확실히 정상 컨디션은 아닌 것 같은데요. 역시 동계 훈련 부족으로 몸이 덜 만들어진 것 같다는 의견이 많습니다."

"하하, 핑계대고 싶지 않습니다."

그는 난처한 상황임에도 자꾸 웃었다. 이 남자가 왜 저런 바보 같은 웃음소리를 내는지는 이 세상에서 오직 단 한 사람만 알고 있었다.

"유일한 한국인 메이저리그 선발투수인데요, 힘이나 기술의 한계를 느끼진 않는지요?"

"메이저리그가 세계 최고의 선수들이 뛰는 무대인 건 맞지만 오늘 패전투수가 된 건 한국인이라서가 아닙니다. 그냥 저 개인이 못한 겁니다. 하하하! 되게 창피하긴 하네요."

데뷔전을 망친 본인 자신이 가장 속상하고 힘들 터인데 끊임없이 죄송하다고 말해야 하는 선우. 아무리 씩씩해야 한다고 주문을 걸며 큰 소리로 웃어보아도 목소리는 한없이 가라앉고 어깨는 자꾸만 움츠러들었다.

인터뷰를 마친 선우는 개인 짐을 가지러 라커룸으로 갔다. 그의 라커 앞에 매직으로 휘갈겨 쓴 몇몇 낙서가 보인다.

Get lost to your country, you untalented smelly yellow monkey(너희 나라로 꺼져, 실력 없는 냄새나는 노란 원숭이)!

America is a free country where anyone stands a chance(미국은 누구나 기회를 잡을 수 있는 자유의 나라야). only you excepted(단 너만 제외하고).

메이저리그는 선수에게 자유와 방임이 주어진 대신 무서울 정도로 내부 경쟁이 심했고, 다양한 국적과 다양한 인종의 팀원들끼리도 알력과 갈등이 존재했다. 더욱이 상대가 갓 데뷔하면서 마이너리그도 거치지 않은 아시아계 소년이라면 더욱 그럴 것이다.

선우는 멸시와 조롱이 담긴 메시지들을 한동안 물끄러미 읽어보다가 무표정한 얼굴로 짐을 챙겨 나왔다. 출구에 매니저이자 통역 케빈 킴이 차를 세워놓고 대기 중이었다.

"어? 샤워 안 하고 나왔어?"

선우의 갈아입지 않은 옷에선 땀 냄새가 풍겼다. 선우는 뒷문을 열고 시트에 털썩 주저앉았다.

"미안해, 형. 집에 가서 씻을래. 데뷔 전부터 무지막지하게 얻어맞은 데다 팀도 깨져서 그럴 분위기가 아니더라."

선우가 라커룸에 휘갈겨진 낙서에 대해 말해주었다.

"신경 쓰지 마. 원래 미국은 소수인종에 대해 어느 정도의 차별이 엄연히 존재하는 나라야. 민주주의, 민주주의 하지만 실상은 그렇지 않지. 이게 다 개뻑다구 같은 다인종주의 정책의 결과야."

교포 2세로서 미국에서 태어나고 자란 케빈이었지만 피부색이 다르다는 이유로 끊임없는 차별을 받아온 터였다. 케빈은 그저 실력으로 보여주면 자연스럽게 해결될 일이라고 선우를 위로했다. 케빈은 천천히 피닉스타디움을 빠져나가며 룸미러로 선우를 흘끔 살폈다. 고작 스무 살인 어린 투수의 어깨가 너무나 무거워 보였다.

몇 달간 같이 살아보니 케빈도 선우의 심정을 알 것 같았다. 그저 야구가 좋아 꿈을 찾아 건너온 세계 최고의 무대. 아직은 덜 여물고 덜 성장한 선우에게 전 국민적인 기대와 관심이 엄청나게 쏟아졌다.

매사에 긍정적이고 밝은 성격의 선우는 괜찮은 척했지만 케빈은 알 수 있었다. 사실은 이 외롭고 머나먼 이국땅에서 그는 매일매일 부담스러워 했다는 것을. 그리고 이제 케빈은 어려운 말을 꺼내야 한다.

"선우."

"……."

메이저리그 경험이 일천한 선우도 어렴풋이 짐작하고 있었다. 아까부터 차 안 공기를 무겁고 탁하게 만드는 것, 그것이 자신이 망쳐버린 데뷔전 때문만은 아니라는 것을.

"안 좋은 소식이 있어. 너무 속상해하지 않았으면 해."

"왜? 방출 통보라도 받았어?"

"그건 아니지만 내일부터는 루키리그로 나가라는 단장의 지시야."

메이저리그는 한국 프로야구처럼 1군과 2군으로 나뉘지 않고 총 네 단계의 독립적 구단 시스템을 가지고 있었다. 정규 1군 개념의 최정예 사십 명이 메이저리그에서 뛰고, 그 밑에 2군 개념이지만 독립적인 리그를 가지고 있는 트리플A가 있다. 언제든 메이저리그 승격이 가능한 선수나 잠시 부상당한 선수가 머무는 곳이다.

그 밑으로 더블A가 있는데 신진 유망주들이 이곳에서 실전 경험을 쌓으며 다음 단계를 기다린다.

맨 밑에 위치한 루키리그는 말 그대로 갓 입단한 신인들이 모여 있는 가장 하위 리그였다. 선우는 이곳으로의 강등을 명령받은 것이다.

"좋게 생각하자. 어차피 메이저리그 계약이라 오래는 안 있을 거야. 구단이 보기에는 네 몸 상태가 정상이 아니라고 보고 체력훈련만 하라는 얘기인 것 같아."

나름 리그를 운영하면서 치열한 순위 다툼과 개인 성적을 관리해야 하는 트리플A나 더블A는 휴식과 훈련의 장소로는 적합지 않았다. 그곳에서도 경쟁을 해야 하니 어쩌면 비슷한 또래로 구성된 루키리그에서 재충전을 하라는 의미가 맞는지도 몰랐다.

그래도 서운했다. 메이저리그 진출 후 단 한 번의 등판. 처참한 성적. 매스컴에서는 또 비슷비슷한 분석 기사를 쏟아낼 것이고, 선우는 상처받을 것이다.

다음 날, 구단의 발표로 선우의 루키리그행 기사가 보도되었다. 예상대로 한국인들과 미국 교포들의 실망은 이루 말할 수 없을 정도였으며, 당시 IMF(국제 통화기금) 직전이던 대한민국 경제는 극도로 위축되어 있었다. 의기소침해진 국민들에게 선우의 메이저리그 진출이 활력소가 되어주었기에 그 상실감은 더욱 컸다.

대통령까지 나서서 격려를 아끼지 않고 선우의 활약을 바탕으로 한 각종 상품까지 기획된 마당에 그의 마이너리그, 그것도 루키리그행은 국민들에게 충격이었다. 온갖 찬사와 장밋빛 희망을 아끼지 않던 언론은 어느새 무모한 도전과 넘지 못할 벽을 이야기하고 있었다.

그 즈음이었다, 소라에게 전화가 걸려온 것은.

"바보야, 편지 쓰랬잖아. 주유소 알바생이 무슨 돈이 있다고 미국까지 국제전화야?"

선우는 애써 목소리 톤을 높였다. 밝은 척, 쾌활한 척, 아무렇지도 않은 척…… 그것이 오히려 소라의 마음을 더욱 아프게 만들었다.

[기사 봤어. 루키리그로 내려갔다며? 거기는 할 만해?]

"뭐, 다들 일단은 루키니까."

[거기선……]

소라가 잠시 말을 끊었다.

[인종 차별이라던가 부담을 준다던가 하진 않겠지? 다들 같은 입장이니까 좀 못했다고 라커에 낙서 같은 거 하진 않겠지?]

빌어먹을. 선우는 입방정을 떨었을 케빈을 째려봤다.

[선우야.]

소라가 차분히 말을 했다.

[실패하지 않는 사람이 되려면 어떻게 해야 하는지 알아?]

"뭘 어떻게 해? 죽도록 연습하고 노력해야지."

[그보다 더 확실한 방법이 있는데?]

선우가 갑자기 솔깃해서 되물었다.

"그래? 뭔데?"

[아무것도 안 하는 사람이 되면 돼. 그럼 절대 실패하지 않아.]

"에이, 뭐야?"

[실패는…… 도전하는 사람만이 가질 수 있는 경험이야. 선우야, 절대 기죽지 마.]

선우는 갑자기 그녀가 어른스럽게 느껴졌다. 몇 달 못 본 사이 부쩍 커버린 듯한…… 바보도 성장하는 걸까? 선우는 갑자기 궁금해졌다.

[선우야······.]

수화기 너머 9,549㎞나 떨어진 서울에서 들려오는 소라의 목소리에서 그리움이 잔뜩 묻어났다.

[내가 자주 해주던 말 생각나?]

선우의 LA 집 주택가에서 흔하게 볼 수 있는 데이지 꽃.

[슬퍼서 우는 게 아니라 우니까 슬픈 것이고······.]

그 데이지를 보면 언제나 소라가 생각났다.

[무서워서 떠는 것이 아니라 떠니까 무서운 것이고······.]

흰색과 분홍색, 붉은색의 데이지는 오전에 활짝 피었다가 저녁이 되면 반쯤 수줍게 오므라들었다.

[우스워서 웃는 게 아니라 웃으니까 우스운 것이다.]

데이지의 꽃말은 희망과 평화. 선우는 소라와 떨어져 지낸 요 몇 개월, 데이지를 보며 그녀를 떠올렸다. 수많은 사람의 관심과 기대 속에 그는 철저히 혼자였다. 그래서 외로웠다. 오다가다 만나는 데이지를 보면 자꾸 그녀가 아른거렸다.

"그래, 소라야. 나 준비 잘해서 다시 시작할게. 울지도 않고 떨지도 않을게. 그리고 이건 내 오리지널 버전인데······."

선우가 진지해졌다. 그래서 창밖에 흐드러진 데이지 꽃을 보며 전화기에 대고 진지하게 말했다.

"내가 못해서 진 게 아니라 졌으니까 내가 못한 것이고······."

[······.]

"꿈에 나타나서 그리운 것이 아니라 그리워서 꿈에 나타나는 것이고, 사랑해서 보고 싶은 게 아니라 보고 싶으니까 사랑하는 것이다."

소라의 밝은 웃음소리가 들려왔다. 선우는 계속 데이지를 생각했다. 소라는 어쩐지 데이지를 닮았다.

결코 인정하고 싶지 않던 사실.

겨울훈련이 부족하다는 걸 겸손하게 받아들이고 선우는 이를 악물었다. 사실 고3이던 작년 하반기 시합에서 부터, 무리하게 연투하며 어깨도 많이 피로한 상태였다. 선우는 루키리그에서 기본 체력을 다지는 한편 구종 추가를 서둘렀다. 사실 선우의 레퍼토리는 단순했다. 직구와 커브의 실질적인 투 피치 투수. 타자의 노림수에 걸려들기 쉬웠다.

노 감독은 고교 때 다양한 변화구 사용을 금지시킨 바 있었다. 성인이 되기 전 변화구 사용은 어린 투수의 팔꿈치를 갉아먹는다는 지론에 의해서였다.

이제 선우는 어른이 되었다. 강력한 직구와 폭포수처럼 떨어지는 파워 커브 외에 슬라이더와 체인지업을 레퍼토리에 추가해서 가다듬었다. 루키리그에도 메이저리그 출신 투수코치가 있어 많은 도움이 되었다.

그동안 변화구 사용을 극도로 자제해 온 데다 중요한 1년을 출장정지로 쉰 덕에 선우의 어깨와 팔꿈치는 비슷한 또래와는 비교할 수도 없을 만큼 싱싱했다. 작년의 반짝 연투로 피로가 쌓였을 뿐 단 한 번의 부상 경력도 없었다.

4월 10일 데뷔전 패배 이후 선우는 내내 마이너리그에 머물렀다. 간간이 근황을 취재하기 위해 찾아온 특파원 몇 명을 만났을 뿐, 선우는 몇 달간 구속 증가와 구종 추가에만 집중했다.

아시아 어느 나라에서 온 젊은 루키는 그렇게 구단의 관심에서 잊히는 듯했다. 그리고 3개월 정도가 지난 7월의 어느 날, 구위를 회복했다는 루키리그 투수코치의 보고를 받은 LA 피닉스 감독이 선우를 전격적으로 콜업했다.

더블A와 트리플A를 생략한 메이저리그 직행. 전문가들은 시즌 절반 이상을 메이저리그 40인 로스터에 포함시켜야 하는 선우의 계약 조건 때문에 어쩔 수 없이 하는 콜업이라고 분석했다.

하지만 7월 중순의 피닉스는 위기에 빠져 있었다. 1선발 에이스인 브라운이 경미한 교통사고로 한 달짜리 부상자 명단에 올랐다. 설상가상으로 3선발 마르티네스는 전반기 2승 6패에 방어율 6점대를 기록하며 구단의 신뢰를 완전히 잃었다.

선발진이 붕괴되어 간신히 지구 3위에 머무르고 있는 구단 입장에서는 계약 불이행에 따른 위약금 50만 불 정도를 걱정할 처지가 아니었다. 포스트 시즌에 나가기 위해서는 트레이드를 통해서라도 무조건 선발투수를 구해야 했다. 마침 선우의 구위가 완전히 회복되었다는 확인을 거쳐 선우의 콜업이 결정된 것이다.

시즌의 절반이 진행된 현재 5할의 승률에 못 미치는 LA 피닉스의 지구 1위는 사실상 불가능했다. 2위 팀끼리의 와일드카드 결정전이 사실상의 현실적인 목표이던 구단은 한 달간의 에이스 공백과 부진에 빠진 3선발을 제외하고 선우를 불러들여 4선발 체제로 총력을 기울여야 하는 중요한 시점이었다.

케빈이 콧노래를 부르며 선우를 차에 태웠다. 3개월 만의 메이저리그 복귀. 길가에 만발한 데이지 꽃들이 축하하듯 7월의 바람에 하늘거렸다.

✳　✳　✳

데뷔 준비에 박차를 가하고 있던 민은 벚꽃이 만개하자 약속대로 소라와 여의도에서 만났다. 4월 초, 남부지방부터 개화하기 시작한 벚꽃은 중순부터 서울로 올라와 말경에 이르자 절정에 달했다.

서울에서 벚꽃 구경 나들이하기 좋은 곳은 꽤 많다. 잠실 석촌호수, 경복궁 담길, 남산 등산로, 중곡동 어린이대공원 벚꽃 터널, 쉐라톤 워커힐호텔 언덕……. 그중에 압권은 여의도 윤중로 일대였다.

"선우는 상심이 컸을 텐데 어떻게 지낸대?"

민과 소라는 국회의사당 앞에서부터 걷기 시작했다. 사방에 피어 있는 벚꽃에 심취해 구경하기 바쁜 소라에게 민이 친구의 안부를 물었다.

"생각보다 멀쩡해. 정신력 하나만큼은 강한 애니까."

문득 소라는 그를 떠올렸다. 선우가 데이지를 보면서 소라를 생각하듯 소라는 화려하게 피었다 곧 허무하게 사라질 벚꽃을 보며 그 남자를 연상했다. 너무나 찬란하고 눈부신 벚꽃은 왠지 그 남자와 참 많이 닮아 있었다.

"난 좀 충격이었어. 아무리 메이저리그라지만 선우가 그렇게 쉽게 무너질 줄이야."

중학교 3년, 고등학교 3년. 민은 선우의 6년을 가까이에서 지켜봤다. 그의 선수 생활은 압도적이었고 벚꽃만큼이나 화려했다. 그래서 벚꽃에서 눈을 떼지 못하는 소라의 그윽한 눈빛이 무엇을 말하는지 알 수 있었다.

"난 믿어. 그 애는 바보지만 누구보다 야구를 사랑해. 분명히 다시 멋진 모습으로 우리 앞에 나타날 거야."

"당연하지! 누구도 아닌 바로 이선우니까!"

민이 일부러 힘을 주어 맞장구를 쳤다. 소라가 편안하게 웃어 보였다.

좋아하는 사람에게 좋아한다 말하지 못하는 것보다 더 슬픈 건 좋아하는 여자가 사랑하는 남자를 그리워하는 것을 옆에서 지켜보는 것, 그리고 여자를 위로해 주고 남자를 칭찬해 주는 것. 알면서도 이러고 있는 자신이 무척이나 한심하게 느껴지는 민이었다.

"넌 어때? 앨범 발매일 잡혔다며?"

민은 전부 자작곡으로 채운 데뷔 앨범을 만들었다. 총 12곡이 수록되어 녹음까지 마친 상태였다. 장 대표는 홍보를 위해 로드 매니저와 함께 각 방송국을 뛰어다닌다고 했다.

"이제 나오겠지. 타이틀곡은 〈바람의 노래〉로 정했어."

"나도 그게 제일 좋더라. 일단은 곡이 너무 세련됐어. 가사도 참 마음에 와 닿고……."

"그래? 난 잘 모르겠던데……."

민은 거짓말을 했다. 친구를 위해 싸웠다가 학교를 떠나며 만든 노래. 그 주인공이 바로 소라라는 걸 밝힐 수는 없었다.

"그 노래…… 〈바람의 노래〉 신청합니다."

"뭐? 여기서?"

"가수를 친구로 둬서 좋은 게 이런 거 아니겠어요? 부탁해."

당황한 민이 주변을 둘러보았다. 여의도 윤중로에는 벚꽃 구경을 나온 연인들과 가족들로 가득했다.

"잠시만 빌릴게요."

버스킹을 하고 있는 남자의 팁 박스에 만 원짜리를 넣고 기타를 빌리는 민. 익숙한 솜씨로 메트로놈에 대고 1번 줄부터 빠르게 조율했다. 민이 현란한 스트로크를 시작하자 순식간에 주변으로 사람들이 모여들었다. 이미 겨우내 매일같이 버스킹을 해온 터라 민은 군중을 사로잡는 방법을 알고 있었다.

이내 민은 노래를 시작했다. 감미로운 미성의 보컬과 완벽한 외모, 군중을 압도하는 카리스마까지 강민은 뼛속까지 가수였다.

바람이 부네요.
그 바람에 머리카락 흩날리죠.
머리를 쓸어 올리는 대신 그녀를 생각해요.

가녀린 어깨에 쓸쓸한 눈빛.
그녀가 웃으면 나도 따라 웃었죠.
그러나 한 번도 좋아한다 말하지 못했네요.

바람이 없네요.
그 바람을 내가 대신 만들어요.
바이크를 타고 달리면 바람이 속삭여요.

언제나 혼자인 외톨이 그녀.
그녀 곁에서 같이 걷고 싶었죠.
그리고 둘이 함께 바람처럼 살고 싶었는데.
쓸쓸함이 무엇인지 그녀에게 묻고 싶었는데.

바람이 말을 겁니다.
떠나라고, 웃으며 떠나라고 속삭입니다.

바람이 노래합니다.

그런 거라고, 사랑은 그런 거라고 말해줍니다.

바람이 되고 싶었던 남자의 바람처럼,
바람의 노래가 이 세상에 바람처럼 남겨집니다.

그 노래는 바람만이 알고 있기를.
아무도 모르게 오직 바람만이 알고 있기를.

놀라운 기타 실력과 감미로운 목소리. 아직 미발표인 〈바람의 노래〉가 윤중로에 퍼지자 사람들은 가던 길을 멈추고 노래에 빠져들었다. 민의 노래가 끝나자 우레와 같이 쏟아지는 박수. 민이 꾸벅 인사를 했다.

순간 획 하고 바람이 불었다. 그 바람에 벚나무에 붙어 있던 가녀린 꽃잎에 사방으로 흩어졌다.

"민아, 이것 봐. 꽃비가 내리네."

벚꽃의 꽃말은 순결.

소라가 마치 진짜 비를 맞듯 두 팔 벌려 하늘을 봤다. 하늘거리는 원피스에 하얀 블라우스를 덧대어 입은 소라가 순결하게 긴 생머리를 날리며 꽃비를 맞았다. 하늘에서 꽃잎 하나하나가 춤을 추며 4월의 여의도를 꽃비로 수놓았다.

그 아름다운 광경에 민은 눈을 떼지 못했다.

소라야, 너는 아니? 그 밸런타인데이에 보내준 너의 초콜릿, 내가 기억한다는 거. 네 말대로 수백 개의 초콜릿을 받았지만 사실은 한 사람한테만 받고 싶었는데.

소라야, 너는 알고 있니? 너의 쓸쓸한 그 눈빛을 나는 처음부터 좋아했다는 걸. 그래서 그 눈빛이 다른 사람을 향할 때 한없이 아파하고 힘들어했다는 걸.

민의 눈에 소라와 벚꽃이 아롱졌다. 이 봄, 유난히 많은 꽃잎이 두 사람에게 흩어져 내렸다. 화려하게 피었다가 허무하게 질지라도 수많은 벚꽃이 수놓은 꽃비는 잔혹하리만큼 아름다웠다.

벚꽃이 피고 지고, 계절이 바뀌어 여름이 왔다. 민의 정규 1집 음반은 발매 한 달여가 지나도록 별 반응이 없었다. 메이저가 아닌 영세 기획사의 한계였다.

장 대표는 민의 앨범을 들고 MBS의 라디오국장을 찾아갔다. 최 국장은 80년대 장 대표와 호형호제하던 사이이다. 라디오국에서 잔뼈가 굵은 그에게 장 대표는 읍소를 했다.

"형님도 참. 무일푼으로 미국 가서 이제 먹고 살 만하다더니 아직도 미련을 못 버렸소?"

최 국장이 혀를 끌끌 찼다. 그의 눈에 장 대표는 무섭도록 빠르게 변화하고 있는 한국 연예사업에 맞지 않는 구닥다리 매니저일 뿐이었다.

"미국에서 내가 놀기만 한 줄 아나? 할리우드에서 최신 시스템이나 새로운 매니지먼트 같은 거 많이 배웠다구."

장 대표는 허풍을 쳤다. 사실 미국에서 그가 한 일은 한식당을 하는 아내를 도와 청소와 설거지뿐, 코리아타운에서만 생활해서 영어 한마디 늘지 않았다.

"그래, 뭘 배웠는데요?"

"두고 봐. 좀 있으면 한류 열풍이 불 거야. 일본이고 유럽이고 한국 가수가 대세가 될 걸세. 특히 걸 그룹. 예쁘고 춤 잘 추는 소녀들을 떼로 내세우면 대박일걸. 바야흐로 소녀시대가 올 거라고 난 예상하네."

"에이, 설마?"

"정말일세. 한국 사람들, 원래 신명이 많다고 하잖아. 신나는 춤과 노래로 전 세계인이 중독되고, 빌보드 차트 정상에 한국 노래가 들어가는 세상이 올 거라네. 이를테면 명동이나 압구정, 혹은 강남 스타일로."

최 국장은 한물간 구닥다리 매니저의 헛소리를 한 귀로 듣고 한 귀로 흘렸다.

"그런데 형은 왜 발라드 부르는 솔로 남자 가수 키우시오? 싱어송라이터, 그거 한물갔어요."

"아직은 걸 그룹 만들기엔 시기상조거든. 내가 데리고 있어서 하는 말이 아니라 이놈, 물건이야. 일단 들어봐."

장 대표가 몇 십 장이나 되는 민의 앨범을 건넸다. 최 국장이 표지를 물끄러미 살폈다.

"인물은 훤하네. 곡만 좋으면 여학생들은 까무러치게 잘생겼네요."

"그렇지? 게다가 노래는 얼마나 잘 부르는데. 작곡 하지, 기타랑 피아노도 잘 치지. 나 아직 살아 있어."

"뭐, 형이 재기하겠다는데 어쩌겠수. 내가 도와줘야지. TV 쪽은 형이 알아서 하고 라디오 PD랑 DJ들은 한 번씩 틀어주라고 하죠."

장 대표가 감격에 겨워 최 국장의 손을 잡았다.

"고맙네."

그렇게 민의 노래는 라디오에서 먼저 흘러나왔다. 〈별이 빛나는 밤에〉와 〈밤을 잊은 그대에게〉 같은 젊은 층에게 여전히 인기가 있는 프로그램을 통해 알려지기 시작한 민의 〈바람의 노래〉는 입에서 입으로 전파되며 서서히 인기몰이에 나섰다.

중고생, 대학생들 사이에서 〈바람의 노래〉가 입소문을 타고 퍼져 나가던 중 민의 외모가 또 빛을 발한 일대 사건이 벌어졌다. 유덕화와 장국영이 거쳐 간 초콜릿 CF에 데뷔 3개월짜리 신인이 전격 발탁된 것이다.

[비가 쏟아지는 밤거리. 여자는 외로이 노란 우산을 쓰고 버스를 기다리고 있다.

바이크로 도심을 질주하는 민. 도시는 깜깜하고 블루 빛 가로등이 빗줄기를 비춘다. 카메라가 줌인하며 민의 얼굴을 클로즈업. 고독한 남자의 눈빛이 비에 젖는다.

버스정류장에 스핀하며 급정지한 바이크. 비에 흠뻑 젖은 민의 품에서 초콜릿 하나를 꺼내 여자에게 건넨다.

사랑을 전할 땐 러블리 초콜릿~]

90년대 청춘스타들이 반드시 거쳐야 했던 초콜릿 CF. 이미연이 남자의 품을 들락날락하며 '난 사랑해요. 이 세상 슬픔까지도'를 노래한 것부터 장국영, 유덕화 같은 홍콩 배우들이 비를 맞으며 어눌한 발음으로 '투 유'를 속삭이던 것까지 당시엔 대한민국을 뒤흔든 명작들이다.

지금으로 보면 한없이 유치한 이 CF로 민은 일약 스타가 되었다. 콘셉트에 맞춰 광고 내내 배경음악으로 쓰인 〈바람의 노래〉도 탄력을 받고 순위 프로그램에 진입하였다. 광고대행사의 신인 발탁 모험이 초대박으로 이어진 것이다.

민이 〈바람의 노래〉를 부르며 바이크를 모는 초콜릿 CF는 전국의 여심을 흔들며 인기 급상승의 원동력이 되었고, 그가 가는 곳마다 열성적으로 따라다니는 일명 '빠순이'라고 하는 팬들이 생겼으며, 드디어 앨범 발매 3개월 만에 〈가요 톱 10〉 정상에 올랐다.

그 해 2백만 장 이상의 판매고를 올린 〈잘못된 만남〉의 김건모와 〈날개 잃은 천사〉의 룰라와 더불어 민의 〈바람의 노래〉가 밀리언셀러에 등극하는 기적 같은 일이 벌어진 것이다.

"대학로 거리 공연이나 하던 저를 믿고 발탁해 주신 월드뮤직 장선혁 대표님, 저의 손발이 되어준 매니저 동팔이에게 먼저 감사하다는 말씀 전하고 싶습니다. 그리고……."

트로피를 안고 1위 수상 소감을 전하는 민. 이미 눈가가 촉촉이 젖어 있다. 생방송이라 더 얘기해도 되는지 담당 PD를 보았다. PD가 손가락으로 원을 그려 OK 사인을 보낸다.

"한 친구가 있습니다. 친구와 저는 각자의 분야에서 정상에 서자고 약속했습니다. 오늘 저는 그 약속을 지켰는데, 그 친구는 지금 많이 힘들어하고 있습니다. 그 친구에게 말하고 싶습니다. 친구야! 나는 한국 최고가 되었지만 넌 세계 최고가 될 거야! 힘 내, 내 친구!"

잠시 말을 끊은 민이 숨을 고른 후 마이크에 대고 큰 소리로 외쳤다.

"내 친구는 메이저리그 LA 피닉스의 자랑스러운 한국인 투수 이선우입니다!"

의도한 바는 아니었지만 민의 1위 수상 소감은 화제를 모으며 사람들에게 회자되었다. 현재 대한민국에서 가장 뜨거운 인기를 모으고 있는 가수 강민, 그리고 전 국민의 전폭적인 응원 속에 메이저리그에 진출했지만 데뷔전을 망치고 절치부심 중인 투수 이선우.

두 사람의 관계를 다룬 다큐멘터리가 제작되고 다양한 기사가 쏟아졌다. 선우를 위해 자퇴한 사연까지 재조명되며 민과 선우는 그렇게 사람들 입에 오르내렸다.

〈바람의 노래〉는 5주 연속 1위를 기록하는 빅히트를 쳤다. 이어 민의 두 번째 곡 〈멋진 인생〉까지 히트를 칠 즈음, 선우의 메이저리그 콜업 소식이 들려왔다. 마치 누군가의 잘 짜인 각본처럼 퍼즐 조각이 맞춰져 나가는 모양새였다.

＊　＊　＊

다시금 선우의 등판 일정이 잡혔다. 선우는 이미 1패를 떠안고 있고, 메이저리그도 반환점에 다다른 시점. TV에선 선우의 선발 등판 경기에 대해 대대적인 광고를 내보내며 분위기를 띄웠다.

열기 가득한 한여름의 LA 피닉스타디움. 상대는 선우에게 데뷔전 치욕을 안겨준 바로 그 샌프란시스코 씨브리즈. 운명처럼 다시 맞붙게 되었다.

조명탑에 불이 켜졌다. 3개월간 루키리그에서 칼을 갈아온 코리언 특급 이선우의 두 번째 선발경기가 펼쳐졌다.

바로 지금 이 무대에서.

[전국에 계신 시청자 여러분 안녕하십니까? 메이저리그 첫 등판 때 난타당하며 마이너리그로 내려간 이선우 투수가 오늘 드디어 복수전을 가집니다. 상대는 공교롭게도 데뷔전 패배를 안긴 LA 피닉스의 지구 라이벌 샌프란시스코 씨브리즈. 최근 절정의 인기를 구가하고 있는 가수 강민 씨와 고교 동창으로 밝혀지며 전 국민의 폭발적인 관심을 모으고 있는 이선우

선수의 선발 등판 경기를 피닉스타디움과 이원 연결해 생중계해 드리겠습니다. 오늘 해설엔……]

마운드에서 몇 번 연습 투구를 하며 몸을 풀던 선우가 오른팔을 빙빙 돌렸다. 어깨가 아파서가 아니라 컨디션이 좋을 때 나오는 특유의 버릇이다. 그렇다. 오늘 그는 컨디션이 무척 좋았다.

부족한 동계훈련, 미국 땅이라는 낯선 환경, 살갑지 않던 동료와 어쩔 수 없는 언어 장벽, 먹고 자는 것조차 한국과 너무나 달랐던 탓에 데뷔전을 망쳤다는 자책감이 들었다. 하지만 그 모든 것이 핑계라는 걸 깨닫기까지는 그리 많은 시간이 필요치 않았다. 선우는 오늘 유난히 몸이 가벼웠다.

로진백을 들어 손등과 손바닥으로 번갈아가며 툭툭 쳤다. 손가락에 여전히 남아 있는 가루를 입에 잔뜩 바람을 넣어 후욱 하고 불었다.

야구공을 오른손에 쥔 채 빙글 돌려가며 실밥을 만져보았다. 그립감이 좋았다. 검지와 중지로 실밥 네 개를 잡았다. 첫 공은 소라와 약속한 대로 당연히 직구, 포심 패스트볼이다.

데뷔전에서 이 공을 던졌다가 초구 홈런을 맞았다. 그리고 속절없이 무너졌다. 그래도 또 던진다. 남자니까. 사나이니까.

이미 해가 넘어가는 구장엔 라이트가 켜지고 있었다. 피닉스 스타디움은 만원 관중. 한여름 밤의 쇼가 막 펼쳐지려 하고 있었다.

[지금 막 이선우 선수가 초구를 던질 채비를 하고 있습니다. 이선우 선수, 크게 와인드업 합니다. 오른발을 축으로 삼고 왼발을 다이내믹하게 올리는 역동적인 투구 폼. 그렇습니다. 왼 무릎을 얼굴 부근까지 힘차게 들어

올리는 이선우 선수 특유의 다이내믹한 동작입니다. 컨디션이 좋을수록 높이 올라가는데요, 과연?]

 "난 공 찾으러 이 앞에 왔다가 바이올린 소리에 여기까지 왔다네, 2년 연속 같은 반인 소라고 2학년 10반 신소라 양."

[초구 스트라이크입니다. 눈으로 봐도 엄청나게 빠른 직구! 타자는 배트를 내밀 엄두도 못 내고 있습니다. 역시나 트레이드마크인 포심 패스트볼. 아! 여러분, 놀라지 마십시오! 초구 시속 156㎞를 찍었습니다! 자신이 세운 한국 공식 대회 최고 구속 신기록과 타이입니다!]

 "나…… 소라 좋아해. 소라숙회, 소라초무침도 좋지만 나…… 신소라를 좋아해."

[거침없이 이어지는 제2구! 낙차 큰 파워 커브. 타자 헛스윙입니다. 엄청난 낙차네요.]

"재작년 1학년 3반 17번, 작년 2학년 10반 34번 신소라 양, 나는 내 번호도 모르는 바보인데 이상하게 당신 번호는 알고 있습니다. 올해는 처음으로 반이 갈려서 참 서운했습니다. 처음엔 아니라고 생각했는데 이제 확실히 알 것 같습니다. 저는 옛날부터 당신을 좋아했던 것 같습니다. 야구 외에는 아무것도 모르고, 여자에 대해서는 더욱 모르는 바보 같은 남자지만…… 제 여자 친구가 되어주십시오!"

[투낫씽입니다. 볼 한두 개쯤은 빼겠죠. 아! 이선우 선수의 제3구, 정면 승부합니다. 스트라이크입니다. 3구 삼진! 통쾌한 장면입니다. 구속이 무려 158㎞입니다. 자신의 기록을 경신하며 메이저리그 데뷔 첫 삼진아웃을 기록하는 이선우 선수!]

"울지 마, 나의 공주님. 너의 기사는 아직 어려서 네 눈물을 감당하지 못한단다. 한 방울의 눈물은 산이 되고, 바다가 되고, 강이 되고, 바위가 되어 아직 어린 너의 기사는 매일 무거워한단다. 울지 마, 작은 공주님. 기사가 자라 어른이 될 때까지만, 내가 졸업해 프로가 될 때까지만."

[두 번째 타자를 맞아서도 당당한 이선우 선수. 또 초구 스트라이크를 잡습니다. 새롭게 장착한 체인지업을 구사하는군요. 2구는 파울, 3구는 살짝 벗어나는 볼. 회심의 제4구. 강력한 직구 스트라이크! 타자 연속 삼진입니다. 구속 160㎞! 믿기십니까? 160㎞입니다! 국민 여러분! 마의 160㎞ 벽이 깨지는 역사적인 현장을 지금 직접 보고 계십니다! 피닉스타디움은 완전히 열광의 도가니입니다!]

"너, 내 여자야? 그럼 1년 뒤에도 내 여자가 되어줄 거야? 나 딱 1년만 참으면 되는 거야? 1년 후엔 우리 같이 밥 먹고, 같이 청소하고, 같이 장 보고 그럴 거야?"

[3번 타자를 맞아서도 전혀 위축되지 않는 우리의 이선우 선수. 씩씩하게 마운드에 서서 타자와 정면승부하며 엄청난 공을 뿌려대고 있습니다. 아! 말씀드리는 순간 또 헛스윙, 삼진 아웃입니다! 구속은 162㎞! 점점 더

빨라지고 있습니다. 눈으로 보고도 믿을 수 없는 광경이 벌어지고 있습니다. 세 타자 연속 삼진을 기록하고 공수 교대를 위해 내려가는 이선우 선수. 벤치에서 동료들과 축하의 하이파이브를 합니다.]

"네, 여자 친구 있습니다. 제 여자 친구의 이름은 신소라입니다. 신소라 양은 이렇게 생겼습니다. 하하하!"

[경기는 7회입니다. 1대 0으로 LA 피닉스가 앞서 있는 가운데 지친 기색 없이 여전히 마운드를 지키고 있는 이선우 선수. 3회 164km의 직구를 꽂으며 자신의 한국 기록을 8km나 경신한 바 있는데요, 이후로도 시종일관 160km을 넘나드는 강속구를 던지고 있습니다. 메이저리그에서도 보기 드문 쾌속구에 미국 관중들 열광하고 있습니다. 대단합니다.]

"소라야, 약속할게. 나, 너 오기 전까지 꼭 메이저리그 마운드에 오를게. 금발에 파란 눈을 가진 쭉쭉 빵빵 미녀가 유혹해도 눈길 안 줄게. 내가 첫 공은 뭐 던질 것 같아? 엄청 빠른 직구 던질 거야. 그리고 인터뷰하게 되면 영어로 너 사랑한다 말할 거야."

[아! 9회 첫 타자에게 안타 하나를 허용하고 감독이 직접 마운드에 올라가고 있습니다. 교체되네요. 기대한 완봉승은 아쉽게 날아갔지만 LA 피닉스 감독이 수고했다며 이선우 선수의 엉덩이를 두들겨 줍니다. 여러분, 보이십니까? 피닉스타디움의 5만여 관중이 일제히 일어나 아시아에서 온 젊은 투수에게 기립박수를 보내고 있습니다. 이선우 선수, 관중들을 향해 90도로 허리를 굽혀 인사하는군요. 한국식 감사의 표현입니다. 정말 자랑스럽습니다!]

$$* \quad * \quad *$$

선우가 초등학교 4학년 때였다. 평소와 다름없이 수업이 끝나고 학교를 나가려는데 야구부원들이 일렬로 운동장을 구보하고 있었다. 땀을 뻘뻘 흘리며 뛰는 그 아이들이 그렇게 멋져 보였다.

학교 이니셜이 박힌 까만 야구 모자, 흙투성이였지만 왠지 빛나 보이던 하얀 유니폼, 징이 박혀 달릴 때마다 절그럭 소리를 내던 야구 스파이크, 때가 긴 꼬질꼬질한 글러브와 스크래치 투성이의 알루미늄 배트. 선우의 심장이 두근거렸다.

"야구부에 들고 싶어요."

유니폼이 멋져 보여서 시작한 야구. 또래의 아이들보다 훨씬 큰 키와 넘치는 재능으로 선우는 금방 주전이 되었다.

타자로 나가 배트를 휘두를 때의 청량감과 야구공이 파열음을 내며 날아갈 때의 짜릿함이 좋았다. 그리고 무엇보다 어린 선우가 좋아한 건 역시 마운드에서 직접 공을 던지는 것이었다. 야구공의 무게는 140g 남짓. 가죽은 A급 소 엉덩이 부분만 쓴다. 실밥은 손으로 둥글게 꿰매는데 개수는 정확하게 108개.

어릴 적 선우는 왜 야구공의 실밥 수가 108개인지 알지 못했다. 중고교 시절 잠잘 때까지 야구공을 만지작거리며 손에서 떼지 않아도 그 의미를 몰랐다.

야구는 흔히들 인생의 축소판이라고 한다. 9이닝 동안 각각 27개의 아웃을 당할 때까지 많은 점수를 내는 팀이 이기는 경기. 단순한 것 같지만 공 하나하나 던질 때마다 인생이 들어 있었다.

불교에 백팔번뇌라는 용어가 있다. 6계와 6대상과 6식이 합하면

18가지. 여기에 과거, 현재, 미래의 번뇌가 다르므로 곱하기 3 해서 54가지. 세상에는 나와 남 두 종류가 있기에 곱하기 2를 해서 108번 뇌인데 야구공의 실밥도 108개. 그래서 인생의 축소판이라고 했다.

과연 지금까지 마운드에서 몇 번의 공을 던졌을까? 선우는 셀 수 없어도 알 수 있었다. 그 수많은 번뇌는 '팡'하고 포수 미트에 경쾌하게 공이 꽂힐 때 사라진다는 것을. 그래서 언제나 선우는 더 빠른 공을 던지고 싶었다.

✻   ✻   ✻

미국 로스앤젤레스 피닉스타디움에서 선우는 인생을 또 배웠다. 그리고 그의 야구 인생에서 가장 빠른 공을 던졌다. 그 땅은 진격의 마운드였다.

선우는 이날 9회 안타 하나를 맞고 마무리 투수에게 공을 넘겨줄 때까지 3안타, 1볼넷, 15탈삼진, 무실점이라는 엄청난 기록을 남기며 승리투수가 되었다. 최고 구속 164㎞는 그 압도적인 빠르기만큼이나 사람들의 기억에 각인되었고, 한국 언론뿐 아니라 미국 매스컴에서도 선우의 활약이 크게 소개되며 대번에 이름을 날리게 되었다.

1선발의 부상과 3선발의 부진을 상쇄시키는 무시무시한 활약으로 후반기 LA 피닉스의 에이스로 우뚝 선 선우의 최종 성적은 11승 2패 방어율 1.24. 언론은 그에게 '오리엔탈 익스프레스(Oriental Express)'라는 별명을 붙여주었다.

1선발 브라운이 복귀하며 리그 최강 선발진을 본격 가동한 LA 피닉스는 막판 스퍼트에 성공하였다. 한때 10경기 차까지 벌어지며 추월이 불가능해보이던 애리조나 스네이크스를 잡고 지구 1위에 오르게 되었다.

전반기를 1패만 안고 쉬었음에도 10승 투수가 된 선우의 미래는 찬란해 보였다. 실제 1선발 브라운이 한 달간의 부상 공백을 딛고 복귀한 후 위력적인 투구를 이어갔음에도 포스트시즌 첫 경기 선발은 선우의 몫이었다. 단 반년 만에 달라진 위상이었다.

꿈의 무대라는 메이저리그에서 후반기에만 11번의 승리를 기록하면서 선우의 등판 경기는 전 국민이 대리만족을 하는 무대였다. 모두 한마음이 되어 마운드에서 함께 진격했던 것이다.

비록 챔피언십시리즈에서 선우가 2승을 거두는 빼어난 활약을 이어갔음에도 최종전에서 아깝게 탈락, 월드시리즈에는 진출하지 못했지만 선우는 인생 최고의 시즌을 보냈다. 미국에서도 전국구 스타가 되어 어딜 가나 사람들이 알아보았으며 사이영상 후보에 오르는 영광도 누렸다. LA 코리아타운에 나가면 극구 사양해도 밥값은 언제나 공짜. 미국 교민들에게 선우는 자랑이자 우상이었다.

시즌이 끝나자 피닉스 선수단은 납회식을 가졌다. 간단한 구단 자체의 시상식도 겸해졌는데 선우는 선수단이 선정하는 올해의 루키로 선정되었다. 기념패를 받고 돌아서는데 주장인 유격수 데릭이 선우를 붙잡고 말을 걸어왔다.

"뭐라고 하는 거야?"

아직 영어가 익숙지 못한 선우는 케빈에게 도움을 청했다.

"데뷔전 망치고 라커룸에서의 악의적인 메시지 미안하대. 그렇지만 너도 잘못이 있대."

"내가?"

"원래 메이저리그는 첫 출전을 앞둔 루키에게 샴페인을 머리에 붓거나 케이크를 얼굴에 던지는 등 일종의 짓궂은 통과의례가 있다고 하네.”

선우는 불현듯 떠오르는 기억이 있다. 지난 4월 첫 등판을 앞두고 몸을 푼 다음 샤워를 마치고 라커룸으로 갔는데 피닉스 선수들이 소라의 사진을 떼어 모자 창 안쪽에다 붙여놓은 것이다.

선우는 그들이 자신을 무시한다고 생각해서 누구 짓이냐며 소리를 지르며 주먹으로 라커를 세게 쳤다. 소라의 사진을 가지고 장난친 것도 싫었지만 얕잡아 보여선 안 된다고 생각해서 한 오버액션이었다.

갑자기 데릭이 선우의 오른손 주먹을 잡고 쓰다듬었다. 케빈이 다시 데릭의 말을 통역해 주었다.

“와이프나 애인의 사진을 루키 모자에 붙여주는 게 피닉스 구단의 전통이래. 네가 그렇게 화낼지 몰랐대. 그렇다고 공을 던지는 선발투수가 자신의 소중한 주먹을 마음대로 휘둘러선 안 된다고. 그래서 몇몇 선배가 그런 메시지를 적었대. 이제는 다 잊고 내년에는 꼭 월드시리즈에 같이 가자고 하네.”

선우는 주장인 데릭과 주변의 피닉스 선수들에게 어떠한 대답 대신 모자를 벗고 허리를 굽혀 꾸벅 인사를 했다. 그들도 그러한 선우의 마음을 짐작한다는 듯 휘익 휘파람을 불고 박수를 치며 화답해 주었다.

시즌 중 선우는 마운드에 올라가기 전 주심을 향해, 마운드를 내려오면 관중석을 향해 항상 그렇게 인사했기에 피닉스 선수들은 그것이 한국의 감사인사라는 것을 인지하고 있었다.

“형, 야구는 정말이지 인생의 축소판 맞아.”

케빈은 약간 울먹거리는 선우의 등을 가만히 두드려 주었다. 그렇게 파란만장한 선우의 피닉스에서의 1년이 마무리되고 있었다.

납회식까지 끝내고 선우는 한 달 반의 휴가를 얻었다. 메이저리그는 시즌이 끝나면 선수의 자율권을 충분히 보장해 주었다. 연말까지 가족과 시간을 보내고 개인 훈련을 한 후 스프링 캠프를 가지는 시스템이었다.

드디어 돌아간다. 한국으로 간다. 소라에게 간다.

한껏 들뜬 선우는 소라에게 줄 선물을 생각했다. 뭐가 좋을까? 즐거운 고민을 하며 상점가를 돌아다녔다. 살면서 여자에게 선물을 해본 적이 없는 선우이다. 소라를 알게 된 건 4년째지만 사귄 기간은 고작 1년 반. 그중 절반 이상은 미국으로 오면서 떨어져 지냈다. 그동안 크리스마스가 한 번 있었는데 무심하게도 소라에게 선물을 받고 주지는 못한 선우였다.

보석가게와 화장품가게, 인형가게를 수십 번 들락날락하던 선우는 드디어 소라에게 줄 선물을 골랐다. 다이아몬드가 박혀 있는 반지였다. 이번에 귀국했다 다시 돌아올 땐 더 이상 혼자가 아니다. 그녀와 약속한 대로 함께 미국 생활을 할 것이다. 그런 설렘에 한껏 들떴다.

LA 집에서 케빈과 둘이서 생활하면서 얼마나 부러웠는지 모른다. 남녀가 함께 식사하고, 커피 마시고, 아이스크림을 먹고, 마트에 가고 하는 다른 커플들의 일상적인 소소한 모습들을 보며 선우는 바라고 또 바랐다.

함께 꼭 아침을 먹을 수 있기를, 그녀가 끓여주는 된장찌개나 그것도 아니라면 그저 잼 바른 토스트라도 맛있게 먹을 수 있기를, 같은 음식을 먹고 그 맛에 대해 마주 보며 얘기할 수 있는 행복이 찾아오기를, 자신이 운전하는 자동차 옆자리엔 꼭 그녀가 앉아 있기를, 어디를 향해 달려가더라도 차 안에서 같은 곳을 볼 수 있기를, 음악이라도 틀면 같은 시간에 같이 듣고 같이 공감할 수 있기를, 주말엔 극장에 갈 수 있기를, 액션영화와 로맨스영화 사이에서 티격태격할지라도 팝콘과 콜라를 사서 나란히 앉아 볼 수 있기를 바랐다.

언제나 그녀의 곁에 머물기를, 게임에 이기면 그녀에게 한껏 우쭐대고 지면 함께 쓰디쓴 소주 한잔하며 위로받을 수 있기를, 오렌지카운티 거리를 팔짱 끼고 걸을 수 있기를, 어쩌다 그녀의 봉긋한 가슴이 살짝 팔꿈치에 닿으면 세상을 다 가진 것처럼 기뻐하고 흐뭇해할 수 있기를, 밤에는 그녀의 잠옷 입은 모습을 볼 수 있기를, 꽃무늬든 하트무늬든, 설령 미키마우스나 스누피가 그려져 있다 한들 무슨 상관이랴. 그저 똑같은 잠옷을 입을 수 있기를, 그럴 수 있기를 소망했다.

언젠가 세상에서 가장 슬펐던 불 꺼진 대강당 대기실에서처럼 그녀와 키스할 수 있기를, 그녀의 입술에 수줍게 날숨을 불어넣고 그녀의 추잉 껌 치클 향에 마음껏 취할 수 있기를.

이 모든 소망을 선우는 온 마음을 담아 간절히 바라고 또 바랐다.

내 소망이 너에게 닿기를, 너도 나와 같기를.

한국으로 돌아갈 채비를 하며 선우는 꽤 비싼, 생애 최초의 선물을 소중히 품 안에 넣었다. 그의 왼손 네 번째 손가락엔 비슷한 디자인의 남자 반지가 이미 끼워져 있었다.

이제 남자는 꿈에 그리던 그녀에게로 간다. 그 눈빛을 쐬고, 그 입술에 입맞춤하고, 그 손을 잡을 것이다. 그리고 다시는 혼자 외로워하지 않을 것이다. 반드시 함께 미국으로 돌아올 것이다.

7

떨림

　소라가 주유소 아르바이트를 시작한 지도 벌써 6개월째. 그사이 계절이 3번 바뀌었다. 봄에서 여름으로, 다시 가을로.

　어딘지 싱숭생숭하던 봄. 선우는 메이저리그 데뷔전을 가졌고, 민은 앨범 준비에 한창이었다. 벚꽃이 화려하게 피었다가 잔혹하게 날렸고, 허무하게 졌다.

　모두가 뜨거웠던 여름. 선우는 마이너리그 강등 후 복귀해서 최고의 시즌을 보냈고, 민은 드디어 히트 가수가 되었다. 그리고 선우가 있는 LA 주택가에는 여전히 데이지가 만발했다.

　명실공히 '더 클래식', '가을의 고전'이었다. 메이저리그 포스트시즌 경기를 미국인들은 '가을의 고전'이라고 칭했다. 선우도, 민도 그 가을은 클래식했다. 그렇게 가을, 가을이다. 그것도 겨울로 가기 직전의 11월. 아침저녁으로는 제법 쌀쌀하고 마음은 괜스레 스산하다.

엊그제 선우가 귀국했다. 후반기 대약진을 하며 10승 투수가 되었다. 포스트시즌에서도 활약이 커서인지 공항에는 대대적인 환영 인파가 몰렸고, 체류 기간 동안 스케줄이 빡빡하게 잡혔다. 바쁘다는 건 충분히 이해하지만 그래도 아직까지 전화 한 통 없는 선우의 무신경함에 소라는 조금 서운했다.

구름 한 점 없는 맑은 하늘. 이따금 불어오는 바람이 차다. 주유소의 주유원 유니폼을 입고 선 캡을 눌러쓴 소라는 잠시 생긴 짬을 이용해 자판기에서 커피를 뽑았다. 오늘도 같은 일상의 반복이다.

종이컵에 든 밀크커피를 반쯤 마셨을까? 연예인, 그중에서도 아이돌 그룹이 주로 탄다는 은색 스타크래프트 밴이 육중한 차체를 드러내며 주유소로 들어왔다. 소라가 얼른 주유구 앞에 섰다. 소라가 일하는 주유소 근처엔 방송국 스튜디오가 있었다. 그래서 심심치 않게 연예인 차량이 드나들었다.

"어서 오세요. 얼마 넣어드릴까요?"

조수석 창문이 스르륵 열리며 짙은 선팅에 가려졌던 남자가 얼굴을 드러냈다. 딱 봐도 매니저 차림새였다.

"디젤차 아니니까 경유 넣지 말고 휘발유로 가득."

"네. 재떨이 비워 드릴까요?"

"보면 모르나? 금연 차야."

스타크래프트 밴이 휘발유 차라는 것쯤은 알고 있는데 금연 차인지는 봐도 모르겠다. 소라는 반말로 틱틱거리는 조수석의 남자가 못마땅했다.

차체에는 열혈 팬들이 남긴 '오빠! 사랑해요!'따위의 낙서가 가득했다. 적혀 있는 이름들로 보아 2년째 인기 정상권에 있는 아이돌 그룹이 분명했다. 주유소 아르바이트생들이 신기한 듯 차량 주변으로 몰려들었다.

그중 한 아이가 검은 선팅에 누가 탔는지 잘 보이지 않자 창에 얼굴을 대고 두 손을 모아 실내를 살폈다. 갑자기 창문이 내려가며 차 안의 누군가가 음료수를 쏟아 부었다.

"미안. 실수."

자기들끼리 키득거리는 웃음소리가 들렸다. 졸지에 얼굴에 달짝지근한 음료수세례를 받은 아르바이트 여학생이 당황해서 어쩔 줄 몰라 했다. 그저 차 안에 탔을 연예인이 궁금했을 뿐인데. 짐짓 화난 표정으로 따지기라도 할 듯 아르바이트 여학생이 창문 쪽으로 다가갔다. 다시 한 번 쏟아지는 물세례. 이번에는 생수를 뿌려댔다.

"세수라도 하라고."

뭐가 그리 신나는지 아이돌 멤버들의 웃음소리가 가득하다. 소라는 불현듯 작은 분노가 일었다.

"쯧쯧, 자꾸 차에 접근하니까 그런 거지."

조수석에 앉은 매니저가 혀를 차며 소라에게 말했다. 지금껏 살면서 어떤 분쟁에도 휘말리지 않던 철저한 아웃사이더. 누군가와 친해지려는 노력이나 누군가를 도와보려는 노력 따윈 한 번도 해본 적 없는 소라의 마음 한구석에 피어오르는 어떤 오기.

그래, 가을이라 그래. 찬바람 불고 낙엽이 지니까 마음이 흔들려서 그래.

소라는 주유기를 뽑아 밴의 앞 유리에 휘발유를 두어 번 분사했다. 짙은 갈색의 진득한 기름이 유리창에 흐르자 자동으로 와이퍼가 움직였다. 그 바람에 창문은 온통 기름칠을 한 꼴이 되었다.

그 바람에 매니저와 아이돌 그룹 멤버들이 우르르 차에서 내렸다. 그들로서는 황당할 것이다. 소라는 주유기를 든 채 무심하게 말했다.

"미안. 실수."

매니저의 손이 허공을 갈랐다. '짝'하는 소리와 함께 소라의 얼굴이 돌아갔다. 얼굴이 화끈 달아올랐다.

"이런 미친년을 봤나? 이 차가 누구 차인 줄 알아?"

아이돌 멤버들이 잘한다며 매니저를 부추겼다. 매니저의 목소리가 점점 커졌다.

"사장 나와!"

순식간에 주변으로 구경꾼들이 몰려들었다. 주유소 사장이 헐레벌떡 달려 나왔다.

"불이라도 붙으면 어쩌려고, 이게 뭐 하는 짓이야? 당장 사과하지 못해!"

주유소 사장이 소라를 향해 삿대질을 했다. 소라는 따귀를 맞아 벌게진 얼굴로 꼼짝 않고 서 있을 뿐이다.

"사과하지 마."

뒤에 서 있던 또 한 대의 승용차에서 내린 이 남자. 민이었다. 민이 생수를 들어 기름 범벅인 앞창에 뿌렸다.

"세수라도 하라고."

민이 빈정거리며 그들이 한 말과 행동을 똑같이 하자 아이돌 그룹의 매니저가 뒤에서 민의 어깨를 잡아챘다. 민이 순간 멈칫했다.

"야, 강민! 넌 뭔데 끼어들어? 좀 뜨니까 눈에 뵈는 게 없어? 내가 이 바닥 20년이야! 매장시켜 줄까?"

매니저의 말이 끝나기가 무섭게 민이 전광석화처럼 뒤로 돌더니 매니저의 목을 움켜쥐고 오른 주먹을 번쩍 들었다. 그때 어느새 나타난 장 대표가 민을 제지했다. 장 대표가 뚜벅뚜벅 매니저 앞에 섰다.

"난 이 바닥 30년이네만……."

"뭡니까, 장 대표님? 이래도 되는 겁니까? 우리가 이렇게 당했는데 동종업계 종사자끼리 편들어주지는 못할망정. 저 새끼는 뭡니까? 새파랗게 어린놈이 주먹 들고 칠 기세네요?"

"우리 민이랑 아는 아인가 보네. 뒤에서 지켜보자니 자네 쪽도 잘못이 없진 않으니 조용히 마무리하세."

분해서 씩씩대는 아이돌 매니저. 그룹의 리더로 보이는 아이가 불쑥 끼어들었다. 노랗게 염색한 머리카락에 요란한 목걸이와 귀고리로 치장한 차림이다.

"잘못이요? 우리가 뭘 잘못했는데요? 차에 접근하는 빠순이 좀 놀려준 게 기름 뒤집어쓸 일인가요? 그리고 강민 씨."

리더가 비꼬듯이 말하며 민을 쳐다보았다.

아이돌 그룹의 리더가 두 손을 힙합바지 주머니에 찔러 넣은 채 다리를 건들거렸다.

"나이는 비슷한 것 같은데 데뷔는 우리가 빨라요. 이건 선배에 대한 예의가 아니지."

민이 욱해서 뛰쳐나가려는 걸 장 대표가 막아섰다. 민의 성질머리는 익히 아는 바다.

"자, 자, 다들 진정하고 좋게 끝냅시다. 사람들도 많이 몰렸는데 구설수에 오르면 피차 곤란해지니까."

"이 친구는 뺨을 맞았어요. 그건 누가 책임지죠?"

민이 우두커니 서 있는 소라를 가리키며 장 대표에게 물었다. 아이돌 매니저가 대신 대답했다.

"고객의 차를 더럽혔으니 맞을 짓을 한 거지. 자네가 뭔데 나서나? 저 아이 애인이라도 되나? 말해봐. 애인이면 내가 한 대 맞을 각오는 되어 있는데…….”

“나는…… 저 아이의…….”

민은 말문이 막혔다. 소라에게 있어 나는 무엇일까? 애인도 아니고, 남자 친구도 아니고, 가족도 아니고……. 그저 남 몰래 좋아한 사이. 그녀의 애인 친구……. 민은 답답했다.

“흐흐흐, 설령 애인이라 해도 여기서 밝히기 힘들겠지. 이렇게 많은 사람들 앞에서 공개적으로 말했다간 인기가 뚝 떨어질 테니까. 요즘 빠순이들은 스캔들 일으키면 귀신같이 알고 돌아서 버리거든. 남의 일에 나서지 말고 애인 아니면 꺼져!”

아이돌 매니저가 득의양양해 큰소리를 쳤다. 그때였다. 민이 타고 온 승용차에서 그가 내린 것은.

“여기 애인 등장이요.”

선우였다. 현역 메이저리거. 지금 한국에서 가장 뜨거운 인물. 선우가 차에서 내리자 주위의 모든 시선이 일제히 그에게로 쏠렸다. 스포티한 옷차림에 LA 피닉스 모자를 쓴 선우가 저벅저벅 걸어서 아이돌 매니저 앞에 섰다. 의외의 상황에 그는 선우와 민, 그리고 소라를 번갈아가며 쳐다보았다.

“애인한테는 한 대 맞을 각오가 있다고 하셨나요? 더구나 나는 동종업계 사람도 아니니 거리낄 게 없죠.”

순식간에 선우의 주먹이 매니저의 얼굴을 갈겼다. 소라고 전설의 싸움 짱 강민에게도 밀리지 않을 실력. 매니저가 선우의 주먹 한 방에 나가떨어졌다. 선우는 다시 걸어서 소라 앞으로 갔다.

“미안. 이제야 나타나서…….”

선우가 손으로 소라의 얼굴을 감쌌다. 164㎞ 직구를 던지던 선우의 큼지막한 손이 눈부시게 하얀 그녀의 볼을 다정하게 쓰다듬었다.

선우가 소라의 귀에 대고 나지막한 목소리로 속삭였다.

"바보야, 나 보고 싶었니?"

그 말에 소라의 눈물방울이 선우의 손 위로 툭툭 떨어졌다. 선우는 말없이 엄지손가락을 들어 그녀 눈가의 눈물을 닦아냈다. 훔쳐내면 다시 일어나는 투명한 액체. 선우는 말없이 소라를 꼭 안아주었다.

민은 민대로 가슴이 아렸다. 그녀의 남자라고 모두에게 당당히 밝힐 수 있는 선우가 부러웠고, 그의 품에 안겨 행복한 눈물을 흘리는 그녀가 야속했다. 애초에 친구의 여자 친구를 친구와 같이 만나러 오는 것 자체가 잘못이었다는 걸 깨닫고 쓴웃음을 지었다.

소라를 다독거리던 선우는 주유소 사장에게 다가갔다.

"저 아시죠?"

"알다마다요. 이선우 선수. 온 가족이 다 팬입니다."

"손님 차에 이 당돌한 알바생이 기름을 부었으니 여기 일은 그만두는 걸로 할게요."

선우가 소라의 선 캡을 벗겼다. 긴 생머리가 후드득 흘러내렸다. 선우가 선 캡을 던졌다.

"모자는 반납이요. 유니폼은 나중에 드리는 걸로!"

선우가 소라의 손을 잡았다. 그리고 뛰기 시작했다. 민을 스쳐 지나가면서 선우가 말했다.

"민아, 태워줘서 고마워! 친구 좋다는 게 뭐냐! 뒤처리 좀 부탁해!"

두 사람은 뛰어 주유소를 벗어났다. 여전히 잡은 손을 놓지 않고 달리면서 서로의 얼굴을 쳐다보며 웃었다.

"어찌 된 일이야?"

소라는 연락도 없이 나타난 그가 궁금했다.

"민이랑 요 앞 스튜디오에서 같이 녹화했어. 너 만나러 간다니까 태워준대서. 나는 차도 없고 면허도 없는 뚜벅이라 얻어 타고 온 거지."

"그럼 다 본 거야? 처음부터?"

"그 밴이 공교롭게 우리 앞 차였어. 방송국 주차장에서부터 나란히 나왔거든. 그나저나 우리 소라 많이 변했네?"

"뭐가?"

"바보에다 울보에다 부끄럼쟁이가 깡이 늘었어. 감히 그 차에 기름을 부을 생각을 다 하다니⋯⋯."

소라가 갑자기 멈춰 섰다. 얼마를 달렸는지 숨이 차올랐다. 무릎에 손을 짚고 가쁜 숨을 몰아쉬었다.

"바보야, 나 이래 봬도⋯⋯ 아!"

선우가 그녀의 말을 가로막고 입술을 덮쳤다. 선우는 혀를 살짝 내밀어 그녀의 메마른 입술을 촉촉하게 적셨다. 소라의 거친 숨결이 선우의 얼굴을 간질였다.

밀착된 그의 입속으로 그녀의 날숨이 고스란히 불어왔다. 어김없이 불어오는 향긋하고 청량감 있는 추잉 껌의 치클 향. 선우는 영혼까지 상쾌해지는 그 향기가 몸서리치게 좋았다.

선우의 키 185㎝, 소라의 키 163㎝. 그녀와 입맞춤하기 위해 무릎을 굽히고 허리와 고개를 꺾었던 선우가 자세가 영 어색했는지 서서히 몸을 폈다. 서로의 입술이 맞닿은 채 이번엔 소라가 자동적으로 까치발 상태가 되었다.

키가 큰 남자는 고목처럼 우뚝 서서 한 손으로는 여자의 어깨를 짚고 한 손으로는 여자의 허리를 받쳐 살짝 안아 들었다. 소라는 양팔로 선우의 건장한 목을 둘렀다. 둘 다 얼었던 첫 키스와 달리 그들의 두 번째 키스는 조금 더 성숙해지고 조금 더 세련되어져 있었다.

남자와 여자는 그리웠던 지난 시간을 말해주듯 아주 오래 서로의 입술을 탐하고 또 탐하였다. 이윽고 길었던 키스가 끝나자 어색해하던 과거와 달리 선우와 소라의 얼굴에 놀라울 정도로 비슷한 부드러운 미소가 피어났다.

"맛있다, 네 입술."

선우가 자신의 입술을 혀로 핥으며 장난스럽게 말하자 소라는 갑자기 부끄러워져 얼굴이 빨개졌다.

"나 미국 물 먹더니 키스 엄청 늘지 않았냐? 우하하!"

여전히 바보인 선우는 의기양양해서 두 손을 허리에 대고 하늘을 보며 웃음을 터뜨렸다. 소라가 저런 바보 옆에서 다시는 떨어지지 않겠다고 다짐을 하고 있는 그때 11월의 바람에 소라의 머리카락이 날렸다. 선우는 자신의 LA 피닉스 모자를 벗어 그녀에게 씌워주었다. 선우의 야구 모자를 눌러쓴 소라가 한없이 사랑스럽게 그를 올려다보고 있다.

소라의 스무 번째 가을은 더 이상 외롭지 않았다.

선우의 두 번째 키스는 맛있었다.

비시즌임에도 불구하고 한국에 온 선우는 몹시 바빴다. 방송 출연, 인터뷰, 사인회 등 각종 공식 행사에 참석해야 했고, 지난 시즌 초의 실수를 되풀이하지 않기 위해서는 틈틈이 기초 체력 운동도 병행해야 했다. 모처럼 스케줄이 비는 날, 선우와 소라는 신천역 근처 카페에서 아침부터 만났다. 선우는 소라를 보자마자 쇼핑백부터 내밀었다.

"이거 입어봐."

소라가 아래위로 자신의 차림새를 훑었다. 면 티에 청바지, 코트를 걸친 평범한 복장이다.

"왜? 내 옷차림 촌스러워?"

"그게 아니고……."

선우가 말끝을 흐리며 뒤통수를 긁었다. 쑥스러울 때 나오는 버릇은 메이저리그 스타가 되어서도 여전했다. 그 모습에 작게 미소 지으며 소라는 쇼핑백을 열어보았다. 곱게 개어진 셔츠와 점퍼, 그리고 야구 모자. 소라가 셔츠를 꺼내 펼쳐 보았다.

"이건……."

하얀색 바탕에 새파란 글씨가 박혀 있는 선우의 소속 구단인 LA 피닉스 유니폼이었다. 새파란 야구 점퍼와 모자까지 세트로 준비되어 있었다.

"꼭 너랑 커플룩으로 입어보고 싶었어."

선우가 아직 남아 있는 또 한 개의 쇼핑백을 들어 보이며 멋쩍게 웃었다. 거기엔 선우의 유니폼이 들어 있으리라.

"어서 입어봐."

"지금? 여기서?"

"넌 뭘 상상한 거야? 코트는 벗었으니까 티셔츠 위에 그냥 걸치면 되거든. 이 여자, 은근히 음란하네."

뜨거운 우유를 후루룩 들이켜며 선우가 너스레를 떨었다. 농담인 줄 알면서도 소라의 얼굴이 빨개졌다. 소라는 하얀 유니폼을 걸치고 단추를 채웠다. 그녀의 가슴 볼륨 때문에 '피닉스(Phoenix)'라 쓰인 글씨체가 입체적으로 봉긋 솟아올랐다.

"음……. 야구 유니폼은 여자가 입어야 더 잘 어울리는 듯. 육감적인 게 아주 좋아."

"음란한 건 너잖아!"

소라가 선우의 등짝을 내려쳤다. 선우는 비명을 지르며 엄살을 피웠다.

"소라야, 일어나서 한 바퀴 돌아봐. 모자도 쓰고."

"이렇게?"

그녀가 자리에서 일어나 팔을 벌린 채 천천히 돌았다. 선우는 아주 행복한 표정으로 턱을 괴고 소라를 바라보았다. 유니폼 뒤에는 그녀의 이름 대신 선우의 백넘버 61과 이니셜인 'S. W. LEE'가 새겨져 있었다. 한국에 아직 야구 유니폼 판매가 활성화되지 않은 그때, 선우는 그렇게 같은 옷을 입고 그녀의 등 뒤에 자신의 이름을 새겨 주고 싶었다.

선우도 유니폼을 주섬주섬 꺼내 옷 위에 대충 걸쳤다. 그리고 뒤돌아선 소라의 등 뒤에 자신의 이름을 손가락으로 따라 썼다.

"이건 뭐하는 짓? 새로운 애무?"

약간 간지럼을 타며 소라가 용기 내어 말했다. 선우는 고개를 가로저었다.

"아니. 넌 내 거라는 뜻. 내 이름을 박아 넣었으니까. 그리고……."

선우가 뒤로 돌았다. 그의 등에는 100이라는 번호와 함께 'S. R. SHIN'이라고 새겨져 있었다.

"난 네 거라는…… 뜻."

사랑을 하게 되면 바보가 된다. 사랑을 하게 되면 유치해진다. 같이 잠들고, 아침에 같이 눈을 뜨고, 같은 것을 먹고, 같은 옷을 입고, 그 사람이 보는 것을 같이 보고 싶어진다. 그래서 사랑을 하게 되면 그 사람을 따라 하고, 그 사람과 닮아간다. 또 그 사람이 웃으면 괜히 행복하고, 그 사람이 울면 따라 울고 싶어진다. 그 사람의 웃음은 눈을 부시게 하고, 그 사람의 눈물은 심장을 쑤시게 한다.

그렇게 사랑을 하게 되면 바보가 된다. 사랑을 하게 되면 유치해진다. 막 헤어진 후 또 보고 싶어지고, 눈만 감아도 그 사람이 그립다. 누군가에게 자랑하고 싶고, 잘 어울린다는 말을 듣고 싶어진다.

"100번은 뭐야? 그런 번호도 있어?"

"세상에 없는 너만의 번호. 넌 100점짜리 여자라는 뜻."

사랑은 유치하기에 아무렇지도 않게 이런 말을 할 수 있다.

"소라야, 눈 감아봐."

선우가 괜히 목소리를 깔며 말했다.

"싫어. 또 키스하려고 그러지?"

"어허!"

선우가 짐짓 윽박지르자 그녀는 눈을 질끈 감았다. 하얀 피부에 속눈썹이 살짝 내려앉았다. 선우는 정말 입맞춤하고 싶은 충동이 일어났지만 꾹 참는 대신 그녀의 손에 무언가를 쥐어주었다.

"이제 눈떠."

소라가 살며시 눈을 떴다. 쌍꺼풀이 진 예쁜 눈이 보석처럼 빛난다.

"이건?"

소라는 선우가 건네준 작은 상자를 열었다. 다이아몬드가 박힌 반지가 모습을 드러냈다. 다이아몬드. 순수한 탄소의 결정체. 변치 않는 사랑을 의미한다.

"너에게 주는 선물. 미국에서 산 거야."

"진짜 다이아? 엄청 비싼 거 아냐?"

"우하하! 나 연봉 좀 세거든?"

선우가 반지를 꺼내 들더니 손에 쥐고 팔을 들어 공을 던지는 포즈를 취했다. 그러면서 중계방송하는 아나운서를 흉내 내며 떠들어 댔다.

"LA 피닉스 선발투수 이선우 선수, 크게 와인드업 합니다. 다이아몬드를 힘차게 던집니다. 아! 시속 164㎞를 기록하는 엄청나게 빠른 볼입니다."

선우는 소라의 손가락을 펼쳐 네 번째 손가락에 반지를 끼워주었다.

"스트라이크입니다. 정확히 목표한 곳에 꽂힙니다. 얼어붙은 듯 꼼짝도 못하는 타자 신소라 선수. 눈뜨고 삼진아웃을 당하는군요."

이윽고 선우가 진지해졌다. 그는 자신의 왼손을 들어 보였다. 같은 모양의 반지가 선우의 넷째 손가락에서 빛나고 있다. 마치 소라의 보석 같은 눈처럼.

"별을 좋아하는 우리 소라, 프러포즈할 땐 별을 주면서 하고 싶었는데 그건 내 능력 밖이더라고. 그래서 별처럼 작고 반짝이는 걸로 대신할게."

유난히 별을 좋아하는 여자.

커피를 저을 땐 별을 그리며 젓는 여자.

선우에게 보내는 편지마다 빽빽이 별을 채워놓는 그녀. 소라는 별을 닮았다.

"바보."

"이제 슬슬 가볼까? 미국으로. LA 우리의 집으로."

"이거…… 진짜 프러포즈니?"

"맹세할게."

"어떻게?"

"그 변치 않는 다이아몬드처럼 영원히 너만을 사랑할게."

"……."

"야구 말고는 언제나 네 생각만 할게. 이 세상 어떤 여자보다도 더 행복하게 해줄게. 내가 늙어 할아버지가 되어도 사랑한다 말해줄게."

갑자기 소라의 눈이 슬픔에 젖어들었다. 선우는 그 쓸쓸함에 끌려 소라를 사랑했지만 오늘은 왠지 예전과 느낌이 달랐다. 왜 이 여자는 기쁨을 표현하는 데 서툴까?

"미안해, 선우야. 그렇지만 나……."

선우는 이 순간만큼은 소라가 그저 보통 여자이길 바랐다. 그런데 어쩔 수 없는 우울함과 알 수 없는 고독이 그녀에겐 내재되어 있었다.

"난 너무 모자란 여자라서…… 부족한 게 많아서……."

"네가 뭐 어떤데? 뭐가 그렇게 모자라고 부족해서 맨날 지지리 궁상인데!"

결국 선우는 화를 내고 말았다. 소라는 선우가 화내는 모습을 본 적이 단 한 번도 없었다. 언제나 긍정적이고 낙천적이어서 싱글벙글 웃고 다니는 남자였다.

"미안해……."

"넌 뭐가 그리 맨날 미안하니? 내가 너 좋다는데! 안 보면 보고 싶어 죽겠다는데! 그래서 죽기 싫어 너랑 맨날 같이 살고 싶다는데! 넌 뭐가 그리 미안한데?"

선우는 남아 있는 우유를 벌컥벌컥 들이켰다. 여전히 그의 입가에 하얀 흔적이 남았고, 몇 방울이 튀어 옷에 묻었다.

"넌 세상 어떤 여자라도 반할 만한 멋진 남자야. 그래서 나도 너랑 있으면 미칠 듯이 행복하고…… 그래, 너, 사랑해."

"근데 뭐가 문제니?"

"나…… 고아라서…… 엄마, 아빠가 없어서…… 너무너무 네 짝이 되고 싶은데…… 나도 네가 너무 좋은데……."

소라가 고개를 푹 숙였다. 가녀린 어깨가 파르르 떨리고 있다.

"남들은 결혼하면 여자가 이것저것 혼수도 장만하고…… 장모님 사랑도 듬뿍 받고, 장인어른이랑 술도 같이 한잔하고…… 그런데 나 같은 여자 만나서 넌……."

"으흐흑!"

결국 선우의 눈에서 눈물샘이 터졌다. 철이 들고 한 번도 흘려본 적 없는 눈물이 그녀와 연결되기만 하면 자꾸만 주책없이 쏟아졌다.

그가 울고 있다. 키 185㎝의 현역 메이저리거. 한국에서 가장 빠른 164㎞의 직구를 던지는 사나이 선우가 운다.

"울지 마, 선우야. 미안해서 그랬어. 나 같은 여자를 만난 너에게 미안해서 그래."

선우가 자리에서 벌떡 일어났다. LA 피닉스의 하얀색 유니폼을 입은 남자가 절규했다.

"혼수 필요 없어! 내가 다 살 거야!"

"……."

"큰 침대랑 예쁜 이불도 사자. 넌 잠옷만 사오면 돼. 넌 미니마우스로, 난 미키마우스로 그렇게 두 벌만 사오면 돼."

그 바람에 소라가 웃었다. 천사의 미소가 그녀의 얼굴 가득 피어났다.

"장모님 사랑 없어도 돼. 장인어른이랑 술 안 마셔도 돼. 난……."

선우가 덥석 그녀의 손을 잡았다.

"신소라, 너만 있으면 돼."

키가 큰 남자는 어린아이처럼 울면서 여자에게 매달렸다. 그녀가 남자의 등을 토닥여 주다가 티슈를 꺼내 입가에 묻은 우유 자국을 닦아주었다.

"행복해져도 될까?"

'넌 행복해져야 해.'

"나 정말 행복해져도 되는 걸까?"

'지금까지 불행했던 넌 행복해질 권리가 있어.'

"우리가 함께하면 행복해질까?"

'반드시 행복하게 해줄게. 세상 그 누구보다 행복하게 해줄게. 또다시 불행해진다면 신을 용서하지 않을 거야.'

"미안해, 선우야. 빛나는 너의 상대가 고작 나란 여자여서 미안해."

'미안, 내 사랑. 너를 미안하게 만들어서 내가 더 미안해.'

"사랑해."

'더 사랑해.'

"사랑해, 선우야. 나, 좋은 여자가 될게."

'내가 훨씬 더 사랑해. 나, 좋은 남자가 될게.'

"그래. 가자. 미국으로. 우리의 집으로 함께 가자."

눈으로 이야기 한 선우가 또 한 번 울었다. 이번엔 기쁨의 눈물이었다. 소라는 우유를 닦은 티슈로 이번엔 눈물을 닦아주었다.

"대신 미키마우스는 사양이야. 난 쥐를 무서워하거든. 잠옷은 스누피로 살 거야."

"좋을 대로. 대신 나도 같은 걸로 사."

"그리고 별은 이미 선물했잖아."

소라가 쑥스러운 듯 손가락으로 선우를 가리켰다. 울어서 퉁퉁 부은 얼굴로 선우는 호쾌하게 웃었다. 울다가 웃으면 어디어디에 털이 나는지도 모르는 바보였다.

"맞다. 나 메이저리그 스타였지? 내가 별 맞네? 우하하!"

사랑은…… 유치하다. 사랑은 한없이 유치하다.

남녀는…… 사랑한다. 남녀는 서로를 더 사랑한다.

이윽고 선우와 소라의 동반 미국행이 결정되었다. 그렇지만 당시만 해도 미국으로 가는 길은 꽤 까다로웠다.

일반인이 미국 관광 비자를 얻기 위해서는 재직증명서나 각종 세금 납부 내역서와 함께 주한 미 대사관의 인터뷰를 거쳐야 했고, 유학 비자를 발급받기 위해서는 반드시 미국 내 정식 교육기관의 입학 허가증이 필요했다. 소라는 아직 학교를 결정하지 못한 상태였다.

선우의 매니저이자 통역인 케빈은 미국통이라 소라의 비자를 해결하기 위해 노력하고 있었다. 사실 메이저리거 선우의 이름을 대면 미국 대사관에서도 편의를 봐줄지 몰랐다. 하지만 연인관계에 불과한 그들이 결혼도 하지 않은 채 동거에 들어간다는 사실을 밝히기에 대한민국은 아직 보수적인 사회였다.

유학 비자 역시 만만한 게 아니었다. 소라가 원하는 대학은 입학 허가가 무산되거나 보류되었고, 입학 허가를 받을 수 있는 대학은 소라가 마음에 들어하지 않았다.

"방법이 있긴 한데……."

선우를 만난 케빈은 말꼬리를 흐리며 선우의 애간장을 태웠다. 선우의 재촉에 그는 겨우 다시 입을 뗐다.

"선우 넌 미국 구단에 입단하며 취업 비자를 받은 상태거든. 두 사람이 법적으로 혼인신고를 하면 소라가 비자를 받을 수 있어. 그건 어때? 너도 좋지? 너 소라 되게 사랑하잖아."

"형, 그건 안 돼!"

선우는 단호히 거절했다. 사실 선우와 소라의 결합을 썩 달가워하지 않던 케빈은 살짝 안심이 되었다. 그럼에도 확답을 받아야 했다.

"왜? 어차피 LA 집에서 같이 살 거 아냐? 언젠가 결혼도 할 거고. 혼인신고 먼저 하는 게 어때서? 법적으로 부부가 되는 건데?"

"난…… 소라에게 세상에서 가장 행복한 결혼식을 올려줄 거야. 나는 까만 턱시도를 입고, 소라는 하얀 웨딩드레스를 입고 많은 사람의 축복 속에서 결혼식을 올릴 거야. 그때까지 혼인신고는 안 돼. 왠지 더럽혀지는 거 같아서 난 싫어."

"이선우 이놈, 되게 고리타분한 놈이었네. 너희 미국 가면 한 방 쓸 거 아냐? 한 침대에서 잘 거 아냐? 밤에 붕가붕가도 하고 그럴 거 아냐?"

"아닌데?"

"뭐?"

"난 손만 잡고 잘 건데? 결혼식 올릴 때까진 내가 지켜줄 건데?"

"말도 안 되는 소리 할래? 결혼식 전에 덮친다는 거에 내 손모가지와 전 재산을 건다. 넌 뭘 걸래?"

선우는 진심이었다. 첫사랑 소라. 그녀를 아껴두고 싶었다. 순결한 신부와의 멋진 결혼식, 그리고 아찔한 첫날밤은 그가 내내 간절히 상상해 온 그림이다. 결코 그전에 소라를 안을 생각이 없었다. 누군가는 고리타분하다고 할지 몰라도 그것이 이 남자의 사랑 방식이었다.

미국에서 성장한 케빈으로서는 그런 선우가 이해가 되지 않았다. 케빈이 기꺼이 자신의 손과 전 재산을 걸 때에는 그만한 경험과 확신이 있었기 때문이다. 어쨌거나 선우의 고집으로 부부 동반 비자는 물 건너갔다. 또한 그것은 케빈이 바라는 바이기도 했다.

12월이 지나면 선우는 LA 피닉스의 윈터 캠프에 합류하기로 되어 있다. 선우가 소라를 얼마나 끔찍이 사랑하는지 잘 알고 있는 케빈은 비자 문제를 해결해 보겠다며 백방으로 뛰어다녔다. 그래서 비자 문제는 케빈에게 맡겨두고 선우와 소라는 마음껏 데이트를 즐겼다. 마침 소라도 아르바이트를 그만둔 상황이라서 시간은 넘치도록 많았다.

선우는 아침에 일어나면 모교인 소라고에 가서 후배들과 기본 체력훈련을 했고, 점심을 먹은 후엔 헬스클럽에서 웨이트트레이닝을 했다. 오후엔 언제나 소라를 만났다. 그리고 다가온 크리스마스이브. 사랑하는 사람과 함께 맞는 크리스마스는 얼마나 로맨틱할까.

봄도 좋고 여름도 좋고 가을도 좋지만, 겨울은 겨울대로 좋았다. 훅 하고 숨을 깊이 들이마시면 폐 속까지 스며드는 알싸한 찬 공기. 으스스 몸을 떨면서도 선우는 그 느낌이 좋아 후아후아 자꾸 깊은 숨을 들이마셨다.

지금 옆에서 팔짱을 끼고 있는 사람. 그녀와 함께 걷는 크리스마스이브의 밤 명동 거리는 또 얼마나 낭만적인가. 거리를 수놓은 예쁜 크리스마스트리와 장식들, 어디를 가도 들려오는 캐럴. 선우는 크리스천은 아니지만 매일매일 크리스마스였으면 좋겠다고 생각했다.

얼굴을 감춘다고 감췄지만 대번에 눈에 띄는 큰 키와 건장한 체구 때문에 알아보는 사람들이 몰려오면 사인 공세에 잠시 소라와 떨어져 있어야 했다. 모르는 누군가가 알아봐 준다는 것은 참 기분 좋은 일이지만 그 잠시의 헤어짐조차 선우는 못 견디게 싫었다. 그래서 사인 한 번 하고 멀찌감치 떨어져 있는 소라 한 번 보고······. 바보는 역시 바보였다.

"우리 나이트 가자!"

꽤 늦은 밤, 선우가 소라에게 뜬금없는 제안을 했다. 운동만 하며 살아온 세월. 간혹 TV나 영화에서 또래들이 열광적으로 춤추던 그곳은 선우가 아직 모르는 신세계였다. 선우는 한국에 머무는 동안 꿈꿔오던 모든 것을 다 해볼 참이었다.

"나이트? 나이트클럽?"

"그래. 요즘은 다들 간대."

"난 한 번도 가본 적 없는데. 춤도 못 추는데."

"바보야, 내가 있잖아. 춤 하면 또 이선우지."

웃기는 것은 나이트클럽 웨이터 이름이 이선우였다. 선우 이름이 적힌 명패를 달고 호객 행위를 하던 웨이터는 진짜 이선우가 오자 어리둥절해 한동안 정신을 못 차리더니 이내 그들을 클럽 안으로 안내했다.

"형님, 최고의 VIP로 모시겠습니다. 형님 이름으로 바꾸고 매상이 두 배나 늘었어요. 헤헤."

명동에서 택시를 타고 강남역 뉴욕제과 앞에서 내려 찾아간 '월 팝'. 크리스마스 시즌이라 스테이지는 청춘 남녀로 꽉 차 있었다.

귀를 때리는 백스트리트 보이즈, SLAM, 노 머시 등의 최신 팝 댄스곡과 로스 델 리오의 〈마카레나〉, 그리고 당시 유행하던 댄스 가요들이 쉴 새 없이 흘러나왔다. HOT의 〈캔디〉, 클론의 〈꿍따리 샤바라〉, 걸의 〈아스피린〉, 김건모의 〈스피드〉, 박미경의 〈이브의 경고〉, DJ DOC의 〈겨울 이야기〉, 터보의 〈트위스트 킹〉, 룰라의 〈3! 4!〉, 쿨의 〈운명〉, 박진영의 〈그녀는 예뻤다〉와 〈썸머 징글벨〉······.

선우는 소라의 손을 이끌고 호기롭게 스테이지로 나갔다. 주변을 둘러보며 어떤 춤을 추는지 대충 훑어본 선우가 몸을 흔들어댔다. 선우의 춤 솜씨는 형편없었다. 소라 역시 마찬가지였다. 어색하게 서서 박수만 치다 테이블로 돌아왔다.

잠시 후, 익숙한 노래가 들려왔다. 민의 〈바람의 노래〉였다. 올 한 해 대중에게 가장 많은 사랑을 받은 민의 데뷔곡. 감성을 자극하는 발라드에 선우가 소라의 팔을 잡아끌었다.

"또 어디 가려고?"

"블루스 타임이잖아."

둘 다 처음 가본 나이트클럽. 선우가 주변을 둘러보더니 다른 커플들의 흉내를 내며 한 손은 소라의 손을 잡고 한 손은 그녀의 허리에 두르고 천천히 움직였다.

민의 노래가 들려온다. '천상의 목소리'로 칭송받을 만큼 아름다운 음색과 나른한 멜로디를 배경으로 선우와 소라는 한없이 소중하게 서로의 손을 잡고 블루스를 추었다. 선우가 손을 풀어 두 팔로 으스러지도록 소라를 꼭 껴안았다.

"좋다. 너무너무. 케빈 형이랑 한 내기, 왠지 질 것 같은데……"

"무슨 내기?"

"결혼 전까지 널 덮치면 난 손모가지를 잃고 게다가 우린 알거지 되거든."

소라의 얼굴이 빨개졌다. 창피해진 소라는 선우에게 들킬까 봐 키가 크고 가슴이 넓은 그의 품에 얼굴을 묻었다. 선우와 소라는 그렇게 오래오래 서로를 꼭 끌어안고 블루스를 추었다.

오늘은 90년대 어느 크리스마스이브, 그들의 서툰 첫 블루스는 그 이름만큼 순결했다.

　　＊　　＊　　＊

　그 해 연말. 민은 특집방송 녹화 스케줄을 소화하느라 몸이 열 개라도 부족할 지경이었다. 크리스마스이브에는 생방송에 출연한 후 늦은 시간까지 진행된 걸 그룹 콘서트에 특별 게스트로 참가했다.

　그 즈음 가수 강민의 인기는 절정으로 치닫고 있었다. 데뷔곡인 〈바람의 노래〉가 사상 유례가 없을 정도로 대히트를 기록한데다 같은 앨범 수록곡인 〈멋진 인생〉마저 순위 프로그램 1위를 휩쓸며 곧 다가올 연말 가수왕 후보로 급부상했다.

　3인조 걸 그룹은 데뷔 2년차였다. 오빠부대가 대세이던 그 시절 남학생 팬들을 잠 못 들게 만들며 신드롬을 일으킨 그녀들의 첫 콘서트에 장 대표는 분 단위까지 시간을 쪼개 쓰는 민을 전격 투입했다.

　"그 기획사, 아이돌 그룹 전문이라고 무시하지 마. 내가 선견지명 있는 거 알지? 시간이 좀 지나면 혹시 알아? 빌딩도 짓고, 코스닥 등록도 하고, 해외 진출도 하며 어마어마한 공룡으로 성장할지."

　장 대표는 그래서 연줄을 이어가야 한다고 설명했다. 물론 민과 매니저 용팔이는 그저 큰소리치기 좋아하는 장 대표의 허풍일 뿐이라고 치부했지만 말이다. 훗날 우후죽순처럼 쏟아질 대한민국 걸 그룹의 원조 격인 그녀들은 예쁘장한 외모와 멋진 퍼포먼스로 2집까지 순항하고 있었고, 당시 대개의 아이돌이 그렇듯 폭발적인 인기와는 별개로 여전히 합숙소에서 생활하고 있었다.

　"민이 씨, 오늘 약속 있어요?"

　성황리에 막을 내린 걸 그룹 콘서트는 밤 10시가 되어서야 끝났다. 걸 그룹의 리더가 막 대기실을 떠나려는 민에게 물었다.

"약속? 없는데?"

"역시 우리랑 똑같은 신세구나? 우린 5년간 연애 금지에 사생활도 없어요. 완전 불쌍한 신세죠. 그래서 말인데…… 오늘 한잔 어때요? 강남에 좋은 데 아는데."

"오늘?"

"오늘은 크리스마스이브니까……."

그래, 크리스마스이브였어. 민은 쓸쓸하게 웃었다. 불과 작년까지 크리스마스에는 바이크를 타고 도심을 질주했다. 그리고 한적한 공원이나 놀이터에서 난장을 깠지. 소주를 병째로 나발 불고 안주는 고작 새우깡에 자갈치였어도 크리스마스는 즐거웠는데.

"그럼 갈까, 우리의 크리스마스이브를 위하여?"

"와아!"

걸 그룹의 세 소녀가 손뼉을 치며 환호했다. 연예인. 화려한 스포트라이트 이면에는 이렇듯 소박한 꿈이 존재했다.

"여기가 좋은 곳?"

걸 그룹이 안내한 강남의 술집은 의외로 포장마차였다. 연예인들이 자주 온다는 심야 포장마차엔 크리스마스를 맞아 손님들로 가득했다. 인기 절정의 걸 그룹과 민이 함께 들어오자 순식간에 사람들의 눈길이 몰렸다. 그래도 종종 오던 곳인지 큰 소란 없이 자리에 앉았다. 몇 가지 안주가 나오고 소주가 등장했다. 소녀들은 민이 이로 뚜껑을 따자 또 환호했다. 민의 화려한 과거를 알 길이 없는 그녀들로서는 그의 거친 행동 하나하나가 매력적으로 느껴졌다.

눈을 찌를 듯이 흘러내린 웨이브 진 머리카락과 왠지 모를 우수가 가득 찬 눈빛, 곱상한 외모와 달리 남자 냄새가 뚝뚝 묻어나는 말투와 거침없는 행동. 민이 익숙하게 소주와 맥주를 섞어 순식간에 폭탄주를 만들자 술기운에 약간 얼굴이 달아오른 걸 그룹 멤버들이 민의 이름을 연호했다.

"그런데 민이 씨는 여친 없어요? 좋아하는 여자 없어요? 우리야 그렇다 치고, 크리스마스이브에 만날 여자 하나 없는 거, 참 '안 멋진 인생'인데."

멤버 하나가 민의 히트곡을 빗대 그렇게 말했다. 민이 소맥을 들이켰다.

"좋아하는 여자 있지."

민은 또 소라를 떠올렸다. 당대 최고의 걸 그룹을 눈앞에 두고 그는 소라를 생각했다. 특히나 크리스마스 같은 특별한 날에는 왜 더욱 그녀가 생각나는 걸까? 찬바람 쌩쌩 부는 겨울밤이면 왜 자꾸 그녀를 품에 안고 싶어지는 걸까?

성냥 사세요, 성냥 사세요.

민은 어릴 때 읽은 동화가 생각났다. 민에게 있어 소라는 결말이 잘 기억나지 않는 동화 속 성냥팔이 소녀였다. 하얀 피부는 추위에 얼어 있고, 왠지 보호본능을 자극하는 소녀는 쓸쓸한 표정과 가녀린 어깨로 민의 가슴 깊이 각인되어 있었다.

"와! 대박! 그게 누군데요? 혹시 나?"

걸 그룹 멤버들이 까르르 웃었다. 민은 남은 술을 한 번에 마시고 손가락으로 포장마차 입구를 가리켰다.

"아니. 바로 저 여자."

나이트클럽을 다녀온 선우와 소라가 거짓말처럼 막 포장마차에 들어오는 중이었다. 소라는 민의 손가락이 자신을 가리키는 걸 보곤 순간 어떤 떨림을 느꼈다.

"여어! 친구! 메리 크리스마스!"

선우가 손을 들어 민에게 인사했다. 민도 술잔을 들어 말없이 선우에게 화답했다.

"용팔이한테 너 어디에 있냐고 물어봤지. 불쌍한 솔로 친구를 위해서 같이 있어주려고. 그런데 미인들에게 둘러싸여 있네? 무서운 놈!"

선우와 소라가 테이블에 합석했다. 운동만 하는 선우는 걸 그룹을 몰라봤다. 어디선가 본 듯한 낯익은 얼굴이라고 생각했다.

"진짜 이선우 선수네? 완전 대박! 이 손 좀 봐! 진짜 크다!"

메이저리그에서 164km의 강속구를 던진다는 선우를 알아보고 걸 그룹 멤버들이 난리가 났다. 선우는 예의 호탕한 웃음을 터뜨리며 주문을 했다.

"여기 우유요!"

생뚱맞은 주문에 포장마차 주인이 반문했다. 이 포장마차에서 우유를 주문한 첫 손님이었다.

"우유?"

"우하하하! 제가 커피는 못 마셔서요."

포장마차 주인과 걸 그룹 멤버들이 동시에 물었다.

"커피?"

"음, 아닌가? 그, 그럼 맥주!"

민이 맥주를 따서 선우와 소라의 잔에 따랐다. 스무 살의 청춘 남녀들이 잔을 높이 들어 건배했다.

"근데 이 여자 분은?"

걸 그룹 리더는 아까부터 자꾸 소라가 신경 쓰였다. 촌스러운 옷과 헤어스타일. 딱 봐도 가난한 일반인인데 왜 여기 껴 있는지 알 수가 없었다.

소라가 고개를 푹 숙였다. 그러자 선우가 자리에서 벌떡 일어나 큰 목소리로 자랑스럽게 말했다.

"TV에서 소개했는데 못 봤나요? 이 여자로 말할 것 같으면, 저의 여자 친구 신소라 양입니다. 곧 미국에서 같이 살 예정이죠. 하하하!"

선우의 말이 끝나자마자 민이 자리에서 일어섰다. 민이 소라를 바라보았다. 민의 심장이 떨려왔다.

"그리고 내가 좋아하는 여자이기도 하지."

선우도, 소라도, 걸 그룹도 놀라서 눈을 크게 떴다. 민의 돌발 발언에 모두가 경악했다.

1990년대의 어느 크리스마스이브. 따뜻한 포장마차 실내와는 달리 밖에는 차디찬 겨울바람이 불어오고 있었다. 찬바람보다 더욱 떨리는 스무 살의 고백. 어디선가 냉기가 들어오는지 소라는 으스스 몸을 떨며 옷깃을 여몄다.

얼마 후, 드디어 소라의 비자 날짜가 결정되었다. LA에 있는 음대에 합격되어 1월 중 학생 비자 등록이 가능하다고 했다. 12월 말에 선우가 미국으로 출국하기에 빠르면 며칠, 늦어도 한 달 안에는 두 사람이 함께 생활할 수 있게 된 것이다.

"윈터 캠프 확 제쳐 버리고 배 째라 그럴까?"

농담인 줄 알면서도 왠지 이 남자가 말하면 진짜 같다. 이런 철부지 어린애가 현역 메이저리거라니⋯⋯. 소라는 한숨을 내쉬었다.

"에효! 이보세요, 이선우 선수, 식구 늘었는데 나 먹여 살리려면 겨울에도 열심히 운동하셔야죠."

"너랑 같이 비행기 타고 싶었는데⋯⋯."

"바보야, 나도 이것저것 준비해야 되니까 차라리 잘된 거지."

"소라 너 비행기 처음 타볼 거 아냐. 난 너의 모든 처음을 꼭 같이 하고 싶거든. 첫사랑, 첫 키스, 첫 블루스, 첫 소주, 첫 포옹, 첫 기차, 첫 비행기, 또 뭐 있지? 그래, 첫날밤! 우후훗!"

자기가 말해놓고 부끄러워하며 좋아 죽는 선우. 정말 바보가 따로 없었다.

선우와 소라의 미국행이 결정되고 두 사람은 차례로 서로의 집을 방문했다. 먼저 선우의 부모님을 만난 소라는 어렵지 않게 허락을 받아낼 수 있었다. 약간은 못마땅해하는 어머니와 달리 선우 아버지의 전폭적인 지원사격이 있었기 때문이다.

"인물 저만 하면 됐고, 대학이야 미국에서 다니면 되고, 바이올린을 한다니 성격은 차분할 테고, 부모님이 안 계심에도 올바르게 성장했으니 심성도 고울 것이고. 우리 선우 좋아하는가?"

"네, 아주 많이요."

소라는 작정하고 또박또박 말했다.

"우하하하! 아버지, 제가 이 정도예요."

선우가 귀엽다는 듯 소라의 머리를 쓰다듬으며 거만한 표정을 지었다. 아버지는 따라 웃었지만 어머니는 그런 아들이 영 못마땅했다.

"이제 고작 스무 살인데 식도 안 올리고 한 집에서 산다는 게 말이 되니? 요즘 애들은 뭐가 그리 급한지 몰라."

어머니 입장에서는 세계적으로 주목 받기 시작한 아들의 여자가 좀 더 근사하길 바랐다. 시간을 두고 많은 여자를 만나보면서 최상의 선택을 했으면 했다. 그런데 철없는 아들은 어미 품을 벗어나기만 기다린 작은 새처럼 날아갈 준비를 하고 있었다. 어머니는 그것이 서운했다.

"여보, 둘이 좋다고 하잖소. 운동선수는 잘 먹고 잘 자야 최상의 컨디션이 나오는 법인데 머나먼 미국 땅에서 사내 놈 혼자 얼마나 힘들겠소. 억지로 떨어뜨려 놓고 애달파하면 선우 성적에도 영향을 미칠 거요. 그래서 난 둘이 함께 지내는 거 찬성이오."

선우의 부모님은 몇 가지 조건을 내걸었다. 결혼식은 소라의 대학 졸업 후로 미룰 것과 한 집에서 살아도 되지만 결혼 전까지는 아이를 가지지 말 것, 선우의 연봉은 부모님에게 일임하고 한정된 생활비로만 살 것이었다.

다음은 소라의 집 차례였다. 선우는 정장을 말쑥하게 차려입고 선물을 사서 들고 소라 큰아버지 부부를 만났다.

"자네는 믿지 않을지 모르네만……."

소라의 큰아버지는 선우의 큰절을 받자마자 덥석 그의 손을 잡았다. 한동안 회한에 잠긴 그가 말을 이었다.

"동생 부부가 그렇게 가고 저 어린것을 하늘 아래 부끄럼 없이 친딸처럼 키웠다네. 그래도 본인이야 어디 낳아준 부모만 하겠냐마는…… 한창 어미, 애비 사랑 받으며 클 나이에 눈치만 보던 저 애가 안쓰러워서 동생네가 주고 간 내 딸이다 생각하고 오늘까지 왔다네. 저 사람도 애 많이 썼고."

소라와 피가 통하는 큰아버지와 달리 큰어머니는 또 얼마나 나름 마음고생이 심했을까? 소라 손을 잡고 말없이 눈물짓는 큰어머니에게 선우는 진심을 담아 고개를 숙여 감사를 했다.

"친구도 없고 숫기도 없어 시집이나 제대로 갈지 걱정이던 소라에게 자네처럼 듬직한 남자가 생겨 우리는 정말 기분이 좋네. 동생 부부가 살아 있었다면 얼마나 좋아했을까 가슴이 미어지네만……

선우 군, 우리 소라 불쌍하게 자랐다네. 꼭 행복하게 해주게. 부탁하네."

환갑이 가까운 소라 큰아버지가 선우에게 앉은 채 절을 하려 하자 선우는 황급히 맞절을 했다. 그리고 특유의 씩씩한 목소리로 말했다.

"소라를 오랫동안 친딸처럼 키워주신 큰아버님, 큰어머님, 이제부터 '큰'자는 빼겠습니다. 두 분이 제 장인어른이고 장모님이십니다. 기회가 되면 아버님과 꼭 술 한잔하고 싶습니다. 어머님 음식도 맛있게 먹겠습니다. 우리 소라, 이렇게 예쁘게 키워주셔서…… 정말 감사하고 또 감사합니다."

그들의 눈가에 눈물이 맺혔다. 아까부터 소라는 고개를 돌린 채 쳐다보지도 못하는 것이 울고 있는 모양이었다. 선우는 말없이 소라의 손을 꼭 잡아주었다. 선우의 큼지막한 손에서 여리고 작은 소라의 손이 파르르 떨리다 이내 평온해졌다.

그 해 12월 31일. 선우가 LA 피닉스의 윈터 캠프 합류를 위해 출국하는 날, 현장 중계에 나선 리포터가 선우의 출국 장면을 중계하고 있다.

[LA 피닉스의 한국인 투수 이선우 선수가 오늘 미국행에 오릅니다. 지난 시즌 후반기부터 선발 로테이션에 합류했음에도 10승을 거두며 피닉스의 지구 우승에 큰 공헌을 한 이선우 선수는 포스트 시즌에서도 2승을 거두며 다음 시즌에 대한 전망을 밝게 했는데요. 특히 오늘 공항에는 절친한 사이로 알려진 가수 강민 씨와 여자 친구인 신소라 씨가 동행해 온 국민의 관심을 끌고 있습니다. 지난 이틀간 두 방송사의 가수왕 타이틀을 따낸 강민 씨

는 오늘 TBS의 가요제전을 앞두고 있기도 합니다. 오늘마저 가수왕에 오른다면 강민 씨는 전무후무한 방송 3사 통합 가수왕에 오르게 됩니다.]

선우를 배웅하기 위해 소라는 물론 민까지 오는 바람에 TV 카메라는 물론 취재진으로 무척 붐볐다. 선우와 소라는 또 한 번 공항에서의 이별을 했다. 이제 얼마 후면 같이 살게 되겠지만 헤어짐은 언제나 아쉬운 법이다.

"어디서 많이 본 장면이네?"

선우는 작년 기억을 떠올렸다. 메이저리그 진출을 선언하고 링컨 타운 리무진에서 마셨던 꽃향기 그윽한 스파클링 와인, 인파 속에서 소라를 찾아 목도리를 여며주며 했던 말, 그리고 그녀의 손톱 끝에 수줍게 남아 있던 핑크빛 봉숭아 물.

"민아, 봄에 LA 공연 날짜 잡히면 꼭 연락해라. 내가 등판을 거르는 한이 있어도 꼭 보러 갈게."

생각해 보면 선우는 민에게 해준 것이 없었다. 민은 선우를 위해 할 수 있는 모든 것을 다 해줬는데 맨날 부탁만 하는 것 같아 살짝 미안해졌다.

"영광이네. 월드스타께서 친히 와주신다니."

"우하하하! 대단한 영광으로 알거라. 이봐, 가수왕! 대신 부탁이 있다."

"또 뭐?"

"너도 바쁘겠지만 다음 달까지 우리 소라 좀 잘 부탁해. 출국하는 날은 꼭 공항까지 동행해 줬음 해."

"넌 왜 안 물어봐? 내가 소라 좋아한다고 했는데 불안하지 않나보지?"

크리스마스이브에 강남의 포장마차에서 민이 했던 폭탄 발언. 선우는 그냥 웃을 뿐이었다. 그리고 이렇게 말했다.

"친구는 그런 거 의심하는 거 아냐."

순진한 건지 어리석은 건지 민은 그런 선우가 답답하기만 했다. 하지만 그런 선우가 친구여서 든든하다고 생각하는 민이었다.

"그럼 넌 나한테 뭐해줄 건데?"

"쭉쭉 빵빵한 금발미녀 소개시켜 줄까?"

"웃기네. 평생 연애라곤 처음 하는 주제에. 신경 꺼. 내 여자는 내가 정할 거니까."

"그래? 그럼 네가 나중에 연애하고 결혼해서 아이 낳으면 내가 평생 돌봐주는 걸로 하자. 약속할게."

"좋아, 다른 사람도 아니고 너라면 그 약속, 보험 삼아 받는 걸로 해두지. 잊지 마라."

선우와 민은 그렇게 우스갯소리로 약속했다. 그리고 선우는 곧 다시 만날 날을 기약하며 출국장을 빠져나갔다. TV 카메라가 한국에서 지금 가장 뜨겁다는 두 사람의 모습을 일거수일투족 촬영하고 있었다.

물론 선우의 연인이자 민의 친구인 소라까지도.

8.

이별할 때 절대 먹지 말아야 하는 것들

한국 조폭 사회에 커다란 변화가 일기 시작한 것은 1990년대 중후 반부터이다. 제5공화국 시절 삼청교육대를 통해 움츠러들었던 국내 흑사회는 잠시 번영하는 듯하다 노태우 대통령 시절인 1990년 10월 13일 '범죄와의 전쟁' 선포에 잠잠해졌다.

90년대 중반, 정부의 조직폭력배 대응이 해이해지자 전국 곳곳에 서 우후죽순처럼 범죄 조직이 결성되기에 이른다. 서울의 〈심상사 파〉를 필두로 광주의 〈남방파〉와 〈용운이파〉, 부산의 〈팔성파〉가 규모나 세력 면에서 두각을 나타내며 전국구로 치고 올라가기 시작 했다.

두목 조용운이 이끄는 〈용운이파〉는 서울로 진출하여 사시미 칼 로 무장한 채 당시 넘버원이던 심상사파를 제거하며 일약 전국구 최 대 조폭 집단으로 급부상하게 되는데 이것이 그 유명한 '슈보이 호 텔 습격 사건'이다.

이즈음 국내에는 외국계 세력이 자신의 영역을 구축하며 세력 확산을 시도하고 있었다. 각종 총기류로 무장한 러시아 마피아, 총은 물론 사시미 칼로 대변되는 일본 야쿠자, 거대 세력을 기반으로 하는 홍콩 삼합회, 여기에 제4의 외국계 세력이 있었다. 이른바 메이저 탑 3에 대항할 세력을 구축하기 위해 중국과 태국, 필리핀, 베트남, 방글라데시 등 국내 저임금 노동자 세력이 연합전선을 펼친 것이다.

공장 지대인 안산을 기반으로 뭉친 그들은 '야바'같은 싸구려 마약류를 밀반입하고, 쉽게 구하기 힘든 총기 대신 정글도, 송곳, 드라이버, 쇠파이프, 야구방망이로 무장했다. 그들이 거대 세력과 맞붙기 위해서는 조직원들 간의 피의 결속과 충돌을 할 시 상대방에게 극한의 공포를 안겨줄 잔인함이 반드시 필요했다.

그들은 지난해 연합 총 보스에 중국 연변 출신의 장원춘이 추대되고 두 명의 행동대장으로 태국의 쏨차이와 필리핀의 토미를 지목하며 본격적인 조직도를 완성했다. 한국에서 일하는 외국인 노동자들을 협박해 금품을 갈취하거나 메이저 조직의 청부업을 하청 받아 세력을 유지시켜 오던 〈제3국 연합〉은 올해 들어 중요한 기로에 서 있었다.

자잘한 일거리로는 100명이 넘는 조직원을 먹여 살리기 빠듯했고, 러시아, 일본, 홍콩의 외국계 메이저 탑 3와 나아가서 조용운의 〈용운이파〉와 격돌하기 위해서는 자금이 필요했다.

이미 태국과 미얀마, 라오스를 잇는 소위 '골든트라이앵글'을 장악하고 있는 마약왕 쿤따와 연결되어 한국으로 들어올 물량을 확보해 둔 터였다. 마약을 밀반입해 국내에 수십 배의 커미션을 붙여 유통시키기만 한다면 〈제3국 연합〉은 단숨에 전국구로 치고 나갈 수 있는 기틀을 마련할 수 있었다.

문제는 돈이었다. 미화 100만 달러 상당의 마약 대금을 준비하기 위해서는 지금까지처럼 최저임금 수준의 외국인 노동자 갈취와 자잘한 청부업으로는 어림도 없었다. 그래서 그들이 조직의 명운을 걸고 준비한 프로젝트는 유명 인사를 납치해서 몸값을 뜯어내는 것이었다. 〈제3국 연합〉의 수뇌부는 모여서 리스트를 뽑았다. 모두 정, 재계 유력 인사이거나 최정상급 연예인이었다.

영어와 한국어 구사가 가능한 〈제3국 연합〉의 보스 장원춘. 왜소한 체격에 뱀처럼 차갑고 징그러운 눈으로 리스트를 보다가 테이블에 내려놓았다.

"이 사람들은 힘들어. 철통같은 보안과 경호가 붙어서 접근이 쉽지 않아."

얼굴엔 칼자국이 가득하고 온몸을 문신으로 휘감은 행동대장 필리핀계 토미가 영어로 말했다. 그는 아직 한국어가 많이 서툴렀다.

"Ordinary people can't handle million dollars of ransom(일반인은 100만 달러 몸값이 감당이 안 됩니다). It must be a well-known celebrity with money(자금력이 있는 유명인사여야 합니다)."

조직원 중 한 명이 토미의 말을 한국어로 통역해 모두에게 알려주었다. 장원춘은 깊은 고민에 빠졌다.

"어디 마땅한 인물이 없을까? 쉽게 작업할 수 있고, 우리가 원하는 몸값을 맞춰줄 수 있는 인물."

모두들 마땅한 대안을 내놓지 못하던 와중, 조직의 잔심부름을 맡는 베트남계 하이룽이라는 남자가 쭈뼛쭈뼛 다가오더니 의견을 냈다. 그는 베트남에서 한국어를 공부해서 한글로 읽고 쓰기가 가능한 자였다.

"Boss, I don't know if I can say this or not, but there is someone who fits all the conditions(형님, 외람된 말씀이지만 딱 들어맞는 자가 있습니다)."

모두의 이목이 하이룽에게 쏠렸다.

"Who is it(누구냐)?"

장원춘이 영어로 하이룽에게 물었다. 하이룽이 알 듯 모를 듯 야릇한 미소를 지으며 기다렸다는 듯이 대답했다.

"It's a woman named Shin Sora(신소라라는 여자)."

"What kind of woman is she(뭐하는 여자냐? 연예인이냐)? Is she a celebrity or a famous golf player like Seri Park(아니면 박세리 같은 유명 골프선수)?"

하이룽은 미리 준비한 스포츠 신문을 꺼내 테이블에 펼쳤다. 1면에 선우와 민, 소라가 함께 서 있는 공항에서의 사진이 대문짝만 하게 실려 있다.

"I know these men as well(이 남자들, 나도 안다). One of them is an athlete and the other one is a singer(한 명은 운동선수, 한 명은 가수)."

"You're right(맞습니다). That tall man is a baseball player and is running for an American team(키 큰 남자는 야구선수인데 미국 팀에서 뛰고 있습니다). He's very famous(아주 유명합니다). The man next to him is South Korea's most popular singer at the moment(그 옆의 남자는 지금 한국에서 가장 인기가 많은 가수지요)."

"If so, who's the target(그럼 타깃은)?"

하이룽이 천천히 손을 들어 검지로 스포츠 신문에 실린 소라의 사진을 짚었다. 그의 손끝에서 소라가 청초한 모습으로 선우를 바라보고 있다.

"This woman right here(바로 이 여자)! Shin Sora(신소라)!"

"Shin⋯⋯ Sora⋯⋯(신⋯⋯ 소라⋯⋯)."

소라의 이름을 읊는 장원춘의 목소리에서 나는 굵은 쇳소리가 듣는 사람들의 신경을 건드렸다.

"She is a baseball player's girl and a singer's friend(야구선수의 여자이자 가수의 친구). Plus, she's an ordinary woman who's easy to approach(게다가 접근하기 쉬운 일반인입니다)."

"확실히 이 여자라면⋯⋯."

장원춘이 품에서 단도를 꺼내 테이블 위로 빠르게 찍었다. 스포츠 신문의 소라 얼굴 위로 칼날이 날카롭게 박혀들었다. 장원춘의 뒤에서 몇몇 조직원이 날이 잘 갈린 정글도를 흔들며 각오를 다졌다.

장원춘은 타깃을 납치한 후 숨길 은신처를 안산의 폐공장으로 정하고 즉각 실행에 들어갈 것을 지시했다. 만일의 사태에 대비해서 자신의 안전을 위한 도주로 확보도 잊지 않았다. 여차하면 그는 중국으로 다시 들어갈 생각이다. 중국으로 밀입국할 배편은 얼마든지 있었다. 중국에서 몇 푼만 쥐어주면 신분 세탁을 통해 다른 이름으로 여권을 발급 받아 당당하게 한국으로 다시 돌아올 수 있는 시절이었다.

소라가 얼마 후 미국으로 유학을 떠난다는 사실은 매스컴을 통해 오픈된 사실. 따라서 〈제3국 연합〉 측은 납치 계획을 서둘러야 했다.

며칠간 소라의 뒤를 밟던 똘마니의 보고에 따르면 그녀의 경호는 전혀 없었고, 동행자도 없이 주로 혼자 다닌다고 했다. 유학에 필요한 이런저런 물품을 구입하는 일과 미리 배편으로 짐을 부치기 위해 우체국을 찾는 일 정도가 그녀의 하루 일과였다.

두목 장원춘의 지시에 의해 드디어 실행일이 잡혔다. 그것은 1월 중순의 어느 날로 소라의 미국행 이틀 전이었다.

납치 담당은 〈제3국 연합〉의 두 명의 행동대장 중 일 처리가 빠르고 뒤처리가 깔끔하기로 유명한 필리핀계 토미가 맡았다. 토미는 며칠간 소라의 집 주변 지리를 익히고 퇴로를 파악한 다음 세 명의 조직원과 실행에 나섰다.

그날 소라는 모교에 들러 야구부 노 감독을 만나고 오는 길이었다. 고등학생 때 선우의 기본기를 닦아주었으며, 자신이 운동장에서 바이올린 연주할 수 있도록 허락해 준 사람. 미국으로 가기 전 꼭 찾아뵙고 인사하고 싶었다. 최근 들어 소라는 꼬박꼬박 집에 와서 가족들과 저녁을 함께 먹었다. 십 수 년을 키워준 큰아버지 부부와 사촌언니에게 아무런 보답도 한 것이 없는 그녀는 떠나기 전 저녁 식사만은 꼭 같이하고 싶었던 것이다.

12월 31일, 선우가 미국으로 떠나고 해가 바뀌어 그들은 이제 스물한 살. 고작 며칠이 지났을 뿐인데도 소라는 두 번이나 공항에서 선우를 떠나보내며 부쩍 어른이 된 것 같았다. 그사이 소라는 LA 음대 합격통지서가 날아와서 주한 미 대사관에서의 간단한 인터뷰 후 정식 유학 비자를 발급 받았다. 서울발 로스앤젤레스 행 티켓팅도 마쳤고, 무거운 짐은 이미 배편으로 보냈다. 이제 이틀 후면 드디어 선우와 한 집에서 살게 되는 것이다.

겨울의 해는 짧다. 고작 7시인데 어느새 거리엔 어둠이 내렸다. 소라고에서 집까지는 버스로 세 정거장. 석촌동에서 내린 그녀는 겨울바람에 차가워진 손을 호호 불며 집으로 걸어가다가 슈퍼마켓에서 귤 한 봉지를 샀다.

백제고분 근처의 조용한 주택가. 몸이 떨리도록 추운 영하 10도의 날씨. 〈제3국 연합〉 행동대장 토미는 두 명의 부하와 함께 버스 정류장에서부터 소라의 뒤를 밟았다. 추운 겨울 밤, 한적한 골목에는 행인의 발길이 끊겨 있었다. 토미가 좌우를 번갈아가며 부하들과 눈을 맞췄다. 고개를 끄덕이며 오케이 사인을 주고받은 부하 둘이 뒤에서 각각 소라의 양팔을 거세게 팔짱을 끼어 제압했다.

"뭐……."

소라가 미처 말하기도 전에 토미가 흡입 마취제인 클로로포름을 잔뜩 묻힌 손수건으로 소라의 코와 입을 막았다.

"흡!"

소라는 소리를 지르려 했으나 들숨과 함께 극심한 어지러움을 느꼈다. 눈앞이 빙빙 돌았다. 그들 앞으로 승합차 한 대가 섰다. 미리 대기 중이던 또 다른 부하였다. 토미와 일행은 재빠르게 소라를 차에 태우고 혹시 목격자가 있는지 주변을 살피며 주택가를 빠져나왔다.

차로 두 시간여를 달려 안산의 폐공장에 도착한 그들은 소라가 저항하지 못하게 전신을 묶고 감시를 붙였다. 한동안 정신을 잃고 있던 소라는 안산에 도착해서야 깨어났지만 테이프로 입이 막혀 있어 어떤 말도 하지 못한 채 두려움에 떨고 있을 뿐이었다.

얼굴 표정을 읽을 수 없는 사내가 저벅저벅 소라 앞으로 걸어와 쪼그리고 앉았다. 두목 장원춘이다.

"여자, 내 말 잘 들어라. 너는 우리에게 납치되었다. 너에게 주어진 시간이 얼마 없다. 이제 너에게 전화기를 주겠다."

연변 출신 특유의 북한 사투리가 들어간 말투. 쇳소리가 섞인 저음의 갈라진 목소리가 더욱 무서웠다.

"여기저기 알려지면 곤란하니 큰돈을 낼 수 있는 단 한 명에게 전화를 걸어라. 명심해라. 단 한 명이다. 지금 너의 상황을 얘기하되

쓸데없는 소리를 하면 너는…… 죽는다."

장원춘의 뒤에서 또 다른 행동대장 쏨차이가 정글도를 들어 자신의 목을 긋는 시늉을 했다. 소라의 몸이 오들오들 떨리고 있다. 장원춘이 고갯짓을 하자 부하 하나가 소라의 입을 막고 있던 테이프를 뜯었다.

"꺄악!"

소라가 바로 날카롭게 비명을 질렀다. 장원춘이 바로 그녀의 얼굴을 주먹으로 갈겼다. 소라는 힘없이 옆으로 쓰러졌다.

"여자, 한 번 더 소리치면 협상은 없다. 너는 이 자리에서 죽는다. 알아들었나?"

쓰러진 채 소라가 고개를 끄덕였다. 그녀의 눈에 눈물이 가득했고, 입술에서 피가 흘러내렸다. 부하가 포승을 풀어주자 장원춘이 소라에게 투박하게 생긴 핸드폰을 건넸다. 소라는 생각해야 했다. 단 한 명. 누구에게 전화를 걸 것인가?

선우. LA 피닉스 윈터 캠프에 참가 중이다. 시차 17시간. 아마도 지금쯤 마무리 훈련 중일 것이다. 전화를 걸면 통역 겸 개인 매니저 케빈이 받을 것이고, 미국에 있는 선우가 도와줄 수 있는 건 없다. 큰아버지. 이들의 목적은 몸값. 큰돈이라면 도대체 얼마? 정년퇴직을 앞둔 평범한 샐러리맨인 큰아버지는 얼마 전 사촌언니의 제과점 오픈 비용을 보태느라 은행 대출을 받았다. 돈이 없었다.

이윽고 결심한 듯 소라는 부들부들 떨리는 손가락으로 전화번호를 눌렀다. 몇 번의 신호음이 울리다 연결되었다.

[누구?]

핸드폰에서 익숙한 민의 목소리가 들리자 소라는 온몸이 나른해지며 말로 표현할 수 없는 안도감과 격한 그리움에 자신도 모르게 왈칵 눈물을 쏟아냈다.

"나야……."

[소라?]

소라고 노 감독을 만나러 가기 전 그녀는 민과 통화를 했다. 잘 지내냐고. 민은 소라를 부탁하고 떠난 선우와의 약속을 잘 지키고 있었다. 오늘 스케줄이 없으니 심심하면 같이 저녁 먹자고 했지만 큰아버지 가족들과의 식사를 위해 거절한 그녀였다.

"민아, 나…… 납치된 것 같아……."

[뭐? 무슨 소리야? 거기가 어딘데?]

"몰라. 무슨 창고……."

소라가 주변의 눈치를 보다 말을 끊었다. 장원춘이 그녀에게서 전화기를 뺏어 들었다.

"강민?"

[너 이 새끼! 너 누구야? 죽여 버린다! 소라 바꿔!]

"다른 건 됐고, 인기가수시라고? 너 얼마까지 낼 수 있냐? 우리가 필요한 건 10억 정도. 능력 안 되면 그 야구선수와 협상한다. 아, 참고로 경찰에 신고한다든지 하는 허튼 짓을 하면 여자는 죽는다. 돌에 매달아서 시화호에 던져 버리면 그만이거든."

[아, 알았다. 알았으니까 여자 좀 바꿔.]

장원춘이 다시 소라에게 전화를 건네주었다. 소라가 한 손으로 자신의 입을 막아 울먹이는 소리를 감추려고 애썼다.

[괜찮은 거니?]

소라가 울음을 감추느라 대답을 하지 못했다.

[괜찮은 거야?]

"으…… 응."

[소라야, 내 말 잘 들어. 내가 어떻게든 해결할 테니까 우선 너는 저항하지 말고 시키는 대로 해. 나 믿고. 알았지? 그럴 수 있지?]

소라가 핸드폰을 막고 울면서 계속 고개만 끄덕이고 있자 다시 장원춘이 전화를 뺏어 민과 협상을 시도했다.

[지금 이 시간에 그런 큰 금액은 무리야. 시간을 줘.]

"그렇겠지. 은행도 문 닫았을 테니. 내일 돈을 준비한다. 접선 장소는 다시 연락한다. 분명히 말하지만 경찰에 신고하면 여자는 죽는다."

세력 확장을 위한 마약 밀매에 기본 자금이 필요한 〈제3국 연합〉. 그들에 의해 소라가 납치되었다. 범인은 그녀에게 단 한 명과 통화할 것을 요구했다. 미국행 비행기에 오르기 이틀 전의 일이었다.

소라가 납치되었다. 전화를 끊은 민은 떨림과 흥분을 가라앉히기 위해 소파에 앉아 담배를 빼어 물었다. 이럴 때일수록 진정해야 한다고 끊임없이 되뇌었다.

범인은 누구인가? 범행 목적은 스스로 밝혔듯이 몸값 10억을 요구하는 것으로 보아 잔챙이가 아니었다. 전화기를 통해 흘러나오던 음성. 놀랄 만큼 차분하고 냉정한 목소리. 신경에 거슬리던 그 쇳소리.

소라와 통화한 것이 오늘 오후. 노 감독을 만나고 식구들과 저녁을 먹기 위해 귀가한다고 했으니 납치 장소는 분명 집 근처. 전화가 온 시각은 납치 예상 시간으로부터 두어 시간 후.

이런저런 복잡한 생각으로 고민하던 민은 여러 가지 가정을 해보았다. 여기서 자신이 할 수 있는 선택. 자칫하면 소라의 목숨이 위험했다.

민은 담배를 깊게 빨고 한숨처럼 내쉬었다. 조명을 받아 현실감 없게 푸른색으로 변한 담배 연기가 뿜어져 나왔다가 허무하게 흩어졌다. 속으로는 수천 번도 더 바로 경찰에 신고해야 한다고 생각했다. 그러나 만에 하나 범인의 장담대로라면 소라의 안전은 보장할 수 없었다. 아무리 데뷔 음반이 히트했다지만 당장 10억이라는 목돈을 마련하기란 어려운 일이었다.

민은 장 대표와 의논하려고 전화기를 들었다가 이내 그만두었다. 그렇게 한참을 고만하던 민은 갑자기 핸드폰을 들어 어디론가 전화를 걸었다.

"나다. 그래. 최대한 빨리 알아봐. 그렇다니까."

중고교 시절 폭주족이던 민. 폭주족 전국연합의 리더로 2년을 보냈다. 현재의 리더는 자신을 잘 따르던 2년 후배. 민은 그에게 전화를 걸었다.

짧은 통화였지만 몇 가지 추측할 수 있는 단서가 있었다. 요구하던 사내의 북한 사투리가 섞인 말투. 조선족이거나 연변 출신일 가능성이 높았다. 경찰에 신고하면 죽여서 돌에 매달아 시화호에 던지겠다는 말. 시화호는 아마 어느 지역의 호수 이름이 아닐까?

소라는 창고 같은 곳에 갇혀 있다고 했다. 사람들의 이목을 피할 수 있는 장소. 잠실에서 두 시간 정도 떨어진 곳. 바이크를 몰고 전국을 질주하던 녀석들이라면 실마리를 찾을 수 있을지도 모른다. 어린 나이지만 일반인보다는 폭력단 상황을 꿰고 있었다.

폭주족 리더인 후배로부터 전화가 걸려온 것은 새벽 3시였다. 계속 줄담배를 피우며 초조하게 연락을 기다리고 있던 민은 얼른 전화를 받았다.

[민이 형, 찾았어요.]

"그래? 어떻게?"

[시화호는 안산에 있습니다. 안산 출신인 녀석들에게 알아보니 이

쪽에서 소외된 외국인 노동자들이 연합세력을 만들었다고 하네요. 〈제3국 연합〉이라고 장원춘이라는 연변 출신 중국계가 두목이랍니다. 태국, 필리핀, 베트남, 방글라데시 쪽 애들이 대거 붙었다는군요. 무슨 자금을 마련하려고 혈안이 되어 있대요. 잠실에서 안산까지면 시간도 얼추 비슷합니다.]

"그래서?"

[우리 안산지부가 있거든요. 인적이 드문 장소, 금방 찾아냈대요. 폐공장이 있는데 똘마니 몇 명이 보초 서고 있다는 것도 확인했답니다. 거기가 틀림없어요.]

민은 다시 고민에 빠졌다. 만약 경찰에 연락한다면 납치한 일당은 검거할 수 있겠지만 소라의 안전은 보장할 수 없었다. 그렇다면?

"지금 믿을 만한 애들 몇 명이나 모을 수 있냐?"

[워낙 늦은 시간이라 서울 쪽에서 십여 명, 안산에 길 안내할 두어 명 정도요.]

민은 결심했다. 고3, 그 봄의 동대문야구장에서처럼 자신이 나서야 한다고. 그럴 수밖에 없다고. 그때는 머리가 깨지고 팔 하나 부러질 각오였다면 지금은 어쩌면 목숨을 걸어야 할지도 모른다고. 인질로 잡혀 있을 소라를 생각하니 치가 떨렸다. 걷잡을 수 없는 분노에 뿌득 하고 이를 갈았다. 민은 비장하게 말했다.

"지금 안산 톨게이트로 간다. 거기서 만나자. 무기가 될 만한 것도 좀 챙겨오고."

민은 점퍼를 걸치며 주변을 둘러보다 선우가 주고 간 알루미늄 배트를 잡았다. 급하게 차를 몰아 안산 방향으로 달렸다. 한적한 도로를 전속력으로 달려 안산 톨게이트에서 폭주족 후배들과 합류한 것은 새벽 4시 30분. 인원을 세어보니 스무 명이 채 안 되었다.

"상황을 대충 들었겠지만 내 친구가 납치되었다. 경찰에는 조금 전에 연락했다. 아마 출동까지 30분에서 1시간 정도 걸릴 것이다. 나는 지금부터 친구를 구하러 간다. 새벽이니 놈들은 경계를 풀고 있을 것이고, 정탐한 내용으로는 밖에 네 명, 안에 약 대여섯 명 전후의 인원이 있을 것으로 짐작된다. 인원은 우리가 두 배 정도 많지만 저들은 명색이 조폭이다. 칼 같은 도검류는 물론 총기가 있을지도 모른다."

이미 소라의 집에서도 실종신고를 한 뒤였다. 민이 신분을 밝히고 경찰에 폐공장 위치를 알려준 터였다. 살을 에는 듯한 칼바람이 부는 1월의 새벽. 민은 나지막하지만 강한 어조로 분명하게 밝혔다.

"나는 절대 너희들의 안전을 보장할 수 없다. 상황에 따라서는 큰 사고가 날 수도 있다. 지금 잡혀 있는 아이는 내 친구이지 너희들 친구가 아니다. 따라서 너희들에게 위험을 감수하라고 강요할 수 없다. 하지만 도와주는 놈들은 이 강민이 평생 잊지 않겠다. 빠질 녀석들은 지금 빠져라."

리더인 후배가 씨익 웃었다. 리더가 쇠파이프를 흔들어 보였다. 그의 뒤에서 모두들 지닌 무기들을 흔들며 함성을 내질렀다.

"그거 아세요? 지금 민이 형이 한 말, 출발 전에 제가 이미 한 말이에요. 여기 모인 인원은 모두 민이 형이라면 목숨도 안 아까운 또라이들이죠. 그건 뭐 나도 마찬가지지만."

다시 한 번 폭주족들의 함성이 일었다. 그들 세계에서 폭주족 리더 출신으로 가수왕 자리에까지 오른 민은 전설적인 존재였다. 그와 함께 바이크를 몰던 추억이 평생의 자랑거리인 녀석부터 소문으로만 듣고 동경하던 녀석들까지 시시한 인생에서 무언가 탈출구를 찾던 무리였다.

"우리에겐 역습밖에 승산이 없다. 한바탕 싸우는 동안 경찰이 뒷마무리를 해줄 거다. 그럼…… 가볼까?"

새벽의 습격엔 기동성이 생명이다. 민은 승용차를 버리고 바이크를 빌려 탔다. 이미 정찰을 다녀온 안산 출신 후배의 뒤를 따라 10여 대의 바이크가 10분 거리의 폐공장을 향해 질주하기 시작했다.

잠시 후, 폐공장에 다다르자 보초를 서고 있던 똘마니들이 갑자기 나타난 바이크 부대를 보고 당황해서 주저하자 민은 그 틈을 놓치지 않고 돌진해 드리프트 기술을 사용하여 바이크를 내던지고 그대로 지면에 내려섰다.

폭주족 시절, 민의 필살기 두 가지가 있었는데 하나는 관성을 이용해 속도를 줄이면서 뒷바퀴를 들고 정지하는 잭 나이프였고, 또 하나는 지금 선보인 액셀러레이터와 브레이크를 동시에 사용해 360도 회전하는 드리프트였다.

달빛과 희미한 가로등만이 힘겹게 대지의 사물을 밝히는 그 겨울의 푸른 밤. 상대가 미처 방비를 갖추기도 전에 전광석화처럼 뛰어든 민은 앞뒤 잴 것 없이 야구 배트로 위에서 아래로 내려찍으며 똘마니를 후려갈겼다. 외마디 비명과 함께 한 놈이 나가떨어지는 걸 채 확인할 사이도 없이 다시 배트를 오른손으로 잡고 그다음 녀석의 턱을 올려쳤다. 덜컥 하며 배트 끝에서 턱이 깨지는 느낌이 민에게 고스란히 전달되었다.

폭주족들이 압도적인 숫자로 남은 두 명을 에워싸는 동안 민은 공장 문을 열고 안으로 들어섰다. 이미 밖에서의 소란을 듣고 서너 명이 칼을 쥐고 있었다. 두목 장원춘의 모습도 보였다. 행동대장인 태국계 쏨차이가 정글도를 빼내 들고 민에게로 다가서고 있다. 허공을 가르는 그의 칼에서 공기를 가르는 기분 나쁜 소리와 함께 섬뜩한 살기가 뿜어져 나왔다.

민이 든 무기는 알루미늄 야구 배트, 쏨차이의 무기는 개조한 정글도. 정글도는 원래 산이나 숲에서 나뭇가지, 수풀 등을 치는 용도로 만들어진 것이다. 쏨차이는 길이를 50㎝ 정도로 늘리고 양쪽의 톱날과 칼날을 날카롭게 갈아놓았다.

개조한 정글도는 썰기와 베기에는 효과적이나 단단하고 긴 무기와 직접 부딪치기에는 취약한 무기였다. 민의 왼쪽에서 소라 납치에 직접 가담한 또 한 명의 행동대장인 필리핀계 토미가 쏨차이를 지원하기 위해 쇠파이프를 들고 서서히 접근했다.

숫자의 우위를 바탕으로 밖에 있던 똘마니 두 명을 제압한 폭주족 무리도 일제히 창고 안으로 뛰어들어 두목 장원춘과 베트남계 하이룽 등과 대치하고 있었다.

"Somchai! I'll take care of the baseball bat, and you get rid of them(쏨차이! 내가 야구 배트를 막을 테니 그 틈에 해치워)!"

토미가 영어로 쏨차이와 사인을 주고받았다. 쏨차이가 흉터 가득한 얼굴로 고개를 끄덕였다.

"Let's go(간다)!"

그들의 작전은 이랬다. 토미가 쇠파이프를 휘두르면 민이 그것을 막기 위해 배트를 들 것이다. 그때 민의 오른쪽은 무방비 상태가 된다. 시간차로 달려든 쏨차이가 빈 공간을 정글도로 썰거나 베어버린다. 그러나 그들이 간과한 것이 있었다. 민은 로드 파이터 출신. 곱상한 외모와는 달리 중고교 시절 100회 이상의 실전 길거리 싸움 경력이 있었다.

이론과 실전은 다르다. 무수히 싸우고 또 싸우면서 얻는 풍부한 경험은 이론적으로는 설명할 길이 없다. 게다가 실전에서는 반칙도

허용된다. 눈을 찌른다거나 할퀸다거나, 한 명을 집단으로 상대하더라도 무조건 이기는 것만이 능사인 게임이다.

용도가 각기 다른 두 가지 무기를 들고 토미와 쏨차이가 접근해올 때, 민은 순간적으로 그들의 작전을 알아채고 반격 시나리오를 머릿속에 입력시켰다. 이 상황에서는 내어줄 수밖에 없다고 민은 각오를 다졌다.

아시아계 저임금 노동자 출신인 그들은 험악한 외모에서 보이듯 싸움의 고수가 아니었다. 흉기와 잔인성을 내밀어 그저 힘없고 약한 사람들에게 일방적인 폭력을 행사하는 질 낮은 부류일 뿐. 흉터와 문신, 체격 같은 겉으로 보이는 것에 위축되어서는 절대 싸움에 이길 수 없다는 것을 민은 잘 알고 있었다.

내어준다. 민은 먼저 치고 들어온 토미의 쇠파이프를 야구 배트로 맞대응하지 않고 왼팔을 들어 막았다. 팔을 접어 머리를 보호하는 동시에 부러지기 쉬운 팔뚝보다 팔꿈치 위쪽 근육 부분을 내어주었다. 우드득 하는 뼈를 강타하는 타격 음과 함께 묵직한 통증이 전해 온다. 약간의 시차를 두고 예상대로 쏨차이의 정글도가 민의 왼쪽 가슴을 향해 수평 공격을 해왔다.

민은 살짝 뒤로 물러나며 쏨차이의 칼 공격을 가볍게 피하고 아직 쇠파이프를 거둬들여 제2의 공격을 못하고 있는 토미의 얼굴을 향해 알루미늄 배트 끝으로 강하게 찍어들어 갔다.

퍼석!

입 부분을 정통으로 맞은 토미가 얼굴을 감싸며 나뒹굴었다. 붉은 피와 함께 부러진 이 조각들이 우수수 쏟아져 내렸다. 단거리 공격 지점을 찾지 못한 쏨차이가 상황을 살피는 동안 민은 주저하지 않고 주저앉은 토미의 발목을 강하게 내리쳤었다.

"으악!"

발목이 으스러지는 느낌이 고스란히 배트 끝에서 전해져 왔다. 민은 재차 다른 발목마저 인정사정 볼 것 없이 내리찍었다. 이제 토미는 두 번 다시 두 발로 일어서지 못할 것이다. 여러 명과의 싸움에서 전투 능력을 완전히 뺏는 것은 굉장히 중요한 일이었다.

야구 배트와의 길이 차이 때문에 정글도를 들고 쉽게 다가서지 못하던 쏨차이는 동료가 잔혹하게 당하는 것을 보고는 약간 겁을 집어먹었다. 쏨차이의 눈빛이 흔들리는 그 순간을 놓치지 않고 민은 그에게 벼락같이 달려들었다.

쏨차이가 정글도를 휘둘러 발악하자 민은 왼손으로 배트를 휘둘러 공간을 만든 다음 주춤하는 쏨차이의 턱을 향해 강력한 어퍼컷을 날렸다. 턱 밑에 완전히 꽂힌 롱 어퍼컷에 쏨차이의 몸이 살짝 들리더니 쿵 하고 바닥에 드러누웠다.

민은 바로 몸을 날려 공중에서부터 무릎을 세워 쏨차이의 얼굴로 떨어졌다. 인체에서 가장 강력한 무기는 팔꿈치와 무릎, 머리를 이용하는 기술이다. 그래서 복싱에서는 반칙으로 금지된 살상용 필살기였다. 체중이 고스란히 실린 민의 무릎이 안면부를 강타했다. 쏨차이의 코와 입 등 돌출된 부위가 부러지고 찢어지며 피가 튀었고, 불똥이 튀는 듯한 엄청난 충격에 그는 그대로 정신을 잃었다.

〈제3국 연합〉의 행동대장 두 명을 해치운 민은 가쁘게 숨을 몰아쉬며 주변을 살폈다. 폭주족 후배들이 쓰러져 있는 베트남계 남자를 에워싸고 있었다.

"그…… 두목은?"

민이 욱신거리는 왼팔을 잡고 리더 후배에게 물었다.

"우리가 이놈 다구리 놓는 사이에 토꼈어. 두어 명이 쫓아갔는데……. 아, 저기 오네."

장완춘을 뒤쫓던 두 명이 공장 문으로 다시 돌아오고 있었다. 그들은 고개를 절레절레 저었다.

"싸움 실력도 없는 놈이 토끼는 건 빠르던데요. 어떻게 두목이 된 거지?"

대충 상황이 정리된 걸 확인한 민은 이리저리 뛰었다. 문이 있는 곳을 뒤지다 결국 소라를 찾아냈다.

"소, 소라야!"

어두컴컴한 창고 구석에 쪼그리고 앉은 소라는 코트로 몸을 감싼 채 벌벌 떨고 있었다. 민이 들어왔지만 넋이 나간 듯 눈동자에 초점이 없었다. 민은 소라에게로 달려갔다. 소라의 입술이 터져 핏자국이 말라붙어 있고, 하얀 얼굴은 더욱 창백하게 굳어 있다.

"됐어. 이제 다 됐어."

"……."

여전히 소라는 대답을 못 했다. 민도 못 알아보는 듯했다. 그녀의 이가 따다닥 부딪치며 떨리고 있다.

"얼굴 괜찮아? 다른 데 다친 곳은 없어?"

"……."

"늦게 와서 미안. 가자. 이제 집에 가자."

민은 웅크리고 앉은 소라의 몸을 덮고 있던 코트를 집어 들다 순간 멈칫했다. 민은 소라가 알몸 상태인 것을 보고 얼른 다시 코트를 덮었다.

"너…… 혹시?"

"우아아악!"

소라가 날카롭게 비명을 지르며 손으로 얼굴을 감쌌다. 너무나 놀란 민은 얼어붙은 채 자리에서 꼼짝도 하지 못했다.

"너도 바쁘겠지만 다음 달까지 우리 소라 좀 잘 부탁해. 출국하는 날은 꼭 공항까지 동행해 줬음 해. 우하하! 친구 좋다는 게 뭐냐? 대신 나중에 네 아이는 내가 평생 책임져 줄게."

민의 귀에 선우의 부탁과 함께 그의 웃음소리가 들려왔다.

"소라 너, 비행기 처음 타볼 거 아냐. 난 너의 모든 처음은 꼭 같이하고 싶거든. 첫사랑, 첫 키스, 첫 블루스, 첫 소주, 첫 포옹, 첫 기차, 첫 비행기, 또 뭐 있지? 그래, 첫날밤! 우후훗!"

소라의 귀에 너의 모든 처음은 꼭 함께하고 싶다던, 그래서 결혼 전까지 반드시 지켜주겠다던 선우의 순결한 다짐이 메아리가 되어 계속 들려오고 있었다.

민이 밸런타인데이에 초콜릿을 받고 싶던 단 한 명의 여자. 차마 그 마음을 전하지 못하고 친구의 연인이 된 여자. 잔혹하리만큼 아름답게 꽃비가 내리던 그 봄, 민의 사랑은 눈부신 춤을 추고 있었는데.

눈보다 새하얀 소라의 허벅지 사이로 흐르는 새빨간 피를 민은 영원히 잊지 못할 것이다.

밖에서 경찰차의 사이렌 소리가 요란하게 울려왔다. 창고에 난 조그만 창밖으로 막 동이 트기 시작한 1월의 겨울 햇살이 수줍게, 순결하게, 떨리듯 비집고 들어왔다.

소라의 납치 사건은 종결되었고, 민의 부탁을 받은 장 대표의 로

비로 언론에 공개되지 않았다. 예정대로라면 다음 날 미국으로 출국했어야 할 소라는 극비리에 병원에 입원했다.

진상을 모르는 선우는 LA 공항에 마중을 나갔다가 모든 탑승자가 다 내리고도 한참을 그 자리에 서 있었다. 케빈의 설득이 없었다면 선우는 언제까지고 공항에서 그녀를 기다렸을 터였다.

갑자기 연락이 두절된 소라. 민과 어렵게 통화가 되었지만 그는 모르는 일이라고 잡아뗐었다. 민으로서는 해줄 말이 없었다. 소라가 납치되었고, 그 와중에 폭행을 당하고 순결까지 잃었다고 사실대로 친구에게 말할 용기가 도저히 나지 않았다.

그저 시간이 흘러가길, 그래서 한낱 악몽을 꾸었던 것으로 치부되길, 선우는 여전히 엄청나게 빠른 공을 던지며 특유의 호탕한 웃음을 터뜨리길, 소라는 그의 옆에서 사랑하고 사랑받으며 살아가길……

하지만 민이 원하는 대로 인생이 결정되는 건 아니었으니.

윈터 캠프가 끝나고 스프링 캠프가 시작될 때까지 소라는 끝내 연락이 없었다. 9,549㎞가 떨어진 서울과 LA의 거리만큼이나 선우는 그녀가 멀게만 느껴졌다. 마음을 다잡지 못하니 컨디션도 엉망이었다. 이래서는 시즌을 망친다는 생각에 선우는 결단을 내렸다.

한국으로 간다. 시즌이 시작되기 전에 어떻게든 소라를 만나 얘기를 들어볼 작정이다. 도대체 무슨 일이 있었는지, 왜 미국행 비행기에 오르지 않았는지, 한마디 말도 없이 연락을 끊은 이유가 무엇인지를 알아보기 위해 구단 측에 간곡히 요청해서 일주일의 휴가를 받았다. 소라와 함께 살 예정이던 LA 집 주택가에는 여전히 데이지 꽃이 흐드러지게 피어 있었다.

작년과 마찬가지로 흰색과 분홍색, 붉은색의 데이지는 오전에 활짝 피었다가 저녁이 되면 반쯤 수줍게 오므라들었다. 데이지의 꽃말은 희망과 평화. 소라를 애타게 기다리던 선우는 데이지를 보면서 늘 그녀를 떠올렸다.

그러나 선우는 까맣게 모르던 데이지 꽃의 또 다른 숨은 이야기가 있었다. 국화과의 여러해살이 꽃 데이지. 그 꽃에 대한 전설, 그리스 신화에 나오는 이야기였다.

어느 날 숲의 축제가 벌어졌습니다. 이 축제에는 모든 나무와 물의 요정이 모였습니다. 축제의 클라이맥스는 무도회였습니다.

요정 가운데에서는 숲의 요정인 베리디스가 가장 아름다웠으며, 그녀가 춤을 추기 시작하면 숲 속에 달콤한 향기가 어려 사람들을 깨끗하고, 순수하고, 풍족하고, 즐겁게 만들었습니다.

그러자 과수원의 신인 베루다므나스가 베리디스의 춤에 완전히 매혹되어 버리고 말았습니다. 그 청년은 얼마 후 혼마저 빼앗겨 그녀를 미칠 듯이 사랑하게 되었습니다. 매일 아침 베리디스가 호숫가에서 얼굴을 씻고 있으면 여지없이 베루다므나스가 나타나서 날이 저물 때까지 그녀 곁에서 떨어지려고 하지 않았습니다.

그러나 베리디스는 혼자가 아니었습니다. 엄연히 약혼자가 있었던 것입니다. 그리하여 베리디스는 속으로는 베루다므나스가 좋았으나 약혼자가 있는 몸이라 그의 사랑을 받아들일 재간이 없었습니다. 약혼자와 베루다므나스의 사랑의 틈바구니에 끼어 그녀의 괴로움은 여간 심각한 것이 아니었습니다.

어느 날 아침, 그녀는 어느 때보다 일찍 일어나 베루다므나스가 찾아오는 호숫가에 서서 이것저것 궁리하고 있었습니다. 하지만 아무리 생각해도 그녀가 약혼자와 베루다므나스를 동시에 사랑하는 일은 불가능했습니다. 누구를 선택할 수도, 누구를 버릴 수도 없던 그녀. 그래서 베리디스는 혼잣말로 중얼거렸습니다.

"아아, 차라리 꽃이었으면……. 꽃이라도 되어 이 가슴 시린 괴로움에서 벗어났으면……."

약혼자도 베루다므나스도 둘 다 젊고 멋진 남자였습니다. 그래서 베리디스는 두 사람을 동시에 사랑하게 된 자신을 원망하며 꽃으로 변하길 바랐고, 어느 날 그녀의 소원이 이루어졌습니다.

그 후 베루다므나스는 사랑하는 베리디스를 만난다는 부푼 가슴을 안고 호숫가를 찾았으나 그녀는 보이지 않았습니다. 대신 그녀가 모습을 바꾼 한 송이 꽃을 발견하게 됩니다. 꽃은 사랑의 고통을 안고 생각에 잠긴 듯 수줍게 피어 있었습니다.

그는 그녀를 그리워하며 그 꽃을 가져다가 고이 키웁니다. 그리고 그 꽃을 '데이지'라고 불렀습니다.

선우는 데이지 꽃에 얽힌 전설을 모른 채 막연히 그 꽃을 보며 소라를 떠올렸다. 어쩌면 그들의 운명 또한 전설과 다름없는 또 다른 현실의 이야기일지도 몰랐다.

＊　　＊　　＊

전화도 받지 않고 소식도 없는 여자 친구를 만나기 위해 시즌 직전 태평양을 건너온 선우는 하루 종일 그녀의 집 앞에서 기다리다 저녁 무렵에야 소라를 만날 수 있었다. 슈퍼마켓이라도 가려 했던지 편안한 트레이닝복 차림의 소라는 많이 수척해져 있었다.

"소라야!"

선우가 그녀를 불렀다. 소라가 갑자기 등장한 선우를 보고 화들짝 놀라 몇 발짝 뒷걸음질 쳤다.

고등학생 때 선우가 이름을 불러주는 것이 한없이 기쁘던 소라였다. 키가 크고 가슴이 넓은 남자가 '소라야, 소라야'하고 이름을 불러주면 그녀는 언제나 마음이 포근해졌다. 그런데 이제는 순수한 저 남자 입에서 자신의 더럽혀진 이름을 부르게 할 순 없다고 소라는 생각했다.

"우하하! 우리 소라, 놀랐구나. 미국에 있어야 할 남친이 갑자기 나타나서. 뭐, 깜짝 이벤트라고 해야 할까? 우하하!"

선우는 왜 소라가 미국으로 오지 않았는지, 왜 일방적으로 연락을 끊었는지 너무나 궁금했다. 하지만 아무리 바보 같은 그라도 지금 이해할 수 없는 어떤 일이 벌어지고 있다는 것쯤은 직감할 수 있었다. 어색함을 감추기 위해 그는 더 과장되게 웃으며 아무렇지도 않은 듯 목소리를 높였다.

"가!"

단 한 마디. 선우의 가슴속에 무언가 차고 들어와 와르르 무너졌다.

"안 가! 아니, 못 가!"

"바보야! 그냥 가라고!"

선우가 그토록 사랑하던 여자. 선우는 지금 눈앞에 서서 매몰찬 말을 내뱉고 있는 그녀가 몹시 낯설었다.

"무슨 일이 있었는지 모르지만 일단 어디든 좀 들어가자. 춥고 배고파."

"안 돼. 그냥 가줘. 내 눈앞에서 사라져 줘. 부탁이야."

그가 좋아 기꺼이 여자 친구가 되겠다던 순결한 약속. 그래서 남자는 그녀의 눈 속에서 영원히 살고 싶다고 생각했다. 그런데 이제 여자는 눈앞에서 사라져 달라고 부탁한다. 선우는 문득 서러워졌다.

"신소라, 갈 땐 가더라도 이건 아니지 않냐? 난 시즌 앞두고 10시 간 넘게 비행기 타고 널 만나러 왔어. 뭔가 설명이 필요한 상황 아닌 가? 그냥 가란다고 갈 내가 아니란 거…… 네가 가장 잘 알잖아."

"……."

"잠시 어디 가서 얘기 좀 하자."

"잠시…… 만이야."

캐주얼 차림의 선우와 트레이닝복을 입은 소라는 자주 가던 근처 카페를 향해 걸었다. 막 해가 지고 있었고, 둘 사이에 어색한 침묵이 흘렀다.

소라는 자신이 납치되었던 골목 앞에서 흠칫 몸을 떨었다. 자신을 마취시킨 클로로포름 냄새가 다시 나는 것만 같아 소라는 머리가 어 지러웠다. 무신경한 선우는 그런 소라의 변화를 전혀 눈치 채지 못 한 채 시무룩하게 그녀의 뒤를 따라 걸을 뿐이었다.

언제나 선우와 소라가 만나던 그 카페. 두 사람은 마주 앉아 주문 을 했다.

"뭐 먹을 거야?"

"커피."

참 커피를 좋아하는 여자. 여지없이 소라는 커피를 시켰다.

"야, 밥 먹어, 밥. 사람이 밥을 먹어야지."

"커피면 돼."

"진짜? 나 돈 많이 가지고 왔는데 후회 안 할 거지?"

분명 다르다. 예전 같으면 더없이 사랑스러운 미소를 지었을 소라 의 표정엔 변화가 없었다. 그저 담담히 눈을 깔고 생각에 잠겨 있을 뿐이다.

"그럼 난 토마토케첩 듬뿍 뿌려서 오므라이스 곱빼기랑 우유."

소라는 여느 때와 마찬가지로 커피에 설탕 두 스푼을 넣고 별 모양을 그렸다. 한 모금 커피를 마시고는 그윽하게 창밖을 바라보았다. 오렌지 빛 가로등이 슬프게 빛나고 있다.

이별에 익숙지 않은 남자는 어찌해야 할지 몰라 일단 밥을 먹었다. 볼이 터져라 오므라이스를 입에 퍼 넣고 어울리지 않게 우유를 들이켜 가며 열심히 밥을 먹었다. 그러다 문득 무슨 말이라도 해야겠다 싶었는지 밥알을 튀어가며 떠들어댔다.

"그날 LA 공항에서 얼마나 기다렸는지…… 입국장에서 나오는 사람들 하나하나 뚫어져라 쳐다보는데 네가 없어서 얼마나 속상했는데. 집은 또 어떻고. 너 온다고 청소도 깨끗하게 하고, 같이 먹으려고 장도 많이 봐놨는데. 네가 좋아하는 커피도 샀지. 미국이라 진짜 미제 커피……."

"선우야."

갑자기 그녀의 말투가 부드러워졌다. 선우는 왠지 울컥 눈물이 나올 것만 같았다. 입안 가득 떠 넣은 밥알을 억지로 꿀꺽 목구멍으로 넘겼다.

"선우야."

언제쯤일까? 그녀가 마지막으로 다정하게 이름을 불러준 것이. 선우는 행복하면서도 불길한 예감에 대답하지 않고 다시 숟가락으로 크게 밥을 떠서 입에 밀어 넣었다.

"선우야, 미안해."

"……."

"미안해. 이제 날 보내줘."

선우는 그녀의 눈을 똑바로 쳐다보지 못했다. 이미 밥알은 모래가 되어 껄끄럽게 입안을 돌아다니고 있었다.

"이 집 오므라이스…… 되게 맛있다. 너무 맛있어서 눈물이 다 나네. 하하! 젠장!"

숟가락을 쥔 선우의 오른손이 떨리고 있었다. 메이저리그에서 164㎞ 강속구를 던지던 황금의 오른팔이 숟가락 하나의 무게에도 버거워했다.

"내 말 알아듣겠니? 우리 그만 헤어지자는 거야. 그냥 아름다운 추억으로 남겨두고."

"안 돼! 난 그렇게 못 해! 절대 못 헤어져!"

"바보야, 억지 부리지 마. 사실은 너도 알고 있잖아. 내가 무슨 말을 할지 너도 짐작하고 있잖아."

"몰라. 난 몰라. 난 못 들었어. 난 너랑 안 헤어질 거야."

그녀의 눈에서 눈물 한 방울이 또르르 굴러 떨어졌다. 도대체 저 여자의 눈 속에는, 저 맑고 쓸쓸한 눈 속에는 얼마만큼의 많은 눈물이 숨겨져 있는 걸까? 그녀의 눈물은 뭐로 만들어졌기에 필요할 때마다 이처럼 꺼내 쓸 수 있는 걸까?

소라가 지갑에서 무언가를 꺼내더니 테이블 위에 올려놓았다. 반지였다. 그 겨울, 선우가 직접 끼워준 다이아몬드 반지.

"LA 피닉스 선발투수 이선우 선수, 크게 와인드업 합니다. 다이아몬드를 힘차게 던집니다. 아! 시속 164㎞를 기록하는 엄청난 빠른 볼. 스트라이크입니다. 정확히 목표한 곳에 꽂힙니다. 얼어붙은 듯 꼼짝도 못하는 타자 신소라 선수. 눈뜨고 삼진아웃을 당하는군요."

선우의 눈앞에 영화처럼 그날의 장면이 떠올랐다. 사랑한다던 너의 말. 더 사랑한다던 나의 말.

"돌려줄게. 내겐 더 이상 필요 없는 물건이라서."

"이, 이유가 뭔데?"

"말하고 싶지 않아."

"나, 좋다며? 나, 사랑한다며?"

"좋아졌다 싫어졌다 하는 게 우리 또래의 감정 아니야?"

"그럼 싫어진 거야? 이제 나…… 싫어진 거야?"

큰 키에 건장한 체격을 하고 금방이라도 울음을 터뜨릴 것만 같은 표정으로 되묻는 선우. 소라의 가슴이 무너져 내렸다. 더 이야기하다간 그를 꼭 안아주게 될 것만 같아 소라는 입술을 질끈 깨물었다.

"그래, 네가 싫어졌어."

선우가 숟가락을 내려놓고 고개를 푹 숙였다. 모질게 말을 해놓고 소라는 창 쪽으로 고개를 돌렸다.

"왜? 갑자기 왜?"

"다른 사람을…… 사랑하게 되었거든."

"뭐?"

"바보야, 못 알아듣겠니? 나는…… 네가 싫어졌고, 또…… 다른 사람을 사랑하게 되었다고."

"그게 누군데?"

"이런 바보. 지금 그게 중요하니? 이제 그만 가. 구질구질하게 달라붙는 거 딱 질색이니까 두 번 다시 내 앞에 나타나지 마. 커피 값은 내가 낼게."

소라는 냉정하게 일어나서 계산을 하고 밖으로 나갔다. 다이아몬드 반지가 주인을 잃고 외롭게 테이블 위에 버려져 있다. 일방적인 이별을 통보 받은 선우는 언제까지고 자리에서 일어날 줄을 몰랐다.

그렇게 한참을 우두커니 혼자 앉아 있던 선우는 민에게 전화를 걸었다.

"친구야, 나다. 나 한국에 왔다."

[뭐? 시즌이 코앞인데 괜찮은 거야?]

"나 방금 실연당했어. 하하하! 처음 겪는 거라 당황스럽네. 넌 선수잖아. 나 어쩌면 좋을까?"

[어디냐? 소주나 한잔하자.]

민과 만난 선우는 어느 포장마차에서 소주를 마시고 엄청 취했다. 술을 잘 마시지 않는 선우는 취해서 울다가 웃다가 결국엔 쓰러져서 혼자 중얼거렸다.

"민아, 미안해. 맨날 너한테 부탁만 하고, 나 힘들 때만 부르고……. 나, 소주 처음 마셔보는 거야. 첫 소주는 소라랑 둘이서 멋지게 마시려고 아끼고 아껴둔 건데……. 이제 그럴 일도 없네. 하하하!"

선우는 겨우 고개를 옆으로 돌려 게슴츠레한 눈으로 민에게 또 이렇게 말했다.

"민아, 넌 여자랑 헤어질 때 우유 같은 건 절대 마시지 마. 특히 오므라이스 곱빼기 따위는 절대 먹으면 안 된다."

민은 말없이 덩치만 큰 순진한 친구의 어깨를 다독여 줬다. 그리고 민은 또다시 어떤 결심을 했다.

9.

세상에서 가장 슬픈 연극

타이어로 '끄룽텝', 직역해서 '천사의 도시'로 불리는 태국의 수도
방콕. 팔백만 명이 넘는 인구를 자랑하는 대도시이며 아시아와 유럽
을 잇는 허브도시이자 세계적인 관광도시이다. 타이항공을 타고 다
섯 시간여를 날아간 민은 돈므앙공항에 내려 택시를 잡았다. 도요타
엠블럼을 부착한 택시가 민이 앞에 섰다.

"Sawadeekab(사와디캅). Where should I take you to(어디로 모실까
요)?"

"To Asock station Sukhumvit, please(아속역 스쿰윗 플라자)."

태국인들은 'V'발음을 'ㅇ'으로 내므로 'Sukhumvit'를 '스쿰윗'으
로 불러야 알아듣기 쉽다. 방콕에만 2만 명 이상의 한국인이 거주하
는데 스쿰빗 플라자 일대는 코리아타운이 형성되어 있었다. 도요타
택시는 도시 고속도로를 타고 시내로 빠르게 접근했다. 30여 분을
달려 스쿰빗에 도착한 민이 미터기를 꺾지 않고 협상한 대로 200바

트를 건넸다.

민은 스쿰빗 플라자에 위치한 한식당에서 톰이라는 한국인을 만나기로 되어 있었다. 톰은 한국에서 여러 경로를 통해 소개받은 인물로 방콕에서 민을 도와줄 조력자였다.

민이 갑자기 방콕으로 날아온 것은 〈제3국 연합〉의 보스 장원춘과 행동대장 쏨차이를 찾기 위해서였다. 그날 장원춘은 현장에서 도망쳤고, 경찰이 들이닥쳐서 범행에 가담한 대부분의 조직원은 검거했다. 민에게 당한 필리핀계 토미는 양 발목이 으스러져서 바로 체포되었고, 실신해서 뻗어 있던 쏨차이는 어느새 정신을 차렸는지 사라진 후였다.

그즈음 민의 인기는 상상을 초월했다. 데뷔하자마자 2백만 장이 넘는 앨범 판매고를 올리며 연말 가수왕을 거머쥐었다. 타이틀 곡 〈바람의 노래〉는 빅히트하며 공중파 순위 프로그램 5주 연속 1위에 올라 골든컵을 받았으며, 후속곡 〈멋진 인생〉 역시 1위를 기록하며 새해 들어서도 민의 인기는 수그러들 줄을 몰랐다.

자연스럽게 민의 2집 앨범에 대한 관심이 최고조에 달했는데 월드뮤직에서는 피아노 연주가 들어간 애절한 발라드 〈별〉을 포함한 몇 곡을 선별해서 녹음 작업이 한창이었다. 당대의 톱스타를 섭외한 블록버스터급 뮤직비디오를 기획하는 등 가수 강민의 최전성기가 도래하고 있었다.

그 와중에 민이 당분간 휴식을 달라고 장 대표에게 요청한 것이다. 명목은 재충전을 위한 해외여행이었지만 민은 반드시 자신이 해야 할 일이 있었다. 소라를 납치하고 순결을 빼앗은 원흉인 장원춘을 처단하는 것. 그것은 끝내 지키지 못한 사랑에 대한 고결한 자기반성이자 친구의 부탁을 들어주지 못한 죄책감의 발로였다.

소라는 그 사건 이후 선우와의 연락을 끊었을 뿐 아니라 정신과 치료를 받을 만큼 심신의 상처가 컸다. 선우는 야구를 제외하고 자기 인생의 전부이던 사랑을 잃고 방황하고 있었다. 언제나처럼 자신이 나서야 한다고, 그래야만 한다고 민은 생각했다. 그것이 소라를 짝사랑하던 한 남자의 마지막 선물이며, 멋진 친구에 대한 당연한 의리라고 민은 굳게 믿었다.

모든 라인을 동원해 수소문한 결과, 장원춘과 쏨차이는 경찰의 검거로 와해된 〈제3국 연합〉을 버리고 중국으로 밀항했다는 소식을 들었다. 그리고 연변에서 또 한 번 사건을 일으킨 둘은 쏨차이의 본거지인 태국 방콕으로 들어갔다는 정보를 입수했다.

"요청하신 대로 장원춘과 쏨차이의 행방을 알아봤는데요, 방콕에 있는 것은 틀림없어 보입니다. 차이나타운에서 둘을 봤다는 목격자도 있고, 뒷골목 무에타이 경기장에서 일을 돕고 있다는 정보도 입수했죠."

한식당에서 만난 조력자인 한국 교포 톰이 두 사람의 행방에 대해 대충 설명해 주었다. 민은 담배를 피워 물었다.

"부탁드린 물건은?"

"아, 물론 구했죠. 태국이 비교적 총기를 구입하기 쉬운 나라이긴 해도 실제 관광객이 손에 넣기엔 만만치 않죠."

톰이 공치사를 늘어놓더니 주위를 경계하며 봉투 하나를 내밀었다.

"베레타입니다. 권총의 명품이죠. 반동도 적고 초보자가 쓰기에는 이만한 게 없습니다. 원 가격은 저렴하나 입수 과정에서 가격이 좀 뛰었어요. 소음기 부착 비용은 별도이고 열다섯 발 꽉 채워놨습니다."

민이 묵직한 봉투를 건네받고 슬쩍 들여다보았다. 길쭉한 소음기가 달린 흑갈색의 권총 한 정이 보인다.

"그런데…… 꼭 이렇게까지 해야 할 일인가요? 자칫하면 역으로 당할 수도 있고, 경찰에 발각되면 가수 인생에 치명타는 물론 실형을 맞을 수도 있어요."

물론 민 역시 알고 있다. 스물하나, 창창한 청춘에 리스크가 너무 큰 모험이라는 것을. 손쉽게 킬러를 고용하는 방법도 생각해 본 민이다. 그러나 타이 마피아인 쏨차이 제거는 태국 내에서 쉽지 않은 일이었으며, 장원춘 또한 화교 세력이 뒤를 봐주고 있어 어설픈 킬러 고용은 오히려 역공을 맞을 우려가 있었다.

무엇보다 민은 자신의 손으로 복수하고 싶었다. 자신이 지켜주고 싶던 여자를 짓밟은 자에 대한 분노는 시간이 흐를수록 커졌다. 그저 본능이 시키는 대로 죽이고 싶을 뿐.

"제가 알아서 합니다. 비밀만 잘 지켜주십시오."

민은 화장실에서 봉투에 든 권총을 꺼냈다. 안전장치를 풀고 격발하는 간단한 총기 사용법을 톰이 설명해 주었다. 민은 베레타를 바지춤에 찔러 넣고 티셔츠로 가렸다.

베레타 권총. 이탈리아 산으로 1975년도에 첫 생산되어 세계 각국의 경찰과 군인들이 애용하는 권총의 대명사. 정식 명칭은 피에트로 베레타 M92F. 뛰어난 그립감과 가격 대비 명중률이 높은 열다섯 발 박스 탄창의 반자동 권총. 무게 964g, 길이 217mm, 유효 사거리 약 50m.

권총을 손에 쥔 민은 톰과 함께 본격적으로 장원춘과 쏨차이의 행방을 쫓기 시작했다. 그들을 목격했다는 차이나타운과 팟퐁의 유흥가, 룸피니와 라차담넝의 무에타이 스타디움…….

며칠간 그들을 찾아 헤매는 중에 톰이 새로운 정보를 알려주었다. 인터폴 지명수배자인 그들에게 경찰의 압박이 들어오자 차오프라야 강 수상가옥에 숨어들었다는 것이다. 톰은 정보원을 통해 그들의 구체적인 은신 장소까지 알아냈다고 했다.

주로 오전 시간에 관광객 투어로 북적이는 수상시장과 수상가옥은 저녁 무렵이면 한산해진다. 스피드보트부터 롱테일보트까지 다양한 해상교통편이 있지만 해가 지면 영업이 끝난다. 톰이 한 보트 기사와 능숙한 태국어로 협상을 벌였다.

"폼 약 차우 르아 쿤캅. 쁘러만 타우라이캅(당신의 배를 전세 내고 싶은데 얼마면 되겠소)?"

"차이 난 타우 라이캅(언제까지 쓸 거요)?"

"마이네 큰니 르 푸룽니 차우캅(오늘 밤, 아니, 어쩌면 내일 새벽까지일 수도)."

"타꿋 틍 완니 티양큰 만삔 능판하러이 캅(오늘 밤 자정까지라면 1,500바트). 마이 튼 푸룽니 디꽈 캅(내일로 넘어가면 곤란한데요)."

톰이 민을 쳐다보았다. 민이 고개를 끄덕이자 톰은 지갑에서 1,000바트짜리 석 장을 꺼내 흔들어 보였다.

"폼짜 짜이 쌈판캅(3,000바트 내겠소)."

"컵쿤캅(감사합니다). 빠이 떤니르이캅(당장 출발합죠)."

배를 빌리고 톰과는 헤어지기로 했다. 함께 움직이기에는 너무나 위험했다.

"저는 여기까지입니다. 더는 도와드릴 수가 없네요. 죄송합니다."

민은 그와 악수하며 약속한 보수를 지불했다. 톰이 두 손을 모으고 태국식 인사인 '와이'를 했다.

"촉디나캅(행운을 빕니다)."

방콕은 1960년대 이전까지만 해도 '아시아의 베니스'라고 불리던, 운하(태국어로 끌롱)가 발달한 도시였다. 방콕의 운하는 과거 논, 밭, 과수원에 물과 물자를 운반하는 역할을 담당했는데 지금은 현지인들이 도매로 물건을 사고팔거나 관광객에게 개방하여 과일과 꽃을 파는 수상시장만 명맥을 유지하고 있었다.

버스나 트럭의 엔진을 뒤에 달아 동력으로 삼고 프로펠러가 부착된 기다란 막대기로 방향키를 잡는 롱테일 보트는 시끄러운 소음을 내면서 물살을 갈랐다. 그렇게 40분 정도를 달려 도착한 수상마을에는 집집마다 내걸린 화분과 채 걷지 못한 빨래, 궁색한 세간이 그대로 노출되어 있었다.

마을 입구에 도착하자 민은 배에서 내렸다. 보트는 민이 돌아올 때까지 대기하기로 약속했다. 민은 호흡을 가다듬고 톰이 미리 알려준 수상가옥을 찾아 코코넛 나무로 만들어진 수상 도로를 걸었다. 해가 진 차오프라야 강변은 너무나 을씨년스러웠다.

수상 레스토랑을 지나 네 번째 집. 코코넛 나무로 이루어진 수상가옥과 가옥 사이를 날렵하게 뛰면서 민은 조력자 톰이 지목한 그들의 은신처로 접근해 갔다. 기둥 뒤로 몸을 숨기고 슬쩍 안을 들여다보니 몇 명이 모여 있는 것이 보였다.

하나, 둘, 셋, 넷. 총 네 명. 매캐한 담배 연기 사이로 〈제3국 연합〉의 보스 장원춘과 행동대장 쏨차이의 얼굴이 보인다. 그들은 웃통을 벗거나 민소매 셔츠 차림으로 둘러앉아 얼음을 넣은 맥주를 마시며 카드게임에 열중하고 있었다.

주변을 한번 둘러본 민은 마른침을 꿀꺽 삼키고는 빠르고 대담하게 무리 쪽으로 뛰어들어 갔다. 갑자기 닥친 습격에 무방비 상태이던 그들이 미처 반격 태세를 갖추기도 전에 민의 왼 주먹이 맨 앞에 있는 사내의 안면을 강타했다.

손목 스냅을 최대한 활용한 날카로운 펀치에 퍽 하고 사내의 코와 입이 뭉그러지며 피가 튀었다. 맞은편 놈이 벌떡 일어서자 민은 테이블에 있는 맥주병을 들어 두꺼운 밑바닥으로 머리를 후려쳤다. 맥주병이 깨지지 않으며 사내는 후두부를 감싸 쥐고 나뒹굴었다. 놈의 정수리에서 피가 분수처럼 솟아올랐다.

민이 한 치의 망설임 없이 쥐고 있던 맥주병을 벽에 대고 비틀어 때리자 날카로운 흉기가 되었다. 쏨차이가 근처에 있던 정글도를 꺼내는 사이 민은 깨진 맥주병의 절단면으로 그의 목을 사정없이 쑤셨다.

퍽!

맥주병이 쏨차이의 목에 박혔다. 민이 발로 쏨차이를 밀어 찼다. 쏨차이가 우당탕 뒤로 넘어가며 맥주병이 빠진 목에서 피가 튀었다.

"히야(이런 제기랄)!"

쏨차이가 목을 감싸 쥐고 소리를 질러댔다. 장원춘은 그사이 자리를 피해 달아나려 했다. 민이 바지춤에서 베레타를 꺼내 들었다.

"Stop! 거기까지다!"

장원춘이 권총을 보고 두 손을 들었다. 민은 천천히 장원춘에게 걸어갔다. 마침내 그의 코앞에 다가선 민은 베레타의 소음기가 부착된 총구를 장원춘의 이마에 갖다 댔다.

"장원춘! 너는 한국말 알아듣지?"

"미친놈. 여기가 어디라고 찾아와? 어린놈이 용감한 거냐, 단순무식한 거냐?"

"지금부터 아는 대로 말하지 않으면 방아쇠를 당기겠다."

"흥. 글쎄…… 너에게 그럴 배짱이 있을까?"

총구 앞에서 장원춘은 허세를 부리며 특유의 높낮이 없는 저음의 목소리로 냉소를 지었다. 민이 안전장치를 풀며 격발 자세를 취했다.

"소라를 범한 게 너냐?"

"소라? 아, 그 여자?"

"누구냐? 그 여자를……."

민은 차마 끝까지 말하지 못했다. 소라의 이름을 부르는 것만으로도 벌써 가슴이 서늘해졌다. 태국 최대의 명절인 '쏭끌란'을 앞두고 건기의 막바지인 3월 방콕은 무더웠다. 가만히 있어도 숨이 턱턱 막히는 열대의 밤. 민은 왜 이 더위에 가슴 한구석이 시린지 알 수가 없었다.

"흐흐흐, 너도 참 불쌍한 인생이구나."

"뭐?"

"그 여자, 야구선수의 애인이라던데, 넌 뭐냐? 설마 짝사랑? 푸하하하!"

"이……."

민의 얼굴이 일그러지며 권총 손잡이로 장원춘의 얼굴을 찍었다. 장춘원의 입술이 터지며 피가 흘렀다. 그날의 소라처럼.

"이건 소라를 때려 피를 흘리게 한 죄! 그리고……."

장원춘은 얼굴을 얻어맞고도 웃음을 거두지 않았다. 비열한 미소를 날리며 혀를 내밀어 자신의 피를 핥았다.

"그거 아냐? 그 여자 처녀더군. 이런 맛이 났지."

민의 피가 거꾸로 솟았다. 재차 베레타를 들어 장원춘의 머리에 갖다 댔다.

"죽인다!"

찰나의 순간, 떠오르는 얼굴. 소라의 모습이 영화필름처럼 민의 뇌리를 스쳤다.

"민아, 그거 아니? 이건 비밀인데…… 줄을 선 여자애들 중에 나도 있었다는 거. 나, 밸런타인데이 때 네 사물함 위에 초콜릿도 갖다 놨다. 몰랐지? 그럴 거야. 초콜릿 박스만 수백 개는 되더라고."

알아. 초콜릿을 두고 돌아서던 너의 쓸쓸한 뒷모습. 축 처진 어깨가 안쓰러워 너에게 달려가고 싶었는데, 세상에서 오직 너에게만 초콜릿을 받고 싶었는데…….

"그 노래…… 〈바람의 노래〉 신청합니다. 가수를 친구로 둬서 좋은 게 이런 거 아니겠어요? 부탁해."

그래, 그 꽃비가 내리던 여의도에서 나는 노래를 부르고 너는 춤을 추었지. 넌 너무나도 아름다워서 난 눈을 감고 말았지. 그래, 소라야. 난 언제까지고 너를 위해 노래하고 싶었는데…….

민은 이윽고 결심을 했다. 이제 살인자가 되겠지만 그녀를 위해서라면 청춘 따위, 하나도 아깝지 않다고. 도망자가 되고, 두 번 다시 노래하지 못한다 해도 그녀를 사랑한 과거를 부끄러워하지 않겠다고. 그녀를 범한 이 남자를 죽이고 다시는 그녀 앞에 나타나지 않겠노라고.

쾅!

베레타의 격발 음이 아니었다. 누군가 뒤에서 민을 후려친 것이다. 머리에 쇠몽둥이를 정통으로 맞은 듯한 충격이 고스란히 전해졌다.

"이······."

민이 반격하기 위해 뒤돌아섰다. 핑 하고 눈앞이 어지러워진 민이 비틀거렸다. 다시 민의 머리 쪽으로 두 번째 타격 음이 울렸다. 민이 무너지듯 쓰러졌다. 민은 극심한 고통과 함께 그대로 정신을 잃어버렸다.

"으으으······."

얼마나 시간이 지났을까? 절로 나오는 신음 소리와 함께 민이 다시 눈을 떴다. 머리가 깨졌는지 민의 얼굴은 온통 피범벅이었고, 양팔이 굵은 쇠사슬로 결박되어 있었다.

핏물이 눈에 흘러들어 잘 떠지지 않는 눈으로 민이 사방을 살폈다. 아마도 어디인가의 창고 같은 텅 빈 공간. 건장한 사내 둘이 민을 감시하고 있었다.

"쏨차이! 푸차이 뜬 레우캅(이 남자가 눈을 떴습니다)."

보초를 서고 있던 남자 중 하나가 밖을 향해 소리치자 철문이 열리며 목에 붕대를 감은 쏨차이와 장원춘이 함께 들어섰다. 민이 손을 움직여 보았지만 쇠사슬은 기분 나쁜 소리를 내며 꿈쩍도 하지 않았다.

장원춘은 단검을 들고 쏨차이는 정글도를 들고 민에게 서서히 다가왔다. 그들의 눈에서 섬뜩한 살기가 느껴졌다. 민은 순간 목뒤가 서늘해지며 소름이 돋았다. 자신이 지금 아주 많이 위험한 상황에 처했다는 걸 그는 직감적으로 느낄 수 있었다.

장원춘이 쇠사슬에 묶인 민에게로 다가오더니 뺨에 단검을 살짝 대고 미끄러지듯 그었다. 살짝 상처가 난 뺨 위로 피가 망울져서 배어나왔다. 몸은 불덩이처럼 뜨거운데 단검은 얼음처럼 차갑다. 민이 부르르 몸을 떨었다.

"어린 친구, 상황이 바뀌었네?"

"퉤!"

민이 장원춘의 얼굴에 침을 뱉었다. 장원춘은 알 듯 모를 듯한 표정으로 티셔츠를 올려 얼굴을 닦았다.

"아까 영웅 행세 잘하던데? 뭐라 그랬지? 피를 흘리게 한 죄?"

장원춘이 다시 단검으로 민의 상체를 천천히 긁으며 이죽거렸다. 민의 왼쪽 가슴부터 옆구리까지 기다란 칼자국이 생겼다.

"꼬마, 이 바닥에서 당하고 가만히 있으면 그 길로 다시는 얼굴을 들 수 없지. 계획은 실패했고, 조직은 무너졌다. 이 몸도 방콕까지 쫓기는 고단한 몸이 됐다. 여러 모로 신세를 졌다."

장원춘이 쇠사슬에 묶인 민의 왼손을 잡았다. 손가락을 억지로 펴더니 가운뎃손가락을 움켜쥐었다.

"꼬마, 어른들의 세계란 건 말이지, 잔인할 정도로 냉혹하지."

날이 잘 갈린 장원춘의 단도가 번쩍 바람을 가르더니 민의 왼손 가운뎃손가락을 잘랐다.

"으아아악!"

절단된 면에서 하얗게 뼈가 드러나고 피가 쏟아져 나왔다. 쏨차이가 붕대를 칭칭 동여매며 지혈을 했다. 장원춘이 잘린 손가락을 들어 흔들어 보였다.

"이건가? 기타와 피아노를 치는 너의 손가락?"

"개…… 새…… 끼, 죽여…… 버린다…….'

"흠. 젊다는 건 좋군. 팔팔 뛰는 생선 같아."

장원춘이 민의 잘린 손가락을 창문 밖으로 내던졌다. 퐁 하고 물이 튀는 소리가 들렸다. 이곳은 수상가옥의 어딘가로 차오프라야 강위인 것 같았다.

"으으, 으으……."

민이 격렬한 통증에 이를 악물었다. 하얀 치아 사이로 어쩔 수 없는 신음이 새어 나왔다.

"걱정하지 마라. 여기서 죽이지 않는다. 넌 만신창이가 되어 사람들 눈에 띄어야 하니까. 이 장원춘에게 빨래질 당했다는 걸 이 세계에 알려야 하거든. 이봐, 쏨차이!"

장원춘이 쏨차이를 불렀다. 쏨차이가 어느새 준비했는지 시뻘겋게 달궈진 쇠꼬챙이를 들고 왔다. 민에게 깨진 맥주병으로 목을 찔린 쏨차이의 눈이 손에 든 쇠꼬챙이처럼 이글이글 불타고 있다.

"꾸짜 아오 따 믕 나(너의 눈은 내가 가져간다)."

말은 알아듣지 못해도 민은 그가 무슨 짓을 하려는지 알 수 있었다. 민이 이를 악문 채 소리쳤다.

"하지 마! 이…… 미친 새끼……!"

태국인 부하 한 명이 민의 입에 수건을 쑤셔 넣었다. 민이 도리질을 하며 발악했지만 우악스럽게 민의 머리채를 움켜쥔 쏨차이는 벌건 쇠꼬챙이를 오른쪽 눈에 대고 지졌다.

"우으으읍!"

입을 메운 수건이 소리를 삼켰다. 치익 하는 소리와 함께 연기가 피어올랐다. 살이 타는 역겨운 냄새가 진동했다. 눈 뜨고 못 볼 잔인한 광경에 몇몇 부하들마저 고개를 돌려 외면했다.

민의 오른쪽 눈에 별이 튀더니 다양한 색깔이 빠르게 나타났다 사라졌다. 고통에 몸부림치며 치를 떨었다. 민의 입가로 침이 줄줄 흘러내리고 있다.

"이게 다가 아니지. 너, 가수라며? 다시는 노래 부를 일 없을 거다."

세상에서 가장 슬픈 연극 219

장원춘이 민의 입에서 수건을 뺐다. 민은 더 이상 반항하지 못했다. 이미 정신을 잃어가고 있었다. 장원춘이 민의 혀를 잡더니 순식간에 5㎝ 가량을 썰어내 버렸다. 잘린 혀를 역시 차오프라야 강으로 던져 버렸다.

피떡 진 머리카락, 손가락이 잘린 왼손엔 대충 붕대가 감겨졌고, 오른쪽 눈은 인두질로 지져져서 피고름이 배어 나왔으며, 혀가 잘려 나간 입으로 붉은 피가 뚝뚝 떨어지고 있다.

소라야, 너도 이렇게 아팠겠지? 너 역시 허벅지 사이로 붉은 피를 뚝뚝 흘리며 이렇게 아팠겠지? 다시는 노래하지 못한다는 건 내 청춘이 끝났다는 것. 순결을 잃고 너 또한 너의 청춘이 끝났음을 알고 많이 울었겠지.

민은 마지막까지 소라를 떠올렸다. 어디선가 불어오는 방콕의 바람은 후덥지근했다. 선우와 이야기했던 '희생번트'라는 단어가 생각났다. 그렇게 그는 서서히 정신을 잃어갔다. 청춘이 끝났다.

민은 다음 날 차오프라야 강을 떠다니는 작은 나룻배에 실린 채 사람들에게 발견되었다. 한쪽 눈과 혀, 그리고 손가락 하나를 잃은 처참한 모습으로 방치되어 겨우 숨만 붙어 있는 상태였다.

뭍으로 옮겨져 앰뷸런스를 타고 긴급 후송된 민은 방콕의 한 인터내셔널 병원에서 수술을 받았다. 목숨은 건졌지만 눈은 녹아내려 회생 불가였고, 잘려 나간 손가락과 혀는 이미 물고기 밥이 된 지 오래였다.

한국인 남성이 타이 마피아에게 잔혹한 테러를 당했다는 소문은 삽시간에 교민 사회에까지 번졌다. 민을 도운 톰이 병원으로 찾아와 뒷수습에 나서는 한편, 서울에 급히 연락해 월드뮤직 장 대표와 로드 매니저 용팔이가 방콕으로 왔다.

장 대표는 이 잔인하고 황당한 사건을 최대한 숨기려고 여러 군데 돈을 썼다. 태국 경찰 쪽에 로비를 해서 단순한 치정에 얽힌 보복으로 무마했으며 현지 매스컴에도 민의 실명과 사진이 나가지 못하도록 조치했다.

해외에서 벌어진 이 사건의 내막을 전혀 모르는 한국 신문들은 간단한 기사로만 다뤘다. 당시 대한민국에서 가장 큰 인기를 끌던 강민의 참혹한 보복 테러는 그렇게 몇몇 측근만 아는 비밀로 영원히 묻혔다.

응급수술 후 한동안 방콕의 인터내셔널 병원 독실에 입원 중이던 민의 상태는 서서히 호전되어 갔다. 그렇지만 그는 이미 한쪽 눈과 왼손 가운뎃손가락과 혀의 일부를 잃었다. 기타도, 피아노도 칠 수 없으며 노래를 부를 수도 없다. 아니, 가수 활동은커녕 일상생활도 제대로 할 수 없는 불구의 몸이 되었다.

그사이 계절이 바뀌어 훌쩍 여름이 되었다. 소라와 헤어진 선우는 메이저리그 데뷔 2년차 징크스에 대한 주변의 우려를 씻고 전반기 7승을 올리며 LA 피닉스의 주축 선발로 자리 잡았다.

소라에 대한 그리움이 커져갈수록 그녀에 대한 원망도 쌓여갔다. 그토록 활달하던 선우는 급격히 말수가 줄어들었다. 그저 묵묵히 마운드에서 힘차게 공을 던질 뿐이었다. 던지고 또 던지고. 오로지 야구만이 선우가 처한 실연의 상처를 어루만져 주었다.

그리고 여름. 극비리에 귀국한 민은 자신의 아파트에 칩거했다. 세상과 단절된 채 철저히 혼자 절대 고독과 싸워나갔다. 민의 2집이 계절이 몇 번 바뀌었음에도 나오지 않자 이상한 루머가 떠돌았다.

다시 겨울이 왔다. 일 년 사이 선우와 소라, 민의 생활은 완전히 바뀌었다. 선우는 2년 연속 메이저리그 10승 투수가 되어 금의환향했지만 어쩐지 즐거워 보이지 않았다. 늘 철없이 웃고 까불던 선우는 사랑을 떠나보내고 소년에서 어른이 되어가는 중이었다.

민은 여전히 아파트 안에서 갇힌 새처럼 생활했다. 가끔씩 찾아오는 장 대표와 매니저 용팔이 외에는 누구와도 만나지 않고, 그저 생명줄만 이어갔다. 하루에도 몇 번씩 찾아오는 자살 충동과 싸우며 철저히 혼자로 살아내고 있었다.

그 즈음, 소라는 민에 대한 소문을 듣게 되었다. 납치 사건이 일어난 지도 꼬박 일 년. 순결을 잃고 선우를 떠나보낸 아픔을 묵묵히 치유하던 그녀는 민이 조직폭력배에게 보복당해 불구가 되었다는 루머를 접하게 되었다. 그렇지 않아도 민과 연락이 두절된 터라 몹시 불안하던 소라는 여러 번 장 대표에게 전화를 걸었다.

"꼭 그렇게까지 해야겠어?"

장 대표는 민의 부탁에 한숨부터 내쉬었다.

"……."

민은 말이 없다. 아니, 말을 할 수가 없다.

"도대체 넌 날 어떻게 생각하는 거냐?"

장 대표가 짐짓 격앙된 어조로 목소리를 높였다. 민이 메모지에 무언가를 적어 내민다.

—**죄송합니다.**

장 대표는 울컥 심장이 덜렁거림을 느꼈다. 로드 매니저 용팔이는 벌써부터 훌쩍이고 있었다.

"나도 너한테 모든 걸 걸었다. 너를 통해 나를 봤고, 내 생애 최고의 성공도 거뒀다. 그런데 넌…… 여자 때문에 네 인생은 물론 내 인생까지 망쳐 버린 거, 알고는 있냐?"

민이 다시 메모지에 또박또박 글씨를 써 내려갔다. 민이 메모지를 장 대표에게 내밀었다.

—정말 죄송합니다. 제발 도와주세요.

장 대표는 민의 메모를 읽고 알 수 없는 분노에 화를 내고 말았다.

"죄송한 녀석이 이젠 네 어설픈 연극까지 도와달라고? 나는 너란 놈을 이해할 수가 없다. 나쁜 놈!"

장 대표로서는 분통이 터질 노릇이었다. 대학로에서 버스킹이나 하던 무명의 가수 지망생을 가수왕까지 만들어놓았는데 병신이 되어 나타나서는 시답잖은 연애놀음의 조력자가 되라니. 장 대표가 좀처럼 부탁을 들어주려 하지 않자 민의 하나밖에 남지 않은 눈에 슬픔이 가득 찼다. 답답했던지 더 이상 메모지에 글씨를 적지 않고 무언가 말로 전달하려고 했다.

"우어, 어어, 으아, 우아……."

다시 장 대표의 심장이 내려앉는다. 용팔이는 결국 울음을 터뜨리고 말았다.

"민이 형, 이제 그만 해. 내가…… 내가 도와줄게."

장 대표는 또다시 한숨을 내쉬었다. 민을 보고 있자니 거절할 수가 없다. 더 이상 기타도, 피아노도 칠 수 없는 몸. 노래는커녕 일상적인 대화조차 할 수 없는 이 어린 녀석이 필사적으로 매달리며 알아듣지도 못할 짐승의 울부짖음 같은 목소리로 도와 달랜다.

"이 바보 같은 녀석이…… 이 병신 같은 놈이……."

누구보다 빛나던 남자. '천상의 목소리'라 불리며 대중의 칭송을 받던 가수. 그의 눈빛에 대한민국 여성들은 설레었고, 그의 미소에 대한민국 여성들은 쓰러졌다.

"이놈아, 네게 무슨 잘못이 있다고 신은 이런 가혹한 형벌을……."

재기를 위해 절치부심 끝에 찾아낸 원석. 그가 보석이 되고 나서 얼마나 행복했던가. 두 번 다시 노래를 할 수 없는 몸이 되어 나타나기 전까지 장 대표는 세상을 다 가진 듯했다.

민의 죄라면 사랑해선 안 될 사람을 사랑한 것, 친구의 부탁을 들어주려 그 사랑을 보호한 것, 결과가 좋지 못해 처절하게 복수하려고 한 것, 단지 그것뿐이었는데.

"그래, 어쩌겠냐. 이것이 내 업보인 것을. 그래, 네 뜻대로 하거라."

순결을 잃고 선우와 헤어지려고 하는 소라. 친구의 애인이자 남몰래 사랑했던 그녀를 위해 민이 마지막으로 해줄 수 있는 최고의 배려. 자신은 불구의 몸이 되어 이제 더 이상 짝사랑마저 허용되지 않지만 민은 바라고 또 바랐다.

소라가 행복하기를, 선우의 멋진 짝이 될 수 있기를, 아픈 기억을 까맣게 잊을 수 있기를, 자신으로 인해 더 이상 괴로워하지 않기를, 그러기 위해서 민은 여전히 멋진 남자여야만 했다. 여전히 멋진 미소를 날려야 했고, 기가 막힌 스트로크를 보여주며 기타를 쳐야 했고, 감미롭게 피아노를 연주해야 했고, 모두의 가슴을 파고드는 발라드를 불러야 했다.

언제나처럼 당당해야 했고, 바이크를 타고 바람처럼 질주해야 했고, 까칠하게 세상을 살아야 했고, 선우에게는 듬직한 친구로, 소라에게는 동화 속 왕자님으로 남아 있어야 했다.

소라야, 알고 있니? 너의 그 우울한 눈빛과 쓸쓸한 표정과 한없이 가냘픈 그 어깨가 고교 시절 내 머릿속에서 지워지지 않았다는 거. 그래서 언제고 말을 걸고 싶었는데, 그리고 고백하고 싶었는데……. 좋아한다고, 너를 사랑하고 있다고.

소라야, 너는 알고 있니? 갑자기 너는 다른 남자와 사랑에 빠졌고, 나도 모르게 그 남자는 내 친구가 되었고, 두 사람의 축복 받은 사랑을 사실은 조금 질투한 속 좁은 남자가 나라는 걸. 끝내 나는 널 지켜주지 못했고, 네 사랑의 종말이 내 탓인 것만 같아 그날 이후 늘 괴로워했다는 걸.

소라야, 이제 떠나줄게. 하지만 이것 하나만 알아줄래? 이 세상에서 너의 행복을 가장 바라는 남자가 한 명이 있다면 누굴까 고민할 수 있겠지만, 만약 두 명을 꼽을 수 있다면 그중 하나가 나라는 것을. 그리고 그 밸런타인데이에 네가 건네준 초콜릿은 참 맛있었다. 이제 두 번 다시 그 맛을 느껴보지 못하겠네. 노래를 부르지 못하는 것도 참 슬픈 일이지만, 그것보다 더 슬픈 건 초콜릿 향 가득하던 네 이름을 부르지 못하게 된 것, 미치도록 사랑했다고 네 앞에서 멋있게 말하지 못하고 떠나게 된 것.

전년도 가수왕 강민이 조폭들에게 보복당해 반병신이 되어 재기 불능이라는 루머는 급속도로 확산되었다. 실체는 확인되지 않았지만 민은 일 년 가까이 공개석상에 모습을 드러내지 않아 소문은 어느덧 기정사실화되었다.

선우에게 이별을 통보한 소라에게 그 사실은 무엇보다 괴로운 일이었다. 사랑하는 남자를 떠나보내야 했던 건 어쩌면 스스로 감당해야만 하는 일이었다면, 민의 사고는 늘 그녀에게 씻을 수 없는 죄책 감으로 남아 있었다.

진실을 알고 싶어 몇 번이나 장 대표에게 연락을 취했지만 그때마다 돌아오는 대답은 한결같았다. 사고가 있긴 했지만 경미한 부상이고 안정을 취한 후 복귀할 계획이니 걱정 말고 기다리라고. 민과 통화라도 하게 해달라고 졸랐지만 곡을 쓰기 위해 여행 중이라 연락이 안 된다고 했다.

병신이 된 남자의 계획은 이랬다. 완벽히 준비가 된 스튜디오에서 미리 녹음해 놓은 노래를 틀고 립싱크를 하는 것. 눈은 선글라스로 가릴 수 있고, 가운뎃손가락이 잘려 코드를 잡아야 하는 기타는 어렵겠지만 피아노를 치는 흉내는 낼 수 있다.

장 대표와 용팔이의 도움으로 민은 열흘 동안 립싱크 연습을 했다. 소라에게 자신의 건재를 알려 마음의 짐을 덜어주기 위해서 녹음된 노래를 틀어놓고 한 치의 오차도 없는 라이브 흉내를 내기 위해 필사적으로 노력했다.

드디어 날짜가 잡혔다. 장 대표는 민이 시키는 대로 소라를 강남 월드뮤직 녹음실로 초청했다.

마음의 상처는 시간이 지나도 아물지 않는다. 아니, 오히려 더 깊게 파고든다. 소라는 반년이 지났음에도 선우에 대한 그리움과 민에 대한 미안함에 밤마다 눈물을 흘렸다. 그런데 민이 긴 여행을 마치고 돌아왔다고 한다.

이제 민을…… 만날 수 있다.

두근두근!

어느 날, 마치 아무 일도 없었다는 듯 민이 2집 녹음을 한다는 장 대표의 연락을 받고 신사동 녹음실로 가는 소라의 심장이 빠르게 요동쳤다.

두근두근!

소라는 현관을 지나 지하 녹음실 계단을 내려가면서도 심장의 격한 박동이 멈추질 않았다. 그 사건이 있고 나서 반년 만에 만나는 민은 과연 어떤 모습일까?

두근두근!

작년 크리스마스이브에 선우와 추었던 블루스가 소라는 마치 꿈속의 일로 느껴졌다. 민의 데뷔 앨범이 초대박이 나며 마련한 월드 뮤직 스튜디오 녹음실 부스 안에는 피아노와 마이크가 세팅되어 있었다.

두근두근!

민이 보인다. 선글라스로 가려져 있지만 우수에 젖은 옅은 쌍꺼풀이 있을 눈과 오뚝한 콧날. 한 번 보면 넋을 잃는다는 조각 같은 외모는 여전했다. 검은색 바지와 단추를 서너 개쯤 풀어놓은 하얀 셔츠 차림. 셔츠 사이로 황금빛 목걸이가 반짝이고 있다.

두근두근!

민은 피아노 앞에서 생각에 잠겨 있다가 녹음실로 들어온 소라를 발견하곤 희미하게 웃어 보였다. 소라도 따라서 억지로 웃자 민이 애써 파리한 손을 흔들며 안부를 물었다.

"괜.찮.은. 거.니?"

부스 안에선 방음장치 때문에 밖의 말소리가 전혀 들리지 않는다. 그래서 소라는 입모양으로 알아챌 수 있게 천천히 또박또박 민의 안부를 물었다.

"괜.찮.은. 거.야?"

선글라스를 낀 채 다시 민이 웃는다. 대한민국 여심을 뒤흔든 민이 특유의 싱그러운 미소. 그래도 어쩐지 몹시 쓸쓸해 보이는 건 기분 때문일 거라고 소라는 생각했다.

"보다시피 민이는 멀쩡하네. 사고의 후유증이 있지만 차차 회복될 테고 노래를 하거나 연주하는 데는 아무 문제 없네."

여의도 시절부터 사무실을 들락거리던 소라를 잘 아는 장 대표는 가볍게 떨리는 그녀의 어깨를 다독거려 주었다. 소라는 반신반의하며 민에게서 시선을 떼지 않은 채 의자에 앉았다.

"그래도 소문엔…… 크게 다쳐서 노래는커녕 정상적인 생활도 힘들다고……."

"이 바닥 루머라는 게 다 그렇지 않나. 확대 재생산되며 멀쩡한 가수 하나를 병신으로 만들어놓았지. 소문대로라면 어떻게 우리가 2집 녹음을 하겠나? 증권가 찌라시는 믿으면 안 돼."

장 대표의 말에 소라는 적잖이 안심이 되었다. 사실 민을 만나러 오면서 얼마나 무서웠는지 모른다. 자신 때문에 그가 노래를 못 한다면……. 생각하기조차 끔찍한 일이었다.

"오늘 녹음이 있나요?"

"듣고 갈 텐가?"

소라가 말없이 고개를 끄덕였다. 장 대표가 부스와 연결되는 마이크 버튼을 눌렀다.

"그럼 가보자고. 오늘도 선글라스는 안 벗고 녹음할 거지?"

부스 안의 민이 고개를 끄덕이며 피아노를 만지작거렸다.

"어느 가수나 녹음을 할 때 징크스라는 게 있거든. 일종의 습관 같은 건데 맨발로 녹음하거나 술을 마시고 녹음하는 가수도 있지. 민은 꼭 선글라스를 껴야 노래가 잘 나온다고 하네. 겉멋만 잔뜩 들어서는……. 용팔아!"

장 대표는 로드 매니저를 불러 녹음실 문을 잠그게 했다. 녹음에 방해가 되지 않도록 아무도 못 들어오게 하기 위함이었다. 소라도 여러 번 만난 적이 있는 용팔은 소라와 눈이 마주치자 가볍게 목례를 하곤 문의 잠금장치를 걸었다.

"자, 오늘은 한 곡만 제대로 가보자. 〈별〉 준비해."

데뷔 앨범을 전부 자작곡으로 채워 천재 싱어송라이터로 각광받았던 민은 2집도 직접 전곡을 작사, 작곡했다고 했다. 〈별〉은 2집 타이틀곡으로 내정된 노래로 피아노 반주가 들어간 애절한 발라드였다. 민이 직접 피아노를 치며 노래를 부르고 나중에 다른 악기 연주를 입힐 거라고 했다.

오늘따라 유난히 헤어스타일이며 옷차림이 말쑥한 민이 양손을 피아노 건반에 올렸다. 민이 한 음 한 음 피아노 건반을 터치하자 영롱한 피아노 소리가 녹음실에 울려 퍼졌다. 전주부터 듣는 사람의 마음을 움직이는 피아노 소리. 미리 설치된 마이크에 대고 민이 노래를 하기 시작했다. 피아노 선율에 실려 담담하게 시작하는 민의 음성. 깨끗하고 맑은 천상의 목소리.

두근두근!

소라가 녹음실 문을 열고 들어오는 모습이 보인다. 민은 짐짓 태연한 척 피아노 앞에 앉아 악보를 넘겼다. 오늘을 위해 최대한 깔끔하게 옷을 차려입은 민이다. 단추를 두어 개 풀어헤친 하얀 셔츠 사이로 금목걸이가 눈부시게 빛나고 있다.

두근두근!

민의 짙은 선글라스 렌즈를 투영해서 보이는 소라. 여전히 청초하고 아름다운 얼굴. 몇 달간 마음고생이 심했는지 조금은 수척해 보인다. 문득 기억나는 안산의 창고에서 떨고 있던 그녀의 알몸, 그리고 다리 사이로 흐르던 새빨간 핏줄기.

두근두근!

이 지경이 되어서 그녀의 벗은 몸이 자꾸 생각나는 건 그렇고 그런 속물이기 때문이겠지. 민은 그런 자신이 한없이 초라하고 비참하게 생각되어 가슴이 아팠다. 소라의 다리 사이로 비치던 그 핏방울이 왜 자꾸 잊히지 않는 걸까?

두근두근!

그녀의 순결을 빼앗아간 그들이 죽이고 싶을 만큼 미웠다. 선우였기 때문에 소라를 양보할 수 있었다. 언젠가 녀석과 이야기했던 희생번트, 두 사람의 행복을 빌며 희생번트를 칠 수도 있겠다고 생각했다. 남겨진 자가 자신이라서 다행이라고도 생각했고.

두근두근!

그 방콕의 밤. 한쪽 눈과 손가락과 목소리를 바쳐가며 무엇을 말하고 싶었던 걸까? 어쩌면 그것은 복수나 의리가 아니라 그녀에게 보내는 편지 같은 것이 아니었을까? 나 오랫동안 당신을 사랑했어요. 이제 나 좀 봐주세요…… 라는.

두근두근!

그런데 정말이지 그런 이유만은 아니었던 것 같다. 왜냐하면 그녀가 봐주지 않는다 해도 언제나 그녀 편에 서서 살아갈 테니까. 모든 것을 다 잃어도 그녀를 위해서라면 괜찮으니까. 내 것이 아니어도, 멀리서만 볼 수 있어도 행복하니까.

두근두근!

괜.찮.은. 거.니? 괜.찮.은. 거.야?

방음장치가 되어 있어 마이크를 연결시키지 않으면 서로의 말소리가 들리지 않는다. 소라는 민이 입모양을 보고 알아챌 수 있게 천천히, 또박또박 그의 안부를 물었다. 사실은 그 말은 그녀가 납치되고 민에게 전화했을 때 그가 했던 말이다.

두근두근!

사랑하는 그대여.
그러나 사랑한다는 말조차 못 꺼낸 사람이여.
나 이제 당신만을 위한 연극을 해요.
나는 정말 괜찮아요.
나 이렇게 피아노를 치며 노래할 수 있는걸요.
더 이상 날 위해 울지 말아요.
나 괜찮아요.
나 이렇게 두 눈으로 당신을 보며 웃고 있잖아요.

장 대표는 민이 징크스 때문에 선글라스를 낀 거라며 소라에게 구차한 설명을 했다. 로드 매니저 용팔이를 시켜 녹음실 문을 잠그게 하고 부스와 연결된 마이크에 대고 사인을 줬다.

"자! 오늘은 제대로 한 곡만 가보자. 〈별〉 준비해."

민의 2집 타이틀곡으로 내정되었던 애절한 피아노 반주가 들어간 발라드 〈별〉. 지난 열흘간 미리 녹음한 곡에 수없이 립싱크를 연습한 곡이다. 미리 설치된 마이크에 대고 민이 노래를 하기 시작했다. 아니, 노래하는 척하기 시작했다. 피아노 선율에 실려 담담하게 시작하는 민의 음성. 깨끗하고 맑은 천상의 목소리.

미리 녹음된 곡에 맞춰 그럴듯하게 피아노도 치며 민이 입을 벙긋거렸다. 그것은 세상에서 가장 슬픈 연극이었다.

별을 사랑한 바람 같은 남자가 있었지.
문득 고개 들어 하늘을 보면 외롭게 떨고 있었으니까.
남자는 별을 지켜주고 싶었지.

바람이 불면 별은 쓸쓸하게 깜박였지.
지켜주고 싶어 다가간 것뿐인데 바람에 별이 흔들렸지.
남자는 별을 사랑해선 안 되었지.

넌 별이었나 봐.
슬프도록 아름답게 빛나지만
손 내밀어 잡을 수 없는
먼 곳에서만 내 것일 수 있는
그런 이름을 가진 별이었나 봐.

난 바람이었나봐.
때로는 잔잔하게, 때로는 거세게
어디에도 머물 수 없고
그 누구도 사랑할 수 없는
그런 이름을 가진 바람이었나 봐.

오직 멀리서만
내 것이라 말할 수 있는 넌
밤하늘의 별이었나 봐.

바라만 보면 아름답지만

가까이하려 하면 할수록 사라져 가는 넌
여전히 그런 너를 떠나지 못하는 난
그런 운명을 가지고 태어났나 봐.

수많은 별의 이야기가 떠올라.
별과 함께한 시간들이 떠올라.
보고 싶은 마음을 오래 참으면 별이 된다던 너의 말.
별이 좋아서 오래오래 머물고 싶었을 뿐인데.

내가 죽어 다음 생에는 별이 될 수 있을까?
바람 없이 흔들리지 않고 곁에 있을 수 있을까?
울지 않고 너의 옆에서 함께 빛날 수 있을까?

데뷔곡 〈바람의 노래〉가 그렇듯이 〈별〉 역시 민의 연서였다. 소라를 향한 진실한 마음이 노래 가사에 모두 담겨 있었다. 오직 소라만이 눈치 채지 못할 뿐이었다. 감정에 취했는지 민의 선글라스 아래로 눈물이 흘러내렸다. 남자의 뺨을 타고 흘러내리는 한 줄기 눈물. 눈물 한 방울이 피아노 위로 떨어지며 눈부시게 부서졌다. 민이 급히 고개를 돌렸다.

소라는 그 눈물을 보며 불현듯 어떤 생각이 들었다. 그녀는 벌떡 녹음실 의자에서 일어났다.

"잠깐만요! 설마······?"

소라가 민의 데뷔 시절부터 드나들며 익히 보아둔 재생과 볼륨 버튼을 만졌다. 이미 끝난 그 노래가 다시 시작되었다. 깜짝 놀란 민이 당황해서 재차 입을 벙긋거리며 노래하는 시늉을 했다. 소라가 볼륨을 낮췄다. 민이 입을 움직이며 립싱크를 하다 소리가 사라지자 어색하게 멈춘다. 다시 소리가 볼륨을 높이자 민이 또 노래하는 시늉을 한다.

"민아! 너?"

소라는 제지하는 장 대표와 용팔이를 뿌리치고 녹음실 부스 문을 열고 민에게로 달려갔다. 민은 애써 고개를 돌려 소라를 외면했다.

"하아, 민이…… 너……."

"……."

민은 말이 없다. 아니, 말을 할 수가 없다.

"민아, 도대체…… 무슨 일이 벌어지고 있는 거야? 혹시 너…… 다쳐서 재기 불능이란 사람들의 말…… 진짜였던 거니?"

민은 여전히 말이 없다. 선글라스를 낀 채 고개를 돌려 마치 동상처럼 그대로 피아노 앞에 앉아 있을 뿐이다. 소라가 피아노를 돌아서 민의 앞으로 다가섰다.

"너 이제 노래…… 못 하는 거야? 그런 거야? 아니…… 지?"

묻고 있는 소라의 입술이 파르르 떨리고 있다. 자꾸 말이 헛나와 끊었다 잇기를 반복한다.

약간 웨이브 진 머릿결, 선글라스에 가려졌어도 충분히 멋진 눈매와 반듯한 콧날, 적당히 야무진 입술과 날렵한 턱선.

민은 이렇게 아름다운데, 이렇게 멋지고 잘생겼는데. 소라가 조용히 민의 하얀 셔츠에 손을 뻗었다. 민이 살짝 몸을 틀었다. 소라는 아랑곳없이 두 손으로 셔츠를 잡고 세차게 양쪽으로 힘을 주었다.

후드득. 셔츠 단추가 뜯겨 나가며 민의 상체가 드러났다. 적당히 균형 잡힌 가슴 근육 아래로 선명히 보이는 흉터. 그 밤, 방콕에서 생긴 칼자국이다. 소라가 손가락으로 길게 뻗은 흉터를 훑어 내렸다.

"이렇게…… 넌…… 아팠구나."

소라는 민이 어색하게 뒤로 감춘 왼손을 발견했다. 소라는 무릎을 꿇어 주먹을 꽉 쥔 민의 손가락을 풀었다.

"하나, 둘, 셋, 넷……. 민아, 하나는? 손가락 한 개 어디 있어, 민아!"

1년 가까운 세월 동안 절단 부위는 겨우 아물었지만 새살이 돋으며 끝이 뭉툭하게 변해 버렸다. 소라는 무릎을 꿇은 채로 민의 잘린 손가락을 어루만졌다.

"흐흑! 기타 코드를 잡고 피아노를 치던 네 손가락. 바이크 브레이크를 잡아준 네 손가락. 왜 네 개뿐인 거야? 흑흑! 하나는 어디 간 거야?"

민의 네 개뿐인 손 위로 툭툭 소라의 뜨거운 눈물방울이 떨어졌다. 민은 아무 말도 하지 못했지만 그것은 처음으로 자신을 위해 흘려준 그녀의 눈물이었기에 잠시 행복했다. 눈물이 스며든 절단면에서 새 손가락이 돋아나는 환각이 보였다.

"나 때문이지? 가슴의 상처도, 잘린 손가락도 다 나 때문에 그런 거지?"

민이 대답 대신 고개를 절레절레 흔들었다. 그리곤 갑자기 피아노 건반을 두드리기 시작했다. 잔잔하게, 그러다가 격정적으로 빠르게 민의 피아노 연주가 계속되었다.

"민이 형이 말하고 있는 거예요. 당신 잘못이 아니라고. 손가락 하나쯤 없어도 자기는 이렇게 멋지게 피아노 칠 수 있다고 말하고 있는 거예요."

장 대표와 함께 녹음실 부스로 따라 들어온 용팔이가 울먹이며 말했다. 용팔이의 말에 민이 격하게 고개를 끄덕였다. 맞다고, 네 말이 맞다고. 난 아무렇지도 않다고.

"흑흑! 그럼 눈은? 눈은 왜 그런 거야? 왜 한쪽으로만 눈물을 흘리니? 눈도 잘못된 거야?"

민이 손사래를 쳤다. 그리고 웃는다. 그 부드러운 미소가 비수가 되어 소라의 가슴에 꽂혔다. 소라가 손을 뻗어 민의 선글라스를 벗기려 하자 움찔 민이 뒤로 몸을 젖혔다.

"괜찮아······. 민아, 이제 괜찮아. 나····· 울지 않을게. 놀라지도 않을게. 그러니까 보여줘. 제발······."

소라가 눈물을 흘리며 부드럽게 미소 지었다. 웃고 있는데, 분명 웃으려 하는데 눈물이 그치지 않고 흘러내리고 있다. 소라가 천천히 민의 선글라스를 벗겼다. 옅게 쌍꺼풀이 진 왼쪽 눈에 알 수 없는 슬픔이 가득했다. 이미 그렁그렁 민의 눈에도 한 가득 눈물이 고여 있었다.

그리고 오른쪽 눈.

없다. 눈이 없다. 인두로 지진 듯 흉측한 상처만이 눈이 있어야 할 자리에 남아 있다. 마음의 준비를 하였어도 너무나 놀란 나머지 소라가 두 손을 입에 대고 말을 잃었다.

"소문대로라네. 저 바보가 소라 양을 납치한 놈들을 찾아 방콕까지 갔다네. 제 깐엔 복수하고 싶었겠지. 죽이고 싶었는지도 모르겠네. 권총까지 산 걸 보면. 사람이 사람을 죽인다는 게 그리 쉬운 일이겠나? 죽이기는커녕 보복을 당해서 저 꼴이 된 거라네."

장 대표가 작정하고 있는 그대로 털어놓았다. 소라는 이전처럼 차마 민의 눈을 쓰다듬어 주지 못했다. 다리에 힘이 풀려 그대로 풀썩 주저앉았다.

"난····· 난····· 어떡하면 좋아. 어쩌라고······. 나보고 어쩌라고.

나도 힘든데……. 나도 정말 힘든데. 으흐흑!"

소라가 울기 시작했다. 장 대표와 용팔이는 눈시울을 붉힌 채 고개를 들어 애꿎은 천장만 바라봤다. 그때였다. 민이 바람처럼 소라에게 달려온 것은. 그랬다. 항상 그랬다. 항상 멀리서만 지켜보던 남자. 언제나 그녀가 외로울 때 묵묵히 곁에 있어준 남자. 그러다 그녀가 위험해지면 그녀를 지켜주려 애쓰던 남자. 그녀를 위해 모든 것을 던지던 남자.

언제나처럼 그가 왔다. 울고 있는 그녀에게 바람처럼 소리 없이 다가왔다.

"우어 어(울지 마)."

한쪽 눈을 잃고, 손가락 하나가 없는 채로 민이 울고 있는 그녀를 위로한다.

"아으아, 으어어억(나는 괜찮다니까)."

병신이 된 몸으로 자신의 상처 난 가슴을 탁탁 쳐가며 민은 소라를 안심시킨다.

"아, 으어으어어 으어 으어어(나, 노래 못해도 정말 괜찮아)."

민은 열심히 자신의 건재함을 알리려 노력하며 알아듣지 못할 발음으로 설명했다.

"으어으어…… 우어 어(그러니까…… 울지 마)."

소라가 울음을 그쳤다. 멍한 눈으로 민을 바라보았다. 기가 막히고 어이가 없어 그저 그렇게 민을 쳐다볼 뿐이었다.

"혀가 잘렸다네. 노래는커녕 이처럼 일상적인 대화조차 불가능한 몸이 되었지. 나도 다 키워놓은 가수를 잃고 이게 무슨 오지랖인지. 저 망할 녀석 때문에 시답잖은 연극이나 하고 있었으니……."

장 대표는 민이 왜 소라를 불러 녹음 과정을 지켜보게 했는지, 이

날을 위해 민이 얼마나 연습했는지 설명해 주었다. 그것은 쉰이 훨씬 넘은 장 대표로서도 듣도 보도 못한 사랑이었다.

이 세상엔 다시없을 사랑. 차마 사랑이라 부르기에는 너무나 높고 위대한 인간애의 발로였다.

세상에 태어나 누군가를 사랑하며 살아가는 일은 흔한 일일 텐데, 이토록 아프고 어려운 사랑이 있을 수 있다는 것에 장 대표는 새삼 놀라웠다. 또한, 이제 스물을 갓 넘은 민의 사랑 방식은 도무지 이해가 가지 않았지만, 같은 남자로서 한 여자를 위해 저렇게까지 할 수 있다는 것에 나이를 떠나 존경심마저 들었다.

사람이 하는 말이라기보다는 짐승의 울부짖음 같은 소리로 무언가 표현하려 애쓰는 민. 소라가 할 수 있는 일은 그런 민을 꼬옥 안아주는 것뿐이었다.

10.

아이, 러브 그리고 유

소라의 이별 통보가 있은 지도 벌써 두어 달이 지났다. 그녀의 얼굴 한 번 보고 프러포즈 반지를 되돌려 받은 선우는 쓸쓸히 혼자 LA로 돌아왔다. 소라와 함께 살 예정이던 집은 그래서 더욱 허전해 보였다.

언제나 밝고 긍정적이며 쾌활하던 선우는 급격히 말수를 잃어갔다. 묵묵히 야구공만 던지고 또 던졌다. 공 하나하나에 추억을 담아 그렇게 포수 미트를 향해 과거를 던지려 애썼다. 그러는 사이 미국 메이저리그의 정규 시즌이 시작되었다. 지난 시즌 10승 투수가 된 선우는 이제 더 이상 루키가 아니었다. 구단의 신뢰 속에 LA 피닉스 제2 선발로 우뚝 섰다.

[겨우내 메이저리그 야구에 목말랐던 국민 여러분 안녕하십니까? 여기는 LA 피닉스타디움입니다. 어제 기분 좋은 개막전 승리를 거둔 LA 피닉

스가 애리조나 스네이크스를 만나 시즌 두 번째 경기를 벌입니다. 이미 예고해 드린 대로 선발투수는 자랑스러운 한국인 메이저리거 이선우 선수입니다.]

　메이저리그 2년차. 이제 모든 것이 익숙한 선우였다. 야구장, 감독과 코치, 동료들, 스태프, LA의 거리까지도. 단 하나, 소라가 옆에 없다는 것만이 결코 익숙해지지 않는 사실.

　[이제 메이저리그에도 이선우 선수 외에 몇 명의 한국 선수들이 진출했죠. 선두주자로서 이선우 선수, 정말 잘해주고 있습니다. 특유의 타자를 윽박지르는 강속구로 LA 피닉스 최강 선발진의 한 축이 되었습니다. 아, 이선우 선수가 마운드로 올라옵니다. 솜털이 보송보송하던 앳된 얼굴이었는데 이제는 듬직해 보이기까지 합니다. 완벽히 폭풍 성장을 했다고 할까요?]

　선우는 평소대로 로진백을 들어 손등과 손바닥으로 툭툭 쳤다. 하얗게 날리는 로진. 입으로 손가락에 묻은 로진을 후욱 불었다. 꿈처럼 날아가는 하얀 로진, 그리고 추억들.

　[첫 타자를 맞이해서 씩씩하게 공을 뿌려대는 이선우 투수. 초구부터 시속 160㎞가 찍힙니다. 여전히 위력적인 강속구. 인터벌을 짧게 가져가며 거침없이 빠른 공을 던지며 애리조나 강타선을 제압하고 있습니다.]

　선우는 소라에게 많은 이야기를 해주고 싶었다. 둘이 만나면 언제나 말을 하는 쪽은 수다쟁이 선우였지만 아직도 못다 한 이야기가 많았다. 왜 홈경기엔 하얀색 유니폼을 입는지 알려주고 싶었다. 야구공의 실밥은 왜 108개인지 가르쳐 주고 싶었다. 직구를 던질 때와 커브를 던질 때 공을 어떻게 잡는지 알려주고 싶었다. 어디 비단 야구 이야기뿐이랴.

커다란 소라 껍데기에 귀를 대면 파도 소리가 들리는데 소라는 알고 있는지 궁금했고, 그녀의 목 뒤엔 조그마한 점이 있는데 소라 자신은 알고 있는지 궁금했고, 그녀의 머리카락에서 나는 그 아릿하고 기분 좋은 향이 비누 냄새인지 샴푸 냄새인지 궁금했고, 왜 그녀가 숨을 쉬면 그 숨결 속에 정신이 몽롱해지는 마취제가 숨어 있는지 궁금했다.

[또다시 삼진을 잡아내는 이선우 선수. 이제 3회인데 오늘 벌써 다섯 개째 탈삼진을 기록합니다. 삼진을 잡고도 무덤덤한 표정의 이선우 선수인데요, 상대를 자극하지 않으려는 의도겠지만 평소 힘차게 오른팔을 내뻗는 호쾌한 리액션을 보기 힘들어 아쉽습니다. 본인의 한 경기 최다 탈삼진 기록이 열두 개죠? 오늘 기록을 경신할 수 있을지 주목됩니다.]

나는 지금 외로운 마운드에 혼자 서 있습니다. 초등학교 때부터 10여 년을 오르고 오르던 마운드입니다. 홈까지의 거리 18.44m. 오늘은 그 거리가 한없이 멀게만 느껴집니다.

[5회까지 무려 열 개의 삼진을 잡아낸 이선우 선수. LA스타디움에서 파도타기 응원이 펼쳐집니다. 여러분, 보이십니까? 오만여 미국 관중들이 한국 투수 이선우 선수의 이름을 연호하며 구장 전체를 두 바퀴나 도는 파도타기 응원이 장관을 이루고 있습니다.]

야구장에 파도가 치고 있습니다. 파도가 넘실댑니다. 나는 지금 몹시 바다가 보고 싶습니다. 한여름의 떠들썩한 해수욕장이 아니라도 좋습니다. 철 지난 바닷가에서 비릿한 바다 냄새를 맡으며 소라의 이름을 크게 외치고 싶습니다. 돌아오라고, 내게 돌아오라고. 그런데 그녀는 대답이 없습니다. 날갯짓이 서툰 어린 갈매기만 하늘을 날고 있습니다. 그래서 자꾸 눈물이 납니다.

[경기는 종반으로 접어들어 7회입니다. 이선우 선수, 오늘 쾌투하고 있습니다. 무실점에 열두 개의 탈삼진을 기록하며 자신의 최다 기록과 타이를 이루었습니다. 아! 방금 애리조나의 4번 타자를 삼구삼진으로 잡아내는 이선우 선수. 13개째! 한 경기 최다 탈삼진 기록입니다!]

나는 그녀의 모든 것을 사랑하였습니다. 그래서 아직도 그녀가 나를 사랑하지 않는 이유를 잘 알지 못하겠습니다. 나는 지금도 줄줄이 댈 수 있습니다. 그녀가 좋아하고 사랑하는 세상 모든 것을.

그녀는 까만 하늘의 별을 사랑합니다. 커피에 설탕을 넣어 저을 때면 별을 세 개쯤 그리며 젓는 습관이 있습니다. 가을에는 손톱에 봉숭아물 들이는 것을 좋아합니다. 첫눈이 올 때까지 손톱 끝에 봉숭아물이 남아 있으면 첫사랑이 이루어진다고 믿는 아이입니다.

그녀는 비 오는 날을 좋아합니다. 우산을 쓰고 신발이 다 젖도록 첨벙첨벙 길을 걷는 걸 좋아합니다. 으슬으슬 추워지면 카페에 앉아 커피를 시켜놓고 비 오는 창밖을 하염없이 쳐다봅니다. 그러다 커피값이 없다는 걸 알아차리고 나에게 전화를 했을 때 '기다려, 인마!' 하고 달려가 주면 참 좋아합니다. 그리고 비를 맞고 감기에 걸리진 않았는지 물어봐 주고, 말없이 따뜻하고 다정한 손으로 열이 난 이마를 짚어주는 걸 좋아합니다.

[경기는 9회에 접어들었습니다. 산발 3안타 무사사구 무실점으로 완벽한 투구를 하고 있는 이선우 선수. 투구 수가 100개를 넘어서면서 약간은 피로한지 마운드에서 가쁜 숨을 몰아쉬고 있습니다. 스코어는 5대 0. 승리는 확정적인데 아직 데뷔 최초의 완봉승 기록이 남아 있습니다. 감독이 마운드에 올라와서 교체하지 않고 내려갑니다.]

요즘은 드라마나 영화를 보면 전부 내 얘기 같고, 상투적인 유행가 가사가 가슴을 파고들곤 합니다. 사랑을 할 땐 세상엔 전부 사랑하는 사람들밖에 없는 줄 알았는데, 헤어지고 나니 세상은 그렇게 이별뿐이었습니다.

나는 아직도 그녀가 커피를 마실 때 우유를 시키는 바보 같은 남자인데, 그 우유마저도 마실 때마다 조심해야지 하면서도 칠칠치 못하게 맨날 흘리는 정말 바보인데, 커피를 시킨 그녀가 진지하게 이별을 말할 때 나는 바보처럼 오므라이스를 우걱우걱 먹고 있었습니다.

[안타 하나를 맞았지만 기죽지 않고 씩씩하게 정면승부를 하는 이선우 선수. 9회에도 탈삼진 2개를 더하며 19개째! 경기는 9회 말 투아웃 주자 1루 상황에서 이제 애리조나의 마지막 타자가 타석에 들어섭니다. 완봉승까지는 단 한 개의 아웃카운트가 남았습니다.]

내가 보고 싶다던 그녀가, 나를 사랑한다던 그녀가 내가 싫어졌고, 다른 사람을 사랑하게 되었고, 구질구질하게 달라붙지 말라고 말합니다. 역시 나는 그 카페에서 오므라이스를 먹어서는 안 되었습니다. 아무리 배가 고파도, 치가 떨리게 쓴맛이 싫어 그토록 싫어했어도 난 그 카페에서 불란서 영화에 나오는 남자 주인공처럼 우아하게 커피를 마셔야 했습니다.

나는 그녀의 바람처럼 그녀를 잊을 수 있을까요? 그녀가 다른 남자와 커피를 마시고, 영화를 보고, 바라보고 웃고 떠드는 걸 나는 견딜 수 있을까요? 내가 아닌 다른 남자가 그녀의 부드러운 귓불을 만지고, 그녀의 팔짱을 끼고 팔꿈치에 닿는 봉긋하고 탄력 있는 가슴을 느끼고, 나 대신 다른 남자가 그녀의 달콤한 입술과 상쾌한 치클 향이 배어 있는 혀를 소유하는 걸 용서할 수 있을까요?

[크게 배트를 휘두르며 타석에 넘어지는 애리조나의 마지막 타자! 탈삼진 20개를 기록하며 셧아웃! 올 시즌 첫 등판에서 국민의 기대를 저버리지 않고 완봉승을 따내는 이선우 선수! 탈삼진 기록까지 세우는 메이저리그 데뷔 이후 최고의 경기였습니다! 대기록을 세우고도 이선우 선수는 특별한 액션 없이 더그아웃으로 걸어갑니다. 무슨 일이 있었던 걸까요? 화난 사람처럼 보이기도 하는데요.]

그녀는 나에게 그녀를 잊을 것을 강요합니다. 그녀와 나를 아는 사람들은 추억은 추억일 뿐이라고 말합니다. 이제 그녀는 내 편지도, 내 전화도 받지 않습니다. 내가 기다리고 기다려도 예전처럼 울며 내 이름을 불러주지 않습니다. 내가 아무리 보고 싶다고, 사랑한다고 말해도 그녀는 들어주지 않습니다.

나는 도대체 그녀에게 무슨 잘못을 한 걸까요? 그녀가 원하면 쓰디쓴 커피도 눈 딱 감고 마실 수 있고, 밥도 좀 적게 먹을 수 있고, 품위 없이 우하하 하고 바보처럼 웃지도 않을 텐데요.

그녀가 뭐라 해도 나는 그녀를 잊을 수가 없습니다. 왜냐하면 나는 그녀와 약속했기 때문입니다. 그녀의 말대로 나는 그녀가 호호백발 할머니가 되어도 여전히 사랑할 것입니다. 첫눈이 내리면 매년 그녀를 생각할 것입니다. 크리스마스엔 어디에 있든 카드를 보낼 것이고, 생일이 오면 잊지 않고 축하한다 말할 것입니다.

그리고 나는 또 믿을 겁니다. 신소라가 기꺼이 이선우의 예쁜 여자 친구가 되겠다던 그 학교 운동장에서의 약속을 영원히 믿을 것입니다. 아무도 없는 대강당 대기실에서 그녀가 고백하던 사랑한다는 말을 죽는 날까지 믿을 작정입니다.

나는 약속합니다. 나는 바보 같은 남자에 불과하지만 그녀와 나의 사랑을 방해하는 남자가 있다면 반드시 죽여 버릴 것입니다. 나는 오늘 그런 마음으로 마운드에서 공을 던졌습니다.

그해, 선우의 데뷔 2년차인 1990년대의 어느 해 그들은 그렇게 운명의 소용돌이를 만났다. 누군가는 운명은 스스로 만들어가는 거라고 말하곤 하지만 20대 초반의 선우와 소라, 민의 운명은 그렇지 않았다. 스스로 만들어가기엔 아직 어렸고, 아직 미숙했고, 아직 많은 것을 모르는 그런 시기였다.

선우.

세상 그 무엇보다 야구를 사랑했던 남자. 마운드 위에서 공을 던지는 것이 세상에서 제일 좋았던 남자. 156km의 한국 최고 구속을 기록하며 소라고등학교의 전국대회 첫 우승을 이끌어낸 남자. 고교 동창 소라와의 첫사랑, 풋풋한 연애, 달콤했던 첫 키스. LA에서 다시 만날 것을 약속하고 메이저리그에 진출, 국민 야구영웅이 되었어도 오직 한 여자만을 사랑한 어린아이처럼 순수한 남자.

소라.

어린 시절 부모님을 사고로 잃고 바이올린만 켜던 은둔형 외톨이. 우연히 만난 선우와 첫사랑에 빠지고 세상 그 누구보다 그를 사랑했던 여자. 첫눈이 올 때까지 손톱 끝에 봉숭아물이 남아 있으면 첫사랑이 이루어진다고 믿는 여자. 눈처럼 하얀 피부와 한없이 쓸쓸한 눈빛이 남자로 하여금 보호본능을 불러일으키게 하는 여자. 납치 사건으로 순결을 잃고 원치 않는 이별을 통보해야 했던 불행한 여자.

민.

천재적인 기타와 피아노 연주 실력에 영혼을 울리는 천상의 목소리를 지닌 남자. 조각 같은 외모와 부드러운 미소로 대한민국 모든 여자의 사랑을 받으며 가수왕까지 등극한 전설의 싸움 짱. 소라를 사랑하지만 선우에게 선수를 뺏기고 그저 친구의 여자로서 그녀를 지켜주려 한 의리남. 그녀를 위해 한 눈과 손가락, 목소리를 잃었어도 그것이 오히려 행복했던 처절한 사랑을 한 남자.

세 사람을 둘러싼 안타까운 운명의 실타래는 그랬다. 1990년대 중반에 시작된 선우와 소라, 민의 운명은 유난히도 덥던 여름과, 그래서인지 유난히도 눈이 많이 내린 겨울, 그해 모든 것이 결정되었다.

메이저리그 데뷔 2년차, 선우는 소라와 이별한 후 괴물 같은 활약으로 LA 피닉스의 지구 우승을 이끌어냈다. 18승을 올리며 지난해 자신의 최다승 기록을 깨고 한국으로 금의환향하지만 여전히 소라와는 연락이 되지 않았다.

그 겨울, 최고의 시즌을 보내고도 사랑을 잃고 방황하던 선우가 알게 된 새로운 사실. 언제나처럼 민과 소주나 한잔하고 위로받고 싶었는데 도통 연락이 되지 않던 터다. 들리는 소문엔 무슨 사고를 당해 가수로서 재기 불능이라고도 하고, 2집의 더 큰 성공을 위한 소속사 측의 신비주의 전략이라고도 하고. 그러다 민의 로드 매니저인 용팔이와 방송국에서 딱 마주친 것이다.

선우는 다짜고짜 용팔이를 붙잡고 방송국 옥상 하늘정원으로 올라갔다. 주저하는 용팔이를 다그친 끝에 알게 된 진실. 선우는 맥이 풀려 하마터면 바닥에 주저앉을 뻔했다.

이별을 통보하던 그 카페에서 그녀가 그랬다. 정말 모질게 그녀가 말했다.

"미안해. 이제 날 보내줘. 네가 싫어졌어. 다른 사람을…… 사랑하게 되었거든. 바보야, 못 알아듣겠니? 나는…… 네가 싫어졌고, 또…… 다른 사람을 사랑하게 되었다고."

그녀의 일방적인 이별 통보를 듣고 우걱우걱 오므라이스를 퍼먹던 선우는 너무 맛있어서 눈물이 다 난다며 아하하 웃었는데, 그렇게 그 상황을 웃어넘기려 했는데……. 소라가 사랑하게 되었다던 그 다른 남자가 민이라고 용팔이는 분명 그렇게 말하고 있었다.

"뭐, 뭐라고? 민이라고? 어떻게 그런 일이……."

물론 소라가 선우에게 다른 남자를 사랑하게 되었으니 헤어지자던 말은 거짓말이었다. 순결을 잃고 선우와 계속 만날 자신이 없던 소라가 지어낸 말이었는데 이후 녹음실에서 민의 망가진 모습을 보고 무너진 소라였다.

"뭐, 20대 남녀가 다 그런 거죠. 만났다 헤어지고, 이 사람도 만나고 저 사람도 만나고 하잖아요. 친구 사이라 좀 그렇긴 하지만 요즘은 흔한 일이에요."

용팔이도 거짓말을 했다. 민의 처지를 잘 알고 있는 그로서는 최선의 선택이라고 믿었다. 저 사람은 모든 걸 다 가지고 있고 또 더 좋은 여자를 만날 수 있지만 민은 그러하지 못하므로. 이미 병신이 된 자신의 가수를 위한 매니저로서의 마지막 활동이었다.

"그…… 둘은 어디에 있는데?"

"왜, 만나시게요? 그건 좀 아닌 것 같은데."

"어디 가면 볼 수 있냐고!"

선우가 버럭 소리를 질렀다. 이루 말할 수 없는 배신감에, 극도의 분노에 이성을 잃을 지경이다. 벌써 용팔이를 한 대 주먹으로 갈길 뻔한 것을 겨우 참아내고 있는 선우였다.

"둘은 같이 살고 있어요. 물론 장소는 극비입니다. 말할 수 없어요. 저는 매니저로서 소속 가수의 사생활을 보호해야 할 의무가 있으니까요."

"이 자식!"

선우가 용팔이의 멱살을 잡았다. 그러다 힘없이 손을 풀었다. 한동안 말없이 하늘만 보던 선우는 터덜터덜 하늘정원을 빠져나왔다.

소라의 모든 처음은 항상 함께하고 싶던 선우이다. 소라와 처음 마시고 싶던 첫 소주였는데 헤어지는 바람에 그러지 못했다. 대신 곁에서 함께 술잔을 기울여 주던 친구가 있어 참 다행이라고 생각했는데. 민이 친구여서 정말 믿음직하다 생각했는데…….

작년에 민과 함께 갔던 그 포장마차를 다시 찾았다. 선우는 취하고 싶었다. 취하지 않고서는 미쳐 버릴 것만 같았다. 소라가, 그녀가 다른 사람을 사랑하게 되었다. 그게 민이라니 그 사실을 선우는 도저히 믿을 수가 없었다.

소주 한 잔에 허탈한 웃음을 짓고, 소주 한 잔에 닭똥 같은 눈물을 흘리고, 소주 한 잔을 마실 때마다 자꾸 떠오르는 소라와 민과의 추억. 문득 선우는 세상에 혼자 남겨진 것 같아 두렵고 외로웠다.

선우는 두 사람에게 묻고 싶었다.

어떻게 사랑이 그럴 수 있니? 어떻게 우정이 그럴 수 있니?

나를 보면 언제나 눈물이 난다 하던 한 소녀가 있었죠. 그 소녀는 내 옆에서 살아갈 수 있어 행복하다 말했죠. 나를, 그리고 별을 좋아하던 그 소녀는 그래서 언제까지나 나와 함께할 것을 약속했죠.

지금 밤하늘엔 별 하나가 떨어지고 있습니다. 아주 작고 귀여운 별 하나가 어디론가 떨어지고 말았습니다. 보고 싶은 마음을 오래 참으면 별이 된다던 천사의 속삼임을 난 아직 기억합니다.

나 아직 모르던 세계가 있었죠. 커피 잔 설탕을 녹일 때마다 새겨지던 별의 진실은 비 오는 날 들춰본 오래된 흑백사진처럼 그대 눈동자에, 머리맡 베갯잇에, 조그만 곰 인형의 뛰는 심장에, 그녀의 호주머니에 숨어 나를 비웃으며 스쳐 지나갑니다.

사무치는 그리움에 기억의 문을 열면 만나는 사람. 내게 있어 그녀는 바이올린과 커피와 바닐라아이스크림을 좋아하고, 빨간 페치카가 주는 포근함을 좋아하고, 인형의 넋두리와 시인의 눈물과 FM 심야방송의 나른함을 좋아하고, 아카시아 꽃향기를 좋아하고, 치클껌을 좋아하고, 벚꽃 가득한 날 내리는 꽃비를 좋아하고, 비 내리는 날 첨벙첨벙 걷는 걸 좋아하고, 슬픈 별의 전설과 아무도 없는 학교 운동장을 좋아하고, 하늘을, 바다를, 이 땅을, 길 잃은 작은 새를, 강물을, 나무를, 이름 모를 풀과 작은 벌레를, 이슬 먹고 산다는 귀뚜라미를, 무명가수의 노래와 피에로의 슬픈 몸짓을, 미니카세트를,

떡볶이를, 푸른 가로등의 환상을, 미래를, 희망을, 청춘을, 사랑이 주는 달콤함을 좋아하는 사람.

나를 보면 언제나 눈물이 난다 하던 한 소녀가 있었죠. 소녀는 어른이 되어 이제 더 이상 나를 위해 울지 않습니다. 먹을 것이 없어서 사라져 간 공룡의 슬픈 전설처럼 그녀는 이제 내 친구의 여자가 되었습니다.

＊　＊　＊

확실히 그 즈음이었다. 민과 소라가 한 집에서 살기 시작한 것은.

민이 홀로 칩거하던 아파트에 소라가 아예 짐을 싸서 들어왔다. 처음 한 달간은 매일 와서 청소며 빨래며 집안일을 도와주다 세상과 단절된 채 철저히 혼자인 민을 두고 볼 수 없어 어느 날부터인가 소라는 집으로 돌아가지 않았다.

—곤란해.

민은 짐을 싸들고 온 소라에게 메모지에 이렇게 손 글씨를 써서 내밀었다.

"왜? 나랑 함께 있는 게 불편해?"

생각하기도 끔찍한 납치사건이 있었고, 소라는 그곳에서 순결을 잃었다. 그럼에도 그녀는 점점 예뻐져 갔다. 특별히 가꾸지 않은 머리카락은 눈부시게 윤이 나며 찰랑거렸고, 투명하리만치 티 한 점 없는 순백의 피부는 어지러울 정도로 매력적이었다.

소라의 물음에 민이 그녀의 얼굴을 바라보았다. 빤히 처다보고 있는 까만 눈동자. 그 속에 선글라스를 낀 자신의 얼굴이 투영되었다. 예전에 선우가 그랬던 것처럼 민도 그 속에서 영원히 살고 싶다고, 그래서 언제까지나 그녀의 눈동자에 각인되고 싶다고 생각했다.

민은 자신도 모르게 얼굴이 붉어졌다. 중학생 때부터 숱하게 여자를 만나온 그로서는 참으로 알 수 없는 부끄러움이었다. 손을 잡는 것도 아니고, 포옹하는 것도 아니며, 키스하는 것은 더더욱 아닌, 단지 한 여자의 얼굴을 마주하는 것만으로 설렐 수 있다는 사실이 민은 도저히 믿어지지 않았다.

민이 절레절레 고개를 가로저었다. 불편하지 않다고, 네가 옆에 있어 행복하다고, 그러나 차마 함께 있어 달라고 말할 수 없기에 민은 안타까웠다. 그 말을 할 수 없다는 건 단순히 혀가 잘렸기 때문이 아니었다. 설령 말할 수 있는 몸이라 해도 상대방에게 차마 할 수 없는 말이 존재하기 마련이다.

"그럼 왜 곤란한데? 아하! 혹시 숨겨놓은 여자라도 있는 거 아냐?"

소라가 가늘게 실눈을 뜨며 민을 째려보더니 주변을 이리저리 둘러보는 시늉을 했다. 물론 일부러 분위기를 밝게 가져가려는 그녀의 소소한 배려였지만 어설픈 연기를 하는 소라나 과장되게 리액션을 하는 민이나 그들의 몸짓은 허술한 피에로의 그것과도 같았다. 웃고 있는 분장 속 그들의 진짜 얼굴은 하염없이 울고 있었기에.

"그럼 됐어. 나 오늘부터 여기서 살 거다. 너랑 같이 밥 먹고, 너랑 같이 TV 보고, 너랑 같이 장 보고, 너랑 같이……."

열심히 민에게 말을 걸던 소라가 갑자기 입을 다물었다. 문득 선우가 떠올라서였다. 말을 하다 보니 그것은 그토록 선우가 간절히 바라고 또 바라던 둘만의 일상이었다는 것이 생각나 버렸다. 미국으로 떠나기 전 선우가 소라에게 한 진심 어린 그 말.

아이, 러브 그리고 유   251

"너, 내 여자야? 그럼 1년 뒤에 내 여자 돼줄 거야? 그럼 나 딱 1년만 참으면 되는 거야? 1년 후엔 우리 같이 밥 먹고, 같이 청소하고, 같이 장 보고 그럴 거야? 1년 뒤엔 내 여자 될 거야? 나랑 결혼할 거야?"

일 년이 훌쩍 지났는데 여전히 선우와 소라는 함께하지 못했다. 그리고 그녀는 이제 선우가 아닌 다른 남자에게 함께하자고 말하고 있다. 소라는 그것이 자신의 잘못이라는 생각에 가슴이 미어졌다. 민에게 말을 하다 보니 선우에게 한없이 미안해지는 마음에 여지없이 그녀의 눈에서 눈물이 또르르 흘러내렸다. 그 뜨겁고 투명한 액체가 메모지 위로 굴러 떨어지며 민이 쓴 손 글씨가 번졌다.

민이 당황해서 얼른 티슈를 뽑아 소라에게 건네주었다. 민의 선글라스로 가려진 눈이 왜 우냐고 묻고 있다. 소라는 보이지 않아도 알 수 있었다.

"아하하! 주책없이 눈물이 나네. 뭐 먹은 것도 없는데. 설마 오므라이스 따위가 맛있어서 눈물이 다 나는 것은 아닐 텐데."

그 카페에서 이별 통보를 받은 선우가 한 말이다. 소라는 어느새 선우의 표정과 말투를 따라 하고 있었다. 과장되게 크게 웃던 모습까지도. 그렇게 선우는 이미 소라의 마음속에 자리 잡고 살고 있었다.

—사실은 나도 알아.

민이 또다시 메모지에 글을 썼다. 소라는 말로 대답하지 않고 민에게 펜을 받아 자신도 글씨를 써서 물었다.

―뭘?

―네가 선우를 잊지 못한다는 거. 그리고 우리가 이러면 안 된다는 거.

―우리가 이러는 게 뭔데?

―선우 없이 둘이 만나는 거. 둘이 같이 지내는 거.

―내가 싫어?

―너의 동정이 싫어.

―동정 아니거든! 내가 좋아서 하는 일이거든!

―거짓말! 너 때문에 내가 다쳤다고 생각하는 거잖아. 그래서 같이 있어주려는 거잖아.

민과 필담을 주고받던 소라의 표정이 갑자기 어두워졌다. 그녀는 조용히 펜을 내려놓고 민의 목을 끌어안았다. 민은 목석처럼 우두커니 앉아 있을 뿐이다.

"동정이면 어때? 너도 나 동정하잖아. 그 일이 있고 동정심에 복수하다 다친 거잖아. 너도 날 동정하는데 나는 너 동정하면 안 되니?"

"……."

"난 선우에게 못 돌아가. 그 아인 순수하고 착한 아이야. 누구보다 순결하고 아름다운 여자랑 만나야 해. 난…… 난…… 이미 더럽혀진 몸이라…… 선우와 만날 자격이 없어……."

민이 자신의 목을 감싼 소라의 팔을 풀었다. 그리고 급하게 메모지에 글을 휘갈겨 써내려갔다.

—넌 더럽지 않아! 그건 네 잘못이 아니야!

"……."

—그렇게 치면 난 훨씬 더러운 남자야! 난 100명도 넘는 여자를 만났어.

"민아……."

소라가 부드럽게 민을 불렀다. 민의 가슴도 무너져 내리고 있었다.

"민아, 우리 같이 살자. 우리 서로를 동정하며 그렇게 같이 살자."

—안 돼. 그렇게는 못 해.

"왜?"

"……."

"선우 때문에? 선우가 걸려서 그러니?"

—나 너를 많이 좋아하지만, 정말 같이 있고 싶지만 넌 친구의 여자야.

"우리 헤어졌어. 이제 아무 사이도 아니야."

—내가 알고 있고 너도 알고 있잖아. 선우한테 미안해서 안 돼.

"이런 바보. 이 꼴이 되어서 누가 누구한테 미안하다는 거니? 나 결심했어. 널 사랑하는지는 아직 모르겠지만 네 여자가 될 거야. 널 사랑하도록 노력할 거야."

바보. 선우를 만난 이후 그녀가 늘 그에게 하던 말. 소라는 이제 선우 대신 민에게 그 호칭을 쓰고 있었다. 무슨 말을 할 때마다 자꾸 떠오르는 사람.

선우야, 넌 이토록 내 마음속에 깊게 살고 있었던 거니? 그렇게 모질게 말하고 지금 다른 남자를 사랑하겠다고 말하는데도 내 마음속에서 못 떠나는 거니? 이제 그만 날 놓아줘.

아직 어린 소라가 감당하기에 다가온 현실은 너무나 시리고 먹먹했다. 그녀의 생일이 다가온 어느 날부터 민과 한 집에 살게 된 소라. 그렇다고 한 방을 쓰는 건 아니었다. 방이 세 개인 민의 아파트에 소라의 방이 하나 생겼을 뿐이다.

민의 데뷔 앨범이 공전의 히트를 치면서 들어온 막대한 저작권료 수입이 있었기에 당장 두 사람의 생계를 걱정할 처지는 아니었지만 집을 나온 소라는 역시 고정적인 수입원이 필요했다. 언제까지 민의 통장에 있는 돈을 야금야금 빼먹으면서 살 수는 없는 노릇이었다.

예전처럼 카페 서빙이나 주유소 아르바이트를 할 수는 없었다. 고민 끝에 소라는 '벼룩시장'의 구인광고를 보고 여기저기 일자리를 찾아 나서기로 했다.

소라가 뭔가 알아본다며 집을 비우자 민도 오랜만에 외출 준비를 했다. 오늘은 소라의 생일이다. 열 살 무렵 부모를 잃고 큰아버지 댁에서 자란 그녀는 이제 그 집에서마저 나왔다. 늘 챙겨주던 선우도 없었기에 민은 소라를 위해 무언가 해주고 싶었다.

일부러 평범하게 차려입은 민은 선글라스와 모자, 마스크를 이용해 최대한 얼굴을 가렸다. 대한민국에 민의 얼굴을 모르는 사람이 없는 만큼 망가진 모습을 사람들에게 보여주고 싶지 않았다.

정말 오랜만의 외출. 확실히 바깥 공기는 달랐다. 우리에 갇힌 맹수처럼 세상과 단절된 채 시간을 보내던 민은 폐 속 깊이까지 크게 숨을 들이마셨다. 그리고는 용기를 내어 걸어서 20분 거리에 있는 시장으로 갔다.

말을 할 수 없는 민은 손짓발짓으로 싱싱한 미역을 사고, 좋은 부위의 소고기도 샀다. 제과점에서 케이크와 초를 살 때는 점원이 민을 알아보았지만 모르는 척 잡아뗐다. 돌아오는 길에 꽃집에도 들렀다.

"꽃 사시게요? 무슨 꽃으로 드릴까요?"

민은 손가락으로 장미꽃을 가리켰다. 빨강, 분홍, 하양, 다양한 색의 장미가 잔뜩 물을 머금고 있었다.

"장미요? 생일축하용, 아니면 프러포즈? 몇 송이나 필요하세요?"

민이 손가락 두 개와 한 개를 잇달아 펴 보였다.

"스물두 송이요? 생일인가 보다. 근데 가수 강민 씨 닮으셨어요. 그런 말 많이 듣죠?"

민이 못 들은 척 딴청을 피우다 안개꽃을 가리켰다.

"아! 안개꽃은 장미를 더욱 두드러지게 보이게 하는 효과가 있죠. 그러면 빨간 장미를 권해드립니다. 괜찮으시겠어요?"

민이 고개를 끄덕였다. 사실은 분홍색 장미를 사고 싶던 민이다. 민의 기억 속에 강렬히 각인된 핑크. 부끄러움을 많이 타는 소라의 얼굴 가득 퍼지던 홍조와 항상 물들이고 다니던 손톱의 봉숭아물, 고교 시절 소라의 가방 끝에 매달려 있던 분홍색 곰돌이와 분홍색 미니 카세트, 그리고 푸른 밤 안산의 창고에서 알몸이 되어 떨고 있던 소라의 눈이 시리게 하얀 피부와 봉긋 솟아오른 예쁜 젖가슴, 그 가운데 아주 연한 핑크빛 유두.

소라는 민에게 핑크빛으로 기억되었고, 그래서 민은 장미 색깔을 고른다면 분홍색으로 하고 싶었다. 말을 할 수 없는 민은 빨간 장미를 권하는 꽃집 여자에게 그저 고개를 끄덕일 뿐이었다. 그것이 민이 할 수 있는 최선의 대답이었다.

이렇게 겨우 세상 밖으로 걸어나간 민은 힘겨운 쇼핑을 마치고 집으로 돌아와 소라의 생일파티 준비를 했다. 어디다 물어볼 수도 없는 민이기에 어렵게 소고기 미역국을 끓이고 밥을 지었다. 소라가 돌아온 것은 딱 저녁 시간을 맞춰서였다.

"민아, 늦었지? 얼른 밥할게."

후다닥 현관에서 신발을 벗던 소라의 팔을 잡고 민은 주방으로 안내했다. 식탁에는 밥 두 공기와 미역국 두 그릇, 테두리가 까맣게 탄 계란프라이가 놓여 있었다.

"이게 뭐야? 네가 직접 만든 거야?"

놀라는 소라에게 민은 장미꽃 한 다발을 안겼다. 안개꽃에 둘러싸인 스물두 송이의 새빨간 장미. 민은 그녀가 장미보다 아름답다고 혼자 생각했다.

"내 생일…… 어떻게 알았어?"

꽃다발 속의 민이 쓴 카드를 읽어보던 소라가 기쁜 표정으로 물었다. 사실은 선우가 미국으로 가던 해, 그녀의 생일을 알려주며 챙겨주라고 했다고는 밝힐 수 없었다. 더불어 사실은 고등학교 때부터 소라의 생일을 알고 있었고, 몇 번이나 선물을 샀지만 전해주지 못했다고는 더 밝힐 수 없었다.

"감사! 감사! 생일까지 챙겨주셔서 정말 감사합니다요! 우리 밥 먹자, 밥!"

소라는 점점 선우를 닮아갔다. 선우와 만날 때 이렇게 먹는 것을 밝힌 적이 있던가? 아련해지는 마음에 소라는 얼른 미역국 한 숟가락을 입으로 가져갔다.

"우와! 정말 맛있다…… 가 아니라 너무 짜잖아. 민이 너, 혼자 살면서 밥은 어떻게 해먹은 거야? 맨날 사먹은 거야? 이건 좀 심한데?"

민이 금세 시무룩해졌다. 소라는 민의 눈치를 보더니 눈을 감고 미역국을 퍼먹었다.

"알았어. 다 먹으면 되잖아. 아하하! 근데 정말 짜다. 흑!"

대충 밥을 먹고 민은 케이크에 초를 밝히고 생일 축하 노래를 불렀다. 함께 부르던 소라가 잠시 노래를 멈췄다. 민이 흠칫하더니 결심했는지 이내 혼자서 생일 축하 노래를 부르기 시작했다.

"아악하혼 힌호아, 앵익 우카 캅익아(사랑하는 신소라, 생일 축하합니다)~."

막상 노래를 마친 민이 창피했는지 얼굴이 벌개져서 고개를 푹 숙였다. 그리곤 메모지에 이렇게 써서 소라에게 내밀었다.

—나 병신 같지?

소라가 그윽한 눈길로 민을 바라보았다. 민은 점점 자신이 초라해져 보여 고개를 들 수가 없었다.

"민아, 내가 좀 알아봤는데, 혀가 잘리면 노래 부르긴 힘들지만 열심히 연습하면 발음은 많이 좋아질 수 있대. 그러니까 내 앞에서만은 부끄럽다고 생각하지 말고 자꾸 입으로 크게 말하는 습관을 들여. 할 수 있지?"

"……."

"오늘이 내 생일인데 부탁 안 들어줄 거야? 계속 말하는 연습할거지?"

"악아허(알았어)."

"와! 민이 최고!"

소라가 웃으며 박수를 쳤다.

"또 한 가지, 수화도 같이 연습하자. 내가 책 사다 줬는데 계속 안 볼 거야?"

자신으로 인해 한 눈이 멀고, 손가락 하나를 잃었으며, 혀가 잘려 말을 잃은 민에게 소라가 해줄 수 있는 건 그런 것뿐이었다. 열심히 재잘대며 이야기해서 좀 부정확하더라도 발음을 교정해 보는 것과 간단한 의사소통이 가능하게 수화를 병행하는 것. 자존심 때문인지 완강히 거부하던 민이다.

수화 책을 사다 놓고 열심히 공부하던 소라. 그럼에도 수화를 애써 외면하던 민이. 그런 민이 오른손을 들더니 왼팔 팔꿈치 부근부터 쓸어내리는 동작을 한다.

"민아, 그건?"

아주 간단한 수화 동작. '안녕하세요?'라는 의미이다.

"너…… 나 몰래 연습한 거야?"

민이 다시 수화를 시작했다. 두 손바닥이 하늘로 향하게 하여 배 옆에 대었다가 힘차게 앞으로 뻗는 동작. 아이가 나오는 모습을 형상화한 것으로 '탄생'을 의미한다. 바로 엄지와 검지를 들어 가슴 앞에서 위로 들면 '날'이라는 뜻. 마지막으로 주먹을 쥐었다가 활짝 펴면 폭죽이 터지는 모양으로 '축하'의 의미.

"생일…… 축하한다고…… 말하고 싶은 거야?"

소라가 울먹거리자 민이 다시 수화로 말했다. 새끼손가락 하나를 펼쳐 I(아이), 엄지와 검지를 펼쳐 L(엘), 엄지와 새끼손가락을 펼쳐 U(유). 그래서 엄지, 검지, 새끼손가락을 한 번에 들면 아이 러브 유.

민은 처음으로 소라에게 고백하고 있었다. 너를 사랑한다고. 너를 처음 본 순간부터 사랑했고, 그 후로 언제나 사랑하고 있었고, 앞으로도 영원히 사랑할 거라고. 단 한 번도 입 밖에 꺼내지 못한 아이 러브 유. 민은 목소리를 잃은 지금 수화로 말하고 있었다.

소라는 또 눈물을 흘렸다. 그녀는 수화를 마친 후 고개를 숙인 민에게 조용히 다가가 조용히 안아주었다. 민은 그제야 고개를 들어 천천히 소라의 핑크빛 입술에 자신의 입술을 포개었다. 어느새 볼을 타고 흐른 눈물 때문인지 소라의 입술에선 짠맛이 느껴졌다. 그 짠맛이 달콤함으로 변하기까지는 얼마 걸리지 않았다.

* * *

소라는 한 번은 각오했던 일이다. 선우를 만나야 했다. 전후 사정이 어떻게 되었든 직접 그를 만나 용서를 구하고 싶었다. 설령 저주의 악담을 듣든 분노의 따귀를 맞든 그것은 선우의 처분에 맡겨야 한다. 그것이 그녀가 해줄 수 있는 선우에 대한 최소한의 배려였다.

메이저리그 데뷔 후 3년 연속 10승 투수를 노리는 선우의 행보는 믿음직했다. 여전히 160㎞ 대의 위력적인 강속구를 뿌려대며 페넌트레이스 초반부터 거침없이 승수를 쌓아가고 있었다.

실연의 상처를 입어서인지 눈빛은 좀 깊어지고 서늘해져서 어른의 향기를 내뿜고 있었지만 마운드에서 씩씩하게 피칭하는 그 모습은 예나 지금이나 다름없는 선우였다. 오직 야구만이 외로운 그를 구원해 주었다. 선우에게 야구는 종교였으며 가족이고 애인이었다.

—선우에게 간다고?

소라의 말을 들은 민은 깜짝 놀라 글을 휘갈겨 썼다. 소라가 작고 붉은 입술을 앙다물며 고개를 끄덕였다.

—위험해. 절대 안 돼!

민이 자신의 배를 손으로 문지르며 애절하게 고개를 가로저었다. 소라가 살며시 민의 곁으로 와서 그의 어깨에 머리를 기댔다.

"민아……."

나지막하게, 그리고 아련하게 그의 이름을 부르는 그녀의 목소리에서 바람 냄새가 났다. 민은 바람에도 냄새가 있다는 게 신기했다. 언제나 바람을 몰고 다니며 바람을 사랑했던 민. 그는 분명히 바람의 냄새를 맡을 수 있었다.

"나는 선우에게 용서를 빌어야 해. 그래야 나도, 뱃속의 아기도 편해질 수 있을 것 같아. 이대로 아무 말 없이 우리끼리 살아간다면 난 절대 행복해질 수 없을 거야. 내 맘 이해하지?"

언젠가 소라와 첫 키스를 했다던 친구는 그녀의 입술에서 치클 향이 난다고 했다. 그 말을 듣고 민은 쓸쓸하게 웃어 보였다. 그 치클 향의 바람이 지금 민에게로 불어오고 있었다. 녀석도 몹시 쓸쓸할 테지.

민은 수화로 '같이 가자'고 했다. 당연히 소라가 거절했다. 민은 다시 종이에 이렇게 썼다.

—용서를 빌어야 할 사람은 나야. 나도 이제는 행복해지고 싶어.

며칠 전 소라는 자가 임신 테스트를 했다. 아침 첫 소변을 적신 테스트기의 반응은 두 줄, 임신이었다. 그녀의 스물두 번째 생일날부터 민과 소라는 한 침대에서 잤다. 건강한 남녀 사이에 피임을 하지 않았다면 임신은 당연한 결과였다.

두 사람은 담담히 임신 사실을 받아들였다. 한없이 기쁘고, 한없이 서럽고, 한없이 미안한 복잡 미묘한 감정. 민과 소라가 정식으로 부부가 되어 아이를 낳기 위해서는 선우에게 고백해야 했다.

남자에게는 둘도 없는 친구이자 여자에게는 목숨보다 사랑했던 옛 사랑에게 진심을 담아 사과하고 용서를 구하고 싶었다. 그렇게 두 사람은 태어날 아이에게 당당한 부모가 되고 싶었는지도 모른다.

그렇게 민과 소라는 LA행 비행기에 올랐다. 예정대로라면 민이 화려하게 콘서트를 열었어야 할 도시. 그 사건이 없었다면 소라가 선우와 함께 울고 웃으며 살았을 도시. LA에 가기까지 그토록 힘들고 어려웠는데 이렇게 다른 상황과 다른 모습으로 가게 될 줄은 꿈에도 몰랐던 두 사람이다.

임신 초기에 11시간에 달하는 비행시간은 위험한 일이었다. 그렇지만 한창 시즌 중인 선우에게 한국으로 와달라고 할 수는 없었다. 그들은 아무리 힘든 여정이라도 민과 소라는 둘이었고, 선우는 철저히 혼자였기에 감수해야 할 몫이라고 생각했다.

9,549㎞을 날아 도착한 LAX(로스앤젤레스공항). 올 초 오지 않는 소라를 하염없이 기다리며 선우가 있었을 그 자리. 소라는 벌써부터 가슴이 먹먹해졌다.

수화기 너머로 들려오던 선우의 목소리, 그 간절한 바람. 선우의 집 앞에 흐드러지게 피어 있다는 데이지 꽃……

선우가 그랬다. LA 집에서 케빈과 둘이서 생활하면서 얼마나 부러웠는지 모른다고. 남녀가 함께 식사하고, 커피 마시고, 아이스크림을 먹고, 마트에 가고 하는 다른 커플들의 일상적인 소소한 모습을 보며 바라고 또 바란다고. 함께 꼭 아침을 먹을 수 있기를, 그녀가 끓여주는 된장찌개나, 그것도 아니라면 그저 잼 바른 토스트라도 맛있게 먹을 수 있기를, 같은 음식을 먹고 그 맛에 대해 마주 보며 얘기할 수 있는 행복이 찾아오기를, 자신이 운전하는 자동차 옆자리엔 꼭 그녀가 앉아 있고, 어디를 향해 달려가더라도 차 안에서 같은 곳을 볼 수 있기를, 음악이라도 틀면 같은 시간에 같이 듣고 같이 공감할 수 있기를, 주말엔 극장에 갈 수 있기를, 액션영화와 로맨스영화 사이에서 티격태격할지라도 팝콘과 콜라를 사서 나란히 앉아 있을 수 있기를, 언제나 곁에 머물기를, 게임에 이기면 그녀에게 한껏 우쭐대고 게임에 지면 함께 쓰디쓴 소주 한잔하며 위로받을 수 있기를, 오렌지카운티 거리를 팔짱 끼고 걸을 수 있기를, 어쩌다 그녀의 봉긋한 가슴이 살짝 팔꿈치에 닿으면 세상을 다 가진 것처럼 기뻐하고 흐뭇해할 수 있기를, 밤에는 그녀의 잠옷 입은 모습을 볼 수 있기를, 꽃무늬든 하트무늬든, 설령 미키마우스나 스누피가 그려져 있다 한들 무슨 상관이랴. 그저 똑같은 잠옷을 입을 수 있기를, 언젠가 그 세상에서 가장 슬펐던 불 꺼진 대강당 대기실에서처럼 그녀와 키스할 수 있기를, 그녀의 입술에 수줍게 날숨을 불어넣고 그녀의 추잉껌 치클 향에 마음껏 취할 수 있기를……

그 LA에 소라가 왔다. 선우가 그토록 바라던 사랑하던 그녀는 아이러니하게 가장 믿었던 친구와 그 도시에 왔다. 그 사랑은 순결을 잃었고, 그 친구는 한 눈과 한 손가락, 목소리를 잃은 채 LA에 왔다. 그리고 그녀의 뱃속에는 친구의 아기가 있다. 선우는 아직 아무것도 모른다.

그날 작별하던 공항에서 선우가 민에게 말했다.

"친구 좋다는 게 뭐냐? 희생번트 확실히 대주면 내가 다른 건 몰라도 너 결혼할 여자는 책임질게."

민도 말했다.

"웃기네. 평생 연애라곤 처음 하는 주제에. 신경 꺼. 내 여자는 내가 정할 거니까."

그래서 선우는 이렇게 약속했다.

"그래? 그럼 네가 연애하고 결혼해서 아이 낳으면 내가 평생 돌봐주는 걸로 하자. 약속할게."

LA공항을 빠져나와 민과 소라는 택시를 타고 다운타운으로 향했다. 선우의 매니저이자 통역인 케빈에게는 미리 연락을 해놓은 터였다. 일요일인 내일은 선우의 홈경기 선발등판이 예고되어 있는 날, 그다음 날은 경기가 없는 휴일이었다.

민과 소라는 시내 호텔에서 하루를 자고 다음 날 피닉스타디움에서 선우의 선발등판 경기를 볼 것이다. 케빈의 주선으로 경기 후 모처에서 만나기로 약속을 잡아놓았다.

하루만 지나면 드디어 소라가 선우를 만난다. 민이 선우를 만난다. 스물두 살이라는 청춘의 정점에서 세 사람은 이제 어른으로 가는 관문을 통과한다.

LA에 바람이 불고 있다. 그 바람은 세 사람, 아니, 뱃속의 아이까지 네 사람의 운명을 송두리째 바꿀 준비를 하고 있었다. 하지만 그들 누구도 눈치 채지 못했다.

11.

안녕, 내 사랑

선우의 매니저이자 통역인 케빈은 며칠 전 한국에서 걸려온 전화를 한 통 받았다. 민의 소속사인 월드뮤직 장 대표였다.

장 대표는 담담하게 현재 민이 처한 상황과 소라가 왜 선우를 만나려고 하는지에 대한 이유를 들려주었다. 그것 또한 민이 장 대표에게 부탁한 결과였다. 소라가 미국까지 가서 선우를 만나지 못하고 돌아올까 봐 스케줄 관리를 하는 케빈에게 숨기고 싶은 비밀을 털어놓으면서까지 다리를 놓아준 것이다.

"선우, 오늘 경기엔 아주 특별한 초대 손님이 온다."

일요일, 선우의 홈경기 선발등판에 앞서 라커룸에서 케빈은 미리 언질을 주었다. 처음엔 케빈 역시 그들의 만남을 저지하려고 했다. 한참 잘나가고 있는 시즌 중에 선우의 심리 상태가 흔들리면 경기력에 영향을 미칠까 우려해서였다.

"그게 누군데? 대통령께서라도 오시나?"

새도우 피칭 후 흐르는 땀을 타월로 닦으며 선우는 무심하게 물었다.

"소라 씨가 LA에 왔다. 오늘 경기 관전할 거야."

순간 선우는 멈칫했다. 우두커니 서서 자신의 귀를 의심했다.

"누가 온다고?"

"신소라. 한때 너의 여자 친구이던 사람."

선우의 머릿속에 오만가지 상상이 순식간에 스쳐 지나갔다. 그토록 바라던 소라의 미국행은 끝내 무산되었는데…… 왜 지금에서야 그녀는 LA에 왔을까? 그녀의 마음이 다시 돌아선 건 아닐까? 아니면 어떤 문제가 생긴 것일까? 혹시 그녀도 자신처럼 미치도록 보고 싶어 충동적으로 날아온 건 아닐까? 선우의 마음이 복잡해졌다.

"왜…… 온대?"

선우는 감정을 숨기고 최대한 담담하게 물었다. 그렇지만 살짝 떨리는 목소리마저 완벽하게 감추지는 못했다.

"혹시라도 네가 기대할까 봐 미리 말해두는데, 너와 예전 관계로 회복될 확률은 제로에 가까워. 그저 마지막 인사라고 해두자."

케빈은 알고 있었다. 생각해 보면 선우의 메이저리그 계약이 이루어지고부터 쭉 그와 붙어 지내온 가장 가까운 사람이 케빈이었다. 선우가 처음 미국으로 출국하던 그때, 공항으로 가는 리무진에 동승한 것도 바로 그였다.

"쳇. 형은 도대체 뭐하는 사람이야? 투수는 선발 등판하는 날 굉장히 예민해진다는 것도 몰라? 다시 돌아올 것도 아니라면서 무작정 부르면 어쩌라는 거야? 오늘 경기 망치면 다 형 때문이야."

내심 소라가 다시 돌아온 것은 아닐까 기대한 선우는 이루 말할 수 없는 실망감에 투덜거렸다. 하지만 역시 케빈은 말할 수 없었다.

장 대표가 말해준 대로라면 소라가 선우를 떠난 이유는 납치에 의한 성폭행 때문이고, 친구인 민은 그 일에 복수를 하려다 불구가 되어 가수로서 재기 불능이 되었고, 그래서 두 사람은 현재 동거하고 있으며 지금 소라는 민의 아이를 가졌다고, 케빈은 도저히 말할 수 없었다.

"이선우, 네가 주변 환경에 흔들릴 정로로 예민한 성격이냐? 지나가는 개가 웃겠다. 나는 지금까지 네가 선발등판 앞두고 긴장하는 거 한 번도 못 봤는데?"

"하하, 그건 맞지만 그래도…… 아무리 그래도 이건 아니지. 나도 사람인데. 나도 감정이란 게 있는데……."

선우가 말끝을 흐리며 쓸쓸하게 모자를 고쳐 썼다. 희미하게 웃는 선우를 보면서 케빈은 약간 마음이 아파왔다. 선우가 얼마나 소라를 사랑했는지 너무나 잘 알고 있는 그로서는 자신의 담당 선수에게 못할 짓을 하고 있는 건 아닌지 미안한 마음이 들었다.

오만여 관중이 꽉 들어찬 LA 피닉스타디움, 저녁 6시 야간 경기.

서서히 조명탑에 불이 들어오기 시작했다. 홈경기이므로 1회 초 내셔널리그 서부지구의 콜로라도 럭키스의 선공.

하얀색 유니폼에 LA 피닉스의 상징인 파란 모자를 쓴 선우가 마운드에 올라 스파이크로 흙을 골랐다. 이윽고 선우는 오른팔을 몇 번 빙빙 휘두르는 특유의 동작을 취했다. 쾌조의 컨디션이라는 뜻.

선우가 손에 로진을 잔뜩 묻혀 입 바람을 불어 날렸다. 오른발을 축으로 삼고 왼발을 하늘 높이 치켜 올리는 역동적인 투구 폼으로 포수 미트를 향해 묵직한 공을 뿌려대는 선우. 몇 번의 연습 투구가 끝나갈 무렵 갑자기 관중석이 술렁이기 시작했다.

현장을 중계하던 카메라가 홈플레이트 뒤편의 로열석을 비추자 전광판에 소라의 영상이 잡혔기 때문이다. 그 옆에는 선글라스를 끼고 앉아 있는 민의 모습도 보였다.

오늘의 특별 이벤트라는 장내 아나운서의 멘트가 이어졌다. 홈경기 선발투수인 이선우를 응원하기 위해 한국에서 온 친구가 바이올린을 연주한다는 것이었다. 동행한 남자는 전년도 한국의 가수왕이라는 친절한 설명도 곁들여졌다.

선우도 잠시 연습 투구를 멈추고 전광판을 응시했다. 얼마나 그리워한 얼굴인가. 소라, 그리고 민이. 마운드 위의 선우는 심장이 저릿저릿하게 아파왔다.

여전히 청초한 모습의 소라가 오만여 관중이 지켜보는 가운데 바이올린을 연주하고 있다. 분명 〈사랑의 인사〉였다.

"〈사랑의 인사〉는 영국의 작곡가 에드워드 엘가가 아내를 위해 만든 피아노곡이지만 지금은 바이올린으로 편곡되어 많이 알려졌어. 이 사랑의 세레나데를 난 이제부터 너만을 위해 연주할 거야."

열여덟 살의 선우는 소라의 바이올린 연주에 이끌려 음악실을 찾았다. 선우는 소라의 이름을 불러주었고, 그녀는 여자 친구가 되었다.

언젠가 그녀가 학교 운동장에서 약속했던 그 말. 힘들던 훈련 시간 내내 그녀가 켜주던 응원의 연주곡 〈사랑의 인사〉. 세상에 단 하나뿐인 자신만의 응원가는 이제 마지막 인사가 되어 아프게 귀에 꽂혔다.

소라는 이 먼 LA까지 날아와 무엇을 말하고 싶은 걸까? 수많은 홈

팬들에 둘러싸인 선우는 고독한 마운드 위에서 하염없이 전광판의 그녀를 바라보며 겨우 버텨내고 있었다. 그리고 소라의 연주가 끝나자 왈칵 눈물이 쏟아졌다.

뜨거운 눈물이 선우의 볼을 타고 흘러내렸다. 그녀와 이별한 후에도 꾹꾹 눌러 참아오던 눈물이다. 오만여 미국 관중들도, 한국에서 TV를 시청하던 사람들도 모두 그 눈물의 의미를 알지 못했다. 오직 단 두 사람, 소라와 민만이 어렴풋이 짐작할 뿐이었다.

안 돼, 소라야. 안 돼, 내 사랑. 나는 너에게 결코 이별을 말하지 못했는데 넌 이토록 절실했던 거니? 결국 수많은 사람들 앞에서 우리의 사랑이 끝났음을 확인시켜 주고 싶었던 거야?

안 돼, 소라야. 안 돼, 내 사랑. 나는 아직 이별할 준비가 안 되어 있는데 넌 왜 떠난다는 거니? 비를 맞고 서서 울먹거리던 너의 진실은 아직 내 맘 속에 있는데. 너의 얼굴, 너의 목소리, 너의 행동 하나하나, 너의 가녀린 어깨, 너의 머리카락 한 올까지도 그토록 사랑하는데…….

기억나니? 1학년 3반 17번, 2학년 10반 34번 신소라 양. 나는 내 번호도 모르는 바보인데 이상하게 네 번호는 알고 있었어. 나는 옛날부터 너를 좋아했어. 야구 외에는 아무것도 모르고, 여자에 대해서는 더욱 모르는 바보 같은 남자지만 진심으로 너를 사랑했어.

기억나니? 우리가 처음 만난 학교 운동장, 첫 키스를 나누었던 대강당 대기실. 어두운 밤이었는데 넌 환하게 빛나고 있었지. 내가 좋다고, 내가 너무나 좋아 먼 훗날 나의 예쁜 신부가 되겠다고 약속했잖아.

정말 내가 아파야 네가 행복해지는 거니? 정말 내가 울어야 네가 웃을 수 있는 거니? 난 아무렇지 않게 착한 소년이 되어 너의 미래를 축복해 주어야 하는 거니?

안녕, 안녕, 안녕……. 소라야, 넌 가시나무새의 슬픈 전설을 알고 있니? 일생에 딱 한 번 운다는 가시나무새. 가시나무새는 가장 높은 곳의 가장 뾰족한 가시에 찔렸을 때만 아름답게 울고 죽어버린대.

안녕, 소라야. 안녕, 내 사랑. 비록 지금 나는 울지만 다시는 널 위해 울지 않을 거야.

"플레이볼!"

스윽 소매로 눈물을 닦아낸 선우는 왼발을 높이 들고 다이내믹한 동작으로 키킹을 했다. 선우의 손에서 떠난 야구공이 160㎞를 넘는 속도로 '팡'하고 포수 미트에 꽂혔다.

그러나 결론적으로 소라와 민이 LA로 날아와서 관전한 경기에서 선우는 올 들어 가장 최악의 피칭을 했다. 늘 긍정적이고 쾌활한 선우였지만 첫사랑이 공식적으로 떠나가는 날은 강철 멘탈도 어쩔 수 없는지 5회를 버티지 못하고 6실점하며 무너졌다. 의식하지 않으려 무던히 애써 봐도 홈플레이트 뒤에 앉아 있는 소라가 자꾸 신경 쓰였다.

결국 시즌 첫 패전투수가 된 선우는 시무룩하게 옷을 갈아입고 집으로 향했다. 원래는 시내 한국 식당에서 만날 예정이었는데 팀이 대패한 마당에 공개적인 장소에 나가는 게 꺼림칙해서 케빈이 급하게 장소를 바꾸었다.

선우가 집에 도착하고 얼마 후 소라와 민이 나란히 함께 들어왔다. LA 집에서 소라를 만난 선우는 묘한 감정에 사로잡혔다. 내내 꿈꿔오던 소라와의 미국 생활은 물거품이 되어 사라졌고, 남남이 되어 자신의 집에서 다시 보게 될 줄은 미처 상상하지 못한 선우이다.

"잘 지냈어?"

오랜만에 듣는 그녀의 목소리. 선우는 차마 소라를 바라보지 못하고 창밖으로 고개를 돌렸다. 데이지 꽃이 바람에 하늘거리며 춤을 추고 있다.

"미안……. 괜히 불쑥 찾아와서 나 때문에 게임 망쳤네."

"그렇게 미안하면 다시 돌아오든가."

선우는 그렇게 될 수 없다는 것을 알면서도 마지막으로 떼를 써봤다. 여전히 고개를 돌리지 않은 채였다.

"미안……. 그럴 수 없다는 거 알잖아."

"알긴 뭘 알아. 난 몰라. 그러니까 좋은 말로 할 때 다시 돌아와."

"넌…… 여전하구나."

감정을 잘 숨기지 못하는 선우. 좋은 것은 좋다고, 싫은 것은 싫다고 서툰 대로 표현하는 선우. 그래서 소라는 선우가 더욱 안쓰러웠다.

"다시 만나줄 것도 아니면서 여긴 왜 왔어? 그렇게 오라고 사정할 땐 안 오더니 마지막 인사하러 온다는 게 말이 돼? 여기가 무슨 옆 동네야?"

"네 말이 맞아. 그러고 보니 난 참 못된 여자네."

"그 말이 아니라……."

애써 외면하던 선우가 드디어 고개를 돌려 소라를 보았다. 순간 말문이 막혔다. 그립고 또 그립던 그 눈과 코, 입술과 하얀 피부. 선우는 두 눈을 꼭 감았다.

"선우야, 미안해……. 정말 미안해."

"넌 맨날 뭐가 그렇게 미안한데?"

"전부 다. 너를 만난 날부터 지금 이 순간까지 전부 다 미안해."

"그 말 하려고 온 거야?"

잠시 뜸을 들이던 소라가 결심한 듯 입술을 질끈 깨물었다.

"나…… 아기 가졌어."

"뭐?"

소라의 말이 무슨 소리인지 한 번에 알아듣지 못한 선우가 되물었다.

"임신했어, 나."

"아하하! 얘가 지금 뭐라는 거야? 너 진짜 독하다. 내가 구질구질하게 달라붙을까 봐 그러니? 아무리 그래도 그렇지, 거짓말도 정도껏 해."

"거짓말 아냐. 12주 됐어."

선우가 소라의 눈을 바라보았다. 소라는 외면하지도, 피하지도 않았다. 그녀의 눈에 미안한 감정 외에도 알 수 없는 처연함이 묻어나는 걸 선우는 느낄 수 있었다.

"너…… 진짜……."

"이제 살면서 널 다시 만나는 일은 없을 거야. 그래서 이 말만은 꼭 해주려고."

"아…… 씨……."

"언젠가 너에게 거짓말을 했어. 네가 첫사랑이 아니라고. 사실 첫사랑 맞는데…… 난 지금까지 사랑한 건 너밖에 없는데……."

"이제 와서 그게 무슨 상관이야. 너 정말 이상한 여자구나?"

"네가 어떻게 생각하든 이 말만은 꼭 해주고 싶었어. 그리고 미안하다는 말도."

"아하하! 나 참, 어이가 없네. 넌 내가 그렇게 우스워 보이니? 사랑한다며? 내가 좋다며? 미국으로 올 거라며? 그래놓고 다른 남자를 사랑하게 되었다며? 근데 뭐? 내가 첫사랑이고 나만 사랑했었다고?

뜬금없이 미안하다고? 그리고 지금은 임신 중이라고? 너 사이코냐?"

"……."

"지금 임신 12주차 신소라 양, 그래, 그래서 아기 아빠는 누구지?"

"민이."

"뭐, 뭐라고? 누구?"

"민이."

그제야 선우는 민을 보았다. 소라의 미국행을 에스코트해 주었을 거라고 믿었던 친구. 선우는 어안이 벙벙해져 소라와 민을 번갈아 쳐다보았다.

"뭐야? 너희들, 나한테 도대체 왜 이래?"

"우리 두 사람 결혼하려고 해. 그래서 너한테 용서를 빌고 또 사과하고 싶어서……."

"야, 민아, 이 여자가 미쳤나 봐. 네가 좀 말해봐."

민이 말없이 자리에서 일어나더니 선우 앞에 무릎을 꿇었다. 그 모습을 본 소라도 민의 옆에 나란히 무릎을 꿇었다.

"너, 너희들, 왜 이러는 거야? 아니지? 거짓말이지? 야, 강민! 말 좀 해봐!"

선우가 민의 멱살을 잡고 흔들었다. 민은 아무 말 없이 선우의 커다란 손에 쥐인 채 흔들렸다.

"그러니까…… 그러니까 내가 미국으로 간 사이에 소라 잘 부탁한다고 돌봐달라고 했더니 너희 둘이 붙어먹은 거라는…… 그런 개소리야?"

선우가 민을 내동댕이쳤다. 민이 저만치 넘어지며 굴렀다. 선우는 다시 소라에게 소리쳤다.

"신소라, 네가 말한 사랑하게 되었다는 다른 남자가 저 새끼였어?"

"아냐! 그땐…… 정말로…… 아니었어!"

"뭔 소리야? 너 정말 임신한 거 맞아?"

소라가 고개를 끄덕였다. 선우의 눈에서 불꽃이 일었다.

"그것만 말해! 민이랑 잤어? 정말로 민이 애 가졌어?"

다시 소라가 고개를 끄덕였다. 소라의 눈에서 눈물이 일었다.

"이런 개만도 못한!"

선우가 이성을 잃고 민에게로 달려들었다. 마구잡이로 민에게 주먹질을 하며 알아듣지 못할 말을 쉼 없이 퍼부었다. 소라가 선우의 다리를 붙잡고 늘어졌다.

"선우야! 그러지 마! 민이 때리지 마!"

"이…… 씨!"

소라가 민의 편을 들자 선우는 더욱 불같이 화가 났다. 자신을 제지하는 소라의 어깨를 잡고 밀치자 소라가 구르듯 내동댕이쳐졌다. 민이 득달같이 달려가 소라를 감쌌다. 선우는 그런 민에게 발길질을 해댔다. 민은 소라를 품에 꼭 안은 채 온몸으로 선우의 주먹과 발을 맞아냈다.

"너희가…… 인간이냐? 너희들은…… 사람도 아냐."

거칠게 숨을 몰아쉬며 선우는 소라와 민을 노려보았다. 한때 목숨보다 사랑했던 여자. 한없이 보호하고 싶던 그 쓸쓸한 어깨를 거세게 밀쳐야 했다. 한때 자신을 위해 대신 싸워주었던 친구. 언젠가 꼭 신세를 갚고 싶었는데 죽일 듯 때려야 했다.

아직 어린 선우는 알지 못했다. 둥지를 떠나려는 어린 새는 아무도 막을 수 없다는 것을. 세상에서 가장 사랑했던 두 사람이 선우를 떠나려 하고 있다.

"너희들이 어떻게 나한테 이럴 수 있어!"

거친 숨을 몰아쉬며 씩씩대는 선우의 목소리에 다양한 감정이 묻어났다. 배신감, 절망, 분노, 질투, 허탈함…….

선우의 주먹과 발길질이 잠시 멈추자 겨우 몸을 추스른 민이 비틀거리며 다시 무릎을 꿇었다. 선우에게 맞아 나동그라진 소라 역시 민 옆에 나란히 무릎을 꿇었다.

"아하하하하!"

그 모습을 본 선우가 처연히 웃었다. 문득 불어온 쓸쓸한 바람에 창밖 데이지 꽃이 흔들거렸다.

"뭐하냐, 너희들? 어쩌라고? 용서해 달라는 의미야?"

선우는 소라를 한번 훑어보더니 민을 뚫어져라 쳐다보았다. 금방이라도 달려들 듯 선우의 두 눈에 분노가 일렁였다.

"이 와중에도 선글라스 끼고 변명 한마디 안 하네. 나름 스타다 이거냐? 재수 없는 자식. 개새끼야! 넌 이제 친구도 아냐!"

처연하게 내뱉는 선우의 독설에 소라가 끼어들었다.

"선우야, 우리가 다 잘못했어. 그래서 네가 화내고, 때리고, 욕하는 거 다 이해해. 민이는 지금 좀 아파. 가수 생활 못 할 정도로 아파. 그러니까……."

"너도 마찬가지야. 순진한 얼굴로 넌 한 남자의 순정을 짓밟고, 애인의 친구와 관계를 맺고 혼전임신을 했어. 가장 나쁜 건 너일 수도. 천사의 탈을 썼지만 넌 더럽고 천한 악마 같은 여자야!"

선우의 말에 민이 흠칫 반응했다. 내내 무릎을 꿇고 고개를 숙이고 있던 민이 얼굴을 치켜들고 선우를 노려보았다.

"뭐, 어쩌라고, 병신아? 내가 이 여자 욕하는 것도 이젠 네 눈치 봐야 하냐?"

아직 민의 몸 상태를 모르는 선우가 던진 '병신'이라는 말에 이번에는 소라가 흠칫 반응했다. 차마 대꾸하지 못했지만 소라의 몸이 바르르 떨리고 있었다.

"떠날게. 우리가."

"흥! 결국 넌 마지막까지 저 쓰레기 편을 드는 거야? 하긴 그러니까 둘이 붙어먹었겠지. 그래, 떠나라. 두 사람 다 다신 내 앞에 그 역겨운 모습 드러내지 마."

말을 하면 할수록 선우의 분노는 더해갔다. 마치 깊고 무거운 늪속에서 허우적대는 것처럼 선우는 지금 자신이 몹시 초라하게 느껴졌다. 소라와 민이 힘없이 일어났다. 절뚝거리며 그의 집을 빠져나오는데 다시 선우가 되물었다.

"난 어쩌면 좋을까?"

선우는 누구에게 묻고 있는 것인지 스스로 궁금했다. 그 질문은 모든 걸 다 바쳐서 사랑한 소라에게 하는 질문이었을까, 가장 믿었고 자랑스러워 했던 민에게 하는 질문이었을까, 아니면 그들의 새로운 사랑 앞에 애써 초라해 보이지 않으려는 자신에게 하는 질문이었을까?

"떠나는 너희에게 난 뭐라고 하면 좋을까? 부디 행복하게 잘살라는 말은 못 하겠고…… 난 어쩌면 좋을까?"

"그냥…… 네 마음 내키는 대로 해. 네가 하라는 대로 할게. 우리가 죄인이니까."

"그래? 그런 거야? 그럼 둘이 헤어져."

"그건……"

"왜? 너무 사랑하시나? 그래서 못 헤어지겠다? 그럼 그따위 말을 하지 말던가."

"민이는 몸이 불편해. 앞으로도 내가 보살펴 줘야 해."

"흥! 보살펴 주면 애가 생기나 보지?"

"그리고 난 어려서 부모님을 잃었어. 태어날 아이에게 같은 상황을 만들어줄 순 없어."

"참 이기적이다, 너. 내 말대로 하겠다더니 결국 넌 네 자신만 생각하고 있잖아."

"바보야······."

"바보라고 하지 마. 너한테 그런 말 듣기 싫어. 그럴 이유도 없고."

한때는 바보라서 바보를 사랑한다던 그녀. 그녀가 바보라고 부르면 늘 행복했는데 오늘은 그렇지 않은 선우였다.

"헤어지라는 말 빼곤 다 네 뜻대로 따를게."

"그래? 이번엔 딴말 안 할 거야?"

"그래."

"그럼 다시는 내 눈 앞에 나타나지 마. 너희 두 사람 행복하게 사는 모습 절대 보이지 마. 어디든 먼 곳으로 떠나 숨어 살아."

"그럼······ 어디로 갈까?"

"몰라. 지옥이나 가버리든가. 아 참, 애가 있지. 어디든 가장 먼 곳으로 가라."

"가장 먼 곳?"

"그래, 이 땅의 끝!"

"이 땅의 끝······. 이 땅의 끝······."

소라가 나지막이 중얼거리며 민을 부축해서 선우 곁을 떠나갔다. 두 사람이 시야에서 완전히 사라지자 선우는 급히 문밖으로 뛰어나갔다. 이미 소라와 민은 어디에도 보이지 않았다. 흐드러지게 만발한 데이지 꽃만 슬프게 흔들리고 있었다.

선우는 다리에 힘이 풀려 털썩 바닥에 주저앉았다. 한때는 그의 모든 것이던 사랑이, 우정이 허무하게 떠나는 날이었다.

선우는 그녀의 뒷모습만 보았을 테지만 떠나는 소라는 울고 있었다. 고2 그 음악실에서 처음으로 자신의 이름을 불러준 남자. 언제나 해맑게 웃으며 만나면 힘이 되어주던 남자. 태산같이 옆에서 언제까지나 지켜줄 것만 같던 남자. 세상에 태어나 처음 해본 사랑에 설레었고, 그 고마운 사랑에 행복했는데. 이미 더럽혀진 몸으로 선우의 순수한 인생에 오점이 되기 싫었던 그녀는 민과 함께 정말 세상의 끝으로 가려 하였다.

세계지도를 펴고 이곳저곳을 살펴보았다. 아프리카, 남미, 알래스카, 유럽……. 그러다 소라가 선택한 곳은 '세계의 지붕'이자 '신들의 땅'이라는 히말라야. 히말라야 일대에도 여러 나라가 있었는데 그 어디라도 선우가 말한 '이 땅의 끝'으로 부족함이 없었다.

이제 그녀는 낯선 곳으로 먼 여행을 떠날 참이다. 그곳은 영화나 동화 속에서나 존재하는 줄 알았던 땅. 아이를 가진 채 저 먼 동화의 나라로 떠나는 소라의 곁을 민이 말없이 지키고 있었다.

때로는 여자의 결심이 남자보다 강하다. 납치와 성폭행으로 방황하던 소라는 이 땅이 싫은 참이었다. 밤이 되면 무서웠고, 낯선 남자들을 보면 두려웠고, 지나가는 차만 봐도 놀라기 일쑤였다. 그날의 악몽은 영원히 되풀이되고 있었다.

"이 땅의 끝으로 꺼져 버려!"

선우의 말 한마디로 그녀는 결심을 굳혔다. 자신만을 영원히 사랑한다고 맹세하던 멋진 남자. 그 사람이 퍼붓던 쓰디쓴 이별의 말. 더 럽혀진 몸으로 그의 순결한 사랑을 받을 용기가 없던 소라는 상투적인 유행가 가사처럼 사랑하기 때문에 그를 떠났다.

또한 그녀에게는 지켜야 할 것들이 있었다. 첫눈이 올 때까지 손톱 끝에 봉숭아물이 남아 있으면 첫사랑이 이루어진다는 아름다운 전설은 끝내 이루어지지 않았지만 그녀 곁에는 민이, 그녀 안에는 아이가 있기에 용기를 내야 했다.

어쩌면 민에게도 히말라야는 안식의 땅이 될지 모를 일이라고 소라는 생각했다. 톱스타의 위치에서 정상적인 생활마저 불가능한 불구가 된 민에게 한국은 앞으로 살아내기 힘겨운 곳일 수 있었다.

모든 사람이 자신을 알아보는 곳에서 애꾸눈과 아홉 개의 손가락으로 그들을 만난다는 것은 비참한 현실일 것이다. 무엇보다 슬픈 건 민이 다시는 노래를 부르지 못한다는 것과 그 사실을 원치 않아도 세상에 알려야 한다는 것. 분명 매스컴은 인기 최정상의 가수가 재기 불능이 된 사연을 떠들어댈 것이고, 소라의 납치사건까지 속속들이 밝혀질 것은 자명한 일이었다.

—정말 갈 거니? 히.말.라.야…….

떠날 장소를 히말라야로 정하고 가는 방법과 살 곳을 알아보는 그녀에게 민이 물었다.

"왜? 넌 가기 싫어?"

민이 내민 메모를 보고 소라는 부드럽게 웃으며 그렇게 되물었다. 민이 소라의 희고 작은 손을 잡았다.

—난 너와 함께할 수 있다면 어디든 상관없어. 하지만······.

"하지만 뭐? 히말라야는 너무 춥고 외로울까 봐? 하긴 나도 막막하긴 해. 과연 그곳에 사람이 살긴 사는 걸까 싶기도 하고."

—그보다 소라야······.

민은 그녀의 이름을 쓰다 갑자기 가슴이 먹먹해져 잠시 눈을 감았다. 선우는 소라야, 소라야 하고 그녀 이름을 부르면 파도 소리가 들리고 바다 냄새가 난다고 했는데 그녀의 이름을 부를 수 없는 민은 소라라는 글씨만 쓰면 가슴이 저려왔다.

그녀의 이름을 글씨로 쓰면 왜 소라의 얼굴이 떠오르는 걸까? 너무나 사랑스러운 얼굴과 순수한 표정, 특유의 말투와 귀여운 몸짓이 영화필름처럼 빠르게 스쳐 지나가는 걸까? 바로 눈앞에 있는데 왜 그녀의 이름을 쓰면 미치도록 보고 싶은 건지 민은 알지 못했다.

—갈 때 가더라도 아이는 낳고 가면 안 될까? 미국 다녀와서도 그렇게 힘들어했으면서 홑몸도 아닌데 너무 위험한 모험이야.

민의 글을 읽고 소라가 그의 볼을 쓰다듬었다. 수많은 여자를 만났어도 이런 경험은 처음인 민의 얼굴이 빨개졌다.

"어이구, 우리 가수왕께서 제 걱정하시는 거예요? 저는 괜찮답니다. 원래 엄마는 강한 법이래요."

이 여자를 위해서라면 갈 수 있다. 히말라야가 아니라 지옥의 불구덩이라도 함께 갈 수 있다. 민은 그렇게 생각하며 자신의 볼을 쓰다듬는 소라의 손을 꽉 잡았다.

"오아야(소라야)."

혀가 잘려 제대로 된 발음이 나올 리 만무한 민은 남들 앞에서 목소리를 내는 것을 극도로 꺼려했다. 그것은 참으로 아이러니한 일이었다. '천상의 목소리'라 불리던 남자가 그 목소리를 부끄러워해야 했으므로. 그런 민이 필담을 나누는 대신 어눌하게 소라를 불렀다.

'소라'라는 이름. 돌아가신 부모님이 남겨준 유일한 선물. 그래서 소라는 누군가 자신의 이름을 불러주는 것이 참 좋았다. 고교 시절, 그 음악실에서 선우가 이름을 불러주었을 때 그녀는 사랑을 예감했고, 그렇게 고백하지 않았던가.

"당신이 이름을 불러주어 참으로 기뻤습니다. 그때부터 난 당신이 좋았는지 모릅니다. 아니, 어쩌면 그 누구라도 좋았을지 모르겠습니다. 그런데 그것이 이선우여서 난 더욱 좋았습니다."

수줍은 고백에 어린아이처럼 웃던 선우. 아무것도 모르는 바보 같은 그 남자를 떠올리면 언제나 소라는 눈물이 났다. 자신과 민이 떠난 이후 어떻게 살고 있는지, 밥은 제대로 챙겨 먹고는 있는지 걱정되고 가슴이 아팠다.

"오아야, 아 아앙애(소라야, 나 사랑해)?"

민은 소라가 혹시 못 알아들을까 봐 말을 함과 동시에 수화를 했다. 그리고 그녀의 대답을 초조하게 기다렸다. 그런데 소라는 고개를 가로저었다. 민의 가슴이 무너져 내렸다.

"애? 애가 억인이이아어(왜? 내가 병신이라서)?"

민이 너무나 슬프게 쳐다보고 있다. 이번에는 소라의 가슴이 무너져 내렸다. 소라가 눈물을 들킬까 봐 얼른 민의 목을 양팔로 감싸 안았다.

"민아, 그러지 마. 다시는 그런 표현 쓰지 마."

민이 억지로 소라를 떼어놓고 똑바로 응시했다. 민이 무슨 말을 하고 싶은지, 무슨 말을 듣고 싶은지 그녀는 알 것 같았다. 가엾고 불쌍한 사람…… 그러나 소라는 차마 사랑한다고 말할 수 없었다.

"악이? 애악 억인이아어 으어이(맞지? 내가 병신이라서 그러지)?"

그녀가 재차 민을 안았다. 그녀의 작은 손이 민을 꼭 끌어안으며 천사처럼 속삭였다. 그녀의 뜨겁고 달콤한 숨결이 민의 귓불로 고스란히 전해졌다.

"네가 병신이라서 사랑하지 않는 거 아냐. 옛날에 바보랑 약속했기 때문이야. 평생토록 그 바보만 사랑하겠다고 약속했기 때문이야. 바보 때문에 앞으로도 널 사랑할 자신은 없어. 아마도 그 바보는 영원히 모르겠지만."

민은 자신을 사랑하지 않는다는 소라를 더욱 놓치기 싫었다. 사랑? 그런 것 없어도 함께할 수만 있다면 아무래도 좋다고 생각했다.

―그래, 가자. 히말라야로.

마음의 준비를 마친 두 사람은 빠르게 주변을 정리했다. 부동산은 모두 현금화시키고 주변 지인들에게는 공기 좋은 곳으로 요양을 간다고만 말해두었다.

두 달여의 시간이 흘러 소라가 임신 5개월이 된 그해 여름, 드디어 민과 소라는 한국을 떠나 이 땅의 끝으로 출발했다. 히말라야라 부를 수 있는 곳은 너무 광범위했으므로 잠정적으로 정한 인도가 그들의 목적지였다.

찌는 듯이 더운 1990년대 7월의 어느 날, 그들은 뉴델리로 가는 대한항공에 탑승했다.

비행기에 오르기 전 소라는 뒤돌아서서 그윽한 눈길로 주변을 둘러보았다. 아마도 한국에서의 마지막 풍경이 되겠지. 이 땅, 이 공기, 이 냄새, 사람들, 그리고 키가 크고 잘 웃던 한 남자⋯⋯. 소라는 그 모든 추억을 가슴에 새기기라도 하듯 눈에 들어오는 모든 것을 바라보았다.

민이 소라의 마음을 눈치 채고 어깨를 감싸안았다. 소라는 민을 보고 살짝 웃어주었다.

"그럼⋯⋯ 갈까?"

민이 고개를 끄덕였다. 민은 조심스럽게 소라를 부축하며 한국에서의 마지막 걸음을 옮겼다.

가족은 물론 장 대표나 용팔이조차도 모르게 민과 소라는 그렇게 모습을 감췄다. 이후로도 오랫동안 그들을 보았다는 사람은 나타나지 않았다.

혜성같이 나타나 가수왕까지 오른 남자 강민. 한국 최초 메이저리거의 연인으로 알려졌던 신소라. 그들은 정말 한국에서 살았던 걸까? 민과 소라는 사람들의 기억 속에서 서서히 잊혀갔다.

＊　＊　＊

선우가 세상에서 가장 좋아한다던 야구. 소라를 만난 후 야구는 두 번째로 밀려났다. 소라가 항상 먼저인 까닭이었다. 소라가 떠나간 후 다시 야구는 제자리로 돌아왔다.

메이저리그 3년차인 선우의 활약은 무시무시했다. 학생 야구 시절부터 선우의 주 무기는 투 피치였다. 타자를 윽박지르는 160㎞ 대의 대포알 같은 강속구와 폭포수처럼 큰 낙차를 그리며 위에서 아래로 떨어지는 파워 커브.

단조로운 구종으로 루키 시즌 전반기에 부진하던 선우는 예리한 슬라이더와 타자의 타이밍을 뺏는 체인지업을 추가시켰다. 그 결과 루키 시즌 후반기에야 선발 로테이션에 합류했음에도 10승 투수가 되었고, 작년에는 든든하게 팀의 2선발 자리를 지키며 17승 3패 방어율 2.35의 경이로운 기록을 남겼고, 3년차 선우는 리그 최정상급 투수로 성장했다.

더욱 무서운 건 선우의 나이가 이제 고작 이십대 초반이라는 점. 5년간 100만 달러라는 비교적 헐값에 메이저리그 계약을 맺은 그의 미래는 창창했다. 당장 소속팀 LA 피닉스는 계약이 만료되기 전 8년 장기 계약을 제시했으나 에이전트는 선우의 가치가 최고조에 이를 내후년에 대박을 치기 위해 일언지하에 거절했다.

대개의 한국 남자들은 실연을 당한 후엔 여자보다 더 힘들어한다. 떠난 여자를 잊기 위해 술이나 잡기에 빠져 한동안 방황하거나, 아니면 잊지 못해 극단적인 선택을 하는 경우도 많았다. 이별을 강요받은 후 군대를 탈영하는 병사, 전 애인의 집 앞에서 자살 소동을 벌이는 못난이, 그녀가 새로 만나는 현재 애인과 다툼 끝에 칼부림을 벌이는 철부지가 모두 남자인 것은 그런 이유에서이다.

선우라고 별반 다르지 않았다. 소라가 떠난 후 선우는 모든 것이 공허해졌다. 평소엔 유치하다고 생각하던 유행가 가사가 가슴에 와닿고, 보고 듣는 모든 것에 소라가 연상되었다. 사귀면서 잘해준 것은 하나도 기억나지 않고 못해준 것만 자꾸 생각나 괴로웠다.

경기가 없는 날 집에서 TV라도 보려 하면 떠오르는 그녀와의 추억들. 그래, 저 장소는 소라와 데이트를 하던 곳이지, 저 여자처럼 소라도 커피를 무척이나 좋아했지, 저 영화는 소라와 꼭 함께 보려 했는데 하는 식이었다.

비라도 내리면 더욱 우울해졌다. 무척이나 비를 좋아하던 그녀. 금방이라도 우산을 쓰고 텀벙텀벙 빗물을 튀기며 걸어올 것만 같아 자꾸만 창밖을 쳐다보곤 하였다. 전화기 벨이 울리면 혹시나 소라일까 싶어 깜짝깜짝 놀라곤 했다.

요즘도 밥보다 커피를 좋아하는지, 여전히 커피에 설탕을 넣어 저을 때 별을 세 개 그리는지, 껌을 살 땐 꼭 치클 향을 고르는지, 비가 온 날이면 어김없이 감기에 걸려 콜록거리는 건 아닌지, 아직도 남자와 걸을 땐 꼭 왼쪽에 서는지, 그리고 팔짱 끼고 발걸음을 맞춰 걸어야 즐거운지 그녀의 모든 것이 궁금한 선우였다.

그 어떤 것도 소라를 대신할 수 없는 선우에게 야구마저 없었으면 정말 폐인이 되었을지도 모른다. 이별을 하고도 더 좋은 성적을 낼 수 있던 건 야구만이 그에게 남아 있는 유일한 위로였기 때문이다. 또한 흔들리지 않고 일 구 일 구 혼신의 힘을 담아 공을 던지는 것만이 상처를 주고 모질게 떠나간 그녀에게, 배신의 고통을 안겨준 친구에게 해줄 수 있는 최고의 복수라고 믿었다.

어느덧 10월. 소속팀 LA 피닉스는 내셔널리그 서부지구 우승 후 '가을의 고전'이라 불리는 포스트시즌에서 선우의 활약에도 불구하고 월드시리즈에 진출하지는 못했다. 그럼에도 충분히 성공적인 시즌을 보낸 선우는 메이저리거로서의 모든 일정을 소화하고 한국으로 돌아왔다.

대한민국의 거의 모든 매체와 프로그램에서 선우를 섭외하기 위해 다양한 경로로 접촉해 왔다. 하지만 소라 없는 인생이 시들해진 선우는 떠들썩하던 작년과 달리 공식 행사를 일체 잡지 않고 사람들과의 만남을 최대한 피했다.

그러던 어느 날, 민의 매니저였던 용팔이에게 한번 보자는 연락이 왔다. 물론 선우는 볼 이유가 없다며 거절했지만 용팔이는 어떻게 알았는지 웨이트트레이닝을 하는 헬스클럽까지 찾아왔다.

"꼭 하고 싶은 말이라는 게 뭔데?"

서둘러 운동을 마치고 샤워를 한 선우는 미처 마르지 않은 머리카락을 타월로 털어내며 용팔이에게 물었다. 선우는 민이 미운 만큼 용팔이에게도 호의적일 수 없었다.

"도대체 민이 형에게 무슨 말을 한 겁니까?"

용팔이 역시 선우가 달갑지 않았다. 그는 자신이 처음 맡은 연예인인 민에 대한 존경과 신뢰, 자부심이 대단했다. 거리에서 버스킹을 하던 민을 장 대표가 처음 발굴했을 때부터 그의 로드매니저로 활동한 용팔이는 가수왕이라는 최정상의 위치에 설 때까지 24시간 민과 동고동락한 사이이다.

"민이 형이 감쪽같이 사라졌어요. 소라 누나도 함께. 미국에서 당신을 만났다던데 그때 분명 무슨 일이 있었던 거죠? 그렇지 않고서야 살던 아파트도 처분하고 장 대표님이나 나에게 행선지도 말하지 않고 도망치듯 떠날 리 없어요."

"내가 너에게 내 개인적인 문제까지 시시콜콜하게 밝혀야 하나? 가수라는 인간부터 그 매니저까지 얼빠진 녀석들 천지로군."

"누가 뭐래도 민이 형은 당신 친구 아닙니까? 소라 누나도 그렇고."

"친구? 누가 내 친구야? 한 번만 더 개소리 지껄이면 또 맞는다."

"당신 이선우 선수, 정말 아무것도 모르나 보네요."

"내가 더 이상 뭘 알아야 하는데? 그래, 네 말대로 친구라는 놈이 내 애인을 임신시켰고, 두 사람은 다정하게 손잡고 사라졌다. 넌 나에게 그 두 사람이 어디로 갔는지 물어보고 있는 거고. 이게 말이 되는 소리냐?"

용팔이가 말없이 듣고 있던 가방에서 무언가를 꺼내 선우에게 건넸다. 기사 스크랩이었다. 선우가 영문을 모른 채 파일을 하나하나 넘기며 정리된 신문기사들을 읽어 내려갔다.

가명 처리된 20대 여성이 〈제3국 연합〉이라는 조폭들에게 납치된 사건. 다음 날 경찰이 안산에서 무사히 구출하였으나 이미 성폭행 당한 후라는 것과 주범인 두목과 행동대장이 중국을 거쳐 태국으로 도주했다는 것. 가요계 루머를 다룬 기사도 있었다. 전년도 가수 왕 강민을 둘러싼 여러 가지 의혹이 담겨 있었다.

"뭐야, 이 기사들은?"

짐짓 태연한 척 말했지만 선우의 목소리가 약간 떨리고 있었다. 순간 어지러이 머릿속을 맴도는 퍼즐 조각. 선우는 등골이 서늘해지며 식은땀이 났다.

"아직도 모르겠어요?"

"설마……?"

용팔이가 담배를 한 대 꺼내 피워 물었다. 깊게 연기를 들이마시곤 하늘을 향해 길게 내뿜었다. 하얀 연기가 세차게 피어오르더니 금방 허무하게 사라졌다.

"이제 눈치 챘겠지만 조폭들에게 납치된 여성은 소라 누나예요. 미국으로 출국하기 이틀 전 일이었죠. 몸값을 노린 조폭들이 왜 직업도 없는 소라 누나를 노렸을까요? 이선우 선수의 애인이기 때문이죠."

선우가 말문을 잃고 멍하니 서서 용팔이 얘기를 듣고 있는데 일순 다리에 힘이 풀렸다. 선우는 겨우 벽을 짚고 몸을 지탱했다.

"누나는 그 사건으로 인해 성폭행을 당했어요. 엄청난 정신적 충격을 입고 한동안 입원했죠. 누나는 미국으로 안 간 게 아니라 못 간 겁니다. 아마도 당신에게는 거짓말을 했겠죠."

"그럴 수가……."

"신문에는 보도되지 않았지만 소라 누나를 구출한 건 민이 형이었어요. 〈전국 폭주족 연합〉이 아무 대가 없이 도와주었죠. 그리고 형은 소라 누나의 복수를 위해 태국으로 건너간 거예요. 당신을 대신해서 말이죠."

"……."

"민이 형은 태국에서 한쪽 눈과 손가락 한 개를 잃었어요. 더욱 끔찍한 건 혀가 잘렸다는 거죠. 노래는커녕 말도 제대로 못하는 불구가 되었단 말입니다."

선우가 스르륵 벽에서 무너져 내렸다. 그의 빛나던 청춘도 함께 무너지려하고 있다. 1990년대 11월의 어느 날, 선우는 진실과 마주하고는 끝없는 고통 속에 나락으로 떨어지는 기분을 느꼈다.

12.

폭풍 속으로

선우는 언제나 소라가 애인이라는 것이, 민과 친구 사이라는 것이 자랑스러웠다. 그래서 주변 사람들에게 늘 이렇게 말하고 다녔다.

"제가 세상에서 가장 사랑하는 사람이 둘 있어요. 한 명은 여잔데요, 이름은 소라예요. 귀여운 얼굴에 슬픈 눈망울을 한 아주 착하고 속 깊은 아이랍니다. 피부는 또 얼마나 하얀데요. 그건 색깔로 표현할 수 없어요. 백인의 피부와는 또 다른, 눈처럼 희고 투명한 그 살결이 저는 너무나 좋아요. 또 한 명은 남자입니다. 민이라는 녀석인데요, 제가 봐도 정말 잘생긴데다 노래를 기가 막히게 잘 부르죠. 기타랑 피아노도 끝내주게 잘 치고 싸움도 엄청 잘해요. 게다가 의리 빼면 시체인 친구예요."

사랑하던 사람들이 떠났다. 모질게 '이 땅의 끝'으로 사라지라고 저주했다. 불구가 된 남자와 임산부인 여자는 결국 흔적 없이 사라지고 말았다.

"소라 누나가 민이 형의 아이를 가진 건 아마 동정심이 맞을 거예요. 목숨 걸고 구해주었음에도 순결을 잃은 소라 누나를 위해, 또 이선우 선수 당신을 위해 주범을 찾아 혼자 태국으로 건너갔다가 반병신이 되었으니까요. 일상생활마저 제대로 하기 힘든 민이 형의 수발을 돕다가 어느 사이 같이 살게 되었거든요. 본인 또한 성폭행으로 인한 정신적 충격에서 벗어나지 못했을 테니 서로 의지하다 아이까지 가지게 된 거죠."

선우는 할 말을 잃었다. 아무런 생각도 나지 않았다. 가슴 깊은 곳으로부터 치밀어 오르는 분노와 후회의 감정들로 끄윽 하며 단말마를 토해낼 뿐이었다.

"어쨌거나 두 사람 다 당신에게 많이 미안했겠죠. 그 몸을 하고 둘이 미국까지 날아갔을 때에는 뭔가 이유가 있었겠죠. 아마 용서를 바라지는 않았을 거예요. 어떤 형벌을 받고 죄책감을 씻고 싶지 않았을까요? 도대체…… 무슨 말을 한 겁니까? 어떤 형벌을 내린 거냐고요."

그래서 민은 한마디 말도 하지 못했나. 그래서 민은 끝내 선글라스를 벗지 않고 버텼나. 그래서 소라는 민을 감싸 안았나. 선우의 기억들이 퍼즐조각을 맞추며 어지럽게 돌아갔다.

"나는…… 두 사람에게 내 눈 앞에서 사라지라고 했다. 평생 마주칠 수 없는 곳으로 떠나라고 했다. 한국이나 미국에서 두 번 다시 볼 수 없는 곳으로 가라 했다. 이 땅의 끝으로 꺼져 버리라고…… 했다."

"이 땅의 끝? 그게 어딘데요?"

"나도 모른다. 그냥…… 나는 너무 화가 났고…… 배신감에 이성을 잃었고…… 그래서 입에서 나오는 대로 말한 건데……."

민의 행방을 좇는 용팔이와는 별개로 선우도 그들을 찾아 나섰다. 심부름센터 사람을 고용하는 한편, 비시즌이라 시간이 있던 자신도 소라와 민을 추적하기 시작했다.

그런데 참으로 희한한 일이었다. 불과 얼마 전까지 이 땅에서 숨 쉬고 살았을 두 사람의 흔적은 어디에서도 발견되지 않았다. 알아낸 것은 급히 부동산을 처분했다는 것과 가족을 포함한 지인들에게 먼 곳으로 요양 갈 생각이니 찾지 말라는 말을 남겼다는 것 정도.

도대체 어디로 갔을까? 불구인 남자와 임산부인 여자는 그 몸으로 어디로 떠났을까? 선우는 섣부르게 내뱉은 자신의 저주를 후회하고 또 후회했다.

그러던 중 케빈의 도움으로 경찰 쪽에 선을 대서 비행기 탑승자 명단 확인 과정에서 소라와 민의 이름을 발견했다는 소식이 들려왔다. 케빈이 관련 서류를 선우에게 내밀었다.

"여기 봐. 지난 7월 14일 뉴델리로 가는 대한항공 탑승자 명단에 두 사람의 이름이 있어. 여기는 아직 검색 서비스가 지원되지 않아서 한국에서 출국하는 승객 명단을 일일이 수작업으로 확인했지. 그들은 인도로 간 것이 분명해."

"인도? 그곳엔 왜?"

"그거야 모르지. 인도는 성스러운 신들의 땅이라고 불리니 마음의 위안을 얻고 싶었던 걸까? 세계의 지붕이라는 히말라야 산맥이 있는 곳이니 '세상 끝'이라고 생각했을 수도 있겠고."

"이런 바보 같은……."

선우는 심부름센터 직원을 인도로 급파했다. 어느덧 선우의 휴가

기간이 끝나가고 있었다. 인도 직원에게 그들의 행적을 찾게 되면 바로 연락 달라는 메시지를 남겼다. 선우는 불안한 마음으로 평소보다 일찍 시작한 LA 피닉스의 윈터 캠프에 합류하기 위해 다시 미국으로 돌아갔다.

오전에 캠프에 나가 간단한 훈련을 하고 오후 4시면 퇴근하는 단조로운 겨울 활동. 선우는 시간이 많이 남아돌았고, 기다리는 소라와 민의 소식은 들려오지 않았다. 페넌트레이스 기간 중이라면 야구에 집중하면서 마음을 다잡을 수 있었을 텐데 무료한 날들이 이어지면서 선우는 점점 피폐해졌다.

소라가 납치되어 성폭행 당하는 장면이 상상하지 않으려 해도 머릿속에서 떠나지 않았다. 민의 눈이 지져지고 손가락과 혀가 잘리는 꿈을 수도 없이 꾸면서 선우는 잠자는 것이 두려워졌다. 그토록 사랑한다는 여자 하나 보호하지 못했다는 자책감과 자기 대신 복수에 나섰다 불구가 된 친구에 대한 죄스러움이 서서히 선우를 압박해 왔다.

그러던 중 선우는 LA 시내 술집에서 일하는 한국인 지인으로부터 전화 한 통을 받았다. 선우의 교포 응원단장 역할을 하는 사람으로 열렬한 광팬이었다.

[이선우 선수? 우리 가게에 중국계 조폭으로 보이는 몇 명이 와서 술을 마시고 있는데요, 자기들끼리 얘기하는데 한국의 유명한 가수를 작업했다는 내용이 있어서요. 아무래도 강민 씨 말하는 것 같은데⋯⋯.]

그는 선우와 민의 사이를 알고 있었다. 우연히 엿들은 손님의 대화에서 심상치 않은 부분이 있어서 급히 선우에게 전화를 건 것이다.

"내용이 뭡니까?"

[중국어와 한국어를 섞어 써서 정확히 알아들은 건지는 모르겠는데 자신이 여기 차이나타운에 피신해 있지만 한국에서 아주 유명한 가수를 태국에서 작업했다고 하네요. 눈과 혀를 뽑고 손가락을 자르고, 뭐 그런 대화를 주고받아요.]

선우의 몸이 부르르 떨려왔다. 끓어오르는 감정을 간신히 자제하며 선우가 물었다.

"혹시 저와 관련된 얘기는 없던가요?"

[이선우 선수는 잘 모르는 것 같았어요. 알잖아요, 중국 애들 야구는 문외한인 거.]

"제가 바로 가겠습니다. 몇 가지 부탁 좀 할게요."

용팔이가 건네준 신문기사에서 본 〈제3국 연합〉 보스나 핵심 인물임이 분명하다고 선우는 판단했다. 제보를 한 웨이터에게 그들이 못 가게 시간을 끌어줄 것과 자신이 가게 되면 신분을 감춰달라고 부탁했다.

선우는 한달음에 다운타운으로 갔다. 술집에 도착하기까지의 30여 분 동안 별의별 생각이 다 들었다. 도대체 내 애인과 내 친구에게 왜 그랬는지 묻고 싶은 게 한두 가지가 아니었다.

꿀꺽 마른침을 삼킨 선우는 혹시 사람들이 알아볼까 싶어 선글라스를 끼고 룸을 안내받았다. 웨이터는 선우의 당부대로 조폭들에게 당신들의 이야기에 흥미를 느끼는 돈 많은 재미교포 2세 젊은이가 스폰서 제의를 해왔다며 슬쩍 운을 띄웠다.

"흐흐, 부동산 쪽에서 떼돈을 벌었다 이거지. 사업 성격상 우리 같은 청부업자들과의 결탁이 필요하다는 그런 말씀?"

"그거야 서로 만나봐야 할 수 있는 얘기죠."

"좋아, 가보지. 어디 있나?"

왜소한 체구에 뱀처럼 찢어진 눈매, 〈제3국 연합〉의 보스 장원춘이었다. 태국에서 민을 난도질하는 등 또다시 사고를 일으킨 장원춘은 쏨차이와 결별하고 혼자 LA 차이나타운으로 흘러들어 온 참이었다. 미국에서 자리를 잡기 위해 뒷골목을 전전하던 차에 술집 주인의 말은 구미가 당기는 일이었다. 잘하면 젊은 졸부와 줄이 닿을지도 모르고, 그렇게만 된다면 확실한 돈줄이 생기는 것이다.

LA 다운타운에 위치한 술집 〈데스티네이션〉 밀실로 장원춘과 차이나 마피아로 보이는 사내 둘이 들어섰다. 장원춘은 안산에서 소라를 납치, 성폭행하고 방콕에서 민을 불구로 만든 바로 그 사람이었다.

세 사람의 인생을 꼬이게 만든 장본인을 선우는 처음으로 직접 마주했다. 룸에는 폭풍전야 같은 긴장감이 감돌았다.

간단한 눈인사를 나눈 그들이 소파에 걸터앉았다. 웨이터가 익숙한 솜씨로 얼음을 채운 잔에 위스키를 따라 테이블에 올렸다. 잘 깎인 얼음 조각 사이로 황금빛 액체가 스며들었다.

"젊은 재력가라고 들었는데, 저에게 관심이 있으시다고?"

장원춘이 온더록스 위스키를 천천히 입으로 가져갔다. 꿀꺽. 차가운 스코틀랜드의 21년산 스카치위스키가 풍미를 더하며 부드럽게 목구멍을 넘어간다. 오랜 도피 생활로 싸구려 술만 마셔온 장원춘이 혈액을 타고 전신으로 퍼지는 고급 알코올의 기분 좋은 효과에 만족스러운 웃음을 지었다.

"그보다…… 간단한 이력을 듣고 싶소만. 잔챙이는 필요하지 않아서 말이지."

잔을 내려놓은 장원춘이 혀로 입술에 남은 위스키의 잔액을 훑으며 눈을 번뜩였다. 가늘고 길게 찢어진 눈매가 몹시 음흉해 보였다.

"말하자면 면접 같은 거요?"

"좋으실 대로 생각하시오. 나에게 필요한 능력이 있는지 궁금할 뿐이오."

치즈 한 조각을 씹던 장원춘은 잔에 남은 위스키를 마저 입에 털어 넣었다. 크리스털 잔에서 채 녹지 못한 얼음이 달그락거렸다.

"나는 조선족 출신이요. 연변에서 조직을 만들어 나름 기반을 구축하다 한 놈을 죽이고 말았지. 공안에게 쫓겨 피신한 곳이 한국이었소."

장원춘은 마치 면접이라도 치르는 것처럼 자신의 세를 과시하기 위해 〈제3국 연합〉의 보스였다는 사실과 몇 가지 전과를 자랑스럽게 이야기했다.

"압권은 태국에서였소. 그 가수란 녀석이 겁도 없이 나를 쫓아온 거요. 어디서 구했는지 총까지 들이댔지만 벌벌 떨며 쏘지 못하더이다. 바로 잡아다 빨래질을 해줬지. 사실 안산에서 꼬맹이들한테 당한 거 생각하면 죽여 버리고 싶었지만 목숨만은 살려뒀소. 하기야 죽는 게 더 나았을 수도 있겠지. 눈을 지지고 혀와 손가락을 잘랐으니 말이오. 크크크크, 나름 한국에서 잘나가는 가수였다는데."

장원춘의 이야기를 듣던 선우는 말없이 위스키를 한 모금 들이켰다. 갑자기 민이 보고 싶었다. 대학로에서 거리 공연을 하던 민의 행복한 얼굴이 떠올랐다. 녀석은 다시는 기타를 치며 노래하지 못하겠지.

"그는 전년도 한국의 가수왕이었소. 앞길이 창창한 그가 왜 방콕까지 당신을 찾아왔을까?"

"아마도 우리가 납치한 여자애 때문이겠지. 중국에선 유괴한 여자는 반드시 몸을 취하거든. 그래야 후환이 없어. 가수왕인지 뭔지 하는 녀석은 분하고 억울했겠지. 단순한 친구가 아니었을 수도 있겠네. 그러니까 방콕까지 쫓아온 것 아닐까?"

"그녀는…… 그 여자는 어땠나? 당신에게 당할 때……."

장원춘이 새로 채워진 술잔을 빙빙 돌려 얼음을 녹이더니 꿀꺽꿀꺽 마셨다. 위스키가 장원춘의 식도로 넘어가면서 목젖이 볼록거리는 게 선우는 눈에 거슬렸다.

"당신…… 그런 이야기 좋아하는군. 흐흐흐. 상당히 변태적이야."

"……."

"아쉽게도 즐기지 못하더군. 내가 기술 하난 끝내주는데 그 여자 처녀였거든. 거세게 반항하는 걸 무자비하게 때려줬지. 누군가를 조질 땐 눈도 마주치지 못할 정도로 공포심을 안겨줘야 해. 여자라고 봐주지 않는다."

선우가 돈줄이 될 수도 있다고 확신한 장원춘은 자신이 얼마나 잔인하고 냉혹한지에 대해 설명했다. 그래서 젊은 재력가의 마음에 들고 싶었다.

"맞은 얼굴에서도 피가 나고, 사타구니 사이에서도 피가 나고. 난 그래서 처녀가 싫어. 비릿한 피 냄새는 정말 역겹거든. 딱 하나 좋았던 건 그 여자, 순진한 얼굴을 하곤 의외로 가슴 하난 크더군. 아직도 이 손에 그 느낌이 남아 있어."

장원춘이 손바닥을 펴 보였다. 선우는 또 갑자기 소라가 보고 싶었다. 선우가 너무 좋아 예쁜 신부가 될 거라던 그녀. 세상 모든 것을 사랑하던 꿈 많은 그녀는 그 사건 이후 어떻게 견뎌냈을까? 선우는 가슴이 찢어지게 아팠다.

"잠깐 나가 있어요."

선우가 서빙을 하던 웨이터를 내보냈다. 밀실에는 네 명의 남자만 남았다. 선우는 자리에서 벌떡 일어나 장원춘 앞에 섰다. 선우가 손을 내밀자 장원춘이 악수를 청하는 줄 알고 자리에서 일어나 자신도 손을 내밀었다.

우직.

그 순간 선우의 크고 단단한 주먹이 장원춘의 면상에 꽂히며 뼈가 부러지는 소리가 났다. 장원춘의 몸이 소파로 넘어감과 동시에 좌우에 있던 중국계 마피아 두 명이 칼을 뽑았다. 선우는 최단거리에서 왼쪽 팔꿈치로 한 놈의 턱을 갈기고 연이어 묵직한 오른손 강펀치를 풀스윙으로 얼굴에 먹였다.

다른 한 명이 칼을 쭉 내밀었다. 선우는 피하지 않고 칼날을 손으로 쥐어 잡았다. 손바닥에서 피가 줄줄 흘러내렸지만 선우는 아랑곳하지 않고 왼손으로 상대의 칼 쥔 손목을 거칠게 움켜잡고 비틀었다. 그러자 우득 하는 섬뜩한 소리와 함께 뼈가 부러졌다. 상대의 손목을 붙들고 제압한 상태에서 얼굴에 수차례 연타를 먹였다. 바위처럼 단단한 선우의 주먹이 사정없이 꽂히며 상대는 그대로 휘청거리더니 실신해 버렸다.

선우와 민의 중고교 시절, 잠실 일대에는 두 명의 싸움꾼이 있었다. 사람들은 파워의 선우, 테크닉의 민이라 불렀다. 우직하게 힘으로 몰아붙이는 선우에게는 전설의 싸움꾼이라는 민도 함부로 덤벼들지 못했다. 싸움판을 찾아다니는 민과는 달리 운동부이던 선우의 싸움은 횟수가 잦지 않았을 뿐 한번 화나면 무섭고 압도적이었다.

우당탕탕 소란이 일자 웨이터와 술집 종업원들이 몰려들었다. 밀실에는 세 명의 차이나 마피아가 누워 있었고, 선우는 피를 뒤집어쓴 채 우두커니 서 있었다.

"이, 이선우 선수, 무슨 일이에요?"

선우가 뒤돌아보며 대답했다.

"그냥, 술 마시는데 저놈 목젖이 볼록거리는 게 영 거슬려서……."

"일, 일단 나오세요. 경찰이 올 거예요. 얼른 케빈에게 연락해서 변호사부터 부르세요."

"아직 난…… 아직 나는 할 일이 남아 있어요."

선우가 바닥에 떨어진 칼을 집어 들었다. 그리고는 천천히 소파에 널브러져 있는 장원춘에게 다가갔다. 술집 종업원이자 선우의 응원 단장인 웨이터가 선우의 허리를 감싸고 제지했다.

"이선우 선수, 칼 쓰면 안 돼요. 여긴 미국이에요. 곧 경찰이 올 텐데 무기가 있으면 총격 받을 수도 있습니다. 지금이라도 괜찮아요. 칼 내려놓아요."

선우가 처연히 미소 지었다. 왠지 몹시 슬픈 얼굴로 말리는 웨이터를 떼어놓은 선우는 칼을 쥔 채 장원춘 옆에 섰다.

"지금 제가 가는 길이 옳지 않다는 거 알아요. 하지만 남자는 가지 않아야 할 길을 가야 할 때도 있죠. 지금이 그때예요."

"이선우 선수는 최정상급 메이저리그 선수입니다. 반드시 후회하게 될 거예요!"

"그렇겠죠? 나는 후회하겠죠. 그렇지만 만약 내가 여기서 두려워서 멈춘다면…… 더 후회할 것 같아서요."

말을 마친 선우는 칼을 장원춘의 눈에 박아 넣었다. 퍽 하고 선혈이 튀었다. 보고 있던 사람들이 비명을 질러댔다.

민.

너를 처음 알게 된 건 중2 어느 봄날이었어. 너와 난 같은 학교는 아니었지. 고작 열다섯 살의 어린애가 자기 친구가 맞았다며 배짱 좋게 우리 학교로 쳐들어온 그날, 난 너 같은 친구를 갖고 싶었다.

"끄아아악!"

선우의 강력한 펀치를 맞고 안면부가 함몰되면서 정신을 잃은 장원춘이 짐승의 울부짖음 같은 비명을 질렀다. 선우가 찔러 넣은 날카로운 칼날이 장원춘의 눈동자를 파열시켰다. 칼을 뽑자 피가 분수처럼 튀었다. 구경하던 사람들이 잔인한 장면에 고개를 돌렸다.

선우의 칼은 멈추지 않았다. 장원춘의 손을 우악스럽게 잡아 억지로 손가락을 폈다. 칼날을 대고 썰어보았지만 뼈가 걸려 좀처럼 끊어지지 않았다. 선우는 칼을 손가락에 올려 단단히 손으로 잡은 다음 발뒤꿈치로 거세게 찍어 밟았다. 서걱! 장원춘의 손가락 하나가 잘렸다.

"우아아악!"

민.

너와 같은 고등학교에 입학했을 때 몇 번이나 친구 하자고 말하고 싶었는지 몰라. 그깟 자존심이 뭐였는지 3학년이 되도록 그 말을 하지 못했네.

장원춘의 손가락이 잘려 나간 걸 확인한 선우는 이번엔 입으로 칼을 들이댔다. 강제로 입을 벌리기는 했지만 여간해선 혀를 뽑아낼 수 없자 입을 찢어 칼날을 마구 헤집었다. 장원춘의 입에서 새빨간 피가 콸콸 쏟아져 나왔다.

민.

3학년 전국대회에서 넌 내 대신 싸워주었다. 혼자 퇴학당하고 교문을 나서는 너에게 난 같이 걸어주는 것밖엔 해줄 수 있는 게 없었지. 그런 나에게 넌 친구라고 말해주었어. 난 참 기뻤어.

멀리서 사이렌 소리가 울린다. 선우는 그 소리가 마치 꿈결처럼 아득하게 들렸다.

"그만 하세요! 이선우 선수, 경찰 떴어요!"

민.

너의 기타는, 너의 피아노는, 너의 노래는 아마도 나의 야구와 같은 의미겠지? 내가 병신이 되어 두 번 다시 야구를 못 하게 된다면 난 어떻게 될까? 왜 난 병신이 된 너를 보듬어주지 못하고 그토록 모질게 때렸을까?

온몸에 피를 뒤집어쓴 선우가 중얼거렸다. 선우의 모습은 마치 지옥에서 튀어나온 악마와 다름없었다.

"아직…… 아직이요."

그리고 소라. 얼마나 아팠을까? 얼마나 고통스러웠을까? 얼마나 서러웠을까? 네 흐르는 피를 닦아주지 못해서 미안해. 널 지켜주지 못해서 정말 미안해.

"이선우 선수, 폴리스가 진입했어요! 빨리 칼 버려요!"

소라. 바보 같은 난 내 생각만 하고 있었어. 네게 어떤 일이 있었는지 한 번도, 단 한 번도 묻지 못했어. 나 혼자 아프고, 나 혼자 힘들다고 투정 부렸어. 그래서 미안해. 정말 미안해.

경찰들의 구둣발 소리가 가까워지고 있다. 시간이 없었다. 선우는 칼로 장원춘의 바지를 찢었다. 그리고 테이블 위의 맥주병을 들어 벽에 대고 깨뜨렸다. 절반쯤 남은 깨진 맥주병을 장원춘의 아랫도리에 힘껏 박아 넣었다.

"Put your hands up(손들어)!"

순식간에 들이닥친 LA 경찰들이 선우와 대치했다. 사람들이 우르르 몰려나갔다.

"Throw away your knife, turn around, and put your two hands

against the wall(천천히 칼을 버리고 뒤로 돌아서 양손으로 벽을 짚어)!"

"제기랄. 한국말로 하라고."

선우가 칼을 높이 들었다. 경찰들이 일제히 선우를 향해 총을 겨누었다.

"한국 속담에 이런 말이 있어. 남자는 한번 칼을 빼면 무라도 썰어야 된다고."

선우는 처연하게 웃었다. 선우의 웃음은 왠지 섬뜩하고 쓸쓸했으며 슬퍼 보였다. 선우는 칼을 들어 장원춘의 목을 향해 내리쳤다.

탕!

LA 경찰은 매뉴얼대로 지정된 사수가 총을 쏘았다. 실탄이 한 발 발사되었다.

퍽!

총알은 선우의 오른쪽 어깨에 아프도록 박혔다. 선우는 본능적으로 왼손으로 오른쪽 어깨를 감싸 쥐었다. 피가 줄줄 흘러내렸다.

제기랄. 어째서 이렇게 된 거지? 난 그저 세상에서 가장 빠른 공을 던지고 싶을 뿐이었는데. 난 사랑하는 사람과 오래오래 행복하게 살고 싶을 뿐이었는데.

경찰들이 재빨리 선우를 제압하고 팔을 뒤로 꺾은 다음 수갑을 채웠다.

"As a flagrant offender of Special Killing, You are under arrest without a warrant pursuant to article 212 of the criminal procedure law(당신을 특수살인 현행범으로 형사소송법 제212조에 의거, 영장 없이 체포한다)."

누군가 미란다원칙을 읊었다.

"You have the right to remain silent, Anything you say can and will be used against you in a count of law(당신은 묵비권을 행사할 수 있으며, 당신이 한 발언은 법정에서 불리하게 사용될 수 있습니다). You have the right to speak to an attorney, and to have an attorney present during questioning(당신은 변호사를 선임할 수 있으며, 질문을 받을 때 그에게 대신 발언하게 할 수 있습니다). if you cannot afford an attoraey, one will be appointed for you(만약 변호사를 쓸 돈이 없다면 국선변호사가 선임될 것입니다). Do you understand trese rights(이 권리가 있음을 인지했습니까)?"

"뭔 소리야? 나는…… 나는 LA 피닉스 투수다! 내 매니저 케빈 불러줘!"

수갑을 뒤로 찬 채 바닥에 엎어진 선우가 소리쳤다. 선우가 맹렬히 저항하자 경찰봉이 등을 강타했다.

"이선우 선수! 아무 말하지 말아요! 케빈이 변호사 데리고 올 때까지 입 열지 말아요!"

응원단장이자 술집 웨이터가 다급히 외쳤다. 경찰이 그런 그를 제지하고 선우를 긴급 체포해 경찰차로 옮겼다.

1990년대를 강타한 전대미문의 현역 메이저리거, 특수살인 미수 사건. LA 다운타운에 위치한 술집 〈데스티네이션〉에서의 난동은 주범 이선우의 검거로 일단락되는 듯했지만 아직 엄청난 후폭풍이 남아 있었다.

후송된 선우는 경찰서 유치장에서 신음했다. LA 경찰은 한국계와 중국계 마피아 간의 이권 다툼으로 규정, 총에 맞은 선우를 간단한 응급처치만 한 채 방치했다. 선우는 서툰 영어로 전화를 요구했지만 묵살당했다. 밤늦은 시간이라 뒤늦게 연락을 받은 케빈이 부랴부랴 경찰서로 달려왔고, 선우가 현역 메이저리거임을 인지한 경찰은 뒷수습에 나섰다.

그날 새벽, 선우는 어깨에 박힌 총탄을 빼내는 수술을 받았다. 케빈이 LA 피닉스 구단 측 고문변호사의 도움을 요청했다. 하지만 구단은 긴급 보도 자료를 통해 피닉스 선수로서가 아닌, 개인적인 문제로 사회적인 물의를 일으킨 선우를 임의 탈퇴 처리하고 향후 어떠한 도움도 주지 않을 것임을 공표했다. 입단계약서 상에 명시된 메이저리거로서의 품위를 훼손하거나 구단 이미지를 실추시키는 사건을 일으킬 시 퇴단 조치한다는 규정에 의거해서였다.

최정상에서 누구보다 빛나던 청춘. 선우가 급속도로 추락하고 있었다.

선우의 살인 미수 및 폭행치사 구속 사건은 한국 사회는 물론 미국 메이저리그 팬들에게도 엄청난 파장을 불러일으켰다. 공인 신분인 현역 메이저리거의 자성을 촉구하는 시민단체와 인권위의 비난 성명이 발표되었고, 선우 측 대변인은 사건에 대해 어떠한 반박도 하지 않은 채 경찰 수사에 적극 협조하겠다는 뜻만 밝혔다.

사건 발생 3일 후. 졸지에 가해자의 조국이 되어버린 한국 측 청와대의 긴급 입장 표명이 있었다. 이례적으로 대한민국 대통령이 직접 미국 시민과 중국인, 더 나아가 전 세계의 메이저리그 팬들에게 심심한 사과의 말을 전하는 일이 벌어졌다. 힘없는 국가가 미국과 중국의 눈치를 본다는 여론이 형성되며 한국인과 재미교포들의 불만이 커져갔다.

사건 발생 일주일 후. LA 피닉스 구단의 방출 통보에 이어 MLB(미 메이저리그 사무국)는 선우의 메이저리그 선수 자격 박탈을 전격 발표하며 프로 스포츠계를 충격에 몰아넣었다. 스물두 살의 전도유망한 메이저리그 선발투수의 선수 생명을 재고의 여지없이 단번에 빼앗을 만큼 선우의 폭행은 잔혹하게 재구성되었다.

"여기는 전 LA 피닉스 소속 메이저리그 야구선수 이선우 씨의 1차 공판이 진행 중인 미국 캘리포니아 로스앤젤레스 미연방법원 정문 앞입니다. 술에 취한 상태에서 시비 끝에 중국계 마피아 세 명을 잔인하게 폭행한 혐의로 구속된 이선우 씨의 검찰 조사가 빠르게 이루어진 만큼 오늘의 공판 결과를 비관적으로 예상하는 한국 쪽 전문가들이 많은데요……."

가랑비가 흩뿌리는 가운데 우비를 입은 한국인 특파원이 뉴스 보도를 위해 촬영 중이었다. 피해자 신분이 마피아라고는 하지만 중국과 외교 마찰을 빚고 싶지 않은 미 정부로서는 선우에 대한 실형 선고가 불가피한 분위기라는 것이 현지의 취재 결과라는 내용이었다. LA의 우중충한 잿빛 하늘이 한바탕 큰비를 내릴 것처럼 요동치고 있었다.

선수 자격을 박탈당한 선우는 소속 구단이나 선수협의 도움을 얻을 수 없어 최고의 변호인단을 구성하는 데 실패했다. 케빈이 겨우 협조를 구한 재미교포 한국인 변호사가 선우의 변호를 맡았다. 하지만 선우는 폭행의 원인에 대해 함구했다. 따라서 소라의 납치사건과 민에 대한 테러는 이 사건과 아무런 연결고리를 가지지 못했다.

공판 전 마지막 회견에서 케빈은 선우를 적극적으로 설득해 보았다. 납치 후 성폭행을 당한 약혼녀와 대신 복수에 나섰다가 도리어 불구가 된 친구를 사건의 발단으로 몰면 약자에 대한 동정 여론이 강한 미국 사회의 특성상 무죄 판결이나 집행유예를 이끌어낼 수 있다고 선우를 강하게 압박했다.

"선우야, 제발 내 말 듣자. 무죄 판결이면 박탈된 선수 자격을 회복할 수도 있어. 아직 마지막 희망이 있다고."

접견실에서 케빈의 말을 들은 선우는 대답 대신 쓸쓸히 웃고 있었다. 야구 유니폼 대신 회색 죄수복을 입고 야구공과 글러브 대신 수갑을 찬 모습. 미국에 건너오기 전부터 선우의 통역이자 개인 매니저 역할을 해온 케빈으로서는 답답하고 미칠 노릇이었다.

"너, 야구 좋아하잖아. 세상에서 야구가 제일 좋다며? 이대로 입을 다물면 영원히 야구 못 할 수도 있다는 거 몰라?"

가슴이 아프도록 쓸쓸히 웃기만 하던 선우가 나지막이 케빈을 불렀다.

"형."

"그래."

"케빈이라는 미국 이름 말고 한국 이름 있어?"

"갑자기 그건 왜?"

"생각해 보니까 그렇게 붙어 지냈으면서도 형 이름 한 번 불러주지도 못했네. 후회가 돼서 그래."

케빈이 마른침을 꿀꺽 삼켰다. 그리곤 쑥스러운 듯 뒤통수를 긁었다. 그도 어느덧 선우를 닮아가고 있었다.

"김…… 만덕. 내 한국식 이름은 김만덕이야."

"우하하하! 그게 뭐야? 되게 촌스러운 이름이네. 만득이가 뭐야? 하하하하!"

"만득이가 아니라 만덕. 김.만.덕!"

만덕 케빈 킴은 호탕하기 그지없는 선우 특유의 웃음소리를 듣고 있자니 왠지 가슴이 미어졌다. 누구보다 야구를 좋아하던 소년으로 만나 메이저리그를 호령하는 선발투수로 키웠는데 어린 풀이 바람에 쓰러지려 하고 있다. 아무것도 해줄 수 있는 게 없는 자신이 원망스러운 케빈이었다. 어쩌면 소라와 민에게 선우 또한 그런 감정이 아니었을까?

"만득이 형……."

자신이 먼저 하고 싶었는데 한 발 먼저 선우가 수갑을 찬 손으로 케빈의 손을 맞잡았다. 크고 따스한 녀석의 손.

"인마, 만덕이라니까."

"만득이 형, 몇 년간 내 투정 다 받아주고…… 영어 한마디 못 하는 내 수발 다 들어주고……. 고맙다, 정말."

"이 자식이 끝까지……. 너, 왜 그래?"

"한동안 형이랑 떨어져 있어야 할 것 같아서 그래."

"자꾸 재수 없는 소리 할래? 어떻게든 유리하게 재판 끌고 가야 할 거 아냐? 그러려면 소라 씨 납치 사건부터 연관성을 입증해야 한다고! 민이도 왜 병신이 되었는지 밝혀야 네가 산다고!"

선우가 또 웃었다. 유난히 밝고 잘 웃던 아이. 홈런을 맞고서도 씩 웃고 말던 녀석. 그런데 오늘 선우의 웃음은 자꾸 가슴을 아프게 한다. 그 쓸쓸한 미소의 의미가 무엇인지 너무나 잘 알아서 케빈은 더욱 가슴이 아팠다.

"이 새끼, 나보고 뭘 어쩌라고……. 난 너뿐인데, 난 너만 잘되면 되는데……."

케빈은 진작 눈치 채고 있었다. 선우가 모든 사건을 묻어두고 가고 싶어 한다는 걸. 사랑하는 여자의 수치스러운 과거를 세상에 공개하고 싶지 않다는 걸. 신뢰하는 친구를 여전히 슈퍼스타로 대중들에게 기억시키고 싶다는 걸. 선우의 마음속에서 소라는 언제나 순결한 여자로, 민은 언제나 완벽한 남자로 살게 하고 싶다는 것을.

"만득이 형, 형이 내 매니저여서 정말 고마웠어. 미국으로 오는 날, 소라랑 멋진 리무진 태워줘서 고마웠어. 난 지금도 기억나. 차창 밖으로 내리던 첫눈, 소라의 손톱 끝에 남아 있던 봉숭아물, 그리고 그 황금색 스파클링 와인의 꽃향기, 조수석에 앉아 형이 소리치던 치어스!"

"선우야, 인마!"

"내 방 옷장 제일 밑에 있는 서랍 열어봐. 내가 최고의 매니저이자 통역이었던 만득이 형한테 주는 선물 있다."

끝까지 자신을 만득이라 부르는 선우. 선우는 1심에서 장원춘에 대한 폭행 후 잔인한 2차 가해가 살인미수로 적용되어 15년형을 선고 받았다. 예상 밖의 중형임에도 선우는 항소하지 않고 자신의 죄를 인정하며 묵묵히 공판을 마쳤다. 케빈이 크게 선우를 불러보았지만 그는 예의 쓸쓸한 미소를 지으며 법정을 퇴장했다.

LA 피닉스의 정직원이 아닌 까닭에 더 이상 구단 소속으로 활동할 수 없던 케빈은 LA 선우의 집을 정리하며 그가 마지막으로 남긴 말대로 옷장 서랍을 열어보았다. 그곳엔 선우의 자필 편지와 함께 통장 하나와 LA 피닉스의 유니폼 한 벌이 들어 있었다.

케빈 형, 지금 난 소라와 민이에게 고통을 안겨준 그 남자를 만나러 시내 술집으로 간다. 어쩌면 다시는 집에 돌아올 수 없을지도 몰라. 내가 사라지면 형 실업자잖아? 그동안 승리수당 받으면 절반은 케빈 형 몫으로 저금해 두었어. 그리고 선수단과 함께하면서 혼자만 유니폼이 없는 형이 늘 안쓰러워서 낡긴 지럽지만 선물로 준비해 뒀다. 번호는 100점이라는 뜻에서 100번을 새기고 싶었는데 예전에 소라한테 이미 준 번호라서.

그럼 안녕.

하얀 바탕에 눈이 시리도록 파란 구단 로고. 뒤에 새겨진 케빈의 이름. 그리고 99번. 이 집의 주인은 15년 뒤에나 다시 돌아올 것이다. 케빈이 유니폼에 얼굴을 묻고 어린아이처럼 참아온 눈물을 터뜨렸다.

*   *   *

휘이이잉.

바람과 함께 눈보라가 일었다. 여기가 어디쯤인지 짐작도 할 수 없었다. 민은 만삭의 소라를 꼭 껴안고 발걸음을 재촉했다.

12월이 되어 그들은 티베트로 넘어왔다. 인도에서 티베트로의 직항이 없었기에 돌고 돌아 겨우 이곳까지 올 수 있었다. 우선 뉴델리에서 몇 달을 머물다 인도 북부 갠지스 강 중류 타르프라데시 주에 있는 바라나시로 갔다. 바라나시는 인도에서 가장 오래된 도시 중 하나이자 힌두교에서 가장 중요한 성지로 간주된다.

연간 백만 명이 넘는 순례자들이 이 도시를 방문하여 성스러운 갠지스 강에서 목욕을 하며 전생과 이생의 업이 씻겨 내려가길 기원한다. 민과 소라도 순례자들 틈에 끼어 갠지스 강변의 '가트(Ghat)'라고 불리는 계단상의 목욕장 시설에서 몸을 씻었다. 그리고 빌었다. 배신한 연인이자 친구의 업이 뱃속의 아이에게는 전달되지 않기를.

그들이 갠지스 강에서 세상의 업을 씻을 즈음, LA에서 선우는 장원춘과 조우했다. 민의 눈과 손가락, 목소리를 앗아간 장원춘에게 선우는 복수의 칼을 휘둘렀다. 상처 입은 소라를 대신해 그의 아랫도리에 깨진 맥주병을 박아 넣었다.

장원춘은 목숨은 부지했지만 온몸에 심각한 상해를 입고 남자로서의 기능도 잃었다. 대신 세상에서 가장 빠른 공을 던지고 싶어하던 선우의 오른쪽 어깨엔 LA 폴리스의 총알이 박혔다. 그런 사실을 알 리 없는 민과 소라는 선우가 떠나라던 세상 끝에서 자신들의 죄를 갠지스 강에 씻으며 옛 친구의, 옛 남자의 안녕을 기원했다.

바라나시에서 며칠을 머문 민과 소라는 버스로 국경을 넘어 네팔로 갔다. 네팔의 수도 카트만두에서 티베트로는 개인 자격으로 갈 수는 있었지만 자유 여행이 불허되어 여행사에 따로 패키지 신청을 해야 했다. 그러던 와중에 민과 소라는 마침 티베트의 시가체로 가는 여행 그룹에 속해 관광비자로 국경을 넘을 수 있었고, 다시 시가체에서 수도인 라사로 가는 버스에 올랐다가 길을 헤매게 되었다.

만삭의 몸으로 국경을 넘는 위험한 여행을 강행하게 된 것은 소라 때문이었다. 뉴델리에서 집과 사업체를 알아보는 과정에서 사기를 당해 가지고 들어온 돈 대부분을 날린 그들은 막막한 심정으로 하루하루를 버티고 있었다.

"민아, 나 티베트로 가고 싶어."

뜬금없이 소라는 티베트 행을 주장했다.

—거기에 뭐가 있는데?

"나도 몰라. 하지만 내 마음속에서 거기로 가라고 하는 것 같아."

—안 돼. 위험해.

"어차피 우리 돈도 없잖아. 거기서 살길 찾아보자."

—말이 되는 소리를 해. 그 몸으로 어디를 간다는 거야?

"선우가 말한 '이 땅의 끝'이 꼭 그곳일 것 같아. 티베트에서 아이를 낳고 싶어."

그렇지만 민은 아무런 정보도 준비도 없이 출산일이 코앞으로 다가온 소라를 데리고 미지의 땅으로 떠날 수는 없었다. 뉴델리는 그래도 대도시였기에 비록 사기를 당했지만 병원도 있고 머물 곳도 있었다.

그런데도 소라는 고집을 부렸다. 혼자라도 가겠다며 억지를 쓰는 바람에 어쩔 수 없이 네팔을 경유해 티베트로 들어선 것이다.

"미안해, 민아. 나 요즘 힘들어서 그래. 너한테 이런 말 안 하려고 했는데 자꾸 그 사람이 생각나. 너랑 뱃속의 아기 생각해서라도 참고 싶은데…… 선우가 보고 싶어. 못 견디게 보고 싶어."

자꾸만 생각나는 사람. 머나먼 이국 땅 뉴델리 3층 건물 발코니에서 내려다보이던 거리. 무더운 날씨를 겪으면 그 사람이 마운드에서 흘리던 땀이 생각납니다. 입에 안 맞는 인도 음식을 먹자니 그 사람은 밥이나 제대로 챙겨 먹고 있는지 걱정됩니다. 때때로 스콜이 내리면 까닭 모를 눈물이 흐릅니다. 금방이라도 그 사람이 우산을 들고 달려와 줄 것만 같아 자꾸 주위를 둘러보게 됩니다. 헤어지고 나서야 얼마나 그 사람을 사랑했는지 알게 되었습니다. 그 하늘같던, 그 태산 같던 큰 사랑에 꿈에서라도 만나 고마웠다고, 그리고 보고 싶었다고 말하고 싶습니다.

"미안해, 민아. 나 정말 이기적인 여자지? 나 때문에 넌 이런 꼴이 되었는데 아직도 난 이러고 있네. 너한테 미안하고, 곧 태어날 우리 아가에게 또 미안하고……. 그런데 민아, 잊히지가 않아. 나…… 어쩌면 좋니?"

소라는 왠지 티베트에 가면 안정이 될 것 같다고 했다. 불교를 믿는 것은 아니지만 정말 세상의 끝이라 불리는 그곳. 책에서 본 티베트는 히말라야 산맥 아래 달라이라마가 사람들을 보듬고 미소와 인내로 살아가는 땅이라고 했다.

"민아, 그거 아니? 티베트 말에는 한국어와 비슷한 게 참 많대. 엄마도 똑같이 엄마, 아빠도 똑같이 아빠래. 어쩌면 티베트 사람들은 한국인과 같은 민족일지도 몰라. 우리 아이는 그곳에서 낳고 싶어. 그래서 똑같이 엄마로, 아빠로 불리고 싶어."

내 아이를 가진 여자는 내 친구를 그리워합니다. 그렇지만 나는 그 친구를 원망하지 않습니다. 왜냐하면 내 아이를 가진 그 여자는 진작부터 내 친구의 여자였기 때문입니다. 그래서 나는 그녀의 마음을 이해하려고 노력합니다. 내가 그녀를 사랑하는 만큼, 내가 그녀 때문에 아파하는 것만큼 똑같이 그녀도 내 친구를 사랑하며 아파할 것을 알기 때문입니다. 이제부터 내가 해야 할 일은 그녀에게 사랑받고 그녀를 사랑하는 것이 아니라 세상으로부터 그녀를 지켜야 하는 것입니다. 그것이 내 아이를 가진 여자와 그녀를 뺏긴 내 친구에게 조금이나마 속죄하는 길이라고 믿고 싶습니다.

휘이이잉.

바람과 함께 눈보라가 일었다. 민은 바람을 등에 지고 잠시 소라를 꼭 안아주었다.

티베트의 수도 라사로 가는 길. 민은 선글라스를 버리고 검정색 안대를 착용했다. 티베트는 고산지대이기 때문에 12월은 춥다. 카트만두에서 어렵게 구한 외투로는 살을 에는 듯한 칼바람과 추위를 막을 수 없었다.

분명 라사 근처라고 해서 버스에서 내렸건만 눈길 속을 한참을 걸어도 시내는 나오지 않았다. 그렇게 모진 바람을 막고 얼마나 서 있었을까? 한 무리의 남자들이 반대 방향에서 걸어오는 것이 보였다.

"Wait a minute! I want to ask directions(잠깐만요! 길 좀 물읍시다)."

영어를 알아들을 리 없다고 생각하면서도 소라는 그렇게 말을 걸 수밖에 없었다. 티베트어로 길을 물을 수는 없는 노릇이기에. 그런데 그들은 중국어를 했다. 뭔가 이상한 낌새를 감지한 민이 긴장하며 그들을 경계했다.

맨 앞에 선 남자와 민의 눈이 마주쳤다. 알아들을 수 없는 중국어. 마치 장원춘과 마주쳤을 때처럼 기분 나쁜 느낌에 민은 살짝 몸서리를 쳤다.

쉬익.

예고 없이 남자 하나가 등 뒤에서 몽둥이를 내려쳤다. 이미 방어 준비를 하고 있던 민 옆으로 피하며 전광석화처럼 주먹을 날렸다. 턱을 제대로 강타당한 남자가 뒤로 고꾸라졌다. 아직 네 명이 남아 있다. 그들이 일제히 칼과 곡괭이 같은 무기를 꺼내 들었다. 역시 여행자나 행인을 노리는 도적떼임이 분명했다.

무기가 없는 민은 맨몸으로 그들과 맞섰다. 지켜야 할 것은 자신의 몸 하나가 아니었다. 가엽게 오들오들 떨고 있는 소라와 뱃속의 아이. 민이 괴성을 내며 그들에게로 돌진했다.

명불허전의 싸움 실력. 민을 얕잡아봤을 중국인 도적들은 제각기 무기를 들고 휘둘렀지만 민의 주먹에, 팔꿈치에, 무릎에 얻어맞고 뒤로 물러났다.

쉬익.

기분 나쁜 쇳소리와 함께 민은 옆구리가 섬뜩했다. 처음에 달려들었다가 넘어져 있던 사내 하나가 무방비한 틈을 타서 칼을 찔러 넣었다. 하얀 눈길에 새빨간 핏방울이 후드득 떨어져 내렸다. 민이 칼을 쥔 사내의 손목을 잡고 비틀었다. 상대가 비명을 지르며 떨어져 나갔다.

옆구리에 박힌 칼을 빼내 든 민이 독기 어린 눈으로 도적떼에게 천천히 다가가자 눈치를 살피던 그들이 부리나케 도망갔다. 그들이 완전히 사라진 것을 확인한 뒤에야 민은 무릎을 꿇으며 주저앉았다.

"민아!"

눈보라가 날리는 12월의 티베트 라사 근방. 놀라서 민을 부르는 소라의 외침이 아스라이 들려왔다. 저 멀리 하늘 아래 우뚝 서 있다는 티베트의 성지 포탈라 궁이 희미하게 보였다.

13.

안나푸르나의 별

흩날리는 눈발 속. 옆구리를 칼에 찔려 피를 흘리는 민을 부둥켜 안고 울던 소라를 발견한 건 티베트의 승려들이었다. 그들에 의해 구조된 민과 소라는 우여곡절 끝에 티베트의 수도인 라사에 입성할 수 있었다.

라사의 한 병원에서 민은 상처를 간단하게 꿰맸다. 이제 고작 22년 을 살았을 뿐인데 성한 곳이 별로 없는 민의 몸에 또 하나의 흉터가 늘어난 것이다. 소라는 민의 상처 부위를 조심스레 어루만지며 이 남자의 고달픈 숙명에 숨죽여 흐느꼈다.

인도에서 제2의 인생을 살아보려고 가지고 온, 민의 앨범이 히트 하며 벌어놓은 적지 않은 재출발 자금은 두 번의 사기를 당하며 모 두 날려 버렸다. 돈 몇 푼 없이 무작정 찾아온 티베트. 오늘은 눈이 내리지만 원래는 유난히 시리고 파란 하늘을 가진 우뚝 선 도시 라 사. 짱파오나 니마오를 입은 티베트인들이 손으로 돌리기만 해도 경전을 읽은 것과 같다는 마니차를 들고 하염없이 오체유지(삼보일배)를 행하고 있었다.

하늘 아래 가장 높고 신비로운 신들의 땅 티베트. 1951년 중국의 종주권과 티베트의 자치권을 인정하는 평화협정이 체결되었고, 1959년의 민주화 개혁운동을 거쳐 1965년 9월 9일 정식으로 시짱자치구로 불리기 시작한 곳. 그러나 티베트인들 입장에서는 일종의 식민 지배와 다름없었고, 티베트 불교(라마교)의 대표적 종파인 거루파의 수장이자 국왕인 달라이라마는 1959년 티베트인들의 반 중국 반란이 일어나며 십이만 명에 달하는 시민이 학살되고 6,000여 개의 사원이 파괴되자 인도로 망명한다.

티베트에 머물기 위해서는 반드시 필요한 퍼밋도 없이 무일푼으로 나타난 배부른 임산부와 칼 맞은 애꾸눈의 한국인. 그냥 방치하면 중국 공안에게 체포될 것이 분명했기에 승려들은 민과 소라를 그들의 거처인 다자오사(大昭寺)로 데려갔다.

임시 거처에 도착하자마자 소라는 산기를 느꼈다. 산달이기는 했지만 아직 예정일이 좀 남았는데 긴 여정에 의한 피로와 긴장이 풀리면서 진통이 왔다. 어쩌면 평균 고도 4,900m로 '세계의 지붕'이라는 티베트의 희박한 산소량 때문일지도 몰랐다.

승려들은 급히 산파를 모시고 왔다. 당황한 민이 고통스러워하는 소라의 손을 잡았다.

"아흑! 엄마! 엄마!"

진통에 몸부림치며 소라가 엄마를 찾았다. 이미 오래전에 돌아가셨다는 소라의 엄마. 지켜볼 수밖에 없는 민은 가슴이 찢어졌다.

"아우어……."

발음 교정을 하고 있다지만 다급해진 민은 알아들을 수 없는 소리를 내뱉었다. 흉터가 가득한 몸과 애꾸눈에 손가락이 하나 없는 남자. 한국에서 온 아름다운 얼굴을 가진 남자는 제대로 말을 할 수가 없었다. 아직 젊은 남녀는 무슨 기구한 사연이 있기에 저런 몸으로 티베트까지 흘러들어 왔을까? 승려들은 의아한 눈으로 민과 소라를 쳐다보았다.

"아악! 엄마!"

"A-ma(엄마)?"

진통 중인 소라가 자기도 모르게 돌아가신 엄마를 부르자 티베트 승려들은 어리둥절해서 서로의 얼굴을 쳐다보았다.

한국어는 고립어로 간주되고 있는데 언어학적으로 여러 어족에서 유사점이 발견되어 많은 설이 있다. 그중 하나가 중국 티베트어족 설로 기초 어휘의 유사성이나 어순, 단어가 비슷해서 나온 가설이다. 티베트어는 문장의 기본 구조가 주어 - 목적어 - 술어의 순서이고, 존댓말을 쓰려면 명사와 동사가 다 바뀌는 복잡한 변화가 일어난다는 점에서 한국어와 유사했다.

소라가 말한 대로 티베트어로 엄마는 '엄마(a-ma)', 아빠는 '아빠(a-pa)'. 그 외에도 많은 조사와 단어 등에서 한국어와 놀라울 정도로 비슷하나 그와 같은 사례는 얼마든지 있으므로 티베트와 한국이 같은 뿌리라고 해석하기에는 무리가 있었다.

언어학자들은 지구상 어느 민족이나 아주 오래전부터 사용해 왔을 기본 단어들을 '스와디시 차트(Sward Chart)'라고 불렀다. 이를테면 하늘, 해, 달, 불, 물, 꽃, 나, 너 같은 낱말들이다.

엄마나 아빠도 같은 스와디시 차트의 단어이지만 따지고 보면 이런 분류는 무의미한 것일지도 몰랐다. 왜냐하면 인간은 어린아이 때 가장 쉽게 낼 수 있는 발음인 '아', '어', '마'같은 말로 부모를 부르기 때문이다. '엄마', '아빠', '마마', '파파'등등이 그런 경우였다. 실제 인도양의 조그마한 섬나라 스리랑카에서는 '아버지'를 '아뻐지'로 부른다고 한다.

어쨌거나 스물두 살, 비교적 어린 나이의 소라가 아이를 낳는다. 곧 엄마가 될 여자가 한국어로나 티베트어로나 똑같은 엄마를 애타게 부르는 광경은 민과 승려들에게 같은 의미로 받아들여졌다.

소라는 경험 많은 산파의 도움을 받아 밀실로 들어갔다. 민이 꼭 잡고 있던 손을 놓으며 애절하게 소라를 바라보았다.

티베트인은 원래 유목민 출신으로 전통적인 입식 출산이 행해진다. 가재도구를 실은 야크를 끌고 양떼를 몰며 좋은 목초지를 찾아 일 년 내내 유랑하던 민족. 출산에 오랜 시간을 들일 수 없던 티베트인들은 손잡이가 있는 기둥에서 입식 출산을 했다.

작고 귀여운 얼굴, 보는 이로 하여금 보호본능을 일으키게 하는 쓸쓸한 어깨, 눈처럼 하얀 피부와 맑고 순수한 눈을 가진 여자 소라의 생애 첫 출산은 그녀가 그토록 바라던 티베트에서였다.

"으아아앙!"

맑고 투명한 아기의 첫 울음소리에 다자오사(大昭寺) 마당을 안절부절못하며 왔다 갔다 하던 민이 화들짝 놀랐다. 비록 지금은 목소리를 잃었지만 민은 알 것만 같았다. 대중들이 자신을 가리켜 부르던 '천상의 목소리'가 어떠한지를. 아이는 아빠와 목소리가 꼭 닮았다.

산파의 안내를 받아 밀실로 들어간 민. 땀에 흠뻑 젖은 소라가 기둥의 손잡이를 잡고 겨우 몸을 지탱하고 있다. 민이 달려가 소라를 안았다. 온몸이 발그레 달아오른 소라가 겨우 입을 열었다.

"민아…… 아기…… 보고 싶어……."

그제야 민은 울음소리가 나는 곳을 보았다. 조그마한 바구니 안에 눈처럼 하얀 피부가 소라를 꼭 닮은 아이가 울고 있었다.

민은 번쩍 아이를 안아 올렸다. 아는지 모르는지 갓난아이는 울음을 멈추고 세상에서 처음 사람과 눈을 맞췄다. 민은 왠지 울컥 눈물이 쏟아졌다. 아이의 주먹만 한 얼굴 위로 민의 뜨거운 눈물이 끊임없이 떨어져 내렸다.

"아우어 우어."

민이 알아듣지 못할 소리를 내며 아이를 소라에게 건넸다. 바닥에 주저앉아 아이를 받은 소라의 눈에도 눈물이 흠뻑 고였다. 소라가 눈물이 가득한 눈으로 미소를 지으며 아이에게 말했다.

"여자 아이네? 아가야…… 내가 네 엄마란다. 아직 어려서 미숙한 엄마지만 앞으로 잘 부탁해."

아이의 하얀 얼굴 위에 아직 민의 눈물자국이 남아 있는데 그 위로 다시 떨어지는 소라의 투명한 눈물방울. 소라는 애써 울음을 감추며 아이에게 속삭였다.

"아가야, 저 사람이 네 아빠란다. 한국의 가수왕이었어. 아마 넌 아빠를 닮아 멋진 노래를 부르는 여자로 자랄 거야."

"우어 어어!"

그 모습을 보며 민이 울부짖었다. 세상의 끝이라 불리는 티베트. 그곳의 수도 라사의 다자오사(大昭寺)에 세상에서 가장 기쁘고 세상에서 가장 슬픈 한 남자의 절규가 메아리쳤다.

"아빠는…… 아가야, 네 아빠는 말을 잘 못해서. 이제부터 네가 아빠 대신 재잘거려 주어야 돼. 그리고 미안해, 아가야. 우리 세 사람…… 첫 만남부터 모두 울고 있구나. 우리…… 다시는 울지 말자."

눈이 내리던 어느 1990년대 12월 25일 크리스마스. 아기 예수가 태어나신 날, 대표적인 불교국가 티베트 수도 라사의 사원에서 한 한국인 여자아이가 태어났다. 아빠는 강민, 엄마는 신소라.

그리고 그날 12월 25일은 LA에서 전 메이저리그 소속 선발투수 이선우의 공판이 벌어진 날이었다. 선우가 15년의 중형을 선고받고 항소 없이 형 집행에 들어간 그날, 아이는 '이 땅의 끝'에서 첫 울음을 터뜨렸다.

아이의 피부는 엄마를 닮아 유난히 투명했다. 마치 히말라야의 녹지 않는 만년설처럼. 역시 엄마를 닮은 조그맣고 붉은 입술은 하얀 피부와 대조되며 더욱 도드라졌다. 아이는 아빠의 쌍꺼풀진 맑은 눈망울과 적당히 솟아오른 오똑한 코를 빼다 박았다. 누구나 한 번 보면 쉽사리 눈을 떼지 못할 만큼 아이는 사랑스럽고 매력적이었다.

라사에 입성하자마자 아이를 출산한 젊은 한국인 부부 소식은 티베트인들에게 화제가 되었다. 민과 소라가 머무는 다자오사(大小寺)에는 아이를 보러 온 시민들로 인산인해를 이루었다.

티베트의 지도자는 달라이라마 14세. 인도 망명 후 다람살라에 임시정부를 세우고 티베트의 독립을 위해 헌신하던 그에게도 이 소식은 보고되었다. 달라이라마는 동쪽 미지의 나라에서 온 부부가 티베트에 들어온 첫날, 대표적인 불교 사원인 다자오사(大小寺)에서 전통의 입식 출산을 통해 아이를 낳은 것을 경이롭고 경사스러운 사건으로 규정했다.

달라이라마는 비밀스러운 경로를 통해 아이의 이름을 지어주겠다는 뜻을 전해왔다. 티베트에 대한 막연한 이끌림에 위험을 감수하고 라사에 들어온 소라로서는 감사하고 감격스러운 일이었다.

설리(雪里). 달라이라마가 하사한 아이의 이름이다. 히말라야는 네팔, 인도, 파키스탄, 부탄, 중국 등 여러 국가에 걸쳐 인도 대륙과 티베트 고원 사이에 위치한다. 익히 알려진 에베레스트나 K2를 비롯한 8,000m가 넘는 산만 무려 열네 개인 히말라야는 고대 산스크리트어로 눈을 뜻하는 '히마(Hima)'와 마을 같은 거처를 뜻하는 '알라야(Alaya)'라는 두 개의 단어가 결합된 복합어이다.

히말라야 인근 어느 마을에서 태어난 아이는 눈처럼 희고 곱다. '눈의 마을'이란 뜻에서 눈 설(雪) 자와 마을 리(里) 자를 붙여 아이는 설리라고 불리게 되었다.

설리는 티베트에서 7년을 살았다. 설리의 아빠는 어쩐 일인지 오른쪽 눈을 잃어 항상 검은 안대를 착용하고 다녔고, 왼손 손가락 하나가 없었으며, 말을 하지 못했다. 아빠는 티베트에서의 7년간 국경을 넘나들며 무역업을 했다. 무역이라고 해봐야 티베트의 양젖이나 치즈, 토산품 등을 내다 팔고, 다른 나라의 신식 제품을 들여오는 개인 보따리장수에 불과했지만 순박하고 착한 사람들과 어울려 살기에는 부족함이 없었다.

설리가 여덟 살이 되던 해, 설리의 가족은 정든 티베트를 떠나야 했다. 설리의 교육 때문이었다. 이미 한국어와 중국어, 티베트어를 구사할 수 있게 된 설리지만 기초 교육만이라도 제대로 받기 위해서는 신식 교육 시설이 필요했다.

티베트를 떠나던 날, 설리의 아빠와 엄마는 나란히 손을 잡고 포탈라 궁을 올랐다. 라사에서 가장 높은 곳에 우뚝 선 포탈라 궁은 달라이라마가 망명한 이후로 주인 없는 객들만 찾는 관광지가 되어버렸다.

포탈라 궁에 올라서면 라사의 전경이 한눈에 펼쳐진다. 하늘 아래 가장 높은 도시, 그중에서도 가장 높은 건물인 포탈라 궁. 그들이 찾아 나선 이 땅의 끝은 여기였을까? 그림물감으로 칠한 듯 새파란 하늘과 뭉게구름 몇 조각, 이제는 눈에 익은 티베트의 풍경들.

"민아, 이제 떠나면 다시 이곳에 올 수 있을까?"

소라가 차가워진 바람에 옷을 여미며 말했다. 민은 어린 설리를 안고 무심히 라사의 전경을 오랫동안 바라보았다. 오염되지 않은 자연과 상쾌한 공기, 끝없이 오체투지를 하며 신을 위한 기도와 고행을 일생 동안 행하는 사람들, 때 묻지 않은 미소와 자비로움. 민은 그렇게 한동안 꼼짝 않고 서서 주위를 바라보았다. 오래오래 티베트의 풍경들을 하나밖에 남지 않은 눈에 담아두기라도 하려는 듯.

그들이 티베트를 떠나 새로 정착한 곳은 인도 뉴델리. 공교롭게도 한국을 떠나 제일 먼저 도착했다가 사기를 당했던 도시다. 델리는 1912년 콜카타를 대신해 인도의 수도로 지정되었고, 1931년 이후 델리의 남쪽에 근대적이고 서구적인 신도시가 건설되며 뉴델리라 불리게 되었다.

많은 인구와 최신식 문물이 들어선 뉴델리에서 설리는 영국식 영어 수업을 하는 학교에 입학했다. 영특한 설리는 새로운 환경에서 빠르게 적응하며 영어를 습득해 나갔다.

적은 돈으로도 먹고사는 데 걱정이 없던 티베트에서와 달리 뉴델리에서는 안정된 수입이 필요했다. 소라는 그간 모아둔 현금을 털어 바이올린을 샀다. 수년 만에 다시 켜는 바이올린. 소라는 아이들을 상대로 바이올린을 가르치는 학원 선생님이 되었다.

첫 월급을 받던 날, 소라는 백화점에 가서 오랜만에 좋은 커피를 마시고 쇼핑을 했다. 혼자만 바이올린을 켜는 것이 미안하던 그녀는 민과 설리를 위해 선물을 준비했다. 민에게는 기타를, 설리에게는 하모니카를 첫 월급 기념으로 사주었다.

설리는 뛸 듯이 기뻐하며 음도 모른 채 하모니카를 불어댔다. 하지만 민은 기타를 잡을 생각을 하지 않았다.

"왜? 선물이 맘에 안 드니? 난 네가 다시 기타 치는 거 꼭 보고 싶은데."

민은 손가락을 구부려 자신의 왼손을 보았다. 중지가 없는 채 기타 코드를 잡을 수 있을까? 수년 만에 기타를 보고 잠시 흥분하기도 했지만 손가락 네 개로 코드 진행은 무리였다.

"이렇게 해봐."

소라는 기타를 반대로 들려주었다. 오른손으로 코드를 잡고 왼손으로 치는 방법.

"이러면 칠 수 있지?"

역시 좌우를 바꾼다는 건 어색했다. 한때는 노래뿐만이 아니라 기타 연주 실력도 엄청났던 민으로서도 왼손으로 기타를 친다는 건 초보자와 다를 바가 없었다.

"설리야, 아빠가 기타 잡으시니까 멋있지? 아빠는 왕년에 한국의 가수왕이었어. 아빠가 기타 치며 노래 부르면 모든 여자가 다 쓰러졌다니까."

"정말?"

"그럼, 정말이고말고."

"와! 아빠 만세! 아빠, 설리한테도 보여주세요. 설리도 보고 싶어요."

뉴델리에서도 여전히 국경도시를 넘나들며 무역상을 하던 민에게 짐이 하나 더 늘었다. 한곳에 머물기보다 바람처럼 떠돌기를 좋아하는 민은 한 달의 절반은 집에 없었다. 히말라야 인근 도시에는 등에 기타를 멘 애꾸눈의 남자 이야기가 전설처럼 떠돌기 시작했다.

그렇게 또 7년이 지났다. 한국을 떠난 지 14년째. 설리는 미들스

쿨로 올라갔고, 민과 소라는 어느덧 삼십대 중반이 되었다. 소라는 바이올린 지도를 하며 내내 뉴델리에 머물렀다. 민은 자유롭게 히말라야를 떠돌며 살았다.

달라진 것이 있다면 민이 완전히 왼손으로 기타 치는 것에 익숙해졌다는 것. 오랜만에 뉴델리로 돌아오는 날이면 소라와 설리는 민에게 기타 연주를 해달라고 졸랐다. 소라와 딸에게 다시 기타 치는 모습을 보여줄 수 있어서 민은 행복했다.

부모의 재능을 이어받아서인지 설리도 세 가지 악기를 다룰 수 있게 되었다. 어릴 때 선물 받은 하모니카는 더 이상 장난감이 아니었고, 엄마에게선 바이올린을, 아빠에게선 기타를 배웠다.

희한한 사실은 바이올린은 오른손으로, 기타는 왼손으로 치는 습관이었다. 아무리 어르고 달래보아도 오른손잡이 설리는 아빠처럼 왼손으로 기타를 쳤다. 그리고 언젠가부터 설리는 윙크를 싫어하게 되었다. 그것은 한쪽 눈이 없는 아빠를 위한 열다섯 살짜리 딸의 작은 배려였다.

이 땅의 끝을 찾아 티베트로, 인도로……. 한국에서의 모든 인연을 끊고 속죄하듯 히말라야 인근에서 살아온 민과 소라의 지난 14년은 그런대로 행복했다. 설리가 태어나면서 행복이 찾아온 듯했다.

15년 형을 선고받고 영원히 잊힌 듯하던 선우가 모범수로 1년을 감형받아 14년 만에 출소하던 그해 12월. 다시금 운명의 소용돌이가 휘몰아치리라고는 그 누구도 예상하지 못했다.

중국 길림성 연변 자치주. 한나라 때는 부여였고 당나라 때에는 발해이던 곳. 주몽의 신화와 광개토대왕비가 살아 숨 쉬는 우리의 영토. 이곳엔 아직도 많은 조선족이 살고 있었다. 열심히 살아가는 그들 사이에 사람 사는 곳 어디에나 있을 법한 시정잡배로 껄렁한 인생을 보내고 있는 한 사내는 길림성으로 들어온 한 조선족 무역상으로부터 솔깃한 이야기를 듣는다.

"히말라야 주변국을 떠돌며 소규모 무역상을 하는 자가 있는데 세상 참 희한합디다."

"뭐가 그리 희한하더냐?"

길림성 저잣거리에서 늦은 점심을 먹으며 되묻는 사내의 음성은 낮고 차가웠다.

"글쎄, 형님하고 똑같은 병신…… 앗! 죄송합니다. 아무튼 형님처럼 애꾸눈에 손가락이 하나 없는 한국인이 있더라고요. 게다가 형님은 벙어리는 아니지만 입이 다 찢어져서 흉터투성이에 혀가 잘려 말을 못 한다고 하더라고요. 뭐, 똑같이 고자인지는 모르겠지만…… 앗! 죄송합니다!"

조선족 무역상의 말에 사내는 완탕면을 먹다 말고 테이블을 탁 치며 자리에서 벌떡 일어났다. 사내는 안대를 찼어도 교활하고 음흉한 면상은 숨길 수가 없었다.

"그자가 어디 산다고?"

사내의 이름은 장원춘. LA에서 선우에게 회복 불능의 상처를 입은 그는 그 사건 이후 차이나타운에서 한동안 숨어 지냈다. 그러다 중국에서의 공소시효가 만료되자 몇 년 전 길림성 연변으로 되돌아와 시장 건달로 비루한 삶을 살고 있었다.

운명(運命)과 숙명(宿命)이라는 것이 있다. 둘 다 이미 정해져 있는 목숨이나 처지를 뜻하지만 운명은 화살이고 숙명은 결정이다. 화살은 피할 수 있지만 결정은 번복될 수 없다. 선우와 소라, 민은 장원춘이라는 사내와 숙명적인 사이였다. 안산에서의 납치 사건 이후 15

년이 흘렀지만 이들의 악연은 아직 끝나지 않았다.

민이 당한 것처럼 자신도 선우에게 한쪽 눈과 손가락 한 개를 잃었다. 혀가 잘리는 것은 면했어도 입이 찢어지며 흉측한 상처를 남겼다. 게다가 선우가 박아 넣은 깨진 맥주병으로 인해 남성 기능을 잃고 고자라는 비웃음을 평생 들어야 했다.

최근 장원춘은 간암 말기 진단을 받고 시한부 삶을 살고 있었다. 항암치료를 받을 만한 돈도 없었거니와 삶에 대한 의지도 없던 차에 조선족 무역상의 이야기를 듣고 남은 인생의 마지막 숙제가 떠올랐다. 그래서 장원춘은 길림성에서의 신변을 정리하고 민의 행적을 쫓아 인도에 잠입하기에 이른다.

드디어 민과 소라가 사는 뉴델리의 아파트를 알아낸 장원춘은 며칠간 잠복하며 이들의 일상을 파악했다. 가족 모두가 집을 비운 시간대에 유유히 현관을 따고 잠입한 장원춘. 빈집에서 냉장고를 열고 유유히 맥주를 마시며 누군가를 기다렸다.

딸칵!

12월 25일 오후 4시 30분. 델리 외국인학교 7학년에 다니던 설리는 수업을 마치고 여느 날처럼 현관문을 열쇠로 열고 들어왔다. 오늘은 크리스마스이자 설리의 생일. 아빠도 시간에 맞춰 돌아온다고 했고, 엄마는 바이올린 수업이 끝나는 대로 작은 파티를 열어준다고 했다.

"누구세요?"

아무도 없어야 할 빈집에 누군가가 있었다. 식탁에 앉아 태연히 맥주를 마시고 있는 사내는 아빠처럼 한쪽 눈에 안대를 차고 있다.

"네가 강민, 신소라의 딸이냐?"

"아, 네! 안녕하세요? 처음 뵙겠습니다."

설리는 장원춘이 부모님의 이름을 대자 이내 활짝 웃으며 허리를 90도로 굽혀 인사를 했다. 그 바람에 긴 머리가 사르르 흘러내려 헝클어졌다. 설리는 아무렇지도 않게 손으로 대충 빗어 넘긴 후 냉장고를 열어 과일을 꺼냈다.

"아유, 아저씨. 안주도 없이 술 드시면 속 다 버려요."

주위를 두리번거리던 설리는 장원춘이 식탁 위에 둔 칼을 들고 익숙한 솜씨로 과일을 깎아 내놨다. 그리고 그의 맞은편에 앉아 재잘거리기 시작했다. 장원춘은 자연스럽게 칼을 지척에 두고 설리와 말상대를 했다.

딩동!

현관 벨이 울렸다. 설리가 문을 열어주기 위해 자리에서 일어서자 장원춘이 제지했다. 장원춘은 뚜벅뚜벅 거실을 지나 직접 문을 열어주었다.

"당…… 신!"

안으로 들어선 소라는 품에 잔뜩 안고 있던 쇼핑 봉투를 떨어뜨렸다. 망고와 파파야 등 과일들이 또르르 굴러갔다. 장원춘이 소라를 보며 턱짓으로 설리를 가리켰다.

"들어오지?"

소라의 온몸이 사시나무처럼 떨렸다. 그였다. 얼굴에 상처가 더 늘었고 나이가 더 들었지만 못 알아볼 리 없었다. 장원춘, 죽어도 잊지 못할 그 얼굴을 다시 마주치게 될 줄은 꿈에도 몰랐던 소라다. 15년 전 자신을 납치해서 욕보이고 결국 민을 불구로 만들었으며 선우와 헤어지게 만든 원인 제공자. 소라의 악몽 같은 생을 지배한 원흉이 아닌가.

"당신이 왜…… 왜 우리 집에……?"

"일단 앉지?"

장원춘은 소라를 자신의 맞은편에 앉게 하고 자신은 설리 옆에 앉았다. 소라는 식탁 위에 오른손을 올리고 있는 장원춘의 지척에 날이 바짝 선 칼이 놓여 있는 걸 보고 말았다.

"오랜만이군. 여전히 아름다워."

장원춘의 말에 소라는 치를 떨었다. 당장에라도 일어나 도망치고 싶은데 그의 옆에는 아무것도 모르는 설리가 있었다.

"뭐야? 하나도 재미없다. 난 들어갈게요."

설리가 일어서려고 하자 장원춘이 어깨를 잡아 억지로 앉혔다. 설리는 순간 이 상황이 심각하다는 것을 깨달았다. 소라는 굳은 표정으로 아무 말이 없었다. 장원춘이 힐끔 시계를 보며 물었다.

"애 아빠는 언제 오나?"

그 시간, 약속대로 시간에 맞춰 집으로 돌아오던 민은 기분이 좋았다. 딸아이의 열다섯 번째 생일. 맨날 아빠 것을 빌려 쓰던 설리를 위해 생일선물로 좋은 기타를 구했다. 또한 보석시장에서 소라에게 줄 반지도 샀다.

민은 제대로 결혼식도 올리지 못하고 나이가 들어가는 소라가 늘 안타까웠다. 몇 번이나 간단하게 식을 올리자고 제의했지만 선우에게 미안하다며 끝내 거절하던 그녀이다. 그래서 반지를 샀다. 소라가 좋아하는 별 모양 보석이 박힌 반지는 민의 마음에 쏙 들었다.

좋아하며 기뻐할 소라와 설리를 생각하며 아파트로 들어선 민. 아직 5시 50분. 약속 시간에 늦지 않았음을 다행으로 여기며 벨을 눌렀지만 반응이 없다. 의아한 표정으로 손잡이를 돌리자 문이 잠겨 있지 않았다. 불현듯 불길한 예감에 집으로 뛰어들어간 민.

"아빠!"

소라와 설리가 식탁에 얼어붙은 듯 앉아 있다. 설리의 옆에서 칼을 들고 천천히 과일을 깎고 있는 남자. 민과 장원춘이 마주쳤다.

"여어!"

장원춘이 무심하게 민을 불렀다. 마치 오랜 친구를 만난 것처럼 편안해 보인다.

"우어 어어!"

민은 뭐라 말하고 싶었는데 괴성만 나왔다. 장원춘이 픽 하고 웃었다.

"나는 행복한 건가? 말은 할 수 있으니."

재빨리 상황을 파악한 민의 등 뒤로 식은땀이 흘렀다. 피할 수 없다. 무슨 일이 있어도 두 여자를 지켜야 한다. 민은 오늘 누군가는 죽어야 한다는 걸 알았다. 누군가가 꼭 죽어야 한다면 제발 소라와 설리는 아니길, 자신이 죽어 모든 일이 종료된다면 그렇게 되길 신에게 빌었다.

12월 25일 인도 뉴델리 기준 시각 오후 6시 정각. 현관에 걸린 새집 모양의 시계에서 뻐꾸기가 목을 내밀고 잠깐 울었다.

"그런 표정 짓지 말지 그래. 그 사건 이후 나 또한 즐겁지 않은 삶을 살았으니까."

과일을 깎다 말고 장원춘이 칼을 빙글빙글 돌렸다. 소라는 눈짓으로 떨고 있는 설리를 안심시켰다.

"미리 말해두는데 난 잃을 게 없는 사람이니 괜한 짓 하지 말게나. 평생 술을 하도 많이 처먹어서 그런지 간암 말기라네. 6개월 시한부라는데 벌써 그 기간이 지났지. 당장 죽어도 손해 볼 것 없는 인생이란 말씀."

"아우어 어어, 우어아."

민이 흥분해서 뭐라 말하는 것을 지켜본 소라가 대신 장원춘에게 물었다.

"뭘 원하는 거예요? 우리에게."

"글쎄……. 난 무얼 원하는 걸까? 내 인생 마지막 시간에 말이야. 그래서 곰곰이 생각해 봤지. 남들은 죽을 때가 되면 지은 죄에 용서를 구하며 참회를 한다는데 난 뼛속까지 악당이라서 그런지 별로 그럴 마음은 안 들더군. 우연히 히말라야를 떠도는 애꾸눈의 남자 이야기를 들었지. 자네라고 직감했어. 우리 인연은 꽤 깊지 않나? 한국의 안산에서, 그리고 태국의 방콕에서."

"당신 이야기는 별로 듣고 싶지 않아요."

소라는 혹시 장원춘이 납치와 성폭행에 대한 이야기를 할까 봐 말을 잘랐다. 설리가 옆에 있기 때문이었다.

"당신 친구, 그 야구 선수……."

장원춘이 선우에 대해 말하기 시작했다. 선우……. 오랫동안 민과 소라 둘 다 입 밖에 꺼내지 않던 이름. 그와 헤어진 지도 15년이 지났다.

"그놈한테 난 한쪽 눈과 손가락을 잃었다. 더불어 성불구가 되었지. 그래서 그런가? 계집애처럼 마음이 옹졸해졌어. 나를 이 꼴로 만든 그놈을 없애고 죽어야 원이 없겠는데 그 자식, 15년형을 받았거든. 내년에나 출소하지, 아마."

민과 소라는 몰랐던 선우의 소식. 소라의 심장이 덜컥 내려앉았다.

"그 사람이…… 감옥에 갔나요?"

"몰랐나? 야구고 나발이고 바로 잡혀 갔지. 으흐흐. 사람들이 칭송하는 그 황금의 어깨엔 총까지 맞고 말이야."

한때는…… 한때는 그 사람을 완벽히 잊었다고 생각했습니다. 이 먼 나라까지 와서도 문득문득 떠오르는 추억들로, 미치도록 보고 싶은 그리움으로 얼마나 힘들었는지요. 그래서 티베트로 갔습니다. 신들의 가호 아래 내 마음을 달래보려 했습니다. 이후로 그 사람 이름은 오랫동안 내 마음속 저 깊은 곳에 봉인되어 감추어졌습니다.

당신……. 당신은 많이 힘들었겠죠? 세상에서 야구가 제일 좋다던 당신은 15년이나 차디찬 감옥에서 총 맞은 어깨를 감싸 쥐고 고통스러워했겠네요. 이기적인 나는 그 세월 동안 이 땅의 끝을 찾는다는 명분 아래 세상 구경을 다녔나 봅니다. 그동안 아이도 낳고 당신 친구와 하하 호호 웃으며 그렇게 나름 행복하게 지냈습니다.

미안해요. 정말 미안합니다.

너는 맨날 뭐가 그리 미안하냐고 타박하던 당신이 생각납니다. 십여 년의 세월이 흘렀어도 당신의 표정과 말투, 행동 하나하나 모두 떠오릅니다.

그까짓 사랑이 뭐라고, 그까짓 의리가 뭐라고 당신은 야구를 버리면서까지 힘든 결정을 했나요? 우리는 서로 보듬고 위로하며 이 세월을 살았는데 바보 같은 애인도, 무심한 친구도 모두 떠나고 혼자 아파했을 당신을 생각하니 가슴이 미어지고 정신이 아득해집니다.

장원춘이 칼을 들어 설리의 목에 갖다 댔다. 그렇지 않아도 하얀 설리의 얼굴이 겁에 질려 더 하얗게 질려 버렸다. 설리를 위협해 서서히 자리에서 일어난 장원춘이 거실 베란다 쪽으로 뒷걸음질 쳤다. 설리가 엄마와 아빠를 번갈아 쳐다보았다.

"상대를 가장 고통스럽게 하는 방법을 알고 있나? 눈알을 뽑고 신체를 썰어도 그건 육체적 고통에 지나지 않지. 이건 어떨까? 사랑하는 자식을 눈앞에서 잃는다면?"

장원춘의 말에 소라는 두 주먹을 꽉 쥐고 눈을 감으며 비명을 질렀다. 상상조차 하고 싶지 않은 일을 저 남자는 아무렇지도 않게 말하고 있었다. 하나밖에 남지 않은 민의 눈에서 참을 수 없는 분노가 일렁였다.

"어이, 벌써부터 그렇게 놀라지 말라고. 그게 내가 살아가는 방식이란 말이지. 나 장원춘! 연변 시장통에서 버러지처럼 태어나 쓰레기로 살다가 철저한 악인으로 세상과 작별한다. 너희에겐 평생 잊을 수 없는 고통을 남겨주마. 나 장원춘이야! 절대 잊지 말라고!"

이미 계획하고 있었는지 베란다 유리창이 활짝 열려 있다. 아파트는 8층. 난간까지 바짝 다가간 장원춘의 표정에는 결연함마저 보였다. 창밖으로 뉴델리의 하늘이 보였다. 어느새 저녁놀이 지고 있었고, 쓸쓸한 바람이 무섭게 들이닥쳤다.

"참으로 예쁜 꼬마 아가씨네. 엄마, 아빠를 절묘하게 빼다 박았어. 난 부모 얼굴도 모르고 자랐는데 짧은 인생이지만 부모 사랑을 듬뿍 받았을 테니 억울하지는 않겠지? 자, 아저씨랑 멀리 떠……."

퍼억!

장원춘이 장황하게 말을 거는 동안 설리가 갑자기 머리를 뒤로 젖혀 그의 턱을 세게 받았다. 찰나의 순간, 틈이 생겼다. 뒷걸음치는 장원춘을 따라 다가섰던 민이 번개처럼 튀어나가 설리를 낚아챘다. 그와 동시에 소라가 힘껏 장원춘에게 달려나가 목을 끌어안고 그대로 베란다로 돌진했다. 달리던 가속도에 의해 순식간에 두 사람은 베란다 난간에 부딪쳐 튕겼다가 아래로 떨어졌다.

"엄마!"

놀란 민과 설리가 베란다로 뛰어갔다. 두 사람의 몸이 저 아래 콘크리트 바닥에 널브러져 있다.

"우어어!"

민이 현관으로 달려갔다. 엘리베이터를 잡을 새도 없이 계단으로 뛰어내려 가며 민은 계속 울부짖었다. 설리가 아빠를 따라 뛰었다

소라의 몸에 눌려 뒤로 낙하하며 머리가 터진 장원춘은 이미 즉사한 뒤였다. 장원춘에 비해 충격을 덜 받은 소라는 장기가 파열되었는지 꼼짝없이 누워서 울컥울컥 새빨간 피를 뿜어대고 있었다.

"우어어!"

아마도 온몸의 뼈가 박살났을 소라를 민은 차마 안지도 못하고 무릎을 꿇어 손만 잡고 절규했다. 바로 뒤에서 설리는 울면서 구급대에 전화를 걸었다.

"민…… 민…… 민아……."

소라가 겨우 입술을 움직여 그의 이름을 불렀다. 민의 안대를 차지 않은 한쪽 눈에서 굵은 눈물방울이 떨어져 그녀의 얼굴을 적셨다.

"나…… 벌을…… 받는 걸 거야……."

민이 고개를 절레절레 가로저었다. 그 바람에 투명한 눈물방울이 사방으로 후드득 튀었다.

"난…… 두…… 남자를 기만…… 했어. 난…… 저 사람과 같이 지옥으로 떨어질…… 거야. 바보…… 같은 남자들……. 너희는…… 그곳까지…… 날…… 찾으러 올…… 까?"

"우오 오오!"

구경꾼들이 잔뜩 몰린 인도 뉴델리의 한 아파트 단지. 아스팔트 위에서 죽어가는 여자를 앞에 두고 민은 성난 짐승처럼 울부짖었다.

"미안…… 해……. 단…… 한 번도…… 사랑…… 한다 말해주지…… 못해서……. 끝…… 까지 단 한…… 사람만 사랑…… 하다 죽어서……

미안······. 그게······ 민······ 네가······ 아니어서······."

통화를 끝낸 설리가 소라 옆으로 달려왔다. 설리가 울며 엄마에게 매달렸다. 소라는 마지막 힘을 짜내서 힘겹게 설리에게 말했다.

"아가······ 넌······ 부디······ 사랑하고픈······ 남자를······ 마음껏······ 사랑하며······ 살기를······."

12월 25일. 14년 전 설리가 태어난 날, 소라는 이 세상을 떠났다. 장원춘도 같은 날 죽음을 맞이했다. 12월 25일은 미국 캘리포니아 연방 교도소에서 15년 형을 선고받고 모범수로 1년을 감형 받은 선우가 형기를 마치고 다시 세상 밖으로 나오는 날이기도 했다.

소라의 시신은 화장을 했다. 한국으로 이송하려면 여러 가지 제약이 많았다. 소라의 큰아버지로부터 허락을 받고 많고 많은 인도의 화장터 중 이름 모를 한곳에서 소라는 그렇게 한 줌 재가 되었다.

민이 소라에게 주고 싶었던 별 모양의 반지는 끝내 끼워주지 못했다. 그러고 보니 소라는 그 옛날 선우가 프러포즈하면서 주었던 다이아몬드 반지도 돌려준 터였다. 선우와 민이라는 멋진 두 남자의 목숨 건 사랑을 듬뿍 받고 떠나는 그녀였지만 결혼식은커녕 반지 하나 가지지 못한 것은 두고두고 아쉬울 법했다.

설리는 엄마가 그렇게 가고 내내 울었다. 울다 지쳐 잠이 들고, 자면서도 울었으며, 울다가 잠이 깨기를 반복했다. 민은 그런 딸아이가 안쓰러워 마음이 아팠다.

장원춘의 말이 맞았다. 그가 말하지 않았던가. 신체가 잘리는 고통보다 더한 건 사랑하는 이의 죽음이라고. 소라의 죽음은 한 눈을 잃거나 손가락과 혀가 잘리는 것보다 더 큰 아픔으로 다가왔다. 하지만 민은 아직 울 수 없었다. 그녀가 남기고 간 설리 때문이다.

한국의 초고온 화장법과는 달리 인도식 화장은 오랫동안 계속된다. 소라의 윤기 나는 머리카락과 깊고 슬픈 눈, 쓸쓸한 어깨와 하얀 피부가 모두 한 줌의 재가 되는 동안 민과 설리는 먹지도, 자지도 않으면서 화장터에 우두커니 앉아 하늘만 바라보고 있었다.

"흑흑. 보고 싶어, 엄마."

하루 종일 흐느끼는 설리에게 민은 그저 어깨에 손을 올리고 꼭 안아주는 일밖에 할 수 없었다. 열다섯 살 설리는 그렇게 아빠의 가슴 속에서 잠이 들었다.

아직은 엄마가 필요할 나이. 설리 앞에서 울 수 없던 민은 그녀의 몸이 불타는 내내 소라를 추억하고 기억했다. 고1 입학식에서 처음 소라를 발견하고 첫눈에 반한 일, 교내 최고 인기스타로서 괜한 자존심에 좋아한다 말하지 못하고 멀리서만 바라본 일, 소라가 바이올린을 켜던 음악 연습실 주변을 맴돌던 일, 그리고 그녀가 수줍게 놓고 간 그 밸런타인데이의 초콜릿…….

생각해 보면 소라를 만나 좋은 일은 하나도 없던 것 같은 민이다. 어느 날 갑자기 그녀는 자신이 아닌 누군가의 여자 친구가 되어 있었고, 그 남자는 누가 봐도 멋있는 사람이었다. 그와 친구가 되어 사랑하는 여자를 지켜주어야 했던 서글픈 나날들. 그녀로 인해 병신이 되었고, 모든 것을 잃고 타국에서 살아내야 했다.

또 생각해 보면 소라를 만나 한없이 행복했던 것 같은 민이다. 민이 노래하면 어린아이처럼 좋아하던 그녀였다. 그녀의 웃는 모습을 보면 심장이 터져 버릴 것만 같이 벅차고 황홀했다. 민이 기타나 피아노를 치면 소라는 살며시 눈을 감고 감상했다. 그녀의 하얀 눈두덩에 살포시 내려앉은 속눈썹에 키스하고 싶어 두근거렸다. 그 봄날, 벚꽃이 꽃비가 되어 내리던 여의도 윤중로에서 춤추듯 나풀거리던 소라는 얼마나 아름다웠던가.

눈 하나와 목소리, 손가락 하나를 잃은 대신 그녀와 십여 년을 살수 있어서 참 다행이라고 민은 생각했다. 죽어가면서 자신은 아마지옥으로 떨어질 것 같다던 그녀. 민은 생이 다하는 날, 설령 지옥이라 할지라도 그녀가 있는 곳으로 조금의 망설임 없이 달려갈 거라고맹세했다.

민은 뉴델리에서의 생활을 정리했다. 이곳은 설리에게 엄마와의추억이 있는 공간이기도 했지만, 죽음을 목격한 현장이었으며 자신이 목숨을 잃을 뻔한 장소이다. 어린 설리가 감당해 내기엔 너무나가혹했기에 민은 소라의 유해와 어린 딸을 데리고 떠나기로 했다.

"아빠, 우린 어디로 가?"

—히말라야 안나푸르나로 가자.

"안나푸르나?"

민이 쓴 메모를 읽고 설리가 눈을 동그랗게 뜨고 되물었다.

—그래. 네 엄마가 생전에 가장 사랑했던 산.

민은 우선 네팔의 카트만두로 간 다음, 국내선을 이용해 포카라에내렸다. 포카라는 안나푸르나로 가는 관문도시이자 휴양도시이다.

민은 뉴델리의 아파트를 매각한 돈으로 포카라의 게스트하우스를 인수했다. 방이 열 몇 개인 게스트하우스를 운영하며 틈틈이 관광객들의 안나푸르나 트래킹 가이드를 하며 살기로 했다. 설리는 이곳의 조그마한 외국인학교로 편입시켰다.

포카라에서 새로운 삶을 보낼 준비가 끝나자 민은 설리의 손을 잡고 안나푸르나에 올랐다. 안나푸르나는 다울라기니산 군과 나나슬루산 군 사이에 위치한 히말라야 중부의 다섯 개 고봉 군을 일컫는다. 안나푸르나는 높은 난이도의 험난한 코스로 유명했다. 2011년 박영석 대장이 실종된 곳도 바로 이곳이다.

안나푸르나는 이처럼 전문 산악인이 첨단 장비로 올라야 하는 코스만 있는 게 아니다. 일반인들도 손쉽게 오를 수 있는 트래킹 코스도 있어 포카라라는 도시는 관광객들로 붐볐다.

포카라에서 보이는 눈 덮인 안나푸르나와 하늘 빛깔을 닮은 페와 호수. 소라는 직접 다녀본 히말라야 중에 이곳의 풍경을 제일 좋아했다. 이제부터 민은 그녀가 그토록 사랑했던 히말라야, 그중에서도 안나푸르나에서 남은 생을 보낼 것이다.

산악 트래킹 끝에 다다른 안나푸르나 베이스캠프. 히말라야의 만년설이 보이는 광활한 자연 앞에서 민은 품을 뒤져 소라의 유골함을 꺼냈다. 하늘은 청정했고, 차가운 바람에 숨을 들이쉬면 가슴이 뻥 뚫렸다.

"여기서 엄마…… 보내려고?"

설리는 벌써 예쁜 두 눈에 눈물이 한가득이다. 민이 설리의 눈물을 손가락으로 훔쳐 내며 고개를 끄덕였다.

"좋네. 경치가 참 예쁘다. 근데…… 엄마 만나러 오려면 되게 힘들겠다."

아빠 마음이 아플까 봐 설리는 억지로 웃어 보였다. 아빠가 닦아 낸 두 눈 위로 또다시 새로운 눈물이 샘솟는데 설리는 그렇게 미소 지었다.

소라야, 어린왕자가 그랬대. 어딘가에 오아시스가 있어 사막은 아름다울 수 있는 거라고. 나의 인생은 사막이었고, 넌 나의 오아시스였어. 하지만 오아시스에 영원히 머물 수는 없나 봐. 한낱 신기루처럼 나의 오아시스는 사라져 버렸다. 앞으로 너 없이 내가 걸어가야 할 길은 지금까지보다 더 힘들고 외로울지 몰라.

설리는 걱정 마. 아주 예쁘고 착한 아이로 자라줄 테니까. 누가 뭐래도 설리는 너와 나의 딸이니까. 나를 닮아 노래 잘하고, 너를 닮아 세상 모든 것을 사랑할 줄 아는 아이로 커갈 테니까.

넌 우리 곁을 떠났지만 아마 우린 영원히 너와의 추억을 잊지 못할 거야. 너와 보낸 시간, 너와 먹은 음식, 너와 함께 울고 웃던 사연들, 너와 우리가 써나간 이야기들을 절대 잊지 않고 기억해 줄게.

소라야, 넌 단 한 번도 나에게 사랑한다 말해주지 않았지. 그래도 난 네가 보고 싶을 거야. 참을 수 없게 네가 보고 싶으면 이곳 안나푸르나로 달려올게. 나를 위해 소주와 담배도 챙기고, 너를 위해 커피랑 꽃 몇 송이도 챙겨올게.

안녕…… 내 목숨보다 더 사랑했던 사람아.

민은 설리와 함께 소라의 유골을 안나푸르나에 뿌렸다. 소라가 환한 태양 아래 바람을 타고 히말라야 어디론가 날아가고 있다. 한쪽 눈에 검은 안대를 한 애꾸눈의 남자는 그제야 참고 참았던 눈물을 터뜨렸다. 민의 눈물이 소라를 따라 안나푸르나를 날아다녔다.

"아빠, 우는 거야?"

"……."

"울지 마, 아빠."

자기도 울면서 설리가 손을 내밀어 아빠의 눈물을 닦아주었다. 민은 소중히 간직하고 있던 반지를 꺼내 설리의 손가락에 끼워주었다. 12월 25일, 소라에게 선물하려던 별 모양 반지는 그녀가 한 번도 끼워보지 못한 채 마지막 유품이 되었다.

"언젠가 엄마가 말했어. 보고 싶은 마음을 오래 참으면 별이 된다고. 아마도 엄마는 누군가가 무척이나 보고 싶었나 봐. 그래서 엄마는 안나푸르나의 별이 됐나 봐."

설리가 소라의 남은 뼛가루를 모두 날려 보내고 별 모양 반지를 만지작거리며 아빠의 어깨에 기대어 말했다. 안나푸르나에서 두 사람은 언제까지나 그렇게 서서 소라가 날아간 곳을 바라보았다.

14.

별을 단 남자

"I announce imprisonment number 4715 to be discharged from prison on the 25th of December(수감번호 4715, 12월 25일부로 출소를 명한다). Do check your belongings now(소지품을 확인하도록)."

미국 캘리포니아 연방교도소. 한 남자가 죄수복을 벗고 사복으로 갈아입었다. 잡다한 소지품은 그냥 두고 달랑 약간의 현금이 든 지갑과 선글라스 하나만 챙겼다.

"These are the only things I need(난 이것만 있으면 돼). You can throw away the rest or something(나머지는 버리든지 말든지 알아서 해)."

남자는 지갑을 바지 뒷주머니에 대충 쑤셔 넣고 선글라스를 꼈다. 오전 10시 10분. 캘리포니아의 12월은 아침저녁으로 약간 쌀쌀하다. 하지만 작열하는 태양은 14년 만에 세상에 나서는 남자에겐 더 없이 눈부셨다.

"Sunny(써니)! I was actually your fan(난 사실 너의 팬이었어). I wish you the best of luck(행운을 빌어)."

간수 한 명이 남자의 옛 영어 이름을 부르며 악수를 청했다. 남자는 가볍게 손을 잡아주곤 성큼성큼 교도소를 나섰다.

"쳇. 누가 써니야? 난 선우라고. 이선우."

이선우. 전 LA 피닉스 소속 메이저리그 선발투수. 3년 연속 10승 투수로 명성을 떨치던, 최고 시속 164km의 우완 정통파 파이어볼러. 장원춘을 포함한 중국계 마피아 세 명과 시비 끝에 폭행치사 및 살인미수가 적용되어 15년 형을 선고 받았으며, 모범수로 1년 감형되어 14년 만에 출소.

세상의 정점을 향해 거침없이 달리던 스물두 살의 청년은 어느덧 삼십대 중반이 되었다. 나이가 무색하게 아직 충분히 젊고 스마트해 보이지만, 밝고 잘 웃던 앳된 모습은 이미 과거 속으로 사라졌다.

부모님이 출소 일에 맞춰 오겠다는 연락을 해왔지만 극구 말린 선우였다. 뭐 그리 잘난 자식이라고 비행기로 미국까지 날아와서 마중 나올 일 있냐고 선우는 무덤덤하게 말했다. 그래서 그가 14년 만에 다시 세상으로 나오는 날은 철저히 혼자일 거라고 생각했다.

세월이 많이 흐른 만큼 총탄이 박혔던 어깨는 완전히 회복되었다. 다만 그 자리에 별 모양의 흉터가 남았다.

별……. 문득 그녀가 생각난다. 유난히 별을 좋아하던 소라. 커피를 저을 때조차 별 세 개를 그리던 그녀. 소라와 이별한 지 벌써 15년. 교도소 안에 갇혀 있어서 더 그랬을까? 아무리 잊으려 애써도 지워지지 않는 그녀였다. 소라는 별이 되어 별을 단 남자의 어깨에 박혔다.

"여어!"

누군가 부르는 소리에 선우가 옆을 바라보니 한 남자가 손을 흔들고 있다. 예전 선우의 통역이자 개인 매니저 역할을 하던 케빈이다.

"만득이 형이 여긴 웬일이야?"

"이 자식이 아직도 만득이래. 만덕이라니까, 내 한국 이름은!"

케빈은 14년 전 선우가 마지막으로 선물한 LA 피닉스 유니폼을 입고 웃고 있었다. 백넘버 99번이 새겨진 그 유니폼은 아주 작아 보였다.

"하하, 나도 이제 마흔이 넘다 보니까 배가 나와서 말이지."

"그러네. 하하! 벌써 그렇게 시간이 흘렀네."

따라 웃는 선우의 미소에 왠지 쓸쓸함이 묻어났다. 인생의 황금기라 할 수 있는 이십대와 삼십대의 대부분을 교도소에서 보낸 남자에겐 어찌할 수 없는 처연함이 내재되어 있었다.

"지낼 만했어? 미국의 교도소는 콩밥 안 줄 텐데."

케빈이 어디서 사왔는지 선우에게 두부를 건넸다. 선우가 우걱우걱 두부를 먹으며 말했다.

"흥! 그렇게 늘지 않던 영어만 박사 됐어. 따라서 만득이 형은 해고야. 두부 사다 준 건 고맙지만 이제 통역이 필요 없게 됐거든."

"그나저나 넌 왜 감옥에서 나오면 두부 먹는지 아냐? 한국에만 있는 문화인데, 한국은 교도소 밥을 콩밥이라 부르잖아. 콩이 전혀 새로운 음식인 두부가 되듯 이제 새사람이 되란 의미야."

"됐고, 어쨌건 형은 해고야."

"흐흐, 과연 그럴까? 아직 난 매니저 역할이 남아 있는데?"

"매니저는 무슨 얼어 죽을. 당장 먹고살 걱정을 해야 할 판에. 전과 달린 이런 아저씨가 무슨 매니저가 필요해?"

"너, 야구…… 야구 안 할 거야?"

"야구……."

선우가 '야구'라는 단어를 씁쓸하게 되뇌었다. 야구……. 어릴 적 유니폼 입은 야구부가 멋져 보여 시작한 이래 야구는 선우의 모든 것이었다. 남다른 재능과 각고의 노력으로 대한민국에서 가장 빠른 볼을 던지는 사나이로 등극한 후 꿈의 무대라는 메이저리그 진출에 성공하기까지 야구는 그의 종교이자 신앙이었다.

"혹시?"

"아냐, 인마! 아직 그대로야. 메이저리그는 물론 일본이랑 한국에서도."

14년 전의 그 사건으로 선우는 메이저리그에서 영구 제명되는 아픔을 겪었다. 세계 3대 프로야구 리그인 미국과 일본, 모국인 한국에서조차 선우는 선수로 활동할 수 없었다.

"난 또……."

다시 선우가 씁쓸하게 웃었다. 그런 선우를 바라보는 케빈의 마음은 찢어질 듯 아팠다. 고교 졸업 후 메이저리그에서 성공하기까지 그 누구보다 가까이에서 선우를 지켜본 케빈으로서는 선우가 다시 야구를 못 한다는 사실이 남의 일 같지가 않았다.

"사실은 알고 있었어. 앞으로 두 번 다시 마운드에 서서 야구공을 던질 수 없다는 거. 그러니까 만득이 형, 그런 슬픈 표정 짓지 마. 난 괜찮아. 영어 실력도 늘었는데 애들이나 가르칠까? 아 참, 전과자라서 안 써줄라나? 하하하!"

"선우야, 너…… 독립리그라고 들어봤냐?"

2006년 미국에 '아메리칸 어소시에이션(American Association of Independent Professional Baseball)'이라는 독립리그가 창설되었다. 총 16개 팀으로 이루어졌으며 네 개의 디비전으로 운영되는데 메이저리그와는 별도의 조직이므로 선우의 선수 등록이 가능한 유일한 리그였다.

오른쪽 어깨에 총을 맞은 데다 교도소에 있는 14년 동안 야구공 한 번 쥐어보지 못한 선우지만 결코 야구를 포기하지 않을 거라고 확신한 케빈의 계획이었다. 그래서 선우는 재기를 꿈꾸며 미국 독립리그에 진출한다.

전직 메이저리그 선수이던 선우는 최저 연봉을 받으며 그렇게 미국 독립리그에서 버텼다. 오랜 기간 야구를 쉰데다 총 맞은 어깨는 좀처럼 예전처럼 강속구를 뿌리지 못했다. 평범한 투수로 독립리그에서 활동하던 선우에게 새로운 소식이 들려온 것은 그로부터 3년 후. 한국 프로야구협회에서 선우의 선수 자격 정지를 전격적으로 풀어준 것이다.

모두가 그의 선수 생명이 끝났다고 확신한 이선우 서른아홉. 그는 이제 새로운 꿈을 안고 근 20년 만에 한국으로 돌아간다. 찬란했던 과거를 뒤로한 채 전과자란 별을 달고 한국으로 가는 길. 그것은 돌이켜 보면 참으로 멀고도 힘든 여정이었다.

＊　＊　＊

고교 시절, 소라와의 첫 만남과 짧았던 사랑, 납치로 인한 소라와 민의 비극적 결말과 '이 땅의 끝'으로 떠나 버린 두 사람, 성공 가도를 달리던 선우의 복수, 그리고 14년의 복역……

"하아! 그런 영화 같은 일이……. 듣고 있는 저로서는 뭐라 말할 엄두가 안 나는 엄청난 이야기네요. 이런 일이 어떻게 대중들에게 알려지지 않았을까요?"

선우로부터 자그마치 20년에 걸친 세 사람의 과거를 들은 조 PD는 깊은 한숨부터 내쉬었다. 그들 세 사람의 사랑과 우정, 배신과 복수가 담긴 인생 스토리는 드라마보다 더 드라마틱해서 어디까지가 진실인지 조 PD는 짐작조차 할 수 없었다.

"민이는 모든 걸 내려놓고 한국을 떠나면서 자연스럽게 사람들의 뇌리에서 잊혔고, 제 사건은 메이저리그 사무국에서 인기 하락을 우려해 단순한 폭행사건으로 축소, 은폐시켰을 겁니다."

"20년이나 봉인된 비밀을 저에게 알려주시는 건 왜죠?"

"글쎄요……."

선우가 말끝을 흐리며 쓸쓸하게 웃었다. 조 PD는 선우의 과거사를 듣고 난 후 왠지 그에게 동화되어 그 미소가 아프게 가슴에 꽂혔다. 여의도에는 눈발이 흩날리고 있었고, 방송국 로비에 들어서는 사람들이 머리와 어깨에 내려앉은 눈송이를 털고 있었다.

"오랜 시간 교도소에 있다 나와서 그런지 저는 이십대 초반에서 시간이 정지된 것처럼 느껴집니다. 벌모레면 마흔인데 말이죠. 처음 미국에 갈 때도 지금처럼 눈이 펑펑 내렸죠. 그녀는 첫눈이 올 때까지 손톱 끝에 한 줄 남은 봉숭아물을 보며 첫사랑이 이루어질 거라 믿었어요. 나는 그저…… 그저 동화 같은 사랑을 지켜주고 싶습니다. 그녀는 비록 어디에 있는지 모르지만 그 딸이 제 앞에 나타났으니까요. 두 번째 미국에 갈 땐 민이도 공항에 배웅을 나왔죠. 그때 제가 그랬어요. 민이가 아이를 낳으면 내가…… 지켜주겠다고 했어요. 설리는 그녀의 딸이고, 또한 민이의 딸이고……. 나는 내 친구이자 옛 사랑의 딸을 꼭 지켜주고 싶습니다."

조 PD가 새삼 주의 깊게 선우를 살펴보았다. 큰 키에 나이가 무색하게 아직 젊은 얼굴. 사랑을 위해 인생을 바친 남자. 한낱 퇴물이 된 전직 메이저리거로만 생각하던 그가 갑자기 큰 키만큼이나 위대해 보였고, 숭고한 사랑에 절로 경외심이 들었다.

"제가 뭘 도와드리면 될까요?"

선우는 그 커다란 손으로 조 PD의 손을 덥석 잡았다. 한때는 한국에서 가장 빠르게 야구공을 던지던 손이었을 것이다.

"설리…… 그 아이에게 어떤 특별대우를 해달라는 게 아닙니다, 피디님. 아직 어리고 외국에서 살다 와서 세상물정 모르는 그 아이가 정당하게 자신의 꿈을 펼칠 수 있게 도와주십시오. 다시는 어른들에게 상처받는 일이 없도록 해주세요!"

"알겠습니다. 천 부장이 또 해코지해 올지도 모르고……. 아무튼 그건 프로듀서로서 제 이름을 걸고 약속하겠습니다."

선우와 조 PD의 우려는 현실이 되었다. 당장 현장 프로듀서가 한 명 더 투입된 것이다. 명분은 시청률 1위를 달리고 있는 오디션 프로그램의 다양한 촬영을 위한 인력 보충이라지만 공동 연출을 맡게 된 최 PD는 천 부장 라인으로 알려진 사람이었다. 게다가 오디션 연출은 새로 온 최 PD가 맡고, 조 PD는 참가자의 사연과 앞으로 묵게 될 숙소 생활과 이벤트 등 사전 녹화 담당이 되었다.

"이건 누가 봐도 좌천 아닙니까? 시즌 1부터 멀쩡히 프로그램을 맡고 있는 저보고 사연 팔이나 찍으라니 말이 됩니까?"

갑작스러운 인사이동 소식을 듣고 흥분한 조 PD는 다짜고짜 책임 프로듀서 방을 찾아가 항의했다. 오디션의 책임 프로듀서인 김명한 CP는 파벌과 인맥이 판치는 TBS 방송국 내에서 그래도 강직한 인물로 후배들의 존경을 받고 있었다.

"낸들 어쩌겠나? 엄연히 조직사회인데 위에서 그러라는 걸. 일단은 프로그램에서 완전히 내치지는 않았으니까 조금만 견뎌보게. 뭔가 수가 있겠지."

이를 부득부득 갈며 조 PD는 방을 나왔다.

시즌제로 진행되면서 몇 년간 동고동락한 조연출, 카메라맨 몇 명과 사전 녹화로 진행되는 장면을 스케치 형식으로 촬영하면서 조 PD는 선우의 부탁대로 예의 설리를 주시했다. 다행히 설리는 천 부장과의 사건을 어느새 잊었는지 특유의 긍정 마인드로 오디션 참가자들과 무리 없이 어울리고 있었다.

"저기…… 설리는 만약 탑 10까지 오르면 응원 차 가족들이 올 수 있을까?"

선우의 지난 이야기를 다 들은 조 PD는 아무래도 민과 소라의 뒷이야기가 궁금했다. 그래서 사전 녹화 촬영 중 막간을 이용해서 설리에게 물어보았다.

"가족?"

설리가 눈을 동그랗게 뜨고 되물었다. 새하얀 피부에 또렷한 이목구비, 사람을 빨아들일 것만 같은 눈망울과 아무것도 바르지 않았어도 붉게 윤기 나는 입술. 조 PD는 설리의 엄마가 어떤 사람인지 알 것 같았다. 분명 열여덟 나이에 남자라면 누구나 두근거리게 만드는 마력을 지닌 이 소녀처럼 엄마 역시 예쁜 여자였으리라. 그래서 당시 인기 절정의 현역 메이저리거와 당대 최고의 가수왕이 동시에 사랑에 빠졌으리라.

"아빠는 올 수 있으려나? 아하하! 워낙 바람같이 떠도는 분이라서요. 엄마는…… 몇 년 전에 돌아가셔서 못 오세요."

그녀가…… 그녀가 죽었다. 설리의 말을 들은 조 PD의 심장이 쿵하고 내려앉았다. 그리고 그 시간, 천 부장은 자신의 오른팔 격인 최 PD를 긴급 호출한 상황이었다. 큰 이슈 없이 순항하던 TBS 오디션에 한바탕 회오리가 몰아치려 하고 있었다.

최원호 PD. 최고 명문 S대학교 영문학과 출신으로 과감히 방송계에 투신해 어느 정도 성공을 거둔 이다. 신문방송과나 연극영화과 출신들이 득세하던 방송가에서 출세하기 위해 과는 다르지만 같은 S대 출신인 천 부장의 심복을 자처하며 10여 년을 보냈다.

입사 동기이자 라이벌 격인 조광문 PD는 사학 명문 Y대학교 신문방송과 출신. 오디션 프로 〈슈퍼 K팝 스타〉 시리즈를 성공적으로 이끌며 TBS 예능국에서 스타 PD로 자리 잡은 그를 최 PD는 탐탁지 않게 여겼다. 자신보다 학벌로나 재능으로나 한 수 아래인데 방송국 내 최대 학벌인 Y대 신방과 선배들 후광으로 빨리 컸다고 생각했다.

"내가 자네를 〈슈퍼 K팝 스타〉에 중간 투입한 이유를 아나?"

천 부장이 커피 머신에서 아메리카노를 따르며 물었다. 두 손으로 공손히 커피를 받아 든 최 PD는 최대한 겸손한 말투로 대답했다.

"그야…… 〈슈퍼 K팝 스타〉가 시즌 3에 접어들면서 조 PD 연출 방식이 시청자들에게 식상하게 느껴질까 봐……."

"허튼소리!"

천 부장이 커피 잔으로 테이블을 내려쳤다. 그러고 보니 생각나는 한 소녀. 바로 이 방에서 자신의 동작과 말투를 따라 하던 신비로운 그 아이. 천 부장은 설리를 생각해 내곤 입맛을 다셨다. 그리고 너무 연한 아메리카노 대신 그 아이가 좋아한다던 달콤하고, 뜨겁고, 진한 커피가 마시고 싶어졌다.

"자네는 절대 조 PD 감각을 못 따라가. 인정하고 싶지 않겠지만 조 PD는 여러 면에서 발군이야. 스타를 발굴해서 스토리를 만들고 대중들에게 어필하는 솜씨는 천부적이지."

"그럼 왜 저를 갑자기 〈슈퍼 K팝 스타〉에 투입하신 겁니까?"

"방송은…… 재능만 있다고 성공하는 무대가 아니기 때문이지. 올 봄 개편을 앞두고 실력파 가수들이 경연을 펼치는 파일럿 프로가 기획 중인 건 아나?"

"네, 소문으로 들었습니다."

"메인 연출로 자네를 생각하고 있네."

"네? 정말입니까? 감사합니다!"

최 PD가 소파에서 벌떡 일어나 허리를 굽혀 90도로 인사했다. 작년 〈요리하는 남자〉라는 예능 프로를 맡았다가 저조한 시청률로 두 달도 못 채우고 폐지되는 아픔을 겪은 최 PD로서는 놀랄 만한 희소식이었다.

"내가 늘 얘기하지 않았나? 인생은……."

"물론입니다, 부장님. 인생은 기브 앤드 테이크! 말씀만 하십쇼!"

이선우라는 한물간 야구선수에게 당한 사건은 천 부장에게 씻을 수 없는 굴욕이었다. 그에게 벌거벗은 채 내동댕이쳐진 것도 모욕적이었지만 그보다 더 뼈아프게 남는 건 그 아이를 갖지 못했다는 것. 모든 것이 그 남자 때문이라고 생각하니 자다가도 벌떡 일어날 정도로 분하고 치가 떨렸다.

원래 설리의 콜라보레이션 상대는 열 살짜리 꼬마 여자아이였다. 긴장과 피로가 겹쳐 병원에 입원했고, 다른 경쟁자들이 일주일간 함께 연습하는 동안 병원에서 잠깐 만났을 뿐이다. 문제는 꼬마가 퇴원했음에도 불구하고 두 사람의 만남이 이루어지지 않았다는 것. 당연히 천 부장의 사주를 받은 최 PD의 농간이었다.

설리는 그렇게 오디션 녹화 당일이 되어서야 꼬마를 만날 수 있었다. 화영이라는 이름의 열 살 난 아이는 조금 수척해 보였다.

"안녕, 화영? 며칠 전 병원에서 만났지? 난 설리 언니야."

무남독녀 외동딸 설리는 화영이가 남 같지 않았다. 콜라보레이션은 같은 곡을 두 사람이 불러 심사위원들의 평가를 받는 무대. 곡의 해석과 완성도에 따라 둘 다 떨어질 수도, 둘 다 붙을 수도 있는 미션이었다.

"안녕, 언니."

대답은 했지만 화영의 목소리는 침울했다. 아마 그 아이도 어렴풋이 짐작하고 있으리라. 어쩌면 이번 무대가 오디션에서 부르는 마지막 노래가 될 수도 있다는 걸.

"아하하! 우리 참 늦게 만났다. 그치? 아직 뭘 부를지도 못 정했네."

"하아!"

화영이가 꼬맹이답지 않게 한숨을 내쉬었다. 설리가 그런 화영이의 볼을 두 손으로 감싸며 어루만졌다.

"하지만 걱정 마. 다 잘될 거야. 언니는 히말라야 신들의 보호를 받고 있거든."

"그치만 언니는 외국에서 와서 한국 노래도 거의 모른다며? 우리 진짜 뭘 불러?"

"음……."

설리는 골똘히 생각에 잠겼다. 화영은 그런 설리의 볼을 쓰다듬어 주었다.

"걱정 마, 언니. 난 리틀엔젤스 합창단의 보호를 받고 있거든."

화영이가 설리를 따라 하며 말했다. 설리가 킥 하고 웃음을 터뜨렸다.

"근데 리틀엔젤스 합창단? 그게 뭐야?"

"어린이 합창단이야. 여름에 공연도 했어. 예술의 전당에서 〈넬라 판타지아〉 불렀어."

"〈넬라 판타지아〉? 〈가브리엘 오보에〉 말이니? 엔니오 모리꼬네의? 언니도 그 노래 좋아해."

길이 열렸다. 설리와 화영이는 서로 두 손을 잡고 기뻐서 팔짝팔짝 뛰었다. 녹화를 앞두고 시간이 없던 그들은 파트만 나눠서 대충 두어 번 입을 맞춰보고 오디션 촬영이 있는 공개홀로 들어갔다.

"다음 순서는 여러분이 가장 많이 기다린 참가자가 아닐까 합니다. 〈히말라야에서 온 소녀〉로 동영상 검색 200만 뷰를 넘긴 강설리 양과 리틀엔젤스 합창단 출신 천재 소녀 이화영 양의 콜라보레이션입니다."

MC를 맡은 남자가 장황하게 설리와 화영을 소개했다. 설리가 화영의 손을 잡고 무대로 걸어왔다. 쏟아지는 스포트라이트와 사람들의 박수 소리. 꼬맹이의 손끝에서 파르르 떨림이 고스란히 전해져 왔다. 설리는 그런 화영의 손에 힘을 주며 따스하게 눈을 맞췄다. 화영이 살짝 미소 지으며 고개를 끄덕였다.

"화영 양이 입원하는 바람에 연습 시간 내기가 쉽지 않다고 들었는데 일단 노래부터 들어볼게요."

안경을 낀 심사위원이 거두절미하고 노래부터 시켰다. 마음의 준비를 할 사이도 없이 설리와 화영은 얼른 각자의 마이크 앞에 섰다. 그런데 설리는 키가 작은 화영을 위해 마이크 높이를 조절해 주다 그만 실수로 마이크를 쓰러뜨렸다. 사람들의 웃음이 터졌다. 당황한 설리가 마이크를 세우려는데 이번엔 되레 마이크를 밟아 그녀가 넘어지고 말았다. 시작부터 엉망진창이다.

화영이가 그런 설리의 손을 잡아주었다. 무언가 거꾸로 된 느낌.

"괜찮아, 언니. 긴장하지 마."

"헉! 그, 그래……."

식은땀을 흘리며 설리는 주머니에서 하모니카를 찾았다. 없다. 어딘가에 흘린 모양이다. 설리는 부리나케 무대 뒤로 뛰어갔다. 사람들이 웃어대고 심사위원들은 서로 마주 보며 수군거렸다.

잠시 후, 겨우 하모니카를 찾아온 설리가 숨을 가다듬었다. 오늘은 기타를 내려놓고 하모니카를 부는 열여덟 살 소녀. 하모니카는 뉴델리에서 첫 월급을 받은 기념으로 엄마가 사준 선물이다.

1986년 롤랑 조페 감독의 영화 〈미션〉에서 아르헨티나와 파라과이, 브라질의 접경 지역에 선교를 떠난 가브리엘 신부가 적대적이던 원주민들에게 연주하던 그 장면. 오보에 하나로 원주민들은 물론 관객 모두를 매료시킨 바로 그 장면. 그래서 〈가브리엘 오보에〉.

지금 설리는 오보에 대신 하모니카를 불기 시작했고, 일순 TBS 공개홀은 정적에 휩싸였다. 오직 장엄하고 신비로운 설리의 하모니카 소리만이 무대를 수놓고 있었다.

오보에 대신 하모니카가 울려 퍼지고 있다. 하모니카 소리가 이렇게 아련하고 아름다웠던가. 관객들은 약속이나 한 듯 눈을 감고 심취했다.

〈가브리엘 오보에〉. 화영이가 합창단에서 여름 내내 연습했던 곡, 그리고 소라가 생전 아끼고 사랑했던 곡. 설리는 어릴 때부터 엄마의 바이올린에 맞춰 이 노래를 수천 번은 불렀다. 성스럽고 장엄한 멜로디에 하모니카 소리가 입혀지자 좀 더 애달프게 가슴을 후벼 파고들었다.

설리가 하모니카를 불며 옆에 서 있는 화영과 눈을 맞췄다. 두 사람의 고개가 아주 작게 끄덕여지는 순간, 하모니카가 빠지고 화영의 솔로가 이어졌다. 열 살 여자아이 특유의 미성이다. 화영의 목소리는 어린 천사의 속삭임처럼 사람들의 귀를 간질였다. 고음부에선 설리가 탄탄하게 음을 받쳐주며 환상의 화음을 만들어냈다.

다시 설리와 화영이 위치를 바꾸었다. 화영이 은은하게 코러스를 넣는 가운데 설리가 폭발적인 가창력으로 치고 나갔다. 듣고 있던 관객들은 놀라움에 입을 다물지 못했고, 〈넬라 판타지아〉라는 노래가 주는 감동에 눈물을 흘리는 사람도 눈에 띄었다.

노래가 끝나고 나서도 한참이나 객석은 조용했다. 설리와 화영이 손을 잡고 한 발 앞으로 걸어나와 꾸벅 인사를 했다. 그제야 터져 나오는 박수 소리.

"아! 대단한 무대였습니다. 〈넬라 판타지아〉는 원체 많은 사람이 불렀습니다만, 이 조합은 역대급이네요. 기타를 놓고 하모니카를 꺼내 든 설리 양은 또 한 번 놀라움을 주었습니다. 어린 화영 양을 잘 이끌며 감동적인 듀엣을 만들어냈어요."

안경을 낀 심사위원이 아빠 미소를 지으며 감탄사를 내뱉었다. 옆에 있던 선글라스를 낀 심사위원이 거들었다.

"아무래도 연습량이 부족한 티는 났죠. 몇 군데 화음이 맞지 않았어요. 그래도 많은 감동을 줄 수 있었던 건 역시 목소리의 힘이에요. 각자의 솔로 파트에서 최상의 결과물을 만들어냈어요. 저는 오늘 높은 점수를 줄 수 있을 것 같아요."

영어 잘하는 심사위원도 한마디 안 할 수 없었다. 내내 헤드셋을 끼고 작은 부분까지 세심하게 캐치하며 듣던 그는 이미 얼굴에 만족감을 드러낸 지 오래였다.

"저는 사라 브라이트만이 부르는 걸 직접 보고 들은 적이 있는데요, 그때의 감동에 결코 뒤지지 않는 훌륭한 무대였습니다. 처음 설리 양이 하모니카를 부는데 한 소절 듣는 순간 이미 끝났다고 생각했어요. 천재 소녀와 신비 소녀의 만남. 이 조합은 기대가 되면서도 불안한 게 사실이었는데 정말 넋을 잃고 들었습니다."

심사위원들의 극찬과 관객석의 뜨거운 호응 속에 설리와 화영의 콜라보레이션 무대가 끝났다. 두 사람은 만족한 표정으로 손을 잡고 퇴장했다. 이어진 다른 참가자들의 무대가 몇 시간 펼쳐졌고, 이윽고 합격자 발표 시간이 돌아왔다.

"거듭 말씀드립니다만, 이번 콜라보레이션 미션의 기본 원칙은 함께 공연한 두 사람 중 한 사람만 합격하는 겁니다. 물론 예외적으로 둘 다 합격하거나 둘 다 탈락할 수도 있습니다. 그럼 발표하겠습니다."

MC의 설명대로 각 팀에서 대부분은 한 사람의 합격자만을 배출하며 참가자들의 희비가 엇갈렸다. 이제 설리와 화영의 결과를 발표할 순서였다.

"〈넬라 판타지아〉로 호평을 이끌어낸 강설리 양과 이화영 양은 앞으로 나와 주십시오."

열여덟 살 설리가 아직 어린 화영의 손을 잡고 나왔다. MC가 화영에게 물었다.

"화영 양은 솔직히 누가 합격했으면 좋겠어요?"

난처한 표정을 짓던 화영이 한참을 망설이다 입을 열었다.

"언니랑 저 둘 다 합격시켜 주시면 안 돼요?"

"그렇죠? 그 방법이 있었죠. 결과는 이 봉투 안에 있습니다. 그럼 첫 번째 합격자부터 발표하겠습니다."

긴장을 고조시키는 효과음이 나왔다. TBS 공개홀에 있는 많은 사람들이 조마조마해하면서 지켜보았다.

"아! 리틀엔젤스 합창단 출신 열 살 천재 소녀 이화영 양, 축하드립니다!"

아직 설리의 결과를 모르는 화영이 기쁜 감정을 내색하지 못한 채 어색하게 설리를 올려다보았다. 설리는 그런 화영을 꼭 안아주었다.

"그리고 이 팀의 두 번째 합격자는⋯⋯."

MC가 약간 뜸을 들였다. 그러나 이 자리를 지켜보고 있는 대부분의 사람들은 믿었다. 이미 〈히말라야 소녀〉로 TBS 오디션 프로그램 〈슈퍼 K팝 스타〉 시즌 3의 강력한 우승 후보로 떠올랐으며 콜라보레이션 미션 역시 완벽하게 수행한 설리가 탈락하는 일은 없을 거라고.

"두 번째 합격자는⋯⋯ 없습니다. 안타깝게도 강설리 양은 여기까지네요. 탈락입니다."

예상 밖의 결과에 다른 참가자들과 심사위원 세 사람도 어리둥절한 표정을 감추지 못했다. 관객석은 충격과 경악으로 술렁거렸다. MC가 설리에게 무언가 질문을 하려고 하자 연출을 맡은 최 PD가 급하게 팔을 휘두르며 아웃 사인을 냈다.

"언니, 설리 언니."

합격과 탈락으로 나뉘어 각자의 자리로 돌아가게 되자 화영이 눈물을 터뜨렸다. 설리가 가만히 손가락으로 화영의 눈물을 닦아주었다.

"언니는⋯⋯ 괜찮아. 히말라야로 돌아가면 돼. 안나푸르나에서 아빠가 기다리실 거야. 서울 구경 잘했네, 뭐."

선우는 설리의 탈락 장면을 TV에서 보았다. 방송에서는 설리와 화영이가 부른 〈넬라 판타지아〉가 다시 흘러나오고 있었다.

또 봐도 감동적인 〈넬라 판타지와〉 노래와 함께 설리가 쓸쓸히 퇴장하고 있다. 축 처진 어깨, 한없이 가녀린 뒷모습. 선우는 떠나는 설리를 보며 그 아이의 엄마이자 자신의 첫사랑을 떠올리고 말았다.

"안 돼!"

선우는 급하게 옷을 걸쳐 입고 뛰어나갔다. 설리를 만나야 했다. 그렇게 두 사람의 겨울이 지나가고 있었다.

15.

하늘을 날면

　설리의 탈락 소식에 선우는 조 PD에게 급히 연락을 취해 만났다. 핸드폰이 없는 설리의 행방은 묘연한 상태. 선우는 애가 탔다.

　"저로서도 답답한 상황입니다. 설리 양은 제가 메인 연출을 맡을 때 우승후보로 점찍은 참가자였는데 이렇게 허망하게 탈락시킬 거라곤 짐작 못 했어요."

　"그래서 그 아이는…… 설리는 어디에 있습니까? 어디로 가야 만날 수 있죠?"

　"그게 연락처를 할아버지 댁으로 해놓았던데…… 이미 떠났답니다."

　선우의 심장이 덜컥 내려앉았다. 그로부터 20년 가까운 시간이 지났음에도 누군가가 떠나간다는 건 그에게 아직 고통이었다. 완전히 소라를, 그리고 민을 내려놓지 못한 선우는 또다시 자책했다.

　14년의 수감 생활과 몇 년간의 독립리그에서의 방황. 도대체 얼마만큼의 시간이 더 흘러야 자유로워질 수 있는 걸까? 선우는 삼십 대의 끝줄에서 여전히 방황하고 있었다. 어쩌면 그의 인생은 소라와 민이 자신의 곁을 떠난 그때부터 멈춘 걸지도 모른다.

"어디로 갔답니까?"

"외갓집에 인사드리고 히말라야로 돌아간다고 했다는데요."

설리의 외갓집이라면 소라의 큰아버지 댁. 20년 전 선우가 동반 미국행을 허락받기 위해 찾아간 바로 그 집이다.

"그보다…… 이선우 선수, 제가 계획한 게 하나 있는데요. 이선우 선수의 결단이 필요합니다."

조 PD가 어렵게 말을 꺼내며 담배를 입에 물었다.

"뭡니까, 그게?"

"설리 양, 이대로 보내기엔 아깝지 않습니까? 그 빛나는 재능이 어른들의 사리사욕으로 영원히 묻히는 거니까요. 분명히 천 부장의 압력이 있었다고 봅니다. 저는 설리 양을 꼭 다시 부활시켜 무대에 세우고 싶습니다."

"무슨 방법이 있습니까?"

사뭇 결연한 조 PD를 보며 선우가 반짝 눈을 빛냈다. 조 PD가 담배 연기를 길게 내뿜었다. 여의도 방송국 근처 어느 거리의 오렌지 빛 가로등불 탓에 과장되게 빛을 받은 담배 연기가 차가운 겨울바람을 타고 어디론가 사라지고 있다.

"창피하지만 〈슈퍼 K팝 스타〉에서 제가 새로 맡은 일은 참가자들의 다양한 사연을 찍는 겁니다. 프로듀서로서의 제 이름을 걸고 설리 양 분량을 확보하겠습니다. 저는 히말라야까지 갈 생각입니다. 그러려면 이선우 선수와 강민 씨의 과거가 모두 오픈되게 됩니다. 감당하실 수 있겠습니까?"

선우는 생각에 잠겼다. 그토록 지켜주고 싶던 과거. 숨겨주고 싶던 비밀. 설리를 도와주려면 소라와 민이의 이야기를 모두 공개해야 한다.

"제 과거가 알려지면 그 아이는 다시 노래 부를 수 있을까요?"

"제가 반드시 그렇게 만들 겁니다."

조 PD가 담뱃불을 튕겼다. 아직 새빨간 불똥이 밤공기를 가르며 땅에 떨어졌다.

"할게요. 하겠습니다!"

그렇게 설리의 부활 프로젝트가 시작되었다. 선우와 조 PD는 역할 분담을 했다. 선우는 우선 설리의 행방을 찾아야 했고, 조 PD는 히말라야 녹화를 위한 출장 허가를 받아야 했다. 조 PD가 책임 프로듀서인 김명한 CP를 만나러 간 사이 선우는 잠실로 차를 몰았다.

백제 고분로를 따라 이어지는 주택가. 주차를 하고 기억을 더듬어 소라의 큰아버지 댁을 찾아 걸었다. 20년 전 소라를 바래다주던 그 길. 세월이 그만큼이나 지났는데 그다지 변하지 않았다.

소라와 함께 앉던 놀이터 벤치, 언제나 무뚝뚝한 주인아주머니가 있던 조그만 동네 슈퍼, 함께 팔짱을 끼고 걷던 도로, 자주 커피를 마시던 카페, 500원짜리 동전을 넣고 치는 야구 연습장, 그리고 수줍게 입맞춤을 나누던 키 작은 가로등 아래……

선우는 옛 추억을 떠올리곤 잠시 먹먹해진 마음에 발걸음을 멈췄다. 주책없이 눈물이 핑 돌았다. 소라는 이 길을 수백 번, 수천 번 걸어 다녔을 것이다. 바로 이 길에서 떠올리고 싶지 않은 그 사건을 겪었을 것이다.

지금 설리를 찾아 소라의 큰아버지 부부를 만나도 되는 것일까? 선우는 선뜻 용기가 나지 않았다. 메이저리그에 진출하고 미국으로 떠나던 선우를 믿고 조카를 맡긴 그분들이 잊히지 않았다. 자신의 손을 잡고 소라를 잘 부탁한다며 우시던 그분들을 만나야 한다. 이제 소라 대신 설리를 데리고 가야 한다.

선우는 동네에 있는 포장마차를 발견하곤 그리로 들어갔다. 소주라도 좀 마셔야 했다. 술기운을 빌리지 않고서는 도저히 소라의 큰아버지 부부를 만날 자신이 없었기 때문이다.

선우가 포장을 걷고 실내로 들어가니 한 소녀가 닭똥집을 게걸스럽게 먹고 있다. 선우는 깜짝 놀라 얼어붙은 듯 그대로 멈춰 섰다.

설리였다. 설리는 선우를 미처 발견하지 못하고 이번에는 산낙지를 한 젓가락 참기름에 듬뿍 찍어 입에 털어 넣고 야무지게 씹으며 소주 한 잔을 들이켜는 중이었다.

"뭐, 뭐하세요?"

너무나 놀란 나머지 선우는 갑자기 존댓말을 썼다. 그제야 설리도 선우를 쳐다보았다.

"앗! 키다리아저씨! 여긴 웬일?"

설리가 소주와 함께 산낙지를 꿀꺽 삼키며 말했다.

"여기서 뭐하는 거야?"

"뭐하다뇨? 보시다시피 이것저것 먹고 있는 중이죠."

"오디션 탈락해서 울고 있어야 하는 거 아냐?"

"헹! 울 시간이 어디 있어요? 이제 떠나면 언제 다시 올지 모르는 한국인데요. 하고 싶은 거, 먹고 싶은 거 얼마나 많은데요."

"그, 그래도 소주는 좀……. 넌 아직 미성년자 아냐?"

"와! 아저씨 되게 고리타분하구나? 우리 아빠 중학교 때부터 술을 마셨대요. 요즘도 울적할 땐 종종 같이 마시는걸요."

"민이 이 자식……."

선우가 한탄하며 일단 설리 옆에 앉았다. 포장마차 주인이 선우 앞으로 소주잔을 내밀었다.

"방가방가! 아저씨, 한 잔 받으시고. 안 받으면 쳐들어간다, 꿍짜락꿍짝. 어? 꿍따리 샤바란가?"

"그런 건 어디서 배웠어?"

설리의 눈이 갑자기 촉촉해졌다. 선우의 심장이 또 한 번 쿵 하고 내려앉았다. 무섭도록 소라와 닮은 저 눈. 설리의 눈동자에 비친 자신을 보며 선우는 데자뷰를 느꼈다. 설리가 눈치챌까 봐 선우는 얼른 소주 한 잔을 입에 털어 넣었다.

"저도 토렌트에서 다운 받아 한국 영화, 드라마 다 보거든요. 내일이면 한국 떠나는데 다 먹고 싶었어요. 떡볶이, 순대, 어묵탕, 곰장어, 오돌뼈, 닭똥집, 산낙지…… 그리고 요거요!"

설리가 소주병을 들고 실실 웃었다. 이미 술기운에 볼이 발그레 달아올라 있다.

"내일…… 가는 거야? 히말라야로?"

따지고 보면 '이 땅의 끝'으로 꺼지라는 자신의 말 한마디 때문에 설리는 이 나이까지 히말라야에서 살았다. 처음으로 밟은 한국 땅에서 소녀는 하고 싶은 것과 먹고 싶은 것이 많았을 것이다.

"아, 아저씨가 한 잔 드려도 될까요?"

선우는 또 존댓말을 썼다. 설리가 냉큼 두 손으로 소주잔을 들었다. 포장마차 주인이 이상한 눈으로 쳐다본다는 걸 의식한 선우가 말했다.

"아니, 그게…… 저, 저는 이 아이 아빠의 친구이고…… 이 아이 엄마는…… 또 그러니까……."

한동안 주거니 받거니 함께 소주를 마신 선우와 설리. 설리가 먼저 마시기 시작했음에도 원래 술이 그리 센 편이 아닌 선우가 먼저 취했다.

"근데 나 궁금한 게 있다."

설리가 대답 대신 눈을 동그랗게 떴다. 선우는 보면 볼수록 희한했다. 아무리 모녀지간이라고 해도 이렇게까지 닮을 수 있는 걸까? 특히 눈매는 소라와 판박이였다.

"네 엄마…… 소라……."

선우는 묻고 싶었다. 얼마나 참고 참았던 질문인가.

그녀는 잘 지내니? 아직도 바보 소리를 달고 사니? 여전히 바이올린으로 〈사랑의 인사〉를 켜고 밥보다 커피를 좋아하니? 요즘도 치클껌만 씹니? 비 오는 날엔 우산도 없이 첨벙첨벙 물을 튕기며 걷니? 그러다 감기에 걸리면 네 아빠는 이마에 손을 대고 열은 있는지 물어보니? 어쩌다 첫눈이라도 내리는 날이면 가끔은 내 얘기를 하니?

"아, 아냐."

선우는 고개를 푹 숙였다. 차마 물어볼 수 없었다. 소주가 혈관을 타고 전신을 뜨겁게 휘감았지만 도저히 용기가 나지 않았다.

"아저씨."

약간은 술에 취한 설리의 목소리는 물기에 젖어 있었다.

"선우 아저씨."

낼모레가 마흔인데 선우는 아직도 누군가 자신의 이름을 불러주면 그렇게 기분이 좋을 수가 없었다. 선우는 고개를 들어 설리를 보았다.

"옛날에 아저씨랑 우리 엄마랑 사랑하는 사이였다면서요?"

"누, 누가 그래?"

선우는 손사래를 치며 포장마차 주인아저씨의 눈치를 살폈다. 포장마차 카바이트 불빛이 일렁였다. 요즘 같은 시대에 전기가 아닌 카바이트를 밝히는 곳이 있다는 게 신기했다.

"저 다 알아요. 아저씨랑 우리 엄마, 아빠는 친구 사이이자 삼각관계. 아저씨는 한국인 유일의 메이저리그 투수, 우리 아빠는 엄청난 팬덤을 보유한 가수왕."

"아, 아니거든, 그런 거?"

"아유! 멋져라. 엄마는 좋았겠다. 최고로 멋진 두 남자의 사랑을 받아서."

"그, 그런 거 아니라니까."

"아저씨 되게 순진하구나? 좀 바보 같아."

"뭐? 쪼끄만 게……."

"아마 키스도 못 해봤을 듯."

"야! 내가 이래 봬도 한때 별명이 키스박사였어. 네 엄마한테 물어봐! 예전에 미국 가더니 키스가 늘었다고…… 아, 그, 그게 아니고……. 아! 젠장!"

선우의 얼굴이 빨개졌다. 선우는 황급히 소주를 병째 들고 들이켰다.

"괜찮아요, 아저씨."

"……."

"엄마가 어떤 사랑을 했어도 난 이해할 수 있어요."

"……."

"아저씨 같은 남자와 연애하고 울 아빠 같은 남자와 결혼한 엄마는 행복했을 거예요."

"……."

"그런데 아쉽게 물어보지 못하겠네. 아저씨가 진짜 키스를 잘했는지. 엄마는…… 이미 돌아가셨어요."

"……."

사실은 나 알고 있었어. 그녀가 이미 죽었다는 걸. 바보인 나도 그 정도는 눈치 챌 수 있어. 그래서 별로 놀랍지 않아. 슬프지도 않아.

소주잔을 쥔 선우의 손이 파르르 떨렸다. 투명한 소주 위로 그보다 더 투명한 눈물 한 방울이 툭 떨어지며 포말을 일으켰다.

"아저씨 울어요?"

선우가 황급히 눈물을 훔쳤다.

"아니거든. 좀 전에 먹은 닭발이 너무 매워서……. 그래, 닭발 때문이야."

설리가 두 손으로 턱을 괴고 뚫어져라 선우를 바라보았다. 설리의 손톱 끝에 핑크빛 봉숭아물이 아주 조금 남아 있다. 창밖에는 또 눈이 내리기 시작했다. 올 겨울은 유난히 눈이 많이 내린다.

포장마차의 카바이트 불빛이 흔들거린다. 그것이 내리는 눈 때문인지 흐르는 눈물 때문인지 선우는 알지 못했다. 남자는 눈물을 흘린다. 그것이 정말 매운 닭발 때문인지, 아니면 다른 이유에선지 선우는 알지 못했다.

"같이 가자."

선우의 말에 설리가 되물었다.

"네?"

"히말라야…… 같이 가자고."

"진짜?"

"조 PD님이 히말라야에 있는 널 찍고 싶다 그랬어. 아저씨도 같이 갈 거야. 널 도와주고도 싶고 꼭 보고 싶은 것도 있어서."

"뭘 보고 싶은데요?"

선우는 보고 싶었다. 이 땅의 끝에서 살아간 친구와 옛 여자 친구의 흔적을. 부질없는 짓이라 할지라도 그와 그녀가 살았고 사랑한 히말라야의 모든 것을 확인하고 싶었다. 첫눈이 올 때까지 손톱 끝에 봉숭아물이 남아 있으면 첫사랑이 이루어진다는 전설은 그녀의 딸을 통해 사라지지 않고 남아 있었다.

"글쎄…… 히말라야 어느 산에 올라 주석 잔에 커피를 한 잔 마셔볼까?"

"커피는요, 달콤……."

"커피는…… 달콤하고, 뜨겁고, 진한 게 최고지."

설리가 손바닥을 내밀었다. 선우가 설리의 손바닥을 치자 짝 하고 경쾌한 소리가 났다. 슬퍼서 우는 게 아니라 우니까 슬픈 거라던 제임스—랑게의 학설을 똑같이 외울 때처럼 두 사람은 말없이 하이파이브를 했다.

소복소복 눈이 내리던 어느 겨울밤의 포장마차에서 선우는 옛 사랑의 딸을 만났다. 오디션 프로에서 탈락하고 먼 길을 떠나기 직전의 그 아이는 죽어서 별이 된 가련한 여자의 슬픈 이야기를 해주었다.

선우는 이제 히말라야로 갈 것이다. 비록 그녀를 영원히 사랑하겠다는 약속은 지키지 못했지만 또 하나의 약속이 생겼으니까.

선우가 손을 뻗어 설리의 머리카락을 쓰다듬어 주었다. 설리는 마냥 행복한 눈길로 그런 선우를 바라보았다. 두 사람은 내일 히말라야로 간다.

＊　＊　＊

〈슈퍼 K팝 스타〉의 책임 프로듀서인 김명한 CP를 만난 조광문

PD의 의지는 확고했다.

"우리 프로의 기획 의도가 뭐였습니까? 한류 열풍에 맞춰 K팝을 하나의 문화상품으로 규정하고 세계무대에서 통할 만한 인재를 발굴하는 거 아니었습니까?"

"그랬지."

재능 있는 후배 프로듀서를 인맥에 밀려 좌천시켰다는 자책감에 김명한 CP의 얼굴이 어두워졌다.

"시즌 1과 시즌 2에서 탑 10에 든 친구 중 여럿이 국내 가요계에 연착륙하는 데 성공했습니다. 하지만 그들 중 세계무대에 경쟁력을 가진 인재가 과연 있습니까?"

"자네는 설리 양이 세계무대에 통한다고 보는 건가?"

"제가 약속드릴 수 있습니다. 공정한 경쟁 기회만 주어진다면 설리 양은 〈슈퍼 K팝 스타〉의 강력한 우승 후보로 부각될 겁니다. 강설리 양은 듣는 사람을 전율케 만드는 마성의 목소리를 가지고 있다고 확신합니다. 기타, 피아노, 하모니카 같은 악기를 다루는 재능은 가히 천재적이고, 영어를 비롯한 다섯 개 국어에 능통한 어학 실력은 어디를 가도 커뮤니케이션에 문제가 생기지 않을 겁니다. 신비롭고 매력적인 외모를 가진데다가 그 아이의 스토리는……."

조 PD는 잠시 말을 아꼈다. 사라진 전설의 가수왕의 딸이라는 소재는 그의 히든카드였다.

"아무튼 당장 히말라야로 떠나겠습니다. 반드시 멋진 그림 찍어 올 테니 허락해 주십시오."

"음, 천 부장 그 작자가 가만있지 않을 텐데……."

열혈 조 PD는 광분했다. 목에 핏대가 선 그의 목소리는 의지로 가득했다.

"아직 어린 오디션 프로 참가자에게 성적 착취를 시도한 것도 모자라 부당하게 탈락을 주도한 그 사람! 절대 용서하지 않을 겁니다!"

뒷짐을 지고 한참을 생각에 잠긴 김명한 CP. 좁은 방을 몇 번이고 왔다 갔다 하던 그가 드디어 결심했다.

"좋아, 다녀와. 모든 책임은 내가 진다. 필요한 건?"

"탑 텐을 가리기까지 2주일의 방송분이 남아 있습니다. 10일간의 출장 기간과 VJ 한 명, 헬리캠 한 대를 지원해 주십시오."

이렇게 해서 조 PD는 극비리에 히말라야 촬영 허가를 받아낼 수 있었다. 부랴부랴 티켓팅을 한 조 PD는 설리의 행선지를 변경시켜 선우와 함께 인도로 출발했다.

조 PD의 이번 출장 목적은 오로지 설리의 부활을 위한 것. 최대한 많은 스토리와 멋진 장면을 잡기 위해 인도와 티베트에서 다양한 장면을 촬영했다.

설리는 그 어떤 도시에서도 완벽한 언어와 놀라운 친화력을 보였다. 뉴델리에서는 엄마와의 가슴 아픈 이별이 생각났는지 잠시 우울해 보이던 설리는 티베트의 라사에 들어서서는 평소처럼 발랄하고 엉뚱한 열여덟 살 소녀로 돌아왔다.

오히려 내내 마음이 무거운 건 선우 쪽이었다. 설리의 설명을 듣고 그들 가족이 살아온 경로를 되짚는 이 시간이 그에겐 과거를 추억할 수 있어서 행복한 동시에 과거를 떠올리게 해서 슬펐다.

"아저씨, 네팔의 인사법은 이래요."

귀를 잡고 혀를 내미는 설리. 감정에 기복이 심해 보이는 선우를 위로하려고 설리는 네팔의 인사법도 알려주고 자신이 태어난 다자오사(大昭寺)도 데려갔다. 달라이라마 14세가 설리라는 이름을 하사한 사연까지 재미있게 들려주려 애쓰는 설리가 선우는 고마웠다.

"어쩌면 네가 더 어른 같구나. 난 여전히 바보에다 철부지이고."

가볍게 한숨을 내쉬는 선우의 등짝을 설리가 힘차게 한 대 후려갈겼다. 그리고 설리는 노래를 불러주었다.

"어쩐지 오늘 아저씨의 얼굴이 우울해 보이네요. 무슨 일 있나요? 무슨 걱정 있나요? 마음대로 안 되는 일 오늘 있었나요? 바보, 힘내세요. 설리가 있잖아요. 아저씨, 힘내세요. 설리가 있어요. 힘내세요."

천진난만하게 아이들이나 할 법한 큰 율동을 곁들여 노래를 부르는 설리를 보며 선우는 결국 웃을 수밖에 없었다. VJ는 습관적으로 그들의 일거수일투족을 촬영하고 있었다.

"봐요. 웃잖아요. 말없는 우리 아빠도 제가 이 노래를 불러드리면 항상 웃어주셨죠."

그녀의 설명대로라면 만삭의 소라는 병신이 된 민과 함께 이곳 티베트의 사원에서 설리를 낳았을 것이다. 그들은 여기서 무엇을 보고 무엇을 느꼈을까? 그녀가 생을 마감한 뉴델리의 아파트에서, 그녀가 아이를 출산한 라사의 다자오사(大昭寺)에서 선우는 시간여행을 떠나 그들이 경험한 모든 것을 읽어내려 했다.

다음 행선지는 네팔의 포카라. 안나푸르나가 있는 곳. 드디어 진짜 히말라야로 떠난다. 그리고 민을 만난다. 선우는 떨리고 설레고 흥분되는 이 감정을 뭐라 불러야 할지 알지 못했다.

선우와 설리, 조 PD, VJ는 다음 날 티베트를 떠나 네팔의 카트만두로 가는 비행기를 탔다. 카트만두에서 다시 국내선을 이용해 포카라에 들어섰다.

멀리 보이는 안나푸르나와 페와 호수. 설리가 나직이 말했다.

"우린 지금 생전에 엄마가 가장 사랑한 풍경을 보고 있는 거예요."

안나푸르나는 윗부분이 눈에 덮여 하얀 모자를 쓴 듯했고, 페와 호수는 하늘 빛깔을 꼭 빼닮았다. 선우는 소라가 그토록 사랑했다는 이 광경을 눈동자에 새겨 넣기라도 할 것처럼 오래오래 보고 또 보았다.

공항에서 택시를 타고 포카라 시내로 들어서자 설리가 능숙하게 길 안내를 했다. 한국에 오기 직전까지 설리가 살았던 곳. 불과 몇 달밖에 지나지 않았지만 설리는 꽤 오랜 시간이 흐른 듯 느껴졌다.

"여기예요. 우리 집."

민이 운영한다는 포카라의 한 게스트하우스에 도착하자 먼저 눈에 띄는 건 조그맣고 예쁜 간판이었다. 선우는 슬쩍 미소를 지었다. 그걸 본 설리가 스스로 팔짱을 끼며 토라졌다.

"흥! 비웃을 줄 알았어. 그래서 내가 그렇게 결사반대했는데 아빠가 막무가내로……."

스노 빌리지(Snow Village). 게스트하우스 이름은 그랬다. 스노 빌리지, 눈의 마을, 설리, 히말라야……. 결국엔 다 같은 말이었다. 선우가 변명을 했다.

"아가씨, 비웃은 거 아니거든!"

"분명 이상하게 웃는 거 봤단 말이야! 그리고 아가씨가 뭐예요? 우후훗! 요즘 그런 호칭을 누가 쓴다고."

선우가 오랜 습관대로 뒤통수를 긁적였다.

"이상하다? 우리 땐 많이 썼는데. 오랫동안 감옥 생활을 해서 그런가?"

"약속해요. 이제 설리 비웃지 않기로. 아가씨란 말도 안 쓰기로."

우리 모두는 살아가면서 몇 가지씩은 약속을 한다. 이 자리에 모인 사람들은 모두 각자 약속을 했다.

민은 한 번도 사랑한다는 말을 해주지 않는 그녀와의 추억을 잊지 않기 위해 안나푸르나에서 영원히 살아가기로 약속했다. 설리는 사랑하고 싶은 사람을 마음껏 사랑하며 살라는 엄마와의 약속을 잊지 않았다. 조 PD는 설리를 꼭 부활시켜 한류스타로 만들기로 약속했다. 선우는 영원히 너만을 사랑하겠다던 그녀와의 약속은 지키지 못했지만 민의 아이를 평생 동안 돌봐주기로 한 약속만은 지키고 싶었다.

"앗! 아빠다!"

설리의 말에 선우가 그녀의 손가락이 가리키는 곳을 바라보았다. 그곳엔 검은 안대를 착용한 애꾸눈의 남자가 히말라야에서 불어오는 바람을 맞으며 우뚝 서 있었다.

"미, 민아……."

선우의 목소리가 미어졌다. 선우는 민에게 늙고 추레해진 자신의 모습을 보여주고 싶지 않았으며 또한 병신이 된 민의 모습을 두 번 다시 보고 싶지 않았다. 민은 그의 마음속에서 영원히 젊고 잘생기고 멋진 친구로 남아 있기를 바랐는데…….

그렇게 두 친구, 선우와 민이 다시 만났다.

애증(愛憎).

히말라야에서 불어오는 바람 속에 서 있는 민을 보며 선우는 그런 생각이 들었다. 세상에서 가장 사랑하고 믿는 친구이면서 동시에 미워하고 증오했던 존재. 언젠가 민이 말했다. 소라가 사랑하는 남자가 선우라서 다행이라고. 아마 다른 남자였다면 수단과 방법을 가리지 않고 빼앗았을 거라고. 선우는 그런 민이 한없이 듬직했다. 그래서 언제고 소라를 민에게 부탁할 수 있었다.

14년간의 수감 생활 동안 수백 번, 수천 번도 더 자신에게 되물었다. 민이만큼 소라를 사랑했다 자신할 수 있냐고. 같은 상황이라면 민이처럼 자신의 목숨을 한 여자를 위해 바칠 수 있겠냐고. 선우는 늘 괴롭고 힘들어했다.

한때는 죽이고 싶을 만큼 민이 미웠다. 이십대 초반, 어린 선우는 사랑하는 여자를 둘도 없는 친구에게 빼앗겼다는 상실감에 자아가 붕괴될 지경까지 이르렀다. 상상 속에서 선우는 민을 갈기갈기 찢어 죽인 살인자였다.

"잘…… 지냈어?"

목소리를 잃은 민이 대답할 수 없으리란 걸 이미 알면서도 그런 인사를 건넨 선우는 자신이 한심스러웠다. 10여 년 만에 만난 그에게 뭔가 특별한 말로 인사하고 싶었는데…….

"어."

그런데 민이 대답을 한다. 발음이 좀 불분명하긴 했지만 확실히 그렇게 말했다. 그리고 고개를 끄덕여 주었다. 비록 한쪽 눈에 안대를 한 애꾸눈이었지만 왠지 그립던 민이 특유의 싱그러운 미소와 함께.

"오, 오랜만에 둘이 술 한잔할까?"

무슨 대단한 술꾼이라고 선우는 그렇게 말하고 말았다. 그런데 민이 또 대답한다.

"어."

혹시 못 알아들을까 봐 조금 더 뚜렷하게 고개를 끄덕여 가며. 그리고 한 여자아이가 끼어들었다.

"설마 저를 잊으신 건 아니죠? 뭐, 난 아빠랑은 물론이고 선우 아저씨랑도 함께 술 마신 사이니까. 그땐 과음해서 좀 힘들었어요."

"뭐?"

"아이 참, 그렇게 무식하게 술을 먹이면 어떡해요? 기억이 가물가물하네. 너무해. 아직은 미성년잔데……."

설리가 짐짓 얼굴을 붉히자 선우는 당황해서 버벅거렸다.

"아, 아냐. 미, 민아, 그게 아니고⋯⋯."

민이 말없이 뚜벅뚜벅 걸어와 설리의 옷깃을 잡고 끌고 갔다.

"아야! 아빠, 아파요. 장난친 거야, 장난."

민은 선우를 데리고 안나푸르나를 올랐다. 엄마가 보고 싶던 설리 역시 두 남자를 따라나섰다. 선우는 짐작하고 있었다. 그들 부녀가 어디로 가는지. 아마도 이 길의 끝엔 소라가 있을 것이다.

선우는 최대한 담담해지려 노력했다. 생각해 보면 우스운 꼴 아닌가. 20년 전 자신이 사랑했던 여자라지만, 지금은 엄연히 민의 아내이며 설리의 엄마이다. 결국 선우는 철저한 제삼자였으며 추억 속의 인물일 뿐이었다. 괜히 표정 관리가 안 될까 봐 선우는 일부러 무심하게 걸었다.

"다 왔다!"

설리가 외쳤다. 묵묵히 땅만 보며 몇 시간째 안나푸르나를 오르던 선우가 고개를 들었다. 해맑은 바람이 부는 언덕. 눈이 시리게 광활한 자연. 만년설을 품은 히말라야가 보이고 이질적인 태양이 그림처럼 걸쳐 있는 곳.

"아저씨, 지금부터 설리는 여기 없어요."

눈을 감고 양팔을 벌려 바람을 음미하던 설리가 선우는 보지도 않은 채 말했다. 또렷한 이목구비가 사랑스러웠고, 긴 속눈썹이 설리의 하얀 피부 위로 살포시 내려앉아 있다.

"나는 아빠 대신이에요. 아빠는 오랜만에 만난 친구에게 이것저것 얘기하고 싶은가 봐요."

설리는 민의 수화와 눈빛과 입모양을 보며 대신 말을 전했다. 그런 부녀의 모습을 보며 선우는 왠지 가슴 깊은 곳에서 뭔가 뜨거운 것이 울컥 올라왔지만 입술을 질끈 깨물며 참아냈다.

"친구야, 여기가 소라의 유골을 뿌린 곳이야."

설리가 민 대신 말했다.

"하하하, 그렇구나. 아름다운 곳이네. 계집애, 일찍도 갔다."

선우의 웃음소리에 설리는 가슴이 아파왔다. 잘은 몰라도 저 남자는 치열하게 사랑하며 살았을 것이다. 그의 쓸쓸한 웃음이, 그의 담담한 말투가, 그의 처연한 표정이 그 모든 것을 말해주고 있었다. 문득 설리의 두 눈 가득 눈물이 차올랐다. 눈앞이 희뿌옇게 흐려진 가운데 희미하게 보이는 선우의 커다란 등이 몹시도 외로워 보였다.

민이 메고 온 가방에서 소주 두 병을 꺼냈다. 까득하고 이로 뚜껑을 따서 선우에게 한 병을 건넸다.

"우리가 함께 술 마실 수 있는 건 아마도 이게 마지막이겠지."

민 대신 설리가 다시 말했다. 병으로 건배한 선우와 민이 꿀꺽꿀꺽 소주를 마셨다. 알코올이 들어가지 몸이 후끈 달아올랐다.

"부탁이 있다."

민이 언제 챙겨왔는지 가방에서 글러브와 야구공을 꺼냈다.

"소라는 죽기 전까지 늘 네가 힘차게 공 던지는 걸 다시 한 번 보고 싶어했어. 소원을 들어주고 싶다."

"뭐? 공을 던지라고? 여기에서?"

"부탁해."

그토록 절실했던 거야? 네 사랑 방식은 늘 이런 거니? 선우는 고개를 절레절레 흔들며 웃통을 벗어 오른쪽 어깨를 가리켰다.

"나 여기에 총알이 박혀 예전처럼 좋은 공은 못 뿌려. 아마…… 실망할 거야."

어깨에 별 모양의 흉터가 선명한 남자는 누구에게 말하고 있는 건지 모를 소리를 했다. 끔찍이도 죽은 아내를 생각하는 민에게? 아니면 오디션 부활을 꿈꾸는 설리에게? 그것도 아니면 이미 남의 아내로 죽은 옛 애인에게?

"카메라 돌려."

그들을 뒤따라온 조 PD가 VJ에게 속삭였다. 헬리캠이 뜨고 VJ가 촬영을 시작했다.

히말라야의 안나푸르나 1차 베이스캠프 부근 어느 언덕. 선우는 웃통을 벗은 채 글러브를 끼고 야구공을 쥐었다. 언제나처럼 오른팔을 빙빙 돌리며 가볍게 몸을 풀었다.

"알지, 나의 초구는 항상 최고로 빠른 직구라는 거?"

선우가 힘차게 와인드업을 했다. 오른발을 축으로 하고 왼발을 하늘 높이 쳐드는 역동적인 키킹. 상체를 뒤로 젖혔다 왼발을 내디디며 온 힘을 다해 공을 뿌렸다. 선우의 손을 떠난 야구공이 새카맣게 언덕 너머로 사라졌다.

그런 선우의 모습을 민이 애틋하게 바라보고 있다. 설리는 어쩐지 두 남자의 마음을 알 것도 같았다. 언젠가 기회가 되면 저 등이 넓고 키가 큰 아저씨에게 옛날이야기를 해달라고 조르리라 마음먹었다.

산을 내려가면서 설리가 선우에게 물었다.

"첫사랑을 만난 소감은?"

네팔 포카라의 1월은 한국 봄 날씨와 비슷했다. 입김이 나올 정도로 기온이 낮은 안나푸르나에서 내려오자 송골송골 땀이 맺힌 설리는 패딩을 벗었다.

"그건 민이가 묻는 거야, 설리가 묻는 거야?"

내내 설리는 아빠의 수화를 대신 전달해 주던 터라 선우는 다시금 되물었다. 설리가 배시시 웃었다.

"설리의 질문이에요."

설리는 슬쩍 아빠를 쳐다보며 이어 말했다.

"아빠의 질문이기도 하고요."

선우는 대답 대신 후 하고 한숨을 쉬고 하늘을 쳐다보았다. 그림 물감을 칠해놓은 것처럼 높고 청명한 하늘…… 선우는 괜한 궁상을 떨기 싫어 재차 발걸음을 재촉했다.

나는 미안하지만 솔직히 하나도 반갑지 않았어. 네가 죽었다는 게 여전히 실감나지 않았어. 그리고 미안했어. 엄마, 아빠 없이 자란 네가 타지에서 청춘을 보내고 세상을 떠났다는 게 꼭 내 탓인 것만 같아서 내내 마음이 불편했어.

"대답 안 해줄 거예요, 아저씨?"

어떻게 살았니? 머나먼 땅에서 넌 행복했니? 난 교도소에 갇힌 14년 동안 늘 네 생각만 했어. 아침에 눈 뜨고 막연한 하루하루를 보내고 지친 몸을 눕혀 잠드는 그 순간까지 줄곧 네 생각만 했어. 넌 어땠니? 짧은 너의 인생에서 즐거웠던 날들이 있긴 한 거야?

"아저씨! 무슨 생각하는 거야?"

소라야, 이제 또다시 네 이름을 부를 날이 있을까? 네 이름을 부르면 언제나 바다 냄새가 났어. 그래서 언젠가는 너의 손을 잡고 바다로 갈 날을 꿈꿨는데. 신혼여행은 하와이나 플로리다나 마이애미로. 너와 함께 스킨 스쿠버랑 스노클링을 하고 싶었는데.

"우리 엄마 생각하는 거지?"

소라야, 난 후회 안 하려고. 열일곱의 너를 만나 설레었고, 열아홉의 너랑 사귀어 행복했다. 내 나이 서른아홉. 내 인생 최초의 사랑이자 마지막 사랑이 되어버린 너에게 난 그 말밖에 해줄 것이 없구나. 미치도록 네가 보고 싶을 때 난 어떡해야 좋을까? 여전히 난 바보이니까.

"민아."

선우가 부르는 소리에 민과 설리가 동시에 그를 쳐다보았다.

"혹시 내 편지 받아봤어?"

민이 무슨 말이냐는 듯 어깨를 들썩였다. 선우가 다시 한숨을 내쉬었다. 선우는 수감 생활을 시작하면서 민에게 편지를 썼다. 케빈에게 전해달라고 부탁했는데 전달되지 못한 듯하다.

"그렇구나. 못 받았구나. 민아, 같이 가자. 한국에."

이번엔 민이 긴 한숨과 함께 하늘을 쳐다보았다. 이름 모를 새 한마리가 외롭게 안나푸르나를 날아가고 있다.

"괜찮아. 난 이곳에서 소라를 생각하며 살 거야…… 라고 아빠가 말하네요."

"바보 같은 놈."

"바보는 너잖아…… 라고 아빠가 말씀하십니다요."

"어쩌면……. 아니다, 아냐."

"대신에 설리를 잘 부탁한대요. 술은 그만 좀 먹이라네요."

민이 째려보자 설리는 날름 혀를 내밀며 뛰어갔다. 마지막 말은 거짓말인 모양이다. 민이 뭐라고 수화를 했다. 멀리서 설리가 소리쳤다.

"아빠가 아저씨 배웅해 주고 싶대요! 예전에 고등학교 자퇴하고 아저씨가 교문까지 같이 걸어가 준 것처럼요!"

20년이 지나 선우와 민이 어깨를 나란히 하고 말없이 함께 걸었다. 선우가 미처 하지 못한 그 말. 어쩌면 소라는 민의 한없는 사랑을 받아 행복한 삶을 살았던 건지도 모르겠다는 생각이 들었다. 죽어서까지 절절히 사랑한 나머지 옛 남자의 공 던지는 모습을 보고 싶다는 마지막 소원까지 들어주려는 민. 그 앞에서 선우는 자신의 사랑이 한없이 작게만 느껴졌다.

"민아!"

포카라에 돌아와서 선우는 앞에서 걸어가는 민을 불러 세웠다.

"여기에서 패러글라이딩 할 수 있다며? 안나푸르나를 날 수 있다며?"

"그렇다고 아빠가 말씀하십니다요."

설리가 장난스럽게 대꾸했다. 선우는 새가 날아간 안나푸르나를 그윽한 눈길로 바라보았다.

"아저씨, 패러글라이딩 하고 싶어요? 갑자기 왜?"

"그거 하면 어디까지 날을 수 있을까?"

"아마도 저만큼이요?"

설리가 손가락으로 하늘 끝을 가리켰다. 수채물감으로 칠해놓은 것 같은 새파란 하늘에 몇 조각 뭉게구름이 떠 있다.

"민아, 다음에…… 다음에 내가 안나푸르나에 다시 오면 꼭 같이 패러글라이딩 하자."

"우애?"

민이 이번엔 설리의 입을 빌리지 않고 직접 말했다. 선우가 잘 알아들을 수 있게 입술을 천천히 움직여 가면서.

"왜냐하면…… 하늘을 날면……."

선우가 잠시 말을 멈추었다. 순간 목이 메고 눈가가 살짝 촉촉해졌다.

"우리가 하늘을 날면 소라와 조금 더 가까워질 것 같아."

선우의 말에 민이 고개를 끄덕였다. 민의 남은 한 눈에 물기가 서렸다. 잠자코 듣고 있던 설리의 눈에도 눈물이 그렁그렁 솟아올랐다.

"나도 할래, 패러글라이딩. 정말 하늘을 날면 엄마랑 좀 더 가까워질까?"

선우는 생각했다. 자신의 몸을 돌보지 않고 끔찍이 사랑해 준 민 같은 남자가 죽는 순간까지 곁에 있어주어서 소라는 행복했을 거라고.

민은 생각했다. 소라의 첫사랑이 선우 같은 남자라서, 그리고 그 사람이 오랫동안 그녀를 기억해 주어서 참 다행이라고.

선우가 설리의 왼손을 잡았다. 민은 설리의 오른손을 잡았다. 세 사람은 서로의 손을 잡고 소라가 날아간 안나푸르나를 아주 오랫동안 바라보았다. 그들은 어느새 소라에게 조금 더 가까이 다가가 있었다. 저 하늘 끝에서 소라가 선우와 민, 설리를 지켜보며 아주 행복하게 웃는 듯했다.

민과 설리를 히말라야에 남겨두고 한국으로 돌아온 선우는 오래지 않아 조 PD가 찍어온 영상을 볼 수 있었다. 설리가 탈락한 지 2주일이 지난 후 〈슈퍼 K팝 스타〉 방송을 통해서였다.

한 소녀가 안나푸르나를 배경으로 기타를 치고 있다. 왼손으로 기타를 잡는 특이한 주법.

[티베트에서 태어나 인도를 거쳐 네팔 포카라에서 자란 열여덟 소녀가 있었습니다.]

잔잔히 출발했다가 격정적으로 터져 나오는 폭풍 스트로크. 소녀의 노래가 시작된다.

[안나푸르나는 그녀의 집. 히말라야에서 나고 자란 소녀의 목소리는 만

년설처럼 맑고 깨끗합니다.

　소녀의 이름은 설리. 눈 설(雪) 자에 마을 리(里) 자. 티베트의 정신적 지도자 달라이라마 14세가 지어준 이름입니다.]

　청초하고 해맑은 모습의 설리가 라사를 배경으로 노래하고 있다. 그녀의 노래에 티베트 사람들과 승려들까지 행복한 미소를 짓는다.

　[설리(雪里)는 고대 산스크리트어로 눈을 뜻하는 '히마(Hima)'와 마을 같은 거처를 뜻하는 '알라야(Alaya)'라는 두 개의 단어가 결합된 복합어로 '히말라야'를 뜻합니다.]

　갑자기 자료 화면으로 넘어가는 화면. 20년 전의 선우가 등장한다. 소라고등학교 유니폼을 입은 선우가 호쾌한 투구를 하고 있다.

　[이 남자를 기억하십니까? 열아홉의 나이로 소라고를 전국대회 정상으로 이끌며 당시 한국 최고 구속 신기록 156㎞를 돌파한 초고교급 투수 이선우 선수.]

　화면 속의 선우는 LA 피닉스 유니폼을 입고 메이저리그 타자들을 상대로 거침없이 탈삼진 퍼레이드를 펼치고 있다. 중계방송 아나운서가 흥분한 목소리로 선우의 호투를 국민에게 전한다.

　[IMF 이후 실의에 빠진 국민들에게 꿈과 희망이 되어주었던 한국인 최초의 메이저리거 이선우 선수. 약관의 나이에 미국 프로야구 강타자들을 상대로 엄청난 강속구를 던져대던 이 남자를 당신은 기억하십니까?]

다시 화면이 바뀌어 이번엔 십여 년 전의 민이 등장한다. 민을 따르는 엄청난 수의 오빠부대와 올림픽공원 체조경기장을 팬들로 가득 채운 단독 콘서트 영상이 나왔다.

[이 남자는 어떻습니까? 우리의 기억에 아직 생생히 남아 있는 가수 강민. 폭발적인 가창력과 여심을 흔드는 조각 같은 외모로 단숨에 슈퍼스타가 된 남자입니다.]

민이 〈가요 톱 10〉에서 5주 연속 1위를 차지하며 골든 컵을 받는 장면과 연말 가요제전에서 가수왕을 차지하는 장면이 연속으로 나온다. 화면 속의 민은 싱그러운 미소를 날리며 앙코르 곡 〈바람의 노래〉를 부르고 있다.

[〈바람의 노래〉……. 지금 우리는 그 남자를 까맣게 잊었지만 이 노래만은 여전히 우리 곁에 남아 있습니다. 십여 년 전, 대한민국을 뜨겁게 달구었던 이 남자를 국민 모두가 사랑했고, 그는 어느 날 종적을 감추며 전설의 가수가 되었습니다.]

선우와 민이 동반 출연한 토크쇼 장면이 나온다. 연예계 소식을 다룬 뉴스에서는 선우와 민이 친구 사이라는 사실을 밝히며 그들을 재조명하고 있었다.

[십여 년 전 동시대에 태양처럼 환하게 빛나던 남자와 바람처럼 강렬하게 휘몰아치던 남자가 있었습니다. 같은 고등학교 출신으로 친구 사이이던

두 남자는 각자의 분야에서 정상에 서자는 약속을 지켜냈고, 약속이나 한 듯 우리의 기억에서 사라졌습니다.]

　화면이 현재로 바뀌어 설리는 안나푸르나 산등성이에 앉아 쓸쓸하게 하모니카를 불고 있다. 언덕 너머로 새빨간 노을이 지고 있다.

　[히말라야에서 나고 자란 설리는 이렇게 해지는 언덕에서 하모니카 부는 것을 좋아합니다.]

　설리가 나이든 민과 함께 왼손으로 기타를 치고 있다. 설리의 청아한 노래가 히말라야 저 멀리까지 퍼져 나갔다.

　[불의의 사고를 당한 아빠는 한쪽 눈과 손가락을 잃어 왼손으로 기타를 칠 수밖에 없습니다. 설리는 아빠를 따라 기타를 칠 때에만 왼손잡이가 됩니다. 또한 목소리를 잃은 아빠 대신 〈바람의 노래〉를 부릅니다.]

　선우까지 등장했다. 웃통을 벗은 선우가 태양을 향해 힘차게 야구공을 던지고 있다. 설리가 박수를 치며 웃었고, 그 뒤로 민이 팔짱을 낀 채 흐뭇하게 바라보고 있다. 헬리캠이 위에서 잡은 화면. 세 사람이 함께하고 있는 장면에서 카메라가 줌아웃하며 광활하고 아름다운 히말라야가 끝없이 펼쳐졌다.

　[히말라야의 열여덟 한국인 소녀 강설리. 그녀가 다시 한국에서 노래 부를 수 있는 날이 올 수 있을까요? 20년 전 아빠와 아빠 친구처럼 이렇게 우리 곁을 잠시 머물다 잊히는 걸까요?]

민은 설리로부터 조 PD의 말을 전해 들었다. 설리와 함께 한국으로 왔으면 한다고. 뒷일은 책임질 테니까 설리의 미래를 위해서라도 꼭 와달라고. 그 이야기에 며칠을 고민하던 민은 드디어 결심을 했다. 당분간 게스트하우스〈스노 빌리지(Snow Village)〉운영을 도와줄 사람을 찾은 다음 설리와 함께 안나푸르나에 올랐다. 소라에게도 알려야 했기 때문이다.

소라의 유골을 뿌린 언덕에 도착한 민은 언제나처럼 팔짱을 끼고 바람을 등지고 섰다. 한쪽 눈으로나마 보이는 세상은 슬프도록 아름다웠다. 한참 동안 먼 곳을 바라보며 생각에 잠긴 민의 옆에 설리가 와서 나란히 섰다.

"아빠."

민이 설리를 쳐다보았다. 이 세상에 그녀가 남기고 간 단 하나의 선물.

"내키지 않음 안 가도 돼요."

민이 고개를 가로저었다. 이 아이의 엄마에게 그래왔듯이 설리를 위해서라면 못 할 게 없다고 민은 생각했다.

"아빠 인생은 참 피곤하다. 그치?"

민이 수화로 그렇지 않다고 말해주었다. 설리의 크고 검은 눈이 쓸쓸하게 깜빡였다.

"난 그렇게 생각해. 세상에서 우리 아빠가 제일 불쌍한 사람이라고."

'아니라니까. 아빠보다 더 불쌍한 사람도 많아.'

"그럼 말해봐. 딱 한 명만."

'내가 아는 사람 중엔 아빠랑 같은 나이인데 불쌍하게 사는 사람도 있어. 최고의 자리에서 지옥을 경험한 남자야. 그 나이 먹도록 결혼도 못 하고, 그래서 너처럼 사랑스러운 자식은 더더욱 없지.'

"음, 불쌍하긴 하다. 선우 아저씨 얘기지?"

'그래도 아빠는 네 엄마랑 15년을 같이 살았잖아. 아빠는 그래서 행복한 사람이야.'

"피! 엄마는 아빠 사랑하지 않았다는 거 다 알아. 돌아가시는 날까지 선우 아저씨만 사랑했잖아. 불쌍하다, 우리 아빠."

'사랑은…… 받는 것보다 줄 때가 더 행복한 거야. 너도 어른이 되면 알게 될 거야.'

"그런 게 어디 있어? 사랑 받는 게 더 좋지. 그건 변명이야, 아빠."
하지만 설리는 조금은 아빠의 마음도 이해할 수 있을 것 같은 기분이 들었다. 그래서 엄마는 숨을 거두기 직전 사랑하고 싶은 사람을 마음껏 사랑하며 살라고 말씀하셨을까?
"난 있잖아, 이번에 한국 가서 알게 되었어. 사람들 앞에서 노래 부르는 게 이렇게 짜릿하고 흥분되는 일이라는 거. 그래서 나도 아빠처럼 가수가 되고 싶은 거야. 아빠, 아빠는 다시 노래 부르고 싶지 않아?"

꼬마야, 나의 작은 공주님. 아마 아빠에게 노래는 사치일 거야. 그렇지만 딱 한 번 말을 하고 싶을 때는 있단다. 태어나서 단 한 번도 불러보지 못한 우리 딸. 다른 아빠들처럼 네 이름을 또박또박 불러보고 싶었는데…….

민이 웃으며 설리의 머리를 쓰다듬어 주었다. 아빠의 웃음은 키다리아저씨의 그것과 참 많이 닮았다. 세상에서 제일 불쌍한 두 남자의 미소 속에서 설리는 말로 표현할 수 없는 어떤 슬픔을 읽어낼 수 있었다.

안나푸르나에서 영원히 살고 있는 여자. 설리는 엄마 곁에서 떠나지 못하는 아빠를 생각하면 마음이 아팠다. 아빠가 조금은 행복해지면 안 될까? 설리는 엄마한테 미안한 마음이 들었지만 민에게 이렇게 말했다.

"아빠, 혹시 말이야…… 어떤 여자가 아빠 좋다고 하면 어떡할래요? 난 그런 생각을 해봤어. 우리 아빠, 아직 충분히 젊고 매력 터지는데 좋은 여자 만나서 연애도 하고, 다시 결혼도 하면 어떨까 하고."

말해놓고 설리는 엄마에게 또 한 번 살짝 미안해졌다. 그렇지만 설리는 작은 입술을 꼭 깨물며 다시 아빠에게 말했다.

"난 찬성인데. 더 이상 어린애가 아니니까. 우리 아빠, 행복해졌으면 좋겠어."

'바보야, 애꾸에 말도 못하는 벙어리를 어떤 여자가 좋아하겠어? 네 엄마나 되니까 살아줬지.'

금세 민의 손이 떨렸다. 민은 그녀 생각만 하면 여전히 가슴이 미어졌다. 단 한 번도 사랑한단 말을 해주지 않은 그녀지만 민은 세월이 흘러도 그녀를 잊을 수가 없었다. 상처는 아물어도 그리움은 지울 수가 없는 법이었다.

가끔, 몸서리치게 외로운 어느 날 가끔 누군가가 필요할 때도 있었어. 그리고 금방 네 엄마에게 미안해지곤 했지. 꼬마야, 예쁜 우리 공주님. 아빠도 사람인지라 외로운 날도 있지. 하지만 아직은 젊고 충분히 외로움을 견딜 자신이 있단다.

민은 일그러진 한쪽 눈을 가린 검은 안대를 풀어버리고 선글라스를 꼈다. 이제 한국으로 간다.

"멋있다, 우리 아빠."

선글라스를 낀 민을 보고 설리가 박수를 쳤다. 민은 안대를 소중히 품속에 갈무리했다.

"그건 왜 챙겨, 그냥 버리지?"

티베트에서 소라는 민을 위해 질 좋은 소가죽으로 직접 안대를 만들어줬다. 비록 낡고 오래된 것이지만 소라의 소중한 선물이었다 민은 그래서 안대를 차마 버릴 수 없었다.

"에구, 궁상. 프랑스 영화 주인공처럼 우아할 수는 없는 거야? 멋있다는 말 취소야, 취소!"

다시 민이 씽긋 웃어 보였다. 그런 아빠를 보며 설리가 따라 웃었다. 설리는 아빠가 살아가는 방식을 충분히 이해하고 있었다.

두 사람이 한국으로 간다.

16.

윙크가 싫어졌어

한국의 여의도 TBS 방송국 17층 예능국 부장실.

김명한 CP가 천 부장과 독대했다. 천 부장은 화가 많이 났는지 얼굴을 잔뜩 찌푸리고 있었다.

"자네는 방송이 뭐라고 생각하나?"

"네?"

천 부장의 뜬금없는 질문에 김 CP가 되물었다. 아마도 설리의 히말라야 방송분이 심기를 건드렸을 것이다.

"방송은 시스템이네. 조직이 있고, 그 구성원들이 톱니바퀴처럼 맞물려 돌아가야 좋은 방송이 나오지. 나는 예능 프로를 총괄 관리하는 자리에 있는 사람이고."

천 부장이 커피머신에서 아메리카노를 뽑으려다 그만두고 믹스커피 스틱을 꺼냈다. 조그마한 여자애 때문에 오래된 커피 취향이 바뀐 게 천 부장은 신기하기만 했다.

"조 PD가 히말라야까지 가서 찍어온 영상을 15분이나 방송하다니 제정신인가? 그 아이는 탈락자란 말일세. 그 때문에 홈페이지에 탈락자 부활을 요구하는 시청자들 압력이 거세졌어. 자네들이 주장하는 공정 경쟁에 위반된다고 생각하지 않나? 더구나 내게는 일절 보고도 없었어. 방송을 자네들 마음대로 조종해도 된다는 뜻인가?"

"〈슈퍼 K팝 스타〉의 평균 시청률이 30% 안팎입니다만, 설리 양의 히말라야 스케치가 나간 시간대의 순간 시청률이 57%를 찍었습니다. 홈페이지 다시보기 서비스도 폭주 상태이고 유튜브 동영상도 200만 뷰를 돌파했습니다. 이 정도면 성공 아닙니까?"

김 CP의 항변에 천 부장이 눈살을 찌푸리며 커피 잔을 내려놓았다. 달콤하고, 뜨겁고, 진한 커피가 잔 안에서 물결쳤다.

"시청률이 문제가 아니란 말일세. 원칙이 없는 방송을 누가 신뢰하겠나? 내 감히 단언하건대 탈락자 부활 제도는 없을 걸세."

"거참, 이상한 일이로군요? 〈슈퍼 K팝 스타〉 기획 단계부터 부장님이 줄기차게 강조하신 게 시청률이었습니다만……."

"이 사람이! 내 말은……."

"〈슈퍼 K팝 스타〉 시즌 1부터 메인 연출을 맡아 프로를 성공적으로 이끈 PD를 정당한 사유 없이 내친 건 부장님이 말씀하시는 원칙에 위배되는 거 아닙니까?"

"자네 지금 감히 나에게 설교하는 건가?"

"충언이라고 해두죠, 부장님. 저는 간이 작아서 상사를 어려워합니다만, 조 PD는 젊고 의욕적인 친구입니다. 혈기가 왕성해서 저도 제어가 잘 안 되죠. 그 친구가 사장님께 면담 요청하겠다고 난리치는 걸 겨우 설득해 놨습니다만……."

산전수전 다 겪은 천 부장의 표정에 순간 작은 동요가 일어났다

이내 사라지는 것을 김 CP는 놓치지 않았다. 김명한 CP가 말을 이었다.

"조 PD 그 친구가 방송국 고위간부와 출연자 간의 커넥션에 대해 뭔가 들은 듯한데, 부장님은 걱정하지 않으셔도 됩니다. 제가 잘 다독거리고 있으니까요. 다만 조 PD에게는 뭔가 당근이 필요할 것 같은데……."

"당근?"

"인생은 기브 앤 테이크라면서요? 이쯤에서 조 PD를 다시 메인 연출로 복귀시키시죠? 그리고 〈슈퍼 K팝 스타〉는 현장에 있는 젊은 친구들에게 맡기시고 관여하지 않는 게 좋겠습니다. 봄에 따님 결혼도 있다면서 괜한 추문에 말려들어서야 되겠습니까?"

이래서 조 PD의 현장 복귀가 이루어졌다. 뿐만 아니라 아쉽게 떨어진 탈락자 중 다섯 팀을 선정해 〈슈퍼 K팝 스타〉 홈페이지 투표를 통해 가장 많은 득표자를 명을 부활시키는 제도가 신설되었다. 방송을 통해 〈슈퍼 K팝 스타〉의 탑 텐이 결정되었고, 탈락자 중 최다 득표자는 다음 주 생방송에서 공개하기로 예고되었다. 〈슈퍼 K팝 스타〉 생방송에 사상 최초로 탑 11이 나서게 된 것이다.

그 즈음, 민과 설리는 한국 땅을 밟았다. 설리는 2주 만의 재방문이고, 민은 무려 19년 만의 일이다. 나갈 땐 김포공항을 통해서였는데 세상이 바뀌어 인천공항이 생겼다. 어디 공항뿐이랴. 그 세월 동안 많은 것이 바뀌었다.

입국장에는 선우가 마중 나와 있었다. 히말라야에서 민이 그랬던 것처럼 선우는 기꺼이 자신의 집을 내주기로 했다.

"하하하, 그때 너랑 나랑 공항에 나올 땐 취재진이며 팬들로 인산인해였는데 이제는 아무도 알아보는 사람이 없네."

설리는 키다리아저씨의 말이 괜히 쓸쓸하게 들렸다. 짙은 선글라스를 낀 민도 실로 오랜만의 한국 방문에 감회가 새로운 듯 한동안 회상에 잠겼다.

그들의 이십대 그 빛나던 시절이 마치 꿈처럼 느껴지는 선우와 민이다.

사람에겐 누구나 특별한 순간이 있다. 선우는 중학교 때부터 엘리트 야구선수의 길을 걸으며 주목을 받아왔고, 초고교급 투수로 각광받으며 메이저리그에 진출한 스물두 살까지가 특별한 10년이었다. 그사이 첫사랑이 생겼고, 불꽃같은 사랑을 했다. 그 사랑이 떠나고 선우는 14년의 수감 생활을 비롯한 암흑의 시기를 보내야 했다.

민의 경우는 조금 더 특별한 순간이 짧았다. 데뷔 앨범이 빅 히트를 치며 가수왕까지 등극한 단 1년. 민의 청춘은 그 누구보다 화려하게 타올랐다가 허무하게 사라졌다. 선우의 말대로 이제 그는 잊힌 가수일 뿐이다. 아무도 알아보지 못하는 구시대의 산물이며 더구나 재기를 꿈꾸는 것조차 허락되지 않는 불구의 몸이다.

선우와 민이 한국에서 다시 만났다. 소라가 빠진 자리는 올해 열아홉 살이 된 설리가 채웠다. 세 사람의 아주 특별한 순간이 시작되려 하고 있다.

"너는 복귀 준비 잘 되어가고 있냐고…… 아빠가 묻네요."

선우가 운전하는 차에 설리는 조수석에 앉고 민은 뒷좌석에 앉아 스쳐 지나가는 차창을 하염없이 바라보고 있었다. 어느덧 올림픽대로에 진입한 창밖으로 2월의 한강이 무심하게 흘러가고 있다.

"총알이 박힌 어깨로 예전의 160km를 넘는 강속구를 던지긴 힘들지. 그래도 아직 150km는 거뜬히 찍는다. 문제는 마흔인 아저씨를 어느 구단에서 써주겠냐는 거지."

메이저리그에서는 선수 자격이 영구 박탈되었지만 한국 프로구단에서 뛰는 데는 아무 제한이 없는 선수였다. 고교 시절 선우를 1차 지명한 서울 드래건즈에서 선수 보유권을 조건 없이 해지한 터라 어느 구단과도 입단 교섭을 가질 수 있었지만 아직 그에게 관심을 보이는 곳은 없었다.

"하하하, 해외 전지훈련 나간 구단들이 얼마 후면 돌아올 테니까 그때 신고선수 테스트라도 받아보려고."

"불쌍하다, 우리 아저씨. 한때는 세계 최고의 무대를 호령하던 에이스였다면서……."

운전을 하던 선우가 한 손을 뻗어 설리의 머리를 쓰다듬었다.

"꼬맹아, 인생이 다 그런 거란다."

민이 왔다. 민이 한국에 왔다. 왕좌에서 내려온 친구는 두 번 다시 노래를 부를 수 없는 몸이 되었다. 그나마 아직 공을 던질 힘이 남아 있는 자신은 얼마나 행복한가. 하지만 선우는 좀 더 떳떳하게, 좀 더 당당하게 옛 친구를 맞이하고 싶었는데 소속 구단도, 일정한 수입도 없는 자신의 모습이 한스러웠다.

민이 왔다. 민이 한국에 왔다. 자신과 가까이 앉아 서울 땅을 밟고 있는 친구를 보며 선우는 어쩔 수 없이 또 옛날 생각을 떠올렸다. 이 자리에 없는 한 여자와 그녀의 부재를 절감하며 낡아빠진 추억의 감상에 젖어들고 말았다. 그리고 그녀의 빈자리를 또 다른 계집아이가 채운 채 선우와 민이 곁에 숨 쉬고 있다는 사실은 묘한 친밀감을 주었다.

"그나저나 내일이 탈락자 투표 마감일인가? 현재 설리가 압도적으로 1등이라 생방송 준비하라고 조 PD가 얘기하더라."

사람에겐 누구나 특별한 순간이 있다. 그 순간을 인지하지도 못한 채 이미 지나간 사람도 있고, 이제 막 그 특별한 순간이 다가오는 사람도 있다.

"저, 잘할 자신 있어요. 저는 전설적인 가수왕의 딸이니까요."

〈슈퍼 K팝 스타〉 생방송. 설리의 특별한 순간은 바로 지금부터였다. 아마도 먼 훗날 그녀는 말할 것이다. 열여덟과 열아홉, 그 겨울에 많은 사랑을 받으며 노래를 불렀고, 곁에는 멋진 아빠와 키다리 아저씨가 있어주었다고.

어느덧 2월 셋째 주 금요일, TBS 방송국 공개홀에서 〈슈퍼 K팝 스타〉의 첫 생방송이 시작되었다. 일주일 뒤 한국 프로야구단 신고 선수 테스트에 참가하기로 결정한 선우는 모교인 소라고에서 개인 훈련 스케줄을 소화하느라 방송국에 따라가지 못했다. 선우는 방송 시간인 밤 10시가 되자 약간 상기된 얼굴로 TV를 켰다.

[지금부터 〈슈퍼 K팝 스타〉의 생방송 무대를 화려하게 장식할 영광의 탑 10을 여러분께 소개합니다!]

마침 〈슈퍼 K팝 스타〉의 MC가 생방송 진출자들을 소개하고 있었다. 미리 찍어둔 그들의 프로필 영상과 함께 탑 10이 호명되었다.

탑 10이 한 명 한 명 호명될 때마다 공개홀을 가득 채운 방청석에선 큰 박수가 터져 나왔다. 각자의 개성이 뚜렷한 역대 최강의 멤버들이 첫 생방송을 맞이하고 있었다.

[미리 예고해 드린 대로 〈슈퍼 K팝 스타〉 이번 시즌은 탑 10이 아니라 사상 최초의 탑 11로 진행됩니다. 시청자들이 직접 참여해서 탈락자 중 단 한 명을 부활시키는 제도를 신설했는데요, 오늘 생방송에 진출하는 마

지막 멤버가 공개됩니다. 여러분은 과연 누가 선택되었다고 생각하십니까?]

조 PD가 3번 카메라맨에게 방청석을 훑으라는 사인을 보낸다. 오늘은 조 PD가 메인 연출로 복귀하고 나서의 첫 방송이기도 했다. 각자가 응원하는 참가자를 연호하는 소리가 공개홀에 메아리쳤다.

방송을 시청하고 있던 선우는 나지막하게 설리의 이름을 외치고는 혼자 쑥스러워져 주위를 둘러보았다. 역시 집에는 혼자뿐인 걸 확인하고 멋쩍게 뒤통수를 긁적였다.

[네, 수많은 이름이 들리는군요. 오늘 마지막에 합류하는 참가자가 호명되면 바로 본 무대가 이어지겠습니다. 시청자 투표를 통한 탈락자 부활제도로 탑 11이 된 행운의 주인공은…….]

대형 화면에서 탈락자 중 투표에 들어간 다섯 팀의 얼굴이 빠르게 돌아갔다. 그중에는 설리의 모습도 보였다. 순간 무대에 불이 꺼지며 암전 상태가 되었다. 그리고 어디선가 들려오는 기타 소리.
스포트라이트가 비춰지자 무대 위로 두 사람의 모습이 보인다. 그들의 모습이 클로즈업되자 사람들의 탄성이 터져 나왔다. 설리와 민이었다.
똑같이 왼손으로 기타를 치는 특이한 주법. 화려한 스트로크도 빼다 닮았다. 두 부녀가 민의 데뷔곡 〈바람의 노래〉를 기타로 연주하다 민이 무대 왼쪽에 마련된 순백의 그랜드 피아노 앞에 앉았다. 민은 아홉 손가락으로 피아노를 쳤다.

방청객은 물론 TV를 지켜보던 시청자들 모두 숨을 죽이고 민의 연주를 지켜보았다. 그들은 모두 알고 있었다. 민이 한쪽 눈과 손가락 하나, 목소리를 사고로 잃어버렸다는 내용은 〈슈퍼 K팝 스타〉의 히말라야 스케치가 방송된 이후 여러 연예 프로 및 다큐멘터리를 통해 방영되었다.

전설의 가수왕이 실로 20년 앞에 대중 앞에 모습을 드러내었다. 〈슈퍼 K팝 스타〉 첫 생방송을 지켜보던 삼십대 이상의 사람들은 아련한 향수와 알 수 없는 벅찬 감동에 묵묵히 민의 연주를 지켜보았다.

설리가 더 이상 노래를 부를 수 없는 아빠 대신 민의 데뷔곡이자 가수왕이 되게 만들어준 빅 히트곡 〈바람의 노래〉를 불렀다. 키를 설리에 맞춰 높이고 약간의 편곡으로 변화를 준 노래가 잔잔히 사람들의 가슴 속을 파고들어 왔다.

노래를 부르는 설리에 맞춰 '그녀'는 '그대'로, '여자'는 '남자'로 가사도 살짝 바뀌었다. TV를 지켜보던 선우는 또 20년 전 많은 이야기가 떠올라 감회에 젖었다.

"젠장, 맥주 한잔 안 할 수 없게 만드네."

선우는 냉장고에서 캔 맥주를 꺼내 벌컥벌컥 들이켰다. 약간의 알코올이 식도를 타고 내려가며 추억을 아릿하게 일깨웠다.

그 남자가 돌아왔다. 20년 전 대한민국 여성들을 잠 못 들게 하던 조각 같은 얼굴과 감미로운 미성. 비록 목소리를 잃어 직접 노래를 부를 순 없다 하여도 설리를 통해 〈바람의 노래〉가 재탄생되었다.

세월이 흘렀고, 선글라스로 눈을 가렸다지만 여전히 매력적인 외모. 이제는 아줌마가 되어버린 그 옛날의 오빠부대는 두 손을 모아 애틋하게 민을 바라보았고, 이제는 아저씨가 되어버린 90년대를 기억하는 남자들도 치밀어 오르는 벅찬 감동을 느끼며 민을 지켜보왔다.

조 PD가 미리 계획한 대로 무대 뒤 초대형 모니터를 통해 20년 전의 영상이 노래 내내 흘러나왔다. 그 속엔 누구보다 밝게 빛나던 스무 살의 민이 살고 있었다. 이 짧은 몇 분의 노래가 방송되는 내내 〈슈퍼 K팝 스타〉를 보던 대한민국 국민들은 타임머신을 타고 90년 대로 회귀했다.

민의 피아노 연주에 맞춰 설리의 노래가 끝이 났다. 방청객들이 경의를 표하며 기립해서 뜨거운 박수를 보내주었다. 세 명의 심사위원도 모두 자리에서 일어나 박수를 쳤다.

[가수왕 출신 강민 씨의 깜짝 등장으로 폭풍 감동이 휘몰아치고 있는 여기는 여의도 TBS 공개홀입니다. 방청객들은 물론 〈슈퍼 K팝 스타〉의 심사위원들까지 기립박수를 보내주고 있는데요, 뜨거운 열기가 쉽사리 가라 앉지 않고 있습니다. 오늘 마지막으로 생방송 무대에 진출한 탑 11의 마지막 승선자는 히말라야에서 온 신비소녀 강설리 양이었습니다. 엄청난 득표수를 기록하며 단 한 장의 탈락자 부활 카드를 얻는 데 성공했고, 그 첫 무대를 아빠와 함께 장식해 주었습니다.]

설리가 별 모양 반지를 만지작거리며 아빠를 쳐다보았다. 첫 생방송 무대에서 설리는 전혀 떨지 않았다. 2월 셋째 주 금요일 밤, 아빠가 있어 그녀는 더 이상 외롭지도 않았다.

[〈슈퍼 K팝 스타〉 첫 생방송에서 탑 11의 열띤 무대를 모두 보셨습니다. 다음 라운드에 진출하는 건 모두 아홉 팀. 아쉽게도 두 팀은 이제 작별을 고해야 합니다. 심사위원 최저 점수를 받은 세 팀 중 시청자 모바일 투

표로 한 팀이 구제되는 시스템인데요. 그럼 오늘의 최종 탈락자는······.]

〈슈퍼 K팝 스타〉 MC의 말이 채 끝나기도 전 긴장을 고조시키는 음악과 약간의 뜸 들이기가 이어진 후 먼저 리틀엔젤스 합창단 출신의 화영이의 탈락이 확정되었다. 설리와 콜라보레이션을 함께했던 화영이가 울음을 터뜨렸다. 아무래도 열 살짜리 꼬마가 견뎌내기에는 생방송이 주는 중압감이 상당했을 것이다.

"언니!"

자신의 이름이 호명되자 화영이는 설리를 부르며 품에 안겨 펑펑 울었다. 누군가를 밀쳐내야만 하는 제로섬 게임에서 화영이가 유일하게 기댈 수 있는 참가자는 설리였다. 탈락자 후보 세 팀의 명단에서 제외된 설리는 그저 미안하고 또 미안했다. 지금 그녀가 해줄 수 있는 건 화영이의 작은 어깨를 감싸고 같이 울어줄 수 있는 것밖에 없었다.

[또 한 팀의 탈락자는 수많은 남성 시청자들의 시선을 사로잡았던 4인조 걸 그룹 체리 블로섬입니다.]

앙증맞고 예쁘장한 네 명의 소녀도 서로를 부둥켜안고 울었다. 모두 설리의 또래 아이들이었다.

[마지막 소감을 안 들어볼 수가 없는데요. 이화영 양은 너무 울어서 얘기할 상황이 아니네요. 체리 블로섬 멤버 중에 누가 한 말씀 하시죠?]

합격자와 참가자가 서로 축하와 위로를 주고받는 사이 체리 블로섬의 리더가 애써 진정하며 마이크를 잡았다.

[저희가 여기까지 올 수 있도록 도와주신 많은 분들께 우선 감사하다는 말 꼭 전하고 싶고요, 저희 그룹명 체리 블로섬은 벚꽃을 뜻합니다. 봄이면 가장 먼저 화려하게 피었다가 허무하게 지는 꽃인데요, 저희는 어떻게든 대중의 관심을 받고 싶었습니다. 비록 한순간의 꿈일지라도. 그래서 행복했습니다.]

체리 블로섬의 리더가 주위를 두리번거리며 누군가를 찾았다. 설리를 발견한 그가 시선을 고정하며 말을 이었다.

[누구는 아빠의 도움을 받아 다음 라운드에 진출하네요. 저희는 정말 아무도 없거든요. 같이 경쟁하는 무대에서 이건 아니라고 생각해요. 저희는 여기서 탈락하지만 〈슈퍼 K팝 스타〉는 꿈을 향해 도전하는 모든 사람이 같은 조건에서 노래할 수 있기를 바랍니다.]

설리는 오늘 민과 함께 무대를 꾸몄고, 잊혀졌던 전설의 가수가 생방송에 등장하며 많은 사람의 폭발적인 관심을 받은 것이 사실이다. 체리 블로섬 리더의 돌발 발언에 설리는 갑자기 창피해져서 화영을 안은 채 고개를 떨궜다.

TV를 보고 있던 선우는 마시던 캔맥주를 내려놓고 주섬주섬 옷을 입었다. 합숙하느라 집에 들어오지 않는 설리를 만나야 한다고 생각했기 때문이다.

선우는 예전 소라를 보거나 소라의 이름을 부르면 늘 바다가 생각났다. '소라'라는 이름 때문인지, 그녀의 이미지가 만들어내는 상념

인지는 잘 몰랐지만 '소라야, 소라야'하고 부르면 바다가 떠올랐다. 떠들썩한 해수욕장이 아닌 쓸쓸한 철지난 바닷가로 선우는 그렇게 소라를 기억했다.

그런데 설리를 보면 꽃이 생각나는 선우였다. 무슨 이름을 가졌을까? 딱히 그 꽃 이름을 알 순 없었지만 강한 눈보라와 비바람을 이겨 낸 한 송이 꽃. 굉장히 강하면서도 또 굉장히 가녀린 두 가지 얼굴을 설리는 지니고 있었다.

체리 블로섬 리더의 항변은 딱히 틀린 말이 아니었다. 설리는 아빠의 후광 덕에 편하게 다음 라운드에 진출할 수 있게 되었다. 하지만 경연이라는 것이 다 그런 것 아닌가. 남들이 가지지 못한 자신만의 무기를 매력으로 포장시켜 대중의 사랑을 받는 것. 그것을 바탕으로 한 계단씩 정상을 향해 올라가는 것. 하지만 분명 설리는 오늘 밤 상처 받았을 것이다.

방송국에서 마련해 준 핸드폰이 울리자 설리가 받았다. 선우가 숙소로 쓰고 있는 아파트 앞에 와 있다고 했다. 침대에 누워 이런저런 생각에 빠져있던 설리는 대충 옷을 걸쳐 입고 선우를 만났다.

"안녕?"

어색하게 손을 흔드는 키다리아저씨를 보자 설리는 참고 있던 눈물이 왈칵 쏟아지려 했다. 아랫입술을 질끈 깨물며 겨우 참았다.

"안녕, 아저씨."

둘 사이에 어색한 침묵이 흘렀다. 무언가 말을 해주고 싶은데 원체 말주변이 없는 선우이다.

"추, 축하해. 방송 봤다. 다음 라운드 진출한 거."

"그래봤자 아빠 덕 본 건데요, 뭐."

설리는 체리 블로섬 리더의 말이 계속 머리에서 맴돌았다. 엄마가 죽고 불구가 된 아빠와 히말라야에서 살아가는 자신이 스스로 불쌍하다고 여긴 적도 있었다. 그런데 그 장애인 아빠가 사실은 든든한 울타리였나. 체리 블로섬 멤버들은 자신들은 아무것도 없다며 설리를 부러워했다.

"마음에 걸리니?"

눈치를 보며 선우가 말을 꺼냈다. 설리가 콧잔등을 긁으며 밝은 목소리로 말했다.

"아니요. 전 강한 아이니까요…… 라고 말하고 싶지만 졸라 마음에 걸려요."

"야! 졸라가 뭐냐, 어른 앞에서?"

"왜요? 다들 그렇게 말하던데. 영어로 소(so)나 베리(very)……."

"그거 은어야. 안 좋은 말이라고. 쓰지 마!"

"힝. 인터넷에서도 다들 쓰던데……."

시무룩해하는 설리를 보며 선우가 뒤통수를 긁었다. 설교 따위나 하려고 여기 온 게 아닌데…….

"개드립 시망이네. 범생이처럼 구라 치려니까 간지 안 나고 졸……라…… 어색해. 아저씨, 레알 병맛 쩔지?"

설리가 킥 하고 웃었다. 선우도 따라 웃었다.

"아저씨가 야구 좀 할 때 말이야, 자신 있게 빠른 직구를 던졌는데 얻어맞을 때가 있어. 다음에 다시 그 타자를 만나면 어떻게 했게?"

"그걸 제가 어떻게 알아요?"

"아저씬 이렇게 했지."

선우가 양손을 뒤로 하고 포수의 사인을 보는 흉내를 내며 몇 번이나 고개를 가로저었다. 그리고 힘차게 와인드업 하며 공을 던지는 시늉을 했다.

"포수가 유인구 던지라는 사인을 내면 싫다고 했어. 똑같이 빠른 직구를 다시 던지는 거야. 또 칠 테면 쳐보라고!"

"그래서요? 결과는요?"

"뭐, 홈런을 얻어맞을 때도 있었고, 삼진으로 돌려세울 때도 있었고. 중요한 건 결과가 아니야. 적어도 그렇게 하면 후회는 남지 않는다는 걸 아저씨는 알고 있었어."

"뭐에요? 그럼 나도 다시 한 번 아빠의 〈바람의 노래〉 부르라는 거예요?"

"설리야, 네 아빠 히트곡은 〈바람의 노래〉 한 곡만 있는 게 아냐."

설리가 호기심에 두 눈을 동그랗게 뜨고 선우를 바라보았다. 죽은 소라와 무섭게 빼닮은 빨려들어 갈 것만 같은 깊고 검은 눈동자. 선우의 심장이 두근두근 요동쳤다.

2월 마지막 주 금요일 밤, 10시 여의도 TBS 방송국 공개홀.

[〈슈퍼 K팝 스타〉 생방송 2라운드. 오늘도 자유곡 경연을 통해 심사위원 최하 점수를 기록한 세 명의 탈락 후보자가 나오게 됩니다. 그중 단 한 팀만이 시청자 모바일 투표를 통해 살아남게 되는 시스템인데요. 그럼 첫 참가자의 노래부터 들어볼까요?]

참가자들의 소소한 합숙 스케치 영상이 나간 후, MC가 오늘의 첫 참가자를 소개했다. 다시 설리였다.

[히말라야에서 온 신비소녀 강설리 양입니다. 2주 연속 첫 스타트를 끊

게 되었네요. 지난주 방송 다들 보셨죠? 전설의 가수 강민 씨가 무려 20년 만에 대중 앞에 모습을 드러내서 불후의 명곡 〈바람의 노래〉를 연주하며 큰 화제를 모았습니다. 지금 각종 음원 사이트에서 〈바람의 노래〉가 1위를 휩쓸고 있다는 소식입니다. 하지만 탈락자인 체리 블로섬은 고별 인터뷰에서 공평한 도전이 아니지 않느냐며 아쉬움을 표현하기도 했습니다.]

방송을 통해 지난주 체리 블로섬 리더의 인터뷰가 다시 화면에 등장했다. 정공법을 택한 조 PD의 연출 방식이었다.

[〈슈퍼 K팝 스타〉 제작진은 경연 시 안무나 소품, 무대 구성을 일체 참가자 자율에 맡기고 있으며, 어떻게든 주어진 시간 동안 자신의 매력을 어필하면 된다고 합니다. 따라서 설리 양의 지난주 무대는 문제될 것이 없다고 밝혔습니다. 유명인의 서포트가 기대에 미치지 못할 시 대중들은 정확하게 판단해 줄 거라고 믿기 때문입니다. 그래서 설리 양의 오늘 무대가 더욱 기대되는데요, 과연 어떤 무대를 꾸며줄지 다 같이 지켜보도록 하겠습니다.]

생방송 두 번째 라운드에서 설리는 하늘거리는 꽃무늬 원피스를 입었다. 전주가 흘러나오자 객석에서 탄성이 흘러나왔다. 이윽고 시작되는 노래.

주말에 눈을 뜨면
제일 먼저 생각나는 사람이 있습니다.
어제도 함께하다 잠시 헤어져 있었을 뿐인데도
자꾸 보고 싶습니다.

나는 지금 그 사람을 만나러 갑니다.

아무것도 필요 없죠.

그 사람만 있으면 내 인생은 참 멋질 거예요.

민의 데뷔 음반 두 번째 히트곡 〈멋진 인생〉이었다. 〈바람의 노래〉에 이어 〈가요 톱 10〉 5주 연속 1위를 기록하며 골든 컵을 수상한 곡. 느리게 시작했다가 후렴구에서 신나고 경쾌하게 빨라지는, 민의 노래 중 유일한 댄스곡이었다.

20년 전, 민이 〈멋진 인생〉을 부르며 특유의 깜찍 댄스를 출 때 대한민국 여자들은 다 쓰러졌다. 초등학생부터 나이 지긋한 어르신들까지 민의 춤을 따라 추며 그야말로 선풍적인 화제를 모았다.

설리가 청아한 목소리로 초반부를 느린 템포로 시작하자 방청객은 물론 TV 앞에 모인 시청자들도 아련한 회상에 잠겼다. 이제는 노래를 부르지 못하는 아빠 대신 그 딸이 무대에서 〈멋진 인생〉을 편곡해 부르고 있는 모습은 지난주 〈바람의 노래〉 못지않은 절절한 감동으로 다가왔다.

그러다 갑자기 반주의 템포가 빨라졌다. 모두들 설리의 깜찍 댄스를 기대하던 그 순간, 무대 뒤에서 한 남자가 마이크를 들고 걸어나왔다. 방청객들의 경악에 가까운 소리가 공개홀이 떠나갈 듯 터져나왔다.

암울한 90년대 중후반, 대한민국 국민들에게 버틸 수 있는 힘과 용기를 주었던 사람. 160km가 넘는 불같은 강속구로 메이저리그 타자들을 옥박지르며 삼진으로 돌려세울 때, 대한민국 국민들은 카타르시스에 몸을 떨었다. 밤잠을 설쳐가며 모두 한마음 한뜻으로 경기를 지켜보며 응원했던 그 남자, 전직 메이저리거 선우가 검은색 슈트를 차려입고 무대에 등장해서 설리와 함께 〈멋진 인생〉을 부르고 있었다.

> 랄랄랄랄라~ 멋진 꿈, 멋진 사랑, 멋진 인생
> 랄랄랄랄라~ 나는 하늘을 날고 있어요
> 랄랄랄랄라~ 멋진 하루, 멋진 사람, 멋진 인생
> 랄랄랄랄라~ 그 하늘, 우리 함께 날아요
> 우리는 멋진 사랑을 하고 있어요
> 우리는 멋진 인생을 살고 있어요

선우가 춤을 춘다. 친구가 20년 전 추었던 깜찍 댄스를 추고 있다. 왠지 어색하고 조금은 매끄럽지 못한 그 춤에 공개홀을 가득 채운 방청객들이 미친 듯이 환호하며 소리를 질렀다.

설리가 춤을 춘다. 아빠가 20년 전 추었던 깜찍 댄스를 추고 있다. 꽃처럼 아름답고 햇살처럼 눈부신 설리의 몸짓 하나하나에서 매력이 터져 나왔고, 남자들은 특히나 열광적으로 반응했다.

선우와 설리가 춤을 춘다. 두 사람이 눈과 입을 맞추며 민의 댄스를 재현하고 있다. 두 사람의 댄스는 분위기를 최고조로 띄웠다. 다시 처음으로 돌아가서 느리게 2절을 시작하는 설리. 설리가 작은 입술을 움직여 노래 부를 때마다 가사는 후벼 파듯이 듣는 이의 가슴속을 파고들었다.

> 어느 날 눈을 뜨니
> 거짓말처럼 첫사랑이 떠나갔습니다
> 그 사람과 함께했던 지난날 아름다웠던 추억들이

자꾸 생각납니다
나는 이제 그 사람을 잊어야 합니다
아무것도 필요 없죠
그 사람만 있으면 내 인생은 참 멋질 거예요

이어지는 빠른 템포의 후반부. 설리가 노래를 부르는 동안 뒤돌아서서 꼼짝 않고 서 있던 선우가 설리와 합을 맞춰 커플 댄스를 추었다.

랄랄랄랄라~ 슬픈 꿈, 슬픈 사랑, 슬픈 인생
랄랄랄랄라~ 나는 오늘도 울고 있어요
랄랄랄랄라~ 슬픈 하루, 슬픈 사람, 슬픈 인생
랄랄랄랄라~ 그 사람도 나를 위해 울까요
그 사람은 그렇게 내 곁을 떠났어요
그 사람 없는 인생은 멋지지 않았죠

노래를 마치고 선우는 다시 무대 뒤로 사라졌다. 여운이 채 사라지기도 전에 세 명의 심사위원 점수가 발표되었다.

95 - 94 - 97.

"아! 전 메이저리그 LA 피닉스 투수 이선우 선수가 등장할 줄은 아무도 예상하지 못했는데요, 세 명의 심사위원, 꽤 높은 점수가 나옵니다."
한 심사위원이 마이크를 잡았다.

"저도 놀랐습니다. 그때는 저도 이선우 선수 팬이었어요. 미국 무대에서 도전하는 이선우 선수를 보고 용기를 얻어 저도 우리 회사 팬더걸스의 미국 진출을 계획했거든요. 좋은 점수를 안 줄 수가 없었어요. 정말 반가웠습니다. 그리고 설리 양, 제가 다른 두 분의 심사위원님보다는 춤을 잘 추잖습니까? 설리 양은 댄스에도 재능이 있어요. 고난이도의 춤은 아니지만 새로운 면을 본 것 같아 기분이 좋네요."

선글라스를 낀 심사위원이 말을 받았다. 독설로 유명한 보컬리스트이다.

"음, 저도 이선우 선수를 봐서 반가웠는데요, 설리 양에 비해 노래는 확실히 못하시네요. 하하! 그 점이 좀 아쉬웠어요. 하지만 아마추어니까 그 정도는 이해할 수 있고요, 유명인을 무대로 끌어들인다는 비난에 정면으로 맞섰다는 점은 좋게 평가합니다. 일종의 용기니까요."

마지막은 97점을 준 안경 낀 심사위원 차례이다. 예능 프로에서 깐족대는 캐릭터와는 달리 〈슈퍼 K팝 스타〉에서는 냉철한 분석으로 신뢰받고 있는 심사위원이다.

"설리 양은 2주 연속 90년대 전설의 스타들을 무대에 올려 대성공을 거뒀습니다. 이러한 퍼포먼스는 분명 사랑받기에 충분하죠. 노래하는 내내 매력을 잘 드러내서 저도 오늘은 좋은 점수를 줬습니다. 하지만 다음 라운드에 진출한다면 이제 설리 양 자신의 노래를 들려줘야 하지 않을까 생각해 봅니다. 아직 우리는 설리 양의 진짜 노래를 못 들은 것 같거든요."

이번 라운드를 통과하기엔 충분한 점수를 받고 설리는 심사위원들에게 허리를 90도로 숙여 인사했다. 그리고 힐끔 무대 뒤를 돌아보았다.

아저씨는 갔을까? 또 칠 테면 쳐보라며 같은 공을 던지라던 키다리아저씨는 오늘 공을 던지는 대신 무대에서 춤을 추었다. 설리는 얼른 아저씨에게 고맙다는 인사를 하고 싶었다.

그것은 이상한 일이었다. 설리는 합숙에 들어간 이후 모두가 잠든 밤이면 아파트 베란다에서 누군가를 기다리는 습관이 생겼다. 다시 한국에 온 이후 키다리아저씨는 단 하루도 빼놓지 않고 설리의 아파트를 다녀갔다. 때로는 아빠와 함께 왔으며, 때로는 혼자였다.

설리는 선우를 만나면 쫑알쫑알 하루의 일을 얘기했다. 오늘 밤은 뭐가 나왔는데 참 맛있어서 히말라야로 돌아갈 때 싸가지고 가고 싶다는 둥, 방송국에서 협찬으로 화장품을 줬는데 역시 한국 제품이 대박이라는 둥, 어떤 남자 참가자가 잘생겼고, 어떤 여자 참가자가 노래 끝장나게 잘 부른다는 둥 설리는 선우 앞에서 별의별 얘기들을 다 했다.

키다리아저씨는 참 편했다. 설리가 하는 소소한 이야기들을 묵묵히 다 들어주고, 조금만 놀리면 얼굴이 빨개져서 버벅대고, 고민이 있을 땐 어른답게 현명한 해결책도 제시해 주었다.

"아싸! 왔다!"

모두가 잠든 밤 12시. 베란다에 기대어 하염없이 밖을 내다보던 설리가 저만치 걸어오는 선우를 발견하곤 부리나케 뛰어 내려갔다.

"오늘은 늦었네요? 벌금 내야죠."

프로야구단 입단 테스트를 앞두고 늦게까지 연습했는지 선우는 유니폼 차림에 땀 냄새를 폴폴 풍기며 말없이 웃기만 했다.

"울 아빠는 뭐 하시는데 요즘 뜸하시나?"

"민이는 예전 소속사 식구들하고 연락이 닿아서 만나러 갔어. 아마 술이라도 마시겠지."

민의 로드 매니저이던 용팔이는 〈슈퍼 K팝 스타〉 방송을 보고 연락을 해왔다. 민이 현역 가수 시절 잘 따르던 용팔이는 제법 큰 엔터테인먼트사의 실장이 되어 스케줄 관리를 한다고 했다. 직접 차를 몰고 민을 데리러 온 용팔이와 근 20년 만에 만났으니 아마 거하게 취해 있을 것이다.

"걱정 마. 집까지 안전하게 데려다 준다고 했어."

설리는 벤치에 앉으며 주머니에서 캔 커피 하나를 내밀었다.

"선물이에요. 점심때 많이 나와서 아저씨 생각나서 잽싸게 하나 빼돌렸죠."

"어? 난 커피 안 마시는데?"

설리가 째려보자 뜨끔해진 선우가 얼른 캔 커피를 받아 들었다.

"커피가 얼마나 맛있는데요. 우리 엄마랑 연애했다면서 커피 맛도 몰라요?"

밥보다 커피를 좋아하던 소라. 엄마를 닮아 커피 애호가인 설리. 그런데 여전히 선우에게 커피는 쓰기만 했다.

"나는 우유를 좋아해."

설리가 배를 잡고 웃었다.

"푸하하하! 우유래, 우유. 우쭈쭈쭈. 담에 히말라야 오면 이 누나가 야크에서 막 짜낸 우유 먹여줄게."

선우가 분노에 떨며 과격하게 캔 커피를 땄다. 벌컥벌컥 단숨에 들이켠 후 스윽 입을 닦으며 말했다.

"봤지? 커피 못 마시는 게 아니야! 카페인은 운동선수에게 해로워서 안 마시는 거야!"

"흠, 아저씨 열심히 하는구나? 이번에 꼭 합격했으면 좋겠다."

설리는 선우의 손에서 캔 커피를 뺏어 들고 홀짝 한 모금 마셨다.

"아저씨, 나 고민 있어요."

"또 뭐? 얘는 맨날 구박하면서 이럴 땐 진지해."

설리가 조용히 팔꿈치로 선우를 가격했다. 청순한 외모와 달리 무섭고 과격한 여자라고 선우는 생각했다.

"다음 라운드에선 아빠 노래 부르면 안 될 것 같아요. 심사위원 쌤들도 다른 모습 보여 달라고 했는데 뭘 해야 할지 감을 못 잡겠어요."

"자작곡."

"네?"

"이번엔 자작곡 부르는 게 좋겠어."

"그런 거 없는데요?"

"지금부터 만들어야지."

"헉! 생방송 며칠 남았다고 언제 만들어서 연습해요?"

"민이는…… 네 아빠는 노래 한 곡 정도는 한 시간도 안 돼서 뚝딱 만들곤 했어. 너 민이 딸 아냐? 그 피가 어디 가겠어? 합숙소 가서 만들어 봐."

"난…… 천재가 아닌데…….'

"아마 천재일 거야. 아직 자기 재능을 모를 뿐."

"아빠한테 배워서 악보는 적을 수 있긴 한데…… 정말 제가 노래를 만들 수 있을까요?"

선우가 힘차게 고개를 끄덕이곤 손을 흔들며 사라졌다. 저 남자의 말은 왠지 신뢰가 간다. 뛰어가는 선우의 뒷모습을 보며 설리는 마음이 설레었다. 그녀는 뭔가 새로운 도전을 한다는 기분에 지금 심장이 뛰는 중이었다.

"참, 가사는 네가 가장 하고 싶은 얘기를 쓰도록 해! 아무에게도 말하지 못한 비밀 같은 거!"

멀어져 가면서 선우가 소리쳤다. 설리가 선우처럼 두 주먹을 꼭 쥐고 힘차게 고개를 끄덕였다.

자고 있는 사람들에게 방해가 될까 봐 설리는 기타를 들고 공원으로 갔다. 3월이 시작되었다지만 밤의 공원은 으슬으슬 쌀쌀했다. 설리는 기타를 퉁기며 하나하나 음을 따서 악보에 적었다. 깊은 밤, 그렇게 설리의 인생 최초 자작곡이 만들어지고 있었다.

윙크가 싫어졌어

작사/작곡 강설리

Walking down the streets, people are winking
(거리를 걷다 보면, 사람들이 윙크를 하지)
Ever since little, I hated winks
(난 어릴 적부터 윙크가 싫었지)
"Dad! Why don't you have two eyes? huh?"
(아빠는 왜 두 눈이 없어요? 어?)
Well……(그게……)
My dad is a half blinded person
(우리 아빠는 반 장님이지)
It keeps reminding me of him, my chest is aching
(자꾸만 생각이 나 가슴이 쓰려 와)

아빠는 언제나 한쪽 눈을 가리고 다녔지

어릴 때 아빠의 다친 눈을 본 적이 있었어
아빠의 다친 눈은 무섭고도 슬펐어
그때부터 난 윙크가 싫어졌어

난 싫어. 윙크가 싫어
난 윙크하는 남자가 세상에서 제일 싫어

Walking on the streets, people are winking
(거리를 걷다 보면, 사람들이 윙크를 하지)
I don't know what's changing, but I like winks
(뭐가 변하는지 모르겠지만, 난 윙크가 좋아)
"Hey! Don't you think winks are attractive? huh?"
(당신은 윙크가 매력 있다고 생각 안 하나요? 어?)
Well……(그게……)
Right, it's because my dad was always winking
(맞아, 항상 윙크를 하던 우리 아빠 덕분이야)
It keeps reminding me of it, that wink of yours
(자꾸만 생각이 나, 그 매력적인 윙크가)

아빠는 엄마를 위해 눈을 다친 거라고 했지
눈이 하나 없어서 더 많이 바라본다 말했지
중요한 건 세상을 따뜻하게 보는 것
이제부터 난 윙크가 좋아졌어

난 좋아. 윙크가 좋아

난 세상을 향해 매일 윙크하며 살아갈 거야

＊　　＊　　＊

경기도 구리시에 위치한 서울 드래건즈 2군 구장. 3월 초의 미약한 햇볕이 따뜻하게 느껴지는 약간은 쌀쌀한 날씨 속에 서울 드래건즈의 신고선수 입단 테스트가 한창이었다.

신고선수란 한국야구위원회(KBO)에 등록되지 못하고 구단 소속으로 신고만 되어 있는 선수를 뜻한다. 당연히 계약금도 없으며 프로야구 최저 연봉 보장이나 선수협회 가입 등 최소한의 혜택조차 받지 못한다. 그럼에도 서울 드래건즈 신고선수 입단 테스트 현장에는 수십 명의 남자들이 비장한 각오로 운동장을 뛰고 있었다.

이들은 대개 프로야구팀의 지명을 받지 못한 고교나 대학 졸업자들이었고, 더러는 소속 팀에서 방출당하고 갈 곳이 없어진 베테랑 노장 선수도 끼어 있었다. 짧게는 10년에서 길게는 30년간 야구만 해오던 그들은 일단 신고선수로라도 입단해야 마지막 재기의 기회를 부여 받을 수 있다는 것을 알기에 필사적이었다.

"왔다!"

서울 드래건즈 신고선수 입단 테스트에는 이례적으로 많은 기자들이 모였다. 그중 한 명이 큰 소리로 외치자 순식간에 가자들의 이목이 마운드로 올라가는 한 남자에게 집중되었다.

등 번호가 없는 소라고등학교의 유니폼을 입은 남자는 오랜 습관처럼 오른 어깨를 빙빙 돌리며 팔을 풀었다. 그리고 로진을 들어 손등과 손바닥을 이용해 몇 번 툭툭 치더니 후욱 하고 입 바람을 불었다. 하얀 로진이 남자의 얼굴 위로 날아올랐다.

남자는 허리를 숙여 오른손을 뒤로 감추고 무심히 포수의 미트를 쳐다보더니 왼발을 하늘 높이 차 올리며 다이내믹한 키킹 동작을 펼쳤다.

"바로 저 동작이야!"

나이가 무색하게 역동적인 투구 폼으로 남자의 손을 떠난 야구공이 경쾌한 소리를 내며 포수 미트에 꽂혔다. 구단 직원의 스피드건에 찍힌 숫자를 확인하기 위해 코치 몇 명이 모였다.

"152km입니다."

남자가 다시 힘차게 공을 던졌다. 공은 묵직하게 스트라이크존을 통과했다.

"154km!"

공을 던지는 횟수가 거듭될수록 스피드는 조금씩 올라갔다.

"156km!"

스피드건에 찍힌 숫자를 구단 직원이 외치자 여기저기서 탄성이 터졌다. 남자는 그제야 씨익 햇살처럼 밝고 건강한 미소를 지었다. 마운드 위에 우뚝 선 남자는 누구보다 행복해 보였다. 마치 오랜만에 찾아온 고향처럼 야구장은 익숙했고, 마운드는 편안했다.

남자의 이름은 이선우.

전직 메이저리거인 그의 신고선수 입단 테스트는 세간의 화제를 불러일으키기에 충분했다. 화려한 전성기를 보낸 선우이지만 마흔이 된 나이와 공백기가 지나치게 길었던 탓에 한국 프로야구의 어느 구단도 선뜻 입단 제의를 하지 않았다. 선우는 오직 야구를 다시 하기 위해 자존심을 버리고 20년 전 자신을 1차 지명한 서울 드래건즈 신고선수 테스트에 참가한 것이다.

"그럼 지금부터 테스트 합격자를 발표하겠습니다."

모든 선수의 기량 점검이 끝난 늦은 오후, 구단 직원은 야구장 한편에서 합격자를 호명했다. 총 다섯 명의 이름이 불리는 동안 선우의 이름은 나오지 않았다.

"이상으로 저희 서울 드래건즈의 올해 신고선수 입단 테스트를 마치겠습니다. 모든 참가자들의 건투를 빕니다. 합격자 분들은 잠시 후 구단 사무실에서 입단 동의서에 사인해 주시기 바랍니다."

"잠깐만요!"

모여 있던 기자들 중 한 명이 손을 들어 질문했다.

"그럼 이선우 선수는 불합격인 겁니까? 좋은 공을 던지던데요."

사람들이 동시에 선우를 쳐다보았다. 선우는 어색하게 뒤통수를 긁었다. 구단 직원이 난감한 표정을 지으며 말했다.

"한 시대를 풍미한 대스타가 저희 구단 신고선수 테스트에 응해 주신 것에 대해서는 진심으로 감사한 마음입니다. 여러분이 눈으로 확인하신 바와 같이 이선우 선수의 몸 상태는 확실히 좋아 보입니다. 일단 전성기 시절의 160㎞대는 아니더라도 한국 프로야구에서 150㎞ 대 강속구를 뿌리는 투수는 매력적이니까요. 하지만……."

구단 직원이 차마 말을 잇지 못하자 중년의 남자가 대신 말했다. 서울 드래건즈 김철호 감독이다.

"이선우 선수가 합격하게 되면 1차 지명 후 20년 만에 드래건즈에 입단하는 거라 상징성 면에서 많은 팬들의 관심을 끌겠죠. 하지만 구단 운영은 좀 더 신중할 필요가 있었습니다. 이선우 선수 오른쪽 어깨는 총상을 입었다죠? 지금 당장 몇 개의 공만 볼 게 아니라 시즌 내내 구속을 유지할 수 있을지 의문입니다. 적잖은 나이는 내구성에서 의문이고, 코치급 나이대의 노장선수가 입단하게 되면 팀 케미에 영향을 미쳐요. 살인미수 폭력 전과로 무려 15년의 실형을 선고 받기도 했고……. 그래서 저희는 선뜻 입단시킬 수가 없었습니다."

감독의 말은 묘하게 설득력이 있었다. 끝까지 얘기를 다 듣고 난 선우는 쓸쓸히 웃었다.

"그러니까 결론은 다 늙고 부상 전과가 있으며 체력적으로 검증이 안 된데다 폭력 전과자인 제가 팀에 입단하면 선수들 사기에 문제가 있는 거죠?"

"……."

"감독님, 저는…… 그저 야구가 하고 싶을 뿐입니다. 전직 메이저리거라는 스타 의식을 내세울 마음은 추호도 없습니다. 무릎이라도 꿇어 제 진정성을 보여드리면 될까요?"

말을 마친 선우가 뚜벅뚜벅 걸어서 감독 앞에 섰다. 선우의 두 주먹이 파르르 떨렸다. 선우가 무릎을 꿇으려 하고 있다. 사진기자들의 플래시 세례가 쏟아졌다.

"씨발! 하지 마!"

그때였다, 그가 나타난 것은. 그는 뒤에서 선우의 어깨를 잡고 제지했다.

"늦어서 미안. 뒤늦게 소식 듣고 날아왔네. 이제 만득이 형이 해결한다."

선우의 전 매니저 겸 통역 담당 케빈이었다. 그는 스스로 만덕이 대신 선우가 부르던 대로 만득이라 말하고 있었다.

"이보슈, 김철호 감독! 케미는 틀린 말이오. 궁합을 말하는 거 같은데 그냥 한국말 하시지. 정확히는 케미스트리요. 선우와 나는 미국에서 왔는데 어설픈 영어가 귀에 거슬리네."

"기자들도 잔뜩 있는데 뭐하자는 겁니까?"

"당신이 말도 안 되는 소리를 하니까 그렇지. 그냥 쓰기 싫으면 싫다고 하면 될 걸 내구성이 어떻고 전과가 어떻고……. 아이고, 구차해라. 당신이 한 시즌 뛸 수 있는지 없는지 써보기나 했소? 왜 선우가 폭력 전과를 달았는지 알아보기는 했소?"

"우리 팀은 그저……."

"다른 거 다 떠나 이선우가 누구요? 메이저리그에서 데뷔하자마자 연속 10승 대를 기록한 최초의 한국인이요. 그런 선수가 20년 전 1차 지명해 준 드래건즈에게 고맙고 미안해서 쪽팔림을 무릅쓰고 무려 신고선수 테스트에 응한 거요. 꼭 많은 사람들 앞에서 무릎까지 꿇려야 되겠소?"

"우리가 그렇게 하라곤 안 했죠."

"예우 몰라요? 레전드에 대한 최소한의 배려는 해야죠. 아하, 단 한 번도 10승을 올려보지 못한 2류 선수 출신인 당신은 모르겠지."

김철호 감독이 당황해서 얼굴이 붉어졌다. 스타플레이어 출신이라고 다 좋은 감독이 되는 건 아니지만 그는 초라한 선수 경력이 늘 콤플렉스이던 사람이었다.

"말씀이 지나치군요."

케빈은 그 어느 때보다 단호했다. 케빈이 주변을 둘러보며 당당하게 큰 소리로 말했다.

"우리 모두는 이 남자에게 빚이 있어요! 암울했던 90년대에 이선우의 메이저리그 진출과 엄청난 활약을 보고 위로 받은 기억 없어요? 말로만 듣던 메이저리그 강타자들을 160㎞가 넘는 총알 같은 강속구를 뿌리며 삼진으로 돌려세울 때 통쾌했던 그 감정, 다 잊었어요? 90년대를 보낸 대한민국 사람이라면 누구나 이 남자에게 빚이 있단 말입니다!"

격정적으로 외치는 케빈의 말 한마디 한마디가 서울 드래건즈 2군

구장에 모인 사람들의 가슴에 파고들었다. 그 누구도 케빈의 말에 반박하지 못했다. 사람들은 그 시절 선우를 기억해 내곤 부끄러움에 고개를 숙였다.

17.

행복했던 기억보다 더 슬픈

소위 말하는 '대박'이 났다. 설리의 첫 자작곡 '윙크가 싫어졌어'의 이야기다. 설리는 이 노래로 무난히 〈슈퍼 K팝 스타〉의 다음 라운드에 진출했는데 사실 방송 당일의 심사위원 평이 그다지 좋은 것은 아니었다. 하지만 생방송이 끝나자마자 '윙크가 싫어졌어'는 무수한 다시보기가 이루어졌고, 단숨에 유튜브 조회 수 1위를 기록했으며, 각종 음원 사이트 올 킬을 달성했다.

설리가 기존의 신비롭고 청순한 이미지를 벗고 발랄하게 춤추며 노래하는 '윙크가 싫어졌어'는 단조로운 가사임에도 중독성 있는 멜로디가 사람들의 눈과 귀를 사로잡았다. 초등학생부터 3, 40대 직장인들까지 자기도 모르게 '난 싫어 윙크가 싫어'라던가, '난 좋아, 윙크가 좋아'라며 '윙크가 싫어졌어'를 무한 반복하는 모습을 심심치 않게 발견할 수 있었다.

"와~ 대박! 내가 만든 노래를 사람들이 막 따라 부르니까 열라 신기해요."

언제나처럼 밤의 공원에서 선우를 만난 설리는 신이 나서 '윙크가 싫어졌어'의 '윙크 댄스'를 추었다. 선우는 흐뭇하게 그런 설리를 바라보았다. 설리는 참 밝고 건강한 아이였다.

"아! 맞다. 아저씨는 어찌 됐어요? 신고선수인가, 테스트본 거."

"아, 그게…… 떨어졌어. 하하!"

선우가 멋쩍게 웃었다. 공원의 오렌지 빛 가로등이 외로이 깜빡이고 있다.

"아저씨, 운동 열심히 했잖아. 공도 진짜 빠르고……. 서울 드래건즈인가 하는 야구단 나쁘다. 웬만하면 붙여주지."

"그게 그리 간단한 문제가 아니야. 아저씨가 만약 엔트리에 들어가면 다른 누군가는 빠져야 하거든. 구단에서는 내일을 기약할 수 없는 노장선수 하나를 들이기보다는 젊은 선수를 키워야 하니까 부담스러운 거지."

설리와 같은 나이이던 열아홉 살의 여름, 선우는 지금은 없어진 동대문운동장의 야구장 마운드에서 어서 어른이 되기를 기도했다. 어른이 되면 사랑도, 인생도, 미래도 모두 찬란하게 한 손에 쥘 수 있을 것만 같았다.

선우의 마흔 살의 봄은 녹록치 않았다. 현실은 신고선수 테스트에도 붙지 못한 일개 무직자일 뿐이다. 선우는 그래서 설리를 보면 가끔 열아홉 살의 어느 날로 돌아가고 싶었다. 그리고 미치도록 소라가 보고 싶었다.

설리의 얼굴엔 소라가 들어 있었다. 그것은 아무리 외면하려 해도 어쩔 수 없는 현실이다. 매일 밤 설리를 찾아오는 이유가 사실은 그 아이를 지켜주겠다는 어떤 약속보다 이제는 만날 수 없는 옛사랑의

행복했던 기억보다 더 슬픈 추억 417

흔적을 찾기 위해서라면 아마도 많은 사람들의 비웃음을 사겠지. 그래서 설리를 만나면 선우는 행복하면서도 서글펐다.

설리가 '스릉'하고 기타 줄을 튕겼다. 아무도 없는 한적한 밤의 공원에 청명한 기타 소리가 퍼져 나갔다.

"아저씨, 지금 우리 엄마 생각하고 있죠?"

선우의 얼굴이 빨개졌다.

"아, 아니야. 내가 왜…….."

채 말을 마치지 못하고 선우가 고개를 푹 숙였다. 설리는 키만 크지 순진한 어린애 같은 아저씨가 왠지 안쓰러웠다. 설리는 다시 기타줄을 감미롭게 긁으며 담담하게 물었다.

"저기요…… 저는 어때요?"

"뭐?"

"저는 우리 엄마에 비해 어때요?"

"그게 무슨 소리야?"

"나 아저씨가 좋아요. 우리 사귈래요?"

선우가 벌떡 일어났다. 차마 설리의 얼굴을 마주할 용기가 나지 않아 뒤돌아서서 짐짓 화난 사람처럼 말했다.

"나이든 사람 놀리는 거 아니야!"

설리가 다시 기타를 쳤다. 설리는 나지막하게 허밍으로 노래를 불렀다. 〈사랑의 인사〉였다.

"놀리는 거 아니에요. 나…… 아저씨가 좋은걸. 학교 운동장에서 처음 봤을 때부터 쭈욱."

설리도 바보는 아니었다. 처음에는 선우를 향한 자신의 감정이 무엇인지 몰랐다. 그런데 신고선수 테스트에 떨어지고 쑥스럽게 웃는 선우를 보며 한없이 마음이 아팠다. 생각해 보면 몇 번이나 그랬던 것 같다.

"꼬마야, 혹시 너 나 걱정하는 거니? 그런 거야?"

선우는 야구 점퍼에 두 손을 찔러 넣고 공원의 작은 돌멩이 하나를 걷어찼다. 선우의 마음에 작은 분노가 일었다.

"내가 불쌍하다고 생각하는 거지? 이 나이까지 결혼은커녕 여자친구 하나 없고, 제대로 된 돈벌이도 못 하고, 그래서 사춘기 소녀의 눈엔 아저씨가 측은하게 느껴지지? 그런 건…… 사랑이 아니야."

설리가 선우를 처음 만난 학교 운동장. 키가 큰 아저씨는 이름이 없는 유니폼을 입고 운동장을 뛰고 있었다. 간밤에 내린 하얀 눈, 그리고 그 눈보다 희고 시리던 아저씨의 입김. 설리는 난생처음 가슴이 두근거리는 걸 경험했다.

천 부장에게 속아 호텔 방에 갔을 때, 자신을 찾아 달려와 준 고마운 사람. 천 부장을 때려눕히고 두 사람은 올림픽대로를 달렸다. 차 안에서 함께 이야기한, 슬퍼서 우는 게 아니라 우니까 슬픈 거라던 제임스-랑게의 학설.

히말라야를 향해 가던 비행기. 아저씨는 내내 잠을 자고 있어서 몰랐겠지. 설리가 옆 자리에 앉아 행복하게 아저씨의 얼굴을 보고 또 보고 있었다는 걸. 그 어깨에 기대어 오랜만에 편안한 꿈을 꾸며 잠잘 수 있었던 것을.

아빠와 아저씨와 함께 오른 안나푸르나. 세상에서 제일 좋아하는 두 남자와 엄마를 만나러 가는 그 길이 설리는 무척이나 신나고 즐거웠는데. 웃통을 벗고 엄마를 향해 야구공을 던지던 아저씨에게 고맙다고 말하고 싶었는데.

"사랑이 뭔데요?"

"뭐?"

"이런 게 사랑이 아니라면 사랑이 뭔데요?"

"그건……."

"난 태어나서 누군가를 사랑해 본 적은 없지만요, 아저씨만 생각하면 막 심장이 뛰고 설레고 그래요. 아저씨만 보면 좋아서 어쩔 줄 모르겠어요. 아저씨랑 헤어지고 나면 또 아저씨가 보고 싶어 미치겠어요. 이런 게 사랑이 아니면 뭔데요?"

주룩. 설리의 두 눈에서 눈물이 흘러내렸다. 선우는 당황해서 어찌할 바를 몰라 안절부절못했다. 설리는 생애 최초의 풋내 나는 사랑 고백을 하면서 가엽게도 떨고 있었다.

"아저씨는 어땠는데요? 우리 엄마 만나면서 어떻게 사랑했어요? 내가, 내 감정이 이상한 거야?"

선우가 비로소 뒤돌아섰다. 이 아이를 지켜주고 싶었는데 그만 울리고 말았다. 소라를 울리고, 이제는 그녀의 딸마저 울리고……. 선우는 자신의 신세를 한탄했다. 설리의 눈 속엔 아직도 눈물이 가득하다. 조금만 툭 치면 금방이라도 후드득 쏟아질 것만 같은 투명하고 맑은 눈물들. 문득 선우는 가슴이 시려왔다.

설리가 눈물이 가득 고인 눈으로 선우를 바라보다 입을 열었다.

"아저씨……."

알아, 꼬마야. 네가 무엇을 말하는지. 네 눈물이 무엇을 뜻하는지.

선우가 손가락을 들어 설리 눈가의 눈물을 훔쳐 냈다. 선우의 굵고 커다란 손가락이 설리의 눈물에 젖어들었다.

"아저씨……."

금방 닦아낸 설리의 눈에서 다시 또르르 눈물 한 방울이 흘러내린다. 눈물은 천근만근의 무게가 되어 선우의 가슴으로 떨어졌다.

미안, 작은 공주님. 아무리 그래도 난 너의 남자가 될 순 없단다.

아저씨는 네 엄마를 사랑했고, 평생 그녀만을 사랑할 거라 맹세했단다. 넌 그녀의 딸이자 내 친구의 딸. 우리는 절대 사랑해선 안 될 사이란다.

미안, 작은 공주님. 조금은 외롭지만 아직은 외로움을 견딜 수 있는 나이이고, 넌 결코 네 엄마를 대신할 수 없단다. 조금만 참다 보면 분명 너만의 백마 탄 기사가 나타날 거야. 난 너의 기사가 될 수 없단다.

밤의 공원에서 두 사람은 그렇게 오랫동안 서 있었다. 별도 달도 숨은 깜깜한 공원에는 오렌지 빛 가로등만이 그들을 비춰주고 있었다.

야구 점퍼와 운동복 차림의 한 청년이 선우가 마운드에서 공을 던지는 모습을 지켜보고 있다. 앳된 얼굴의 그는 선우가 좋은 공을 던질 때마다 박수를 치며 환호했다.

최시우. 부산 블루시걸스의 젊은 에이스. 선우와 같은 소라고등학교를 졸업 후 블루시걸스의 2차 1순위로 지명되어 바로 선발진에 포함된 그는 첫 해 15승을 거두며 일약 부산의 영웅이 되었다. 다음 해에도 전반기에만 10승을 거두며 승승장구하더니 팔꿈치 부상으로 후반기를 통째로 날려먹고 겨우내 선우와 재활을 하던 스물두 살의 야구 청년.

시우는 초고교급 투수 출신으로 150km대의 강속구를 던진다는 점에서 곧잘 선우와 비견되었고, 개인 훈련을 함께하며 스스럼없이 야구 멘토로 선우를 꼽았다. 시우는 서울 드래건즈 신고선수 테스트에 탈락한 선우를 부산 블루시걸스 감독에게 추천했다. 오늘은 선우가 1군 코칭스태프 앞에서 테스트를 받는 날이었다.

선우는 마운드에서 호쾌한 강속구를 연신 포수 미트에 꽂아 넣었다. 스피드건을 보지 않아도 위력을 알 수 있을 만큼 선우의 공은 묵직했고 또 빨랐다.

"이제 변화구 좀 던져보지."

블루시걸스 한민우 감독의 말에 선우는 고개를 끄덕이고 손가락 그립에 변화를 주었다. 선우는 전성기 시절, 직구와 커브의 투 피치 투수였다. 메이저리그 진출 후 공은 빨랐지만 단조로운 구종으로 인해 초반 난타당한 후 마이너리그에서 슬라이더와 체인지업을 추가한 바 있었다. 오랜 공백기를 거친 선우는 다시 예전과 같은 투 피치 투수로 돌아갔다.

선우의 슬라이더는 각이 무뎌져 밋밋했고, 체인지업은 투구 밸런스가 맞지 않아 위력이 없었다. 그럼에도 선우의 커브는 여전히 일품이었다.

"커브는 떨어지는 각도가 장난 아니군."

한 감독의 말대로 선우의 커브는 높은 곳에서 엄청난 각도로 수직 낙하했다. 시계바늘 12시 방향에서 6시 방향으로 떨어진다고 해서 12-6 커브.

"직구와 커브 외에 다른 구종은 영 아닌데요?"

블루시걸스 투수코치가 한 감독에게 귓속말로 속삭였다. 한 감독은 잠시 회상에 잠겼다.

"예전 LA 피닉스 시절엔 슬라이더와 체인지업도 제법 괜찮았는데 아무래도 나이 탓인가?"

"오른쪽 어깨엔 총상도 있다고 합니다. 저 나이에 총알 박힌 어깨로 시즌 내내 구속을 유지할 리가 없습니다. 게다가 14년간 실형을 산 전과자입니다. 만약 입단한다면 구단 이미지에 안 좋습니다. 투수 한 명이 아쉬운 드래건즈에서 안 받은 건 이유가 있겠죠."

"음……."

한 감독과 투수코치가 선우에 대한 얘기를 주고받는 도중 갑자기 누군가 끼어들었다.

"그럴 리가요? 부산은 야구도시 아닙니까? 야구에 관해서라면 전국에서 가장 열광적인 부산 시민들이 가장 사랑한 투수가 누굽니까? 최동원 선수 아닙니까?"

"당신은?"

"전 메이저리거 이선우 선수의 매니저 만득이…… 아니, 젠장, 케빈입니다."

케빈이 본격적으로 선우를 홍보하기 시작했다.

"우리 이선우 선수로 말할 것 같으면, 대한민국 최초의 메이저리거라는 상징성, 그리고 특유의 다이내믹한 폼에서 뿜어져 나오는 대포알 같은 강속구와 낙차 큰 파워 커브로 무장한 투수입니다. 바로 부산이 낳은 불세출의 명투수 최동원 선수와 똑같죠. 선우가 블루시걸스에 입단하게 되면 고인이 된 최동원 선수를 그리워하던 부산 시민들의 사랑을 듬뿍 받게 될 거라고 확신합니다. 게다가……."

"게다가?"

"연봉이 아주 쌉니다. 사실 미국 마이너리그만 거쳐도 10억은 쉽게 부르는데 우리는 단돈 1억!"

"1억?"

"그렇습니다. 대신 몇 가지 옵션만 걸어주시면 마운드에서 죽는다는 각오로 뛸 겁니다. 선우는 야구밖에 모르는 놈입니다. 꼭 다시 마운드에 세워주고 싶어요."

케빈이 무릎을 꿇었다. 선우 대신이었다.

"자네……."

한 감독과 투수코치는 정중히 무릎을 꿇은 채 간절한 눈빛으로 선우의 입단을 촉구하는 케빈을 외면하지 못했다.

"형! 만득이 형! 이렇게까지 안 해도 돼!"

그 광경을 본 선우가 마운드에서 달려왔다. 선우가 케빈을 일으켜 세우려 하자 케빈은 손을 들어 제지했다.

"선우야, 난 괜찮아. 난 네가 LA에서 날 위해 승리수당을 떼어 적금을 들고, 내 이름이 새겨진 유니폼을 만들어주고 감옥에 갔을 때 결심했어. 널 위해서라면 뭐든지 할 거라고. 내가 무슨 스타도 아니고 네가 다시 야구만 할 수 있다면 무릎 꿇는 일쯤 백 번도 할 수 있어."

선우가 수감된 14년 세월 동안 케빈은 미국에서 패밀리레스토랑 서빙을 거쳐 점장까지 올랐다. 선우가 출감하자 케빈은 미련 없이 패밀리레스토랑을 그만두고 선우를 따라 나섰다. 미국의 독립리그를 거쳐 선우를 따라 한국까지 들어온 케빈으로선 자신이 할 수 있는 일이라면 뭐든지 할 생각이다. 그것은 선우의 야구 인생과 사랑의 역사를 누구보다 잘 알고 있는 케빈의 작은 의리였다.

그 덕분에 마흔 살 선우의 한국 프로야구 입단이 결정되었다. 부산 블루시걸스. 계약금 1억에 연봉 5천만 원. 선우의 커리어를 생각하면 한없이 초라한 금액이었지만 케빈의 요구대로 몇 가지 옵션이 붙었다. 성적만 낸다면 돈은 얼마든 벌 수 있는 길이 열린 것이다.

"선배님, 축하드립니다. 이제 제 부탁 들어주실 거죠?"

블루시걸스의 젊은 에이스 시우의 역할이 컸다. 시우의 추천이 없었다면 테스트 받기 힘들었을 것이다.

3월 중순, 한국 프로야구가 개막을 앞두고 시범경기를 하고 있을 그 즈음, 설리는 〈슈퍼 K팝 스타〉 베스트 3까지 안착해 있었다. 매주 다양한 매력을 선보이며 강력한 우승 후보로 부각한 설리는 다음 주 세미파이널 무대를 준비 중이었다.

선우는 시우를 데리고 설리와 만나던 숙소 아파트 앞 공원으로 갔다. 저 멀리 설리가 뛰어오는 게 보였다. 선우는 지난번 설리의 수줍은 고백이 생각나 괜히 얼굴이 달아올랐다.

"아저씨이~."

설리가 달려오는 속도 그대로 선우의 품에 안겼다. 선우가 어색하게 설리를 떼어놓았다.

"기사 봤어요. 축하, 축하! 이선우 선수의 부산 블루시걸스 입단을 축하합니데이~."

설리가 부자연스럽게 부산 사투리를 썼다. 그것은 설리 나름의 축하 멘트였다.

"안녕?"

시우가 설리를 향해 윙크하며 인사했다.

"누구?"

"난 좋아, 윙크가 좋아. 난 세상을 향해 매일 윙크하며 살아갈 거야."

시우가 설리의 윙크 춤을 추며 〈윙크가 싫어졌어〉를 불렀다.

"너 쫌 재수 없는데?"

블루시걸스의 꽃미남 에이스로 활약하며 수많은 여성 팬을 거느린 시우가 살짝 당황했다. 선우가 중재에 나섰다.

"이 친구 기억 안 나? 겨울에 학교 운동장에서 같이 만났잖아. 네 팬이래. 한번 만나고 싶다고 해서 같이 왔어."

"몰라요. 난 아저씨밖에 기억 안 나."

설리가 선우의 가슴을 파고들었다.

"아저씨, 땀 냄새 좋다."

시우가 벙찐 표정으로 두 사람을 번갈아 쳐다보았다. 선우가 난감해하며 설리를 떼어놓으려 애썼다.

"그만 해. 쟤가 쳐다보잖아."

"뭐 어때요? 그보다 아저씨?"

선우와 시우가 동시에 설리를 쳐다보았다. 설리는 세상 그 누구보다 행복한 얼굴로 이렇게 말했다.

"심장이 뛰고 있어요. 그리고…… 가슴이 참 따뜻해요."

그런 선우와 설리를 보고 있던 시우가 말했다. 마운드 위에서 누구보다 배짱 좋던 그의 목소리가 살짝 떨리고 있었다.

"두 사람 뭐 하는 거임? 혹시……?"

운동선수에게 사랑은 너무나 어렵다. 고된 일과 속에 누군가를 만나는 것 자체가 어려운 일이었다.

"에이, 설마…… 아니죠?"

시우라고 다를 바 없었다. 매일매일 야구장에서 살다 보니 어느새 졸업이었고, 프로에 입단해서는 치열한 경쟁 속에 사랑 따윈 뒷전이었다.

"선배님, 설마 쟤랑 사귀거나 그런 거 아니죠?"

한순간 시우는 블루시걸스의 에이스가 되어 있었다. 부산에선 어디를 가나 여성 팬들의 환호와 사랑을 받고 있었는데, 그중에 시우의 첫사랑은 없었다.

"말도 안 돼. 설리는 미성년자 아녜요?"

그 겨울, 시우는 절박했다. 운 좋게 고졸임에도 블루시걸스 선발진에 들 수 있었고, 15승을 올리며 신인왕 타이틀도 땄지만 2년 차에 부상을 입었다. 다음 시즌에 재기하지 못한다면 그렇고 그런 평범한 투수로 전락할 수 있다는 위기감에 매일 밤 악몽을 꾸었다.

"설리 아버지는 선배님 친구라면서요?"

매달리다시피 졸라서 대선배 선우의 개인 훈련에 동참했다. 너무나 오래된 얘기라 시우는 당시의 활약상을 직접 보지 못했지만 선우가 어떤 투수였는지는 충분히 들어서 알고 있었다. 내심 메이저리그 진출의 꿈을 꾸던 시우에게 선우는 감히 쳐다보지 못할 대투수였다.

"선배님, 그건 범죄예요, 범죄! 아청법에 걸려요!"

선우와 함께 뛰던 학교 운동장. 함께 재기를 꿈꾸며 시우는 선우에게 어떤 동질감과 친밀감을 느꼈는데, 그리고 그들의 앞에 나타난 신비스럽던 한 소녀. 그녀가 잠시 머물다 사라지고 시우는 매일 그녀 꿈을 꾸었다. 시우 생애 최초의 사랑이었다.

"아, 씨발! 맞구나, 맞아! 두 사람 사귀는 거 맞구나!"

어느 날, TV에 설리가 나왔다. 그녀가 부르던 그 노래와 기타 소리를 시우는 잊을 수가 없었다. 설리를 만나게 해달라고 선우에게 조르고 졸랐다. 블루시걸스 감독에게 선우를 추천까지 해주며 이제 겨우 그녀를 만났는데.

퍽!

선우가 시우의 뒤통수를 냅다 후려 갈겼다.

"인마! 그런 거 아냐!"

"진짜요?"

시우는 울 것 같은 표정으로 되물었다. 그런데 설리가 끼어들었다.

"인마, 그런 거 맞아."

시우는 어리둥절해져서 선우와 설리를 번갈아 쳐다보았다. 확실히 설리는 자신이 아는 보통의 여자들과는 많이 달랐다.

"뭐가? 둘이 사귀는 거 맞다고?"

"에헴. 그렇다고 볼 수 있지. 그죠, 아저씨?"

선우가 이번에는 설리의 뒤통수를 한 대 때렸다. 설리가 머리를 만지작거리며 혀를 쏙 내밀었다.

"누가 뭐래도 내 첫사랑은 아저씨예요. 그건 변하지 않는 진실!"

"야! 너처럼 귀엽고 예쁜 애가 무슨 저런 아저씨를 좋아하냐? 거짓말이지?"

시우는 화를 냈다. 설리에게 말하고 있었지만 사실은 선우가 들으라고 하는 얘기인지도 몰랐다.

첫사랑……. 20년 전 소라는 선우에게 종종 이렇게 말했다. 빛나는 당신의 청춘에 상대가 고작 자신이어서 미안하다고. 웃기만 하고 좀처럼 화를 잘 내지 않던 선우였지만 그럴 때면 무척 화를 내곤 했다. 스무 살의 선우는 이해가 되지 않았다. 왜 자꾸 소라가 미안해하는지.

세월이 흘러 나이를 먹고 나서야 선우는 알 것 같았다. 그 당시의 소라 마음을. 소라는 초고교급 투수로 메이저리그 진출을 앞두고 있는 남자 친구에 비해 얼마나 초라했을까? 남들의 따가운 시선이 얼마나 견디기 힘들었을까?

이제는 만나지 못할, 죽어버린 여자 친구에게 선우는 하고 싶은 말이 너무나 많았다. 미국 교도소에선 콩밥을 먹는지 안 먹는지, 독립리그 연봉은 얼마쯤인지, 나이가 들면 왜 자꾸 배가 나오는지, 라인이 편한지 카톡이 편한지, 총알 박힌 어깨는 쑤시는지 괜찮은지, 커피는 카푸치노가 좋은지 아메리카노가 좋은지 라떼가 좋은지…….

소라와 하고 싶은 것도 너무나 많았다. 휴일이면 밀린 드라마를 다운 받아 같이 보고, 남들이 맛있다고 하는 음식점들을 차례차례 순방하고, 좋은 것이나 예쁜 걸 보면 무조건 사서 선물하고, 멜로 영화를 볼지 스릴러 영화를 볼지 티격태격 말다툼을 하고, 그러다 비 오거나 눈이 오면 우산을 함께 쓰고 길을 걷고……

누군가에겐 일상이었을 사소한 그 행복을 그녀와는 해보지 못해 후회가 되었다. 사랑한다는 말을 더 해주지 못해 후회가 되었다. 평생 지켜주겠다는 약속을 지키지 못해 후회가 되었다. 그녀를 두고 혼자 살아남아 후회가 되었다.

소라는 선우의 마음속에선 여전히 스무 살의 어린 애인이었다. 그런데 그의 눈앞에 그녀의 딸이 나타났다. 자신을 사랑한다는 아직은 어린 꼬맹이에게 선우는 그 상대가 자신이어서 20년 전 소라가 그랬던 것처럼 미안하고 또 미안했다. 이제 소라의 마음을 알 것 같았다. 선우는 비로소 어른이 되었으니까.

"나라서 미안해."

그래서 선우는 아이러니하게도 소라가 자신에게 한 말을 그녀의 딸에게 하고 있었다.

"네?"

설리도 20년 전의 선우처럼 되물었다. 그리고 아마도 화를 내겠지. 왜 자꾸 미안해하느냐고. 너 바보냐고.

"빛나는 네 청춘의 첫사랑이 고작 나라서……. 훨씬 더 멋지고 잘 생긴 젊은 남자 놔두고 고작 나 따위가 네 첫사랑이라서…… 그게 미안해."

생각해 보면 스무 살 그 시절엔 철이 없었나 보다. 상대방의 입장이 되고 나서야 소라의 심정이 어떠했을지 알 것 같은 선우였다.

"아저씨라서 고마워요"

그런데 설리는 그렇게 말했다. 웃으며 분명 그렇게 말해주었다.

"뭐?"

설리는 선우처럼 화를 내지도, 바보라고 몰아붙이지도 않고 그렇게 말하고 있었다.

"내가 사랑할 수 있는 사람이 아저씨라서…… 세상 누구보다 따뜻하고 힘센 사람, 보고 있으면 그저 좋은 남자, 내 첫사랑이 아저씨라서…… 정말 고마워요."

당신이 내 첫사랑이라서 고맙다니. 선우는 설리가 훨씬 어른처럼 느껴졌다. 자신은 여전히 바보라고 생각하는 선우였다.

"……"

한동안 선우도, 설리도, 시우도 말이 없었다. 애꿎은 봄바람에 공원의 벚꽃이 흩날렸다. 한밤의 눈부시게 아름다운 꽃비가 세 사람 머리 위로 떨어졌다. 날리는 벚꽃 때문이라고, 그래서 모두들 격정적인 거라고 선우는 그렇게 생각했다.

그것은 선우와 시우가 부산 블루시걸스에서 한솥밥을 먹게 되고, 설리가 〈슈퍼 K팝 스타〉 파이널 무대를 앞둔 3월 어느 날의 일이었다.

〈슈퍼 K팝 스타〉의 세미파이널에서 설리는 이제 무대에 완전히 녹아들어 주어진 시간 내내 자신의 매력을 한껏 어필했다. 자유곡과 미션 곡을 훌륭하게 소화했을 뿐 아니라 탑 3와 펼친 합동공연에서도 월등한 기량을 선보이며 보는 이들의 눈과 귀를 사로잡았다.

탑 3가 준비한 짤막한 뮤지컬을 할 때였다. 설리는 기쁜 표정을 지을 땐 천사처럼 순수했고, 슬픈 장면에선 눈물까지 그렁그렁한 눈으로 호소력 있는 연기를 해냈다. 지금의 설리는 알에서 막 깨어난 어린 새처럼 세상을 향해 힘차게 날갯짓을 하는 중이었다.

그즈음 프로야구단 블루시걸스에 입단한 선우는 짐을 싸고 있었다. 부산이 연고지이기에 서울 생활을 정리해야 했다. 케빈이 밤새 운전하기로 했으니 내일 아침이면 전혀 생소한 도시에 도착해 있을 것이다.

선우는 케빈의 조언대로 몇 가지 부산 사투리를 연습해 봤다. 늦은 나이에 선수단과 동화되려면 작은 노력이 필요했다. 괜히 어깨에 힘주고 어린 후배들과 벽을 만들고 싶지 않았다.

"설리한테 따로 연락 안 해도 돼?"

케빈은 그 옛날 LA 피닉스 스타디움에 소라가 찾아왔을 때 선우가 흔들리는 걸 직접 목격했다. 언제나 하하 웃는 낙척적인 성격의 선우라지만 연애에 있어서는 순진하기 그지없다는 걸 잘 알고 있었다. 요즘 밤마다 설리와 만난다는 걸 모를 리 없는 케빈이 그렇게 운을 뗐다.

"민이 글마가 있는데 마 알아서 잘 안 하겠나."

선우의 부산 사투리는 당연히 어색했다. 케빈은 그렇게까지 노력하는 선우가 상처 입을까 봐 터져 나오는 웃음을 가까스로 참았다.

민은 전 매니저 용팔이와 20년 만에 재회한 후 한창 바쁜 것 같았다. 용팔이의 주선으로 민은 새 음반을 준비한다고 했다. 이미 노래는커녕 정상적인 대화도 못 나누는 민이었지만 〈별〉을 비롯한 예전에 남겨둔 미발표곡이 있었다. 용팔이는 그걸 디지털로 복원시킬 계획으로 한창 민과 작업 중이라고 했다.

"설리가 데뷔하게 되면 용팔이 있는 회사로 갔으면 좋겠어."

선우는 짐을 다 싸고 냉장고 전원을 끄면서 맥주 한 캔을 따고는 말했다. 차가운 캔맥주가 선우의 식도를 타고 몸속으로 흘러들어 갔다.

"그 회사, 꽤 큰가 보더라. 우리나라 3대 메이저 기획사 중에 하나라고 하던데?"

"와? 히야도 부럽나? 히야가 널 만나지 않았으모 우짜면 스포츠 매니지먼트로 돈 좀 벌었을 낀데."

선우는 서울말과 부산 사투리를 제 맘대로 왔다 갔다 했다. 케빈이 웃음을 감추느라 뒤로 돌아섰다. 선우는 처자식을 미국에 두고 박봉으로 자신을 뒷바라지하는 케빈에게 늘 고맙고 미안했다.

"쓸데없는 소리 한다. 우리 둘이 연봉 5천 가지고 살아야 돼. 열심히 던져서 옵션 계약한 거 타내야 해."

"알았데이. 근데 설리가 용팔이네 회사로 갔으면 하는 건 규모 때문이 아이다. 용팔이 그노마 민이에게 하는 거 보면 제법 의리가 있다 아이가."

"자식, 예전엔 그렇게 못 잡아먹어서 안달이더니."

"하하, 그랬나?"

선우가 용팔이와 몇 번 싸운 옛날을 기억하고는 쑥스러운지 크게 웃었다. 케빈은 선우의 억지 사투리 때문에 참고 있던 웃음을 따라 웃는 척하며 실컷 터뜨렸다.

그때였다, 벨이 울린 것은. 케빈이 현관문을 열자 문밖에 설리가 서 있다.

"어? 생방송 끝난 지 얼마나 됐다고 여긴 웬일이야?"

선우가 의외라는 듯 설리에게 물었다. 설리의 눈엔 눈물이 그렁그렁하다. 저 눈, 저 눈물, 조금 전 방송에 나온 뮤지컬에서 봤는데……. 선우는 신기하고, 귀엽고, 애처롭고, 불쌍한 다양한 감정에 괜히 헛기침을 했다.

"아저씨, 오늘 밤 부산 간다며? 나한테 말 한마디 안 하고."

"아니, 그건 또 어떻게 알았어? 중요한 시기라 일부러 말 안 하고 조용히 가려고 했는데."

선우가 홱 돌아서서 케빈을 째려봤다. 케빈이 당황해서 얼른 밖으로 뛰쳐나갔다.

"나는 경비실에 이것저것 일러둘 것이 있어서 잠시 나갔다 올게. 둘이 얘기 나눠."

선우와 설리 둘만 남았다. 설리는 여전히 선 채로 선우를 하염없이 바라보고 있었다. 저 눈, 저 눈물, 어디선가 봤는데…… 선우는 그것이 조금 전의 방송에서 뿐만 아니라 소라와 몹시 닮아 있다는 걸 확인하고는 잠시 애잔해졌다.

첫사랑과 무섭도록 닮은 사람을 세월이 흘러 다시 마주하는 일은 기쁘기보다 잔인했다. 이루어지지 못한 첫사랑이 행복했던 기억보다 슬픈 추억이 더 많은 까닭이다.

"난 아저씨한테 뭔데요?"

세상에서 가장 힘든 일은 상대해 주지 않는 사람을 일방적으로 좋아하고 사랑하는 것. 사람들은 그것을 외사랑이라고 부른다. 설리는 아빠가 한 처절한 외사랑을 대물림하려는 걸까? 선우는 설리의 질문에 끝내 답하지 못했다.

"나 어떤 사람이냐구요? 친구의 딸? 첫사랑의 딸? 요즘 한창 오디션 프로에 나오는 가수지망생? 나…… 누구예요?"

설리는 아직 모른다. 세상에서 가장 힘든 일은 외사랑이 아니라 사랑을 사랑이라 말하지 못하는 것임을. 선우는 지금 갈림길에 서 있었다. 과연 이 아이를 사랑해도 되는 것일까?

행복했던 기억보다 더 슬픈 추억   433

"가시나, 미칫나? 씰데 없는 소리 하지 말고 빨리 가라. 한 번만 더 하면 우승 아이가."

갑자기 튀어나온 선우의 부산 사투리. 연습의 결과는 실로 훌륭했다. 둘 사이에 잠시의 정적이 흐르다 설리가 배를 잡고 웃었다. 그 바람에 고여 있던 눈물이 흘러내렸다.

"아하하! 그게 뭐야? 넘 어색해. 발연기야, 발연기."

데굴데굴 구르며 눈물까지 흘리면서 웃는 설리. 선우의 얼굴이 벌게졌다. 선우는 허탈감에 양반다리를 하고 바닥에 털썩 주저앉았다.

"이상하다. 케빈 형은 잘한다고 하던데."

잠시 진정한 설리가 뒤에서 선우의 목을 껴안았다. 풍겨오는 향긋한 꽃냄새. 선우는 이 향기도 분명 기억하고 있다. 소라가 나풀댈 때마다 코를 간질이던 그 냄새. 두 여자는 체취까지도 똑같았다. 그리고 설리의 입술에선 치클 향이 나겠지.

"나도 따라갈까? 부산?"

소라가 선우의 목을 꼭 끌어안으며 다정하게 말했다. 잠시지만 선우는 어떤 달콤함을 느껴 순간 멈칫했다.

"됐거든. 나 연봉 5천에 케빈 형이랑 둘이 살아야 돼. 그보다 좀 떨어져."

"나도 돈 벌면 되죠."

"됐다고. 넌 다음 주 꼭 우승해서 가수 돼야지. 케빈 형 올 때 됐어. 좀 떨어지라고."

"케빈 아저씬 내 편이거든요. 오늘 부산 간다고 전화해 준 것도 케빈 아저씬데 좀 보면 어때? 그보다 아저씬 만약에 사랑하고 야구하고 선택해야 된다면 뭐가 더 좋아요?"

그랬던 적이 있다. 세상에서 가장 사랑했던 야구. 그보다 더 사랑했던 소라. 그러나 선우는 차마 어떤 말도 할 수 없었다.

"있잖아요, 난…… 난 산을 타는 것도 좋고, 낙타를 모는 것도 좋고, 노래 부르는 것도 좋고, 춤추는 것도 좋은데, 진짜로 하나만 고른다면 세상에서 아저씨가 젤 좋아……."

순간 설리가 말을 멈췄다. 선우가 고개를 들었다. 눈앞에 민이 서 있었다. 열려진 현관 문 사이로 3월의 바람이 살랑 불어왔다.

민은 항상 그랬다. 민은 언제나 바람을 몰고 다녔다. 열린 현관 문 사이로 비집고 들어오는 3월의 바람은 차갑지도 따뜻하지도 않았다. 바람은 그저 바람 그대로인 채 민과 함께 선우의 눈앞에 서 있었다.

"아…… 빠……."

"미, 민아!"

무언가 설명을 해야 하는데 선우는 제대로 말이 나오지 않았다. 이 무슨 황당한 꼴이란 말인가. 선우는 좀 더 신중하지 못한 것을 자책했다.

"오랜만입니다."

민은 혼자가 아니었다. 민 뒤에 용팔이가 서 있었다.

"어? 그래, 정말 오랜만이다. 한국 와서 소식은 들었다. 출세했다며?"

선우가 어색하게 인사를 했다. 용팔이 멋쩍게 웃으며 악수를 청했다.

"기사 봤어요. 블루시걸스 입단했다면서요? 오늘 내려가시나 봐요? 부산?"

"어. 케빈 형이 밤에 출발해야 차 안 밀리고 좋다고……."

용팔이가 주위를 둘러보며 말했다. 급하게 짐을 싼 흔적과 캐리어와 박스 몇 개가 보인다.

"그 사람은 어디 있죠? 케빈……."

"경비실에. 집을 비우게 될 것 같아서 이것저것 부탁할 게 있다고. 그보다 조금 전 상황은……."

설리가 뒤에서 다정하게 안고 있는 모습을 들킨 선우는 무슨 변명이라도 해야 했다. 민도 민이지만 설리가 가수로 데뷔하게 되면 그래도 뒤를 봐줄 수 있는 용팔이에게까지 오해를 사게 해서는 안 되었다.

"아저씨, 어차피 한 번은 겪을 일, 변명 같은 거 하지 마요."

설리가 끼어들었다. 선우가 급 당황해서 말을 더듬었다.

"앗! 그게 아니라 나는 그저……."

민이 수화를 하기 시작했다. 선글라스를 낀 민의 표정은 알 수가 없었다. 선우와 용팔이가 유일하게 수화를 알아들을 수 있는 설리를 쳐다보았다.

"힝! 너무해."

"뭔데? 민이가 뭐라 그러는 거야?"

선우가 재촉하자 설리가 마지못해 통역했다.

"안대요. 설리 혼자 멋대로 좋아하고 그런 거 아니까 너무 당황하지 말래요."

선우의 심장이 쿵 하고 내려앉았다. 민은 너무나 대범한 사람이었다.

갑자기 선우는 민이 임신한 소라와 찾아온 LA 자신의 집에서의 일이 떠올랐다. 용서를 구하는 두 사람에게 자신은 어떻게 대했던가. 민을 발로 차고, 주먹으로 때리고, 소라에게 악담을 퍼붓지 않았던가. 그들이 '이 땅의 끝'을 찾아 먼 여행길에 올랐던 이유가 거기에 있었다. 그래서 설리가 히말라야에서 태어나고 자라게 된 거고.

"아빠가 묻네요. 케빈도 같이 가는 거냐고."

설리가 시무룩한 표정으로 말했다. 선우가 냉장고를 뒤져 캔맥주 몇 개를 꺼냈다.

"당연한 거 아니야? 만득이 형 없었으면 블루시걸스에 입단 못 했어."

'가지 마.'

선우는 자신의 눈을 의심했다. 분명히 민은 그렇게 말하고 있었다. 설리가 통역해 주지 않아도 알아챌 수 있게 민은 입을 크게 벌려 가지 말라고 했다.

"왜?"

민이 머뭇거렸다. 선우의 질문에 바로 대답하지 못하고 캔맥주를 들이켰다.

'케빈, 어때?'

그 말 역시 알아들을 수 있었다. 지켜보던 용팔이 답답한지 캔맥주를 땄다. 덩달아서 설리도 캔 맥주를 집어 들다 선우에게 뒤통수를 한 대 맞았다. 선우가 캔 맥주를 들이켰다. 입가에 살짝 묻은 맥주 거품을 설리가 닦아주었다.

"무슨 의미야?"

'케빈은 어떤 사람?'

선우가 케빈을 처음 만난 건 20년 전 한국에서 있던 LA 피닉스 계약 체결식에서였다. 당시 구단 측은 교포 출신으로 한국에 잠시 나와 있던 케빈을 선우의 통역으로 단기 채용했고, 훗날 선우의 매니저로서 함께 미국까지 가게 되었다.

선우는 아직도 종종 꿈을 꾸곤 하였다. 한국인 최초로 메이저리그 계약을 하고 김포공항까지 가던 그 길, 눈 오는 올림픽대로를 달리던 링컨 타운 초호화 리무진, 넓고 안락한 뒷좌석에서 케빈의 치어스 선창에 맞춰 소라와 나눠 마신 황금색 스파클링 와인.

선우가 인생의 찬란한 정점을 향해 치닫던 그 순간은 아직도 종종 꿈에 나타나곤 했다.

케빈과 인연을 맺은 것이 벌써 20년. 그 환희와 고난의 세월 동안 케빈은 항상 선우의 옆에 있어주었다. 같은 세월, 사랑하던 여자는 죽고, 믿었던 친구는 떠나고, 또 새로운 누군가가 선우의 인생을 기웃거릴 때도 늘 케빈은 그 자리에 있었다.

14년간의 복역이 시작되는 날, 끝까지 선우를 변호한 것도 케빈이었으며, 기나 긴 시간이 흘러 출소한 캘리포니아 연방교도소 앞에 두부를 들고 홀로 마중 나온 것도 케빈이었다. 그 캘리포니아의 뜨거운 햇살이 기억나 선우는 잠시 눈을 감았다.

"좋은 사람이야. 나를 위해 무릎 꿇어주는 그런 사람. 내가 유일하게 기댈 수 있는 사람."

순식간에 맥주 한 캔을 비운 용팔이가 두 번째 캔을 땄다.

스펑!

경쾌한 소리와 함께 거품이 삐져나왔다.

"이선우 선수, 이건 맥주 거품일까요?"

선우가 어이가 없어 허탈하게 웃었다.

"뜬금없이 뭔 소리야? 그럼 맥주 거품이지 게거품일까?"

"그럴까요? 유난히 권모술수와 각종 로비, 이해타산, 중상모략과 배신이 판치는 연예계에서 20년 이상 몸담고 살다 보니 세상은 눈에 보이는 게 다가 아니던데 말입니다."

"그건 네가 사는 집단이 이상해서 그런 거야. 세상을 그렇게 삐딱하게만 보지 마. 설리도……."

언젠가는 용팔이 말한 세상에 설리를 보내야 한다. 선우는 애잔한 마음이 들어 그윽한 눈길로 설리를 바라보았다. 설리는 앞으로 자신이 어떠한 길을 걸어야 할지 모르는 채 여전히 캔 맥주를 호시탐탐 노리고 있었다.

"제가 요즘 왜 민이 형과 자주 만나는지 아십니까?"

"아니, 근데 얘는 왜 자꾸 목소리 깔고 분위기 칙칙하게 만들어? 오랜만에 만나서 반갑긴 한데, 오늘은 설리가 오디션 결승에 진출한 축하할 만한 날이고, 케빈 형하고 나한테도 오늘은 중요한 날이거든? 민이 새 음반 내는 거 알아. 하지만 나도 부산에서 선수로서 새 출발을 하는 날이란 말이다."

"이선우 선수는 예전이나 지금이나 참 순진한 거 같아요. 모든 진실은 제가 말해줘야 아니까."

"뭔 소리를 하고 싶은 거야?"

용팔은 잠시 뜸을 들였다. 민은 소파에서 일어나 베란다 쪽으로 가 담배를 피웠다. 선우는 무언가 엄청난 일이 벌어질 거라는 걸 예감했다. 그럴 때면 예나 지금이나 선우는 그저 떨리는 속마음을 감추기 위해 일부러 크게 웃었다.

설리가 살짝 선우의 손을 잡아주었다. 어린 설리도 어떤 불안감을 느꼈는지 작고 하얀 손이 살짝 떨리고 있었다. 설리의 손에 끼워진 소라의 별 모양 반지가 쓸쓸하게 반짝였다.

18.

그녀를 사랑해도 될까요?

80년대 후반, 김만덕은 촉망받는 고교 야구선수였다. 주 포지션은 우익수였지만 야구에 재능 있는 대개의 아마추어들이 그렇듯 경우에 따라선 투수로 마운드에 올랐으며, 팀의 4번 타자를 맡았다.

고등학교 2학년 여름방학. 만덕은 합숙훈련 중 3학년 선배들의 구타에 반항하며 대들었다가 징계를 받았고, 만덕은 폭행한 선배를 흠씬 패주다 대한야구연맹으로부터 무기한 출전 정지라는 사실상의 영구 제명을 당했다.

만덕의 아버지는 성공한 개업의로 부유한 집안이었다. 한국에서 야구선수로 대학 진학이나 프로 지명이 어려워지자 만덕의 어머니는 미국 유학을 꾀했다.

선우에게는 교포 2세라고 소개했지만, 사실 만덕은 미국 캘리포니아 주의 고등학교로 편입해서 겨우 야구선수 생활을 이어가던 유학생이었다. 어머니와 단둘이 시작하게 된 낯선 미국 생활. 영어가 안 되는 동양에서 온 아이에게 야구는 인생의 전부나 마찬가지였다.

그즈음 만덕은 한계에 봉착해 있었다. 한국에선 제법 알아주는 야구선수였는데 미국에선 영 통하지 않았다. 당시에는 빠르다고 생각했던 140㎞의 직구 스피드는 미국 애들이 설렁설렁 던져도 나오는 평범한 구속이었으며, 외야수로 경쟁하기엔 힘의 차이가 뚜렷해서 주전으로 나서기 힘든 상황이었다.

자신보다 한 뼘은 더 큰 미국의 아마추어들은 별다른 노력 없이도 엄청난 공을 뿌려댔고, 빗맞아도 담장을 넘어가는 무시무시한 배팅 파워는 만덕의 기를 완전히 죽여 놓았다. 어찌어찌 야구로 미국의 대학까지 갔는데 자신보다 압도적인 실력을 자랑하던 선수들조차 메이저리그 드래프트에서 줄줄이 미 지명되는 것을 확인하곤 실의에 빠졌다.

한국에 남아 유학 자금과 생활비를 대던 아버지를 배신하고 어머니가 불륜에 빠져 이혼하기까지 이르자 만덕은 학교를 그만두고 혼자 LA로 갔다. 한국으로 들어가면 선수 생활을 할 수도 없거니와 바로 군대를 가야 했다. 만덕은 코리아타운에서 건달들과 어울리며 이십대 초반을 보냈다.

야구에 무슨 미련이 남았는지 LA 피닉스 구장을 밥 먹듯이 드나들던 만덕은 한국인 고교생이 최초로 메이저리그에 입단하며 통역을 구한다는 광고를 봤다. 한국어와 영어 구사가 가능하며 야구의 이해도가 높은 자. LA 피닉스 구단의 채용 조건은 만덕과 딱 들어맞았다.

First name : Kim
Last name : Man-Deuk

Middle name : Kevin

그때 처음 케빈이라는 이름을 지었다. 좋아하는 영화배우 이름을 땄다. 〈언터처블〉, 〈늑대와 춤을〉, 〈로빈 후드〉, 〈JFK〉, 〈보디가드〉, 〈퍼펙트 월드〉. 케빈 코스트너는 만덕이 방황하는 시기에 가장 미국적인 영웅으로 스크린을 수놓던 할리우드 배우였다.

그리고 케빈 코스트너 주연의 영화 〈꿈의 구장〉. 평범한 농부 케빈 코스트너가 주변의 냉담에도 자신의 옥수수 밭에 야구장을 짓자 전설적인 야구 영웅들이 모여든다는 내용. 꿈을 가진 모든 이에게 바치는 조용하고 깊은 감동의 이 영화는 한국인 만덕을 미국인 케빈으로 변화시켰다.

"아하하! 저는 이선우라고 하고, 제 여자 친구 이름은 신소라입니다. 잘 부탁합니다."

입단 계약을 위해 LA 피닉스 구단 통역으로 한국에 간 케빈이 처음 선수를 만났을 때 고등학교도 채 졸업하지 않은 이 당돌한 소년은 묻지도 않은 여자 친구 이름까지 알려주는 바보였다. 이런 바보 따위가 미국 애들을 당해낼 리 없다고 케빈은 생각했다.

아마 몇 년 마이너리그를 전전하다 울면서 한국으로 돌아가겠지. 케빈은 그때까지 바보의 통역으로 LA 피닉스에서 월급을 타먹으면 그만이었다.

"저기, 공항까지 가는 리무진이요. 여자 친구랑 같이 타도 될까요?"

그녀를 사랑해도 될까요? 443

한국인 최초의 메이저리거라는 타이틀이 붙으며 바보는 한동안 유명세를 탔고, 미국으로 출국하는 날 구단 측은 초호화 리무진을 준비해 줬다. 바보는 여자 친구에게 한껏 우쭐대고 싶었을 것이다. 바보와 그의 여자 친구는 고작 싸구려 스파클링 와인 따위에 감격해서 건배하고 난리였다. 차창 밖으로 함박눈이 쏟아지고 있었고, 바보와 여자 친구는 첫눈이 올 때까지 손톱 끝에 봉숭아물이 남아 있으면 첫사랑이 이루어진다는 유치한 이야기를 아무렇지 않게 주고받고 있었다.

메이저리그 데뷔전. 바보는 예상대로 선두타자 홈런을 허용하며 대량 실점했고, 마이너리그로 내려갔다. 케빈은 애써 위로하는 척했지만 예정된 수순이었다.

몇 개월간 기본 체력을 보강하고, 구종을 추가한 바보는 후반기에 다시 메이저리그로 올라왔다. 그때까지도 케빈은 심드렁했다. 바보가 메이저리그에서 좀 더 버텨주면 좋겠지만 절대 그럴 리 없다고 믿고 있던 케빈은 다음 일거리를 찾아야 했다.

그런데 바보가 힘을 냈다. 한국에서 156㎞까지 던져봤다는 바보는 성장을 거듭하며 메이저리그에서도 보기 힘든 총알 같은 강속구를 펑펑 뿌려댔다. 거구의 메이저리그 강타자들이 바보의 엄청난 강속구에, 낙차 큰 커브에, 예리한 슬라이더에 맥없이 삼진으로 물러나는 것을 보며 케빈은 어떤 희열을 느꼈다. 바보는 더 이상 바보가 아니었다.

"형, 소라 비자 좀 알아봐 줘."

선우는 어떻게든 여자 친구를 미국으로 데려 오려 했다. 케빈은 그러겠다고 했지만 선뜻 이해가 가지 않았다. 데뷔 첫 해, 후반기만 뛰고도 10승 대 투수가 된 선우의 앞날은 창창했다. 고작 스무 살의 청년은 향후 천문학적인 돈을 벌 수 있었다. 그러면 얼마든지 절세 미녀를 얻을 수 있을 텐데 손톱에 봉숭아물 따위나 들이는 촌스러운 여자라니……

데뷔 2년 차, 선우는 폭풍 성장을 했다. 164km의 불같은 강속구로 메이저리그에서도 전국구 스타가 되었다. 그사이 선우와 많이 가까 워진 케빈은 통역에서 개인 매니저로 격상했다.

앞으로 선우가 벌어들일 돈의 일정액은 케빈의 차지가 된다. LA 의 코리아타운에서 껄렁대며 양아치 짓이나 하던 그로서는 절호의 찬스가 온 것이다. 비단 큰돈을 벌 수 있기 때문만은 아니었다.

케빈이 절대 불가능할 것이라고 생각한 일들을 선우는 해내고 있 었다. 케빈은 선우를 통해 자신이 꿈꿔온 일들이 실현되는 성취감을 맛보았다. 선우는 또 다른 케빈 자신이었다.

사실은 쉽게 해결할 수 있었는데 의도적으로 차일피일 미루던 소 라의 비자. 마지막까지 버티다 결국 유학 비자를 발급 받았다. 소라 가 미국으로 오게 된 것이다.

선우가 소라와 결혼하면 당장 매니저로서 케빈의 역할이 줄어들 것은 자명했다. 더구나 한창 잘나가는 선수로서의 가치도 어찌 될 지 모를 일이었다. 소라 하나만을 바라보며 사는 녀석의 성향으로 볼 때 야구에 부정적인 영향을 끼칠 가능성이 충분했다.

"그, 그래서 케빈 형이 어떻게 했는데?"

여기까지 용팔이의 이야기를 듣던 선우가 민의 담뱃갑에서 담배

한 개비를 꺼내 들었다. 불을 붙이려 했지만 손이 떨려 좀처럼 라이터가 켜지지 않았다. 옆에 있던 설리가 말없이 라이터를 뺏어 불을 붙여주었다.

후욱. 하얀 담배 연기가 피어올랐다. 선우는 처음으로 기침을 하지 않고 담배 피우는 법을 배웠지만 하나도 기쁘지 않았다. 무언가를 얻는다는 건 그만큼 무언가를 잃었다는 뜻일까?

"케빈 형은 왜 안 오지?"

빈 맥주 캔에 담배를 털며 선우는 연방 현관 쪽으로 눈길을 줬다. 경비실에 간다던 케빈은 오지 않고 문은 굳건히 닫혀 있었다.

"아마…… 안 올 겁니다. 올라올 때 저랑 눈이 마주쳤거든요. 제가 요즘 20년 전 일을 들추고 다닌다는 걸 알고 있을 거예요. 부랴부랴 부산 블루시걸스에 이선우 선수를 입단시킨 것도 그 때문이죠."

선우는 무엇보다 다음 이야기를 듣고 싶었다. 그런데 차마 입이 떨어지지 않았다. 또 무슨 상상 밖의 이야기가 튀어나올지 몰라 두려웠다.

평소 담배를 피우지 않는 선우가 연달아 담배 한 개비를 또 꺼내 물었다. 민도, 설리도, 용팔이도 그런 선우를 제지하지 못했다. 거실엔 무겁고 답답한 공기가 가득했다.

"설리야, 슈퍼마켓 가서 맥주 좀 더 사와."

민이 설리에게 수화로 말했다. 설리가 고개를 가로저었다.

"괜찮아, 아빠. 나도 들을래. 절대 놀라지 않을게."

용팔이가 민의 눈치를 살폈다. 민이 고개를 끄덕이자 용팔이는 어쩔 수 없다는 듯 한숨을 내쉬며 다음 이야기를 이어갔다.

케빈이 LA에서 건달들과 어울리던 인연으로 한국의 외국인 조직
폭력단 〈제3국 연합〉과 선이 닿았다. 제일 처음 만난 것은 한국어에
능통한 베트남계 하이룽이었다.

"여자 하나를 출국 정지시켰으면 하는데……."

"잘됐네. 우리 보스도 목돈이 필요해서 납치 대상 찾던데. 보수
는?"

"내 쪽에서 일단 만 달러. 성공하면 다시 만 달러. 강민 쪽 현금 요
구는 능력대로. 선우 쪽 몸값은 내가 최대한 돕는다. 대신 절대 비밀
유지."

하이룽은 케빈에게 현금과 소라의 인적 사항, 사진 등을 건네받았
다.

"비밀 유지는 이 세계 철칙이지. 그보다 정보는 확실하겠지? 이선
우야 애인 사이니까 이해가 가는데 인기 절정의 그 강민이 거액의
여자 몸값을 내줄 거라고?"

"믿어. 나만큼 이 셋의 관계를 잘 아는 사람은 없다. 여자는 건드
리지 말고 출국만 못 하게 만들어."

케빈은 하이룽을 만나고 오면서 이게 다 선우를 위한 일이라고 최
면을 걸었다. 개인 돈을 써가며 선우의 미래를 위해 여자를 떼어놓
는 일을 자신이 아니면 누가 한단 말인가. 당장은 괴롭겠지만 선우
는 당분간 야구만을 생각해야 했다. 하이룽은 〈제3국 연합〉의 보스
인 장원춘을 비롯해 행동대장인 쏨차이와 토미 앞에서 납치 대상으
로 소라를 추천했다. 적절한 목표였는지 장원춘이 만족해했다.

하이룽은 케빈과의 거래는 감추기로 마음먹었다. 이렇게 되면 이 만 불은 혼자 먹을 수 있었다. 더불어 여자의 안전은 보장할 수 없었다. 보스의 버릇대로라면 여자는 성폭행당하겠지만 자신과는 상관없는 이야기였다.

메이저리그에서의 성공적인 두 번째 시즌을 마치고 잠시 한국으로 들어온 선우는 소라와 함께 미국으로 가지 못하는 것을 두고두고 아쉬워했다. 첫사랑, 첫 데이트, 첫 키스, 처음으로 추는 블루스, 처음 타는 비행기……. 선우는 세상의 모든 처음을 소라와 함께하고 싶다고 했다.

선우의 작은 소망은 케빈으로 인해 끝내 이루어지지 못했다. 소라가 출국 이틀을 남기고 〈제3국 연합〉에 의해 납치되는 사건이 벌어졌기 때문이다.

만약 선우와 소라가 케빈의 방해 없이 미국으로 동반 출국했다면 어땠을까? 서로를 끔찍이 사랑하던 선우와 소라는 당연히 결혼했을 것이고, 대한민국은 메이저리그에서 통산 100승을 올리는 대투수를 배출했을 것이다.

민은 피의 보복전에 휘말리지 않았을 것이고, 오래오래 대중들의 사랑을 받으며 가수 생활을 했을 것이다. 그리고 설리는 태어나지 않았을 것이다.

부질없는 가정일 뿐이지만 이렇게 우리네 인생은 예정대로 흘러가지 않았다. 소라를 향한 선우와 민의 처절한 사랑과 귀엽고 감찍한 설리의 탄생은 모두 케빈의 계략에 의해 생겨난 결과물. 세상의 모든 인생 중에 사연 없는 것이 있을까마는 선우와 민, 소라, 설리의 그것은 상상을 초월하는 굴곡진 삶이었고, 그 모든 것은 케빈으로부터 시작되었다.

하이룽으로부터 일이 꼬였다는 연락을 받은 케빈은 민을 원망했다. 모든 게 그 녀석 때문이었다. 얌전히 몸값을 주었더라면 소라는 케빈의 바람대로 미국으로 오지 못했을 것이고, 어쩌면 녀석의 여자가 될 수 있었을 텐데 괜히 쓸데없이 나서서 일을 크게 만들었다고 생각했다.

게다가 민이 순결을 잃은 소라의 복수를 한답시고 홀로 방콕까지 날아간 것은 도저히 이해할 수 없는 행동이었다. 가수왕이라는 위치에 있는 남자가 모든 것을 잃을 각오로 흉포한 조폭들과 맞선다는 것은 자신의 노래를 사랑해 준 팬들에 대한 직무유기가 아닌가. 민이 눈과 손가락, 목소리마저 잃었다는 걸 알았을 때 케빈은 그렇게 책임을 회피했다.

그래도 거기까지는 괜찮았다. 민과 소라의 인생이 나락으로 떨어졌다지만 자신과는 무관한 일이었다. 선우만 초일류 야구선수로 살아갈 수 있다면 철저히 악역이 되어도 케빈은 삶의 이유를 찾을 수 있었다.

그런데 선우는 역시 바보였다. 용팔이로부터 모든 진실을 알게 된 그 바보는 정말 바보 같은 일을 저질러 버렸다. 소라의 순결을 빼앗고 민을 불구로 만든 장원춘을 살해하려 하다니. 민도 그렇고 선우도 그렇고 세상에 그런 바보가 둘이나 있다는 게 놀라울 따름이었다.

공판 전 마지막 회견에서 케빈은 끝까지 선우를 설득했다. 장원춘 살인미수에 대한 사건의 전모를 밝히면 여론을 돌릴 수 있다고, 사실상 그것이 선우가 살 수 있는 마지막 방법이라고.

케빈은 사건에 휘말리지 않고 빠져나갈 자신이 있었다. 어떻게든 선우를 살려야 자신의 '꿈의 구장'을 완성시킬 수 있었다.

그러나 선우는 끝까지 소라를 감싸고 15년형을 선고받았다. 그리고 이렇게 말했다.

"케빈이라는 미국 이름 말고 한국 이름 있어?"

"갑자기 그건 왜?"

"생각해 보니 그렇게 붙어 지냈으면서도 형 이름 한 번 불러주지도 못했네. 후회가 돼서 그래."

"김…… 만덕. 내 한국식 이름은 김만덕이야."

"우하하하! 그게 뭐야? 되게 촌스러운 이름이네. 만득이가 뭐야? 하하하하."

"만득이가 아니라 만덕. 김.만.덕!"

그날 이후 케빈은 다시 만득이가 되었다. 케빈이 선우를 통해 만들고자 했던 '꿈의 구장'은 그렇게 날아가 버렸다.

케빈은 1년 감형이 된 선우의 14년간의 수감 생활을 기다려 주었으며, 그와 함께 독립리그를 전전하다 한국으로 함께 들어왔다. 이제 나이가 든 케빈은 역시 나이가 든 늙은 선수 옆에서 마지막 재기를 노리고 있었다.

"우리 모두는 이 남자에게 빚이 있어요. 암울했던 90년대에 이선우의 메이저리그 진출과 엄청난 활약을 보고 위로 받은 기억 없어요? 말로만 듣던 메이저리그 강타자들을 160km가 넘는 총알 같은 강속구를 뿌리며 삼진으로 돌려세울 때 통쾌했던 그 감정, 다 잊었어요? 90년대를 보낸 대한민국 사람이라면 누구나 이 남자에게 빛이 있단 말입니다!"

　구리의 서울 드래건즈 신고선수 테스트에서 케빈이 외친 그 말. 사실은 케빈이 스스로에게 하는 말이었다. 20년 전 진 빚을 고스란히 안고 그때는 도와주지 못한 선우와 소라의 사랑을 설리에게 대신 이어주려 노력하고 있었다.

＊　＊　＊

　여기까지 담담히 듣던 선우가 조용히 소파에서 일어났다. 20년간에 걸친 꼬이고 꼬인 자신의 인생이 가장 믿었던 케빈으로부터 비롯된 것이었다니. 선우는 머리가 하얘져서 아무런 생각도 들지 않았다.

　민은 시종일관 베란다 쪽에서 묵묵히 창밖을 바라보다가 용팔이의 이야기가 끝나자 뚜벅뚜벅 설리를 향해 걸었다. 설리가 울고 있다.

　"우리 엄마…… 우리 엄마 불쌍해서 어떡해. 우리 아빠 불쌍해서 어떡해. 우리 아저씨 불쌍해서 어떡해."

　엄마. 순수했던 여자. 미국으로의 출국을 고작 이틀 앞두고 납치 사건에 연루되어 순결을 잃어야 했던 엄마. 끝까지 행복하지 못하고 뉴델리에서 비극적인 죽음을 맞은 불쌍한 엄마.

　아빠. 그토록 절실했던 거야? 가수로서의 지위와 명예를 모두 버릴 정도로 엄마를 사랑했어? 온몸을 불살라 두 눈으로 세상을 바라볼 수도, 그 누구와 말을 할 수도 없는 아빠.

　아저씨. 고마워요, 아무도 불러주지 않던 우리 엄마 이름을 불러

그녀를 사랑해도 될까요?　451

주어서. 정말 고마워요. 그 남자 처단하고 법정에서 끝까지 엄마 이름 부르지 않아서.

울고 있는 설리 곁으로 두 남자가 모였다. 선우가 설리의 오른손을, 민이 설리의 왼손을 잡았다. 슬픈 옛이야기를 듣는 것만큼 괴로운 일은 없을 것이다. 하지만 두 남자가 있어 설리는 외롭지 않았다.

하염없이 눈물을 흘리던 설리가 울음을 그치고 오른쪽을 보며 선우를 불렀다.

"아저씨."

선우가 고개를 끄덕였다.

설리가 이번에는 왼쪽을 보며 민을 불렀다.

"아빠."

민이 고개를 끄덕였다.

"케빈…… 그 나쁜 사람…….."

설리의 목소리는 히말라야의 만년설처럼 꽁꽁 얼어붙은 듯 차가웠다. 설리가 두 남자에게 이렇게 말했다.

"죽이자!"

용팔이가 그런 세 사람을 보고 고개를 숙인 채 머리를 감싸 쥐었다. 공소시효마저 소멸된 오래된 사건에 새로운 바람이 불어오려 한다.

✳　✳　✳

4월 첫째 주 금요일, 광주 챔피언스 필드. 한국 프로야구 부산 블루시걸스와 광주 레오파드스의 시범경기.

[전국에 계신 야구팬 여러분 안녕하십니까? 오늘은 광주의 새로운 명물 챔피언스 필드에서 프로야구 시범경기를 중계 방송해 드립니다. 비록 시범 경기지만 블루시걸스의 선발투수로 인해 야구팬들의 관심이 집중되어 있는데요, 바로 전 메이저리거 이선우 선수의 국내 무대 데뷔전이 이곳에서 치러집니다. 아! 지금 막 이선우 선수가 마운드에 올라가고 있습니다. 올해 나이가 마흔. 야구선수로서 전성기는 이미 한참 지난 나이인데요, 이선우 선수가 과연 어떤 투구를 보여줄지 벌써부터 귀추가 주목됩니다.]

검정색 바탕에 오렌지색 구단 로고가 새겨진 블루시걸스의 유니폼을 입은 선우가 마운드에 섰다. 스파이크로 마운드 위의 흙을 고르고 가볍게 연습투구를 마친 선우는 오랜 습관대로 로진 백을 손등으로 툭툭 치며 하얀 가루를 힘껏 불어 공중으로 날렸다.

하얀 로진이 유유히 하늘을 날다 허무하게 눈앞에서 사라졌다. 사라지는 것이 어디 비단 로진뿐이랴. 손에 잡힐 듯하던 메이저리그 최고 투수라는 명예, 아무리 세월이 흘러도 잊히지 않는 첫사랑, 달콤했던 그녀와의 추억, 데이지 꽃이 만발하던 LA의 집, 과거의 영광과 소중한 이야기들, 그리고 케빈…….

선우가 사랑하던 모든 것이 사라지고 말았다. 마운드에서 포수까지의 거리 18.44m. 초등학생 때부터 수천 번, 수만 번을 던진 그 거리가 선우는 오늘따라 멀게 느껴졌다.

[드디어 이선우 선수, 와인드업! 한국 프로야구에서 의미 있는 첫 투구를 합니다. 아, 멀리 빠지는 볼입니다. 포수가 놀라 겨우 잡을 정도로 벗어난 공인데요. 설마 이선우 선수가 긴장한 걸까요? 시속은 150km을 기록합니다. 빠른 스피드이긴 합니다만, 전성기에 비하면 한참 못 미치네요.]

그녀를 사랑해도 될까요? 453

같은 날 밤 열 시, 서울 올림픽공원 체조경기장. TBS 오디션 프로그램 〈슈퍼 K팝 스타〉 시즌3 결승전 생방송 무대.

[전국에 계신 시청자 여러분 안녕하십니까? 장장 5개월간에 걸친 대장정을 마치고 좀 더 크고 화려해진 이 무대에서 〈슈퍼 K팝 스타〉 시즌3 파이널이 지금 펼쳐집니다. 국내 각 지역과 해외 5대륙 6대주를 총망라해 역대 최고 217만 3천 445명이 예선에 참가한 결과 대망의 결승 무대에 진출한 영광의 탑 2가 결정되었습니다. 〈슈퍼 K팝 스타〉 여러분의 탑 2를 소개합니다. 천재 작곡가 오빠와 마성의 보컬 여동생으로 이루어진 최강의 남매 혼성 듀오 악당 뮤지션! 그리고 매주 부르는 곡마다 각종 음원 사이트 올 킬을 기록하고 있는 히말라야에서 온 신비의 청정소녀 강설리! 뜨거운 박수로 맞아주시기 바랍니다!]

방송국 코디네이터 언니들이 입혀준 새하얀 드레스에 어색한 화장까지 한 설리가 악당 뮤지션과 함께 무대 위로 걸어 들어왔다. 이전까지의 무대와는 달리 압도적으로 많은 방청객, 이제는 친숙해진 세 명의 심사위원. 모두가 자리에서 일어나 박수로 열렬히 설리와 악당 뮤지션을 환영했다.

한 번도 떨린 적 없었는데 지금 설리는 바짝바짝 긴장이 되고 손에서 땀이 났다. 엄마가 남겨준 별 모양 반지를 아무리 만져도 좀처럼 진정되지 않았다. 게다가 오늘 낮에 있던 선우의 데뷔전이 자꾸 생각나서 설리는 집중이 되지 않았다.

[오늘 결승 진출자는 총 두 곡을 부릅니다. 악당 뮤지션과 강설리 양은

모두 곡을 쓴다는 공통점이 있죠. 그래서 반드시 한 곡은 오리지널 자작곡을 불러야 한다는 미션을 주었습니다. 이들이 또 어떤 감동의 무대를 만들지 모두들 지켜보시기 바랍니다.]

첫 번째 자유곡. 설리는 역시 아빠의 노래를 골랐다. 민의 미발표곡이자 현재 디지털 음반으로 재작업 중인 〈별〉. 충분히 연습했다고 생각했는데 첫 시작부터 들어가는 부분을 놓쳤다. 설리는 당황한 기색이 역력했다. 심사위원들의 안타까워하는 표정이 카메라에 잡혔다.

한편 광주 챔피언스 필드에서 선우는 컨트롤에 애를 먹으며 5이닝 5피안타 5볼넷을 내주었다. 그럭저럭 3점으로 실점을 최소화하고 6회 말 레오파즈의 공격. 선발투수의 최대 미덕이라는 6이닝 3실점 이하의 퀄리티 스타트에 기대를 걸어볼 수 있던 이닝이었는데 또다시 연속 안타를 맞으며 주자 1, 3루의 위기에 몰렸다.

[제구가 마음먹은 대로 안 되면서 고전하는 이선우 선수. 근근이 150㎞대의 직구로 버티고 있습니다만 다시 핀치에 몰립니다. 이선우 선수의 빠른 볼에 적응이 된 타자들이 정타를 날리고 있는데요. 직구와 커브 두 가지 구종으로는 한계가 있는 것으로 보입니다.]

선우는 모자를 벗어 땀을 닦아내고 포수의 사인을 뚫어져라 쳐다보았다. 1루와 3루에 있는 주자를 한 번씩 쳐다보고는 세트 포지션에서 힘껏 공을 뿌렸다. 파울. 다음 공은 선우가 가장 자신있어 하는 변화구인 12-6 커브였는데 다시 커트 당하며 파울.

땀을 뻘뻘 흘리며 선우의 다음 공. 혼신의 힘을 다한 빠른 직구였다. 그와 동시에 타자의 배트가 번쩍 돌아갔다.

딱!

하얀 공이 하늘 높이 까마득하게 솟구쳤다. 선우가 마운드에서 뒤를 돌아 시선으로 타구를 좇다 이내 고개를 푹 숙였다. 외야 스탠드로 날아가는 스리런 홈런. 제대로 힘이 실린 타구가 그라운드에서 사라지고 있었다.

사라진다. 모든 것이 사라진다. 하늘 높이 까마득하게 사라지는 저 하얀 야구공처럼 사라지는 모든 것들. 치열했던 20년간의 사랑도, 처절했던 남자들의 청춘도, 목숨보다 소중했던 야구도 모두 사라진다.

형, 왜 그랬어? 케빈 형, 왜 그랬어? 만득이 형, 왜 그랬어?

6회를 넘기지 못하고 6실점을 하는 부진한 투구를 한 선우가 강판되었다. 마운드에서 터벅터벅 걸어 내려오는 선우의 뒷모습이 무척이나 쓸쓸해 보였다.

다시 서울 올림픽공원 체조경기장. 악당 뮤지션은 피를 나눈 남매답게 완벽한 호흡을 자랑하며 무대를 장악했다. 오빠는 기타를 들고 뛰어올랐고, 여동생은 마성의 목소리로 사람들을 홀렸다. 그들은 〈슈퍼 K팝 스타〉 시즌3 사상 최고의 기량을 선보이며 즐기고 있었다.

반면 설리는 무엇에 홀린 듯 실수를 반복했다. 첫 곡에서 박자를 놓친 설리는 반드시 만회해야 할 두 번째 곡에서는 중간에 가사를 잊어버렸다. 그 부분은 어쩔 수 없다 치고 빨리 다음 파트에서 제대로 불러야 했는데 아예 마이크를 들고 우두커니 서 있었다.

조 PD가 어서 부르라고 팔을 휘둘렀다. 새하얀 드레스를 입고 머리엔 꽃띠를 두른 설리는 가엽게도 그저 그렇게 벌벌 떨며 한 소절도 부르지 못했다. 오디션 생방송 사상 유례없는 일이 벌어졌다. 슈퍼 K팝 밴드의 반주만이 노래 없이 진행될 뿐이었다.

30%의 비중을 차지하는 시청자 모바일 투표에서 꽤 격차를 벌이며 앞서나갔던 설리. 그러나 결승전 무대를 완전히 망치고 말았다. 최종 우승자 발표를 앞두고 무대에 나와 있는 설리의 하얀 얼굴이 핏기를 잃은 채 더 하얘졌다.

[안타까운 일입니다. 평소대로만 불렀으면 저희 세 명의 심사위원은 내심 설리 양이 가볍게 우승을 차지할 거라고 봤습니다. 어드밴티지를 적용한다 해도 노래를 아예 부르지 못한 참가자에게 우승이란 영광을 줄 수는 없는 노릇이죠. 따라서 〈슈퍼 K팝 스타〉 마지막 무대 우승자는…… 네, 악당 뮤지션입니다. 축하합니다.]

가장 연장자인 보컬의 신, 선글라스 낀 심사위원이 악당 뮤지션의 우승을 발표했다. 체조경기장을 가득 채운 방청석은 기쁨의 환호와 아쉬운 탄성으로 나눠졌다. 꽃가루가 휘날리는 가운데 결과를 지켜보던 수많은 탈락자들이 우승자를 축하하기 위해 달려나왔다.

[설리 양, 낙담하지 말고 오늘의 실수를 밑거름 삼아 좋은 가수로 성장하길 바랍니다. 심사위원이기 이전에 가요계 선배로서 한 가지 조언하자면 프로 가수는 어떤 상황에서도 노래를 중단하면 안 됩니다. 그랬다간 바로 대중들의 기억 속에서 사라질 테니까요.]

사라진다. 모든 것이 사라진다. 손에 잡힐 듯했다 신기루처럼 사라진 오디션 우승처럼 사라지는 모든 것. 풋내 나는 첫사랑도, 열여덟의 겁 없는 도전도, 미처 부르지 못한 마지막 노래도 모두 사라진다.

아저씨. 케빈 아저씨. 꼭 그래야만 했어요? 선택이 그것밖에 없었어요?

그래, 난 케빈 아저씨가 미웠어. 우리 엄마의 순결을 짓밟아 결국 비참한 죽음으로 이르게 만든 사람. 우리 아빠가 불구의 몸이 되게끔 원인 제공한 사람. 선우 아저씨의 인생을 송두리째 바꿔놓은 사람. 난 아저씨가 죽이고 싶을 만큼 미웠어.

그래도…… 그래도 이건 아니잖아. 아직 묻고 싶은 말이, 하고 싶은 말이 남아 있는데 스스로 죽는 건 정말 아니잖아?

케빈의 자살로 선우의 재기전과 설리의 결승전이 같은 날 모두 허무하게 사라졌다.

〈슈퍼 K팝 스타〉는 5개월간의 대장정을 끝냈다. 결국 주인공은 설리가 아니었다. 떠들썩한 무대 위, 화려한 조명과 새로운 스타의 탄생. 잠시 후 불이 꺼지면 이 모든 것 또한 사라질 것이다. 그리고 설리는 철저한 외로움을 맛볼 것이다.

설리는 문득 생각나 버렸다. 예전에 키가 크고 야구 모자가 잘 어울리는 어떤 아저씨가 해준 말.

"설리야, 세상에서 제일 슬픈 곳이 어딘 줄 아니? 그건 돈 없는 아빠의 가슴과 불 꺼진 무대 뒤란다."

그때는 미처 깨닫지 못했는데 알고 보니 무척 슬픈 말이었다고 설리는 생각했다. 언제나 나를 지켜주던 아빠. 만약 아빠가 돈이 없었다면, 그래서 학교를 보내주지 못하거나 한국 가는 비행기 티켓을 끊어주지 못했다면 아빠는 무척 슬펐을 거야. 그리고 지금 이곳. 크고 화려한 무대는 어느덧 끝이 나고 사람들은 썰물처럼 빠져나갔다. 갑자기 혼자 덩그러니 남게 된 설리는 밀려오는 서러움과 철저한 외로움에 몹시 공허해졌다.

"엄마의 첫 키스는 언제였어?"

막 사춘기에 접어든 설리는 엄마의 첫 키스가, 엄마의 첫사랑이 궁금했다. 소라는 아련한 미소를 지으며 눈을 감고 회상에 잠기는 듯했다. 소라가 딸에게 말했다.

"엄마의 첫 키스는 고3 때였어. 공연이 끝나자 다 나가 버리고 대강당엔 아무도 없었는데, 그래, 분명 분장실이었을 거야. 막 경기를 마쳐서인지 더러워진 야구 유니폼을 입은 키가 큰 남자가 뚜벅뚜벅 걸어 들어왔지."
"와! 왠지 로맨틱해, 엄마."
"그 사람은 자신의 야구 모자를 벗어 나에게 씌워주었어. 모자에게선 짙은 땀 냄새가 났는데 엄마는 그게 싫지 않더라. 그 남자는 입맞춤이 끝나자 얼굴이 빨개진 엄마 얼굴을 모자챙을 내려 가려주었어. 그래서 엄마 눈엔 그 사람 발만 들어왔지. 우리 학교를 전국대회 첫 우승으로 이끈 남자의 야구 스파이크엔 얼마나 힘껏 공을 던졌는지 흙이 잔뜩 끼어 있었어."

20년 전 소라고등학교의 음악발표회. 아무도 없는 불 꺼진 무대 뒤 분장실에서 선우와 소라의 수줍고 달콤했던 첫 키스. 설리는 갑자기 엄마가 보고 싶었다. 또한 엄마의 그 남자가 보고 싶었다.

어쩌면……. 그래, 어쩌면 아저씨가 와 있을지도 몰라. 설리는 무대 뒤를 뛰어다녔다. 역시 그곳에 하얀 야구 유니폼을 입은 키 큰 남자가 서 있었다.

"아저씨!"

설리는 기쁜 마음으로 남자에게 달려갔다.

"어?"

남자의 얼굴을 확인하곤 설리는 그 자리에 멈춰 섰다. 야구 유니폼을 입은 남자의 등 뒤엔 최시우라는 이름이 적혀 있었다.

"실망했다면 미안."

시우는 잔뜩 풀이 죽어 있었다. 설리는 착각한 자신이 창피했고, 시우에게 조금 미안해졌다.

"뭐, 그게 그쪽 잘못인가. 그보다 여긴 웬일이야?"

"선배가 가보라고 해서."

"아저씨가?"

설리의 눈이 동그래졌다. 시우는 쓴웃음을 지었다. 저 아이의 마음엔 온통 이선우라는 남자뿐임을 알게 되자 가슴에 휑하니 구멍이 뚫린 듯 시린 바람이 아리게 지나갔다.

"그래. 아빠도 없이 혼자 쓸쓸할 거라고, 같이 있어주라며 이걸 주셨어."

시우가 심야영화 티켓 두 장을 흔들어 보였다.

"그리고 술은 먹이지 말라고도 하던데? 술주정 심하다고……."

설리가 발끈해서 시우의 정강이를 걷어찼다.

"됐고! 그래서 아저씨는 어디에 있는데?"

"몰라. 경기 끝나고 누구 장례식 간다고 했는데."

시우는 설리에게 맞은 정강이를 부여잡고 볼멘소리를 했다. 설리가 시우의 말을 듣자마자 달리기 시작했다. 시우의 다급해진 목소리가 점점 멀어져 갔다.

"야! 영화 안 보고 어디 가? 제기랄! 멋진 스포츠카도 빌려놨다고……."

도로로 나가 급하게 택시를 잡으며 설리는 아빠에게 문자를 보냈다.

〈아빠, 오디션 결승전 못 온다는 게 케빈 아저씨 장례식 때문이지? 지금 택시 탔어. 어디야?〉

택시는 어느 병원 영안실 앞에 설리를 내려주었다. 설리는 다시 달렸다. 밤늦은 장례식장엔 선우와 민이 검은 슈트를 입고 단둘이 앉아 있었다.

"아빠. 아저씨."

한국에 별다른 연고가 없는 케빈의 외로운 죽음. 케빈은 영정사진 속에서 환하게 웃고 있었다.

"네가 여긴 웬일이야?"

많이 울었는지 선우가 퉁퉁 부은 눈으로 설리에게 물었다. 설리가 천천히 영정사진 앞으로 걸어갔다.

"애도하는 거…… 드라마에서 보긴 봤는데 기억이 잘 안 나. 어떻게 하는지 알려주세요."

민이 자리에서 일어나 설리의 손을 잡고 분향하는 것과 절하는 것을 도와주었다. 민은 손으로 설리의 허리를 숙이게 만들어 마지막 반절까지 마치게 만든 다음 다시 자리로 돌아가 소주를 마셨다.

"고맙구나. 케빈 아저씨…… 미웠을 텐데."

"맨날…… 맨날 자기만 좋은 사람인 척하고…… 자기만 착한 사람인 척하고…… 아저씬 도대체 사람이 왜 그래?"

"내가 뭘?"

"제일 미워했을 아저씨가 경기 끝나자마자 여기서 이러고 있는데 그깟 향 한 개 바치고 절 한 번 하는 게 뭐 어렵다고. 아저씨 아주 나쁜 사람이야!"

선우가 뒤통수를 긁적였다.

"최시우 대신 보내면 내가 좋아할 줄 알았어? 정말 둘이서 영화보길 바란 거야? 그런 거야?"

설리의 눈시울이 뜨거워졌다. 설리의 반짝이는 두 눈에 금세 눈물이 차올랐다.

"설리야, 일단 여긴 장례식장이고, 네 아빠도 여기 계시고. 그런 얘긴 나중에……."

"맨날 나중에, 나중에. 아빠!"

설리가 이번엔 민을 불렀다. 민은 선글라스를 낀 채 소주 한잔을 넘겼다.

"아빠도 알지? 사실은 눈치 채고 있었지? 까놓고 물어볼게. 솔직하게 대답해 줘. 엄마는 돌아가시면서 그랬어. 아빠도 들었잖아. 기억하지? 사랑하고 싶은 사람 사랑하며 살라고. 내가 선우 아저씨 좋아하면…… 나, 저 사람 사랑하면 나쁜 아이야?"

선우가 당황해서 고개를 푹 숙였다. 민은 말없이 빈 소주잔에 술

을 따랐다. 설리는 작은 두 손을 꼭 쥐고 민의 대답을 기다렸다. 이
윽고 소주 한잔을 입에 털어 넣은 민이 수화를 했다. 알아들을 수 없
는 선우가 설리를 쳐다보았다. 설리가 민의 말을 통역해 주었다.

"아저씨 마음은 어떠냐고 물어보시네요. 아저씨도 설리 사랑하는
거 맞느냐고…… ."

"어? 어?"

당황한 선우가 버벅거리며 말을 잇지 못했다.

"아빠가 설리 혼자 짝사랑하는 거냐, 둘이 서로 좋아하는 거냐 묻
고 있어요."

"나, 나는…… 난…… ."

민과 설리가 동시에 선우를 쳐다보았다. 선우는 한동안 아무 말도
하지 못했다. 고개를 돌리자 불어오는 스산한 바람. 케빈이 저만치
서 웃고 있다.

형, 만득이 형. 그것 봐. 형 없으니까 난 아무것도 못 하잖아. 그러
게 왜 죽었어. 이럴 때 매니저가 있어줘야지. 안 그래?

"아, 그게 말이지…… 난 아직…… ."

형, 난 아직 기억해. 처음 미국으로 가던 그날, 공항까지 형이 태
워준 리무진. 창밖으로 보이던 함박눈과 황금색 스파클링 와인, 그
리고 내 곁에 있어준 첫사랑. 그녀가 말했지. 첫눈이 올 때까지 손톱
에 봉숭아물이 남아 있으면 첫사랑이 이루어진다고. 형, 난 가끔 그
시절이 그립다. 형이 여전히 내 매니저이고, 소라가 내 여자 친구였
던 90년대가 미치도록 그립다.

"저기…… 설리야, 설리 아버님…… ."

형, 어느 날 작은 꼬마가 갑자기 내 앞에 나타났어. 소라를 꼭 빼
다 닮은 그 꼬마는 그렇게 내 마음에 들어왔어. 꼬마는 쉴 새 없이

재잘거리며 내 마음을 어루만져 주었지. 난 한 번도 내 마음을 밝히지 못했는데 그 아이가 물어본다. 형, 난 이제 뭐라고 대답해야 하는 걸까? 소라와 민이의 딸을 난 사랑할 수 있을까? 과연 난 저 아이를 사랑해도 되는 걸까?

"서, 설리 아버님, 아니, 민아."

내가 만약 저 아이를 사랑하면 많은 일이 일어날 거야. 꼬마는 내 첫사랑의 딸이고, 내 친구의 딸이니까. 나이 차가 20년도 더 나는 우리가 사랑한다면 세상은 나를 비웃고 손가락질할 거야. 아마 저 애는 많이 상처받겠지. 그런데 형, 사실 난 저 아이가 좋다. 소라가 떠난 뒤로 그렇게 행복한 적이 없는 것 같아. 케빈 형, 난 설리를, 그녀를 사랑해도 될까?

"정우성!"

그렇게 한참을 케빈의 영정사진을 쳐다보던 선우가 갑자기 장례식장이 떠나갈 듯 큰 소리로 외쳤다. 민도, 설리도 깜짝 놀랐다. 케빈이 영정사진 속에서 여전히 웃고 있다. 또다시 스산한 바람이 불어온다. 선우의 마음에 바람이 불어온다.

"장동건!"

"뭐, 뭐야? 정우성? 장동건?"

90년대의 어느 날 학교 운동장. 고교생 선우는 소라에게 그렇게 고백했지. 야구 외에는 아무것도 모르는 바보지만, 여자에 대해서는 더욱 모르는 바보 같은 남자지만 여자 친구가 되어달라고.

설리의 물음에 아랑곳 않고 선우는 작정한 듯 또박또박하고 큰 목소리로 다시 외쳤다. 선우는 나이가 들어서도 소라를 처음 만날 때랑 별반 다를 게 없는, 변하지 않는 바보였기에.

"이병헌!"

"아저씨, 왜 그래? 미쳤어?"

"김민종! 차승원! 이정재! 이서진! 윤상현! 김석훈!"

"그, 그게 뭐야?"

"나보다 나이가 많은데 여전히 멋진 배우들!"

"엥? 그, 그래서?"

설리가 눈을 동그랗게 떴다. 저 눈동자, 새하얀 피부, 쓸쓸한 어깨, 검고 윤기 나는 머리카락. 선우는 문득 소라가 보고 싶었다. 선우는 입술을 질끈 깨물고 설리에게 되물었다.

"설리는 몇 살?"

"이제 열아홉 살."

"난 몇 살?"

"몰라. 많아. 아빠랑 동갑."

"나, 나도 너 좋은 거 같아. 근데 그게 사랑인지 잘 모르겠어. 내가 옛날에 누구 되게 많이 사랑했을 때……."

"누구? 우리 엄마?"

"아무튼 그때 미국에 혼자 가서 한동안 못 만난 적이 있는데 매일 보고 싶어서 밤마다 울었어. 그래서 난 생각했지. 내가 그 사람을 참 많이 사랑하는구나."

"그래서?"

"너 몇 살?"

"열아홉 살이라고!"

"너, 만으로 스무 살이 될 때까지…… 그때까지만 만나지 말자."

"헐! 2년 뒤? 아저씨 지금도 나이 많은데 그땐 더 늙을 텐데?"

"노력할게. 나 정우성, 장동건, 이병헌처럼 멋진 남자가 되어볼게. 그리고 2년 뒤에 너도, 그리고 나도 감정이 그대로라면 그때 우리 사랑하자."

"아저씨······."

"설리 생일 언제야?"

"12월 25일. 크리스마스. 엄마가 돌아가신 날이기도 하고."

"내가 출소한 날이랑 같네."

"정말? 희한하네?"

"2년 뒤 12월 25일 크리스마스. 네가 스무 살이 되면, 정말 어른이 되어서도 내가 좋다면······."

"난 안 변해. 서른 살이 되어도, 마흔 살이 되어도."

"그때 우리 사랑하자."

"그럼 2년 동안 아저씨 못 만나는 거야?"

설리의 눈에 눈물이 한가득 고였다. 선우는 마음이 아파왔다. 하지만 재차 입술을 질끈 깨물고 모질게 말했다.

"나 다시 던져볼 거야. 너한테 부끄러운 남자가 되지 않게 2년 동안 죽을힘을 다해 마운드에 설 거야."

그리고 말할게. 꽃처럼 예쁘고 별처럼 사랑스러운 작은 공주님, 사실은 처음 본 그 순간부터 널 사랑했고, 단지 그 감정이 뭔지 몰랐고, 언젠가부터 널 사랑한다는 사실이 창피했고······. 그렇지만 설리야, 다시 만나면 매일매일 사랑한다 말해줄게. 죽는 날까지 너만을 사랑할게.

한편에서 민이 소주를 마시고 있다. 민은 알고 있었다. 선우와 소라 간에 육체관계가 없었다는 것을. 20년 전 안산의 창고에서 본 소라의 알몸. 사타구니 사이에서 흐르던 새빨간 피. 방콕에서 장원춘이 말했지. 처녀는 싫다고.

소라야, 너와 나의 아이는 굳이 내 친구를, 네 첫사랑을 선택하고 말았어. 넌 어쩔래? 죽어가면서 했던 그 말, 아직도 유효하니? 난 아직 모르겠어. 넌 어떠니? 정말 선우는 설리를, 설리는 선우를 사랑해도 되는 거니? 두 사람, 정말 사랑해도 되는 거니?

그 밤, 케빈의 장례식장. 누군가가 세상과 작별하는 날, 여자는 사랑해도 되냐고 물었고, 남자는 스무 살이 될 때까지 이별하자고 말했다. 그리고 또 한 남자는 소주를 마시며 깊은 상념에 빠졌다.

세 사람의 공통점은 어떤 이유에서든 모두 소라를 떠올리고 있었다는 것. 긴 밤은 계속되었고, 아침은 영원히 다시 오지 않을 것만 같았다.

19.

12월 25일

올 초 히말라야에서 민을 만난 선우는 민에게 이렇게 물었다.

"혹시 내 편지 받아봤어?"

민이 무슨 말이냐는 듯 어깨를 들썩였다. 선우가 다시 한숨을 내쉬었다. 선우는 교도소 수감 생활을 시작하면서 민에게 편지를 썼다. 케빈에게 전해달라고 부탁했는데 전달되지 못한 듯했다.

"그렇구나. 못 받았구나."

선우는 작은 한숨을 쉬었다. 그렇게 편지는 세상에서 사라진 걸로 알았는데…….

아주 오래전에 선우가 복역 직전 민에게 쓴 편지가 있었다. 케빈이 의도적으로 전달하지 않았던 그 편지. 볼펜을 꾹꾹 눌러가며 직접 쓴 선우의 편지가 이제야 민에게 배달되었다. 케빈은 자살하기 직전, 오랫동안 보관해 온 그 편지를 용팔이 회사로 보낸 모양이었다.

용팔이에게 편지를 전해 받은 민이 조심스럽게 봉투를 열었다. 20년 만에 배달된 편지엔 뭐라고 쓰여 있을까?

자신의 아내가 사랑했고, 자신의 딸이 사랑한다는 친구는 수감 생활을 시작하며 자신의 애인을 임신시키고 함께 멀리 떠나는 친구에게 무슨 말을 하고 싶었을까?

외눈박이 사내는 하나밖에 없는 눈으로 20년 전에 친구가 쓴 편지를 또박또박 읽어 내려갔다.

민아, 잘 지내니?

성치 않은 몸으로 머나먼 땅에서 힘들지는 않니?

내가 너에게 이런 말을 할 자격이 있는지는 모르겠지만 난 아주 오랫동안 여행을 떠나. 어쩌면 우리는 두 번 다시 만나지 못할지도 모르겠다.

생각해 보니까, 아하하하, 내가 옹졸했어. 너희를 그렇게 떠나보내선 안 되는 건데. 난 아마 벌을 받게 될 거야. 민아, 넌 아직 내 친구지? 내 친구 맞지?

나, 나 있잖아. 너한테 부탁이 있다.

소라는 이름 불러주는 걸 참 좋아해. 아기를 낳더라도 '누구 엄마' 하지 말고 '소라야' 하고 이름을 불러주면 좋겠어.

소라는 클래식을 연주하거나 듣는 걸 좋아해. 잠시나마 행복하던 시절을 떠올리고 싶을 땐 크라이슬러의 〈아름다운 로즈마린〉, 서러워 울고 싶을 땐 비탈리의 〈샤콘느〉, 그래도 희망의 끈을 놓고 싶지 않을 땐 엔리꼬 모리꼬네의 〈가브리엘 오보에(넬라판타지아)〉, 그리고 사무치게 그리울 땐 그녀가 가장 좋아하는 엘가의 <사랑의 인사>. 꼭 기억해.

소라는 커피 마시는 걸 좋아해. 더운 날이나 추운 날이나 커피는 언제나 뜨겁게, 진하게, 달콤하게. 설탕을 저을 때는 세 개쯤 별을 그리는데 유치하다고 놀리면 토라지니까 그냥 흐뭇하게 바라봐 줘.

길을 걸을 땐 소라를 항상 왼쪽에 두고, 어깨에 팔을 두르는 것보다는 손잡는 걸 더 좋아해. 추운 날엔 양 볼에 손을 대서 빨개진 볼을 데워주면 참 좋아해.

비 오는 날이면 느닷없이 커피를 마시다 돈이 없다고 전화가 올지도 몰라. 그럴 땐 '기다려, 인마'하고 무조건 달려가 줘야 해.

영화를 볼 때 팝콘을 먹는다고 부스럭거리면 싫어해. 광고 나올 때 다 먹어 치우거나 아니면 버려.

여배우 누구랑 비교하며 누가 더 예쁘냐고 물어보면 솔직하게 대답해야 해. 대신에 네가 더 귀엽다고 해주면 웃어줄 거야.

감수성이 풍부해서 갑자기 울 때가 있을 거야. 왜 우냐고 묻지 말고 말없이 손가락으로 눈물을 닦아주렴.

첫눈이 오면 어디에 있든 꼭 전화해 줘. 크리스마스엔 잊지 말고 카드를 보내. 생일엔 나이에 맞춰 장미꽃을 사다 주면 분명 활짝 웃을 거야.

소라가 화 많이 났을 때 오므라이스를 먹으면 더 화낸다. 배고파도 꾹 참고 커피를 마셔.

생리통이 심하니까 분명 어딘가 아파 보이는데 이유를 말 안 할 땐 그냥 꼭 안아줘.

여름에는 찰옥수수 많이 사주고, 겨울에는 따끈따끈한 호빵 많이 사줘.

놀이공원 가면 롤러코스트나 바이킹은 절대 태우지 마. 머리카락 다 쥐어뜯기니까 재미없어도 회전목마 타고 차라리 동물원을 가도록 해.

약속 시간 어기는 거 싫어해. 항상 10분 전에 도착하도록 해.

좋아하는 색은 핑크, 싫어하는 색은 빨강. 이유는 나도 모르겠어. 네가 함께 살면서 알게 되면 나중에 나한테도 좀 알려주길.

고기를 구울 땐 최대한 바짝 익히고 참기름에 소금과 후추를 살짝 넣어 찍어 먹을 수 있게 해줘야 해.

짜장면과 짬뽕 사이에서 고민할 땐 두 개 다 시켜서 남는 거 네가 먹어. 어차피 반도 못 먹거든.

민아, 사랑하는 내 친구야. 나 15년간 긴 여행을 떠나. 사실은 너도 소라도 죽이고 싶을 정도로 미운 적이 있었다. 그런데 이젠 안 그러려고. 누가 뭐래도 너는 내 친구고 소라는 내 첫사랑이니까. 무엇보다 너희 두 사람, 세상 누구보다 잘 어울리니까.

친구야, 세월이 아주 많이 흐른 먼 훗날, 우리 웃으며 다시 만나자. 그때는 나도 어른이 되어 있을 거야. 아마 조금은 편한 마음으로 너희 두 사람과 마주할 수 있지 않을까?

선우의 편지를 다 읽은 민은 답장을 쓰기 시작했다. 민의 편지는 2년 후에나 배달될 것이다. 2년 후 크리스마스에 선우와 설리의 사랑이 확인되면 민은 이 편지를 선우에게 줄 것이다.

선우, 목소리를 잃고 필담을 많이 나누긴 했어도 세상에 태어나 처음으로 편지란 걸 써본다. 너와 설리의 선택이 잘못되었다고는 말 안 할게. 내가 그랬듯 너 역시 사랑의 기쁨과 그 고통마저도 누려야 한다고 생각하니까.

설리는 12월 25일 티베트의 수도 라사의 사원인 다자오사에서 태어났다. 설리의 생일인 12월 25일은 세상 모든 사람이 들뜨고 즐거워하는 크리스마스지만 이 아이는 매년 슬퍼할 거야. 왜냐하면 그날은 소라가 죽은 날이기도 하니까. 설러는 자신을 살리고 죽어가는 엄마를 현장에서 목격했다.

앞으로 넌 무슨 일이 있어도 12월 25일만큼은 그 아이 옆에 있어주길. 설러가 울면 말없이 꼭 안아주길. 설러의 크리스마스는 남들처럼 행복하길.

선우, 넌 다치지 마라. 설러는 외눈박이 아빠의 딸로 태어났다. 설러는 손가락이 아홉 개인 아빠의 딸로 태어났다. 설러는 말 못하는 아빠의 딸로 태어났다.

선우, 넌 절대 다치지 말고 아프지 마라. 항상 두 눈으로 그 아이만을 바라보며 살아라. 열 개의 손가락으로 그 아이의 상처를 보듬어주어라. 그리고 끊임없이 말해라.

아침에 눈을 뜨면 잘 잤냐고 물어봐 주고, 무언가를 먹으면 맛있냐고 물어봐 주고, 잘한 일은 잘했다고 칭찬해 주고 못한 일은 못했다고 솔직하게 말해주어라. 평생 아빠의 말을 못 듣고 살아가는 불쌍한 우리 딸. 앞으로 내 몫까지 네가 말해주며 살았으면 한다.

선우, 두려워하지 마라. 세상과 정면으로 맞서라. 나는 항상 네 편이 되어줄게. 소라를 사랑한 만큼만 내 딸을 사랑해 주길 못난 아빠이자 나쁜 친구로서 너에게 부탁한다.

두 친구는 그렇게 서로에게 편지를 썼고, 시간은 흘러가고 있었다.

민은 미발표 곡을 모아 마지막 앨범을 내고 홀연 히말라야로 떠났다. 선우는 이를 악물고 재기를 노리며 부산 블루시걸스 마운드에 섰고, 설리는 오디션 우승에는 실패했지만 용팔이 회사와 전속 계약을 맺고 본격적인 가수 활동에 나섰다.

선우와 설리는 약속대로 스무 살의 크리스마스가 올 때까지 연락도 안 하고 만나지도 않았다. 그렇게 운명의 날은 그들에게 다가오는 중이었다.

좋은 아침, 짜증내지 않고 웃으며 일어나기.
다녀오겠습니다, 밝은 목소리로 집을 나서기.
안녕하세요, 누굴 만나면 내가 먼저 인사하기.
잘 먹었습니다, 진심을 담아 내 마음 표현하기.
고맙습니다, 소소한 일상에 언제나 감사하기.

예쁜 마음으로 바라보면 세상은 참 행복해요.
쏟아지는 햇빛과 불어오는 바람과 깜빡이는 별들.
거리의 작은 돌멩이 하나, 내 발을 감싸는 하얀 운동화.
세상 모든 것을 사랑하는 마음으로 살아가기.
인생이 다하는 그날까지 예쁘게 살아가기.

-강설리 작사/작곡 〈예쁘게 살아가기 중〉

TBS 대국민 오디션 프로그램 〈슈퍼 K팝 스타〉 준우승자 설리는 1년의 준비 기간을 거쳐 솔로로 데뷔했다. 20년 전 민의 매니저였다가 설리의 트레이닝과 스케줄을 전담하게 된 용팔이는 감회가 남달랐다. 아버지 이상으로 천부적인 재능을 가진 설리를 반드시 한류스타로 만들고야 말겠다는 의지를 보였다.

스무 살이 된 설리의 자작곡 〈예쁘게 살아가기〉는 밝고 경쾌한 미디엄 템포의 곡이었다. 이 노래는 공개되자마자 국내 유명 음원 차트 1위를 휩쓸었으며 발표 한 달이 채 못 되어 공중파 순위 프로그램 1위를 차지했다. 그리고 한국 가요 사상 최초의 부녀 가수왕을 기록하며 숱한 화제를 모았다.

설리는 공식 팬클럽 〈눈의 마을〉 회원만 삼십만 명을 보유하는 등 최전성기 시절의 민을 능가하는 거대 팬덤을 형성하며 국민 여동생이라는 애칭을 얻었다. 어느 순간 주요 광고 모델로 TV를 장악했으며, 용팔이의 주도 아래 화제의 드라마와 영화 주인공으로 캐스팅 물망에 오르내렸다. 바야흐로 설리 전성시대가 도래하고 있었다.

한편, 입단 첫해 직구와 커브 위주의 단조로운 구종으로 기대에 미치지 못한 성적을 남긴 선우는 지난겨울 고교 시절 은사인 노 감독을 만났다. 20년 전 소라고를 전국대회 우승으로 이끌었던 애제자는 메이저리그와 독립리그를 거쳐 블루시걸스 최연장자 투수로 고민이 많았다.

"선우야."

환갑을 훌쩍 넘겨 야구계를 은퇴한 노 감독의 눈은 회한에 젖어들었다. 엄청난 강속구를 뿌려대던 열아홉의 선우가 눈에 선했다. 미친 듯이 운동장을 뛰고 또 뛰던 그 시절의 선우와 항상 그 옆을 지켜주던 한 여학생. 아마 이름이 학교 이름과 똑같았지. 그래, 소라였어.

그러나 노 감독은 끝내 지난 일을 묻지 않았다. 저 녀석이 어떤 험난한 과정을 거쳤는지는 굳이 지난 이력을 들추지 않더라도 오른쪽 어깨의 총상과 서늘해진 눈빛만으로 눈치챌 수 있었기에.

"슬라이더를 던지고 싶은 게냐?"

선우가 고개를 끄덕였다. 메이저리거 시절 선우의 슬라이더는 각도가 날카롭기로 정평이 나 있었다.

"잃어버린 체인지업도 되찾고 싶고?"

다시 선우가 고개를 끄덕였다. 거구에 파워풀한 메이저리그 강타자들을 농락하던 선우의 슬라이더와 체인지업은 어디로 사라진 걸까?

"이놈아, 네 나이를 생각해야지. 넌 두 번 다시 슬라이더와 체인지업을 던질 수 없을 거다. 만약 구종을 추가한다면 그나마 쓸 만한 직구와 커브의 위력이 떨어지고 말 거다."

"감독님, 직구와 커브만으로는 버텨낼 수 없습니다."

단조로운 구종의 투 피치 투수로 마운드에 서기엔 한국 프로야구 타자들의 타격 기술은 눈부시게 진화했다. 선우는 낙담할 수밖에 없었다.

"선우 이놈아, 안 되는 걸 되게 하려고 용쓰지 말고 잘되는 걸 더 잘되게 해야지. 넌 여전히 바보로구나."

"네?"

"너, 직구 최고 구속이 어떻게 되냐?"

"전성기 땐 160㎞대. 지금은 150㎞ 초반인데요."

"그 나이에 150㎞ 던진다고 다들 대단하대지? 나이 사십에 160㎞ 던지면 누가 잡아간다고 하더냐? 놀란 라이언도, 랜디 존슨도 마흔 넘어서까지 쌩쌩 잘만 던졌다."

노 감독의 말에 어떤 깨달음을 얻은 선우는 슬라이더와 체인지업을 과감히 포기하는 대신 오로지 직구와 커브만 가다듬고 또 가다듬었다. 그리고 봄이 왔고, 한국 프로야구는 새로운 시즌이 개막되었다.

[1대 0, 근소하게 리드한 블루시걸스의 9회 초 수비. 눈부신 호투를 이어가던 젊은 에이스 최시우, 연속 안타를 맞고 무사 2, 3루로 몰립니다. 완봉승을 앞두고 안타 하나면 오히려 패전투수가 될 절체절명의 위기! 투수가 교체됩니다. 페넌트레이스 개막전. 블루시걸스의 마무리 투수가 나올 차례입니다. 테마 음악이 나오고 있는데요. 아, 이 노래는?]

설리의 〈예쁘게 살아가기〉가 흘러나왔다. 야구장을 꽉 채운 부산 블루시걸스의 열정적인 홈 팬들이 자기가 응원하는 팀의 새로운 마무리 투수 테마송을 합창했다. 삼만여 관중이 설리의 경쾌한 율동을 따라 하며 한목소리로 노래 부르는 장면은 장관이었다.

> 마지막 이닝, 짜증내지 않고 웃으며 등판하기.
> 다녀오겠습니다, 밝은 목소리로 마운드 오르기.
> 안녕하세요, 타자 만나면 내가 먼저 인사하기.
> 잘 잡았습니다, 삼진을 잡고 내 마음 표현하기.
> 고맙습니다, 소소한 승리에 언제나 감사하기.
>
> 예쁜 마음으로 등판하면 9회는 참 행복해요.
> 세상 모든 타자들을 삼진 잡는 마음으로 등판하기.
> 경기가 끝나는 순간까지 예쁘게 마무리하기.

야구 경기에서 팀의 마지막을 책임지는 투수를 클로저라 부른다. 블루시걸스는 캠프를 거치며 선우에게 클로저 임무를 맡겼다. 위력은 압도적이나 구종이 단조롭고 긴 이닝을 소화하기엔 나이 때문에 체력이 받쳐주지 않는 선우에게 클로저는 안성맞춤의 보직이었다.

"TV 좀 켜주실래요? 블루시걸스 야구 중계요."

하루하루 바쁜 스케줄을 소화하던 설리는 이동 중인 차 안에서 매니저에게 부탁했다. TV를 켜자 자신의 노래를 변형한 선우만의 응원가가 울려 퍼지고 있다.

"뻔한 패턴이다. 직구 아니면 커브. 한 가지만 노리면 쉽게 공략할 수 있다."

상대 팀 벤치의 타격코치는 배터 박스에 들어서는 타자에게 그렇게 주문했다. 안타 하나면 역전. 땅볼이나 외야 플라이만 나와도 최소한 동점이고 찬스는 이어진다. 상대 팀은 이미 역전승을 꿈꾸고 있었다.

선우가 몇 번의 연습 투구를 마치고 로진백을 집어 들었다. 평소의 습관대로 로진이 잔뜩 묻은 오른손에 훅 하고 입 바람을 불었다. 그리고 힘차게 오른 어깨를 빙빙 돌렸다.

"아저씨, 오늘 컨디션 좋구나."

2년 동안 만나지 못했지만 설리는 선우의 버릇을 알고 있었다. 설리는 차 안에서 작은 두 손을 꼭 쥐고 간절한 마음으로 TV 화면을 지켜보았다.

선우가 특유의 하이 키킹을 하며 와인드업, 초구를 던졌다. 하얀 야구공이 순식간에 포수 미트에 꽂히며 팡 하고 기분 좋은 소리가 났다. 스트라이크! 숨죽여 지켜보던 삼만 관중이 일제히 환호했다.

[놀랍습니다. 겨우내 무슨 일이 있었던 걸까요? 우리 나이 마흔둘의 노장 투수가 어마어마한 강속구를 뿌려대고 있습니다. 초구 162㎞, 2구 163㎞, 유인구 없이 바로 승부에 들어간 3구도 포심 패스트볼. 시속 164㎞. 이선

우 선수, 자신의 전성기 시절 최고 구속을 기록하며 타자를 돌려세웁니다!]

두 타자를 연속 삼진으로 잡은 선우. 투아웃에 마지막 타자를 만나서도 담담한 표정으로 포수의 사인을 바라보았다.

"알지? 나의 초구는 언제나 가장 빠른 직구라는 걸."

언젠가 소라에게 했던 그 약속. 선우의 직구가 홈플레이트를 통과했다. 타자는 헛스윙.

[드디어 165㎞! 이선우 선수, 자신의 기록이자 대한민국 야구 역사상 가장 빠른 스피드를 기록합니다!]

원 볼, 투 스트라이크. 선우는 수만 번은 손에 쥐었을 하얀 야구공의 실밥을 돌려 잡았다. 선우의 손에서 떠난 공은 엄청난 낙차를 그리며 스트라이크 존을 통과했다. 12시 방향에서 6시 방향으로 뚝 떨어진다는 12-6 커브였다.

"스트라이크! 배터 아웃! 게임 셋!"

주심의 콜이 나오자 선우가 오른손을 번쩍 들었다. 부산 블루시걸스 삼만여 홈팬들은 강력한 클로저의 등장에 전율을 느끼며 서로를 부둥켜안고 환호했다. 아울러 설리도 작은 손을 선우처럼 높이 치켜들었다.

그해 설리는 1집 〈예쁘게 살아가기〉의 빅히트로 청순 발랄한 매력을 한껏 어필하며 시대의 아이콘이 되었다. 선우는 부산 블루시걸스의 마무리 투수로 나와 압도적인 구위를 선보이며 시즌 50 세이브를 달성, 팀의 페넌트레이스 준우승을 이끌었다.

그리고 10월. 설리가 2집 앨범 준비에 박차를 가하고, 선우의 생애 첫 한국시리즈 출격이 있던 계절. 설리의 스물한 번째 생일까지는 불과 두 달여를 앞둔 그해 10월.

부산 블루시걸스는 플레이오프를 거쳐 페넌트레이스 우승팀 서울 드래건즈와 시리즈 전적 3승 3패로 팽팽히 맞선 가운데 잠실야구장에서 최종 7차전을 통해 마지막 사투를 벌이고 있었다. 선우는 팀의 3승을 모두 지켜내며 한국시리즈 통산 3세이브를 기록, 유력한 MVP 후보로 떠올랐다.

8회까지 엎치락뒤치락하며 명승부를 펼치던 두 팀은 9회 초 블루시걸스가 천신만고 끝에 한 점을 얻으며 6대 5로 앞서 나갔다. 9회 말 드래건즈의 마지막 공격. 3루 쪽 블루시걸스를 응원하는 관중들은 오렌지색 쓰레기봉투를 머리에 뒤집어쓰고 팀의 수호신 이선우를 연호하기 시작했다. 응원단 엠프에 선우만의 응원가 〈예쁘게 살아가기〉가 우렁차게 흘러나오자 거대한 합창이 그라운드를 감쌌다.

"생각해 보면 언제나 인생은 내 뜻대로 흘러가지는 않았어."

불펜에서 마지막 연습 투구를 마친 선우는 혼자서 그렇게 중얼거렸다. 그의 공을 받아주던 불펜 포수가 무슨 소린지 모르겠다는 듯 되물었다.

"네? 뭐라고 하셨어요?"

"아니, 뭐 그렇다는 얘기지."

선우는 오렌지색 구단 로고가 선명히 새겨진 검은 야구 모자를 꾹 눌러쓰고 9회 말 팀의 승리를 지키기 위해 마운드 위로 뛰어올라 갔다. 선우가 모습을 드러내자 관중들의 열기는 최고조에 다다랐다.

20여 년 전, 초고교급 투수이던 자신을 1차 지명했던 연고 구단 서울 드래건즈. 메이저리그에 갔다 와서 처음으로 문을 두드렸지만 신고선수로도 받아주지 않은 바로 그 팀. 이제 선우는 어쩌면 자신이 소속되어 레전드 선수로 기억되었을지도 모를 그 팀의 마지막 공격을 막아내야 한다. 인생은 언제나 그의 뜻대로 흘러가지는 않았기에.

[나이가 무색하게 한국시리즈에 올라와서도 씩씩하게 시속 160km대 강속구를 펑펑 꽂아 넣는 이선우 선수. 최종 7차전에 들어서서도 위력은 여전합니다. 아! 폭포수처럼 떨어지는 커브로 두 타자 연속 삼진을 잡아내는 이선우 선수. 최종 우승까지는 이제 한 타자만을 남겨두고 있습니다.]

설리야, 나 이 정도면 조금은 멋진 남자가 된 걸까? 두 달 후 12월 25일, 난 너에게 부끄럽지 않게 고백할 수 있을까?

사랑이 뭔데요? 이런 게 사랑이 아니라면 도대체 사랑이 뭔데요?

울며 되묻던 너의 말이 생각난다. 이제 말할게. 아마 사랑이었을 거야. 나를 향한 너의 마음도, 너를 향한 내 마음도 모두 사랑이었을 거야. 내가 남들보다 나이가 많은 만큼, 네가 사랑한다는 말을 많이 듣지 못하고 자란 만큼 이제부터 내가 매일매일 말해줄게. 사랑해, 설리야. 너를 처음 본 그 순간부터 내가 죽는 그날까지, 설리야, 너만을 사랑해.

순간 선우의 두 눈이 희뿌옇게 흐려졌다. 선우는 아랑곳 않고 왼발을 높이 들어 하이키킹을 한 후 힘차게 공을 던졌다.

딱!

타자의 배팅 스팟에 정통으로 맞은 야구공이 선우를 향해 날아왔다. 눈앞이 흐려진 선우는 미처 공을 피하지 못하고 타구에 머리를 맞고 마운드에 쓰러졌다. 관중들이 술렁이는 가운데 구단 의료진이 황급하게 뛰어나와 선우의 상태를 살폈다. 곧이어 대기 중이던 앰뷸런스가 요란하게 사이렌을 울리며 그라운드에 진입했다.

10월의 잠실 하늘은 높고 파랬다. 뭉게구름 하나가 둥실 그림처럼 걸려 있다. 몇 마리의 비둘기가 모이를 쪼아 먹다 앰뷸런스 사이렌 소리에 놀라 푸드덕 날아올랐다.

머리를 크게 다친 선우는 긴급 뇌수술에 들어갔다. 이후 매스컴은 시시각각 속보로 선우의 상태를 보도했다. 설리는 소식을 접하고 선우가 수술 중인 병원으로 달려갔으나 끝내 만나지 못했다. 가족도, 연인도 아닌 관계. 그랬다. 아직까지 설리는 선우에게 아무것도 아닌 사람이었다.

[저는 지금 부산 블루시걸스의 마무리투수 이선우 선수가 한국시리즈 경기 도중 머리에 타구를 맞고 뇌출혈 증상을 보인 이후 수술을 받은 잠실 S병원에 나와 있습니다. 이선우 선수가 쓰러진 지 한 달이 되었습니다. 오늘은 S병원에서 이선우 선수의 수술을 집도한 황우현 서울대 의대 신경외과 교수님을 TBS 단독으로 만나보도록 하겠습니다. 안녕하십니까, 교수님?]

취재를 나온 TBS 방송국 기자가 백발의 뇌수술 전문의에게 마이크를 내밀었다. 황 교수는 카메라를 향해 가볍게 묵례를 했다.

[이선우 선수의 상태에 대해 국민의 관심과 걱정이 이만저만이 아닙니다. 거두절미하고 단도직입적으로 묻겠습니다. 수술을 한 지도 꽤 오랜 시간이 지났는데요, 현재 이선우 선수의 상태는 어떻습니까?]

12월 25일　481

하얀 가운을 입은 황 교수는 헛기침을 몇 번 하더니 안경을 치켜 올리며 말했다.

[이 선수는 외부 충격에 의한 타박상을 입고 뇌출혈을 일으켜 잠실야구장에서 가까운 우리 병원으로 오게 되었습니다. 제가 수술을 담당했는데 우선 뇌에 출혈을 일으킨 부분을 지혈하고 고인 피를 제거했으며 골절은 없는 것으로 확인했습니다.]

[그럼 수술은 성공적이었다는 말씀으로 해석해도 되겠습니까?]

[그렇습니다. 다만…….]

[다만? 후유증이 있군요?]

[이선우 선수는 원체 강인한 체력을 타고나서 이 경우 안정을 취하고 봉합 부위만 아물면 일상생활은 물론 선수 생활을 이어가는 데도 문제가 없다고 봤습니다만…… 현재 이선우 선수는 쇼크로 인한 기억상실 증세를 보이고 있습니다.]

[기억상실중? 어느 정도입니까? 아무것도 기억 못 하는 건 아니겠죠?]

[기억상실중은 종류도 많고 워낙 광범위한 사례를 가지고 있기 때문에 특정 병명으로 단정 짓기는 어렵습니다. 굳이 구분하자면 과거 시간을 회상하는 능력이 현저히 손상되는 역행성 기억상실에 최근 몇 십 년에 달하는 광범위한 기억을 잃어버리는 코르사코프 증후군의 일종이라 하겠습니다.]

[코르사코프 증후군? 대체 어디까지 기억한다는 말씀입니까?]

[대략 10세 전후로 읽고 쓰고 먹고 말하는 것과 같은 인간의 기초 활동에는 지장이 없으나 지적 장애를 보이며 그 나이 또래의 지능을 보이고 있습니다.]

[네? 그럼 이선우 선수가 열 살 정도의 꼬마와 같단 말씀입니까? 호전될 가능성은 없습니까?]

[경우에 따라서는 강렬했던 단기 기억이 생각날 수는 있지만 기억력을 완전히 회복할 가능성은 극히 드뭅니다. 현재로서는 기적을 바라는 수밖에요.]

*　*　*

선우가 기억을 잃어버렸다. 선우가 열 살 꼬맹이가 되어버렸다.

초고교급 투수로 소라고등학교를 전국대회 정상에 올려놓고 메이저리그에 진출했던 남자, 160㎞가 넘는 총알 같은 강속구로 메이저리그를 평정했던 남자, 뜨겁게 사랑했고 전 애인과 친구를 위해 모든 것을 내려놓고 복수에 나섰던 남자, 그리고 오랜 방황의 끝에서 올해 눈물겨운 재기에 성공한 그 남자는 이제 어린아이가 되어버렸다.

선우 주치의와의 단독 인터뷰가 끝나자 TBS〈슈퍼 K팝 스타〉출신인 설리의 신곡 발표 무대가 생방송으로 이어졌다. 데뷔곡〈예쁘게 살아가기〉에 이어 2집 타이틀곡은〈예쁘게 사랑하기〉.

속보 내용을 모르는 설리는 선우의 수술이 성공적이라는 얘기만 들었다. 12월 25일은 채 한 달이 남지 않았다. 전주가 나오자 설리는 마이크를 들고 천천히 걸어 무대 중앙으로 걸어갔다. 스포트라이트가 그녀를 비추자 방청객들이 미친 듯이 소리를 질러댔다.

아니러니하게도 선우의 기억상실증 소식이 전파를 탄 직후 설리는〈예쁘게 사랑하기〉를 부르고 있었다. 이 노래는 사랑하는 사람을 기다리며 다짐하는 여자의 마음을 표현한 슬로 발라드 곡. 설리

특유의 청아하고 맑은 목소리가 화려한 공개홀을 아름답게 수놓았다.

> 잊지 말아요, 그대 내게 한 그 약속.
> 기억해 줘요, 사랑한다는 나의 속삭임.
> 난 기다리고 있어요.
> 난 다짐하고 있어요.
> 그대와 함께 예쁘게 살아가기.
> 그대가 있어 예쁘게 사랑하기.
> 그 모든 걸 잊지 않고 영원히 기억하기.

전날까지 맑던 하늘은 12월 25일이 되자 짙은 회색의 구름이 잔뜩 끼었다. 거리를 장식한 대형 크리스마스트리와 어디를 가나 들리는 크리스마스 캐럴. 오고 가는 사람들 대부분은 환한 표정으로 사랑하는 누군가를 만나러 가는 듯 분주히 발걸음을 재촉했다.

선우는 하루 종일 거리를 쏘다녔다. 특별한 외상이 없는지라 지난주 퇴원한 그는 부모님 댁에 줄곧 머물다 크리스마스가 되자 아침부터 밖으로 나왔다.

"저기…… 혹시 이선우 선수 아니세요?"

떡볶이랑 순대를 배가 터지도록 사 먹은 후 쪼그리고 앉아 입가심으로 하드를 빨고 있는 선우에게 지나가는 연인이 말을 걸었다. 선우는 약간 남은 하드를 얼른 먹어치우고 무심히 말했다.

"그보다 오늘이 며칠인지 아세요?"

"12월 25일 크리스마스잖아요."

"12월 25일……. 뭔가 중요한 약속이 있었는데…… 뭐였더라?"

선우는 혼자 중얼거렸다. 그리곤 주머니를 뒤적이더니 껌을 꺼내 연인들에게 내밀었다. 여자가 약간 놀라며 뒷걸음질을 쳤다. 선우는 무심히 쳐다보더니 종이를 벗겨내고 껌을 씹었다.

"어머! 미쳤다는 소문이 진짠가 봐."

"아냐. 기억상실증이라던데? 좀 불쌍하다."

연인들은 서로 귓속말을 수군거린 후 자리를 떠났다. 선우는 손에 쥔 껌 종이를 코에 갖다 대고 냄새를 맡았다. 치클 향이 난다. 왠지 선우는 가슴이 벅차올랐다.

"음, 분명히 뭔가 있었는데……."

선우는 질겅질겅 껌을 씹으며 어디론가 걷기 시작했다. 해가 보이지 않는 희뿌연 하늘은 금방이라도 눈이 쏟아질 듯했다.

그날, 설리는 한 공중파 방송국의 크리스마스 특집 생방송에 출연 중이었다. 설리는 대기실에서 내내 안절부절못하며 시계를 들여다보았다.

"설리 씨, 스탠바이 해주세요."

AD의 호출에 설리는 어두운 얼굴로 무대에 올라갈 준비를 했다. 아저씨는 정말 다 잊어버렸을까? 그녀는 쓸쓸히 어깨를 떨구며 힘없이 발걸음을 옮겼다.

"올해 최고의 신인가수라는 말이 전혀 어색하지 않죠. 요즘 뜨거운 사랑을 받고 있는 설리 양의 특별한 크리스마스가 이어집니다."

MC의 소개가 끝나자 설리가 등장했다. 오늘 스물한 번째 생일을 맞은 설리는 여전히 청순했고 조금은 성숙했다. 자신이 태어나고 엄마가 떠난 날, 그리고 선우가 말했던 만으로 딱 스무 살이 되는 날이기도 한 크리스마스는 그녀가 비로소 어른이 되는 날. 또한 사랑을 확인하기로 굳게 약속한 설리의 특별한 크리스마스.

산타클로스와 루돌프, 선물 상자가 잔뜩 쌓인 크리스마스트리가 소품으로 장식된 무대에서 설리는 피아노를 치며 〈예쁘게 사랑하기〉를 불렀다. 선우는 그 모습을 도시의 대형 전광판을 통해 보고 있었다. 이미 거리엔 어둠이 내렸다.

"저 여자는 어디 가면 만날 수 있죠?"

선우는 무언가 생각이 난 듯 지나가는 사람을 붙잡고 물었다. 선우가 가리키는 손가락 끝에는 설리가 환하게 빛나고 있었다.

"글쎄요. 생방송이니까 방송국에 가면 있겠죠."

"방송국이 어딘데요?"

"여의도요. 여기서 차로 15분이면 갈걸요."

선우가 급하게 택시를 잡았다.

그래, 생각났어. 12월 25일 크리스마스에 프러포즈하기로 했어. 사랑한다고 말하기로 했는데…….

공연을 마친 설리는 수많은 팬에게 둘러싸인 채 방송국을 나섰다. 매니저가 가까스로 길을 트는 와중에 마침내 설리는 그 남자와 마주쳤다.

"아저씨! 선우 아저씨!"

키가 크고 어깨가 넓은 그 남자는 설리가 부르자 하얀 치아를 가지런히 드러내며 씨익 웃고 서 있다.

"징그럽게 아저씨가 뭐냐? 선우 씨라고 불러."

"아저씨……. 아니, 선우… 씨……. 기억 되찾았구나? 내가 그럴 줄 알았어. 잘됐다. 정말 잘됐다."

설리는 선우를 따라 웃었다. 분명 웃고 있는데 자꾸 눈물이 난다.

지금 내가 우는 건 슬퍼서가 아니야. 너무 행복해서 우는 거야. 설리는 앞으로 서서히 걸어갔다. 사람들이 자연스럽게 길을 열어주었다.

"아직 늦지 않았지? 아직 12월 25일이지?"

설리는 대답 대신 고개를 끄덕였다. 그 바람에 두 눈 가득 고인 눈물이 후드득 사방으로 흩어졌다. 선우는 주섬주섬 품에서 무언가를 꺼내 내밀었다.

"이건?"

설리의 눈이 동그랗게 커졌다. 그녀의 눈앞에 다이아몬드가 박힌 반지가 눈부시게 반짝이고 있다.

"이 반지를 다시 주기까지 너무 오래 걸린 것 같다. 사랑해. 진심이야."

주위를 에워싼 팬들이 환호와 야유를 동시에 보냈다. 설리의 하얀 얼굴이 빨갛게 물들었다.

"아저씨…… 아니, 선우 씨……."

반지. 20년 전 선우가 미국에서 산 다이아몬드 반지. 20년 전 선우는 소라에게 자신의 유니폼을 입히고 이 반지를 주며 프러포즈했다. 그랬지. 크게 와인드업하고 공을 던지는 시늉을 하며 소라의 손가락에 끼워주며 사랑의 삼진아웃을 외쳤던 그날, 소라가 이별 통보를 하며 선우에게 되돌아온 그 반지가 거짓말처럼 설리 앞에서 반짝이고 있다.

"사랑해요. 그리고 고맙습니다."

설리가 두 손을 가지런히 모으고 선우에게 인사를 했다. 선우가 큰 소리로 웃음을 터뜨렸다.

"와하하하! 감동했구나? 내가 이 정도야! 그리고……."

선우는 웃음을 거두고 사뭇 진지한 얼굴로 말을 이었다.

"그리고…… 내가 더 사랑합니다. 이제부터 매일매일 사랑한다 말해줄 거야."

설리의 팬들은 넋을 놓고 두 사람을 번갈아 바라보고 있을 뿐이다. 어느새 하늘에서 눈이 내리기 시작했다. 눈이 내리는 12월 25일 크리스마스. 선우와 설리는 서로의 손을 맞잡았다. 서로의 따스한 체온이 고스란히 전해지며 두 사람의 심장이 같이 뛰었다. 선우가 설리에게 다정하게 속삭였다.

"소라야, 눈 온다."

순간, 설리의 가슴이 철렁 내려앉았다.

"혹시…… 아저씨?"

설리는 한 발을 돌려 선우를 마주 보고 물었다. 선우가 너무나 해맑게 웃고 있다.

"당신은 누구?"

"나는 이선우. 우하하하!"

"나, 나는…… 나는 누구?"

"너는 신소라. 내가 젤로 사랑하는 우리 소라!"

어느새 눈은 함박눈으로 바뀌어져 있었다. 하얀 눈이 펑펑 내리는 12월 25일은 크리스마스이자 설리가 태어나고 소라가 죽은 날이었다. 또 12월 25일은 선우가 소라를 다시 만난 날이었다.

자신을 소라로 착각하는 선우 앞에서 설리는 한참을 눈을 맞으며 말없이 서 있었다. 설리의 검고 윤기 나는 머리 위로, 가냘픈 어깨 위로, 하얀 운동화 위로 눈이 소복이 쌓이고 있었다.

"선우야."

이윽고 설리가 입을 열었다. 선우는 그제야 환하게 웃으며 설리의 머리 위에 쌓인 눈을 털었다.

"넌 왜 내가 좋니?"

선우가 눈을 털다 말고 꽁꽁 얼어 빨갛게 된 설리의 양 볼을 큼지막한 두 손에 입김을 불어 데워주었다.

"몰라, 난 그런 거. 나는 그냥 소라가 좋아."

설리의 눈에서 눈물 한 방울이 볼을 타고 흘러내렸다. 선우가 얼른 손가락으로 그녀의 눈물을 훔쳐 내었다.

"소라야, 울지 마."

엄마와 딸이 한 남자를 사랑하게 될 줄을 몰랐습니다. 더구나 죽은 엄마에게 그 남자를 뺏길 줄은 더더욱 몰랐습니다. 그런데 그 남자가 밉지 않습니다. 우리 엄마를 기억해 줘서, 끝까지 사랑해 줘서 어쩌면 감사한 기분마저 듭니다.

"선우야, 우리가 사랑하면 더 이상은 이 나라에서 살지 못해."

세상은 우리를 향해 손가락질할 것입니다. 아무리 불륜도, 패륜도 아니라 해도 그 사람과 나는 몹시 힘들어할 것입니다. 때로는 사랑만으로는 안 되는 고통스러운 일이 있다는 것을 나는 우리 엄마, 아빠와 선우 아저씨의 이야기를 통해 잘 알게 되었습니다.

"왜?"

"그런 게 있어. 그래서 우린 멀리 떠나서 살아야 돼. 너 그럴 수 있어?"

나는 앞으로 더 이상 그 사람을 아저씨라 부르지 않을 것입니다. 물론 그 사람도 더 이상 다정하게 내 이름을 부르지 않겠지만요. 뭐, 그렇지만 나는 괜찮아요. 그 사람의 여자로 살 수만 있다면 이름 따윈 중요하지 않으니까요.

"어디로 갈 건데?"

"이 땅의 끝. 히말라야."

그래요. 우리는 히말라야로 갑니다. 우리는 안나푸르나로 갑니다. 거기선 누구도 우리를 갈라놓지 못할 테니까요. 그곳에서 나는 소라가 되어 선우의 여자로 살아갈 겁니다. 그곳에서 아빠와 엄마와 나는 저 남자랑 서로 보듬고 살아갈 겁니다.

"너도 같이 가는 거야?"

"그럼. 우리 이제 절대 떨어지지 말자."

"그래."

"그리고 히말라야에 가면 우리 같이 패러글라이딩하자. 아빠도 함께. 언젠가 넌 안나푸르나를 날고 싶다고 했잖아. 하늘을 날면 누군가와 가까워질 것 같다며."

"몰라. 기억 안 나. 근데 히말라야가 어딘데?"

"히말라야는…… 신들의 가호 아래 착한 사람들이 서로를 보듬고 사는 곳. 높은 산도 많고 눈이 아주 많은 곳."

"와! 진심 가고 싶다."

"그래, 가자. 우리 함께."

"거기 가면 진짜 눈이 많아?"

"그럼. 히말라야 만년설이 얼마나 유명한데."

"와! 그럼 그 눈으로 우리 팥빙수랑 과일빙수 만들어 먹자."

내 남자는 나의 이름을 모르고, 나는 그 남자의 나이를 모릅니다. 누군가는 그 남자가 우리 아빠와 동갑이라는데 정신 연령은 열 살 어린아이니까 말입니다. 그래서 나는 행복합니다. 내 남자는 힘이 참 세고요, 어깨가 무척 넓고요, 어린아이처럼 순수하고요, 그리고 날 참 많이 사랑하니까요. 이제 그 사람과 나는 이 땅의 끝으로 갑니다. 히말라야로 갑니다.

*　　*　　*

　선우와 설리가 이 땅의 끝으로 떠난 지도 몇 해가 지났다. 그동안 독립해서 자신의 프로덕션 YP를 차린 용팔이는 오랜 경험과 뛰어난 감각으로 숱한 아이돌 스타를 배출했다. 성공 가도를 달리면서 여유가 생긴 그는 어느 날 한 여자를 기억해 냈다.

　생애 최초의 매니저였던 가수왕 강민의 딸 설리. 강렬했던 가요계 정상의 자리를 미련 없이 내던지고 선우와 함께 아빠가 있는 히말라야로 돌아간 아이. 용팔이는 문득 그녀를 찾아봐야겠다는 생각이 들었다. 그래서 훌쩍 히말라야로 날아갔다. 선우와 민, 그리고 설리가 살고 있는 곳.

　네팔 카트만두에서 포카라로 향하는 국내선으로 갈아탄 지 한 시간쯤 지나자 창밖으로 안나푸르나의 전경이 펼쳐졌다. 용팔이는 감회에 젖어 하염없이 히말라야의 풍경들을 바라보았다.

　"저게 페와 호수인가 봐요. 설리 어머니가 생전 가장 사랑했던 풍경이라고 이선우 선배한테 들은 기억이 나요."

　용팔이 옆의 키가 크고 핸섬한 젊은 청년이 비행기 유리창 건너를 가리키며 말했다. 청년의 이름은 최시우. 부산 블루시걸스의 젊은 에이스이던 시우는 선우에게 파워 커브를 전수 받고 투구 폼 교정을 거치며 포심 패스트볼 구속이 비약적으로 빨라졌다. 메이저리그 포스팅을 통해 20여 년 전 선우의 소속팀이던 LA 피닉스에 전격 입단한 시우는 설리를 찾아 히말라야로 간다는 용팔이와 연락이 닿아 그를 따라 나섰다.

　포카라 공항에 내린 두 사람은 일단 택시를 탔다. 수년간 소식이

끊긴 설리의 행방을 찾기 위해서는 수소문을 하고 발품을 팔아야 한다. 시내를 돌아다니며 민이나 설리를 아는 사람을 묻고 다니다 한국인이 운영한다는 식당이 있다는 애기를 듣고 겨우 그곳에서 몇 가지 이야기를 들을 수 있었다.

"한국인 관광객은 그럭저럭 오는 편인데 여기 교민은 원체 드물고 교류가 없어서 말이죠."

식당 주인은 오랜만에 만난 한국 사람이 반가워서인지 이런 저런 애기를 풀어냈다. 용팔이와 시우는 물을 한 모금 마신 후 주인의 말에 귀를 기울였다.

"안나푸르나 진입로 부근에 〈설리〉라는 빙수가게가 있어요. 한국인 부부가 운영한다죠."

"주인은 어떤 사람입니까?"

용팔이와 시우는 빙수가게의 이름을 듣는 것만으로 벌써 가슴이 서늘해졌다. 설리……. 설리라고?

"나이 차가 좀 나는 남녀였지요. 남자는 건장한데 지능이 좀 모자란 것 같았고, 여자는 한국에서 무슨 연예인이었다는 것 같은데, 그래서 그런지 얼굴도 아주 예쁘고 참 씩씩했다오."

용팔이와 시우는 〈설리〉를 찾아가 보기로 했다. 12월의 포카라엔 어느새 눈이 내리기 시작했다. 하얀 눈이 소리 없이 내리는 가운데 저 멀리 안나푸르나가 희뿌옇게 보였다.

빙수가게엔 제법 손님이 많았다. 눈이 오는 이 추위에 빙수라……. 그렇지만 용팔이도 시우도 히말라야 눈을 재료로 만든 빙수라면 왠지 맛을 보고 싶기도 했다.

설리가 보였다. 앞치마를 두른 설리는 제빙기로 얼음을 갈고 능숙하게 토핑을 하는 등 여전히 씩씩했다. 용팔이와 시우는 가게 밖에서 한동안 설리의 모습을 바라보았다.

용팔이에게 설리는 민의 딸이자 2대에 걸쳐 가수왕에 오른 전무후무한 전설을 만들어준 아이이다. 어떻게든 설리를 설득시켜 가요계에 복귀시키고자 히말라야까지 날아왔다.

"아무래도 대표님 꿈은 날아간 것 같네요."

시우가 놀리듯 용팔이에게 말했다. 그랬다. 확실히 설리는 행복해 보였다. 히말라야 안나푸르나 초입에서 설리는 세상 그 어떤 여자보다 밝게 빛나고 있었다.

"자네 꿈도 별반 다를 게 없어 보이네만⋯⋯."

"네?"

시우는 용팔이가 턱짓으로 가리키는 곳으로 고개를 돌렸다. 그곳에는 선우와 민이 각각 어린아이 하나씩을 앞으로 안고 서빙을 하고 있었다.

"흠. 쌍둥이인 건가?"

용팔이는 알고 있었다. 시우의 첫사랑이 설리였고, 아직 그녀를 잊지 못해 히말라야까지 왔다는 것을.

"손님이 들어온다. 나는 인사를 한다. 그리고 메뉴판을 주고 주문을 받는다. 아이가 울면 안아서 흔들어주다가 우유병을 물린다."

선우가 매뉴얼대로 중얼거리며 분주히 가게 안을 오갔다. 또 다른 아이를 안은 채 그런 선우를 바라보는 민의 얼굴은 그 어느 때보다 행복해 보였다.

"안됐군. 여기까지 왔는데 말일세."

용팔이가 시우의 어깨를 툭툭 치며 위로했다. 시우는 애써 웃어 보이며 이렇게 말했다.

"무슨 말씀을요. 대표님이나 저나 히말라야의 만년설로 만들었다는 빙수 맛보러 여기 온 것 아니었어요?"

"그렇군. 그럼 들어가 볼까? 정말 맛있어 보이는데 말이야."

두 사람은 눈이 내리는 히말라야의 안나푸르나 인근 빙수가게 문을 열고 안으로 들어갔다.

그날은 함박눈이 펑펑 내리는 어느 해 12월 25일이었다.

Epilogue
한 번 더 클래식

    히말라야로 돌아와 산 지도 몇 년이 지났다. 아빠와 아저씨. 20여 년간 절친한 친구이자 사랑의 라이벌이던 두 남자는 동시에 사랑했던 여자를 잃고 히말라야에서 서로를 의지하며 새로운 인생을 살게 되었다. 사람에게 진짜 운명이란 것이 있다면 두 남자는 말로 설명하기 힘들 만큼 질긴 운명의 실로 연결되어 있다는 생각을 했다.

    외눈박이에 손가락이 하나 없고 목소리를 잃어 두 번 다시 노래 부를 수 없는 아빠와 오랜 수감 생활 끝에 재기에 성공했으나 과거의 기억을 모조리 잃어버리고 열 살 어린아이로 돌아간 아저씨. 두 남자 중 누가 더 불행한 사람인지 나는 잘 모르겠다. 지금 아빠와 아저씨는 나름 행복하게 살고 있으니까 말이다.

    속세에서 지은 죄를 신에게 용서를 구하며 죽는 것에 대한 로망일까? 히말라야는 아이러니하게도 최고의 자살 포인트로 꼽혔다.

    어느 날 아빠는 갓난 아이 두 명을 데리고 왔다. 카지노를 전전하며 해외 원정 도박을 하던 부부가 있었다고 한다. 결국 빈털터리가 되어 죽을 작정으로 안나푸르나에 올라 투신했는데 남자는 즉사하고 여자는 셰르파에게 발견되어 병원으로 옮겨졌다. 만삭이던 여자는 쌍둥이를 낳고 죽었는데 아빠는 옛날 생각이 났던지 그 아이들을 입양했다.

쌍둥이의 이름은 '태양'과 '바람'이라고 지었다. 태양이는 선우 아저씨의 성을 따서 이태양, 바람이는 아빠의 성을 따서 강바람이다. 쌍둥이 형제는 태어나자마자 부모를 잃고 서로의 성이 갈리는 대신에 최고의 양부를 얻었다.

아빠와 아저씨와 나는 소원대로 패러글라이딩도 했다. 하늘을 날면 죽은 엄마와 조금 더 가까워질 거라던 그 말이 옛날엔 그렇게 슬프게 들렸는데 막상 패러글라이딩을 하고 나니 잘 모르겠다. 다만 땅에 내려온 아저씨는 사뭇 진지한 얼굴로 이렇게 말했다.

"설리야, 이제 너 혼자 날 차례야. 한국으로 가라. 우리 세 사람 몫까지 훨훨 날기를 바란다."

타구에 머리를 맞고 기억상실증에 걸린 이후 선우 아저씨가 처음으로 내 이름을 불렀다. 나는 아저씨의 기억이 되돌아온 것으로 알았다. 그런데 아니었다. 아저씨는 다시 열 살짜리 어린아이처럼 말하고 행동했다.

그때부터 나는 의심하기 시작했다. 어쩌면 아저씨는 진작부터 기억을 되찾은 게 아닐까? 아니, 처음부터 기억상실증 따위는 없었던 게 아닐까? 내 머리는 뒤죽박죽이 되어버렸다.

선우 아저씨, 나의 첫사랑, 내 십대에 홀연히 나타난 키가 크고 가슴이 넓은 그 남자는 평생 한 사람만 사랑하겠다는 약속을 끝까지 지켜내고 있었다. 나는 엄마의 첫사랑을 만나 참 설레고 기쁘고 행

복했다. 그 남자를 사랑한다고 믿었고, 이십대가 되어서도 내 사랑
은 변하지 않았다. 나를 엄마로 착각하는 그 남자를 위해서라면 평
생을 '소라'라는 이름으로 살아도 좋다고 생각했는데…….

기억을 잃은지라 아빠의 당부 편지는 끝내 아저씨에게 전달되지
못했다. 히말라야에 온 이후로도 아저씨는 아빠와 한 방을 썼다. 나
를 지극히 아껴주면서도 그 어떤 애정 행위도 하지 않았다. 그래서
의문은 끝까지 풀리지 않았다. 아저씨는 정말 기억을 잃은 걸까?

또다시 12월 25일이 되었다. 크리스마스이자 엄마의 기일. 그리
고 내가 세상에 태어난 날. 아빠와 아저씨는 나를 데리고 언제나처
럼 안나푸르나에 올랐다. 엄마의 유골을 뿌린 언덕에서 아빠가 수화
로 말했다.

"한국으로 가라. 가서 다시 노래 부르렴."

"싫어! 내가 가면 아빠는? 선우 아저씨는?"

나는 앙탈을 부렸다. 언덕에서 외로운 바람 하나가 불어와 내 머
리카락을 날렸다.

"언제까지 이러고 살래?"

다시 아빠가 말했다. 갑자기 나는 몹시 서러워졌다.

"난 안 갈 거야. 빙수가게는 어쩌고? 태양이랑 바람이도 아직 어
린데 홀아비 둘이서 감당할 수 있을 것 같아? 난 안 가! 난 못 가! 평
생 여기서 같이 살 거야!"

그때였다, 쪼그리고 앉아 엄마의 유골이 뿌려진 안나푸르나의 언

덕을 말없이 바라보고 있던 그 남자가 천천히 일어나 내 앞에 우뚝 선 것은. 남자는 키가 컸고 가슴이 넓었는데 해를 등지고 서서 얼굴은 잘 보이지 않았다.

나는 손바닥을 눈썹에 대고 남자의 얼굴을 보려고 애를 썼다. 하지만 쏟아지는 찬란한 햇빛이 눈앞에서 부서져 눈이 부신 나머지 남자의 얼굴을 똑바로 보지 못했다.

남자는 너무나 그리운 목소리로 이렇게 말했다. 어느새 내 눈엔 눈물이 가득 고였다.

"너는 어때? 우린 행복했는데……."

"네? 뭐라고요?"

아저씨 앞에서는 소라처럼 말하고 행동하던 내가 어느새 존댓말을 쓰고 있었다. 분명 나는 그렇게 되물었다.

"나도, 소라도, 민이도 사랑하고 사랑 받아서 너무나 행복했다. 하고 싶은 일을 하며 살 수 있어서 그 순간이 짧을지언정 참으로 행복했어. 네 엄마는 클래식을 좋아했다. 아직도 귓가에 들리네. 엘가의 〈사랑의 인사〉."

"뭐, 뭐야? 아저씨 멀쩡하잖아? 진짜 정신 돌아온 거야?"

나는 여전히 아저씨의 얼굴을 제대로 보지 못하며 또 다시 물었다. 심장이 마구 요동치고 있다.

"우리의 청춘은, 우리의 젊음은 클래식이었어. 이름도 멋진 '더 클래식'. 넌 어때?"

"뭐, 뭘요? 뭐가 어때요?"

난 뭐라고 대답해야 했을까? 난 어떤 삶을 살아온 걸까? 난 사랑이란 걸 하긴 한 걸까?

"설리야, 마음껏 노래하고, 마음껏 사랑하며 살아라. 이건 어때?

우리를 이어 한 번 더 클래식하게 살아보는 건. 우리의 이야기는 우리의 세대에서 끝내고 넌 새로운 인생을 살아야 하니까."

결국 나는 주르륵 눈물을 흘리고 말았다. 영롱한 눈물방울이 보석처럼 안나푸르나에 흩뿌려졌다. 눈이 부시던 뜨거운 태양은 그제야 옆으로 기울었다.

나는 비로소 눈을 뜰 수 있었다. 내 눈에 비친 두 남자는 너무나 위풍당당하게 안나푸르나에 우뚝 서 있었다.

"아빠! 선우 아저씨!"

사람의 인생은 무엇일까? 난 많은 사람의 인생을 다 알진 못하지만 저 두 남자의 기구하고 슬픈 사연을 알고 있다. 자신이 좋아하는 일에 최선을 다하고 누군가를 열심히 사랑한 죄로 모진 풍파를 겪은 남자들이다.

그런데 두 남자는 자신들의 인생을 기꺼이 행복하다고 말하고 있다. 그런 두 남자의 뜨거운 사랑을 받은 엄마 또한 짧은 인생이었지만 분명 행복했겠지?

사람들은 또 말한다. 첫사랑은 이루어지지 않는다고. 우리 아빠도, 선우 아저씨도 그렇기에 힘든 삶을 살고 있다고 생각했는데 그게 아니었다. 아빠는 엄마와 10여 년을 부부로 살 수 있어서 행복하다고 했다. 아저씨는 엄마와 서로가 서로의 첫사랑으로 남을 수 있기에 행복하다고 했다.

산을 내려가면서 나는 결심했다. 다시 노래할 거라고. 히말라야에서 두 남자와 함께 지낸 몇 년을 허송세월로 보냈다고는 생각하지 않는다. 엄마가 죽은 뒤로 가장 행복했고, 덕분에 뜨거운 가슴으로 노래할 수 있을 것 같았다.

나는 한때 아이돌이라 불렸지만 다시 노래할 땐 가슴으로 말하고 영혼으로 노래하는 가수가 될 것이다. 그렇게 살다 보면 내게도 새로운 사랑이 올 것이라 믿는다.

이선우. 강민. 내 생애 최고로 멋진 저 두 남자처럼 난 한 번 더 클래식한 날들을 꾸며갈 것이다.

"그렇지, 엄마?"

히말라야는 예전이나 지금이나 변함이 없다. 나는 살다가 힘이 들면 언제고 히말라야로 다시 올 것이다. 아빠와 아저씨와 엄마는 히말라야의 안나푸르나에서 영원한 삶을 살고 있을 테니까.

by 설리

〈The End〉

살다 보니 무슨 데이, 무슨 데이 참 많은 기념일이 있네요. 언젠가부터 아내는 저에게 밸런타인데이에도 초콜릿을 주지 않습니다. 저 역시 화이트 데이에 약간의 눈치를 보며 지나친 지 수년째입니다. 남들보다 너무 어린 나이에 결혼한 지 벌써 20년. 부부는…… 그렇게 세상을 살아냅니다.

저는 연극영화과 출신입니다. 어릴 때부터 제 꿈은 영화감독이었어요. 언젠가 멋진 영화를 찍어 이 땅의 영화감독으로 우뚝 설 거라고…… 나도, 주변 사람들도 믿어 의심치 않았죠.

대학 4년. 요즘은 짧아졌다지만 저는 꼬박 3년을 군대를 가야 해서 총 7년. 그 대학 시절, 치열하게 살았어요. 비토리오 데 시카의 〈자전거 도둑〉 같은 고전영화부터 〈행복은 성적순이 아니잖아요〉 같은 한국 하이틴 영화까지 정말 일 년에 천 편씩 영화를 '씹어 먹던' 시절이었으니까요.

청춘이니까…… 당연히 사랑도 했죠. 윤종신의 〈오래전 그날〉이 유행하던 그 시절…… '교복을 벗고 처음으로 만났던 너'를 사랑도 해봤고, 사랑했던 그녀를 떠나보내며 '몰랐었어. 네가 그렇게 예쁜지' 하며 〈너의 결혼식〉을 노래방에서 술 취해 불러도 보았죠. 16㎜ 영화를 찍고, 영화를 목숨보다 중요하게 여기던 학우들과 밤새 영화를 이야기하고, 매일 밤 퍼마시던 소주와, 그때는 나보다 소중했던 무용과 그녀.

지금의 영화 시장은 파이가 참 많이 커졌지요. 일 년에도 몇 편씩 천만 관객 영화가 탄생하는 시기니까요. 한국영화 의무 상영 일수라는 스크린 쿼터제가 있던 그 시절, 저는 제가 감독할 영화의 원작이 필요했어요.

20대 초반, 〈학력고사 블루스〉란 장편소설을 냈지요. 교보문고 베스트셀러에도 올라가고 〈별밤〉 광고도 나왔어요. 여세를 몰아 〈청춘은 레디고〉, 〈캠퍼스 커플〉, 〈우리들의 천국〉 같은 90년대 청춘 소설들을 잇달아 출간하며 제법 인기도 끌었죠.

그러다 사랑에 빠졌고, 결혼을 했네요. 먹고 살아야 했기에 잠시 영화감독의 꿈을 접고 신문사, 영화전문지 취재기자로 꽤 오래 일했습니다. 그사이 딸아이가 태어났고, 저는 매너리즘에 빠졌어요. 그 청춘의 치기는 사라지고 어느 배우의 스캔들 기사를 쓰고 있던 2000년 초반 도망치듯 이민을 결심합니다.

그렇게 해외 어느 땅에서 살았던 10여 년. 어느새 훌쩍 자라 9학년(한국 중3)이 된 딸아이가 말합니다.

"아빠, 옛날에 작가였다며?"

"그럼! 베스트셀러 작가였지. 아빠 책 보고 여학생들 다 쓰러졌어."

아빠는 허풍을 칩니다.

과거는 언제나 그럴듯하게, 아름답게 포장되기 마련이니까요.

"아빠, 요즘 웹소설이란 게 있대. 네이버에서도 한대. 한번 해봐."

영화 〈은교〉에 그런 대사가 있어요.

아빠의 심장을 울리던 그 말……

"젊음이 잘해서 받는 상이 아닌 것처럼, 늙음이 못해서 받는 벌이 아니다."

딸아이가 빛나게 커버린, 딱 그만큼 어느새 늙어버린 아빠는 그래서 20년 만에 네이버에서 〈더 클래식〉을 쓰고 있습니다.

쓸 때마다 자꾸 눈물이 나요. 제가 한참 글 쓰고 영화 하던 20대 초반 그 나이처럼 파릇한 예쁜 청춘들이 웹소설의 대세였으니까요. 늙고 추레해진 채 그들과 같이 이러는 게 맞는 것일까? 지금도 고민하며 매일 생각이 많아요. 그런데 요즘은 재미가 있네요. 그래도 많은 분들이 이 늙은 작가의 낡아빠진 글을 보러 오시네요.

〈더 클래식〉은 구닥다리 소설입니다. 진부한 클리셰의 반복이고, 감성도 현 세대와 동떨어진 거 압니다. 그래도…… 저는 기억하고 싶었는지 모릅니다. 딸아이는 모를 아빠의 90년대를. 빛나던 그 시절과 잊히지 않는 향수를. 메일과 블로그와 댓글과 쪽지와…… 저와 소통할 수 있는 거의 모든 통로로 용기를 주시는 여러분, 감사합니다.

아이를 들쳐 업고 제 글을 읽어주신다는 이름 모를 아주머니, 지금은 배 나온 아저씨지만 옛날을 떠올리게 해주었다는 어느 아저씨, 작가님 글, 구닥다리 아니라고 힘주어 말하던 여고생, 겪어보지 않아도 공감한다던 이십대 청춘 남녀들…….

고백하건대 〈더 클래식〉의 아주 빠른 댓글은 제 딸아이입니다.

모르는 사이인 척 '재밌어요'를 연발하는 그 아이는 아주 자주 베스트 댓글이 되었답니다. 뭔 소린지 모르겠다는 친구에게 다시 읽어보라고 강요하는 우리 딸. 앞으로 벌어질 스토리를 알려주며 친구들을 세뇌시키는 우리 딸. 새로운 글이 올라오면 귀신같이 알고 첫 별점을 주는 우리 딸. 이 밤, 화이트데이에 아내에게도 주지 못한 사탕을 잠든 그 아이 머리맡에 가만히 올려놓고 이 글을 씁니다.

어느 독자가 물었습니다. 왜 이렇게 슬픈 소설에 집착하냐고 말이죠. 글쎄요. 그저 제가 확실히 알고 있는 건, 모든 인간은 크던 작던 모두 새드 속에서 살고 있다는 것과, 때로는 한바탕 펑펑 울고 나면 왠지 속이 후련해지는 감정을 느낀다는 것 정도입니다.

저는 〈더 클래식〉을 읽는 모든 분들이 같은 감성을 느꼈으면 좋겠습니다. 극한의 슬픔을 통해 실컷 울고, 대신에 씩씩해졌으면 좋겠습니다. 〈더 클래식〉을 통해 자신의 잊혀졌던 첫사랑과 지나간 소중한 것들을 기억해 냈으면 좋겠습니다. 실컷 울고 그 속에서 내일을 살아갈 희망을 발견했으면 좋겠습니다. 그리하여 당신에게 이 소설이 궁극의 힐링이 되었으면 좋겠습니다. 그러면 저도 언젠가는 행복한 마음으로 기꺼이 해피앤딩 스토리를 쓸 수 있을 것 같습니다.

바보 같은 딸아이와, 언제나 미안한 아내와, 돋보기를 끼고 제 글을 읽어주시는 더 늙으신 어머니와, 저를 응원해 주는 몇몇 지인들과 본문과는 상관없는 작가의 말을 여기까지 읽어주신 바로 당신을 위해 〈더 클래식〉을 썼습니다. 〈더 클래식〉은 슬픈 소설이지만 이제는 더 이상 울지 않으려고요.

- 네이버 웹소설 연재 당시 〈쉬어가는 페이지〉에서